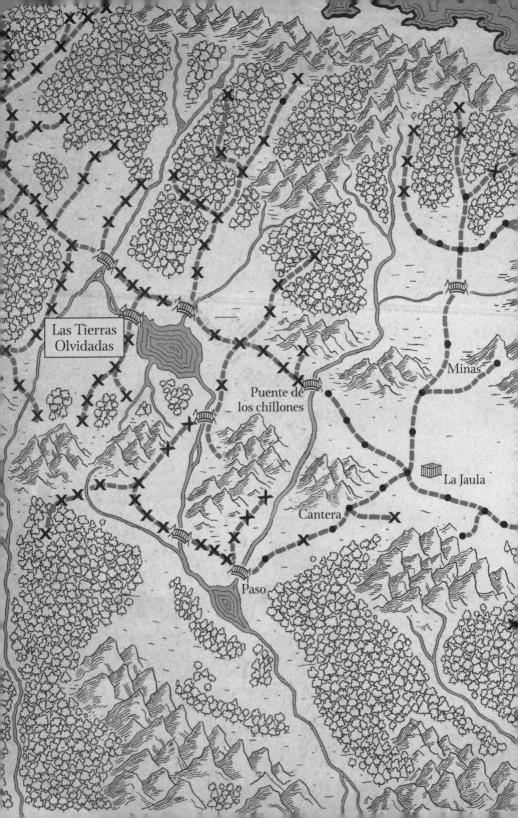

Las Tierras
Olvidadas

Puente de
los chillones

Minas

La Jaula

Cantera

Paso

Las Tierras
Salvajes

La Última Frontera

El Bastión

La Ciudadela

Término

Las Tierras
Civilizadas

La
Fortaleza

Enclave de
Romixa

● Enclaves

✖ Enclaves abandonados

⛩ Puentes

Pantanos

Laura Gallego

LA MISIÓN DE ROX

Guardianes de la Ciudadela
–III–

montena

La misión de Rox

Primera edición en España: marzo de 2019
Primera edición en México: abril de 2019

D.R. © 2019, Laura Gallego

D. R. © 2019, Penguin Random House Grupo Editorial, S. A. U.
Travessera de Gràcia, 47-49, 08021, Barcelona

D. R. © 2019, derechos de edición mundiales en lengua castellana:
Penguin Random House Grupo Editorial, S. A. de C. V.
Blvd. Miguel de Cervantes Saavedra núm. 301, 1er piso,
colonia Granada, delegación Miguel Hidalgo, C. P. 11520,
Ciudad de México

www.megustaleer.mx

Paolo Barbieri, por la ilustración de cubierta y el mapa
Pepe Medina, por los elementos gráficos

ISBN: 978-607-317-757-3

Impreso en México – Printed in Mexico

El papel utilizado para la impresión de este libro ha sido fabricado a partir de madera procedente
de bosques y plantaciones gestionadas con los más altos estándares ambientales, garantizando
una explotación de los recursos sostenible con el medio ambiente y beneficiosa para las personas.

Penguin
Random House
Grupo Editorial

1

Al otro lado del abismo solo había niebla y silencio. El puente se balanceaba un poco, mecido por una leve brisa que removía la bruma sin acabar de despejarla del todo. No parecía particularmente sólido, pero Rox sabía que era capaz de soportar el peso de un carro cargado.

En los últimos tiempos había aguantado hasta el límite de su resistencia, desbordado por la marea de gente que huía de la última ofensiva de los monstruos.

Ahora, sin embargo, el Puente de los Chillones permanecía desierto, como si al otro lado ya no quedara nada que valiera la pena salvar ni nadie vivo para cruzarlo.

—Buena guardia —saludó de pronto una voz tras ella, sobresaltándola—. ¿Vienes a relevarme? Todavía no ha llegado la hora.

Rox se volvió hacia el Guardián, que la observaba con curiosidad. Había aparecido de la nada, y la joven alzó la cabeza hacia el puesto de vigilancia que se elevaba por encima de las puertas que conducían al puente. Sin duda su compañero había saltado desde allí para aterrizar a su lado con el silencio característico de los de su clase.

—¿Eres el único Guardián que vigila el paso? —preguntó ella a su vez, algo perpleja.

El otro la miró con mayor atención.

—Recién llegada, ¿no es así? ¿No te lo han explicado en el enclave? Hace ya días que no cruza nadie ni se avista ningún monstruo al otro lado. Probablemente a estas alturas hayan entrado todos en letargo.

Rox frunció el ceño, pensativa, con la mirada clavada en el puente. Era cierto que muchas especies hibernaban si no había humanos cerca; pero otras, en cambio, se desplazaban hasta el lugar habitado más próximo en busca de nuevas presas.

Cuando la joven iba a plantear sus dudas al respecto, el Guardián del puente volvió a preguntar:

—¿Han cambiado los turnos? ¿Quién te ha enviado exactamente?

Rox negó con la cabeza.

—No he venido a relevarte. Voy a cruzar el puente. Tengo que llegar al otro lado.

El Guardián la miró con escepticismo, convencido de que no hablaba en serio. Al leer la determinación en su rostro, sacudió la cabeza desconcertado.

—Al otro lado no hay nada. No queda nadie. ¿Y pretendes cruzar sola? ¿Para qué?

—No va a ir sola —intervino entonces un tercer Guardián, que se acercaba a ellos desde el camino, llevando a su caballo de la brida—. Yo la acompañaré.

Rox se dio la vuelta, perpleja, y su asombro creció todavía más al reconocer al recién llegado, un Guardián algo mayor que ella y también un poco más alto que la mayoría, de cabello negro y gesto sereno y seguro de sí mismo.

—¡Aldrix! —murmuró—. ¿Qué haces aquí?

Lo había visto por última vez en la Ciudadela, varias semanas atrás, justo antes de partir de viaje. ¿La había seguido hasta allí? Reprimió el impulso de dar un paso atrás, incómoda. Si lo enviaban sus superiores, su viaje terminaría nada más empezar.

Él le dedicó una media sonrisa y se dirigió al Guardián que custodiaba el puente.

—Nos envían desde el cuartel general de la Ciudadela —dijo con tono formal—. Se trata de una misión de rescate: tenemos indicios de que aún podría haber personas atrapadas al otro lado.

El Guardián lo miró con incredulidad, mientras Rox se esforzaba por mantener su rostro inexpresivo. Ella se había desplazado hasta el Puente de los Chillones por iniciativa propia y, desde luego, no había recibido ninguna instrucción al respecto por parte de sus superiores.

—Al otro lado ya solo quedan monstruos —repuso el Guardián del puente—. Y, en todo caso, ninguna misión de rescate formada por una sola pareja de Guardianes llegaría demasiado lejos.

Aldrix se encogió de hombros.

—Yo no soy quién para cuestionar las órdenes de los oficiales —se limitó a responder.

El Guardián se rascó la cabeza, pensativo.

—¿Habéis hablado con el capitán en el enclave?

—¿Estaríamos aquí si no lo hubiésemos hecho?

El Guardián del puente no supo qué contestar. Aldrix le tendió una hoja de papel.

—Aquí tienes. Orden oficial, sellada y firmada por la comandante Xalana.

Rox observó cómo el Guardián del puente tragaba saliva de forma ostensible. Lo vio leer la notificación con incredulidad.

—Pero esto... no tiene sentido.

—Puedes decírselo a la comandante, si es lo que piensas —replicó Aldrix sin sonreír—. Nosotros nos limitamos a cumplir órdenes.

Tiró de la rienda de su caballo y se encaminó hacia la entrada del puente. Se detuvo allí y se volvió para mirar fijamente al Guardián.

—¿Abrirás el portón o no? —preguntó.

Él tragó saliva de nuevo, muy pálido.

—Pero os envían a una muerte segura. Si hablamos con el capitán en el enclave, quizá acceda a organizar una patrulla más numerosa para que os acompañe...

—Ya he hablado con él. Es una misión rápida: cruzar el puente, acudir a la aldea en cuestión y volver tan deprisa como podamos para informar. Una patrulla más numerosa nos retrasaría.

Rox miró a su compañero, alzando una ceja con desconcierto. Aquella «misión rápida», tal como Aldrix la había descrito, seguía siendo una empresa suicida. Ella misma había planeado llevarla a cabo en solitario porque tenía motivos personales para hacerlo y estaba dispuesta a correr el riesgo. Y si no había comunicado sus intenciones a sus superiores, se debía a que estaba bastante segura de que de ningún modo habrían aprobado aquella incursión.

No se le ocurría ninguna razón para que hubiesen autorizado a Aldrix a acompañarla. Si él la había delatado, lo cual parecía bastante probable, ahora que lo pensaba, sin duda deberían haberlo enviado a detenerla, no a secundarla en aquel viaje descabellado.

Seguía sin comprender qué estaba pasando en realidad, pero permaneció en silencio, en un segundo plano, observando a sus compañeros.

—Si no vas a ayudarnos a abrir la puerta —estaba diciendo Aldrix—, al menos no nos impidas el paso.

El Guardián del puente se quedó mirándolos un momento, indeciso. Después se apartó con cierta reluctancia, aún sosteniendo el documento entre los dedos.

—¿Al menos vais... preparados?

Rox echó un vistazo curioso a las alforjas del caballo de Aldrix. Venían bien cargadas, y aquello le confirmó que hablaba en serio. Un escalofrío recorrió su espina dorsal. ¿Sería posible que hubiese subestimado a los generales de la Guardia? ¿Y si, a pesar de la situación crítica que se vivía en todo el mundo civilizado, ellos estaban realmente dispuestos a investigar lo que sucedía en una aldea remota que probablemente ya había sido borrada del mapa?

—Vamos preparados —confirmó él—. ¿Nos ayudarás con la puerta o nos encargamos nosotros solos?

El Guardián asintió, un tanto avergonzado, y se apresuró a abrir una de las hojas del portón, mientras Rox y Aldrix tiraban de la otra.

Cuando el acceso al puente estuvo despejado por fin, ella se detuvo un momento antes de continuar.

Aquel era el límite de la tierra civilizada. No hacía mucho, aquella frontera se situaba bastante más lejos; pero en los últimos tiempos los monstruos habían arrasado toda la región occidental, y los Guardianes solo habían logrado detenerlos en aquel punto, aprovechando el pavoroso acantilado que se abría a sus pies.

Tiempo atrás cualquiera habría podido viajar por la región que se extendía al otro lado del puente, bien pertrechado y con la escolta adecuada. Ahora cruzar aquel paso suponía adentrarse en lo desconocido. Y probablemente afrontar una muerte segura, incluso para un Guardián.

Rox inspiró hondo, tiró de las riendas de su caballo y puso un pie sobre la pasarela. Y después otro.

—¡Buena guardia! —se despidió el Guardián del puente.

Aldrix le respondió; ella, en cambio, no pronunció palabra.

El puente se mecía ligeramente, pero no se dejó intimidar. Sujetando a su montura de la brida, avanzó hasta adentrarse en las brumas que se alzaban desde el fondo del abismo. Si prestaba atención, podía oír el murmullo lejano del río a sus pies, aunque no fuera capaz de verlo desde allí.

También era muy consciente de la presencia de Aldrix, que la seguía llevando a su caballo tras de sí. Pero no se molestó en volverse, ni siquiera cuando el portón se cerró tras ellos, abandonándolos a su suerte.

Solo cuando alcanzaron la mitad del trayecto, la joven Guardiana preguntó:

—¿Por qué me has seguido? ¿Es cierto que te lo han ordenado en el cuartel?

El fino oído de Aldrix captó sus palabras sin problemas.

—No. ¿No te enseñaron a falsificar sellos oficiales en la escucla?

Rox tardó un poco en contestar. Su compañero había formulado aquella pregunta con total seriedad, pero le costaba creer que no estuviese bromeando.

—Me temo que tú y yo no fuimos a la misma escuela —respondió.

—Cierto; eres una extraviada —recordó él—. Bueno, casi todos los Guardianes lo hicimos de niños alguna vez. Para justificar ausencias y cosas parecidas. Los instructores tendían a hacer la vista gorda.

—La educación que yo recibí en el Bastión era bastante más severa.

—No estoy hablando del Bastión, sino de la escuela preparatoria del primer ensanche. —Aldrix hizo una pausa, reflexionando—. Supongo que, en ciertos aspectos, la disciplina era un poco laxa porque los adultos eran conscientes de que estábamos viviendo los últimos años de nuestra infancia.

Rox no respondió enseguida. También su propia infancia había sido muy diferente de la de aquellos niños de la Ciudadela, al parecer. Pero decidió no hacer ningún comentario al respecto.

—Lo que intentas decirme es que no seguimos ninguna orden oficial, en realidad —resumió—. Que has venido por iniciativa propia y... ¿le has entregado al centinela un documento falso? —inquirió con un cierto tono de reproche.

—De lo contrario, no te habría dejado cruzar —razonó él con calma—. Dime, ¿qué pensabas hacer si te hubiese negado el paso?

—No lo sé —reconoció ella—. Pero ¿por qué te has molestado en seguirme hasta aquí y engañar al Guardián del puente?

—Porque quiero ir contigo, por supuesto.

—¿En busca de una aldea perdida que a estas alturas probablemente será un erial? —Su compañera sacudió la cabeza—. No te creo.

Aldrix hizo una pausa, meditando la respuesta que debía darle.

—¿Sabes cuántos años tengo, Rox? Veintiséis —continuó, antes de que ella pudiese contestar—. ¿Sabes cuántas veces he sido destinado fuera de la Ciudadela?

Ella hizo un rápido cálculo mental. Todos los Guardianes pasaban una temporada en otros enclaves una o dos veces al año.

—Una docena por lo menos —respondió—. Eso sería lo habitual, al menos.

Él negó con la cabeza.

—Ninguna.

Rox se detuvo en medio del puente y se volvió para mirarlo, no del todo segura de haber oído bien.

—¿Ninguna? Pero...

—Cuando cumplí los quince me enviaron al Bastión, y allí me entrené tan duramente como cualquier otro. También me gradué con honores, como tú. Pero después regresé a la Ciudadela y... pronto empecé a darme cuenta de que las cosas eran diferentes para mí.

—¿Diferentes en qué sentido?

—Debido al apellido de mi familia. De Vaxanian. ¿Te suena?

Ella esbozó una media sonrisa.

—Y a quién no. Pero el apellido de tu familia no tiene la menor trascendencia en la Guardia, Aldrix. Todos los Guardianes somos iguales. Todos hemos de dejar atrás nuestro pasado y cumplir con las mismas obligaciones.

Aldrix hizo una mueca.

—Sí, eso dicen, y es lo que yo pensaba. Pero durante mis primeras semanas de servicio... empecé a notar que esto no era exactamente así. Cambios de patrulla inexplicables, modificaciones de turno de última hora... Al principio pensé que se trataba de casualidades. Después empecé a sospechar que no era normal que casi siempre me tocase patrullar en la ciudad vieja o en el primer ensanche. Al cabo de un año, a todos los graduados de mi promoción los habían destinado como mínimo a las Tierras Civilizadas en algún momento. A todos..., menos a mí.

—Seguramente se trataría de un error. O de simples casualidades.

—El primer año, tal vez. Pero... ¿durante una década? —Rox no contestó—. Lo consulté en varias ocasiones con mis superiores y siempre me respondían que se me destinaba allí donde resultaba más necesario, atendiendo a mi rango y mis capacidades, como sucedía con todos los Guardianes, sin excepciones.

»Con el tiempo, dejé de preguntar. Pero, a medida que pasan los años, me resulta más difícil creer que se me trata como a uno más. No cuando prácticamente un tercio de los hombres y mujeres con los que me formé en el Bastión han caído en combate desde entonces, mientras que yo...

Dejó la frase sin concluir. Aunque su compañera no había apartado la mirada del otro extremo del puente, que ya se distinguía con mayor claridad entre las brumas, había estado escuchando su historia con atención.

—¿Y por eso ahora me acompañas en un viaje suicida? —preguntó, con cierta incredulidad—. ¿Porque vas en busca de emociones fuertes?

—No es tan difícil de entender. Tú viajas a la región del oeste para reencontrarte con tu pasado. —Hizo una pausa y añadió—: Yo lo hago para escapar del mío.

Rox no supo qué responder, de modo que permaneció en silencio. Aldrix no añadió nada más, pero la observó con atención. Notó que sus hombros se habían relajado ligeramente, pese a que su mirada seguía clavada en el portón que los aguardaba al otro lado del puente, y entonces comprendió que lo había aceptado como compañero de viaje.

No fue necesario hablar más; ambos estaban bien entrenados y habían patrullado juntos en otras ocasiones. En cuanto pusieron de nuevo los pies en tierra, empujaron las hojas del portón sin mediar palabra. Cruzaron al otro lado con precaución, perfectamente coordinados, escudriñando las brumas a su alrededor con las armas desenvainadas.

Tras ellos, los caballos resoplaban y cabeceaban, inquietos. Pero sus jinetes no tardaron en relajarse de nuevo: sus extraordinarios sentidos de Guardianes les indicaban que no había monstruos por los alrededores.

—¿Crees de verdad que han entrado todos en letargo? —planteó Rox.

Aldrix no contestó. Estaba examinando la superficie del portón, repleta de marcas de garras y salpicada de manchas que, a pesar del tiempo transcurrido, su compañera identificó como restos de sangre, cuyo color destacaba entre la niebla con una tonalidad casi irreal.

Pero no se dejó impresionar. Después de todo, era una Guardiana. Sabía lo que eran los monstruos.

Y lo que hacían.

—Si ese es el caso, nuestra presencia los despertará —respondió él por fin.

Ella lo vio montar de nuevo sobre su caballo con resolución, y sacudió la cabeza.

—Ni siquiera sabes a dónde voy.

—Sé que eres lo bastante juiciosa como para llevar al menos un mapa fiable.

—Sí, pero...

—Entonces llegaremos tarde o temprano.

—O puede que no.

—Cierto. —Aldrix clavó en ella sus ojos dorados, inescrutables—. Puede que no.

Rox se quedó mirándolo, sin saber muy bien qué pensar. Por fin se encogió de hombros con un suspiro y se encaramó a su propia montura.

—Como quieras. —Dudó un instante antes de añadir—: En circunstancias normales, tardaríamos unos quince días en llegar allí. Ahora, con las aldeas vacías y los monstruos fuera de control..., puede que tres semanas, y eso solo si va todo bien.

Su compañero se limitó a asentir.

—No perdamos tiempo, entonces.

Ella volvió a mirarlo, como si estuviese esperando que volviese grupas en el último momento para regresar por donde había venido. Después desvió la vista hacia el puente, solo para asegurarse de que, en efecto, estaba solo y su presencia allí no formaba parte de ningún elaborado plan para llevarla de vuelta a la Ciudadela. Tras unos instantes de indecisión, la joven asintió finalmente y espoleó a su caballo para lanzarlo al galope por el camino que se perdía entre la niebla.

Aldrix la siguió.

2

Los sonidos rítmicos del martillo del herrero se extendían por toda la calle, elevándose hacia el cielo encapotado sobre la Ciudadela. Axlin se estaba acostumbrando a ellos, aunque aún se sobresaltaba ligeramente con cada golpe que Davox descargaba sobre el yunque. Se quedó quieta en la entrada del taller, no solo porque en el interior hacía mucho calor, sino también porque no le gustaba interrumpir al herrero mientras trabajaba.

No obstante, él detectó su presencia, y se detuvo.

—¿Vienes otra vez a buscar restos? —gruñó, enjugándose el sudor de la frente con el dorso de la mano.

Ella asintió y dirigió una tímida mirada al montón de trastos que se acumulaba en el fondo del taller: cubos desfondados, herramientas herrumbrosas, armas melladas y cubertería vieja. Aquel era el resultado de una campaña que se estaba llevando a cabo desde el Consejo de Defensa y Vigilancia, debido a que en la Ciudadela empezaba a escasear el metal. Había que forjar nuevas armas para reforzar las defensas contra los monstruos y los caminos hacia las minas del oeste estaban cortados, de modo que los funcionarios realizaban rondas periódicas por los barrios, de casa en casa, reclamando cualquier objeto de metal que los ciudadanos pudiesen aportar para la causa.

Los herreros habían señalado que gran parte de aquel material era solo chatarra y que no lograrían transformarlo en armamento de calidad. Pero los funcionarios se encogían de hombros y respondían que no era su problema. Ellos se limitaban a seguir las instrucciones del plan diseñado por el Consejero y sus burócratas.

Al principio, Axlin y Loxan se habían tomado la molestia de recorrer todas las fraguas que ella conocía en el segundo ensanche para preguntar si podían utilizar el material sobrante para el carro que quería construir el buhonero. Pero los herreros estaban desbordados y apenas les prestaron atención.

La joven no se rindió. Volver a visitar todas las herrerías requería mucho esfuerzo y un tiempo del que no disponía; no obstante, el taller de Davox quedaba cerca de su ruta diaria hacia la biblioteca, y no le resultaba problemático desviarse para saludarlo.

—Todavía no he tenido tiempo de ponerme con eso —siguió diciendo él—. Voy muy retrasado con los encargos, ¿sabes?

Ella intentó que no se le notase la decepción que sentía. Sabía que no era culpa de Davox; las fraguas trabajaban sin descanso, y la última ocurrencia del Consejero solo había conseguido sobrecargar a los herreros con más trabajo del que podían asumir. En realidad, no resultaba sorprendente que no hubiese podido encontrar un hueco para clasificar todo aquel material. Pero, hasta que no lo hiciera, tampoco estaría en condiciones de cederle lo que no pudiese utilizar.

—Gracias de todas formas —murmuró ella—. Volveré en otro momento.

El herrero la observó mientras se alejaba, renqueando.

—Oye, muchacha —la llamó. Axlin se detuvo y se volvió hacia él, esperanzada—. No hace falta que vengas todos los días, ¿sabes? Lo digo por tu cojera.

Ella sonrió con dulzura.

—Vengo de la región del oeste —le respondió—. Nunca me han asustado las largas distancias.

Pero el rostro de Davox se ensombreció ante aquellas palabras; sacudió la cabeza y volvió al trabajo sin añadir nada más.

Axlin suspiró y prosiguió su camino. Tiempo atrás, cuando hablaba del lugar en el que había nacido, la gente la miraba con curiosidad y cierto asombro. Pero ahora desde el oeste solo llegaban malas noticias: sangre, muerte, desolación y una riada de viajeros que lo habían perdido todo y que, aun así, se consideraban muy afortunados por haber alcanzado con vida la Ciudadela.

En las últimas semanas, no obstante, el flujo de recién llegados había disminuido mucho. Aquello era bueno para la Ciudadela, porque se hallaba prácticamente al límite de su capacidad y ya no podía acoger a más gente tras sus murallas. También era bueno para sus nuevos habitantes, porque ya se habían alzado voces que proponían cerrar las puertas de la Ciudadela o incluso expulsar a aquellos que no habían obtenido aún la ciudadanía, y ahora el gobierno del Jerarca podía tomarse un poco más de tiempo para analizar la situación y tomar decisiones al respecto.

Pero también implicaba que en la región del oeste ya solo quedaban monstruos. Y aquella era una muy mala noticia para la humanidad en general, incluyendo a los habitantes de la Ciudadela.

Axlin se frotó un ojo con cansancio. Los días se le hacían muy largos en la biblioteca. Su amigo Dex apenas aparecía ya por allí, dividido entre sus obligaciones familiares en la ciudad vieja y los escasos ratos que podía pasar en el pequeño apartamento que compartía con Kenxi, su pareja, en el segundo ensanche. Tampoco tenía noticias de Xein; por lo que ella sabía, a aquellas alturas podía estar ya muerto.

También Rox había desaparecido sin dejar rastro. Axlin tenía la esperanza de que hubiese viajado al frente oriental a rescatar a

Xein, pero, por lo que Yarlax tenía entendido, aquello no entraba en los planes de la Guardiana de ojos de plata. No obstante, nadie sabía a dónde había ido ni por qué. Al parecer, en la Guardia se rumoreaba que la intachable Rox había desertado también, probablemente a causa de Xein.

Axlin sabía que ningún Guardián estaba autorizado a abandonar el cuerpo. Si lo hacía, sus propios compañeros se verían obligados a darle caza como a un criminal... o, peor aún, como si de un monstruo se tratase. Porque los criminales al menos tenían derecho a un juicio previo. Los Guardianes desertores, no.

Yarlax le había explicado que por eso los altos mandos de la Guardia no declaraban desertor a cualquiera. Había unos plazos, unos supuestos y unos procedimientos. Pero, una vez cursada la orden, ya no había vuelta atrás.

Axlin no sabía qué había sido de Rox ni si había desertado realmente. Pero la echaba de menos, al igual que a Xein, a pesar de que la lógica le decía que no tenía razones para confiar en ellos por completo, que en el asunto de la muerte de Broxnan aún quedaban aspectos por esclarecer y que, después de todo, la Ciudadela estaba bien custodiada por cientos de Guardianes tan eficientes como los que se habían marchado.

Pero no era lo mismo, se dijo. Por mucho que ellos se hubiesen arreglado para sacarla de sus casillas en más de una ocasión..., los apreciaba en cierto modo.

Los primeros días después de la partida de Xein y la misteriosa desaparición de Rox, Axlin había visto a Yarlax con tanta frecuencia que había llegado a sospechar que la seguía o la vigilaba de alguna manera. Con el tiempo, sin embargo, aquella sensación había ido desapareciendo, porque había dejado de cruzarse con él tan a menudo. Se convenció a sí misma de que se debía a una coincidencia y, por otra parte, había algo consolador en su presencia. Los Guardianes no se consideraban amigos de otros Guardianes, pero Axlin sabía que Xein había confiado mucho en Yarlax. Relacionarse con él, por tanto, la hacía sentirse un poco más cerca del muchacho ausente.

Y seguía sin ser suficiente. En aquellos días, a pesar de que la Ciudadela estaba más abarrotada de gente que nunca, Axlin se sentía sola. Echaba de menos a Dex, a Xein, a Oxania, incluso a Rox. Además, ya apenas tenía tiempo de hablar con Loxan, puesto que el buhonero se levantaba muy temprano todos los días para buscar trabajo y no regresaba hasta el anochecer, cansado, abatido y con pocas ganas de charlar. Lejos quedaban ya los días en que Axlin había elaborado disparatados planes de rescate junto a sus amigos. Apenas unas semanas atrás, construir un nuevo carro acorazado para Loxan había parecido sencillo. Pero ahora debía rendirse a la evidencia de que les costaría mucho más de lo que habían calculado. Las cosas en la Ciudadela se movían con mucha lentitud, y todo el mundo tenía otros asuntos de los que ocuparse.

También Axlin. Tras la partida de Xein, había pasado varios días angustiada e incapaz de concentrarse. Pero no había tardado en comprender que era más fácil sobrellevar la espera si se volcaba en su trabajo y llenaba sus días de ocupaciones para no tener que pensar en él.

Eso no impedía, por descontado, que su recuerdo regresase a ella todas las noches, inquietándola hasta el punto de hacerle perder el sueño. «Tiene que haber algo que yo pueda hacer», se repetía a sí misma. «Tiene que haber alguna manera.»

Pero no la había. Y entretanto la vida humana continuaba en la Ciudadela, mientras se extinguía lentamente en las tierras del oeste, como una vela consumida por su propia llama.

Perdida en sus pensamientos, no fue consciente de que se adentraba en una plaza en la que había muchas personas reunidas. Solo cuando tuvo que detenerse para abrirse paso entre la multitud, se dio cuenta de que tal aglomeración de gente no era habitual a aquellas horas de la tarde.

—¿Qué sucede? —preguntó.

—¡Chisss! —contestó un anciano—. ¡No me dejas oír!

Axlin alargó el cuello y descubrió entonces que había una mujer subida a una pila de cajas en el fondo de la plaza. Tendría poco más de cuarenta años; su cabello, negro y veteado de gris, estaba recogido en una larga trenza que le caía por la espalda, ligeramente encorvada. Por su ropa, sus gestos y sus expresiones, Axlin la identificó como una trabajadora del segundo ensanche. Hablaba con energía y pasión, y la mayoría de los presentes la escuchaban con respeto y asentían de vez en cuando.

—Es Raxala —le susurró una chica—. Está reuniendo apoyos para presentar una petición a los Consejeros.

Llevada por la curiosidad, Axlin prestó atención.

—¡... toda la ciudad desbordada! —estaba diciendo la mujer—. La Administración paralizada, los caminos colapsados, la gente de bien trabajando hasta el agotamiento para atender a aldeanos que ni siquiera pueden pagar por lo que piden. ¿Hasta cuándo vamos a tolerarlo?

Se oyeron murmullos de conformidad; alguien, sin embargo, se atrevió a discrepar:

—Pero ¡son personas como nosotros! Nuestros antepasados también eran aldeanos y fueron bien recibidos en la Ciudadela. ¿Acaso no deberíamos hacer lo mismo?

La oradora le respondió con una sonrisa beatífica:

—¡Por supuesto que sí! Para eso se fundó la Ciudadela, ¿no es cierto? Para defender a todas las personas contra los monstruos. Y eso es lo que hemos hecho siempre. Con nuestro trabajo y nuestro sacrificio, generación tras generación, hemos convertido esta ciudad en un refugio seguro para la humanidad. Y es nuestro deber asegurarnos de que continúe siéndolo en el futuro.

De nuevo, la multitud se mostró de acuerdo. Incluso la persona que había formulado la pregunta asentía con seriedad.

—¿Insinúas que los recién llegados son un peligro para la Ciudadela? —planteó otro de los asistentes, con tono suave.

—Ellos no —respondió Raxala, frunciendo el ceño—. El caos que traen consigo sí lo es.

—Los recién llegados no traen el caos: huyen de él.

A aquellas alturas, Raxala ya buscaba con la mirada a la persona que osaba rebatir sus argumentos. La multitud se abrió un poco para dejar paso a un joven pelirrojo y bien vestido, que avanzó hacia ella sin dudar.

—Bueno, esto se pone interesante —comentó junto a Axlin una voz conocida.

Ella se volvió con sorpresa y descubrió a su lado a una pareja de Guardianes. Uno de ellos, de ojos plateados, seguía con interés el discurso de Raxala. El otro era Yarlax.

—¿Qué haces aquí? —le preguntó Axlin con una sonrisa—. ¿No tenéis patrulla?

—Ya hemos terminado nuestro turno —contestó él—. Y mi compañero sentía curiosidad por Raxala. Así que hemos venido a escucharla.

Axlin prestó atención a la mujer, que se había cruzado de brazos y observaba ceñuda al joven pelirrojo.

—Y el caos los perseguirá hasta el mismo corazón de la Ciudadela si no lo impedimos —estaba diciendo—. Y así, en poco tiempo, todo será caos y destrucción, y no quedará un solo lugar civilizado en el mundo. ¿Es eso lo que quieres?

El muchacho negó con la cabeza. Axlin, que se había puesto de puntillas para verlo mejor, ahogó una exclamación de sorpresa al reconocerlo: visitaba la biblioteca a menudo, aunque lo único que sabía de él era que se llamaba Xaeran y le interesaban los tratados de historia y filosofía.

El joven clavó en Raxala la mirada de sus profundos ojos verdes y respondió:

—Si cerramos las puertas y dejamos fuera a los viajeros, no seremos ya parte de esa civilización que tanto aprecias; nos habremos convertido en algo peor que los monstruos, porque ellos solo siguen sus instintos, mientras que nosotros, los humanos, podemos elegir.

Raxala dejó escapar un resoplido desdeñoso y alzó las manos, de piel reseca y nudillos hinchados, para que todos las vieran bien.

—¿Sabes lo que es esto, niño del centro? —le espetó—. Son manos de lavandera. Llegué sin nada a esta ciudad, y me he ganado mi derecho a permanecer en ella con cada prenda que froté contra la tabla durante más de treinta años. Y ahora muéstranos tus manos, muchachito: ¿acaso no son suaves, perfectas y sin un solo callo?

Xaeran se ruborizó levemente.

—No entiendo qué tiene eso que ver con...

—Estás hablando de mi barrio —cortó ella—. Es muy fácil trapichear con las vidas de los demás. Pero ¿qué hay de la tuya? ¿Abrirías las puertas de la ciudad vieja para acoger a la gente del oeste y a los monstruos que traigan con ellos?

El rostro de Xaeran enrojeció todavía más.

—¡Los viajeros no traen monstruos! —protestó—. Ellos...

Se interrumpió, sin embargo, al percibir una abierta hostilidad a su alrededor. Se dio la vuelta, incómodo, con un claro gesto de incomprensión en su rostro. Axlin quiso explicarle que había tenido la oportunidad de implicarse de verdad en lo que estaba afirmando, de declarar sin vacilar que sí, que las puertas de la ciudad vieja debían abrirse también. Pero había optado por seguir defendiendo a los extraños, en lugar de tratar de comprender a las personas con las que convivía.

Sin duda, Xaeran era un joven culto e inteligente, y tenía buenas intenciones, reflexionó la muchacha. Pero al parecer no había aprendido en los libros cómo tratar con la gente real.

Pareció que iba a añadir algo más, pero finalmente sacudió la cabeza, echó un breve vistazo a Raxala, que seguía contemplándolo con severidad, dio media vuelta y se perdió entre la multitud.

No hubo mucho más que ver después de aquello. La oradora bajó de su tarima improvisada y se entretuvo para hablar con algunas personas que se habían acercado a saludarla, mientras el resto se dispersaba sin mayores incidencias.

—Raxala tiene razón —comentó entonces el Guardián de ojos plateados, inclinando la cabeza con preocupación—. De los monstruos nunca te puedes fiar. Está muy bien eso de que los humanos somos mejores, pero... no basta para sobrevivir ahí fuera, me temo.

Yarlax se encogió de hombros.

—No puedes culparlo por ser idealista. Probablemente nunca ha visto un monstruo de cerca. Para eso estamos los Guardianes, en realidad: para que no tenga que hacerlo.

«Ojalá hubieseis estado también para la gente del oeste», pensó Axlin. Pero no lo dijo en voz alta, porque sabía que no era culpa suya.

Se despidió de los Guardianes y se apresuró a regresar a casa, puesto que estaba anocheciendo.

Cuando se adentraba en la calle donde estaba situada la pensión de Maxina, en la que ella se alojaba, oyó gritos y llantos infantiles. Suspiró. Hasta hacía unas semanas, solo estaban ocupadas dos de las cinco habitaciones que Maxina alquilaba: la de Axlin y un pequeño desván donde habitaba un estudiante que únicamente aparecía por allí para dormir, y no todas las noches. Pero ahora las tres restantes habían sido alquiladas por un funcionario del primer ensanche que se había traído a toda su familia desde su aldea natal en las Tierras Civilizadas por miedo a los monstruos. Si no había contado mal, eran en total veintitrés personas las que se hacinaban como podían en los cuartos que su casera les había proporcionado. Y, en consecuencia, armaban un escándalo considerable.

Lo peor era, no obstante, que Maxina ya había insinuado varias veces que necesitaba recuperar el almacén en el que vivía Loxan. Y Axlin sabía que era cuestión de tiempo que lo echara de allí. Después de todo, el buhonero ni siquiera pagaba el alquiler, porque aún no había encontrado trabajo. Se esforzaba mucho por ayudar a Maxina en todo lo que podía, y ella había hecho la vista gorda al principio, por deferencia a Axlin; pero, después del incidente con la criatura invisible que había atacado a la muchacha, y por más que ella insistiese en que Loxan no era el responsable, su casera no había vuelto a mirarlo de la misma manera.

Llamó a la puerta del almacén, pero nadie contestó. Probablemente, Loxan no había regresado aún. Con un suspiro, se dispuso a subir las escaleras en dirección a su cuarto, cuando la voz de su amigo la detuvo:

—¿Me buscabas, compañera?

Ella se volvió para saludarlo con una sonrisa.

—Vuelves pronto hoy —señaló—. ¿Has tenido un buen día?

Loxan movió los hombros para desentumecerlos.

—No demasiado malo, no. Hoy he podido trabajar todo el día en la misma obra —anunció, hinchando el pecho con orgullo.

Axlin sonrió de nuevo. La urbanización del anillo exterior seguía una planificación meticulosa y la ley decía que solo podían trabajar en ella obreros debidamente cualificados. Habían tratado de agilizar los plazos debido a la avalancha de recién llegados, pero no era suficiente, de modo que el Consejero había nombrado algunos capataces y les había autorizado a levantar barracones provisionales para que, al menos, el invierno no sorprendiese a tanta gente durmiendo al raso. Pero como todos los albañiles estaban trabajando en las obras oficiales, para las demás echaban mano de voluntarios a los que apenas podían pagar una comida y dar una propina a cambio de un largo día de trabajo; aun así, eran muchos los que hacían cola todos los días para ser reclutados de nuevo, porque ninguno de ellos podía aspirar a un puesto fijo en ninguna obra, ni oficial ni extraoficial. La joven sabía que Loxan madrugaba mucho todos los días para llegar a tiempo a la primera selección, la de los trabajadores que ayudarían en la construcción durante toda la jornada. Los que no resultaban elegidos se dedicaban a peregrinar de obra en obra, a la espera de que en algún momento alguien necesitase un par de manos extras.

Axlin era consciente de que su amigo estaba tratando de ahorrar para pagar el alquiler que le debía a Maxina. Ella misma cubría una parte con el sueldo que percibía por su trabajo en la biblioteca, pero no era suficiente, y mucho menos ahora que su casera tenía otros inquilinos potenciales de los que se fiaba más que del buhonero.

—Eso está bien, Loxan —respondió—. Es una lástima que no puedas trabajar todos los días en el mismo sitio. Me parece una pérdida de tiempo que los capataces tengan que elegir a nuevos trabajadores todas las mañanas.

—Bueno, hay mucha gente que necesita el trabajo —replicó él, encogiéndose de hombros—. De esta manera, todos tenemos una oportunidad.

Axlin suspiró. Sabía que ahora el anillo exterior estaba superpoblado. Los funcionarios trabajaban a destajo, tramitando los permisos necesarios para que aquellos que cumplían los requisitos pudiesen acceder a los ensanches lo antes posible, pero el proceso seguía siendo muy lento.

—Es absurdo. En el anillo exterior hay más gente que trabajo disponible, y en los ensanches es justo al revés —comentó, recordando su conversación con el herrero.

Alzó la cabeza de golpe y observó a su amigo con renovado interés.

—Tú te alojas en el segundo ensanche —hizo notar—. ¿Por qué buscas trabajo en el barrio exterior?

Él pestañeó desconcertado.

—Me pareció que sería más fácil encontrarlo allí. Hay tanto por hacer, tanto por construir...

—Sí, pero... —Axlin se detuvo un momento, tratando de ordenar sus ideas—. Pero lo que realmente mantiene a la Ciudadela son los ensanches. Los talleres artesanos también están sobrecargados de trabajo, y la mayoría de los recién llegados no tiene permiso para cruzar las murallas interiores. —Volvió a mirar a Loxan con una amplia sonrisa—. ¿Sabes algo de herrería?

Él le devolvió la sonrisa.

—Algo sé —reconoció—. Te recuerdo que mi hermano y yo construimos juntos un carro acorazado. Y, de acuerdo, no era ni muy bonito ni muy elegante, pero nos protegió de los monstruos durante años. ¿Por qué lo preguntas?

—Bueno, es solo una idea —respondió ella—, pero creo que quizá podrías ir mañana a ver a Davox, el herrero. Tengo entendido que no dispone de tiempo para adiestrar a un aprendiz, pero quizá sí agradezca contar en la fragua con alguien que sepa lo que está haciendo.

Y tal vez, añadió para sí misma, podría obtener a cambio no solo algo parecido a un sueldo, sino también material de desecho que pudiese utilizar en la construcción de un nuevo carro blindado.

3

Durante su viaje hasta la Última Frontera, Xein se había sorprendido a sí mismo pensando que aquella inmensa cadena montañosa le recordaba a la empalizada de un enclave cualquiera; sus picos eran desconcertantemente regulares, tan escarpados y a la vez tan similares entre sí que parecía como si un grupo de humanos gigantescos los hubiese plantado en el suelo, como una larguísima hilera de monumentales estacas de piedra.

No tardó en descubrir que, aunque así hubiera sido, no habría servido de mucho, en realidad. Los monstruos cruzaban la cordillera de todos modos, trepando por los riscos, atravesando los desfiladeros o utilizando cavernas y galerías que perforaban las montañas de lado a lado.

Pero lo hacían en un único sentido, y por eso había que vigilar los desfiladeros.

Porque era por allí por donde llegaban todos los monstruos.

Esto fue lo que le explicaron a Xein durante su primer día de servicio en su nuevo destino, pero él tardó un tiempo en asimilarlo del todo. Al fin y al cabo, había crecido creyendo que los monstruos formaban parte del mundo, que siempre habían estado allí. Nunca antes se le había ocurrido pensar que hubiesen llegado desde otra parte.

Que todavía llegasen desde aquella «otra parte».

Ya no acudían en grandes oleadas, tal como, según le contaron, habían hecho siglos atrás, cuando habían llegado desde el «otro lado» para conquistar el mundo. Pero seguían llegando.

A pesar de ello, sabía que aquella no era la razón por la que los Guardianes vigilaban la Última Frontera. Ni el motivo por el que aquel destino fuese mucho más peligroso que cualquier otro.

En el cuartel de la Ciudadela había tenido acceso a algunos bestiarios que describían los monstruos que vivían al otro lado de las montañas. Xein había leído aquellas páginas con sorpresa, pero con cierto distanciamiento, porque tenía la sensación de que hablaban de criaturas prácticamente legendarias que jamás tendría la oportunidad de ver por sí mismo.

Qué equivocado había estado.

La Guardia tenía acantonamientos repartidos por toda la base de la cordillera, la mayoría de ellos al pie de los desfiladeros más problemáticos. Xein fue asignado a uno de ellos nada más llegar, bajo las órdenes del capitán Arxen, un Guardián veterano, hosco y de pocas palabras. De inmediato se sintió intimidado ante su superior y el resto de sus compañeros, todos mayores que él. El trabajo de un Guardián siempre resultaba ingrato y difícil, pero aquellos hombres y mujeres habían sido enviados al peor destino posible para los de su clase. No era por los monstruos, ni siquiera por aquellos que habitaban al otro lado de la cordillera. Tampoco se debía a que las instalaciones, fríos y sobrios barracones dispuestos en cuadrícula en torno a una plaza central, carecieran de las comodidades de la Ciudadela. Ni a las noches de vigilancia al raso o a las patrullas a través de las estribaciones montañosas.

No; era porque la mayor parte de los Guardianes enviados al frente oriental jamás regresaría a casa. Aquel destino era el lugar reservado para aquellos que ya no eran útiles en la Ciudadela, que causaban problemas o que estaban perdiendo la fuerza, la resistencia y los reflejos de la juventud. Tiempo atrás, Xein había creído que en la Última Frontera estaban los mejores Guardianes, los más experimentados.

Ahora sabía que allí solo mandaban a aquellos de quienes la Guardia podía prescindir. Algunos se esforzaban para demostrar su valía, con la esperanza de que los devolvieran a la Ciudadela. Y, en efecto, había casos de Guardianes cuyo excepcional servicio en el frente oriental les granjeaba un ascenso y un nuevo destino, pero él ni siquiera se había planteado aquella posibilidad.

Porque, en el fondo, no deseaba volver a la Ciudadela. Lo único que quería era matar monstruos, pelear cada día hasta el agotamiento, dormir sin sueños y volver a despertar al día siguiente para seguir luchando. Sin pensar, sin hacerse preguntas. Hasta que los monstruos lo mataran a él.

Se había sentido decaído desde que había descubierto cuál era el verdadero origen de los Guardianes de la Ciudadela; le había costado un poco asimilarlo, pero, ahora que lo había hecho, no podía librarse de la idea de que su propia existencia carecía de significado.

No tardó en darse cuenta de que la mayoría de sus nuevos compañeros compartía su actitud. Ignoraba si también la habían traído consigo desde la Ciudadela o, por el contrario, la habían adquirido después de largos meses de exilio en la Última Frontera. Pero lo cierto era que los Guardianes destinados allí eran serios, adustos y reservados. Había en ellos un cierto aire de fatalidad, como si se hubiesen resignado a su destino. Como si supiesen que iban a morir en cualquier momento, pero no les importara.

Los primeros días fueron difíciles de sobrellevar. Los monstruos de siempre, las patrullas de siempre, las rutinas de siempre. Pero no estaba rodeado de sus compañeros de siempre, y la soledad acabó por resultarle casi insoportable. Aquellos Guardianes apenas se hablaban entre ellos y, por descontado, jamás bromeaban. Xein llegó a preguntarse si serían personas reales. Incluso se sorprendió a sí mismo observándolos con detenimiento por si resultaran ser monstruos metamorfos.

Eran tan buenos cazadores como cualquier otro Guardián, o incluso mejores. Trabajaban en equipo a la perfección. Eran fuertes, veloces, ágiles e implacables.

Pero fuera de las misiones, de las patrullas y de los turnos de vigilancia..., era como si estuviesen vacíos por dentro. Xein acabó por renunciar a relacionarse con sus compañeros de un modo que no fuese estrictamente profesional y, casi sin darse cuenta, se encerró en sí mismo y se fue volviendo poco a poco como ellos, dejándose arrastrar por la rutina como un autómata, porque había algo consolador en el hecho de sentirse una pieza más en un engranaje más grande, limitándose a realizar su función sin cuestionarse para qué servía toda la maquinaria.

Porque las preguntas eran incómodas, y las respuestas, demasiado dolorosas.

Y así, una mañana, cuando una de las Guardianas de su grupo cayó durante una patrulla, seccionada por las garras de un rechinante, Xein volvió a la realidad de golpe al comprobar consternado que a nadie pareció importarle. Se limitaron a acabar con el monstruo, recoger el cuerpo de su compañera y regresar al cuartel sin hacer el menor comentario.

Él no sabía qué decir en realidad, dado que apenas había conocido a la mujer. Pero ¿por qué el resto de sus compañeros no había reaccionado?

Su inquietud se acrecentó cuando el capitán lo buscó a la hora de comer para comunicarle un cambio en su rutina.

—Lixet tenía guardia esta tarde en uno de los Nidos —le notificó—. Tú cubrirás su turno.

Y aquello fue todo. Xein abrió la boca, dispuesto a preguntar por su infortunada compañera, pero se calló a tiempo.

En la Última Frontera, al parecer, cuando un Guardián caía en acto de servicio no había nada que comentar al respecto.

Pero él siguió dándole vueltas al incidente, y todavía pensaba en ello cuando, acompañado por otro Guardián, subió por los escalones tallados en piedra que conducían hasta uno de los Nidos, impresionantes atalayas colgadas en las grietas de los acantilados, desde donde se divisaba el mundo que se extendía al otro lado de la cordillera.

Hasta aquel momento solo le habían asignado misiones en patrullas de rutina. Junto a sus compañeros había abatido crestados, abrasadores, rechinantes, nudosos, sorbesesos, velludos, lacrimosas e incluso saltarriscos. Nada que no pudiese encontrar en los caminos que ya conocía. Nada que justificase todo lo que se contaba sobre aquel lugar. Durante su primera misión había mantenido los ojos muy abiertos, esperando divisar alguna de las criaturas que solo conocía por los bestiarios. Hasta que uno de sus compañeros le había llamado la atención.

—No te esfuerces: solo se pueden avistar desde los Nidos. Mientras no llegue ninguna alerta procedente de allí, ten por seguro que solo te toparás con monstruos corrientes.

Xein enrojeció levemente; era consciente de que su entusiasmo casi infantil resultaba inapropiado para un Guardián, pero no había imaginado que fuese tan evidente a los ojos de los demás. No preguntó, sin embargo, cuándo le asignarían turno de guardia en uno de los Nidos. Sabía que sucedería tarde o temprano o, al menos, eso esperaba.

Había pasado varias semanas esperando que llegara aquel momento y, no obstante, ahora se sentía todavía más vacío que antes.

—Presta atención —le advirtió su compañero con sequedad—. No querrás despeñarte, ¿verdad?

Xein asintió y se esforzó por concentrarse en la subida.

Tardaron un buen rato en llegar hasta la atalaya, un refugio excavado en la roca y asegurado con barandas de madera revestidas de pieles. Mientras su compañero despedía a la pareja de Guardianes que habían estado ocupando el Nido hasta aquel momento, Xein se asomó a la baranda con precaución.

Aquel puesto de vigilancia estaba situado en lo alto de un desfiladero estrecho y escarpado. Apartó la vista de las afiladas rocas diseminadas por el fondo del abismo y la dirigió hacia el horizonte, al otro lado de las montañas.

Se quedó sin aliento. Más allá se extendía un interminable bosque envuelto en espesos jirones de niebla. No se distinguía otra cosa que vegetación. Ni caminos, ni enclaves ni ningún tipo de construcción levantada por humanos. En la lejanía, le pareció percibir un débil resplandor que coloreaba el cielo con un juego de luces casi fantasmal.

Un escalofrío de terror le recorrió la espalda. Porque donde no había humanos solo quedaban monstruos. Probablemente en hibernación, pero monstruos, al fin y al cabo.

Se preguntó si algún día las personas serían capaces de explorar aquella nueva tierra y establecerse allí para ver crecer a sus hijos. Entonces recordó qué clase de monstruos se suponía que habitaban en aquel lugar, y comprendió que tal cosa no ocurriría jamás.

Estiró el cuello, oteando el horizonte.

—Hace varias semanas que no avistamos ninguno —dijo de pronto la voz de su compañero a su lado—. Pero eso no quiere decir que no los haya.

Habló con indiferencia, y el joven se volvió para mirarlo, desconcertado.

Tendría unos cinco o seis años más que él, y pertenecía también a la División Oro. Allí, en la Última Frontera, no había monstruos innombrables; por eso los Guardianes no necesitaban utilizar su mirada especial y, por tanto, podían emparejarlos para las patrullas con un compañero de su misma División.

Aquel en concreto se llamaba Boxal, pero eso tampoco tenía importancia, porque podía haberse tratado de cualquier otro. Xein no había establecido ningún vínculo con nadie. Ni siquiera podía nombrar a ningún compañero que le cayera mejor que los demás. Pero eso no significaba que no pudiera lamentar la muerte de Lixet o de cualquier otro, aunque apenas los conociera.

—¿Sucede algo? —preguntó Boxal, al percatarse de que el muchacho lo miraba con fijeza.

Él sacudió la cabeza.

—No, es solo... que da la sensación de que aquí nada importa. Ni nadie.

—Importa nuestra misión. Por encima de todo, hemos de asegurar la frontera. Ya lo sabes.

Xein reprimió un suspiro.

—Sí, pero... hoy ha caído una compañera. Y no parece que nadie la vaya a echar de menos.

—Nadie debería —fue la sorprendente respuesta—. Tampoco a mí me añorarán cuando caiga. Ni a ti.

El joven inspiró hondo. Una parte de él deseaba rebelarse contra aquellas palabras. Aunque coincidieran punto por punto con lo que él mismo sentía en el fondo de su ser.

Aun así se quedó mirando a Boxal, esperando a que añadiera algo más, pero, al parecer, no tenía intención de seguir hablando. No obstante, al percibir su gesto, movió la cabeza y murmuró:

—Ya sabes por qué. De lo contrario, no estarías aquí.

El corazón de Xein empezó a latir con más fuerza.

—Me destinaron a la Última Frontera por mi tendencia a desobedecer órdenes —respondió con prudencia.

Boxal le dedicó una media sonrisa socarrona.

—No destinan a nadie a la Última Frontera por eso. Y menos, a tu edad.

Xein tragó saliva y desvió la mirada.

—Al parecer descubrí algo que no debía saber —murmuró.

—Como casi todo el mundo aquí —se limitó a responder su compañero—. No te molestes en creerte especial. Ninguno de nosotros lo es. Tampoco Lixet —añadió tras una pausa—. Hija de un monstruo innombrable, como todos los demás.

Su tono de voz era frío y desapasionado y, sin embargo, Xein creyó detectar un poso amargo en sus palabras.

—Entonces es cierto —susurró—. Todos lo sabéis, ¿verdad?

Boxal asintió en silencio, y él no preguntó nada más.

Pero ahora comprendía.

Comprendía el gesto indiferente de sus compañeros, su mutismo, su inevitable resignación. El hecho de saber que habían sido engendrados por el mismo horror contra el que combatían había vaciado su vida de todo sentido. Lucharían hasta la muerte contra los monstruos, pero ya no la temían. Probablemente, hasta recibirían con alivio el fin de una existencia maldita que habían acabado por odiar.

Xein suspiró. Le consolaba un poco el hecho de saber que todos aquellos Guardianes se sentían como él. Pero también le inquietaba la perspectiva de que, inevitablemente, él mismo acabaría por ser igual que ellos.

Trató de apartar aquellos pensamientos de su mente y se centró en la vigilancia. Boxal había clavado la vista en el horizonte y escudriñaba el inmenso manto de vegetación que se extendía a sus pies.

—¿Realmente puede verse algo desde aquí? —preguntó el joven con curiosidad.

—Los árboles son muy altos y sus copas tan espesas que no verías el suelo aunque pudieras planear sobre ellas —contestó su compañero—. Pero a veces se mueven.

—¿Se mueven?

—Sí, cuando los monstruos se desplazan a través de la espesura. Hay que saber distinguirlos del viento cuando sacude las ramas. No es difícil, aunque requiere un poco de práctica. Y hay que prestar mucha atención.

Xein asintió con el corazón acelerado, recorriendo el bosque con la mirada.

—¿Es habitual que se acerquen por aquí? —preguntó.

—Solemos tener alertas una o dos veces al mes. Es importante verlos venir desde lejos, y por eso hacemos guardias en los Nidos. Aunque los árboles los oculten, podemos predecir sus desplazamientos en función del patrón de movimiento del follaje. Tienden a dirigirse a los desfiladeros, así que debemos estar preparados para esperarlos y detenerlos antes de que lleguen.

»No te preocupes —añadió al advertir que la mirada del muchacho descendía hasta la cañada que se abría a sus pies—. No pueden pasar por ahí, en realidad. No caben.

Xein se volvió para mirarlo, asombrado. En el espacio que se abría entre aquellos dos picos habría podido construirse una calzada suficientemente amplia como para dar paso a tres carros al mismo tiempo.

—No pueden ser tan grandes.

—Oh, sí, lo son —respondió Boxal, sonriendo sin alegría—. No hay un solo hueco lo bastante ancho en toda la cordillera como para que puedan pasar al otro lado. Pero lo intentan, y a veces provocan derrumbes, y en ocasiones incluso logran trepar un poco o avanzar lo suficiente como para amenazar la seguridad de nuestro mundo. A veces se quedan atascados en el desfiladero, pero eso no los hace menos peligrosos, y hay que matarlos de todos modos.

Xein se estremeció, tratando de imaginar un monstruo tan espantosamente grande. Entonces Boxal llamó de nuevo su atención.

—Mira, allí.

Se volvió para observar el lugar que le señalaba, un punto concreto en el inmenso bosque que se extendía hasta el horizonte. Tardó unos instantes en detectar el movimiento de la maleza, lento pero constante. Contuvo el aliento mientras estudiaba el fenómeno con atención. No corría ni una brizna de aire; todo el bosque permanecía inmóvil, salvo el follaje en aquel sector.

—Solo algo parecido a un ejército sería capaz de sacudir los árboles de esa manera —musitó por fin, pálido—. No puede tratarse de una sola criatura.

—Es un monstruo colosal —se limitó a responder su compañero, encogiéndose de hombros.

Xein reprimió un escalofrío.

A lo largo de su vida había luchado contra muchos tipos de monstruos. Los había pequeños, como las pelusas, y grandes, como los burbujeadores, los pellejudos o los saltarriscos.

Pero los monstruos colosales eran otra cosa.

Él sabía que se trataba de criaturas gigantescas que solo existían al otro lado de la Última Frontera y que debían mantenerse allí porque no había en el mundo ninguna empalizada que pudiese detenerlos. Uno solo de ellos, según le habían contado, sería capaz de derribar la muralla exterior de la Ciudadela sin grandes dificultades. Xein había visto las ilustraciones en los bestiarios y los dibujos a escala, pero siempre había creído que exageraban un poco.

Ahora empezaba a asimilar el hecho de que los libros no se equivocaban en absoluto.

—Son tan grandes que les cuesta abrirse paso por el bosque, y por eso avanzan con lentitud, a menudo derribando árboles a su paso —siguió explicando Boxal—. Pero en campo abierto son mucho más rápidos. Por lo demás, no son muy diferentes de cualquier otro monstruo. Garras, colmillos, lo de siempre; depende de la especie, por supuesto.

»Lo que realmente marca una diferencia abismal es el tamaño. Somos insectos para ellos, chico. Cualquier monstruo colosal podría aplastarte con un solo golpe de su cola sin apenas darse cuenta. Nuestras lanzas y flechas son solo agujas que apenas logran traspasar su piel.

La mirada de Xein seguía fija en el lento movimiento del follaje en la distancia. Su mente se esforzaba en imaginar cómo debía ser enfrentarse a una criatura de tales dimensiones, pero no lo conseguía.

—¿No se los puede matar, entonces?

—Sí, por supuesto. Pero a un alto coste. —Boxal hizo una pausa y continuó—: Nunca, en toda la historia del frente oriental, se ha podido abatir a un monstruo colosal sin bajas. A menudo, la batalla se prolonga durante varios días o incluso semanas. Cuentan las crónicas, de hecho, que hace siglo y medio un solo monstruo colosal mató a treinta y ocho Guardianes antes de ser abatido. Pero lo habitual es que caigan unos nueve o diez. En una batalla sencilla nunca mueren menos de cinco.

Xein se había quedado sin palabras. Se había vuelto hacia Boxal con incredulidad, tratando de convencerse a sí mismo de que tenía que estar bromeando. Pero el semblante del Guardián mostraba una seriedad pétrea.

—No lo entenderás hasta que no veas un monstruo colosal con tus propios ojos —prosiguió al detectar el gesto del muchacho—. Pero quizá puedas empezar con eso —añadió, señalando un punto entre las montañas.

Xein se asomó a la baranda para tratar de localizar el lugar que le indicaba. Entre la vegetación asomaba un conjunto de enormes rocas escarpadas, aunque algunas parecían algo más pálidas y lisas que las demás y mostraban una curiosa forma alargada.

De pronto comprendió lo que estaba viendo y lanzó una exclamación de asombro y horror.

Lo que había tomado por rocas eran en realidad gigantescos huesos desnudos. Entre ellos destacaba un cráneo con la mandíbula abierta y una estremecedora hilera de dientes, desgastados ya por el tiempo y la intemperie.

—Eso... es... —Se interrumpió de pronto, porque había detectado una minúscula figura moviéndose entre las fauces del esqueleto—. ¡Hay algo vivo dentro!

—Guardianes —respondió Boxal sin inmutarse—. El monstruo fue abatido en un lugar lo bastante alto como para que, con el tiempo, valiera la pena instalar un Nido entre sus restos.

El joven se estremeció de repugnancia.

—Hay que tener valor para entrar voluntariamente en la boca de un monstruo.

—Un monstruo que murió hace siglos —precisó su compañero—. Y más vale que reúnas ese valor, si no lo tienes, porque te tocará guardia allí tarde o temprano. Como a todos.

Xein lo miró, horrorizado, pero Boxal le dedicó una media sonrisa.

—No es tan grave. Es un Nido razonablemente amplio. Dentro de esa boca cabrían sin problemas hasta siete u ocho Guardianes. Después de todo, una vez fueron las fauces de un monstruo colosal.

Aunque pretendía ser una broma, no había rastro de humor en sus palabras. Xein no dijo nada más. Inquieto, dirigió de nuevo la mirada hacia el bosque. Pero ya nada parecía moverse entre el follaje.

4

quella era ya la quinta aldea que visitaban, pero Rox todavía no terminaba de acostumbrarse.

Todos los enclaves por los que habían pasado hasta el momento estaban completamente muertos. Los monstruos habían matado a sus habitantes tiempo atrás, dejando solo atroces despojos de cuerpos destrozados a los que ni siquiera los carroñeros habían osado acercarse. Tampoco quedaban animales domésticos; los que habían tenido la oportunidad de huir lo habían hecho en su momento, y los que no, o bien habían sido cazados por los depredadores del entorno o bien habían muerto de hambre, incapaces de escapar por sí solos de sus corrales para ir en busca de un alimento que los humanos ya no podían proporcionarles.

Con todo, lo que más impactaba a Rox de aquellos espantosos escenarios no eran los restos humanos, ni el hedor a descomposición ni el silencio antinatural, aunque todo ello la turbaba de un modo difícil de disimular: eran los enclaves en sí.

Cuanto más avanzaban hacia el oeste, más precarios le parecían. Las casas eran pequeñas y bajas, las ventanas no tenían barrotes, las calles no estaban empedradas.

Y las empalizadas...

Le costaba reprimir un estremecimiento cada vez que las veía. Tras la caída de los enclaves, la mayoría de las empalizadas habían quedado inservibles, con amplios sectores derribados, destrozados o carbonizados. No obstante, era fácil imaginar cómo debían haber sido cuando los habitantes de las aldeas las mantenían en buenas condiciones. Y, aun así, Rox seguía encontrándolas escalofriantemente frágiles.

No podía comprender cómo era posible que generaciones enteras de personas hubiesen logrado sobrevivir a los monstruos en aquellas condiciones. Sin protecciones. Sin murallas.

Sin Guardianes.

Aldrix no tardó en notar lo mucho que los enclaves conmovían a su compañera. Cuando llegaban hasta una aldea, la registraban por pura rutina en busca de supervivientes y, de paso, acababan con los monstruos que pudieran ocultarse en ella. Al principio, Rox había planteado si debían también incinerar lo que pudiera quedar de los cuerpos de sus habitantes. Pero les habría llevado demasiado tiempo y, por otro lado, tal como Aldrix señaló, no tenía ningún sentido. Probablemente transcurrirían décadas antes de que cualquier otra persona pasara por allí, si es que alguien lo hacía alguna vez.

Su compañera sabía que tenía razón. Quizá en el futuro los Guardianes lograsen reconquistar la región del oeste, pero ella no llegaría a verlo. Habría de pasar aún un par de generaciones, como mínimo, antes de que la Ciudadela pudiese recuperarse lo suficiente como para organizar una empresa semejante. Y eso solo en el mejor de los casos.

Nunca se quedaban a dormir en los enclaves. Rox prefería abandonarlos cuanto antes y pernoctar en los refugios, a pesar de que en la mayoría de ellos solían encontrar los restos de los desdichados que habían tratado de ocultarse allí de los monstruos, sin éxito. Despejar el interior era una tarea penosa y desagradable, pero, por alguna razón, ella seguía sin decidirse a alojarse en las aldeas.

Aquella vez no fue diferente. Cuando terminaron de recorrer el enclave y tras haber acabado con un caparazón, un nido de pelusas, tres nudosos y el piesmojados del pozo, la Guardiana se dirigió de nuevo a la entrada principal, donde habían atado los caballos. Aldrix la siguió y se quedó contemplándola en silencio mientras ella examinaba su mapa con atención.

—Hay un refugio a medio día de camino de aquí —anunció—. Si nos damos prisa, llegaremos antes del anochecer.

Su compañero sacudió la cabeza.

—No deberías confiar tanto en ese mapa tuyo.

—Me lo dio un buhonero que conocía la región del oeste mejor que cualquier Guardián.

—No lo dudo. Pero ni siquiera él llegó a recorrer todos los caminos y, por otro lado, las cosas han cambiado mucho en los últimos meses. Puede que el refugio ni siquiera siga en pie.

Rox no respondió. Se limitó a guardar de nuevo el mapa en las alforjas y, tras dirigir una última mirada a la empalizada, montó sobre su caballo.

Aldrix, sin embargo, no se movió. Había acatado todas las decisiones de su compañera hasta el momento, aceptándola como líder de la expedición sin cuestionarla. Pero ahora permanecía en pie junto a su montura, con los brazos cruzados y expresión pensativa.

—¿A qué estás esperando? —lo urgió ella, ceñuda.

Él no contestó a la pregunta.

—¿Por qué te disgustan tanto las aldeas? Tenía entendido que te criaste en una de ellas.

Por un instante pareció que Rox iba a ignorar el comentario. Pero Aldrix siguió mirándola con serenidad, inmóvil como una estatua, y ella finalmente contestó a media voz:

—Sí, pero mi enclave era distinto.

El Guardián alzó una ceja con curiosidad.

—¿Por qué? ¿Tenía muralla en lugar de empalizada? —Su compañera lo miró sin comprender, y él añadió—: En todas las aldeas por las que pasamos, siempre te quedas mirando las empalizadas como si estuviesen cubiertas de babosos.

Rox inclinó la cabeza, meditando sobre sus palabras.

—No, mi aldea tenía una empalizada corriente, como todas las demás —dijo al fin.

—Entonces ¿cuál era la diferencia?

Ella sonrió levemente.

—Yo era la diferencia.

No añadió nada más, y Aldrix tampoco siguió preguntando.

Reemprendieron su camino, dejando atrás la aldea abandonada, y no volvieron a mencionar el tema en toda la tarde.

Llegaron al refugio cuando ya estaba anocheciendo. A mitad de trayecto los había atacado un grupo de robahuesos, y poco antes de alcanzar su destino habían tenido que detenerse a limpiar de escupidores las ramas de los árboles a la vera del camino. Por lo demás, el viaje estaba resultando más tranquilo de lo que Rox había anticipado. Quizá era cierto que, al haberse quedado sin humanos que devorar, la mayoría de los monstruos habían entrado en letargo.

El refugio era apenas una choza de piedra cuya puerta había sido derribada tiempo atrás. En el interior hallaron los restos de varias personas que habían sido atacadas por los monstruos. Rechinantes, a juzgar por los brutales cortes que presentaban los cuerpos, que incluso tenían varios miembros seccionados. Había dos niños en el grupo, y Rox se esforzó por no pensar en cómo debieron de ser sus últimos instantes, acurrucados en un rincón, aterrorizados e indefensos, mientras oían el desagradable chirrido de las garras contra los muros de piedra. Los dos Guardianes sacaron como pudieron los restos del refugio y los depositaron un poco más lejos, a la sombra de los árboles.

—Tal vez a estos sí deberíamos incinerarlos, al menos —murmuró ella.

Aldrix negó con la cabeza.

—Tardaríamos mucho tiempo, y el fuego atraería a los monstruos. Aún tenemos que arreglar esa puerta, si queremos pasar la noche aquí.

Rox sabía que tenía razón. Pero la sensatez de su compañero a veces se le antojaba un tanto fría y desapasionada. No obstante, cuando se inclinó y comenzó a recoger hojas y ramas del suelo para cubrir los cuerpos, Aldrix no hizo ningún comentario. Se limitó a dar media vuelta para regresar al refugio, y ella no tardó en oírlo trastear con los restos de la puerta de madera.

Ya apenas quedaba luz cuando Rox terminó. Al incorporarse de nuevo, dispuesta a reunirse con su compañero, se le erizó el vello de la nuca con una súbita y desagradable sensación de alerta.

Monstruos.

Desenfundó su hacha y dio media vuelta a la velocidad del pensamiento, escudriñando las sombras entre los árboles. No tardó en detectar un movimiento entre la maleza. Y otro más allá. Y otro.

Tres criaturas de tamaño medio, quizá acostumbradas a atacar en grupo. Daba la sensación de que se desplazaban con cierta torpeza sobre el manto de hojas secas. Rox percibió un breve sonido estridente cuando uno de ellos pasó por encima de una roca y los identificó al momento: rechinantes, quizá los mismos que habían matado a la familia del refugio.

Cuando el primer monstruo saltó sobre ella, volteó el hacha y lo alcanzó en el pecho, lanzándolo hacia atrás. El rechinante era un ser vagamente felino cuya piel, sin embargo, no estaba recubierta de pelo, sino que era dura y tersa como la superficie de un tambor. La herida que le había causado habría bastado para matar en el acto a casi cualquier tipo de bestia, pero el rechinante apenas sangraba, como si se tratase de un corte superficial.

Rox recordó que Xein le había comentado en cierta ocasión que lo mejor para matar a los rechinantes eran las garras de los propios rechinantes. Ante la mirada escéptica de ella, le había asegurado que él sabía cómo fabricar dagas a partir de aquel insólito material.

Se obligó a centrarse. No era el mejor momento para recordar a su antiguo compañero de patrullas.

Cuando la criatura trató de abatirla de un zarpazo, la Guardiana volvió a blandir el hacha, esta vez con mayor fuerza, y logró seccionarle la pata delantera izquierda. El rechinante retrocedió con un chillido y ella lo siguió, dispuesta a rematarlo.

Oyó de pronto una exclamación de advertencia y percibió un movimiento a su espalda. Se dio la vuelta, pero todo había sucedido antes de que pudiese reaccionar.

El segundo rechinante se había abalanzado sobre ella con las garras por delante. Aldrix se había interpuesto entre ambos y había evitado que la alcanzara. Había alzado sus dos dagas curvas, cruzándolas en el aire para detener el impacto. Rox lo oyó proferir un grito ahogado, pero no se entretuvo en averiguar qué había pasado; corrió como una centella y descargó el hacha sobre la cabeza del rechinante antes de que tuviera ocasión de volver a saltar. Lo vio retroceder tambaleándose y sacudiendo la cabeza, aturdido. Pero Aldrix estaba ya listo para rematarlo, y ella lo dejó en sus manos mientras se volvía para enfrentarse al primer rechinante.

Apenas unos instantes después, los cuerpos de los dos monstruos yacían en el suelo, sin vida. Los Guardianes permanecieron alerta, sin embargo. Los ojos plateados de Rox escrutaban la penumbra en busca de alguna señal del tercer rechinante. Pero no la encontró.

Su compañero respiró hondo y bajó las dagas.

—Parece que no hay más.

—Eran tres, Aldrix. El último tiene que estar en alguna parte.

Él la miró con cierta curiosidad.

—¿Notas su presencia?

Rox frunció el ceño. Su compañero tenía razón: su instinto de Guardiana le indicaba que ya no quedaban monstruos en los alrededores. Negó con la cabeza, pero le costaba aceptar que el rechinante hubiese huido sin más. Cuando los monstruos llevaban mucho tiempo sin comer, se volvían mucho más agresivos e imprudentes.

Se dio cuenta entonces de que Aldrix se sujetaba el brazo con la mano y, al fijarse mejor, detectó sangre entre sus dedos.

—Ve a curarte —urgió—. Yo haré una última ronda y me reuniré contigo enseguida.

Dio media vuelta para alejarse de él, pero Aldrix alargó la mano y la aferró por el brazo.

—¡Espera! Todavía no hemos asegurado el refugio y ya prácticamente ha anochecido. No podemos perder tiempo.

—Será solo un momento —le prometió ella.

Él se quedó mirándola, pero acabó asintiendo, giró sobre sus talones y se perdió en la oscuridad.

Rox recorrió la zona en busca del último rechinante. Estaba a punto de darse por vencida cuando su instinto se despertó de nuevo, justo antes de detectar un movimiento entre la espesura.

Prestó atención. La visión nocturna de los Guardianes era mejor que la de la gente corriente, pero eso no significaba que fueran capaces de percibirlo todo igual que a plena luz del día. Alzó el hacha, esperando un ataque que no se produjo.

No se relajó, sin embargo. Sin apartar la mirada del lugar donde se escondía la criatura, fuera lo que fuese, dejó el hacha y cargó su arco con una flecha. Mientras apuntaba, la maleza volvió a moverse. Disparó.

Oyó un bramido molesto que sonaba muy parecido a los de los rechinantes. Se colgó el arco al hombro, aferró el hacha y saltó sobre los arbustos. Para su sorpresa, el rechinante retrocedió, enseñándole todos los dientes. Rox alzó el hacha, dispuesta a atacar de nuevo, y el monstruo bufó, furioso, la miró un momento... y después dio media vuelta y se perdió en la oscuridad.

Ella aguardó, con el hacha en alto..., pero el rechinante no regresó, y sus sentidos de Guardiana no tardaron en indicarle que el peligro ya había pasado.

Se quedó en pie en medio del bosque, perpleja. Era la primera vez que veía a un monstruo huir sin contraatacar, como un animal cualquiera que se sintiera intimidado. Tenía entendido que los más pequeños lo hacían a veces, pero solo ante un monstruo de mayor tamaño, nunca frente a humanos, aunque se tratase de Guardianes. Inquieta, miró a su alrededor, pero no detectó ninguna otra amenaza.

Cuando regresó al refugio, descubrió que Aldrix ya había reparado la puerta. Lo encontró en el interior, vendándose la herida del brazo, un largo corte limpio que, por fortuna, no parecía demasiado profundo.

—Creo que la puerta resistirá, al menos los primeros envites —anunció él.

Rox se volvió para examinarla de todas maneras.

—Queda un rechinante ahí fuera —informó.

—¿Cómo es que no has acabado con él? —se sorprendió su compañero.

Ella le relató lo que había sucedido, pero él se limitó a alzar las cejas, desconcertado, y a observarla con interés.

—No tardará en volver, de todas formas —concluyó Rox.

—O tal vez no.

La joven no respondió. Dejó sus armas cerca de la entrada y se sentó junto a él.

El refugio tenía el suelo de piedra. En el centro había un hoyo, donde Aldrix había encendido un fuego, y el techo contaba con un pequeño respiradero justo encima para que saliera el humo. Entre las llamas ardían algunas plantas aromáticas que, sin embargo, no lograban disimular el hedor a putrefacción que se había instalado allí.

Rox extrajo de su macuto un paquete de carne desecada para compartirlo con su compañero. Después él asó en el fuego unas castañas que había recogido por el camino.

—¿Sabes? Estoy seguro de que habríamos podido encontrar en la aldea alguna casa sin cadáveres dentro.

Ella frunció el ceño, pero no respondió.

—De acuerdo —añadió Aldrix con un suspiro—. Lo diré más claro: si no quieres que acampemos en los enclaves, me parece bien. Pero al menos explícame por qué.

Rox se volvió para mirarlo unos segundos, indecisa.

—No me traen buenos recuerdos —contestó por fin.

Él no hizo ningún comentario; se limitó a devolverle la mirada, animándola a continuar.

Ella lo hizo:

—En la aldea en la que crecí, yo era la única Guardiana. Toda la comunidad dependía de mí. Si en algún momento un monstruo hería o mataba a alguien..., era mi responsabilidad.

«Mi culpa», quiso añadir. Pero no estaba dispuesta a profundizar en aquellos detalles ante Aldrix. Él, no obstante, parecía más interesado en otro aspecto del relato.

—Tenía entendido que vamos en busca de un enclave en el que hay muchos Guardianes. Dijiste que era tu aldea natal.

—Eso creo. —Rox se pasó una mano por su corto cabello rubio, frunciendo el ceño mientras trataba de ordenar sus pensamientos—. Mis recuerdos más tempranos tienen que ver con ese lugar. Una aldea donde había muchos como yo, de ojos plateados.

Un día vinieron unos hombres en un carro y me llevaron lejos, a otro enclave donde no había ningún Guardián. Yo era todavía una niña.

Hizo una pausa, dubitativa. Luego continuó:

—Durante años, fui la única Guardiana en mi nuevo hogar. Llegué a creer que no existía nadie más como yo. Que aquellos recuerdos de mi infancia temprana no eran tal cosa, sino simples fantasías de niña solitaria. Hasta que llegaron los Guardianes, los de verdad. Los que venían de la Ciudadela.

Aldrix escuchaba con interés. Como ella tardaba un poco en reanudar su historia, le preguntó:

—¿Cuántos años tenías entonces?

—Dieciocho. Los Guardianes se presentaron en mi enclave y hablaron con el líder. Le dijeron que venían a llevarme con ellos al lugar al que pertenecía. Él no se lo tomó muy bien, pero no tuvo más remedio que dejarme marchar.

—¿Y tú? ¿Cómo te lo tomaste tú?

Rox reflexionó un instante.

—Con esperanza —respondió al final—. Evoqué aquellos sueños de mi infancia y comprendí que eran recuerdos verdaderos; que, en efecto, había nacido en otro lugar donde había más gente como yo. Acompañé a los Guardianes de buena gana porque creí que me conducirían de vuelta a casa, pero... me llevaron a la Ciudadela, y no se parecía a nada que hubiese visto antes. Y volví a creer, de nuevo, que aquella aldea de mi niñez era tan solo una fantasía.

Calló, reacia a seguir hablando.

El entrenamiento en el Bastión había sido duro, pero nada comparado con los años que había pasado en la aldea. No obstante, alguien como Aldrix, criado en la ciudad vieja, no podría comprenderlo, por mucho que tratara de explicárselo.

—¿Cómo estás tan segura de que no lo es? —inquirió él entonces.

Rox volvió a la realidad.

—¿Disculpa?

—El enclave de los muchachos de ojos plateados. Si no entendí mal en su momento, fue un buhonero el que te habló de él, ¿no es así? ¿Cómo sabes que no mentía? Si se inventó esa historia, te estás jugando la vida por algo que ni siquiera sabes si es real.

La joven se quedó mirándolo.

—Soy consciente de ello —respondió—. Pero yo al menos tengo algo parecido a un recuerdo. Tú, en cambio, solo tienes mi palabra. Y aun así, estás aquí.

Aldrix sonrió ampliamente.

—Tienes razón —concedió—. Te he seguido porque quería vivir una aventura, supongo. Pero nunca antes había estado en la región del oeste. No sabía a dónde venía en realidad, ni lo que encontraría aquí. Tú, en cambio, sí lo sabías.

Ella se encogió de hombros.

—El camino no es tan malo como lo recordaba —admitió—. Probablemente porque ambos somos Guardianes experimentados. Las aldeas, en cambio, son mucho peores. Todos esos muertos... —Se estremeció—. Me pregunto si la Guardia no debería haber estado aquí, protegiéndolos.

—No había suficientes Guardianes para todos los enclaves, Rox. En el tuyo fueron muy afortunados por tenerte entre ellos.

Ella esbozó una sonrisa amarga. Si él supiera, pensó. Pero no estaba preparada para hablar de eso. Todavía no.

Terminaron de cenar y recogieron los restos. Rox no había justificado del todo su reticencia a pernoctar en las aldeas, pero su compañero no siguió preguntando al respecto.

—Yo haré la primera guardia —anunció ella.

Él asintió, conforme, y se echó en el suelo con la cabeza apoyada sobre su petate. Segundos después se quedó dormido.

Rox permaneció despierta buena parte de la noche, pero el rechinante no regresó, y tampoco los atacó ningún otro monstruo. Cuando dio por finalizado su turno de vigilancia, despertó a Aldrix y se echó a dormir.

Los Guardianes estaban habituados a aprovechar los escasos momentos de descanso de los que disponían, por lo que Rox no tardó en sumirse en un sueño ligero.

Se despertó poco antes del amanecer, inquieta y con una extraña opresión en el pecho. Los recuerdos de su infancia y adolescencia la habían visitado en sueños, pero ahora sentía que se difuminaban como sombras esquivas con las primeras luces del alba.

Aldrix no estaba allí. Se estiró para desentumecerse y salió al exterior.

Aunque el bosque junto al camino estaba envuelto en niebla, ya había más luz que cuando habían luchado contra los rechinantes la tarde anterior. Examinó el refugio con gesto crítico. La base parecía sólida, pero la estructura había sufrido mucho en asaltos anteriores, y una parte del muro lateral parecía a punto de desmoronarse. Si los monstruos los hubiesen atacado aquella noche, probablemente no habría aguantado en pie.

Miró a su alrededor. Los caballos pacían cerca del árbol donde los habían atado la noche anterior, y parecían tranquilos. Pero ¿dónde estaba Aldrix?

Cerró la puerta del refugio, dispuesta a salir en su busca. Al hacerlo, reparó en la huella sangrienta de una mano junto al dintel. Parecía muy reciente, y recordó que su compañero había resultado herido la noche anterior.

—Buena guardia, Rox —saludó él de pronto tras ella—. Hay un pequeño arroyo detrás de esos árboles. Sin piesmojados ni espaldalgas, lo cual siempre es de agradecer.

La joven se dio la vuelta y lo observó con atención. Su mirada se detuvo en su brazo vendado, pero no detectó nuevas heridas.

—¿No ha habido más ataques esta noche?

—Si así hubiera sido, ¿habrías dormido hasta el amanecer?

Ella se relajó.

—Por supuesto que no —reconoció—. Pero me extraña que esté todo tan tranquilo.

—Probablemente, todos los monstruos están hibernando o se han desplazado hacia otro lado en busca de nuevas presas.

—En ese caso, seguirían atacando el Puente de los Chillones.

—O tal vez no. Quizá hayan comprendido que al otro lado los esperan los Guardianes.

—Como si eso los hubiese detenido alguna vez.

Aldrix contestó con una breve carcajada.

—Bueno, en algún momento tenían que empezar a aprender —opinó.

Rox sacudió la cabeza.

—Espero que no —respondió—. Porque, si empiezan a comportarse de forma diferente, sería una muy mala noticia para todo el mundo. No solo para los Guardianes.

No hablaron mucho más. Ella se acercó al arroyo para asearse y, cuando regresó, su compañero ya había ensillado los caballos y cargado de nuevo las alforjas. Compartieron un desayuno frío y se pusieron de nuevo en marcha, a galope tendido por el camino, sin mirar atrás.

5

En días como aquel, Dex recordaba siempre por qué había comenzado a visitar la biblioteca del primer ensanche años atrás.

La colección bibliográfica de los De Galuxen no era particularmente interesante. Podía resultar impresionante a simple vista, no por la cantidad de los volúmenes, sino por la riqueza de la encuadernación, la belleza de las ilustraciones y la calidad del papel. Su familia siempre había cuidado mucho aquel tipo de detalles.

Pero el contenido de los libros era harina de otro costal. Muchos de ellos estaban centrados en el linaje De Galuxen: biografías de sus miembros más señalados, relación y descripción de los bienes de la familia o tratados genealógicos que se remontaban hasta los tiempos de la fundación de la Ciudadela. Nada que pudiese interesar a una mente inquieta como la de Dex, quien, no obstante, había devorado todos aquellos libros cuando era niño, porque en su casa no había otra cosa que leer.

Ahora volvía a ellos para examinar con atención los blasones de su estirpe. No era un trabajo que lo entusiasmara, pero lo ayudaba a distraerse de sus preocupaciones y a sentir que estaba haciendo algo útil.

Tiempo atrás le habían enseñado que todos los herederos de la ciudad vieja tenían una divisa que los identificaba en los árboles genealógicos. Su hermano mayor, de hecho, había estado trabajando en la suya propia, aunque no había tenido tiempo de acabarla antes de morir. Como nuevo heredero de su casa, Dex tendría que elaborar su propio blasón. Pero no era aquel el motivo por el cual consultaba ahora los libros de heráldica. Su interés tenía que ver, en realidad, con el símbolo por el que Axlin sentía tanta curiosidad. Ella decía que estaba relacionado con algún tipo de protección contra los monstruos, y lo había identificado con una flor. A él le había parecido una fuente, pero no habría sabido decir exactamente por qué.

Hacía ya tiempo que su amiga había dejado de investigar aquel asunto, porque no estaba sacando nada en claro. Aunque ella había estado examinando los libros de botánica, a Dex aquel símbolo le recordaba más bien a los blasones de la aristocracia. No a los actuales, complejos y recargados, sino a los más antiguos, los de la época de los Fundadores. De cuando nadie tenía tiempo para diseñar una divisa complicada, porque había que luchar contra los monstruos. De cuando los blasones tenían un significado que podía comprenderse a simple vista.

De modo que allí estaba, escudriñando entre las raíces de la familia De Galuxen, en busca de un emblema que se pareciese remotamente al símbolo que Axlin estaba estudiando. Tenía la intuición de que lo encontraría entre aquellos libros, y sospechaba que tal vez podía ser algo más que una corazonada: quizá lo había visto ya tiempo atrás, pero no recordara exactamente dónde.

Llevaba un par de semanas trabajando en aquella investigación, pero no estaba avanzando mucho porque solo podía dedicarse a ratos. A pesar de que ya apenas pasaba por la biblioteca del primer ensanche, y de que Kenxi estaba casi recuperado, Dex se resistía a dejar de visitarlo, y aquellos encuentros eran difíciles de compaginar con la agenda diaria que su madre elaboraba para él.

No obstante, seguía sumergiéndose en los libros de heráldica siempre que tenía ocasión. Se había remontado ya hasta varios siglos atrás, cuando aquel día, por fin, encontró lo que estaba buscando: un sencillo símbolo floral en el árbol genealógico más antiguo de los que había consultado hasta el momento.

Se inclinó para observar la página de cerca. La tinta estaba borrosa, pero la divisa era sin duda la misma. Conteniendo su excitación, el joven descifró con cierta dificultad el nombre que aparecía escrito debajo: «Grixin del Manantial».

—¡Ja! —exclamó—. ¡Lo sabía!

Era un apellido extraño, sin embargo. Se preguntó qué significaría «el Manantial» y por qué razón lo consideraría alguien tan importante como para utilizarlo como apellido familiar. Examinó el árbol genealógico con interés, pero la historia de Grixin era decepcionantemente corta. Había contraído matrimonio con uno de los Ocho Fundadores y, más tarde, uno de sus nietos se había unido a un De Galuxen. Volvió a repasar la genealogía, pero no tardó en descubrir que nadie más había adoptado el apellido «Del Manantial» después de ella. Frunció el ceño, pensativo. El nombre de Grixin le resultaba familiar. Si, tal como Axlin sostenía, su emblema estaba relacionado con los monstruos, tal vez Grixin hubiese desempeñado un papel importante en la historia de la Guardia de la Ciudadela.

La puerta de la habitación se abrió sin ruido ante él. Dex, inmerso en la lectura, no se dio cuenta.

—No sabía que ya habías vuelto a casa —dijo entonces su madre, sobresaltándolo.

Él alzó la cabeza para mirarla. La matriarca De Galuxen era una mujer serena y elegante que evitaba el lujo y la ostentación innecesarios. No le hacían falta, porque imponía respeto con su mera presencia. A Dex, desde luego, siempre lo había intimidado.

—Llegué hace un rato, madre —respondió—. Lamento no haberte informado.

Trató de utilizar un tono neutro, pero ella lo miró con desaprobación.

—No hace falta que mientas, Dexar. No lo lamentas en realidad. Hace tiempo que entras y sales de la ciudad vieja sin pedir permiso.

—¿Debería pedirlo? —planteó él.

—Ya no eres un niño, y te has convertido en el heredero de tu casa. Tienes responsabilidades; no puedes desaparecer sin avisar una y otra vez. Y menos para ir a visitar a... tu *amigo*.

Dex inspiró hondo.

—Mi *amigo*, como tú llamas a mi *pareja*, fue gravemente herido durante el ataque del abrasador del mes pasado. Por supuesto que voy a visitarlo. Todas las veces que sea necesario.

Su madre se envaró, ofendida, y el joven añadió:

—Soy consciente de que muchas cosas han cambiado después de la muerte de Broxnan. Pero a él lo educasteis desde niño para ser el heredero, mientras que yo tenía mi vida encaminada en una dirección muy diferente. No puedes pretender que renuncie a todo de la noche a la mañana, madre. Jamás podré ocupar el lugar de Broxnan, por mucho que te empeñes.

La mirada de ella se suavizó un poco.

—Comprendo que lleva tiempo. Y estoy dispuesta a concedértelo, si tú estás dispuesto a aceptar el lugar que te corresponde ahora en nuestra familia. —Se fijó entonces en el volumen que su hijo aún mantenía abierto sobre la mesa—. Hacía tiempo que no consultabas las genealogías —comentó, alzando una ceja con interés—. ¿Qué estás buscando exactamente?

Dex sabía que no era buena idea hablarle de la investigación de Axlin, por lo que respondió lo primero que se le pasó por la cabeza:

—Busco algún De Galuxen que cumpla con los requisitos mejor que yo. Seguramente, el primo Oxril estará encantado de ocupar mi lugar.

La mandíbula de su madre se tensó un poco.

—Ni se te ocurra volver a mencionarlo. —El joven suspiró, pero ella no había terminado—: Aunque, ya que has desempolvado esos libros, tal vez puedas aprovechar para elaborar una lista de muchachas casaderas que cuenten con un linaje satisfactorio.

Dex resopló, molesto.

—Madre, sabes muy bien que no pienso hacer eso.

Ella solo sonrió.

—Por supuesto que lo sé. Por esa razón me he tomado la molestia de hacerlo por ti.

—¡Madre! —protestó él, levantándose de su asiento.

—Y te he concertado un encuentro con Valexa de Vaxanian para dentro de diez días.

Sobrevino un largo silencio. Dex se quedó mirando a su madre con incredulidad, aún en pie y con las manos apoyadas sobre la mesa.

—Debe de ser una broma —murmuró por fin.

—¿Tengo aspecto de estar bromeando? —replicó ella con severidad. Él reprimió un nuevo suspiro.

No, por descontado. Su madre jamás bromeaba.

—Pero... ¿por qué Valexa? Después de tanto tiempo..., ¿qué sentido tiene?

—Sigue siendo la mejor opción, Dexar.

—No para mí. Tú lo sabes, y ella también.

Su madre le restó importancia a sus palabras con un gesto.

—Valexa siempre mostró interés por ti, y eso no ha cambiado. Rechazó la propuesta de Broxnan en su día, a pesar de que él era el heredero. Quizá tú todavía tengas una oportunidad.

—Madre, no puedo casarme con Valexa ni con ninguna otra mujer. ¿Por qué no lo quieres entender?

—Te presentarás en casa de los De Vaxanian en la fecha acordada, después del almuerzo —replicó ella, dándole la espalda para salir de la habitación—. Y no te retrases: te estarán esperando.

Dex bufó, irritado; se dejó caer de nuevo sobre la silla y hundió el rostro entre las manos.

Lo cierto era que, años atrás, habría ido a visitar a los De Vaxanian de buen grado. Él y Valexa habían sido buenos amigos cuando eran niños. Compartían el mismo interés por los libros, y la biblioteca de su familia estaba bastante mejor surtida que la de los De Galuxen.

Asaltado por una súbita idea, alzó la cabeza y volvió a examinar la página donde había encontrado la referencia a Grixin. Sonrió para sí al comprobar que no se había equivocado: Grixin del Manantial se había casado con uno de los Ocho Fundadores, en efecto.

Con Vaxanian, precisamente.

Era probable, pues, que en la biblioteca de Valexa hubiese más referencias a la misteriosa mujer cuya divisa interesaba tanto a Axlin.

Suspiró para sus adentros. Valexa y él habían sido buenos amigos, sí, pero aquellos tiempos quedaban ya muy atrás. Lo cierto era que hacía años que apenas se dirigían la palabra. Cuando coincidían en algún evento social, sus conversaciones resultaban tensas y forzadas.

En el fondo lamentaba que las cosas se hubiesen desarrollado de aquella manera. Pero sospechaba que aquel encuentro que le había organizado su madre no contribuiría a normalizar la relación entre ellos, sino todo lo contrario.

Respiró hondo. No se imaginaba a sí mismo visitando a Valexa después de tantos años... ¿Para qué? ¿Para pedirle que le permitiese curiosear en su biblioteca? ¿Para hacerle creer que existía alguna posibilidad, por remota que fuera, de que ellos dos llegasen a emparejarse en el futuro? De ningún modo podía acceder a la petición de su madre, se dijo. Tendría que buscar información en otra parte. Pero primero debía contarle a Axlin lo que había averiguado. Tal vez ella, con ayuda de la maestra Prixia, lograse descubrir algo más en los volúmenes de la biblioteca, ahora que sabía dónde debían buscar.

Se apresuró a devolver los libros a sus estantes y salió de la sala de lectura.

Momentos después abandonaba la casa familiar, de nuevo sin molestarse en informar a nadie. No quedaban muchas horas para la puesta de sol, y tenía bastantes cosas que hacer fuera de la ciudad vieja.

Axlin se llevó una gran alegría cuando lo vio aparecer por la biblioteca. Los dos amigos se abrazaron emocionados, y la maestra Prixia sonrió con calidez a su ayudante, aunque le dirigió una mirada de advertencia. Después los dejó a solas, pero Dex sabía que debía pasar a hablar con ella antes de marcharse.

—No tengo mucho tiempo, Axlin —empezó—. Me alegro mucho de verte, pero me temo que no me puedo quedar.

—¿Has pasado solo a saludar? —preguntó ella, un poco decepcionada.

—No exactamente. Tengo algo que contarte.

El rostro de su amiga se iluminó con una súbita sonrisa.

—¿Has tenido noticias de Xein?

Él tragó saliva.

—No, lo siento. La última vez que vi a Oxania, me contó que no había podido hablar con su tío sobre el tema. Al parecer es un hombre muy ocupado y, con todo lo que está pasando, no tiene tiempo para recibirla.

Ella trató de ocultar su decepción.

—Lo entiendo —murmuró.

De pronto, Dex se sintió mal por haberla hecho concebir falsas esperanzas. Llevado por su curiosidad académica, había dedicado quizá demasiado tiempo a investigar sobre un tema que probablemente no tenía la menor importancia. Tal vez debería haberse esmerado más en tratar de averiguar algo sobre el destino de Xein. Pero en el fondo Axlin no podía reprochárselo, pensó. Nadie, ni siquiera en la ciudad vieja, tenía poder para inmiscuirse en los asuntos de los Guardianes. Por encima de sus altos mandos solo estaban el Consejero de Defensa y Vigilancia y el mismo Jerarca. Se aclaró la garganta y prosiguió:

—Sé que quizá ya no estás trabajando en esto, pero quería decirte que he descubierto algo sobre tu símbolo de protección.

—¿Te refieres a la flor? —preguntó ella con curiosidad.

—No representa una flor, sino una fuente, ya te lo dije —respondió él, con una sonrisa de triunfo—. Al parecer es la divisa de una lejana antepasada mía: Grixin del Manantial. No te sonará su nombre, porque no figura entre los Ocho Fundadores, aunque contrajo matrimonio con...

—¿Te refieres a la Venerable Grixin? —interrumpió ella con los ojos muy abiertos—. ¿La autora del primer bestiario del que se tiene noticia?

Su amigo pestañeó con perplejidad.

—No lo creo. No puede tratarse de la misma persona, ¿no? De lo contrario, te habrías topado antes con su símbolo. Sin duda lo habría utilizado para firmar su trabajo.

—Tal vez lo hizo. No lo sabemos, porque no conservamos ninguna obra suya. —La joven contempló a Dex con un nuevo interés—. ¿Dónde has encontrado información sobre ella?

—En la biblioteca de mi casa —respondió él—. En los libros de genealogías. ¿Por qué lo preguntas?

—¡¿Tienes una biblioteca en tu casa?! —exclamó ella, atónita.

Se llevó las manos a la boca al instante al ver que varios de los estudiosos alzaban la cabeza para dispararle miradas de desaprobación.

—No es una biblioteca muy grande —aclaró él—. Nada que ver con esta, por supuesto.

—Aun así, me encantaría poder visitarla —suspiró Axlin, con un tono de voz más apropiado para el lugar donde se encontraban—. Quizá encontrase allí información sobre la Venerable Grixin y el libro que escribió. ¡Tal vez haya pistas sobre dónde hallar alguna copia!

Pero Dex negó con la cabeza.

—Solo tenemos algunos libros de genealogías y poca cosa más. De todas formas, espero que te sirva para algo esta información. Me encantaría poder ayudarte en algo más, pero... no puedo.

—No vas a volver, ¿verdad? —adivinó ella, apenada.

—No lo creo. Y tú —añadió de pronto—, ¿aún tienes intención de abandonar la Ciudadela?

—No sin un carro apropiado, y eso tardará un poco, me temo. Aunque Loxan está en ello.

—Bueno. Si decides marcharte, no dejes de avisarme.

Ambos sabían que aquello sonaba como una despedida. Dex no volvería a trabajar en la biblioteca, y Axlin partiría hacia el frente oriental en cuanto tuviera la oportunidad. Si eso sucedía, existían bastantes posibilidades de que no volviesen a verse nunca.

Pero ninguno de los dos quería pensar en ello.

—He de marcharme —anunció él—. Aún debo hablar con la maestra Prixia, y tengo cosas que hacer en el segundo ensanche. —Suspiró—. Los días parecen mucho más cortos desde que cierran las puertas interiores por las noches.

Axlin asintió, pero no dijo nada. Se abrazaron una vez más y, cuando el joven ya estaba a punto de cruzar el umbral, ella llamó de nuevo su atención.

—Dex. Saluda a Kenxi de mi parte, ¿quieres?

Él se ruborizó un poco. No había compartido sus intenciones con ella, pero debían de resultar evidentes.

—Lo haré. Gracias, Axlin.

Un rato más tarde se detenía ante la pequeña casita que había compartido con Kenxi hasta hacía apenas unas semanas. El corazón le latía con fuerza, como cada vez que pasaba por allí. Aquel había sido su barrio, y se había sentido muy a gusto en él. Al principio se había instalado en aquella sencilla vivienda para poder huir de la casa de sus padres en la ciudad vieja, para encontrar su propio camino. Para poder ser un ciudadano anónimo y liberarse del peso de su apellido. Y el segundo ensanche no lo había decepcionado. Era cierto que contaba con menos comodidades que la ciudad vieja, que resultaba muy bullicioso y más peligroso, en cierto modo. Pero había valido la pena.

El puesto de ayudante en la biblioteca era una de las mejores cosas que le habían sucedido al trasladarse allí.

La otra era Kenxi.

Se habían conocido un par de años atrás, cuando Dex había comenzado a acudir a trabajar a la biblioteca todas las mañanas. Había tomado por costumbre detenerse en la panadería del barrio a comprar un bollo recién hecho para desayunar. No había tardado en fijarse en el aprendiz del panadero, un muchacho que no hablaba mucho, pero que siempre le sonreía al atenderlo.

Y todo había comenzado así, con un juego de miradas, con breves sonrisas y pequeños gestos amables. Tenía entendido que, en general, la gente de los ensanches no veía con malos ojos las relaciones entre personas del mismo sexo porque, en teoría, no estaban condicionados por la obligación de engendrar nuevos vástagos para alimentar el linaje familiar, pero él había crecido en un entorno en el que no se hablaba en público de aquellas cosas, así que dio por sentado que sería Kenxi quien daría el primer paso. Sin embargo, a medida que pasaban los días y el joven panadero no lo abordaba abiertamente, empezó a plantearse con inquietud que tal vez habría malinterpretado las señales.

Al final había resultado que, en realidad, Kenxi era demasiado tímido para dirigirse a Dex; y, dado que él, por su parte, era demasiado discreto como para abrir su corazón sin más, los dos podrían haberse quedado en los preliminares de forma indefinida, siempre aguardando a que el otro lanzase una señal que nunca llegaba.

Por fortuna para ambos, sus torpes tentativas contaban con un testigo de excepción: Oxmon, el panadero, que, harto de que las vacilaciones de su aprendiz no lo condujeran a ninguna parte, decidió tomar medidas al respecto.

Dex sonrió con calidez al evocar aquel día. Al entrar en la panadería había encontrado a Oxmon solo en el obrador, desbordado de trabajo.

—Hace un buen rato que he mandado al chico a la trastienda a buscar semillas de anís y todavía no ha vuelto —gruñó—. ¿Por qué no vas a comprobar que no se ha caído dentro de un saco de harina o algo por el estilo?

A él no se le había pasado por la cabeza cuestionar la petición del panadero.

Halló a Kenxi revolviendo angustiado entre los estantes, de espaldas a la puerta.

—Sé que el tarro debería estar aquí, maestro —murmuró sin mirarlo—. Pero ¡no lo encuentro!

—Te ayudaré —replicó Dex abruptamente, y el muchacho dio un respingo al oír su voz y lo miró, colorado como una cereza.

Dex estaba seguro de que él también se había sonrojado un poco. Apenas se había situado junto a Kenxi para echarle una mano con la búsqueda cuando, de pronto, la puerta se cerró de golpe tras ellos. Los chicos se volvieron, sobresaltados al oír que alguien la atrancaba por fuera.

—Hablad de una vez, vosotros dos —gruñó Oxmon desde el otro lado—. No pienso dejaros salir hasta que lo hagáis. ¿Queda claro?

Dex y Kenxi, completamente ruborizados, cruzaron una mirada avergonzada. Fue el joven bibliotecario quien por fin inspiró hondo y soltó:

—¿Te gustaría que nos viésemos alguna vez... después del trabajo?

El rostro de Kenxi se iluminó de alegría.

—Sí, yo... Sí, me gustaría mucho —respondió.

Y los dos se quedaron un momento así, mirándose y sonriéndose como tontos, sin saber qué otra cosa añadir. Dex sintió la tentación de besarlo, pero el ayudante de panadero estaba tan rojo que temió que explosionaría si lo hacía, de modo que trató de tranquilizarse y de convencerse a sí mismo de que lo más difícil ya estaba hecho.

Aún tuvieron ocasión de intercambiar algunas impresiones más antes de que Oxmon los dejase salir. Después, Dex compró su almuerzo, como de costumbre, y Kenxi se lo sirvió, igual que todos los días. Pero intercambiaron una sonrisa cómplice, y la mano de Dex permaneció más tiempo del necesario en la de Kenxi cuando recogió el cambio.

Apenas un par de meses después, ya estaban viviendo en la misma casa.

Suspiró. No se arrepentía del tiempo que había pasado junto al joven panadero. Pero se había atrevido a soñar que podía escapar de sus orígenes y vivir su propia vida, y ahora lamentaba haber arrastrado a Kenxi a aquella relación sin futuro. Le había hecho daño sin pretenderlo, a causa de su propio egoísmo e ingenuidad.

El sonido de un trueno lo sobresaltó y lo hizo volver a la realidad. Alzó la mirada hacia el cielo y descubrió que se había vuelto de un pesado gris plomizo.

Las primeras gotas de lluvia empezaron a manchar los adoquines en la calle. Aun así, dudó un instante antes de traspasar el umbral de la casa. Se preguntó, no por primera vez, si no cometía un error visitando a Kenxi, a pesar de todo. Pero, como en otras ocasiones, se convenció a sí mismo de que solo trataba de asegurarse de que se estaba recuperando bien de sus heridas. Así que sacudió la cabeza, inspiró hondo y entró.

—¿Kenxi? Hola, soy... —Iba a decir «Soy yo», como en los viejos tiempos, pero se corrigió—. Soy Dex.

No recibió respuesta, de modo que avanzó hasta el comedor, inquieto.

Kenxi estaba allí, sentado junto a la chimenea, pero no alzó la mirada cuando Dex entró, ni se molestó en responder a su saludo.

El bibliotecario tomó asiento a su lado.

—¿Sigues molesto conmigo? —le preguntó con suavidad, cogiéndole la mano derecha; la izquierda la llevaba vendada a causa de las quemaduras, aunque él sabía que estaban sanando bien. Axlin había contribuido a ello, realizándole curas regulares con cataplasmas de miel y hojas de llantén.

Por fin, el muchacho se volvió hacia él.

—Sabes que no —murmuró.

Dex le sostuvo la mirada. El aliento del abrasador había golpeado a Kenxi en la espalda, con tan mala fortuna que su cabello se había incendiado también. Había tratado de apagar las llamas con el brazo izquierdo en un movimiento instintivo, sin conseguirlo; probablemente, habría muerto de una manera agónica y horrible si los vecinos no hubiesen acudido en su auxilio, envolviéndolo en mantas para apagar el fuego que amenazaba con devorarlo. Le habían quedado marcas en el rostro, pero Dex se había acostumbrado ya a su nuevo aspecto, porque desde el principio había tenido claro que lo más importante era que las quemaduras más graves, las de la espalda, sanaran bien y sin infecciones.

—No esperaba que vinieras hoy a verme —añadió—. Es un poco tarde para visitas, ¿no crees?

—He pasado antes por la biblioteca para saludar a Axlin. También tenía que hablar con la maestra Prixia y no podía demorarlo más.

—Pensaba que ya no trabajabas allí.

—De eso precisamente quería hablar con ella. —Dex inspiró hondo—. En realidad, todavía soy bibliotecario, pero hace semanas que no voy a trabajar, y tenía que... despedirme de forma oficial. La biblioteca no puede seguir pagándome si no cumplo con mis obligaciones.

—Entiendo. No te preocupes, he hablado con mi familia; volveré con ellos a nuestra casa del anillo exterior.

—Kenxi, no —protestó él—. Puedo pagar el alquiler sin problemas, y lo sabes.

—Nunca te ha gustado depender del dinero de tu familia —señaló el muchacho.

Dex desvió la mirada, incómodo, pero no respondió, porque sabía que estaba en lo cierto. Hacía años que sufragaba todos sus gastos con el sueldo que cobraba como bibliotecario. Obviamente, no habría podido pagar con ello un palacio en la ciudad vieja, ni siquiera un apartamento en el primer ensanche. Pero llegaba de sobra para permitirse un hogar en aquel barrio, y el sueldo de su compañero como aprendiz de panadero también sumaba.

Ahora, no obstante, Dex no era el único que faltaba al trabajo. Mientras no se recuperase, Kenxi tampoco se lo podía permitir.

—Las cosas han cambiado —murmuró—. Se supone que soy el heredero de mi casa, así que ahora puedo tomar algunas decisiones sobre el patrimonio familiar.

Kenxi rio suavemente.

—¿A cambio de qué, Dex?

De nuevo tenía razón. Era extraño, reflexionó. Al principio de su relación había temido que en el fondo no fuesen compatibles. Después de todo, Kenxi era un joven poco hablador y ni siquiera sabía leer. Sin embargo, no tardó en descubrir que su silencio se debía más a la timidez que a la falta de ideas propias. Y que, aunque no fuese aficionado a la lectura como él, sí disfrutaba con las buenas historias, de modo que Dex había tomado por costumbre leerle libros en voz alta. Suspiró, evocando las tardes que habían pasado compartiendo lecturas junto a la chimenea. Había acabado por enseñarle a leer, pero a pesar de que Kenxi ya leía con cierta fluidez, nunca habían abandonado aquel hábito. Al menos, hasta la muerte de Broxnan.

Otra de las cosas que había aprendido sobre él era que, cuando Dex se perdía en detalles y elucubraciones, Kenxi era capaz de encontrar con facilidad la base de cualquier problema y resumirlo en una sola frase sencilla.

Como ahora.

Suspiró de nuevo. No tenía sentido negarlo.

—Mi madre quiere que me case —dijo.

Kenxi alzó las cejas, sorprendido.

—¿Con quién?

—No está decidido aún, pero ya tiene varias candidatas entre las jóvenes de buena familia.

El chico sacudió la cabeza.

—Dex, eso es absurdo.

—A mí me lo vas a contar...

—Pero... ¿acaso tu madre no sabe...?

—Sí que lo sabe, pero finge que no tiene importancia.

Kenxi reflexionó un momento, con el ceño fruncido.

—¿Y qué vas a hacer? —preguntó por fin.

—Todavía no lo sé, pero ya se me ocurrirá algo.

El joven aprendiz de panadero sacudió la cabeza.

—Dex, viniste al segundo ensanche precisamente para poder escapar de todo eso. ¿Tanto han cambiado las cosas?

—Por supuesto que han cambiado. Entonces tenía un hermano mayor que era el heredero de nuestra casa. Ahora, en cambio, ese papel me corresponde a mí, me guste o no.

No sonaba enfadado, sino infinitamente triste. Cuando se levantó para marcharse, Kenxi desvió la mirada hacia la ventana.

—Llueve a cántaros, Dex —hizo notar.

—Oh... Esperaré a que escampe, pues. —Se detuvo, dubitativo—. Pero para entonces habrán cerrado la puerta de la muralla —dejó caer.

Kenxi le dirigió una sonrisa cansada.

—En ese caso..., supongo que tendrás que quedarte a pasar la noche.

Dex le devolvió la sonrisa.

—Supongo que sí.

6

Aún llovía sin piedad sobre la Ciudadela cuando resonaron unos golpes sobre la puerta de la casa de Amaraxa; primero tímidos, después más insistentes. La mujer cruzó una breve mirada con su hijo y se apresuró a correr hacia la entrada, preguntándose quién los buscaría a aquella hora tan tardía y con un tiempo tan borrascoso.

Cuando abrió la puerta, se quedó un momento desconcertada, sin saber cómo reaccionar. No conocía a la muchacha que aguardaba fuera, cubriéndose la cabeza como podía con una capa que apenas la protegía de la intensa lluvia. Su ropa estaba empapada y su corto cabello negro se le pegaba a la cara, chorreando. Debía de estar helada y, no obstante, le dirigió una mirada intensa, repleta de energía.

—¿Eres Amaraxa, la mercader? —preguntó.

La dueña de la casa no respondió. Se limitó a observarla, buscando en ella cualquier detalle, por nimio que fuera, que la ayudase a identificarla.

—Me llamo Axlin —dijo la recién llegada—. Necesito hablar con Amaraxa.

La mujer respondió por fin.

—Yo soy Amaraxa, sí. Pero ya no soy mercader. ¿Qué quieres de mí?

—Me han dicho que tienes un carro que ya no usas. —Trató de ajustarse mejor la capa sobre la cabeza, sin éxito—. ¿Me dejas entrar, por favor? Si pudiésemos hablar de esto con un poco más de calma, te lo agradecería.

Amaraxa, consciente de pronto de que la joven plantada ante su puerta era una posible clienta, se hizo a un lado para dejarla pasar. Axlin entró en la casa reprimiendo un suspiro de alivio y colgó su capa empapada de uno de los ganchos clavados en la pared, junto al dintel. La mujer examinó sus botas con ojo crítico y asintió para sí misma al comprobar que no estaban embarradas, señal de que la muchacha no venía de los barrios exteriores, donde muchas calles estaban aún por pavimentar. Le tendió una manta para que se secara, pero no la invitó a acercarse a la lumbre para que se calentara.

Axlin percibió de inmediato la impaciencia de su anfitriona y decidió ir directa al grano.

—Entonces ¿estarías dispuesta a desprenderte de tu carro? —preguntó.

La mujer no contestó enseguida. Se limitó a observarla con el ceño fruncido y los brazos cruzados.

—Por un justo precio, sí —dijo al final.

Axlin dejó escapar un suspiro de desaliento.

—No tengo mucho dinero —confesó—. Podría darte quince monedas de cobre. ¿Bastaría?

Amaraxa negó con la cabeza.

—Vale mucho más. Tres monedas de plata como mínimo.

Axlin palideció, y la comerciante comprendió que aquella chica nunca lograría reunir tanto dinero por su cuenta.

—Si no puedes pagarlo, no me hagas perder más el tiempo

—concluyó—. Además, se está haciendo tarde. Deberías regresar a tu casa antes de que anochezca del todo.

La joven suspiró. Había acudido a la casa de Amaraxa nada más salir de la biblioteca, pero para entonces ya era algo tarde. La jornada se había complicado. Los días de lluvia la biblioteca solía estar más concurrida de lo habitual, y después había que invertir más tiempo en ordenarlo todo.

Además, se notaba mucho la ausencia de Dex. La maestra Prixia le había dicho que contrataría un nuevo ayudante, pero Axlin sospechaba que aún tardaría en hacerlo.

A pesar de todo, no quiso despedirse de la comerciante sin intentarlo una vez más.

—¿Tienes intención de volver a usar ese carro? —insistió.

—No —reconoció Amaraxa—. Pero si no te lo doy a ti, siempre puedo venderlo a otra persona por lo que realmente vale. Es un buen carro, sólido y resistente.

—¿Y quién lo va a comprar? —preguntó de pronto una voz, procedente de una butaca situada ante la chimenea—. Ya casi nadie sale de la Ciudadela, excepto los Guardianes. Y ellos tienen sus propios vehículos.

Axlin se sobresaltó, porque hasta aquel momento no había sido consciente de la presencia de la tercera persona que ocupaba la estancia. Cuando el hombre se levantó con dificultad, apoyándose en las dos muletas que reposaban junto a su asiento, la muchacha lo observó con curiosidad. Era más joven que Amaraxa, pero se le parecía, por lo que dedujo que debían de ser parientes; probablemente se trataba de su hijo. No obstante, aunque su cabello era todavía oscuro y sin canas, su rostro aparecía prematuramente envejecido por un mapa de espeluznantes cicatrices. Caminaba con dificultad, y Axlin se dio cuenta de que apenas era capaz de apoyar los pies en el suelo.

—No deberías entrometerte, Raxmet —gruñó la mujer.

—¿Por qué? Después de todo, ese carro era mío.

—No volverás a conducirlo, así que deja que yo decida lo que debemos hacer con él.

—Ni hablar, madre. Por muy tullido que esté, sigo siendo un hombre adulto y capaz de tomar mis propias decisiones.

Avanzó hacia Axlin y la observó con gesto torvo.

—¿Qué vas a hacer con mi carro? —inquirió—. ¿Vas a convertirlo en leña o tienes intención de salir con él a los caminos?

—Tengo que viajar lejos de la Ciudadela con ciertas garantías —respondió ella.

Raxmet rio con amargura.

—Nunca hay garantías cuando se trata de los monstruos.

—Tienes razón —concedió ella.

Se adelantó hasta situarse ante él; el hombre reparó en su cojera y entornó los ojos para observarla con interés. Ella, a su vez, examinó su rostro a la luz cambiante de las llamas.

—Fueron los sindientes, ¿verdad? —preguntó de pronto.

Él se sorprendió.

—¿Quién te lo ha contado?

—Nadie. —La mirada de Axlin descendió hasta los pies de su anfitrión, que se apoyaban precariamente en el suelo, asistidos por las muletas—. Los sindientes son lentos, de modo que atacan primero las piernas de sus presas para impedir que escapen —explicó—. Se lanzan directos a los talones y cortan los tendones con un solo golpe de su única garra curva.

Tras ellos, Amaraxa dio un respingo, alarmada.

—No deberías... —empezó, pero su hijo la detuvo con un gesto.

—Sigue —le dijo a Axlin, aún con el ceño fruncido.

—Cuando la víctima cae al suelo —prosiguió la joven—, el sindientes se arroja sobre ella. A menudo usa la garra para abrirle el vientre y sorber sus entrañas mientras todavía sigue con vida. Otras veces, sin embargo... —añadió—, empieza a lamerle la cara.

Raxmet palideció; pero sostuvo su mirada y repitió a media voz:

—Sigue.

Ella alzó el dedo para señalar las marcas que desfiguraban el rostro del hombre, sin llegar a tocarlas.

—La lengua de los sindientes es tan áspera que abrasa la piel al primer lametazo. Y deja unas marcas características en los supervivientes..., largas y ligeramente triangulares. Una, dos, tres... —contó—. Hasta ocho veces te lamió el sindientes antes de que alguien acudiera a rescatarte. Fue el invierno pasado, ¿verdad? Debías de ir muy abrigado. Probablemente llevabas encima varias capas de ropa, por lo que el monstruo no pudo alcanzar tu abdomen en primer lugar, y por eso comenzó a devorarte la cara a lengüetazos. Si no lo hubiesen interrumpido, habría continuado hasta llegar al hueso.

A su espalda, Axlin oyó que Amaraxa sollozaba, horrorizada. Pero no apartó los ojos de Raxmet, y él también le sostuvo la mirada.

—Fue así como sucedió —murmuró por fin—. Exactamente así. Mi padre, mis hermanos y yo seguíamos la misma ruta de siempre cuando los monstruos nos atacaron. Yo me refugié dentro del carro y por eso pude salvarme, pero para cuando llegaron los refuerzos ya era demasiado tarde para ellos. —Se le quebró la voz—. Nunca le había contado los detalles a nadie.

—¿Cómo te atreves? —estalló finalmente Amaraxa. Raxmet y Axlin se volvieron hacia ella—. ¿Cómo te atreves a venir a mi casa para atormentar a mi hijo con esas horribles historias?

—Los monstruos no desaparecen solo porque se deje de hablar de ellos —replicó la joven con suavidad—. En la Ciudadela pensáis que podéis protegeros del horror simplemente ignorándolo, pero las cosas no suceden así al otro lado de las murallas. Por eso, luego las pesadillas tampoco desaparecen —concluyó, dirigiendo una mirada significativa hacia Raxmet.

—¿Cómo sabes que tengo pesadillas? —interrogó él, cada vez más asombrado.

—Por las ojeras —se limitó a responder ella—. En las aldeas, los niños hablan de los monstruos sin tapujos. Crecen con miedo y se acostumbran a los malos sueños. Al final, acaban por aceptarlos y aprenden a vivir con ellos. Los habitantes de la Ciudadela, sin embargo, no saben lo que son las pesadillas de verdad hasta que la muerte los mira a los ojos.

En esta ocasión, Raxmet sí bajó la mirada.

Axlin no añadió nada más. Rebuscó en su zurrón hasta encontrar dos frascos que entregó al desconcertado mercader.

—Esto es un ungüento a base de aceite y miel —le indicó—. Hará que tu piel se regenere más deprisa. Y esto es esencia de limón.

—¿También es para la piel?

—No. Es para las pesadillas. —Le dirigió una mirada repleta de comprensión—. En el oeste, la gente planta limoneros en los enclaves y se frota la piel con jugo de limón porque los sindientes lo aborrecen. El olor a limón no solo los mantiene alejados, sino que también ayuda a las personas a relajarse y a conciliar el sueño porque saben que los sindientes no osarán acercarse a ellas.

Raxmet dudó un instante antes de coger el frasco.

—¿Estás... segura?

—He viajado mucho, y he comprobado con mis propios ojos que funciona.

A sus espaldas, Amaraxa dejó escapar un resoplido desdeñoso. Su hijo pareció volver a la realidad.

—Puedes llevarte nuestro carro, Axlin —declaró por fin—. Madre, muéstrale dónde está.

La mujer lo miró asombrada.

—¡Pero...!

—Nosotros no vamos a utilizarlo —prosiguió él—. Probablemente, no volveremos a salir de la Ciudadela en mucho tiempo, así que... ¿para qué conservarlo?

Momentos después, Axlin y Amaraxa salían a la calle. Ya era de noche y seguía lloviendo, aunque con menor intensidad. Rodearon el edificio, pegándose a la pared para protegerse de la lluvia bajo el alero, hasta llegar a un cobertizo adosado a la parte posterior de la casa.

—Es aquí —anunció la mercader con gesto hosco.

Abrió la puerta y, tras colgar el farol de un gancho que pendía de una pilastra, se hizo a un lado para que Axlin pudiese pasar.

Ella entró y miró a su alrededor. Era un espacio húmedo y oscuro, repleto de cajas y barriles que se apilaban contra las paredes. Localizó el carro enseguida; ocupaba todo el fondo de la habitación, y la vieja sábana que lo protegía no lograba taparlo por completo. Se acercó a examinarlo, evitando el reguero de agua que caía desde una gotera del techo.

—¡Es un carro cubierto! —exclamó encantada.

—Por supuesto —replicó Amaraxa muy digna—. ¿Crees que enviaría a mi familia a comerciar por los caminos en la tartana de un buhonero?

Axlin no se molestó en responder. No pensaba permitir que los malos modales de la mujer empañasen su buen humor.

Porque aquel carro era lo mejor que le había pasado en semanas. Estaba en muy buen estado, a excepción de una rueda rota que no costaría mucho reparar. Y el hecho de que se tratase de un vehículo cubierto facilitaría mucho la labor de Loxan, que no tendría necesidad de fabricar un techo para protegerlo.

El buhonero llevaba ya un tiempo trabajando en la herrería de Davox y obteniendo a cambio un sueldo fijo, material de desecho y la posibilidad de utilizar el taller en sus horas libres, cuando su patrón le daba permiso. Esto sucedía más a menudo de lo que Axlin y Loxan se habían atrevido a soñar, porque Davox estaba verdaderamente interesado en el proyecto de su ayudante y sentía mucha curiosidad por ver acabado el carro acorazado del que tanto le habían hablado. No obstante, pese a que Loxan estaba trabajando ya en las planchas de metal que recubrirían el vehículo, no podría hacer nada sin una estructura sobre la que ensamblarlas. Y Axlin, gracias Raxmet y Amaraxa, por fin podría proporcionársela.

El corazón le latió más deprisa ante la posibilidad de partir pronto en busca de Xein.

—¿Sabías realmente todas esas cosas sobre los monstruos? —le estaba preguntando la mercader—. ¿O has sobornado a los Guardianes que rescataron a mi hijo para que te contaran cómo sucedió?

Axlin abrió la boca para contestar, pero entonces algo llamó su atención. Se quedó muy quieta, con el corazón desbocado y la mirada fija en un rincón en sombras entre las ruedas del carro.

—¿No me vas a responder? Porque lo mínimo que merezco...

—¡Chisss! —la interrumpió la joven. Se llevó la mano a la cadera, pero había dejado la ballesta en casa. Maldiciendo para sí, extrajo un puñal de la vaina que pendía de su cintura. A su espalda, Amaraxa lanzó una exclamación de alarma.

—¿Qué pretendes...?

Pero no pudo terminar, porque de repente una criatura peluda, con seis patas y una larga cola, salió de entre las ruedas, se encaramó a lo alto del carro y se agazapó para saltar sobre ellas.

—¡Corre! —exclamó Axlin, empujando a la mujer hacia la puerta.

Por fortuna para ambas, Amaraxa reaccionó rápido. Dio media vuelta, aferró a Axlin del brazo y tiró de ella para sacarla de allí. La muchacha cerró de golpe y ambas oyeron cómo la criatura chocaba contra la puerta, al otro lado. Se apoyaron contra los tablones para mantenerlos en su sitio, mientras el monstruo golpeaba una y otra vez, tratando de salir.

Después, silencio.

—¿Qué... era... eso? —jadeó la mercader, aterrorizada.

—Un trepador —murmuró Axlin—. Tenemos que avisar a los Guardianes, deprisa.

Pero la mujer se quedó quieta, mirándola con los ojos muy abiertos, incapaz de asimilar lo que estaba sucediendo.

—La puerta estaba cerrada y el cobertizo no tiene ventanas —razonó—. Es imposible que haya entrado ningún monstruo.

Los trepadores nunca entran por la puerta —le explicó la joven. Recordó de pronto la gotera del techo y miró a su alrededor, hasta localizar una escalera adosada a la pared—. Tenemos que impedir que escape. Corre, ve a buscar a los Guardianes. ¡Ahora!

Amaraxa no reaccionó de inmediato. Se quedó mirando, perpleja, cómo Axlin subía por la escalera hasta lo alto del cobertizo y gateaba sobre las tejas, resbaladizas a causa de la lluvia.

—Pero...

—¡Ve! —le urgió desde el tejado—. Si escapa, los Guardianes no volverán a encontrarlo antes de que devore a alguien.

Por fin, la mujer asintió y se precipitó calle abajo, en dirección al retén de la Guardia más cercano.

Axlin, mientras tanto, había localizado la teja suelta. Se arrastró hasta ella y la colocó en su lugar. Lanzó una exclamación de sorpresa cuando el monstruo empujó desde abajo, tratando de escapar. Pero ella no se lo permitió. Sacando fuerzas de flaqueza, se dejó caer sobre la teja con todo el peso de su cuerpo y se aferró como pudo al voladizo del tejado para mantenerse firme.

El trepador volvió a embestir desde abajo, pero Axlin resistió. El monstruo siguió intentándolo. Una vez, y otra, y otra más.

Los dedos de la muchacha, mojados y entumecidos, resbalaban sobre su asidero y amenazaban con soltarse en cada empujón. Tenía la ropa empapada y el pelo chorreando, y tiritaba de frío bajo la lluvia, pero luchó por aguantar todo cuanto le fuera posible. Era consciente de que, si el trepador lograba escapar del cobertizo y salir al exterior, lo primero que haría sería arrojarse sobre ella para devorarla.

Permaneció apenas unos minutos sobre el tejado, pero le parecieron horas. El monstruo seguía empujando, tratando de hacer saltar la teja suelta, que ella mantenía en su lugar, bajo el peso de su cuerpo. Cuando ya comenzaban a faltarle las fuerzas, el trepador embistió con violencia y los dedos de la muchacha cedieron por fin.

Lanzó un grito cuando se vio resbalando por el tejado. Logró, no obstante, asentar los pies en el canalón y sujetarse a una hendidura entre las tejas para no caer al vacío. Pero no fue capaz de recuperar la posición anterior y contempló impotente cómo la teja suelta saltaba por los aires y el trepador emergía por el hueco, sacudiéndose para liberar su negro y crespo pelaje del exceso de agua. Axlin lo vio deslizarse hacia ella con envidiable agilidad, sus scis patas bien aferradas al tejado, la cola en alto, con su venenoso aguijón listo para atacar.

Y justo entonces una alta silueta aterrizó sobre el tejado, haciéndolo temblar bajo su peso. Algo metálico brilló en la penumbra, herido por el tenue rayo de luz que se filtraba desde el interior del cobertizo. Y una flecha silbó en el aire y se hundió en el cuerpo del monstruo, atravesándolo de parte a parte y lanzándolo hacia atrás.

El trepador chilló y rodó por el tejado, agitando las patas en el aire frenéticamente, pero se las arregló para sujetarse y volver a ponerse en pie, aún con la flecha hundida en su cuerpo. Al verlo, Axlin le propinó una patada y le hizo perder el equilibrio.

Entonces su salvador llegó hasta ellos, saltando sobre el tejado con la fuerza y ligereza de un gato salvaje, y remató a la criatura con un solo golpe de su daga.

Algo se tensó en el interior de la joven, causándole un súbito dolor en el pecho. «¿Xein?», quiso preguntar; pero le faltaba el aliento y fue incapaz de pronunciar palabra.

El Guardián se volvió hacia ella, con sus ojos dorados cargados de preocupación.

—¿Estás bien? —le preguntó.

Axlin pudo respirar de nuevo. Se trataba de Yarlax.

El joven la ayudó a bajar hasta la calle. Allí los aguardaba Amaraxa; la mujer contemplaba con horror el cadáver del trepador, que había caído patas arriba en medio de un charco. Mientras Yarlax entraba en el cobertizo para asegurarse de que no había más monstruos, Axlin se inclinó para examinar el cuerpo.

—No sé cómo ha podido entrar —murmuraba la mujer tras ella—. La puerta estaba asegurada.

—No entró por la puerta —volvió a explicarle Axlin con paciencia—. Había un agujero en el tejado. Por donde caía la gotera, ¿recuerdas?

Amaraxa no respondió. Cuando el silencio empezó a alargarse demasiado, la joven se volvió pensando que se había marchado. Pero la mujer seguía allí, contemplándola con gesto desamparado.

—Entonces ¿qué se supone que debo hacer? ¿Proteger los tejados también?

—¿Disculpa? —dijo Axlin sin entender.

Pero Amaraxa no la escuchaba.

—Puede que esté mal trazado —murmuró para sí misma—. O que se haya emborronado a causa de la lluvia. Sí, eso debe de ser.

Se acercó a la puerta y se puso de puntillas para examinar su superficie; Axlin la observó con desconcierto, pero estaba demasiado oscuro y no fue capaz de vislumbrar lo que llamaba la atención de la comerciante.

Entonces retrocedió, porque la puerta se abrió y salió Yarlax, portando el farol en la mano.

—Todo despejado —anunció—. No hay más monstruos a la vista, pero, aun así, haré una ronda por el barrio, solo por si acaso.

Amaraxa sacudió la cabeza.

—No debería haber ninguno —murmuró—. Todas las puertas de mi casa están protegidas.

—¿Protegidas? —repitió el Guardián, sin comprender.

Llevada por una súbita sospecha, Axlin tomó el farol que sostenía Yarlax y lo alzó para inspeccionar la puerta bajo su luz. Descubrió entonces que había un discreto símbolo pintado en una esquina: el mismo diseño que ella había tomado en principio por un motivo vegetal, pero que ahora sabía que estaba relacionado con Grixin y algo llamado El Manantial.

Un símbolo que no solo aparecía en los tratados genealógicos de los De Galuxen, recordó de pronto. Sacudió la cabeza con desaprobación.

—¿A ti también te ha engañado el vendedor de amuletos del mercado?

—¿Vendedor de amuletos? —repitió Amaraxa muy ofendida—. Por supuesto que no. ¿Por quién me has tomado?

—Entonces ¿quién te dijo que ese dibujo te protegería?

De repente, la mujer se mostró mucho más cauta.

—No es asunto tuyo.

—Puede que no sea asunto suyo —intervino Yarlax. También él estudiaba la puerta del cobertizo con el ceño fruncido—. Pero tal vez sí lo sea de los Guardianes. ¿Quién ha pintado aquí este símbolo?

Antes de que la mujer pudiese responder, Axlin preguntó a su vez:

—¿Conoces el emblema del Manantial?

Yarlax se volvió para mirarla.

—¿El Manantial? —repitió—. No sé a qué te refieres. Hasta donde yo sé, este dibujo es solo un adorno.

—¿Dónde lo has visto antes? —insistió ella.

—En las puertas del Bastión, un lugar que solo visitan los Guardianes —contestó él—. Por eso me gustaría saber por qué lo habéis dibujado aquí también.

Axlin sintió que se mareaba. Todo parecía tener relación..., pero nada la tenía en realidad. El símbolo del Manantial había decorado la entrada a la aldea de Xein, pero también las puertas del Bastión, donde se formaban los Guardianes. Era el emblema de la Venerable Grixin, la autora del bestiario más antiguo, pero también circulaba como amuleto de protección para gente supersticiosa... como Amaraxa, al parecer.

¿Qué se le escapaba?

—Algunas personas dicen que es un signo de protección contra los monstruos —le explicó a Yarlax—. Pero no tengo constancia de que nadie haya demostrado su eficacia.

No obstante, los monstruos no entraban en la aldea de Xein. ¿Sería esa la razón por la que alguien habría marcado de la misma manera las puertas del Bastión?

—Dime una cosa, Yarlax —dijo entonces—, ¿los monstruos atacan el Bastión a menudo?

Él sacudió la cabeza con una sonrisa divertida.

—Los monstruos no atacan el Bastión, es inexpugnable —respondió—. Con altas murallas y un sistema de doble puerta, como los accesos a la Ciudadela. El patio está cubierto por una reja similar a la de la Jaula para protegernos de los pellejudos.

La arruga en el entrecejo de Axlin se hizo más profunda.

—¿Los pellejudos asedian el Bastión por las noches?

Él parpadeó.

—No. Su nido está demasiado lejos. No creerás en serio que este adorno repele a los monstruos o algo por el estilo, ¿verdad?

Ella iba a hablarle de la aldea de Xein, pero lo pensó mejor. Necesitaba pensar en ello con calma y, por otro lado, no deseaba mencionar aquel tema delante de Amaraxa.

—Por supuesto que no. Se trata solo de una superstición sin fundamento.

La mujer dejó escapar una carcajada escéptica.

—¿Sin fundamento? —repitió—. ¿Intentas decirme que es mejor combatir a los monstruos con zumo de limón?

—A todos los monstruos no, solo a los sindientes. De todos modos —añadió, señalando la puerta del cobertizo—, es evidente que pintar garabatos en las puertas tampoco les ha impedido el paso, ¿no te parece?

Amaraxa inspiró hondo, ofendida.

—Yo sé que funciona —se defendió—. No es ninguna superstición. Xaeran dice... —se interrumpió de pronto y se mordió el labio inferior, azorada.

Pero Axlin la había oído.

—¿Xaeran? —repitió.

La mercader les dio la espalda bruscamente.

—Es tarde y debo volver a casa —murmuró—. Mi hijo estará preocupado. Si quieres ese carro, chica, puedes llevártelo. A mí no me ha traído otra cosa que desgracias.

Yarlax alzó una ceja y miró a Axlin con curiosidad. Pero no tuvo ocasión de preguntarle al respecto, porque en aquel momento llegó otra pareja de Guardianes, alertados por los vecinos, para investigar lo que había sucedido.

7

L a campana despertó a Xein de madrugada. Antes de que se diera cuenta, se había levantado del catre de un salto y comenzaba a vestirse en la oscuridad. A su alrededor, sus compañeros de barracón actuaban de forma similar.

Salió al aire libre y lo recibió un soplo de viento helado. El suelo y los tejados de los barracones estaban cubiertos de escarcha y caía una fina aguanieve. La campana seguía sonando sin cesar.

Xein acabó de espabilarse por fin.

—¿Qué pasa? —preguntó mientras seguía a sus compañeros hacia la plaza central del campamento.

—Ha llegado una alerta desde los Nidos.

Tardó unos segundos en comprender lo que eso significaba.

—¿Han avistado un monstruo colosal?

—Eso parece —le respondieron.

Se fijó en los rostros de los otros Guardianes; se mostraban más serios que de costumbre y parecían profundamente preocupados. Siempre le habían hablado de los monstruos colosales con fría indiferencia, por lo que no pudo evitar preguntarse si detrás de aquella alerta repentina había algo que se le escapaba.

No había tiempo para preguntas, sin embargo. Se reunieron en torno al capitán Arxen, que se limitó a informar:

—Hay un musgoso en el desfiladero.

Xein miró a su alrededor. Más caras largas. Trató de recordar cómo eran los musgosos, pero no había tenido ocasión de repasar los bestiarios antes de ser enviado al frente oriental.

—No tendremos tiempo para prepararnos —prosiguió el capitán—. Enviarán refuerzos desde el Quinto y el Tercero, pero nosotros llegaremos antes que nadie. Ya conocéis el procedimiento.

Xein no lo conocía. Iba a abrir la boca para preguntar al respecto, pero el capitán dio por finalizada la reunión y todos se dispersaron. Dudó un momento; todo el mundo parecía tener claro qué debía hacer, excepto él. Entonces alguien le tocó en el hombro.

—Tú, novato. Ven conmigo.

El joven se volvió. Junto a él se encontraba Xirai, una Guardiana de cabello negro y ojos dorados. Habían coincidido en un par de patrullas, pero Xein solo sabía de ella que era veterana (rondaría los treinta y cinco, una edad más que respetable para un Guardián) y que llevaba casi toda su vida en el frente oriental. Prueba de ello era la larga cicatriz que marcaba su rostro desde la ceja derecha hasta la comisura izquierda de la boca. Probablemente, tenía muchas más en lugares menos visibles, como todos los veteranos; pero, ya fueran novatos o experimentados, no estaba en la naturaleza de los Guardianes jactarse de las heridas de batalla.

Aliviado por poder contar con una guía solvente, Xein siguió a Xirai hasta la armería. Allí comprobó que el resto de sus compañeros no estaban escogiendo sus armas habituales. Todos se pertrechaban con lanzas, dagas curvas y grandes ganchos sujetos a cuerdas que se enrollaban en torno a sus cuerpos. Xirai le indicó con un gesto que los imitara, y él obedeció.

Cuando los Guardianes marchaban en silencio a través del bosque en dirección al desfiladero, desafiando a la gélida noche invernal, ella habló por fin:

—¿Sabes lo que es un musgoso? —preguntó.

—Estudié los monstruos colosales en el Bastión —respondió el joven—. Pero ahora mismo no recuerdo...

—Cuerpo alargado, dividido en segmentos —le cortó ella—. Veinte pares de patas. Cabeza protegida por una corona ósea rematada por cinco cuernos. Lomo recubierto de placas duras como rocas, revestidas de pelaje verdoso, húmedo y resbaladizo similar al musgo.

A medida que hablaba la Guardiana, Xein visualizó a la criatura que describía y recordó por fin las ilustraciones que había visto en los bestiarios.

—Ya me acuerdo. Las espadas curvas son para seccionar las patas; los ganchos, para inmovilizarlo. Pero las lanzas...

Su única vulnerabilidad conocida es el espacio entre placas óseas. Es ahí donde pueden fijarse los ganchos y hundirse las lanzas. Y ni siquiera así se puede alcanzar ningún órgano vital.

Xein iba a preguntar algo más, pero de pronto las montañas retumbaron con un sonido similar al de un trueno y la tierra tembló ligeramente bajo sus pies.

—¡Eh! —exclamó alarmado, tratando de mantener el equilibrio—. ¿Qué ha sido eso?

—El musgoso intenta abrirse paso por el desfiladero —contestó Xirai.

Él la miró, incrédulo.

—¿Ya está aquí? Pero ¿por qué no han avisado antes los vigías?

Ella le dirigió una breve mirada.

—¿Has tenido guardia nocturna en los Nidos alguna vez?

—Sí, pero...

Calló, comprendiendo. En noches como aquella, cuando el viento sacudía el follaje y las nubes cubrían el cielo por completo, era casi imposible divisar al otro lado de la frontera otra cosa que no fuera oscuridad.

—Los musgosos, además, son especialmente difíciles de distinguir entre la espesura, debido al pelaje de su lomo. No es de extrañar que los vigías no lo hayan visto hasta que se les ha echado encima.

La tierra tembló de nuevo y Xein inspiró hondo, tratando de calmarse. El corazón le latía alocadamente.

—¿Cuánto tardarán en llegar los refuerzos? —preguntó.

En el Cuarto, el campamento donde se alojaban ellos dos, no había más de treinta Guardianes. Los más cercanos, el Quinto y el Tercero, estaban a medio día de camino, siguiendo la base de la cordillera hacia el norte y el sur, respectivamente.

—No los esperes antes del amanecer —respondió Xirai—. Tenemos que aguantar hasta entonces, como sea.

—No crees que podamos abatir al musgoso sin ellos, ¿verdad?

Ella negó con la cabeza.

—Tendremos suerte si logramos retrasarlo. De entre todos los monstruos colosales, los musgosos son los que podrían atravesar la cordillera con mayor facilidad. Tienen un cuerpo largo y flexible que podría deslizarse por los desfiladeros más amplios.

Xein asintió, pero no preguntó más.

El grupo continuó por una senda que bajaba por la ladera de la montaña. La tierra tembló de nuevo, provocando un pequeño desprendimiento que los obligó a detenerse para mantenerse en pie. Desde allí, Xein pudo ver por primera vez al musgoso. Y se quedó sin aliento.

Abajo, en el desfiladero, se retorcía una enorme mole de color verde oscuro, embistiendo las paredes de roca para abrirse paso. A la débil luz de las antorchas distinguió la cabeza, rematada por cinco largos cuernos, y una gigantesca boca de la que sobresalía una ristra de colmillos babeantes. El monstruo estaba atrapado en la red que los Guardianes habían tendido de un lado a otro del desfiladero, pero se debatía con furia, y las cuerdas que lo aprisionaban, gruesas y sólidas como eran, no le suponían mayor desafío que una telaraña para una serpiente.

En el suelo, media docena de minúsculas figuras se esforzaban por inmovilizarlo lanzándole arpones, redes y ganchos que apenas arañaban la pétrea superficie de su piel.

Era una batalla perdida, comprendió Xein, aterrado. Lo único que impedía al musgoso aplastar a los Guardianes que le hacían frente era el hecho de que su cuerpo había quedado atrancado en el fondo de la cañada, demasiado estrecha para él, lo que le impedía atravesarla con facilidad.

—Muévete, Xein —ordenó entonces Xirai.

El joven se dio cuenta de que el grupo se había puesto en marcha de nuevo y que él se había quedado atrás, contemplando a la criatura, paralizado de terror por primera vez en su vida. Tragó saliva y asintió.

Al desviar la mirada, sin embargo, reparó en otra forma gigantesca que se agitaba a lo lejos, hacia la entrada de la quebrada.

—¡Hay otro monstruo! —señaló, alarmado—. ¡Está intentando entrar en el desfiladero, justo detrás del musgoso!

Xirai miró en la dirección que señalaba, y después se volvió a observarlo con expresión indescifrable.

—No es otro monstruo, novato —replicó—. Es el mismo. Su cuerpo es tan largo que llega hasta el otro lado del desfiladero. Así que acabas de avistar su trasero, si prefieres expresarlo así.

Él la miró con incredulidad. Iba a decir algo, pero no le salieron las palabras.

—Tú solo baja ahí, cierra la boca, abre los ojos y pelea —concluyó ella—. Si estás atento y te limitas a obedecer en lugar de perder el tiempo con preguntas y comentarios estúpidos, quizá salgas con vida de esta.

Añadió algo más, pero Xein no pudo entenderlo, porque en aquel momento el musgoso dejó escapar un bramido de furia que golpeó dolorosamente sus oídos y lo dejó clavado en el sitio, temblando. Cuando se recobró, se percató de que Xirai se había reunido ya con el resto del grupo y no parecía dispuesta a esperarlo más. Inspiró hondo y se apresuró a seguirla.

En el fondo del desfiladero reinaba un cierto orden en medio de la violencia y el caos. Los Guardianes se enfrentaban al monstruo con fría disciplina, esquivando sus dientes, sus cuernos y sus múltiples patas, capaces de aplastarlos como si fuesen insectos. Habían logrado envolverlo en una maraña de redes, cables y cuerdas, esforzándose todo lo posible por inmovilizarlo. Algunos lanzaban garfios por encima de su cuerpo, tratando de engancharlos a las placas óseas que recubrían el cuerpo de la criatura, pero hasta aquel momento solo cuatro lo habían conseguido, y tiraban de las cuerdas, todos hacia el mismo lado, perfectamente sincronizados, luchando por derribarla. Otros Guardianes saltaban sobre el monstruo desde rocas elevadas, buscando huecos entre las placas para hundir sus lanzas; pero la mayoría rebotaban contra la armadura del musgoso o se deslizaban sobre su pelaje húmedo y resbaladizo. Xein reparó, sobrecogido, en los Guardianes que se aventuraban bajo su cuerpo, esforzándose por alcanzar sus patas sin ser aplastados en el intento. Ya habían seccionado una de ellas, por lo que la criatura se escoraba un poco hacia la derecha, pero aún se movía sin grandes dificultades. El joven comprendió que, si pretendían detener su avance, tendrían que inutilizar al menos media docena de extremidades más.

El musgoso bramó de nuevo, y Xein trató de mantenerse en pie, aturdido no solo por el sonido, sino también por la pútrida vaharada pestilente que emanó de sus fauces.

—¡Guardianes, formación de combate! —gritó entonces el capitán Arxen.

A partir de ese momento, Xein ya no pensó en nada más.

Durante las horas siguientes él y el resto de los Guardianes combatieron al musgoso sin descanso. Divididos en grupos y perfectamente coordinados, arrojaron garfios, lanzas y arpones; cabalgaron sobre su lomo y fueron arrojados al suelo; se deslizaron bajo su cuerpo para tratar de seccionar sus patas; y le lanzaron pesadas rocas desde lo alto del acantilado.

Todo ello, sin embargo, solo consiguió enfurecerlo más. Al amanecer, el monstruo seguía encajonado en la cañada y tenía dos patas menos, pero había logrado avanzar un poco más hacia el final del paso.

Los Guardianes, por su parte, habían perdido a cuatro de los suyos. Dos de ellos habían sido devorados por el musgoso, otro había acabado ensartado por una de sus patas y el cuarto había muerto aplastado entre la pared rocosa y su gigantesco cuerpo.

Xein estaba agotado. Dado que aquel era su primer monstruo colosal, no le habían permitido acercarse demasiado, a pesar de que era un buen lancero y podría haberse unido a los Guardianes que buscaban espacios desprotegidos entre las placas óseas de la criatura. De modo que se había limitado a arrojar arpones desde la distancia, obedeciendo las órdenes del Guardián a cargo de su grupo. Aquel cometido no estaba exento de riesgos: en las contadas ocasiones en que lograban enganchar al musgoso, todos los Guardianes tiraban de las cuerdas a la vez para hacerlo volcar. Pero él se debatía, arrastrándolos, sacudiéndolos y lanzándolos por los aires. Tras varias horas de batallar de esta manera, Xein apenas sentía ya los brazos y tenía todo el cuerpo cubierto de arañazos y magulladuras. Estaba empezando a sospechar, además, que lo que trataban de hacer era imposible: jamás lograrían derribar a una criatura tan gigantesca, no de aquella manera.

Ya habían perdido a cuatro Guardianes y no parecían estar más cerca de derrotar al monstruo que cuando empezaron.

Justo cuando comenzaba a perder la esperanza llegaron los refuerzos desde el Tercero, y poco después se les unieron los del Quinto. Casi un centenar de Guardianes en total, que se repartieron por el desfiladero y se unieron a los grupos ya establecidos para seguir batallando contra el musgoso.

La lucha se prolongó durante toda la mañana. A mediodía, a los Guardianes del Cuarto, que eran los que llevaban más tiempo peleando, se les permitió tomarse un breve descanso por turnos, mientras los demás seguían hostigando al monstruo. Cuando le tocó a Xein, siguió a sus compañeros como un autómata, sin ser realmente consciente de lo que estaba sucediendo. Hacía ya horas que, ensordecido por los bramidos del musgoso, apenas oía lo que le decían. De modo que se mostró sorprendido cuando le indicaron que se sentase en el suelo y le ofrecieron un odre con agua y una escudilla de gachas calientes.

—Come y recupera fuerzas —le dijo Xirai—. El descanso no durará demasiado.

Aunque él apenas la oyó, captó el sentido de sus palabras. Asintió y se puso a comer, pero las manos le temblaban debido al esfuerzo que había realizado con los brazos. Echó un vistazo a sus compañeros y se dio cuenta de que ellos no estaban mucho mejor que él. Todos, sin embargo, comían con estoicismo, ajenos al desaliento que se había abatido sobre el novato.

Xein respiró hondo y sepultó la mirada en el contenido de su escudilla. No le importaba pelear o pasar todo el día luchando contra un único monstruo, sin comer ni dormir. Ni siquiera le inquietaba seriamente la posibilidad de morir en aquella batalla. Pero tenía la sensación de que todos sus esfuerzos eran en vano. Aun con tres patas menos y varias lanzas clavadas hasta la empuñadura en el hueco blando entre placas óseas, el musgoso seguía avanzando lentamente. A aquellas alturas habían caído ya siete Guardianes, pero ellos solo habían conseguido infligirle heridas superficiales.

—Hay que tener paciencia —dijo entonces un Guardián a su lado—. Estas batallas son siempre una cuestión de resistencia.

Xein se volvió hacia él. Se llamaba Noxian, y era un compañero de la División Plata. Un poco más locuaz que el resto, pero no especialmente amigable. No obstante, detectó en su mirada una chispa de comprensión.

—¿A cuántos monstruos colosales te has enfrentado? —preguntó con curiosidad.

Noxian alzó ambas manos para mostrarle seis dedos. Xein se sintió un poco mejor.

Sabía, por descontado, que los Guardianes del frente oriental luchaban contra aquellas criaturas, y obviamente vencían; de lo contrario, estas habrían arrasado el mundo civilizado mucho tiempo atrás. Pero hablar con alguien que hubiese sobrevivido a seis colosales... era algo muy distinto.

—No sé cómo es posible abatir a monstruos así —admitió, sin embargo—. Necesitaríamos armas mucho más grandes. —Sacudió la cabeza con frustración—. *Nosotros* necesitaríamos ser mucho más grandes.

—Dices eso porque estás acostumbrado a matar monstruos de un solo golpe o, a lo sumo, tres o cuatro —replicó su compañero—. Los colosales son otra cosa. ¿Alguna vez has visto cómo pelean las hormigas? —Xein frunció el ceño, pero asintió—. Se atreven con presas mucho más grandes que ellas. Las persiguen, las hostigan, las atacan sin descanso hasta que las abaten... y entonces las devoran. Su secreto radica en su número y en que nunca se rinden. Nosotros somos como esas hormigas. Los monstruos colosales podrán matar a muchos Guardianes, pero llegarán otros a ocupar su lugar. Al final, todos los monstruos acaban cayendo por puro agotamiento. Incluso los más grandes.

Xein no dijo nada, pero las palabras de Noxian habían prendido una leve llama de esperanza en su interior.

—Se acabó el descanso, Guardianes —anunció entonces Xirai—. Regresad a vuestros puestos.

El joven Guardián se levantó de un salto y se reunió con el grupo, dispuesto a ocupar de nuevo su lugar.

El musgoso cayó por fin al amanecer del tercer día de batalla. Los Guardianes habían logrado volcarlo en un par de ocasiones, y la tierra había temblado bajo el peso de su formidable cuerpo. Y, tal como hacían las hormigas, docenas de Guardianes habían caído sobre él. Aventurándose entre aquellas patas que se agitaban en el aire y que eran lo bastante poderosas y afiladas para ensartarlos de parte a parte, habían buscado huecos desprotegidos entre las piezas de su coraza, aprovechando que el vientre de la criatura no estaba recubierto de pelaje y podían, por tanto, mantener el equilibrio sin resbalar.

Era una maniobra arriesgada, sin embargo. Buena parte de los atacantes lograron hundir sus lanzas en la carne del musgoso, pero cuando la criatura se dio la vuelta y logró ponerse en pie de nuevo, algunos perecieron aplastados bajo la enorme mole de su cuerpo.

Una de ellos era Xirai.

Xein lo descubrió cuando, una vez abatido el monstruo, le ordenaron unirse al grupo que arrastraría el cadáver hasta el otro lado de la cordillera. Mientras lo envolvían en cuerdas para remolcarlo por el desfiladero, no pudo evitar mirar de reojo a los Guardianes que acarreaban los cuerpos de sus compañeros de regreso al campamento. Sobre una de las camillas improvisadas reconoció a Xirai. Estaba cubierta de sangre del musgoso, como todos los demás, incluido él. La mitad inferior de su cuerpo había quedado completamente aplastada, y había recibido un golpe tan fuerte en la cabeza que la parte izquierda de su cráneo estaba hundida y deformada; pero su rostro sin vida estaba vuelto hacia él, y la identificó de inmediato.

Apartó la mirada y cerró los ojos con abatimiento, sintiendo un angustioso peso en el corazón. Pero continuó con la tarea que le habían encomendado, sin una sola palabra.

Xirai había sobrevivido durante años en el frente oriental. Probablemente, era la Guardiana más veterana del campamento y se había enfrentado a numerosos monstruos colosales, pero aquel había acabado con su vida. Xein no pudo evitar preguntarse cuál sería el que lo mataría a él. No había sido aquel musgoso, desde luego, pero tal vez cayera en la siguiente batalla. Quizá lo abatiera el segundo monstruo colosal al que se enfrentaría, o tal vez el tercero o el cuarto. No importaba realmente, porque tarde o temprano moriría allí, en la Última Frontera. Solo esperaba que, hasta entonces, su presencia en ese lugar resultara útil para sus compañeros y para la humanidad en general.

Algo en su interior se estremeció de pena. En el frente oriental, los Guardianes batallaban contra criaturas inmensas y abominables, y caían uno tras otro, en silencio, sin que nadie lo supiera ni los honrara por ello.

Sin que nadie los echara de menos.

¿Por qué deberían echarlos de menos?, se preguntó con amargura. Después de todo, los Guardianes eran los hijos bastardos de los monstruos innombrables. Jamás deberían haber sido engendrados. Al menos, luchando en la Última Frontera contra aquellos seres formidables podían en parte expiar el error que suponía su propia existencia.

«Xirai lo sabía», pensó, tratando de consolarse. Se preguntó, sin embargo, si su compañera habría deseado seguir viviendo más tiempo para tener la oportunidad de abatir a más monstruos antes de sucumbir a su destino o si era algo que le resultaba indiferente.

«Como las hormigas», se dijo. «Multitud de ellas caen en la batalla, pero no importa, porque siempre llegarán otras para reemplazarlas». Las hormigas eran un ejército cuyo poder se basaba en el número; las cualidades de cada individuo no eran importantes.

En aquella idea había algo terrible y consolador al mismo tiempo, pero Xein estaba demasiado cansado para seguir pensando en ello.

La «limpieza» se prolongó hasta el atardecer. Los Guardianes abandonaron el cadáver del musgoso al final del desfiladero, bloqueando el paso para estorbar la posible llegada de nuevos monstruos, retiraron los cuerpos de los compañeros caídos y reconstruyeron las defensas que la criatura había derribado. Solo cuando hubieron acabado, se les permitió regresar al campamento.

Estaban agotados; llevaban tres días sin dormir, comiendo poco y descansando menos aún. No obstante, lo que más agradeció Xein fue poder bañarse y limpiar su piel y su pelo de la sangre del monstruo. Se puso un uniforme limpio y se dejó caer sobre su camastro, tan exhausto como si todo el agotamiento que había acumulado aquellos días se hubiese abatido sobre su cuerpo de repente.

No había establecido una relación estrecha con Xirai, en realidad. Ni con ninguno de sus compañeros, para hacer honor a la verdad. Pero la veterana Guardiana se había ocupado de guiarlo y aconsejarlo en su primera batalla contra un colosal, y había algo en ella que, por alguna razón, le recordaba a Rox.

Inspiró hondo. Echaba de menos a Rox, y también a Yarlax. Y, aunque no quisiera admitirlo, añoraba a Axlin. Pero nunca volvería a verlos, y cuanto antes se hiciera a la idea, menos sufriría por ello.

Lo consolaba el hecho de que, hasta donde él sabía, Rox ignoraba el secreto que ocultaba la existencia de los Guardianes. Y, mientras las cosas siguiesen así, podría vivir como cualquier otro Guardián, enfrentándose a monstruos de tamaño normal, interactuando con la gente corriente, disfrutando de la comodidad y la relativa seguridad de la Ciudadela.

No como Xirai.

Ni como él.

Vencido al fin por el cansancio de piedra que se había apoderado de él, el joven Guardián cerró los ojos. Ningún sueño, ni inquietante ni placentero, vino a turbarlo mientras dormía. Desde su llegada a la Última Frontera, le sucedía a menudo que su letargo parecía más una muerte en vida que un auténtico descanso.

Pero, por muchas razones, él lo prefería de ese modo.

8

En el centro del enclave crecía un enorme abeto, y Rox se detuvo a contemplarlo con el corazón desbocado.

Todas las aldeas se parecían, pero aquella era sin duda la suya. La había reconocido de inmediato, en cuanto la larga sombra del árbol se había proyectado sobre ella.

Percibió de pronto un movimiento brusco a su lado, un silbido, un golpe y un siseo, y saltó hacia atrás, alarmada. Desenfundó su daga, pero ya era tarde: Aldrix se había ocupado del nudoso que había asomado un tentáculo del suelo buscando su tobillo. Contempló a su compañero, aún confusa.

—¿En qué estás pensando? —la regañó él—. No puedes permitir que un monstruo te sorprenda de esa manera, Rox.

Ella suspiró.

—Lo sé, lo siento. No volverá a pasar.

Aldrix la observó con gesto crítico.

—¿Qué hay en ese árbol? ¿Por qué te altera tanto?

Rox dudó un instante, pero por fin alzó la cabeza y señaló un punto entre sus ramas.

—¿Ves eso de ahí?

Él entornó los ojos.

—Parecen los restos de una plataforma de madera. Algo así como un puesto de vigilancia.

—Es correcto —confirmó ella.

—¿Qué tiene de especial? ¿Hay alguien allí?

—No. En realidad, no creo que nadie haya subido hasta ahí arriba desde el día en que yo me marché.

Su compañero se volvió hacia ella con brusquedad.

—¿Quieres decir... que esta era tu aldea?

—La segunda aldea en la que viví, sí. Y esa plataforma era... mi sitio, podríamos decir. Desde allí vigilaba el enclave día y noche, por si aparecía algún monstruo.

—¿Y qué hacías entonces? ¿Alertabas a todo el pueblo?

—No; bajaba de un salto y me encargaba de él.

La mirada de Aldrix recorrió la distancia que mediaba entre el suelo y la plataforma.

—Ninguna persona corriente podría hacer eso.

—No —concedió Rox—. Pero, después de todo, ni tú ni yo somos personas corrientes.

No hizo más comentarios, y él no siguió preguntando. Inspeccionaron el enclave, mataron a todos los monstruos, comprobaron que no quedaba nadie con vida y reanudaron la marcha. Mientras se alejaban por el camino, la Guardiana no se volvió a mirar ni una sola vez, aunque permaneció pálida, silenciosa y con el rostro desencajado hasta que dejaron la aldea atrás.

Por la noche, mientras compartían la cena en el refugio más cercano, Aldrix preguntó:

—Si hemos llegado hasta aquí, no debemos de estar lejos de nuestro destino. ¿Qué opinas?

Ella no respondió enseguida. Había estado examinando el mapa, y por primera vez había podido señalar en él la aldea donde la habían encontrado los Guardianes años atrás.

—Según esto, estamos solo a dos enclaves de distancia. Eso concuerda con mis propios recuerdos. En su momento tuve la sensación de que fue un viaje muy largo, pero probablemente se debía a que nunca antes había viajado. No pasamos más de tres o cuatro noches fuera, en todo caso.

Se le aceleró el corazón al pensar en lo cerca que se encontraba de la aldea de sus recuerdos. Todo indicaba que, en efecto, existía. La ruta que Loxan le había marcado la había conducido hasta el enclave en el que había crecido y, presumiblemente, la llevaría aún más atrás en la línea temporal de su vida, hasta el lugar donde moraban otros Guardianes como ella. Existía la posibilidad de que aquel enclave hubiese sido destruido por los monstruos, como todos los demás; pero, si había algún lugar capaz de resistir su asedio, sin duda estaba habitado por Guardianes.

No hablaron más aquella noche. Aldrix hizo el primer turno de guardia, y Rox se aovilló en un rincón para dormir. No obstante, los recuerdos continuaron hostigándola en sueños.

La despertaron los gritos desesperados de una muchacha. Se levantó de inmediato, con el corazón desbocado, y saltó desde lo alto de su puesto en la plataforma sin pensar apenas en lo que hacía. Aterrizó con elegancia en el suelo, flexionando las piernas para minimizar el impacto, y echó a correr de inmediato hacia el lugar donde sonaban los gritos.

Vio al dedoslargos trepando por la empalizada, y el corazón se le detuvo un instante al descubrir que acarreaba tras de sí un cuerpo que se debatía con desesperación. Sujetó con fuerza su cuchillo y se precipitó hacia él. Sus dedos rozaron el pie descalzo de la muchacha, pero no logró aferrarla antes de que el monstruo saltase la empalizada y se perdiese en la oscuridad, arrastrándola consigo. Rox inspiró hondo, saltó fuera del enclave y se aventuró a ir tras la criatura sin mirar atrás.

Regresó al amanecer, con el cadáver de la joven en brazos. Sin atreverse a sostener la mirada del líder de la aldea, lo depositó a sus pies.

—Larixa...—murmuró el hombre. Le temblaba la voz, pero Rox no osó alzar la cabeza para descubrir si se debía a la ira o a las lágrimas.

—Encontré la guarida del dedoslargos —informó en voz baja—, pero era demasiado tarde para ella. He matado al monstruo, no obstante. He dejado su cuerpo fuera, por si quieres...

No llegó a terminar la frase. El líder le cruzó la cara de una bofetada, y ella dejó escapar una exclamación de dolor y sorpresa. Pero enseguida se mordió los labios para tragarse las lágrimas.

—¿Dónde estabas, miserable? —siseó el hombre.

Rox miró a su alrededor, temblando de miedo. La gente de la aldea se había reunido tras el líder y contemplaba la escena en silencio, pero Rox no vio ningún rastro de empatía o comprensión en sus ojos. «Me dormí», quiso explicar. «Anteayer atacaron los robahuesos y la noche anterior estuve despierta rastreando al abrasador. No lo he hecho a propósito, pero es que no podía mantener los ojos abiertos...» Sin embargo, cuando su mirada se detuvo sobre el rostro sin vida de Larixa, algo se rebeló en su interior.

—Debería haberse cortado el cabello —dijo a media voz.

Sobrevino un silencio incrédulo.

—¿Cómo dices? —preguntó por fin el líder.

Rox tragó saliva.

—Llevaba el pelo demasiado largo —explicó—. Se lo dije, pero ella no quería cortárselo porque decía...

Se interrumpió de pronto, evocando la mirada de desdén que Larixa le había dirigido apenas unos días atrás. Pero había algo más en su expresión: odio y celos. «Eres un bicho raro», le había dicho. «Nadie puede encontrarte atractiva. Él solo te mira porque le produces repugnancia, nada más.» Rox no entendió de qué estaba hablando, así que no replicó. Días después, Larixa se había negado a cortarse el pelo cuando alguien le había señalado que empezaba a crecerle demasiado.

—¿Qué es lo que decía?

Rox volvió a la realidad.

—Que de esa manera gustaría más a los muchachos —murmuró por fin.

El líder volvió a cruzarle la cara de un bofetón.

—Insolente —masculló.

Entonces la agarró del brazo y la llevó a rastras hasta la choza de castigo. La arrojó al rincón y ella cayó de rodillas sobre el suelo, temblando, anticipando ya lo que estaba por llegar.

—¿Qué sabes tú de los muchachos? —aulló el hombre, lívido de ira.

—Na... nada —musitó ella.

—Ningún hombre de esta aldea tiene permiso para tocarte ni para mirarte dos veces siquiera, Rox. No eres una mujer: eres un arma, un instrumento, una herramienta. Así que no vuelvas a mencionar a los muchachos, ¿me has entendido?

Ella asintió. Tenía un nudo en la garganta y los ojos ardiéndole con lágrimas que no se atrevía a derramar.

—Recita lo que vales, miserable.

Rox tragó saliva y trató de hablar, pero no le salió la voz. El hombre le propinó un puntapié.

—¡Recítalo! —ordenó.

Ella gimoteó y empezó a susurrar:

—Tres mantas de lana de oveja. Cinco sacos de grano. Veinte huevos de gallina. Una piel de oso. Dos cuchillos. Seis quesos curados. Tres cestos de mimbre. Dos cabritos. Cuatro pares de botas...

La lista era larga; incluía veintisiete elementos distintos, y Rox se los sabía de memoria.

Era el precio que habían pagado por ella. Sabía que la aldea había pasado hambre y necesidad durante el primer invierno tras su llegada, y era algo que jamás le permitirían olvidar.

—Cinco tarros de miel —concluyó por fin con la voz quebrada.

—Exacto. —La voz del líder se había vuelto suave de pronto, y ella se estremeció porque sabía lo que eso significaba—. Pagamos todo eso a cambio de que nos protegieras de los monstruos. Tus criadores nos juraron que lo valías y que, mientras estuvieses en la aldea, no moriría nadie más. Dime ahora cuántos hemos perdido en estos años, Rox.

—Do... tres —susurró.

—Recita sus nombres.

—Xanori, Naxara... —Hizo una pausa y añadió—, Larixa.

—Quizá no quedara claro la última vez —concluyó el líder—, pero, si los monstruos entran en esta aldea, es por tu culpa. Si hieren a alguien, es por tu culpa. Si matan a alguien..., es por tu culpa. —Cogió la correa que colgaba de la pared, y Rox se encogió sobre sí misma, aterrorizada—. Así que, mientras estés aquí, cualquier mujer tiene derecho a llevar el cabello tan largo como quiera. Porque tu obligación es impedir que los monstruos se la lleven. ¿Has entendido?

—S... sí.

—Bien. Pero ahora me aseguraré de que lo entiendes de verdad —gruñó el líder del enclave, antes de descargar la correa sobre su espalda.

Rox oyó gritos de nuevo. Tardó un instante en comprender que eran suyos.

Se despertó de golpe, con un alarido atrapado en su garganta. Manoteó en el aire, pero unas manos la sujetaron de las muñecas.

—Rox..., Rox, despierta. Era una pesadilla.

Ella respiró hondo, tratando de calmarse. Y se halló de nuevo en el presente, entre los brazos de Aldrix. Se secó el sudor de la frente con el dorso de la mano y dirigió una mirada inquieta a su compañero. Sus ojos dorados relucían en la penumbra.

—¿Estás mejor? ¿De vuelta por fin?

Rox sacudió la cabeza, luchando por centrarse. Sintió una oleada de alivio al darse cuenta de que aquellos días oscuros jamás regresarían. Y se lo debía a la Guardia de la Ciudadela.

El mismo cuerpo al que había traicionado partiendo en aquella misión absurda.

O tal vez no lo fuera tanto, pensó de pronto. Jamás había deseado la muerte de nadie, pero el hecho de que aquel lugar de sus pesadillas hubiese sido destruido por los monstruos al fin... le resultaba extrañamente consolador. Y que no quedara nadie allí para reclamarla. Para exigirle obediencia incondicional porque en cierta ocasión habían pagado por ella un carro cargado con los bienes más preciados de la aldea.

Todo aquello, comprendió entonces, había quedado atrás para siempre.

—Hacía tiempo que no tenía pesadillas —murmuró—. Los Guardianes tienen razón, no es bueno remover el pasado.

—Si has decidido que vas a dejarlo atrás, este es un buen momento —señaló él—, porque hay media docena de sorbesesos ahí fuera.

Rox casi lo agradeció.

Tardaron un poco más de lo que habían previsto en alcanzar su destino, porque el camino había sido invadido por la maleza en algunos puntos y se vieron obligados a detenerse para despejarla, atrayendo la atención de los monstruos de los alrededores. Pero, cuando por fin llegaron, lo supieron antes incluso de divisar la aldea, cuyas casas quedaban ocultas entre la niebla vespertina, porque había dos personas aguardándolos, armadas con lanzas y plantadas a ambos lados del camino. Rox supo que eran como ella antes de mirarlos a los ojos, pues la gente corriente no solía adoptar aquella postura firme, serena y enérgica en campo abierto, donde todos se mostraban siempre más cautelosos.

Por otro lado, los verdaderos Guardianes se reconocían de lejos por el uniforme y por el cabello corto, y aquella pareja no llevaba ni lo uno ni lo otro.

Los recién llegados detuvieron sus monturas junto a ellos.

—¡Buena guardia! —saludó Aldrix, pero nadie le respondió.

—¿Quiénes sois y a dónde vais? —demandó la mujer.

Rox vaciló un instante. Seguía pareciéndole una Guardiana, pero tenía el cabello largo y rubio, sujeto en una trenza, y ella sintió una breve aprensión. Dos pensamientos se mezclaron en su mente: que sus superiores la sancionarían y que los dedoslargos se la llevarían. Tardó unos instantes en recuperarse de su confusión y comprender que la Guardia de la Ciudadela no tenía autoridad en aquel lugar, y que, probablemente, allí tampoco había dedoslargos. O quizá sí los había, pero sus habitantes podían deshacerse de ellos con relativa facilidad.

Ante el silencio de su compañera, Aldrix tomó la palabra:

—Somos Guardianes de la Ciudadela —anunció—. Recorremos la región del oeste en busca de supervivientes.

Los otros dos cruzaron una mirada.

—Descabalgad —ordenó entonces el hombre.

Aldrix abrió la boca para objetar algo, pero Rox desmontó sin decir una palabra y permitió que la mujer se acercase a ella para examinarla.

Ambas cruzaron una larga mirada. La Guardiana advirtió que la otra era un poco mayor que ella, y le latió el corazón más deprisa al comprobar que, en efecto, tenía los ojos plateados.

—¿Qué clase de persona eres tú? —preguntó entonces el hombre, desconcertado—. Tus ojos no son como los nuestros, pero tampoco se parecen a los de los comunes.

Rox se volvió para mirarlo. Estaba observando con atención a Aldrix, que había bajado también de su montura y soportaba su examen en silencio.

—Es un Guardián de la Ciudadela, igual que yo —explicó ella—. Igual que vosotros.

La joven de la trenza entornó los ojos.

—Hemos oído hablar de la Ciudadela —dijo—. Está muy lejos de aquí, y no tiene nada que ver con nosotros.

—La Ciudadela es un enclave de altas murallas donde vive muchísima gente —prosiguió Rox—. Allí, los guerreros de ojos dorados y plateados luchamos contra los monstruos para proteger a las personas corrientes.

Los dos contemplaron a Aldrix con renovada curiosidad.

—¿Tienes acaso las mismas capacidades que ella? —preguntó el hombre.

—Las tiene —respondió Rox—. Los Guardianes de ojos dorados se parecen mucho más a nosotros, los Plata, que a la gente corriente.

El hombre se rascó la barba, pensativo, mientras su compañera volvía a mirar a Rox con el ceño fruncido, como si quisiera hallar en su rostro algo que sabía que estaba ahí, pero que no acababa de definir.

—¿Cómo habéis llegado hasta aquí? —siguió preguntando el hombre de la lanza.

—Tenemos un mapa —contestó Aldrix.

Aquello no pareció contentar a la pareja, por lo que Rox añadió:

—Yo no he vivido siempre en la Ciudadela. Tengo recuerdos de este lugar. Creo que es posible que naciera aquí, hace veinte años.

Entonces la otra mujer lanzó una exclamación de sorpresa.

—¡Rox! ¿Eres tú?

Ella la miró, desconcertada.

—¿Cómo...?

Los ojos plateados de la otra Guardiana se humedecieron de la emoción.

—¿No me recuerdas? —murmuró—. Soy Raxni. Tu hermana.

La aldea no quedaba demasiado lejos de allí. Cuando llegaron, Rox y Aldrix se detuvieron un segundo antes de traspasar el umbral. Él alzó la cabeza para observar los trazos rojos que adornaban el dintel de piedra de la entrada, pero los ojos de ella estaban clavados en el silencioso grupo de personas que se había reunido al otro lado para recibirlos.

Raxni pasó un brazo sobre sus hombros y Rox se puso tensa, puesto que no estaba acostumbrada a aquellas muestras de afecto. Pero la mujer no pareció darse cuenta.

—Hermanos, hoy es un gran día —anunció—. ¡Hemos recuperado a alguien a quien perdimos hace mucho tiempo!

Condujo a Rox hasta el otro lado del portón y la situó ante las personas que los aguardaban dentro, que la observaron con curiosidad y cierto recelo. La Guardiana aprovechó aquel momento de desconcierto para contemplarlos a su vez.

Todos ellos, hombres, mujeres y niños, tenían los ojos plateados. No vestían, por descontado, el uniforme gris de la Guardia de la Ciudadela, pero tampoco llevaban el pelo corto, como los Guardianes que ella conocía. Igual que la gente corriente, lucían distintos estilos de peinado: barbas, melenas, trenzas. No obstante, compartían un aire de familiaridad que no se debía únicamente a sus ojos de plata. Incluso «disfrazados» de personas corrientes, los habitantes de aquella aldea parecían formar parte de una raza diferente.

Raxni la soltó para avanzar unos cuantos pasos, con una sonrisa radiante.

—¿Recordáis a Rox, hermanos? —preguntó.

Los más jóvenes se miraron unos a otros, confusos; pero un destello de reconocimiento iluminó de pronto los ojos de los adultos.

—Rox —repitió un hombre de barba gris—. Por supuesto. Te fuiste hace ya muchos años.

«Me vendisteis a cambio de un carro cargado de vituallas», pensó ella.

Pero no lo dijo en voz alta, porque había muchas cosas que aún no comprendía de aquel lugar, y sospechaba que no las averiguaría si se enemistaba con sus habitantes nada más llegar.

—Ahora vivo en la Ciudadela —respondió—. Con los Guardianes.

Los aldeanos de ojos de plata cruzaron miradas inquietas.

—Hemos oído hablar de ese lugar —asintió el de la barba gris—. Está muy lejos de aquí.

—Mi compañero y yo hemos recorrido un largo camino —explicó ella, apartándose un poco para dejar paso a Aldrix.

Su interlocutor lo observó con gesto grave.

—Ya veo —murmuró—. Yo soy Moloxi, el líder de la aldea. Sed bienvenidos a nuestro hogar, que ahora es también el vuestro.

Con una diligencia que a Rox le recordó a sus compañeros de la Ciudadela, los habitantes del enclave prepararon la cena para todos. Los recién llegados tomaron asiento junto a ellos, en torno al espetón donde se asaba un venado. Aldrix miró a su alrededor con el ceño fruncido.

—¿Solo hay Guardianes en este enclave? —preguntó—. ¿Dónde está la gente corriente?

—Perdimos a una gran parte de nuestra población durante los últimos ataques —explicó Raxni, sentándose junto a ellos para ofrecerles sendos cuencos de caldo—. Nos vimos desbordados y no pudimos protegerlos a todos. Pero aún quedan comunes en la aldea, por supuesto —añadió, señalando con la barbilla hacia un rincón.

Los forasteros localizaron allí a un par de mujeres que conversaban en voz baja. Se volvieron para mirarlos, con una mezcla de temor y timidez, y ellos apreciaron que ambas tenían los ojos de color castaño.

—¿Por qué no se sientan con nosotros? —preguntó Rox, tomando el cuenco que Raxni le tendía.

Ella se encogió de hombros.

—Siempre hemos estado separados. Ya era así cuando tú vivías aquí, aunque eras muy pequeña y probablemente no lo recuerdes.

Rox asintió, pensativa.

—Me he dado cuenta de que todos os llamáis «hermanos» —hizo notar—. ¿Eso quiere decir que soy tu hermana de verdad... o es solo una forma de hablar?

Raxni rio.

—Todos somos hermanos, hijos del mismo padre —explicó—. Los comunes fueron engendrados por humanos; nosotros, no. Pero además se da la circunstancia de que tú y yo nacimos también de la misma madre. Por eso somos doblemente hermanas.

Aldrix frunció el ceño ante estas palabras, pero Rox estaba más pendiente de aquella nueva información acerca de su parentesco. Contempló a Raxni, incrédula, mientras una extraña sensación de angustia, calidez y añoranza se expandía por su pecho.

—¿Estás diciendo que... tengo una madre?

—Todos tenemos una madre, Rox.

—Sí, pero... —Se detuvo, lidiando con las turbulentas emociones que la sacudían por dentro. No conservaba recuerdos de su madre, y apenas empezaba a recuperar retazos de memorias relacionadas con su hermana—. ¿Podría... podría verla?

Raxni negó con la cabeza.

—Murió hace ya algunos años. —Dejó escapar un suspiro pesaroso—. La gente común es demasiado frágil, me temo.

Rox no supo qué decir. Aquellos sentimientos que apenas habían comenzado a brotar en su pecho se apagaron de golpe, como una llama al viento, y la dejaron de nuevo fría y vacía.

—Pero ahora ya has regresado a tu hogar —prosiguió Raxni con una amplia sonrisa—. No volverás a estar sola nunca más.

Rox le devolvió una sonrisa cortés mientras evocaba su etapa en la Ciudadela. Lo cierto era que allí, entre los Guardianes, jamás se había sentido sola.

El corazón le latió un poco más deprisa al recordar a Xein, pero apartó aquellos pensamientos de su mente para centrarse en el presente.

—Sois vosotros los que estáis solos —hizo notar—. Toda la región del oeste ha sido tomada por los monstruos. No queda nadie vivo en ninguna parte. —Raxni guardó silencio, y Rox preguntó sorprendida—: ¿Ya lo sabíais?

—Lo imaginábamos. Los monstruos se han vuelto mucho más numerosos en los últimos tiempos, y hace ya meses que no aparece por aquí ningún viajero perdido. Al menos, así era hasta que llegasteis vosotros.

—Habéis logrado aguantar mucho tiempo, pero no conseguiréis sobrevivir aquí para siempre, aislados del resto del mundo. Venid con nosotros a la Ciudadela; allí, los Guardianes luchamos por defender lo que queda de la civilización, y tal vez un día...

—No —cortó ella con brusquedad—. Este es nuestro sitio.

—Pero...

—¿Acaso no es verdad que en la Ciudadela mandan las personas comunes, y vosotros, los Guardianes, obedecéis sin rechistar?

—Eso no es exactamente así.

—Entonces, vuestro líder... ¿tiene los ojos plateados? ¿O dorados, como los de tu amigo? —añadió señalando a Aldrix, que escuchaba sin intervenir.

Rox vaciló.

—No, en realidad..., el Jerarca es un hombre corriente —admitió por fin.

Su hermana resopló con desdén.

—Es lo que suponía.

La Guardiana se sintió irritada.

—Es extraño que te moleste que en la Ciudadela gobiernen las personas corrientes, cuando vosotros mismos me vendisteis al líder de otra aldea como si fuese una mercancía cualquiera —espetó, sin poder contenerse más.

Los ojos de plata de Raxni relampaguearon con furia.

—No fuimos nosotros. Esas cosas horribles las hacía el líder que teníamos antes de Moloxi. Un hombre común, incapaz de defenderse de los monstruos por sí mismo y que, sin embargo, se creía con derecho a disponer de las vidas de los niños extraordinarios que nacían en el enclave. Pero esos tiempos ya acabaron. Mientras Moloxi esté al mando, ningún bendecido abandonará el enclave contra su voluntad.

—¿Bendecido? —repitió Aldrix, inmiscuyéndose en la conversación por primera vez.

Pero Raxni se mostró reservada de pronto.

—Hay muchas cosas que no sabéis —se limitó a responder—. Pero no tardaréis en entenderlas.

Rox empezaba a sentirse mareada. Le costaba asimilar toda aquella información, y tenía la impresión de que seguía sumida en un extraño sueño del que se veía incapaz de despertar. Murmurando una excusa, se levantó y se alejó de ellos. Solo cuando sintió a su espalda la mirada extrañada de sus anfitriones, se dio cuenta de que en realidad no sabía a dónde ir.

Se detuvo junto a la hoguera en torno a la que se había reunido la gente corriente, y les preguntó por el camino hacia las letrinas. Tras un instante de vacilación, una mujer le dio las indicaciones que precisaba con voz tímida e insegura. Rox se lo agradeció y echó a andar de nuevo, aunque algo la inquietaba, como si hubiese percibido alguna cosa fuera de lugar y no fuese capaz de concretar qué era.

Cuando hubo perdido de vista las hogueras, se detuvo de pronto, herida por un súbito momento de comprensión.

Todas las personas corrientes que había visto en la aldea eran mujeres.

Miró a su alrededor, preguntándose si no se lo estaría imaginando todo. Quizá, además de separar a la gente corriente de los... «bendecidos», como Raxni llamaba a los Guardianes, en aquel enclave también establecían alguna clase de división por sexos. Pero no vio a nadie más.

Había llegado junto a la empalizada en su camino hacia las letrinas y, mientras observaba el entorno, descubrió otra cosa que le llamó la atención: no parecía haber centinelas vigilando el perímetro.

—Rox. —La voz de Aldrix a su espalda la sobresaltó. Él colocó una mano sobre su hombro para tranquilizarla—. Soy yo. ¿Qué está pasando aquí?

—¿Cómo voy a saberlo?

—Esta es la aldea en la que naciste, ¿no es así?

—Pero no tenía más de siete u ocho años cuando me marché. No recuerdo mucho de este lugar, y de todas formas las cosas parecen haber cambiado. —Hablaban en susurros, pero, aun así, ella bajó todavía más el tono para preguntar—: ¿Te has dado cuenta de que los únicos hombres que quedan en la aldea son todos Guardianes?

—Sí —asintió él—. Pero eso no es lo más extraño. —Sus ojos dorados brillaron en la penumbra—. Todas las mujeres corrientes están embarazadas.

9

Dex se asomó al interior del local, consciente de que llegaba tarde, pero se detuvo nada más cruzar la puerta, inquieto, para mirar a su alrededor.

Se trataba de una antigua cochera que ahora, al parecer, se utilizaba como almacén. A pesar de que aún no había anochecido, la estancia se hallaba ya iluminada con varias lámparas de aceite que arrojaban un juego de luces y sombras sobre los rostros serios de las personas que se habían reunido allí. La mayoría era gente del primer ensanche, aunque también identificó a algunos asistentes como habitantes de la ciudad vieja. Casi todos habían traído taburetes, escabeles o alfombrillas para no tener que sentarse en el suelo, lo cual indicaba que no era aquella la primera vez que asistían a una reunión similar.

Por fin localizó a Axlin, que lo saludaba con la mano. Muy aliviado, se abrió paso entre la gente para tomar asiento a su lado.

—¡Has venido! —exclamó ella—. Te lo agradezco mucho, de verdad. Sé que estás muy ocupado.

Dex sabía que tenía razón, pero no era menos cierto que en los últimos tiempos buscaba cualquier excusa para alejarse de sus obligaciones y escapar de la ciudad vieja. Sin embargo, no deseaba molestar a Axlin con sus preocupaciones, por lo que se limitó a responder:

—Bueno, lo cierto es que tu mensaje me dejó muy intrigado. —Miró a su alrededor con desconcierto—. ¿Me vas a contar por fin qué estamos haciendo aquí?

—No lo tengo muy claro, pero no tardaremos en averiguarlo —respondió su amiga—. ¿Te acuerdas de Xaeran? ¿El chico pelirrojo que pasaba tardes enteras en la biblioteca leyendo tratados de historia? —Dex asintió lentamente—. Pues, al parecer —prosiguió ella, bajando la voz—, toda esta gente ha venido hasta aquí para escucharlo.

—¿Para escucharlo? ¿Vamos a presenciar una lección de historia?

—No estoy segura todavía. ¿Te enteraste de que hace unos días abatieron a un trepador en el primer ensanche?

—Algo había oído, sí. Pensaba que no era más que un rumor. —Axlin negó con la cabeza y Dex la miró con incredulidad—. ¿En el primer ensanche? —Su amiga asintió—. Y, naturalmente, lo sabes porque estuviste allí para comprobarlo de primera mano —dedujo, sonriendo—. No podía ser de otra manera.

—No siempre puedo estar en todas partes —se defendió ella—. Pero sí, esta fue una de esas ocasiones. Resultó que la dueña del cobertizo donde se había escondido el trepador —bajó la voz antes de continuar— había dibujado en la puerta el símbolo de Grixin. Estaba convencida de que impediría el paso a los monstruos. Después comprobé que lo había pintado también en todas las puertas de su casa.

Su amigo frunció el ceño.

—¿Esperaba acaso que actuase como... repelente o algo así? Porque está claro que no funcionó.

—Por supuesto que no funcionó. No es más que una superstición sin fundamento, como los amuletos que venden en el mercado. No obstante..., ella también mencionó a Xaeran. Pensé que sería demasiada casualidad que se tratase del mismo Xaeran que nosotros conocíamos, pero hice unas cuantas averiguaciones... y, en fin, aquí estamos.

—¿Insinúas que ese chico va por ahí recomendando a la gente que dibuje símbolos de protección en sus puertas?

—Es posible, pero eso no es todo.

Le relató lo que Yarlax, el Guardián, le había contado acerca de las puertas del Bastión. Dex sacudió la cabeza.

—Así que tienes un blasón antiguo y algunas personas supersticiosas. Sigo sin entender por qué es tan importante, Axlin.

Ella no tuvo ocasión de responder, porque en aquel momento entró en la estancia el propio Xaeran, y la multitud se sumió en un silencio respetuoso, casi reverente. Los dos amigos observaron al joven. Vestía ropa buena y elegante, aunque de colores discretos: blancos, grises y pardos, más al estilo del primer ensanche que de la ciudad vieja. Se detuvo ante los presentes y les dirigió una cálida sonrisa y una mirada limpia y sincera.

—Buenas tardes a todos —saludó—. Gracias por asistir.

Hablaba con suavidad, sin asomo de desdén ni arrogancia en su voz. Dex supuso que les ofrecería un discurso repleto de generalidades, y se sorprendió cuando el joven afirmó sin rodeos:

—Sé que habéis venido porque deseáis saber si hay algo que podamos hacer para salvarnos de los monstruos.

Hizo una pausa y paseó la mirada de sus ojos verdes por la multitud. Todos, hombres y mujeres, jóvenes y ancianos, asintieron en silencio. Xaeran sonrió con tristeza.

—Lamento tener que deciros que no se puede hacer nada —concluyó—. La victoria de los monstruos y la caída de la Ciudadela son inevitables.

Axlin inspiró hondo, sorprendida, mientras a su alrededor se elevaba un murmullo incrédulo y temeroso. Xaeran alzó la mano, pidiendo silencio. Cuando todos callaron, volvió a hablar.

—Sé que quizá no estabais preparados para escuchar esto. La última vez que estuvisteis aquí os hablé de esperanza, de un futuro mejor. Todo eso sucederá..., pero tendremos que sobrevivir primero a una época oscura que pondrá fin al mundo que conocemos.

Se interrumpió de pronto, porque había un hombre en la primera fila que se removía inquieto y sacudía la cabeza con incredulidad. Xaeran se dirigió a él con una sonrisa amable.

—¿Hay algo que quieras decir en voz alta, amigo?

Él se sobresaltó. Probablemente no esperaba ser interpelado por el orador, pero, aun así, farfulló:

—¿Cómo puedes estar tan seguro de que la Ciudadela caerá? Los Guardianes siempre estarán aquí para protegernos.

Hubo murmullos de asentimiento. Axlin miró fijamente a Xaeran, pero su sonrisa seguía siendo cálida y cordial.

—Los Guardianes hacen un gran trabajo, sin duda —admitió—. Pero están equivocados. No nacieron para combatir a los monstruos, sino para sobrevivir a ellos. —Alzó de nuevo la mano, adelantándose a la reacción de su público, para pedir que le permitieran continuar—. ¿Sabíais que hubo un tiempo en el que no existían los monstruos?

Con aquella pregunta obtuvo de nuevo la plena atención de los presentes. Sonrió otra vez y prosiguió:

—Las crónicas hablan de un pasado en el que los seres humanos vivían en pueblos sin murallas ni empalizadas. Los historiadores señalan que un día llegaron los monstruos y atacaron a las personas sin más, iniciando una guerra que hemos mantenido durante siglos. Lo que nadie parece haberse preguntado nunca... es cómo sucedió. Ni lo más importante: por qué.

Dex miró a Axlin de reojo y descubrió, con cierto sobresalto, que su amiga escuchaba ahora a Xaeran con los ojos muy abiertos. Sin duda había logrado captar su interés.

—Los monstruos llegaron al mundo para castigar a los humanos por su maldad, su egoísmo y su arrogancia —declaró por fin el joven, paseando de nuevo la mirada por la multitud—. Por eso no atacan a ningún otro ser viviente. Por eso no se detendrán hasta exterminarnos a todos.

Sobrevino un tenso silencio, alterado solo por los sollozos de una muchacha que se acurrucaba en un rincón, aterrorizada.

—Llevamos siglos combatiéndolos —prosiguió Xaeran—, pero no sirve para nada. Ellos acabarán venciendo, y toda la resistencia que opongamos solo valdrá para retrasar el inevitable final.

Axlin resopló suavemente y apartó la mirada, molesta. El orador clavó la vista en ella un instante, pero no hizo ningún comentario.

—Sin embargo —continuó—, algo ha cambiado en todo este tiempo desde la llegada de los monstruos. En algún momento... empezaron a nacer humanos con habilidades especiales. Los llamamos los Guardianes y les suplicamos que nos defendieran. Pero su misión era otra en realidad. —De nuevo paseó la mirada por su audiencia antes de concluir—: Estaban destinados a sobrevivir. Así, cuando los monstruos hayan devorado hasta al último humano, solo los Guardianes quedarán en pie. Ellos permanecerán en el mundo cuando todos los demás nos hayamos ido.

»Pero no estarán solos —anunció por fin, cuando la gente comenzaba a murmurar otra vez.

—¿Qué quieres decir? —preguntó un chico, pálido y tembloroso—. ¿Quién los acompañará?

Xaeran volvió a dirigirles una mirada intensa y repleta de gentileza.

—Aquellos que sean dignos —respondió.

Axlin no pudo permanecer callada por más tiempo.

—Dignos ¿en qué sentido? —interrogó—. ¿Quién decide qué personas deben vivir y cuáles morirán?

—Son preguntas lógicas y razonables —admitió él—. Y tengo algunas respuestas, pero, lamentablemente, ni siquiera yo puedo saberlo todo.

Algunas personas rieron en voz baja. Pero Axlin no sonrió.

—A lo largo de los siglos —prosiguió Xaeran— se han documentado casos de afortunados que sobrevivían a los ataques de los monstruos. Y no porque fueran capaces de defenderse mejor que los demás, como los Guardianes. Sucedía, simplemente..., que los monstruos no los tocaban. Se limitaban a ignorarlos, mientras devoraban a todos los que tenían la desgracia de encontrarse a su alrededor. Estos casos se atribuían a una extraordinaria buena fortuna, pero el hecho es que nadie supo nunca encontrar una explicación lógica.

De nuevo, Axlin escuchaba a Xaeran con atención, bebiendo de sus palabras. Dex sabía que ella había leído algunas de aquellas historias. Otras se las habían contado.

—Son los monstruos los que deciden quién vive y quién muere —concluyó el joven, con una suave sonrisa—. Sus razones no las conocemos, como es natural. Pero hace mucho tiempo, un grupo de sabios dedicó su vida a estudiar a todas esas criaturas, su origen y su relación con los humanos. Y no se limitaron a los hechos, sino que se esforzaron por descubrir los cómos, los cuándos y los porqués. Lamentablemente, su trabajo se ha perdido, y nosotros, siglos después, solo podemos aspirar a recuperar pequeños retazos diseminados por los textos del pasado.

»Este conjunto de enseñanzas es lo que yo llamo la Senda del Manantial.

Axlin dio un respingo en el sitio. Abrió la boca para preguntar algo, pero permaneció en silencio, porque Xaeran no había terminado de hablar.

—Muchos conocéis ya el símbolo del Manantial, el de los sabios cuyo legado honramos y cultivamos. Ellos conocían la clave de nuestra salvación. Por desgracia, su voz fue silenciada por gente cobarde y malintencionada, y ahora apenas queda ya tiempo para recuperar su sabiduría perdida. Porque los monstruos han arrasado la región del oeste, y muy pronto asaltarán la Ciudadela. El final de la humanidad está ya cerca. Los Guardianes sobrevivirán, porque están preparados. Y de entre las personas corrientes, solo aquellos que conozcan la Senda del Manantial serán hallados dignos y tendrán una nueva oportunidad en el mundo que emerja después. Mientras tanto...

Calló de golpe, porque por las calles resonó el profundo tañido de una campana.

—En breve cerrarán las puertas —anunció—. Debemos terminar aquí.

Se elevó una oleada de protestas, pero el joven las acalló de nuevo con un solo gesto.

—Continuaremos en la próxima reunión. Recordad lo que los sabios nos enseñaron: abandonad las armas, perded el miedo y abrid el corazón. No se puede nadar contracorriente. Pero la Senda del Manantial nos muestra la forma de fluir con los acontecimientos. No temáis. Confiad, y la antigua sabiduría os guiará.

Y con estas palabras dio por concluida la sesión.

Dex observó a la gente que se levantaba y se dirigía hacia la salida, con una mezcla de inquietud y esperanza dibujada en sus expresiones. También él se sentía confuso. No estaba seguro de si había escuchado un discurso profundamente juicioso o una sarta de necedades. Se volvió hacia Axlin y descubrió que ella ya se había puesto en pie y se disponía a acercarse a Xaeran. La retuvo por el brazo.

—¡Espera! ¿Qué vas a decirle?

—Quiero preguntarle sobre sus fuentes. Y no me refiero a ese Manantial, precisamente —aclaró ella, ceñuda.

—¿Por qué perder el tiempo? Probablemente no es más que un charlatán. Como los vendedores de amuletos del mercado.

Pero Axlin sacudió la cabeza.

—Xaeran es diferente. Los vendedores solo tratan de engañarte, pero él no miente. No quiero decir que todo lo que cuenta sea cierto —se apresuró a añadir—. Solo que él lo cree de verdad.

—Entonces, es un loco o un iluminado —concluyó Dex, encogiéndose de hombros.

Ella se mordió el labio inferior, pensativa. Pero avanzó hacia Xaeran de todas formas, y su amigo la siguió con un suspiro de resignación.

Aguardaron su turno para hablar con el joven investigador. Cuando se hallaron por fin frente a él, la joven tomó la palabra:

—Somos Axlin y Dexar. Quizá nos recuerdes de la biblioteca.

El rostro de Xaeran se iluminó.

—¡Por supuesto! Sois los ayudantes de la maestra Prixia, ¿no es así? No sabía que os interesaran las historias de los sabios antiguos.

—A Axlin le interesa cualquier cosa que tenga que ver con los monstruos —se le escapó a Dex, y ella le dio un suave codazo de protesta.

—Estoy trabajando en un bestiario —explicó—. He venido hasta aquí por pura curiosidad académica. Llevo tiempo tras la pista de la obra perdida de la Venerable Grixin, que, al parecer, se apellidaba «del Manantial» y utilizaba un blasón similar al símbolo que compartes con tus... seguidores.

—¿Te refieres a este? —Xaeran les mostró el medallón que pendía de su cuello, una delicada joya elaborada en plata que representaba el emblema que ellos ya conocían—. Es posible; muchos sabios siguieron la Senda del Manantial en tiempos antiguos. Lamento no poder ayudarte, sin embargo. No conozco la obra de la Venerable Grixin.

No era la respuesta que Axlin había esperado.

—Pero ¿dónde has encontrado toda esa información sobre... la Senda del Manantial? ¿Qué libros has consultado?

El joven pareció sorprenderse.

—Los de la biblioteca, naturalmente. Vosotros sabéis mejor que nadie cuánto tiempo he dedicado a mi investigación. Llevo por lo menos tres años acudiendo allí con regularidad.

Axlin negaba con la cabeza.

—También yo he estado investigando. Pero nunca he leído nada acerca de la Senda del Manantial.

—Tal vez tú y yo no hayamos estudiado los mismos libros —sugirió él con amabilidad.

—Tampoco he descubierto gran cosa acerca de ese símbolo —prosiguió ella, señalando el amuleto de Xaeran—. A pesar de que parece directamente relacionado con los monstruos. ¿De veras piensas que es una protección eficaz?

—Se han documentado casos de aldeas enteras protegidas por este símbolo. Incluso los Guardianes lo utilizan en algunas de sus construcciones. Y los monstruos lo respetan. No sabemos cómo ni por qué, pero es así.

Axlin vaciló un instante, evocando de nuevo el misterio de la aldea en la que se había criado Xein; pero enseguida objetó:

—Si funcionase de verdad, se dibujaría en todas las puertas de la Ciudadela, y los monstruos no podrían entrar.

El joven se rio suavemente.

—¿Crees que a nadie se le había ocurrido antes? —planteó—. No has observado con atención las puertas de la Primera Muralla, ¿verdad? La que protege la ciudad vieja.

Dex se sobresaltó. Xaeran se dio cuenta.

—Tu amigo sabe de qué estoy hablando —le dijo a Axlin sonriendo—. Como habitante de la ciudad vieja, habrá atravesado esas puertas muchas veces, ¿no es así?

Ella se volvió para mirar a Dex, que enrojeció.

—Yo... no estoy seguro —dijo—. Es verdad que el dintel de la puerta está tallado con un patrón floral, pero nunca me he detenido a...

—Hazlo si quieres, pero te puedo ahorrar la molestia: el símbolo de la Senda del Manantial está enlazado en la cenefa. En todas y cada una de las puertas. Lo he comprobado personalmente.

Axlin fruncía el ceño, pensativa.

—Pero Amaraxa pintó el símbolo en la puerta de su cobertizo, y el trepador entró de todas formas —señaló.

Xaeran se encogió de hombros.

—Aún desconocemos el alcance de su eficacia —se limitó a contestar—. Por eso sigo investigando al respecto.

La arruga en el entrecejo de Axlin se hizo más profunda.

—¿Y por qué prometes a la gente que el signo los protegerá si no sabes con certeza que funciona? —acusó.

—No lo sé con certeza —admitió el joven—, pero las personas que vienen aquí no quieren escuchar eso. Tienen miedo, y ni el Jerarca ni los Guardianes les ofrecen las respuestas que necesitan.

—¿Y tú sí?

Xaeran le dirigió una sonrisa franca y cálida.

—Yo solo señalo un camino que creo que es el correcto —respondió—. Todo lo que he averiguado en los libros antiguos así parece indicarlo. La gente es libre de seguirlo o no. Yo personalmente pienso que, cuantas más personas nos aventuremos por la Senda del Manantial, más probabilidades habrá de que alguien encuentre las respuestas que todos estamos buscando. Y por eso comparto mis conocimientos con todo el que quiera escucharme.

—Pero una cosa es investigar, estudiar los indicios, contrastar información..., y otra muy distinta... creer en algo que no puedes demostrar que es real.

—Es lo que los antiguos llamaban fe —replicó él con suavidad—. La fe aportaba consuelo en tiempos difíciles, cuando la razón no encontraba respuestas a los desafíos de la vida.

Una nueva salva de campanas los interrumpió. Xaeran alzó la cabeza y miró a su alrededor. Los tres se habían quedado solos en el almacén.

—Segundo aviso —señaló—. Si no vivís en el primer ensanche, deberíais marcharos ya, o no se os permitirá cruzar la muralla.

Dex y Axlin cruzaron una mirada. Él debía regresar a la ciudad vieja y ella al segundo ensanche.

Se despidieron de Xaeran y salieron de nuevo a la calle. Estaba a punto de anochecer, y hacía frío. La muchacha se estremeció y se envolvió más en su capa.

—No sé qué pensar —admitió—. Me cuesta creer que haya descubierto todo eso entre los libros de la biblioteca. Es cierto que lleva consultándolos más tiempo que yo, pero aun así...

—La nuestra no es la única biblioteca de la Ciudadela, Axlin —señaló Dex.

Ella se volvió para mirarlo.

—¿Quieres decir que nos ha mentido?

—O no nos ha dicho toda la verdad. Estoy convencido de que extrae sus conocimientos de otro sitio, aunque he de reconocer que, si es así, lo disimula muy bien.

—A mí me ha parecido sincero —opinó ella—. Y bienintencionado.

Dex no dijo nada, pero frunció el ceño, pensativo.

—Preguntaré a la maestra Prixia, de todos modos —siguió diciendo ella—. Tal vez pueda orientarme sobre la bibliografía que ha estado manejando Xaeran. Me vienen a la mente algunos títulos y autores, pero su objeto de estudio no es realmente mi especialidad. ¿Qué? —preguntó al ver que su amigo la observaba sonriente—. ¿He dicho algo malo?

Él negó con la cabeza.

—En absoluto. Es solo que ya hablas como una verdadera erudita de la Ciudadela. Como si hubieses estudiado en nuestras escuelas y merodeado por nuestras bibliotecas durante toda tu vida.

Axlin enrojeció, halagada.

—¿Quieres decir que ya no parezco una ignorante aldeana del oeste?

—Procedes de las aldeas del oeste, pero a mí nunca me pareciste ignorante —replicó él—. Es bueno que hayas podido acceder a los recursos de la biblioteca, por otro lado. Te lo mereces mucho más que la mayoría de los ciudadanos nacidos aquí. Te sorprendería descubrir cuántos de ellos, a pesar de tener todos esos libros al alcance de su mano, jamás les han prestado atención.

—Tampoco había mucho interés por el conocimiento en el lugar del que procedo, para hacer honor a la verdad —suspiró ella—. Supongo que la gente del oeste está demasiado ocupada luchando por sobrevivir y no tiene tiempo para los libros.

Dex calló unos instantes, pensativo. Axlin detectó su súbito gesto de tristeza y preguntó:

—¿En qué estás pensando?

—Si los monstruos arrasan la Ciudadela, como vaticina Xaeran —murmuró—. Todo esto se perderá, ¿no es cierto? La cultura, la prosperidad, la civilización...

—Y la burocracia —bromeó ella, pero se puso seria enseguida—. No creo que eso llegue a pasar, Dex. Ese tipo no es más que un alarmista.

—Puede ser. Pero sabe cosas. Y sigo creyendo que no nos ha contado la verdad acerca del modo en que las ha averiguado. Al fin y al cabo, él no es el único estudioso que visita nuestra biblioteca. Hay eruditos que llevan décadas haciéndolo y, que yo sepa, hasta ahora nadie había llegado a las mismas conclusiones que él.

—Tal vez tengas razón. Pero, si no es en la biblioteca, ¿dónde podemos buscar más información?

—Yo tengo alguna idea al respecto. Pero tendrás que dejarlo en mis manos, ya que tú no tienes acceso a la ciudad vieja.

Axlin lo miró sorprendida.

—¿Vas a poder implicarte en esta investigación? No quiero hacerte perder el tiempo, sé que tienes muchas obligaciones y compromisos familiares...

—Bueno, es posible que, en este caso en concreto, pueda abarcarlo todo —respondió Dex con una sonrisa.

Por dentro, sin embargo, se sentía un tanto abatido. Su madre lo había citado con Valexa de Vaxanian al día siguiente, y él ya casi había decidido que inventaría cualquier excusa para no acudir. No obstante, debía reconocer que el discurso de Xaeran había despertado su curiosidad. Y quizá, si actuaba con inteligencia y diplomacia, pudiese aprovechar la visita a los De Vaxanian para volver a echar un vistazo a su biblioteca.

10

—Tenemos casas libres de sobra —le dijo Raxni—. Pero me alegraría mucho que te instalases en la mía.

Rox accedió sin vacilar. Aún no había conseguido hablar con las mujeres corrientes de la aldea, porque se mostraban tímidas y asustadizas con Aldrix y con ella. Los «bendecidos», como se llamaban a sí mismos, se dirigían a ellos con mayor naturalidad, pero solo Raxni parecía dispuesta a responder a sus preguntas. Incluso Moloxi, el líder del enclave, los había emplazado al día siguiente para conversar más a fondo. Su prioridad en aquellos momentos, les dijo, era que pudiesen descansar y recuperarse del largo viaje que los había llevado hasta allí.

Rox tenía tantas preguntas que le costaba contener su impaciencia. Por eso, cuando su hermana le propuso alojarla en su propia casa, no desaprovechó la oportunidad.

Las viviendas no eran muy diferentes a las que podían encontrarse en cualquier otra aldea, y la distribución también era similar. La más grande y mejor defendida se hallaba en el centro del enclave y, aunque en otros lugares servía para alojar a los niños,

Rox no tardó en descubrir que allí era la residencia permanente de las personas comunes.

—Después de todo, son más frágiles que nosotros, incluyendo a nuestros niños —razonó Raxni—. Es lógico que nos esforcemos por protegerlas.

Rox ya había comprobado que, tal como Aldrix había advertido, las únicas personas corrientes que quedaban en la aldea eran mujeres en diferentes estados de gestación. Raxni le explicó que se debía a que todos los hombres habían muerto luchando durante los últimos ataques, mientras que las mujeres embarazadas habían permanecido seguras en la aldea. La Guardiana no hizo ningún comentario, pero era consciente de que aquella explicación tenía muchas lagunas. Por ejemplo, no había ancianos ni niños entre los comunes. Todos los chiquillos que correteaban por las calles del enclave tenían los ojos plateados.

—¿Cómo podéis protegerlos si ni siquiera hay centinelas vigilando el perímetro? —inquirió.

—Hace mucho que los monstruos no se atreven a entrar en la aldea —respondió su hermana—. Probablemente se debe a que la mayoría de los que vivimos aquí somos bendecidos. Los monstruos nos temen y por eso nos dejan en paz.

De nuevo, Rox tuvo la sensación de que Raxni no le estaba contando toda la verdad. Pero no sabía cómo plantear sus dudas sin que ella volviera a retraerse.

Su casa era pequeña y funcional, y estaba situada cerca de la empalizada. Pese a ello, la Guardiana no advirtió ningún tipo de protección adicional en puertas y ventanas. Pero no hizo ningún comentario.

—¿Vives sola? —preguntó al ver un único jergón en el fondo de la habitación.

—Sí. Estuve con un muchacho durante un tiempo, pero eso ya se acabó, y todavía no he elegido una nueva pareja.

Aquel asunto turbaba a Rox más de lo que ella misma estaba dispuesta a admitir. Los bendecidos mantenían entre ellos una familiaridad desconocida entre los Guardianes. Durante la cena, ella y Aldrix los habían visto abrazarse, tomarse de la mano e incluso besarse unos a otros.

Algo se retorció en su interior al evocar el beso que Xein y ella habían compartido. Y se descubrió a sí misma deseando poder mantener aquel tipo de intimidad con alguien..., con él, susurró una vocecita en algún rincón de su mente.

Pero no valía la pena pensar en ello. Había razones por las cuales a los Guardianes de la Ciudadela no se les permitía relacionarse de aquella manera con nadie. Y eran razones poderosas. Resultaba desconcertante descubrir que había un lugar donde no se seguían aquellas normas, pero eso no significaba que ella estuviese autorizada a romperlas también.

Además, Xein no la había besado por voluntad propia. Así que no tenía sentido plantearse siquiera aquella posibilidad, porque sabía muy bien a dónde la conduciría aquel hilo de pensamiento.

En la aldea había parejas que compartían vivienda, y Rox no tenía la menor duda de que se relacionaban físicamente entre ellas de un modo que a los Guardianes de la Ciudadela les estaba prohibido.

Sin embargo, las mujeres comunes siempre estaban solas.

No entendía mucho de aquellas cosas, pero había calculado que muchas debían de haberse quedado embarazadas cuando ya no había hombres comunes en la aldea. Se lo había comentado en voz baja a Aldrix cuando nadie los escuchaba, poco antes de retirarse para ir a dormir.

—¿Crees que los bendecidos yacen también con las mujeres corrientes? —le preguntó.

—Tal vez no todos —respondió su compañero en el mismo tono—. Tal vez solo él.

Rox lo miró interrogante; Aldrix señaló a Moloxi con un gesto, y ella entendió entonces lo que quería decir.

—¿Insinúas que el líder de la aldea es el responsable de todos los embarazos? —susurró, desconcertada.

Pero entonces se les había acercado de nuevo Raxni, y ya no habían tenido ocasión de seguir hablando.

Había otra posibilidad, sin embargo, que aún no se había atrevido a compartir con Aldrix. La conjetura que había trastornado a Xein hasta el punto de convertirlo en un traidor a la Guardia. Ella no lo había creído al principio y se había negado a seguir hablando del tema, pero ahora debía reconocer que veía indicios que apuntaban en esa dirección.

No obstante, no quería pensar en ello por el momento. Había muchas cosas que debía aprender acerca de aquel lugar antes de empezar a sacar conclusiones precipitadas... o de ponerse a buscar monstruos innombrables agazapados en la oscuridad.

Raxni la invitó a compartir su jergón, y ella no vio inconveniente en ello. Se puso tensa, sin embargo, cuando su hermana la abrazó sin previo aviso.

—Estoy muy contenta de haberte recuperado —susurró en la penumbra—. Te eché mucho de menos cuando te fuiste.

—Yo no te recuerdo, lo siento —murmuró Rox, con más rudeza de la que pretendía.

Pero Raxni rio suavemente.

—Es normal, eras muy pequeña. Éramos compañeras de juegos y de caza, tú y yo. Inseparables. Debías de tener unos siete años cuando te marchaste. Yo aún no había cumplido los diez.

Rox formuló entonces una pregunta que le había estado quemando la lengua desde su primer encuentro.

—¿Por qué yo, Raxni? ¿Por qué me eligieron a mí?

—Era el precio que podían pagar —respondió ella, al cabo de un instante de silencio—. Los muchachos mayores eran más caros. Si hubiesen traído un cabrito más en el carro o más sacos de grano..., tal vez los comunes me habrían vendido a mí en tu lugar.

Rox no dijo nada. Permaneció un rato callada, asimilando aquella información. De pronto, el abrazo de su hermana ya no la incomodaba; de hecho, había empezado a encontrarlo reconfortante.

—Te voy a contar un cuento —propuso entonces ella—. Como cuando éramos niñas, ¿de acuerdo?

La Guardiana sonrió.

—Tengo veintiún años, Raxni. Ya no soy una niña.

—Este era tu favorito. ¿No quieres volver a escucharlo?

Rox reprimió un suspiro. Estaba muy cansada, pero se sentía demasiado tensa como para dormir. Quizá escuchar una historia infantil la ayudaría a apartar su mente de los sombríos pensamientos que la perturbaban.

—De acuerdo —accedió entonces.

Raxni le acarició el cabello, tan corto que no podía enredar sus dedos en él. Rox contempló con cierta nostalgia la melena rubia de su hermana, ya liberada de la trenza que la había retenido. Se preguntó cómo sería dejarse crecer el pelo así. Incómodo y poco práctico, sin duda. Pero también hermoso.

—Hace mucho, mucho tiempo —empezó Raxni—, los dioses crearon a los humanos comunes y les entregaron un bello mundo para que lo habitaran. Pero con el paso de los siglos, la maldad, el odio y la envidia se abrieron paso en los corazones de las personas. Y los dioses, decepcionados, decidieron prescindir de la especie humana. Y enviaron a los monstruos.

Rox frunció el ceño. Pensó que había algo siniestro en el hecho de que un cuento para niños insinuara que las personas merecían de alguna manera que los monstruos las devorasen. Pero no dijo nada, y su hermana siguió hablando:

—Algunos humanos, arrepentidos, rogaron a los dioses que les diesen una segunda oportunidad. Y los dioses consideraron su petición, pero no se pusieron de acuerdo sobre la respuesta que debían darles. La mayoría estaba a favor de permitir que los monstruos siguiesen matando gente hasta que ya no quedase nadie. Otros dioses, los más compasivos, abogaban por retirarlos del mundo y ofrecer a los humanos supervivientes la posibilidad de comenzar de nuevo.

«Retirar a los monstruos del mundo», pensó la Guardiana. ¿Cómo? ¿Matándolos uno a uno? ¿Deseando que desapareciesen, sin más? La historia que Raxni le estaba contando se volvía cada vez más absurda.

Pero no la interrumpió.

—Por fin se decidió que todas las personas merecían morir, incluso aquellas que suplicaban clemencia. Sin embargo, algunos dioses no estuvieron de acuerdo, de modo que decidieron descender al mundo para socorrer a los humanos.

»Una vez entre nosotros, los dioses compasivos crearon refugios seguros para las personas, lugares donde los monstruos no los alcanzarían. Pero no podían ser contemplados por los mortales, porque no eran como nosotros y no tenían un aspecto físico definido en nuestra realidad. Por eso, con el tiempo, algunas personas empezaron a dudar de que realmente existieran. Así, en su arrogancia, llegaron a creer que no necesitaban a nadie que los protegiera de los monstruos. Y acabaron por olvidar a los dioses compasivos que habitaban entre ellos.

»Los dioses podían haber abandonado entonces a las personas a su suerte, decepcionados ante su ingratitud y su soberbia, pero no se dieron por vencidos. Comprendieron que los humanos eran criaturas orgullosas y desconfiadas que jamás aceptarían la protección de seres superiores a los que no podían ver, y decidieron que solo había una cosa que podían hacer.

—¿Qué? —musitó Rox en la penumbra.

La historia le fascinaba y le repelía a partes iguales. A pesar de lo que le había dicho su hermana, no recordaba haber escuchado jamás aquel relato. ¿Sería realmente posible que hubiese sido su favorito cuando era niña? Y en ese caso, ¿cómo podría haberlo olvidado?

—Concedieron a algunas mujeres escogidas el honor de engendrar a sus hijos —susurró Raxni.

Rox dio un respingo.

—¿Esos dioses invisibles yacieron con mujeres humanas?

—En efecto, es lo que dice el cuento. Los niños que nacieron de aquellas uniones extraordinarias poseían también cualidades extraordinarias. Eran capaces de combatir a los monstruos como solo los dioses sabían hacerlo. Y tenían el don de poder ver a los prodigiosos seres que los habían engendrado.

»Ellos serían los nuevos protectores de la humanidad. Los hijos de los dioses. Los bendecidos.

—Los Guardianes —musitó Rox con la boca seca.

Raxni torció el gesto.

—Los Guardianes son otra cosa —replicó—. También descienden de los dioses, pero se han convertido en esclavos de los humanos a los que protegían. No era lo que sus padres querían para ellos. Pero de eso hablaremos en otro momento, hermana. Es tarde, y debemos descansar. Mañana te contaré el resto de la historia, si aún deseas seguir escuchándola.

La Guardiana no estaba segura, pero asintió con un movimiento de cabeza.

Las dos permanecieron en silencio. Al cabo de un rato, la respiración de Raxni se tornó más lenta y regular, y Rox comprendió que se había dormido.

Al día siguiente, los dos Guardianes se integraron en la rutina de la aldea con toda la naturalidad de la que fueron capaces. Aldrix conversaba con los bendecidos, interesándose por detalles cotidianos y adoptando sus costumbres sin cuestionarlas. Rox, más silenciosa, había optado por observar con atención todo cuanto sucedía a su alrededor, evitando las preguntas directas.

Así fue como se dio cuenta de que en aquel enclave las mujeres comunes parecían servir a los bendecidos, que las trataban con amabilidad, pero con cierta condescendencia. Ellas realizaban la mayor parte de las tareas domésticas, preparaban la comida para todos, limpiaban las casas y se encargaban de cuidar del huerto y de los animales. Los niños, sin embargo, estaban a cargo de otros bendecidos. «Nuestros niños», solían decir para referirse a ellos, como si haber nacido con ojos plateados les otorgara un vínculo más estrecho con ellos que con las mujeres comunes que los habían dado a luz.

Rox frunció el ceño ante este pensamiento. ¿Por qué daba por sentado que todos los niños del enclave tenían madres comunes? ¿Se debía tal vez a la delirante historia que le había relatado Raxni o al hecho de que ella jamás había visto a una Guardiana embarazada?

Pero aquello no tenía nada de particular, reflexionó. Las relaciones sexuales estaban terminantemente prohibidas para los Guardianes. Era lógico; la Guardia no podía permitirse el lujo de que sus mujeres quedasen temporalmente incapacitadas para luchar a causa de embarazos inoportunos. También estaba el componente emocional, por descontado; los Guardianes enamorados eran impredecibles, se distraían con facilidad y no tenían claras sus prioridades.

No obstante, en aquella aldea no se obedecían las leyes de la Guardia. Los bendecidos se relacionaban entre ellos como las personas corrientes, se emparejaban, formaban familias...

Con una mezcla de curiosidad y aprensión, observó discretamente a las mujeres de ojos plateados. Pero no tardó en descubrir, con cierta decepción por su parte, que ninguna de ellas parecía estar encinta.

Quizá también allí valorasen más a las mujeres como cazadoras de monstruos que por su capacidad reproductora, reflexionó Rox. Y creyó confirmar sus sospechas cuando Moloxi los invitó a unirse a ellos en su patrulla diaria por el bosque. Cazarían y recolectarían víveres y, de paso, «limpiarían» de monstruos los alrededores.

Aldrix aceptó de inmediato, y Rox estuvo a punto de hacerlo también, porque descubrió que todas las mujeres bendecidas iban a participar en la patrulla, pero finalmente declinó la oferta, alegando que aún se sentía cansada. Pensó que sus anfitriones apreciarían el hecho de que permaneciera en el enclave para protegerlo, pero la miraron con extrañeza, y Raxni se mostró decepcionada.

—¿De verdad quieres quedarte aquí, con la gente común?

—¿De verdad vais a dejar la defensa de la aldea a cargo de un grupo de niños y mujeres corrientes embarazadas? —replicó ella.

Su hermana se rio.

—No les pasará nada. Mientras permanezcan dentro del perímetro de la empalizada, estarán a salvo.

—Aun así... —murmuró ella, reticente.

—Bueno, quédate aquí, si te vas a sentir más tranquila. Solo tienes que asegurarte de que las mujeres comunes no salen de la aldea; aunque lo cierto es que los niños ya se encargan de eso.

A Rox le asombraba que hablaran de aquellas mujeres como si no tuviesen voluntad propia o no fuesen capaces de decidir por sí mismas. Pero se limitó a asentir en silencio.

Cuando Aldrix y los bendecidos se marcharon, el enclave quedó sumido en una plácida calma, solo perturbada por los balidos de las ovejas, el cloqueo de las gallinas y los gritos y risas de los niños. Rox se quedó contemplándolos mientras jugaban. No lo hacían como las personas corrientes, por descontado. Ella apenas tenía recuerdos de su propia infancia, pero había visto a los niños Guardianes en la Ciudadela. No eran muchos, de modo que solían integrarse en los grupos de chiquillos corrientes y asumían sus juegos y sus normas.

Pero aquello era diferente.

Todos los niños eran Guardianes..., o bendecidos, como preferían llamarse a sí mismos. Se divertían persiguiéndose unos a otros, luchando amistosamente o fingiendo que cazaban monstruos imaginarios. Corrían como el viento, saltaban en el aire ejecutando piruetas imposibles y se movían con una gracia y fluidez más propias de felinos que de seres humanos.

«Eran capaces de combatir a los monstruos como solo los dioses sabían hacerlo», había dicho Raxni.

Se estremeció. Aquella historia pretendía ser un relato esperanzador, pero ella no podía evitar encontrarlo siniestro.

Su mirada se detuvo en una joven que acababa de salir del gallinero acarreando una cesta con huevos. Era solo un poco mayor que Rox, y su vientre mostraba una curva apenas insinuada. Pero lo que llamó su atención fue que se detuvo a observar a los niños con una oscura expresión en el rostro.

Se acercó a ella.

—Me pregunto qué les pasó a los otros niños —comentó—. A los comunes.

La mujer dio un respingo y palideció al verla.

—No... no entiendo... —farfulló.

—Yo viví en esta aldea hace mucho tiempo, cuando era como ellos —explicó Rox, señalando al grupo de chiquillos.

La joven asintió lentamente.

—Te recuerdo —murmuró.

—Entonces sabrás que había niños de ojos plateados, pero no éramos los únicos. —Frunció el ceño, pensativa. No había nadie de ojos dorados en el enclave, pero ese era un misterio para otra ocasión—. También los había de ojos oscuros, castaños, verdes o azules. Niños comunes. ¿Qué ha pasado con ellos?

—Los monstruos los mataron —murmuró la joven.

La arruga del ceño de la Guardiana se hizo más profunda.

—¿A todos? ¿Y cómo es que las mujeres sobrevivisteis?

Ella no respondió. Rox siguió preguntando:

—¿Acaso ya no nacen más niños comunes en esta aldea?

—¿Cómo sería posible, sin hombres comunes?

—En la Ciudadela, de donde yo procedo, los Guardianes…, los bendecidos —se corrigió—, nacen en familias comunes. Entre los hijos de una pareja corriente puede nacer un niño de ojos plateados. Y tener hermanos comunes. ¿Cómo explicas eso?

La joven sonrió, pero a ella le pareció que era una sonrisa amarga.

—Su madre fue honrada por la visita de un dios —respondió.

—Así pues, ¿hay un dios entre vosotros?

Ella la observó con extrañeza.

—Tú deberías saberlo. Posees la mirada de los bendecidos.

Pareció asustarse por haber hablado con tanto descaro. Se llevó una mano a los labios y bajó la cabeza, pálida y confundida.

—Yo… lo siento mucho —musitó—. Tengo que irme.

Y se apresuró a marcharse sin mirar atrás, acarreando la cesta.

Rox no dijo nada, y tampoco la siguió. El corazón le latía con fuerza.

«Posees la mirada de los bendecidos», había dicho. Para ver a criaturas que nadie más puede ver. Los dioses que supuestamente engendraban niños de ojos plateados en los vientres de mujeres corrientes.

Todas las señales la conducían a la misma conclusión.

Sintiendo una súbita debilidad en las rodillas, apoyó la espalda en la pared. Recordó cómo había comenzado todo aquello: con la muerte del metamorfo del canal y las dudas de Xein sobre la paternidad del bebé que esperaba Oxania.

Una niña que había nacido con los ojos dorados.

Sacudió la cabeza. Si los temores de Xein eran ciertos..., si había algo de verdad en las historias que se contaban en aquella aldea...

«¿Es posible que todos los Guardianes seamos hijos de monstruos innombrables?», se preguntó. Era la primera vez que se formulaba aquella pregunta clara y honestamente a sí misma, aunque la idea llevaba semanas perturbándola. Inspiró hondo, luchando por sobreponerse a la ola de terror y repugnancia que la invadió. No era de extrañar que Xein hubiese comenzado a comportarse de aquella forma, pensó. Si lo sospechaba..., si lo *sabía* con certeza...

Pero en aquella aldea no hablaban de monstruos, sino de dioses. De seres benéficos y superiores. ¿Era posible que existiesen dos tipos distintos de criaturas invisibles?

La joven de la cesta había insinuado que Rox debía saberlo. Pero si había alguna sombra en aquella aldea, ella, desde luego, no la había visto, y Aldrix, como Guardián de la División Oro, obviamente tampoco.

Se separó de la pared y se internó por las calles de la aldea en silencio.

Pasó el resto del día buscando al ser invisible que al parecer se agazapaba allí, en algún lugar. Pero no lo encontró, y al atardecer, cuando regresó la patrulla, se sintió muy aliviada de poder reunirse con Aldrix al fin.

—¿Has averiguado algo? —le preguntó en susurros durante la cena.

—No gran cosa, la verdad —respondió él en el mismo tono—. Hemos estado bastante activos todo el día, y apenas ha habido ocasión de hablar. Estoy tratando de ganarme la confianza del líder. —Sacudió la cabeza—. Tenemos trabajo aquí, Rox. Y llevará tiempo.

—¿A qué te refieres?

—Moloxi está convencido de que hemos huido de la Ciudadela. Da por hecho que nos quedaremos aquí para siempre y, si aún no lo tenemos claro, tratará de convencernos.

—Entiendo.

—Si queremos que todos estos Guardianes viajen con nosotros a la Ciudadela, primero hemos de neutralizarlo a él. Pero no podremos hacerlo si los demás tratan de defenderlo. Antes de iniciar un enfrentamiento, debemos convencerlos de que su lugar no está aquí, sino en la Ciudadela.

Rox lo miró sorprendida. Aldrix le devolvió la mirada.

—¿Qué? ¿Acaso no es eso lo que hemos venido a hacer?

Ella recordó entonces que, en efecto, aquello era lo que le había contado: que su misión consistía en encontrar a las personas especiales y reclutarlas para la Guardia.

—No querrán acompañarnos —murmuró—. Piensan que los Guardianes estamos al servicio de los humanos corrientes. —Frunció el ceño—. Tengo la sensación de que aquí es justo al revés.

—Por eso Moloxi se ha librado de todos los comunes. Salvo de las mujeres, a las que utiliza para su conveniencia porque, como es lógico, no puede someter a las Guardianas.

De nuevo, ella se quedó estupefacta.

—Pero dicen que fueron los monstruos quienes mataron a los humanos.

—¿A todos los humanos, excepto a las mujeres jóvenes? —Su compañero sacudió la cabeza con escepticismo—. Abre los ojos, Rox.

Ella estuvo a punto de hablarle de la historia que le había contado Raxni sobre los «dioses invisibles», pero finalmente decidió no hacerlo. Porque, aunque todo indicaba que lo que sucedía en aquella aldea estaba relacionado con los monstruos innombrables, las implicaciones de aquella revelación eran demasiado turbadoras como para compartirlas sin pruebas.

11

Dex se había presentado en casa de los De Vaxanian a una hora prudente: ni demasiado temprano, para no interrumpir cualquier asunto que tuviese ocupada a Valexa, ni tan tarde como para que ella se viese obligada a invitarlo a cenar.

Un sirviente lo condujo hasta una salita y le indicó que aguardara allí a su señora.

Dex se sentó y esperó.

Valexa tardó un buen rato en dignarse aparecer. Cuando el joven ya estaba empezando a creer que no lo recibiría, la puerta se abrió por fin.

Se levantó de un salto.

—Buenas tardes..., Valexa —farfulló.

Ella le dirigió una mirada indiferente.

—Dexar —respondió con frialdad.

Él suspiró interiormente. Valexa de Vaxanian era una de las jóvenes solteras más codiciadas de la ciudad vieja, pero tenía fama de excéntrica. Su cabello largo, negro y liso caía como una cascada por su espalda, libre de las ataduras que imponían los peinados altos e intrincados tan del gusto de las damas de buena familia. Sus ojos eran de un desconcertante color verde pálido y su forma, ligeramente almendrada, les confería una mirada enigmática, casi felina. Llevaba un vestido bonito y de buena calidad, pero demasiado cómodo y sencillo para lo que mandaban los cánones de la alta sociedad.

Con todo, la Valexa que Dex había conocido era todavía más indomable. Él la recordaba como una chiquilla siempre despeinada, que tomaba prestada la ropa de las sirvientas porque no soportaba los recargados trajes que su madre quería que vistiera. Recordaba al personal de los De Vaxanian buscándola por toda la casa, porque había vuelto a esconderse para no tener que participar en alguna actividad aburrida o en algún evento social en el que no estaba en absoluto interesada.

Él sabía siempre dónde encontrarla. Tenía un lugar secreto en la biblioteca de la mansión, donde se acurrucaba descalza y con la trenza medio deshecha, con algún libro abierto sobre la falda, tan enfrascada en la lectura que apenas era consciente de nada más.

A pesar de todo lo que había sucedido entre ellos, Dex nunca la había delatado ni había revelado a nadie el escondite de quien antaño había sido su mejor amiga.

Sacudido por los recuerdos de su infancia compartida, observó a Valexa de Vaxanian, buscando en ella a la niña pecosa que aún habitaba en algún lugar de su memoria.

Descubrió entonces que la Valexa del presente ni siquiera tenía ya pecas. Probablemente, las ocultaba bajo una discreta capa de maquillaje, una de sus pocas concesiones a la estética que se esperaba de una heredera como ella.

—Confieso que no esperaba que aparecieras, después de todo —comentó entonces la joven.

Él se revolvió el pelo, incómodo, y casi pudo visualizar a la matriarca De Galuxen arrugando la nariz ante aquel gesto característico de su hijo que siempre le había disgustado.

—Mi madre ha sido muy insistente al respecto —dijo, y de inmediato comprendió que había cometido un error—. Quiero decir... Reconozco que he estado evitándolo, pero tenía que hablar contigo tarde o temprano, y..., en fin, sé que es incómodo y que las cosas no acabaron de la mejor manera posible entre nosotros, pero llevo mucho tiempo queriendo arreglarlo. De verdad.

Valexa alzó las cejas.

—¿De verdad? —repitió—. ¿Insinúas que, ahora que eres el heredero de tu casa, has reconsiderado tu decisión?

Dex inspiró hondo. Aquello iba a ser más difícil de lo que había imaginado.

—No había ninguna decisión que tomar, y lo sabes. Soy consciente de que a mi madre le gustaría pensar de otro modo, y que tus padres no lo verían tampoco con malos ojos, pero... mi futuro no está a tu lado, Valexa.

Ella desvió la mirada.

—Así que has venido a rechazarme... otra vez.

Él suspiró.

—No está en mi mano elegir. Lo siento si en algún momento os hice creer lo contrario.

La joven ladeó la cabeza y frunció los labios, pero seguía sin mirarlo. Dex maldijo para sus adentros. No era culpa suya, en realidad. Sus padres habían sabido desde el principio que él no se sentía atraído por las mujeres, pero habían preferido creer que eso era algo que podía arreglarse con tiempo, paciencia y los estímulos adecuados. Así, animados por la estrecha amistad que unía a su hijo con Valexa de Vaxanian, y en connivencia con los padres de la muchacha, le habían hecho creer a ella que una relación entre ambos era no solo posible, sino también deseable y conveniente. Que estaban destinados a estar juntos.

Qué amarga decepción la de Valexa, la tarde que se atrevió a besarlo... y él la rechazó, quizá con más brusquedad de la que debía, porque su gesto lo había tomado por sorpresa..., porque había estado demasiado ciego como para comprender lo que su amiga sentía por él.

Desde entonces, nada había vuelto a ser igual entre ellos.

—Ojalá te hubieses fijado en mi hermano mayor —murmuró Dex, desolado—. Él, al menos, habría podido corresponderte.

La primera intención de ambas familias, de hecho, había sido unir a los dos primogénitos. Pero, desde el mismo día en que se conocieron, Valexa había congeniado mucho más con Dex que con su hermano Broxnan.

Por fin, ella se volvió para mirarlo, ligeramente incrédula.

—¿Bromeas? ¿He de recordarte que tu hermano se acostó con Oxania de Xanaril durante la fiesta que mis padres organizaron para que me cortejara a mí?

Él se ruborizó un poco ante la franqueza de sus palabras.

—No sabía que era de dominio público —farfulló—. Sé que circularon rumores, por supuesto, pero...

—Por favor —replicó ella con desdén—. La vida en el ensanche te ha vuelto todavía más ingenuo, si es que eso era posible. Cabría esperar que hubiese sucedido al contrario.

El joven no supo qué decir. Entonces la mirada de Valexa se suavizó un poco.

—Lamento mucho lo de tu hermano, Dex.

Él la contempló con sorpresa.

—Ya me ofreciste tus condolencias durante la ceremonia —le recordó—. No era necesario...

—Sí —cortó ella—. Porque entonces no lo hice de corazón.

De nuevo, Dex se quedó sin palabras. Evocó la fórmula de fría cortesía con la que Valexa se había dirigido a él en las exequias de Broxnan y comprendió lo que quería decir.

—Sé que a veces podía resultar un poco arrogante —prosiguió ella—, pero no era mala persona. Y no merecía lo que le pasó. Nadie lo merece. —Y añadió, antes de que él pudiese responder—: A veces no puedo evitar preguntarme qué habría sucedido si lo hubiese aceptado desde el principio. Tal vez no habría tratado de fugarse con Oxania y no se habría topado con el monstruo del canal.

Dex inclinó la cabeza, pensativo. Una de las cosas que más valoraba de Valexa era que nunca se andaba con rodeos. Era la primera persona de la ciudad vieja que se había atrevido a referirse a la muerte de su hermano con tanta franqueza.

Así que respondió del mismo modo.

—No lo sé —murmuró—. Broxnan era cabezota y bastante estúpido a veces, ¿sabes? Es muy posible que hubiese rondado a Oxania de todas formas, aunque hubiese estado prometido contigo. Y habría terminado igual, con el agravante de que, además, te habría roto el corazón.

—Bueno —contestó ella, con un mohín de indiferencia—, tampoco creas que es tan sencillo romperme el corazón. Los corazones, sabes..., se vuelven más duros y resistentes con cada golpe que reciben.

No había reproche en sus palabras. Solo un cierto tono de nostálgica melancolía.

Él la miró con simpatía.

—Tienes razón —concedió—. Mi hermano no te merecía.

Ella no dijo nada. Asentir a aquello parecía una obviedad.

—Tampoco yo. Pero, dime, ¿no hay nadie más que te interese? ¿Ferixan de Lixia tal vez? Tiene una buena biblioteca.

—Y también es pedante, pomposo y engreído —suspiró ella.

Dex no tenía argumentos para contradecirla, de modo que le dedicó una media sonrisa. Tras un breve silencio, Valexa preguntó:

—¿Y tú? ¿Has encontrado a alguien en el ensanche?

Él la miró con precaución, pero su gesto reflejaba un genuino interés, aparentemente sin segundas intenciones. De manera que asintió con lentitud.

—¿Tiene una buena biblioteca? —siguió preguntando ella.

Dex dejó escapar una alegre carcajada.

—No —contestó—. De hecho, tuve que enseñarle a leer.

La joven lo contempló con incredulidad.

—Hay cosas que puedo comprender, si las pienso con detenimiento —murmuró—. Que encuentres a alguien..., que no sea una chica..., que viva en el ensanche... Pero que no lea... —sacudió la cabeza, perpleja—. Eso no lo puedo entender. Otras personas serían felices con una pareja que no estuviese interesada en los libros, pero tú..., precisamente tú...

—Siempre has tenido esa visión del amor —respondió él—. Crees que en algún lugar hay alguien para ti cuya personalidad encaja con la tuya a la perfección, como dos mitades de la misma nuez. Y creíste haberla encontrado en mí.

—Eras mi mejor amigo —se defendió ella—. Nos entendíamos casi sin palabras. Teníamos tantas cosas en común...

—Lo sé —suspiró Dex—. Y no pienses que no echo de menos aquellos tiempos. Que no te echo de menos a ti. Sin embargo..., a veces el amor es otra cosa. Te enamoras de alguien precisamente porque no es como tú, porque te aporta aquello que a ti te falta. O por algún motivo que carece de explicación racional. Da lo mismo. Cuando sucede..., lo sabes.

—Pero... ¿sin libros, Dex? —insistió ella, y arrugó la nariz de un modo que a él le recordó más que nunca a la niña que había sido.

—Tengo libros de sobra en mi vida, y gente con quien compartirlos. O, al menos, la tenía —añadió de pronto, poniéndose serio.

—Es verdad, trabajabas en la biblioteca del primer ensanche —recordó Valexa. Lo miró de reojo—. No pareces sorprendido de que lo sepa.

—Sabía que lo sabías. Llevas años enviando a un sirviente a buscar libros. Él siempre dice que son para tu padre, pero sé muy bien que viene de tu parte.

Las mejillas de la joven se tiñeron de un delicado rubor.

—Entonces..., ¿eras tú quien escogía los libros... para mí? Debería haberme extrañado que la maestra bibliotecaria fuera siempre tan atinada con la selección.

—Te conozco bien, Valexa —se limitó a responder él con una sonrisa.

Ella se la devolvió, y por un momento fue como si los años no hubiesen pasado, como si las decepciones y los malentendidos jamás se hubiesen producido.

—Lamento que tuvieras que dejar tu trabajo en la biblioteca —comentó entonces la joven—. Tu maestra, sin duda, te echará de menos.

—No se queda sola. Hace ya tiempo que cuenta con una nueva ayudante muy talentosa.

Valexa lo miró con una leve sonrisa en los labios.

—¿Me recomendará libros con el mismo acierto que tú?

—¿Axlin? No lo creo —se le escapó a Dex—. Quiero decir... que tiene un concepto diferente de la lectura. Nosotros leemos para viajar más allá del mundo que nos rodea. Ella, por el contrario, trata de conocerlo a través de los libros. Ahora, por ejemplo —añadió, como si se le acabara de ocurrir—, está investigando precisamente a una antepasada tuya, Grixin del Manantial. Al parecer, fue la autora de un bestiario que se perdió hace varios siglos.

—Ya veo —murmuró Valexa—. Bien, pues lamento decirte que aquí no lo tenemos. Si conservásemos un libro como ese, sin duda yo lo sabría.

—Lástima —contestó él, tratando de ocultar su decepción—. ¿Tenéis alguna otra obra suya? Tengo entendido que fue una erudita; al parecer, perteneció al grupo de los... «sabios del Manantial» o algo parecido.

Ella lo miró divertida.

—¿De dónde has sacado esa conclusión?

—Pues...—Dex se mostró confuso—, de uno de los libros de genealogías. Allí está registrada como «Grixin del Manantial». ¿Acaso no es correcto?

—Sí, pero «el Manantial» no es más que un lugar. Antes, en tiempos antiguos, todas las poblaciones tenían nombre, incluso las más pequeñas. No era extraño que hubiese gente apellidada «del Valle», «de la Peña» o «de la Ribera».

—Oh.

Valexa se rio con suavidad.

—¿Qué? ¿De veras pensabas que los De Vaxanian descendemos de uno de los sabios del Manantial? ¿Y que hemos heredado sus grandes poderes?

Él la miró sin comprender.

—¿Poderes?

Ella le devolvió una mirada pícara y recitó:

> *Porque mi amor es grande*
> *te haré una corona de estrellas,*
> *un vestido de arcoíris,*
> *un velo de agua de lluvia*
> *y unos zapatos de sol.*
> *Subiré a la más alta montaña,*
> *descenderé a los mares profundos,*
> *hollaré todos los caminos,*
> *con la voz de las aves cantaré.*
> *porque mi amor es tan grande*
> *que su poder igualará*
> *al de los sabios del Manantial.*

Dex parpadeó con desconcierto. Valexa volvió a reír.

—De las obras completas de Tenxin el Gentil —aclaró—. Parece que antiguamente creían que esos «sabios» eran algo más que eruditos, ¿no te parece?

El joven sacudió la cabeza.

—No sé qué decir. Jamás hubiese esperado de ti que fueses aficionada a la poesía sentimental —bromeó—. Creía que Tenxin el Gentil era más del gusto de Oxania de Xanaril, por ejemplo.

Valexa enrojeció de nuevo.

—Bueno, son poemas que todas las jóvenes de la ciudad vieja hemos oído alguna vez.

—¿Hasta el punto de poder recitarlos de memoria? —planteó él, alzando una ceja.

Ella ignoró la pregunta.

—El caso es que, si mi antepasada hubiese sido capaz de hacer alguna de las cosas extraordinarias que menciona el poema, alguien lo habría recogido en las crónicas de la familia. Y no es así. Puede que escribiese una obra o dos, no lo niego. Puedo tratar de averiguar si conservamos alguna en nuestra biblioteca, aunque ya te adelanto que no tenemos ningún bestiario tan antiguo.

—Te lo agradeceré mucho. —Vaciló un instante antes de añadir—: ¿Podrías prestarme el volumen con las obras completas de Tenxin?

—Oh, ¿ahora te interesa la poesía sentimental? —se burló Valexa.

Pero él no picó el anzuelo.

—Es posible que Axlin quiera consultar ese poema en concreto para su investigación —señaló—. Tenxin es un poeta poco valorado fuera de los muros de la ciudad vieja. No tenemos nada suyo en nuestra biblioteca.

—Lo buscaré y te lo haré llegar —prometió ella.

Sobrevino un silencio entre ambos, pero, por primera vez en mucho tiempo, no estaba salpicado de tensión.

—Lo siento mucho —dijo entonces Dex.

—¿Por qué? —se sorprendió Valexa.

—Por el dolor y el desengaño —respondió él en voz baja.

—Oh. —La joven guardó silencio unos segundos y después dijo—: Yo también lo siento mucho, Dexar.

Ahora le tocó a él preguntar:

—¿Por qué?

La mirada de Valexa buscó los ojos azules de Dex.

—Por los años perdidos —se limitó a contestar.

Él entendió, pero no dijo nada. Por primera vez en mucho tiempo, tampoco hacían ya falta más palabras.

Apenas un rato más tarde, mientras recorría las elegantes avenidas de la ciudad vieja de regreso a su casa, Dex se detuvo en la plaza de los Ocho Fundadores.

Había pasado por allí muy a menudo, y no era aquella la primera vez que se entretenía observando las estatuas que la adornaban. Todos los niños de la Ciudadela aprendían en la escuela a recitar los nombres de los Ocho Fundadores, seis hombres y dos mujeres extraordinarios que habían salvado a la humanidad al crear aquella ciudad amurallada que se había convertido en el único refugio seguro del mundo: Zaoxis, Elexin, Kandrax, Fadaxi, Galuxen, Vaxanian, Lixia y Brixaen. Dex aún recordaba el momento en que había comprendido que su familia tenía el honor de portar uno de aquellos apellidos ilustres. Durante un tiempo había llegado a creer que ser descendiente de uno de los Ocho Fundadores le confería algún tipo de habilidad especial, lo cual no dejaba de ser verdad, en cierto modo, si tenía en cuenta algunos de los privilegios que poseía por el hecho de pertenecer a la casa De Galuxen.

Pero Valexa había mencionado otra clase de poder, algo que solo aparecía en los relatos de ficción más imaginativos y que, si había que creer en las palabras de Tenxin el Gentil, estaba directamente relacionado con los sabios del Manantial.

Se detuvo ante la estatua de Vaxanian. El escultor lo había representado como un hombre apuesto y gallardo, de rasgos delicados y complexión esbelta. Por lo que Dex sabía, el verdadero Vaxanian no había sido así en realidad. Las estatuas se habían tallado tres siglos después de la muerte de los Fundadores, por lo que nadie conocía con certeza su verdadero aspecto. Los grabados más antiguos, los más cercanos a su época, eran demasiado esquemáticos y carecían de los detalles necesarios para basar en ellos unas esculturas moderadamente realistas. De modo que, al parecer, el escultor se había inspirado en los rasgos de los patriarcas que regían los destinos de las ocho familias en su propia época. Así que aquel Vaxanian sí se parecía a uno de los antepasados de Valexa, pero no al fundador de su linaje.

El primero había contraído matrimonio con una mujer llamada Grixin del Manantial. Era curioso, reflexionó, que ninguno de los Ocho Fundadores, que tan grandes e importantes parecían, hubiese estado directamente relacionado con la Senda del Manantial. Y que Grixin, la única que había adoptado su símbolo como blasón, ni siquiera estuviese representada en aquel conjunto escultórico, porque había sido tan solo una consorte y no se le conocían hechos relevantes relacionados con los comienzos de la ciudad.

Se quedó paralizado de pronto.

El blasón de Grixin. El símbolo de la Senda del Manantial.

Había olvidado mencionarle a Valexa que aquel emblema era un claro indicio de que sí había existido una relación entre el grupo de sabios del Manantial y la antepasada de los De Vaxanian. Sin embargo, ella se había mostrado convencida de que «el Manantial» era un topónimo y no el nombre de un movimiento académico o filosófico..., o lo que quiera que fuese.

Arrugó el ceño, pensativo. Quizá Axlin lograse sacar algo en claro de todo aquel galimatías, aunque era poco probable que se tomase en serio los versos de un poeta cortesano. Pero había algo que le rondaba por la cabeza desde que Valexa los había recitado: el hecho de que su autor citara a los sabios del Manantial y su supuesto «poder», lo cual parecía indicar que su audiencia sabía muy bien de qué estaba hablando.

Tal vez fuera posible rastrear su huella en otros textos de la época, y seguir la Senda del Manantial por un camino diferente al que Xaeran había empleado, para llegar al mismo lugar... o, tal vez, incluso más allá.

12

—Los bendecidos protegieron a los seres humanos durante generaciones. —La voz de Raxni sonaba hipnótica en la oscuridad—. En ese tiempo, los hijos de los dioses y las personas corrientes convivieron en relativa armonía. Pero entonces los bendecidos ayudaron a los humanos a levantar su ciudad amurallada. Y ese fue su gran error.

—¿Por qué? —musitó Rox.

—Porque los humanos empezaron a sentirse seguros tras esas murallas y decidieron que, después de todo, la presencia de los hijos de los dioses no era tan necesaria. Algunos envidiaban su fuerza, su agilidad y su elegancia, se sentían torpes y frágiles en comparación con ellos, y así, de nuevo, la semilla del odio y el resentimiento comenzó a arraigar en sus corazones.

»Pero los bendecidos eran mucho más fuertes, y las personas comunes sabían que jamás lograrían vencerlos en un enfrentamiento directo. Por eso, además de odiarlos, los temían. Y por eso decidieron que, si no podían librarse de ellos..., se las arreglarían para destruir su espíritu.

—¿Qué quieres decir?

—Construyeron una gran mentira. —La voz de Raxni estaba ahora teñida de ira y amargura—. Y la repitieron hasta que todo el mundo se la creyó.

La Guardiana respiró hondo antes de preguntar en un susurro:

—¿Cuál era esa mentira?

También su hermana hizo una pausa antes de responder:

—Que los dioses no eran dioses, sino monstruos. Que los bendecidos eran la descendencia maldita de las mismas criaturas a las que decían combatir.

El corazón de Rox latía con fuerza.

—Nadie piensa eso en la Ciudadela —objetó—. Todo el mundo considera que es un gran honor que nazca un Guardián en la familia. Todos...

—Obedecéis a un líder común —cortó ella—. Os arrebatan la posibilidad de decidir qué hacer con vuestra vida. —Hizo una pausa—. Os prohíben las relaciones íntimas con otras personas. ¿Te das cuenta de lo absurda que es esa norma?

—Pero eso...

—Te dicen qué debes hacer en cada momento —prosiguió Raxni—. A dónde debes ir, qué ropa debes ponerte, cómo debes peinarte —añadió, pasando los dedos por el corto cabello de su hermana—. Los comunes que gobiernan tu Ciudadela no están sujetos a esas reglas. Dedicáis vuestras vidas a protegerlos, matáis y morís por ellos..., ¿y qué recibís a cambio?

Rox no supo qué contestar.

—Los Guardianes os habéis convertido en esclavos —concluyó Raxni con desprecio—. Habéis olvidado vuestros orígenes y, lo que es peor: os dedicáis a cazar y asesinar a los dioses a quienes los humanos traicionaron. A vuestros padres.

Rox guardó silencio un instante. Después preguntó con voz helada:

—¿Ese es el final de la historia?

Raxni se tensó junto a ella.

—La historia no tiene final —contestó con tono más dulce—. Todavía.

Se calló y la miró de reojo, esperando sin duda que hiciese algún comentario sobre las revelaciones que había compartido con ella aquella noche. Pero Rox solo observó:

—No veo cómo pudo ser este mi cuento favorito cuando era niña, la verdad. Es triste y malicioso, y está repleto de rencor. Además, ni siquiera tiene final.

Su hermana se incorporó un poco para mirarla, boquiabierta.

—¿Eso es todo lo que tienes que decir?

—¿Qué esperas que diga? Después de todo, es solo un cuento, ¿no es así? Sin embargo —añadió antes de que Raxni pudiese hablar—, tengo curiosidad por saber de dónde has sacado tantos detalles sobre la Guardia de la Ciudadela.

Su hermana se quedó sin palabras. Pero enseguida le dirigió una mirada desafiante.

—¿Acaso es mentira algo de lo que he dicho?

—No lo sé, dímelo tú —respondió la Guardiana con una media sonrisa—. Es tu cuento, ¿no es así?

Aún sonriendo, se recostó sobre el jergón y le dio la espalda.

—Que duermas bien, hermana —dijo Raxni al cabo de unos instantes.

—Que duermas bien —repuso Rox.

Tras un largo silencio, notó que la respiración de Raxni se volvía más lenta y regular, y comprendió que se había rendido al sueño. Ella, no obstante, permaneció despierta durante largo rato, reflexionando sobre toda la información que había reunido en los últimos tiempos.

Rox era una mujer de acción. Trabajaba bien con ideas sueltas, pero era demasiado impaciente para encadenarlas y desarrollarlas. Sobre todo si no podía compartirlas con nadie.

Y todavía no estaba segura de querer hablar de aquel tema con Aldrix.

Un buen rato más tarde seguía desvelada y aún confundida acerca de todo lo que había sucedido. Con un suspiro de resignación, se levantó y salió de la habitación en silencio, dejando a Raxni dormida tras ella.

Una vez al aire libre, respiró hondo y se alejó un poco, con la esperanza de aliviar el sordo dolor de cabeza que la aquejaba. El frío de la noche la hizo estremecerse, pero también refrescó su rostro ardiente. Apoyó la espalda en un muro, tratando de relajarse. La aldea estaba en silencio. Todo el mundo parecía dormir sin preocupaciones, pero ella todavía no lograba acostumbrarse al hecho de que no hubiese centinelas... ni monstruos, al parecer.

Salvo uno, tal vez.

Si sus sospechas eran ciertas..., si en la aldea se ocultaba un monstruo invisible, o varios..., si copulaban con mujeres humanas para engendrar niños de ojos plateados..., si los bendecidos lo sabían..., quizá tenía sentido que hubiesen inventado aquella historia absurda sobre dioses benévolos e incomprendidos y sobre humanos mezquinos que envidiaban a la raza semidivina y se las habían arreglado para someterla. Porque la verdad, pura y desnuda, era mucho más horripilante.

Porque los monstruos innombrables, por muchas fábulas épicas que inventasen sobre ellos, seguían siendo solo monstruos que mataban a los humanos. Como el invisible al que ella y Xein habían dado caza varios meses atrás, que se había colado en una casa del primer ensanche para estrangular a un hombre mientras dormía.

El ceño de Rox se arrugó al recordarlo.

Había una mujer en aquella habitación, pensó de pronto. La sombra había matado a su marido, pero ella había sobrevivido.

Sacudió la cabeza. No tenía sentido ponerse a elucubrar sobre aquel asunto ahora que estaba tan lejos de la Ciudadela y no tenía modo de investigarlo.

Cuando se disponía a regresar a casa de Raxni, oyó susurros un poco más allá. Intrigada, se acercó en silencio para pasar inadvertida y se ocultó tras una esquina aguzando el oído.

—... es muy peligroso —decía una voz conocida—. Si Rox te descubre...

—Sé cómo burlar la mirada de los Guardianes —fue la respuesta. La joven se quedó helada.

Aquella voz susurrante no sonaba humana. Era otra cosa: había algo en su tono, algo antinatural y definitivamente malévolo, que hizo que se estremeciera de repulsión.

Sabía lo que era. Había oído en otras ocasiones la voz de las sombras. Era diferente a la de los metamorfos, que hablaban siempre como la persona a la que suplantaban. La de los invisibles, sin embargo, era sin duda la voz de un monstruo.

—Pero tienes que deshacerte de ella —prosiguió la sombra—. No va a marcharse de aquí hasta que me encuentre.

—No puedo convencerla de que regrese a la Ciudadela —contestó su interlocutor. Rox frunció el ceño; aquella voz se parecía a la de su compañero, Aldrix.

No era posible, se dijo. Los Guardianes de la División Oro no podían ver a las sombras.

Pero sí oírlas. Y hablar con ellas. Aunque a ella no se le ocurría ninguna razón para que cualquier Guardián hiciese con un monstruo otra cosa que no fuese matarlo.

Cerró el puño involuntariamente. Estaba desarmada. Mientras seguía escuchando la conversación, miró a su alrededor en busca de algo que pudiese utilizar.

—De todas formas, no me gusta lo que haces. Estás poniendo en peligro todo el plan.

La sombra se rio.

—¡El plan! —repitió con sorna—. Soy el único que ha tenido el valor de ponerlo en marcha. Mira todo lo que hemos conseguido aquí en solo unos años. Imagina docenas, cientos de aldeas como esta. Imagina un ejército de bendecidos dispuestos a conquistar la Ciudadela y gobernar a los humanos.

Rox descubrió entonces varias lanzas apoyadas contra la empalizada. Se acercó en silencio para coger una, aún pendiente de la conversación.

—La Ciudadela no se tomará desde fuera.

—Jamás se tomará desde dentro si nos vemos obligados a seguir las estúpidas leyes de los humanos. Hace ya mucho que estamos preparados. Si esperamos más, nuestro momento pasará.

—Sabes que no nos corresponde a nosotros decidirlo.

La Guardiana se aproximó de nuevo a la esquina y trató de asomarse con cuidado para localizar al invisible antes de atacar. Pero la lanza rozó levemente el suelo, y el sonido alertó a los conversadores, que callaron de inmediato.

Ella maldijo en silencio su mala fortuna. Ya no tenía sentido tomar precauciones, así que salió de su escondite con la lanza preparada y miró a su alrededor en busca de la sombra.

Se detuvo sin embargo al descubrir que la persona que estaba allí, contemplándola con desconcierto, no era Aldrix, sino Moloxi, el líder de la aldea. Se sintió muy aliviada al comprender que la tensión y la falta de descanso habían confundido sus sentidos.

—¿Rox? —exclamó él—. ¿Qué haces aquí tan tarde?

Ella no respondió. Sus ojos plateados recorrieron la penumbra en busca del monstruo invisible que debía estar allí; pero no lo encontraron.

—¿Te encuentras bien, hermana? ¿Qué es lo que buscas?

Ella inspiró hondo y movió la cabeza, confusa.

—Creí haber detectado la presencia de un monstruo —contestó a media voz—. Tal vez me he equivocado.

—Los viejos hábitos son difíciles de cambiar —comentó Moloxi con amabilidad—. Los monstruos no entran en nuestra aldea. La bendición de los dioses nos protege.

Rox bajó el arma. Aún se sentía confusa, pero decidió aceptar aquella explicación porque no tenía otra mejor.

—¿Y en qué consiste esa bendición? —preguntó con curiosidad—. ¿Qué hacen los dioses para mantener alejados a los monstruos?

Él sonrió beatíficamente.

—Honrarnos con su presencia, por supuesto.

Rox inclinó la cabeza.

—En la Ciudadela, de donde yo provengo..., las criaturas invisibles no se dedican a protegernos, sino a matar a los humanos.

—Ah —se limitó a responder Moloxi—, tal vez esa sea otra forma de protegernos. Buenas noches, hermana —se despidió.

Y con estas palabras desapareció entre las sombras.

Rox no mencionó a Moloxi su conversación nocturna a la mañana siguiente, pero tampoco le contó nada a Aldrix. Aún no comprendía lo que estaba sucediendo en la aldea y prefería reunir más información antes de compartir sus sospechas con su compañero.

De modo que, cuando la patrulla salió de nuevo de expedición al bosque, ella se ofreció a acompañarlos. Aldrix la miró con una ceja levantada, pero no hizo comentarios.

Los bendecidos, liderados por Moloxi y acompañados por los dos Guardianes, avanzaron un rato por el camino principal, pero a media mañana se desviaron por una senda que se internaba en la maleza y trepaba por la ladera del monte. Por el camino abatieron sin grandes dificultades a dos nudosos, un trescolas, tres chasqueadores y media docena de escupidores que acechaban en las copas de los árboles. Después el sendero descendió de nuevo hasta internarse por un valle encajonado entre una pequeña sierra y un bosque de coníferas. Allí, Moloxi dividió al grupo en tres partidas diferentes para cubrir más terreno. Rox y Aldrix se unieron a la que se adentraría en el bosque.

Mientras avanzaban entre la maleza en busca de presas para cazar, la Guardiana dudó sobre si contarle a su compañero lo que planeaba. Después descartó la idea. Para que todo saliera bien, debía actuar con rapidez y sigilo.

Un rato más tarde encontró su oportunidad. El grupo había abatido ya un venado y seguía la pista a un jabalí. De pronto, alguien avisó de que lo había visto a lo lejos, entre la espesura, y todos se apresuraron a perseguirlo.

Todos, menos Rox, que se quedó atrás deliberadamente. Cuando se aseguró de que, concentrados en la caza, ninguno de sus compañeros estaba pendiente de ella, dio media vuelta y corrió de regreso a la aldea.

Había memorizado el camino de vuelta, por lo que no tuvo problemas para encontrar la senda. Sabía que los demás la buscarían por el bosque durante un rato antes de plantearse la posibilidad de que hubiese regresado sin ellos, pero, aun así, era posible que Moloxi sospechara y que no tuviese demasiado margen de tiempo.

Cuando llegó a la aldea, era casi mediodía y aún no había señales de Aldrix ni de los bendecidos. Evitó la entrada principal y rodeó la empalizada para introducirse en el enclave sin que nadie la viera.

Fue asombrosamente sencillo. Aquel lugar carecía de centinelas, y sus habitantes no temían ninguna amenaza exterior, al parecer. En una región en la que ellos eran los únicos humanos que permanecían con vida.

¿Sería posible que la criatura invisible, si es que existía, los protegiera realmente del resto de los monstruos?

Rox no siguió meditando sobre ello, porque tenía otras cosas en que pensar. Se deslizó por las estrechas calles de la aldea, con cautela y en silencio, asegurándose de que nadie la viese. Su mirada de plata recorría los rincones mientras se aproximaba hacia la casa donde habitaban las mujeres comunes.

Raxni estaba convencida de que todas ellas estaban embarazadas de los hijos del «dios» invisible. Rox había dado por supuesto que, si eso era cierto, la sombra buscaba mujeres humanas por pura lascivia, por repugnante que aquello pareciera. No obstante, la conversación que había oído el día anterior le hacía sospechar que podían existir otras intenciones ocultas. «Un ejército de bendecidos dispuestos a conquistar la Ciudadela y gobernar a los humanos», había dicho el misterioso interlocutor de Moloxi.

De modo que, si eso era cierto, cabía la posibilidad de que la criatura invisible hubiese dejado de visitar la casa de las mujeres, dado que todas ellas estaban ya embarazadas. Pero tenía que empezar a buscar en alguna parte.

El edificio estaba vacío, puesto que todas las mujeres comunes estaban realizando sus tareas cotidianas en otros puntos de la aldea. Rox examinó los rincones con atención, pero no encontró lo que estaba buscando. Siguió, pues, recorriendo la aldea, esquivando a sus habitantes y ocultándose tras las esquinas para que nadie la viera. Se acercó al huerto para espiar las conversaciones de las mujeres, pero todas se limitaban a trabajar en silencio y apenas hablaban.

«Gobernar a los humanos.» Esclavizarlos, más bien, pensó con un estremecimiento.

Si Raxni estaba en lo cierto y los innombrables no eran monstruos..., si sus hijos nacían con ojos dorados y plateados, y ellos solo trataban de protegerlos...

Ni siquiera en ese caso estaría dispuesta a formar parte de lo que estuviesen planeando, fuera lo que fuese.

Se detuvo de golpe frente al gallinero, pensativa. No había nadie allí; sin duda las mujeres habían recogido los huevos, limpiado el recinto y alimentado a las gallinas de buena mañana. Con la semilla de un plan germinando en su mente, abrió las puertas y espantó a las gallinas hasta que salieron al exterior.

Se armó un gran alboroto. Las aves, alarmadas, cacareaban y aleteaban escandalosamente. Ella las dispersó todo lo que pudo y después saltó hasta el tejado de una casa cercana. Allí, oculta tras las ramas de un árbol que crecía delante, podía observar sin ser vista lo que sucedía a sus pies.

No tardó en aparecer un niño de unos siete u ocho años, atraído por el escándalo. Al ver a las gallinas sueltas, corrió a dar la alarma.

Pronto estaban allí todas las mujeres. Rox las vio mientras perseguían a las gallinas ante la atenta mirada de los niños, que no se molestaron en ayudarlas. Pero apenas se fijó en ellas. Sus ojos recorrían los alrededores en busca de la criatura invisible. Se detenían sobre todo en las esquinas, en los rincones oscuros y en los dinteles de las puertas, porque la experiencia le decía que las sombras solían agazaparse en aquellos lugares.

Por eso se sorprendió cuando la vio caminar por el centro de la calle, con serenidad y desenvoltura, apenas una silueta oscura de contornos difusos. No hacía ruido al moverse, como si no estuviese realmente allí; pero los que poseían ojos plateados podían verla, y era más de lo que podía decirse del resto de los humanos o incluso de los Guardianes de ojos dorados como Aldrix.

Los niños bendecidos se volvieron hacia ella e inclinaron la cabeza en señal de respeto. Su actitud indicó a las mujeres que la sombra se encontraba presente. Rox las vio encogerse con temor y echar miradas al lugar que había llamado la atención de los bendecidos, como si de ese modo pudiesen detectar a la criatura que solo ellos podían ver.

—¿Qué está pasando? —preguntó la sombra—. ¿Qué es este escándalo?

La Guardiana se estremeció. Las mujeres bajaron enseguida la cabeza, como si quisieran hacerse más pequeñas de lo que eran.

—Las gallinas, señor —respondió la mayor de las niñas bendecidas, que tendría unos doce años—. Se han escapado del gallinero.

Rox tenía muchas preguntas. Quería saber cómo era posible que un monstruo innombrable pudiese pasearse como si fuera el amo por una aldea habitada sobre todo por Guardianes (porque eso eran, pensó, por mucho que ellos se empeñasen en denominarse de otra manera). Quería saber en qué momento los bendecidos habían decidido que someter a los humanos era no solo tolerable, sino incluso deseable. Y no estaba segura de querer saber qué había sucedido realmente con los hombres comunes de aquella aldea. O con los niños que no tenían los ojos plateados... Pero aquellas eran cuestiones para otra ocasión.

El invisible se había separado del grupo y avanzaba hacia las mujeres. Rox comprendió que había llegado su oportunidad.

Cargó una flecha en el arco y disparó.

El proyectil cruzó el aire con un silbido y se hundió en el cuerpo de la sombra con mortífera precisión. La criatura lanzó una exclamación de sorpresa y se tambaleó un instante, pero no cayó. Los niños más pequeños se quedaron mirándolo sin comprender, y los mayores se volvieron a todas partes en busca del agresor.

Rox no perdió tiempo. Saltó desde lo alto del tejado con el hacha en alto y se arrojó sobre el invisible, que trataba de recuperar el equilibrio. Los niños gritaron, pero ella no se detuvo; descargó el hacha con todas sus fuerzas sobre el cuerpo del monstruo y lo derribó al suelo. Alzó de nuevo el arma para rematarlo, pero la sombra no se movía y Rox constató que estaba muerta. Por fin.

Sus hombros se relajaron y apenas fue consciente de los niños que rodeaban el cadáver de la sombra entre exclamaciones de angustia. Se volvió hacia las mujeres, que contemplaban la escena sin terminar de comprender lo que había sucedido.

—Sois libres —declaró—. El dios invisible ha muerto.

Una chiquilla chilló horrorizada. Un niño de unos seis años empujó a Rox, furioso y con los ojos llenos de lágrimas.

—¡Vete! ¡Vete! ¡Malvada, asesina!

Ella retrocedió un par de pasos y los miró, impasible.

—No lo entendéis —dijo—. Sois Guardianes, no sirvientes de los monstruos.

Los muchachos de mayor edad, cuatro chicas y tres chicos, avanzaron hacia ella. Algunos llevaban armas; palos afilados, lanzas o cuchillos.

—Eres tú quien no lo entiende —replicó una de las niñas—. No eres como nosotros.

—¡Rox! —exclamó de repente la voz de Raxni a sus espaldas.

Ella se volvió. La patrulla había regresado más pronto de lo que pensaba; debían de haber vuelto antes debido a su ausencia. Al principio, la miraron desconcertados. Contemplaron los rostros de los niños, entre rabiosos y desconsolados, y después repararon en el hacha de Rox, teñida de sangre que solo la gente de ojos plateados podía ver.

—¡Ha matado al Padre! —gritó uno de los niños.

Se apartaron para mostrar a los adultos el cuerpo de la sombra tendido en el suelo. Hubo murmullos incrédulos y exclamaciones de espanto.

Moloxi, blanco como un escuálido, se precipitó hacia el cadáver y se inclinó junto a él.

—Rox, ¿qué has hecho? —murmuró Aldrix.

Había avanzado también hasta situarse a su lado.

El líder de la aldea alzó la mirada hacia ellos.

—¿Cómo te has atrevido? —escupió—. Sucia Guardiana, ¿cómo te has atrevido?

—Los Guardianes matamos a los monstruos, no los obedecemos. Ni conspiramos para conquistar la Ciudadela —añadió Rox.

Hubo una breve sombra de incomprensión en el rostro de Moloxi, que se levantó para enfrentarse a ella.

—No somos Guardianes, somos bendecidos —declaró—. Hijos de los dioses.

—Sois Guardianes —replicó ella—. Y los monstruos innombrables no son dioses. Son solo monstruos.

Moloxi entornó los ojos.

—¿Cómo te atreves?—repitió.

Rox señaló con un gesto a las mujeres embarazadas, que se abrazaban unas a otras y los observaban, aterrorizadas.

—Pregúntales a ellas —respondió—. Todos vosotros nos acompañaréis a la Ciudadela —anunció en voz alta—. Las mujeres comunes podrán ser libres allí y vivir una vida plena. Los demás os uniréis a la Guardia y recibiréis adiestramiento para combatir a los monstruos.

El líder de la aldea dejó escapar una carcajada incrédula.

—No vamos a ir a ninguna parte. No obedecemos las leyes de la Guardia. Sois vosotros los que debéis plegaros a nuestras normas, forasteros.

—Atenta, Rox —murmuró Aldrix.

Moloxi, centrado en su discurso, no lo oyó.

—Moriréis —prosiguió— por haber asesinado a nuestro padre y señor. Podemos ofreceros un juicio, si así lo deseáis, pero no creo que cambie en algo el resultado final.

La Guardiana paseó la mirada por los rostros de los bendecidos. Vio temor, desconcierto, dolor, rabia... y odio. Ninguno de ellos parecía interesado en la idea de abandonar aquella aldea perdida. Raxni temblaba de ira y la observaba con tanto desprecio que Rox llegó a preguntarse si sería de verdad la misma joven que la había alojado en su casa y le había contado historias de días pasados.

Su hermana.

La sacudió de pronto la idea de que, si ella misma había nacido allí, tal y como parecía..., la criatura a la que acababa de matar podía haber sido su padre.

Se estremeció de horror.

—Prendedlos —ordenó Moloxi.

Y entonces Aldrix se arrojó sobre el primer bendecido que se adelantó hacia ellos. Había enarbolado sus dagas curvas, y sin mediar palabra le hundió el filo de una de ellas en el estómago. De un solo movimiento la recuperó y se abalanzó sobre el siguiente adversario.

Rox había estado en demasiadas batallas como para no saber lo que aquello significaba. A los Guardianes los entrenaban para actuar rápido y seguir los protocolos sin pensar. Si tu compañero entraba en acción, te unías al combate sin cuestionar sus motivos.

Su cuerpo se movió antes de que se diera cuenta de lo que estaba haciendo.

Los bendecidos tardaron un poco más en reaccionar. No estaban habituados a pelear en serio contra otros de su misma clase y, por otro lado, los Guardianes habían recibido un adiestramiento especial. Así, pese a que solo eran dos, lograron abrirse paso entre la multitud, dejando un rastro de muertos y heridos tras ellos, y corrieron hacia la salida.

Rox se dejó guiar por Aldrix, que parecía saber mejor que ella lo que estaba haciendo. Llegaron hasta el cobertizo donde se alojaban sus caballos, los ensillaron a toda prisa y salieron a galope tendido. Los bendecidos los habían seguido hasta allí, pero los Guardianes no se detuvieron. Aldrix guio su caballo hacia el arco de entrada, y Rox lo siguió. A sus espaldas, gritaban:

—¡Monstruos! ¡Asesinos! ¡Impostores!

Pero no los alcanzaron. Apenas unos instantes después, los dos Guardianes galopaban por el camino, de regreso a la Ciudadela.

Rox sospechaba que no regresaría a aquella aldea nunca más.

Y por extraño que pareciera se sintió aliviada, como si hubiese estado viviendo con un nudo en la garganta y un lastre en el corazón, que se fue disolviendo lentamente a medida que se alejaban de allí.

13

Axlin seguía opinando que leer libros de ficción era una pérdida de tiempo. Estaba bien para los aristócratas ociosos de la ciudad vieja, y también si lo que se pretendía era pasar un rato entretenido. Pero no servían de mucho en una investigación objetiva como la suya.

Aun así, había leído el volumen de las obras completas de Tenxin el Gentil que Dex le había prestado, y después se había sumergido en el estudio de otros textos de ficción de la época. Y allí estaban, en efecto. Los sabios del Manantial.

No eran personajes especialmente recurrentes, pero sí aparecían aquí y allá. Podía ser el anciano que se dirigía al héroe para ofrecerle sensatos consejos, la mujer que le entregaba un objeto mágico que lo protegería de los monstruos o el misterioso joven cuyos poderes extraordinarios lo ayudaban a obtener la victoria final sobre las criaturas que amenazaban a su pueblo, a su amada o a su familia. Las tramas parecían todas bastante similares, advirtió.

Los poderes de aquellos sabios, no obstante, eran muy variados. Podían controlar el tiempo atmosférico, cambiar de forma o crear de la nada proyectiles ígneos que arrojaban contra sus enemigos. Algunos levitaban, otros tenían la habilidad de hablar con los animales. Los más poderosos incluso eran capaces de mover montañas o someter a los monstruos con su fuerza de voluntad.

Axlin jamás había leído tantos disparates juntos.

Estaba sumida en la lectura de un largo poema épico que relataba la eterna lucha entre los héroes Yax y Kirtax; había sido muy popular en su época, pero ella lo encontraba demasiado fantasioso. La interrumpió un discreto carraspeo y alzó la mirada del texto para fijarla en la maestra Prixia, que le sonreía comprensivamente.

—¿Estás sacando algo en claro de la lectura de esos libros, Axlin? —le preguntó.

Ella negó con la cabeza.

—No demasiado. ¿Toda la literatura de ficción es así de... exagerada?

La sonrisa de la bibliotecaria se ensanchó.

—Va por ciclos —respondió—. Estás leyendo obras de la época del quinto Jerarca, ¿no es así? —Prixia suspiró—. Eso fue antes de la caída de las Tierras Salvajes, por supuesto. Cuando la Ciudadela planificaba su segundo ensanche y, por primera vez en mucho tiempo, parecía existir un refugio seguro para los seres humanos. Cuando la derrota de los monstruos parecía solo cuestión de tiempo y paciencia. Pero entonces...

—Entonces los monstruos asolaron la región del norte —murmuró Axlin. Conocía la historia—. Los Guardianes defendieron la Ciudadela durante años, hasta hacerlos retroceder. Pero, para cuando lo consiguieron..., ya no había salvación posible para las Tierras Salvajes.

La bibliotecaria asintió.

—La literatura de esa época es diferente. Se acabaron las historias optimistas sobre héroes invencibles que no temían a los monstruos. La ficción posterior a la caída de la región del norte es mucho más oscura. Historias llenas de sangre, terror y muerte.

—Como la vida —musitó la muchacha.

—Como la vida fuera de la Ciudadela, sí.

—¿Y qué fue de los sabios del Manantial?

—Si te refieres a los personajes con poderes extraordinarios, bueno..., dejaron de aparecer en las historias de ficción. Después de todo, ninguno de ellos hizo acto de presencia cuando los monstruos atacaron. Solo los Guardianes lucharon y murieron para defendernos. Los Guardianes eran reales; los sabios, no.

Axlin asintió lentamente. Aquello podía comprenderlo.

—Pero ¿de verdad existieron los sabios? —preguntó—. ¿O son solo personajes de ficción? ¿O quizá —añadió— se trata de una antigua superstición, como las que hacen referencia a los dioses?

—Los personajes de las historias de ficción son sin duda ficticios. Pero es posible que tuviesen una base real.

Ella consultó sus notas.

—Hay una idea que se repite, y es que los sabios vivieron hace mucho tiempo, antes incluso de que se fundara la Ciudadela —explicó—. La mayoría de las historias se desarrollan en esa época, pero las que no lo hacen presentan a los sabios como personas muy longevas, casi inmortales. Y algunos relatos hablan de un lugar perdido donde permanecen los últimos supervivientes de su orden. —Alzó la cabeza para mirar a la bibliotecaria—. ¿Qué es exactamente el Manantial? ¿Es un lugar geográfico o una escuela filosófica?

—Si es un lugar, y existió alguna vez, debería aparecer en los mapas antiguos. Pero, en todo caso, si lo que quieres es averiguar si los sabios existieron realmente, tal vez no deberías centrarte en las obras de ficción.

Axlin reprimió un suspiro y echó un vistazo desganado a los libros que tenía desparramados sobre la mesa. Algunos pertenecían a la biblioteca, pero la mayoría se los había prestado Dex. Por lo que sabía, eran de una amiga suya de la ciudad vieja.

—Ya he consultado los tratados de historia y filosofía. Ninguno de ellos menciona la Senda del Manantial.

Eso, de nuevo, la llevó a preguntarse dónde había encontrado Xaeran información al respecto. Allí, desde luego, no.

Pero Prixia sacudió la cabeza.

—Me refiero a los documentos históricos. Ven, te lo enseñaré.

Axlin se levantó intrigada y siguió a la bibliotecaria hasta la habitación que utilizaba como despacho propio. Allí le mostró una estantería que contenía libros, cuadernos y documentos en diferentes grados de conservación. Todos parecían antiquísimos, y la joven los contempló sobrecogida, sin atreverse a respirar con demasiada intensidad por si aquellos papeles se deshacían bajo su aliento.

—Esto es todo lo que conservamos de la época antigua —anunció la maestra Prixia.

—¿De antes de la Ciudadela? —preguntó Axlin asombrada.

La bibliotecaria negó con la cabeza.

—De antes de los monstruos —anunció.

La joven ahogó una exclamación de sorpresa. Alargó la mano, pero se detuvo a mitad de movimiento, sin atreverse a tocar aquellas reliquias. Se volvió para mirar a su maestra, perpleja.

—Pero... pero... aquí hay libros de verdad.

—Naturalmente. La mayoría de la gente piensa que antes de la Ciudadela solo existían las aldeas. Pero lo cierto es que en la época anterior a los monstruos también había ciudades. Sin murallas. O tal vez sí las tuvieran, pero no tan altas e impresionantes como las nuestras.

Axlin frunció el ceño. Por fin se atrevió a pasar la yema del dedo sobre el lomo de uno de los libros.

—Parecen antiguos, pero no tanto —observó.

—La encuadernación es más moderna. Por fortuna, hace siglos alguien tuvo el buen tino de restaurar toda la documentación antigua de la que disponíamos. Gracias a eso, hemos podido conservarla hasta hoy.

—¿Qué tipo de libros son?

—De todo. Algunas obras de ficción, un libro de contabilidad de un almacén de grano, una cartilla de lectura infantil, una compilación de recetas de cocina... Cosas que no valía la pena que nadie guardara para la posteridad en su momento, pero que hoy son importantes para nosotros, porque es lo único que nos queda del mundo antiguo. Así que..., si los sabios del Manantial existieron alguna vez, es posible que solo aquí quede constancia de ello.

Axlin asintió, pensativa. Entonces se dio cuenta de que la bibliotecaria la miraba con fijeza y se sobresaltó ligeramente.

—¿Puedo... puedo consultar estos libros? —comprendió.

La mujer sonrió.

—Por supuesto. ¿Por qué crees que te he traído aquí?

—¿A mí? Pero...

Volvió a contemplar los estantes, aturdida. La posibilidad de asomarse al mundo que había existido antes de los monstruos, aunque fuese por un minúsculo resquicio, le parecía tan asombrosa que tuvo que sentarse, porque las piernas no la sostenían.

—¿Y por qué no? —la animó la maestra Prixia—. Hay que tratar con cuidado estos documentos, pero eso no significa que debamos mantenerlos siempre ocultos a todas las miradas.

Axlin no encontraba palabras para darle las gracias, pero su expresión maravillada hablaba por ella. La bibliotecaria sonrió de nuevo y se marchó en silencio, dejándola a solas con el tesoro que acababa de mostrarle.

Lo primero que hizo fue clasificar todos los documentos por género y temática. Dejó la ficción para el final, porque estaba más interesada en los fragmentos de realidad que podía proporcionarle todo lo demás. Por otro lado, aunque era consciente de que las obras de ficción eran también fruto de la época que las había engendrado, sentía que no tenía aún conocimientos suficientes como para ser capaz de diferenciar un reflejo fiel de uno distorsionado por la imaginación del autor.

Una vez que hubo terminado con su catalogación previa, pudo por fin sumergirse en aquel mundo pasado a través de los escasos testimonios que se habían conservado de él. Al principio, le costó convencerse de que ya no estaba leyendo ficción. Los documentos describían ciudades abiertas, donde florecían las artes y los oficios, que comerciaban unas con otras gracias a una red de caminos que atravesaban aldeas rodeadas por extensos campos de labranza que podían ser trabajados sin temor a los monstruos.

La gente de aquellos tiempos hacía frente a sus propias dificultades, por descontado. Sufrían epidemias, padecían las consecuencias de la sequía o las inundaciones y podían morir atacados por una manada de lobos o a causa de la mordedura de una víbora. Las mujeres no siempre sobrevivían a los partos y los bebés enfermaban con facilidad. Había disputas que finalizaban en peleas con resultados trágicos e, incluso, enfrentamientos armados entre diferentes ciudades.

Pero no había monstruos.

No había monstruos.

Axlin experimentaba una extraña sensación de irrealidad, mayor incluso que la que le producía la lectura de las obras de la época del quinto Jerarca. Porque, por fantasiosas que estas pudiesen ser, aún relataban la lucha de las personas contra los monstruos. La idea de que ese trasfondo simplemente no existiese le resultaba novedosa y difícil de asimilar.

Durante días navegó por aquel tiempo remoto a través de sus textos. Algunos los encontraba incomprensibles, porque hacían referencia a cosas que ya no existían o a conceptos que ya no tenían sentido en el mundo actual. El lenguaje también era diferente, más elaborado, con un vocabulario más amplio y muchos términos que habían dejado de emplearse siglos atrás. A veces era capaz de descifrar su significado por el contexto, pero a menudo encontraba párrafos enteros que no tenían ningún sentido para ella.

Y, aun así, seguía resultando fascinante.

Una mañana topó con una obra que no tardó en convertirse en su favorita. Se trataba del diario de un comerciante de vinos que, al parecer, tenía por costumbre registrar en un cuaderno los detalles de sus viajes de negocios. Su letra era clara y minuciosa, y el librito había llegado a sus manos en un excelente estado de conservación. De modo que se sumergió en su lectura con creciente interés.

El diario comenzaba el día en que el joven Vaxran recibía de su padre el encargo de guiar su primer cargamento de toneles hasta la ciudad más próxima. El muchacho describía la ruta que habían seguido, los lugares en los que se habían detenido, la gente con la que había hablado y los tratos a los que había llegado con sus clientes. Siguió haciéndolo en todos sus viajes posteriores y, aunque el entusiasmo inicial se fue enfriando a lo largo de los años, conforme su trabajo caía en la rutina y la monotonía, no había dejado de registrar sus experiencias. A Axlin seguían pareciéndole igual de fascinantes, porque era como descubrir un mundo nuevo a través de sus ojos.

Así, cuando por fin topó con una mención a los sabios del Manantial, estaba tan absorta en la lectura que estuvo a punto de pasarla por alto. De hecho, tuvo que volver atrás y releer el fragmento para asegurarse de que lo había entendido bien:

Cuando nuestra caravana arribó al viaducto, advertimos que se hallaba en un estado calamitoso a causa de las postreras borrascas. El guía determinó que no convenía transitar por él. Algunos comerciantes se mostraron desazonados, pues no alcanzaríamos la urbe antes del ocaso, y otros demandaron que el guía restituyese lo que le había sido remunerado. Alguien requirió al mancebo del Manantial para que nos hiciese levitar a todos hasta el otro lado de la sima, mas él alegó que no era más que un simple novicio formado en un templo subsidiario, y que para obrar semejante prodigio eran necesarias décadas de instrucción en el Santuario del Manantial. El cónsul montó en cólera y amenazó con arrojarlo a él al fondo de la sima para comprobar si dominaba o no el arte de la levitación. Mas a la sazón, loados sean los dioses, retornó el guía para notificar que existía otro viaducto en óptimas condiciones por el que podríamos aventurarnos sin recelo alguno.

El corazón de Axlin latía salvajemente en su pecho. Volvió a leer el párrafo varias veces para asegurarse de que lo había comprendido bien y después, conteniendo su emoción, fue a buscar a la bibliotecaria.

—Maestra Prixia, ¿qué es un novicio? —interrogó.

Creía haber captado su significado por el contexto, pero quería asegurarse.

La mujer reflexionó unos instantes.

—Es una especie de aprendiz, me parece.

—¿Y un templo es una escuela? ¿Y un santuario..., algún tipo de refugio?

La bibliotecaria frunció el ceño.

—Podríamos definirlos así, en efecto. ¿Has encontrado lo que estabas buscando, acaso?

Axlin inspiró hondo antes de responder:

—He encontrado pruebas documentales de la existencia del Manantial, maestra. Sí que era un lugar, al parecer. El Santuario del Manantial. Y había personas que se formaban allí, pero existían otros lugares relacionados..., como si fuese una red de escuelas. Sin embargo, al parecer, lo que enseñaban allí solo podían aprenderlo los que se formaban en ese Santuario.

Las personas de la caravana del mercader Vaxran habían hablado de levitación, pero el «mancebo del Manantial» había negado poseer tal habilidad. Y aunque era cierto que se la había atribuido a sus maestros, podía estar mintiendo. Al fin y al cabo, Axlin seguía sin hallar pruebas de que existiesen realmente personas con poderes extraordinarios. Vaxran, al menos, no se había topado con ninguna en sus viajes, ni mencionaba a nadie que lo hubiera hecho.

Pero ahí estaba de nuevo la creencia de que aquellos sabios podían hacer cosas imposibles para el resto de los mortales. Y esta vez en el diario de un comerciante que había existido realmente, en la transcripción de una conversación que se había producido de verdad, siglos atrás.

—Podemos intentar encontrar ese santuario en los mapas antiguos —sugirió entonces la maestra Prixia—. Si fue un lugar importante, es posible que algunos lo registren.

Axlin respondió que era una buena idea. No obstante, primero quería terminar de leer el diario de Vaxran por si se topaba con más referencias reveladoras.

Aquella tarde compartió sus descubrimientos con Dex, que había vuelto a escaparse de la ciudad vieja para reunirse con ella. Intercambiaron libros; Axlin le devolvió algunas de las obras que ya había terminado y él le entregó otro par de títulos que, junto a Valexa, había seleccionado de la biblioteca De Vaxanian.

—¿Qué harás si localizas ese santuario en un mapa, Axlin? —preguntó él, inquieto.

Ella se mordisqueó el labio, pensativa.

—Supongo que dependerá del lugar donde se encuentre.

—¿Y si pudieses llegar en el carro acorazado de Loxan?

La muchacha suspiró y cerró los ojos un momento.

—Primero tengo que encontrar a Xein —se limitó a responder.

El joven la miró, un poco sorprendido. Hacía tiempo que su amiga no hablaba de Xein ni le preguntaba por él. Al parecer, ya había dado por hecho que sus contactos en la ciudad vieja no la conducirían a ninguna parte. Aun así, Dex seguía transmitiéndole cada pequeña noticia que llegaba hasta sus oídos. Días atrás, de hecho, se había enterado por Oxania de que se había producido una gran batalla en la Última Frontera, en la que había caído más de una docena de Guardianes. Por desgracia, ninguno de los dos había logrado averiguar si Xein se encontraba entre ellos.

Dex había dudado sobre si compartir con Axlin aquella nueva información, pero sabía que ella valoraba la verdad por encima de todo, así que se lo dijo.

Ella se había limitado a asentir en silencio.

El joven había llegado a la conclusión de que su amiga se había rendido a la evidencia de que no lograría hacer nada por Xein y había optado por centrarse en su investigación en la biblioteca, algo que sí era capaz de manejar. Sabía, por descontado, que el buhonero seguía trabajando en su carro acorazado. Pero aun así...

Decidió no insistir en ello.

—Entonces mi amiga Valexa tenía razón —murmuró—. El Manantial sí era un lugar.

Axlin asintió.

—Y es posible que la Venerable Grixin, la autora del primer bestiario, ancestro del linaje De Vaxanian..., se formara allí.

—Pero Valexa ya dijo que no poseía ningún tipo de poder especial.

—Al parecer, era necesario permanecer en el santuario durante años para aprender a... hacer cosas.

—¿Cosas?

—Si es que hacían algo.

—¿Como invocar la lluvia, hablar el lenguaje de los animales o...?

—O levitar. O lo que fuera. Pero lo cierto es que, por mucho que he buscado, todavía no he hallado ni una sola prueba que demuestre que no eran más que un hatajo de charlatanes.

Dex se detuvo de pronto en la calle para mirar alrededor. Las palabras de Axlin le habían traído algo a la memoria.

—¿A dónde vamos, por cierto?

—Yo voy a otra de las reuniones de Xaeran. Tú, no sé. Has venido acompañándome desde que salimos de la biblioteca, pero la puerta de la muralla está en esa otra dirección.

El chico enrojeció levemente. En efecto, había seguido a su amiga sin darse cuenta de que lo hacía. Le pasaba a menudo cuando estaba absorto en sus propios pensamientos o enfrascado en alguna conversación interesante.

Trató de centrarse.

—¿Por qué vas a ver otra vez a Xaeran? —preguntó—. No creo que vaya a decirte nada diferente de lo que ya te contó.

—Dijo que había sacado su información de nuestra biblioteca. Pero llevo semanas investigando, y sigo sin encontrar los libros que ha consultado. Los que hablan de la Senda del Manantial y de las enseñanzas de los sabios.

—Bueno, y si es un charlatán, ¿por qué importa tanto lo que diga?

Axlin se limitó a señalar la puerta de la casa más cercana.

—Por eso —respondió.

Él siguió la dirección de su mirada. Al principio no notó nada especial, pero después reparó en el pequeño símbolo que decoraba discretamente una esquina.

—Oh —musitó.

Ella reanudó la marcha. Mientras avanzaba renqueando por la calle fue señalando más puertas. Y Dex comprobó con estupor que todas estaban señaladas con el símbolo de la Senda del Manantial.

Para cuando llegaron a su destino, el joven había calculado que al menos un tercio de las casas de aquel barrio habían marcado sus puertas de aquella manera.

—Quizá sea solo un adorno —logró murmurar por fin.

Axlin le dirigió una breve mirada.

—Ojalá lo fuera —susurró—. Pero esta gente cree de verdad que los protegerá contra los monstruos, Dex. Y yo he podido comprobar por mí misma que no funciona. ¿Te quedas? —le preguntó. Habían llegado a la puerta del almacén que Xaeran utilizaba para sus reuniones.

Él vaciló un instante. Desde que visitaba a Valexa tenía más tiempo libre, porque su madre creía que la estaba cortejando, y ninguno de los dos la había sacado de su error. Era cierto que habían empezado a pasar algunas tardes juntos, compartiendo lecturas en la biblioteca de Valexa, como solían hacer cuando eran niños, pero la mayor parte de las veces que Dex decía que iba a visitar a los De Vaxanian, aprovechaba para escapar de la ciudad vieja e ir a ver a Kenxi en el segundo ensanche o a Axlin en la biblioteca.

Valexa cubría sus huellas, aunque los dos eran muy conscientes de que tarde o temprano se descubriría la verdad.

Pero mientras tanto...

Suspiró y entró con su amiga al almacén.

El discurso de Xaeran fue muy similar al de la vez anterior. Todo lo que decía sonaba sensato y esperanzador, y Dex se sorprendió a sí mismo asintiendo ante sus palabras en más de una ocasión. Axlin, sin embargo, fruncía el ceño.

Al finalizar la reunión, se volvió hacia ella.

—¿Qué es lo que no te ha gustado? —le preguntó sin rodeos.

—Es esa idea... —La joven sacudió la cabeza—. Es muy sutil, no sé. No lo dice directamente, pero se sobrentiende...

—¿Qué idea?

—Que puede que los monstruos no sean tan malos después de todo. —Y al ver, un tanto alarmada, que él ladeaba un poco la cabeza como si estuviese considerando en serio que no lo fueran, añadió—: Dex, son *monstruos*. Los que vivís en la Ciudadela, y especialmente en la ciudad vieja, quizá no sois conscientes de ello. Pero yo he viajado por las aldeas y he visto a los monstruos muy de cerca. Sé lo que son y conozco todo el horror que traen con ellos.

Él pareció avergonzado.

—Tienes razón, Axlin. Quizá me he dejado seducir por bellas palabras.

—Como de costumbre —respondió ella; pero le sonreía con afecto.

Se acercó a Xaeran y, de nuevo, esperó su turno para hablar con él.

—Los Guardianes de la Biblioteca —los saludó el joven sonriendo—. Veo que os estáis convirtiendo en habituales.

—Todavía sentimos curiosidad académica —replicó Axlin—. El caso es que he continuado investigando...

—¿Sobre la Venerable Grixin? —completó Xaeran. Ella anotó mentalmente el hecho de que había retenido el nombre.

—Y sobre los sabios del Manantial y su santuario.

En esta ocasión, detectó una levísima vacilación en su expresión, pero fue tan breve que se dijo a sí misma que tal vez lo había imaginado. La maestra Prixia le había asegurado que en los últimos años nadie, ni siquiera Xaeran, había consultado los documentos del mundo antiguo que guardaba en su despacho. Si había oído hablar del Santuario del Manantial, debía de haber sido en otra parte.

—¿Santuario? —repitió.

—El lugar en el que, al parecer, los sabios se reunían y transmitían sus enseñanzas a sus seguidores. Algo un poco más grande y sofisticado que una antigua cochera —explicó Axlin con una sonrisa.

Él se la devolvió.

—Es posible que tuviesen un lugar de reunión, es cierto, pero no he encontrado ninguna referencia en mis investigaciones. De todas formas, no es importante para nosotros. La sabiduría de la Senda del Manantial se transmite allá donde haya alguien dispuesto a escuchar y aprender. Mis estudios se centran en el contenido de esas enseñanzas. El lugar donde se reunieran los primeros sabios es secundario.

«Yo no he hablado de los primeros sabios», pensó Axlin de pronto. El Santuario del Manantial, de haber existido, databa de los días del mundo antiguo, en efecto. Pero ella no lo había mencionado.

—De verdad, siento mucha curiosidad por conocer tus fuentes —le soltó, sin poderlo evitar—. Me encantaría poder echar un vistazo a los libros que has consultado. Tal vez puedas pasar algún día por la biblioteca y mostrarme dónde los guardamos —añadió alegremente.

Xaeran sonrió, pero por primera vez ella detectó que el gesto no llegaba a iluminar sus ojos. Por primera vez la sinceridad había desaparecido de su expresión.

No hubo tiempo para más, porque el tañido de la campana les indicó que había llegado la hora de regresar a casa. Axlin y Dex se despidieron y se apresuraron a salir del almacén; no habían obtenido las respuestas que buscaban, pero la muchacha estaba ahora convencida de que Xaeran les ocultaba información deliberadamente.

El joven investigador se quedó un momento a solas en el recinto, pensando. No tenía prisa, ya que vivía no lejos de allí, en aquel mismo barrio del primer ensanche y, por tanto, no debía preocuparse por las puertas de la muralla.

—Está demasiado cerca —susurró entonces una voz a su lado.

Xaeran no se sobresaltó. Ni siquiera se molestó en volverse en busca de quien había pronunciado aquellas palabras, porque sabía que no serviría de nada.

—No sé dónde ha encontrado esa información —murmuró—. No hay ningún libro de la biblioteca que mencione el Santuario. Ninguno.

—Eso no puedes saberlo con certeza —respondió la sombra—. Es posible que exista material que solo los bibliotecarios conocen.

Él inclinó la cabeza.

—No se me había ocurrido —admitió. Hizo una pausa y añadió—. Si es peligrosa, tal vez haya llegado la hora de deshacerse de ella.

—Hubo un intento, y fallamos. Y ahora la Guardia está sobre aviso. No podemos permitirnos llamar la atención sobre ella, y menos ahora. Si alguien descubre la importancia de lo que está investigando...

En esta ocasión, el joven se volvió hacia el lugar donde debía hallarse el invisible.

—¿Y qué vamos a hacer, si no? ¿Permitir que acabe de atar cabos?

—Pronto se marchará de la Ciudadela. Aquí, la muerte súbita de una muchacha siempre llama la atención, pero en campo abierto... nadie podrá echarla de menos. Ni habrá ningún alguacil que pueda investigar su muerte ni ningún funcionario que se haga preguntas.

Xaeran entornó los ojos, pensativo, y asintió en silencio.

14

Todas las noches, cuando no tenía guardia, Xein repasaba mentalmente la lista de los monstruos que conocía. No lo hacía por una cuestión de celo profesional, sino porque estaba enumerando posibles formas de morir, buscando la más rápida e indolora.

Había descartado a desolladores, sacaojos, sindientes y sorbesesos porque tenían una manera muy cruel de acabar con sus víctimas. Tampoco lo seducía especialmente la posibilidad de arder en el fuego de un abrasador o morir ahogado a manos de un piesmojados o de un espaldalga. Los monstruos de menor tamaño, como los chillones o los lenguaraces, lo devorarían a pequeños bocados, lo cual también alargaría la agonía.

Se preguntaba a menudo si existiría algún monstruo capaz de matarlo de un solo golpe. Y siempre volvía a los monstruos colosales.

Aunque no habían vuelto a avistar ninguno desde la batalla contra el musgoso, Xein no podía ignorar que estaban allí. Era difícil olvidarlo, desde luego. Los Guardianes habían remolcado el cuerpo del musgoso hasta el otro lado de la cordillera y lo habían abandonado lo más lejos posible de cualquiera de los campamentos. Durante una semana habían tenido el viento en contra, y los capitanes habían decidido que no era buena idea incinerar el cadáver en aquellas condiciones. La humareda, le explicaron a Xein, envolvería la cordillera durante varios días y entorpecería las labores de vigilancia habituales, con el riesgo que aquello suponía.

Así que habían dejado que el cadáver fuera pudriéndose lentamente.

Él sabía por experiencia que ningún animal carroñero se alimentaba de los restos de los monstruos, de la misma forma que no había carnívoros que los cazaran. Pero sus cuerpos se descomponían igual.

De modo que el campamento estuvo envuelto en un hedor penetrante hasta que las condiciones meteorológicas resultaron más favorables. Y entonces una patrulla de Guardianes se desplazó hasta los despojos de la criatura y les prendió fuego.

A Xein no le tocó participar en aquella expedición, pero estaba de guardia en uno de los Nidos y vio la columna de humo desde arriba.

—Esperemos que no cambie el viento —murmuró su compañera de vigilancia—. Y que no tarde mucho en llover.

La humareda veló el horizonte durante casi dos días. Después, por fortuna, llegaron las lluvias y acabaron de apagar los rescoldos.

No habían recibido más alertas desde entonces, al menos en su sector. Sí que se habían avistado movimientos entre el follaje, al otro lado de la cordillera, que podían atribuirse a la presencia de monstruos colosales, pero ninguno de ellos había llegado a acercarse tanto como para suponer una amenaza.

De manera que su vida había vuelto a deslizarse hacia una rutina amarga y gris. Su cuerpo obedecía las órdenes sin cuestionarlas: montaba guardia, salía de patrulla, mataba monstruos y comía, dormía o descansaba cuando se lo ordenaban.

Su mente, sin embargo, empezó a jugar con la idea de su propia muerte. Comenzó preguntándose a cuántos monstruos colosales mataría antes de caer en la batalla, puesto que daba por hecho que así sería, tarde o temprano. Después reconoció que, al fin y al cabo, también era posible que lo matase un monstruo corriente en una patrulla rutinaria.

Era inevitable que acabase por plantearse qué sentido tenía alargar la espera. Si iba a morir antes o después, ¿para qué retrasarlo?

Todas las noches imaginaba un posible final para su carrera como Guardián. Se había visualizado muriendo de muchas maneras diferentes, pero, curiosamente, ninguna de ellas alcanzaba sus sueños cuando por fin caía dormido. Había asumido con tanta naturalidad la idea de ser devorado por un monstruo que, al parecer, aquella posibilidad ni siquiera tenía poder para causarle pesadillas.

No obstante, y por mucho que su mente tratase de traicionarlo, su cuerpo de Guardián seguía tomando decisiones por él.

Aquella noche se despertó de madrugada. Había rodado a un lado instintivamente y había descargado el puñal sobre la almohada antes de espabilarse del todo. Cuando lo hizo, descubrió, con horror y repugnancia, que acababa de acribillar a una criatura gelatinosa que se retorcía entre espasmos sobre sus sábanas. Pero ni siquiera entonces pudo preguntarse qué estaba sucediendo; de nuevo, sus reflejos lo hicieron acuchillar al monstruo una y otra vez hasta que dejó de moverse. Solo entonces respiró hondo, temblando, y se echó hacia atrás sobre el jergón.

—¿Qué ha sido? —sonó la voz adormilada de Noxian desde el catre contiguo.

—Nada —murmuró él—. Un baboso.

—Puaj. Sácalo de aquí, antes de que te eche a perder la ropa de cama.

Xein se dijo que, probablemente, ya era un poco tarde para eso. Pero envolvió el cuerpo de la criatura en la sábana y se lo llevó fuera del barracón. Cargando con él al hombro como si fuese un fardo, atravesó el campamento y saludó a la centinela de la puerta.

—¿Qué haces? —le preguntó ella.

Él le mostró el contenido de la sábana y la Guardiana contuvo un gesto de repugnancia.

—Adelante —indicó.

Se encaminó al vertedero de cadáveres, el lugar donde acumulaban los cuerpos de los monstruos que se abatían en el campamento o los alrededores. Solían prender fuego al montón cada dos o tres días, pero aun así distinguió los restos de un trepador, un malsueño, cuatro robahuesos y un trescolas. Mientras arrojaba el cuerpo del baboso a lo alto de la pila, se dijo que aquella era otra de las características de la Última Frontera: la variedad de monstruos era sorprendente.

Ninguna aldea humana podría prosperar allí. Ni siquiera los curtidos habitantes de los enclaves del oeste habrían sido capaces de defenderse de tantas especies diferentes.

Aún pensaba en ello cuando regresó a su barracón. Noxian había vuelto a dormirse, pero Xein lo despertó de nuevo sin querer mientras buscaba una sábana limpia. La almohada, impregnada de los fluidos del baboso, había quedado inservible, de modo que la descartó y se resignó a dormir sin ella.

—Esos bichos son repugnantes —murmuró su compañero con simpatía cuando lo oyó tumbarse de nuevo en el catre.

Él no respondió enseguida. En las aldeas, los babosos raras veces fallaban un ataque. Caían sobre sus víctimas mientras estas dormían y las asfixiaban antes de comenzar a devorarles la cabeza. Era una manera horrible de morir. Sin embargo, pensó, para Noxian lo peor de estas criaturas era la forma en que ensuciaban la cama cuando se lanzaban sobre su presa, porque para los Guardianes no suponían una amenaza. No obstante, aunque ningún ser humano corriente habría sido capaz de reaccionar ante un baboso de forma instintiva, como lo había hecho Xein, contaban con un arma poderosa para enfrentarse a ellos: el ingenio.

—¿Sabías que el perejil es veneno para los babosos? —susurró en la oscuridad.

Noxian permaneció en silencio unos instantes, y Xein pensó que se había dormido. Pero al fin le contestó:

—¿A qué viene eso ahora?

—En las aldeas, la gente teje redes con ramas de perejil y las cuelga del techo, sobre las camas —le explicó—. Los babosos se quedan enredados en ellas y mueren.

—Lo veo demasiado enrevesado —opinó su compañero—. Son monstruos muy fáciles de matar. Son lentos, tienen el cuerpo blando y carecen de garras o colmillos.

—Puedes matarlos si los detectas a tiempo. Pero no si te sorprenden mientras duermes y te asfixian antes de que seas capaz de reaccionar.

Noxian meditó sobre sus palabras.

—Supongo que es por eso por lo que protegemos a la gente corriente —murmuró por fin—. Porque ellos no podrían sobrevivir sin nosotros.

—Los enclaves de la región del oeste sobrevivieron durante siglos sin Guardianes —le recordó Xein.

—Y al final cayeron. Como caerán todos los demás, tarde o temprano..., si no estamos allí para defenderlos.

Xein frunció el ceño.

—¿A dónde quieres ir a parar?

—Todos somos importantes, aunque no lo parezca. Quizá aquí es más fácil olvidarlo, porque no tenemos trato con personas corrientes y es habitual que nos sintamos pequeños y frágiles ante los monstruos colosales. Sin embargo, ninguno de nosotros es prescindible. Jamás.

—Nunca he dicho...

—Lo llevas escrito en la cara. Casi apostaría a que lamentas que ese baboso no te haya matado como a una persona corriente. No eres el primero en tener ese tipo de ideas, ni serás el último.

—No sé a qué te refieres —replicó Xein con frialdad.

Noxian hizo una pausa antes de continuar:

—Me destinaron aquí hace cuatro años. Apenas unos días después de mi llegada, uno de mis compañeros de barracón fue abatido en una patrulla de la manera más tonta.

Xein seguía sin comprender por qué le estaba contando aquello. Pero había bajado tanto la voz que no tuvo más remedio que permanecer en silencio, atento, para poder captar sus palabras con claridad.

—Durante días me pregunté cómo era posible que un Guardián experimentado hubiese sido derrotado por media docena de robahuesos. Hasta que descubrí que nadie más se lo preguntaba. Cuando lo mencionaba en voz alta..., solo obtenía silencio. Nadie quería hablar de ello.

»Así que empecé a reflexionar. Por la noche, en el barracón. Durante las guardias... Recordé la forma en que nuestro compañero había avanzado hacia los robahuesos sin esperar a nadie. Cuando por fin lo alcanzamos y logramos quitarle a los monstruos de encima, yo solo pude pensar que habíamos llegado demasiado tarde. Pasé por alto el hecho de que él ni siquiera parecía haberse defendido. Había acudido al encuentro de los robahuesos como si deseara que lo devorasen vivo.

Xein se estremeció. Aquella historia, relatada con toda su descarnada crudeza, lo obligaba a contemplarse a sí mismo bajo una nueva perspectiva. De pronto sus propios pensamientos acerca de dejarse matar por uno u otro monstruo dejaron de parecerle simples juegos mentales.

—¿Sucede muy a menudo? —preguntó, aún en un susurro.

—Yo solo he conocido dos casos en cuatro años —respondió Noxian—. Al menos, en este campamento. La segunda vez fue una Guardiana. Logramos salvarle la vida a tiempo, pero la destinaron a otro lugar y no he vuelto a saber de ella. Ni sé si volvió a intentarlo.

Sobrevino un largo silencio. Entonces, amparado por la oscuridad del barracón, Xein se atrevió a preguntar:

—Se debe a que conocemos nuestro origen, ¿verdad? Esa es la razón por la que nos enviaron aquí: porque el hecho de que lo sepamos nos convierte en un peligro para los demás, y especialmente para la gente corriente.

—Bueno —contestó Noxian con lentitud—, no todos lo sabíamos, en realidad.

—¿Qué quieres decir?

—Yo, al menos, no tenía ni idea. Por eso tardé tanto en comprender lo que pasaba aquí. Los silencios, la resignación..., la tristeza.

Xein, desconcertado, permaneció callado, preguntándose si había oído bien. Prestó atención, pero su compañero no siguió hablando. Lo único que se oía era la respiración pausada de los otros dos Guardianes con los que compartían el barracón, y que todavía dormían.

—Entonces, ¿por qué te destinaron al frente oriental? —inquirió por fin.

—Una relación inapropiada —se limitó a contestar Noxian.

—Oh —murmuró él.

No se le ocurría qué otra cosa añadir, por lo que guardó silencio. Su compañero prosiguió:

—La mayoría de los Guardianes llegan aquí sin esperanza, como si se hubiesen rendido. Yo, en cambio..., era un rebelde, por así decirlo. Cuestioné la norma que nos prohíbe amar a otras personas porque creía sinceramente que mis sentimientos me hacían más fuerte, que mi deseo de proteger a aquellos que me importan me convertía en un Guardián mejor.

El corazón de Xein comenzó a latir más deprisa al evocar a Axlin. Pero enseguida sintió en sus entrañas un retortijón de culpa y de angustia.

—Entonces fue aquí donde descubriste nuestros orígenes, ¿no es así? —preguntó—. Donde comprendiste por qué no podemos amar a nadie.

—Sí, fue aquí donde lo entendí todo. Pero sigo sin estar de acuerdo. Comprendo las razones por las que no podemos mantener relaciones con nadie. Pero eso no significa que debamos extirpar los sentimientos que brotan en nosotros. Es nuestra herencia humana, Xein. Sin ella, ¿qué nos queda?

Él no supo qué responder.

—Mírate —continuó Noxian—. Mira a todos esos Guardianes que han perdido la esperanza y ya no creen en nada. Que se enfrentan a cada batalla convencidos de que solo merecen morir. No comprenden que cada Guardián muerto es un Guardián menos que protege la frontera. Uno menos entre los monstruos y las personas que nos importan.

Xein permanecía en silencio, pensando. El recuerdo de Axlin y de todos aquellos a quienes había dejado atrás regresó a su mente y a su corazón con más fuerza que nunca. Cerró los ojos y evocó aquel día en el canal, cuando él mismo se había interpuesto entre la muchacha a la que amaba y la criatura que iba a devorarla.

«Uno menos entre los monstruos y las personas que nos importan.»

—No todos somos como tú —murmuró, sin embargo, tratando de fingir que aquella historia no iba con él—. No se nos permite desarrollar sentimientos de esa clase. Tú debes ser sin duda una excepción.

Oyó la suave risa de su compañero en la oscuridad.

—Al contrario. Todos tenemos a alguien en alguna parte, aunque no se nos permita reconocerlo, ni siquiera ante nosotros mismos. Porque somos humanos también. El día que lo olvidemos, los monstruos habrán vencido. Y las personas corrientes no tendrán ninguna oportunidad ante ellos.

Xein no respondió. Noxian tampoco añadió nada más y se durmió poco después. Él, sin embargo, permaneció despierto hasta el amanecer, pensando.

Unos días más tarde recibieron un aviso desde el Tercero, y el capitán Arxen se apresuró a organizar la patrulla para acudir en su ayuda. Xein obedeció todas las órdenes sin cuestionarlas, aunque se sorprendió de que el grupo fuese tan numeroso: habían movilizado a todos los Guardianes del campamento, salvo a cuatro que se quedarían vigilando el perímetro. «Es un monstruo colosal», comprendió sobrecogido cuando le ordenaron pertrecharse con cuerdas, ganchos, arpones y un chaleco acolchado.

La información había llegado a través de mensajes que se transmitían de Nido en Nido, mediante un código de señales que él ya había aprendido a interpretar.

—Se trata de un milespinas —les explicó el capitán de camino—. No podrá atravesar el desfiladero, es demasiado corpulento. Pero puede causar derrumbes, y tal vez sea capaz de abrirse paso si permitimos que ensanche el hueco lo suficiente.

Los Guardianes asintieron en silencio.

—Recordad —prosiguió el capitán— que su único punto débil es el cuello.

Xein evocó las imágenes que había visto en los bestiarios. El milespinas era, en efecto, un monstruo difícil de derrotar. Tenía un cuerpo grueso cubierto con un caparazón erizado de púas, lo que le daba una cierta semejanza con una castaña gigante. Lo único que emergía de aquel cascarón eran cuatro patas cortas y anchas como toneles, y un largo cuello escamoso rematado por una horripilante cabeza en la que destacaba una boca repleta de tentáculos capaz de succionar a sus presas a distancia, como si de un tornado se tratase. No había forma de aproximarse por delante sin ser absorbido por aquella monstruosidad. Ni de atacarlo desde cerca, porque las púas inoculaban un veneno letal. La única manera de abatirlo era cortándole el cuello, cosa que, por descontado, no podía hacerse de un solo golpe.

Llegaron al lugar varias horas después. Los Guardianes del Segundo ya estaban allí, coordinados con los del Tercero para tratar de inmovilizar al monstruo en el desfiladero. Xein se quedó un momento quieto, sobrecogido ante la inmensa aberración cubierta de espinas que bramaba ante él, sacudiendo su largo cuello como si fuese un látigo y agitando sus apéndices a la caza de los minúsculos Guardianes que luchaban por abatirla.

Reaccionó cuando Noxian le dio un suave empujón.

—Recuerda por qué estamos aquí —murmuró. Xein inspiró hondo y asintió.

La patrulla del Cuarto se vistió con los chalecos acolchados, que en teoría eran una protección contra las espinas envenenadas. No obstante, él era consciente de que no servirían de mucho. Apenas el roce de una espina bastaba para causar la muerte, y aquellas prendas solo les cubrían el pecho y la espalda.

El ataque se basaría en tres maniobras: amarrar, embridar, asaltar. El grupo encargado de la primera tarea debía asegurarse de inmovilizar al milespinas en la medida de lo posible arrojándole, desde cierta distancia, arpones con cuerdas, de las que tiraban luego con todas sus fuerzas en movimientos perfectamente coordinados. Los embridadores, por su parte, se acercaban al monstruo desde posiciones elevadas en el acantilando y después se lanzaban sobre su cabeza para sujetarlo con un arnés especial. Si los amarradores debían tener especial cuidado con las espinas, los Guardianes del segundo grupo corrían el riesgo de ser absorbidos por la boca de la criatura. Para cuando Xein se unió al ataque, la cabeza del milespinas estaba ya sujeta por la brida, y los Guardianes del acantilado tiraban de las amarras para detenerlo. Mientras tanto, los asaltantes se arrojaban sobre su cuello, armados con enormes hoces, luchando por abrir una brecha entre sus escamas que les permitiera herirlo por fin..., porque llevaban media jornada peleando contra él y todavía no lo habían conseguido.

A él le tocó formar parte de los amarradores. Siguiendo las instrucciones de sus superiores, tomó una ballesta y disparó el arpón cuando se le ordenó. Necesitó varios intentos para clavar el proyectil en el caparazón de la criatura, con tan mala fortuna que se desprendió al tercer tirón; pero no dejó de disparar hasta que logró su objetivo.

Después tiró de la cuerda durante horas. Los Guardianes de su grupo se protegían las manos con guantes de cuero, pero estaban desgastados por el uso y Xein sentía la fricción sobre su piel de todos modos. No obstante, no podían desfallecer. Los que atacaban el cuello del milespinas habían hecho saltar ya un par de escamas y no tardarían en hundir sus armas en su carne al fin.

Pero el precio que había que pagar era muy alto. Uno de los embridadores perdió el pie y se precipitó sobre el cuerpo del monstruo; murió al instante, ensartado por las agujas, a pesar del chaleco acolchado. Dos asaltantes encontraron también un espantoso final entre los apéndices bucales de la criatura. Xein trató de ignorar sus gritos y los horribles chasquidos que se oyeron por todo el desfiladero cuando el monstruo los devoró en un par de bocados. No pudo evitar recordar que apenas unos días antes había considerado seriamente la posibilidad de dejar que una de aquellas criaturas acabara con su vida sin más.

Pero ahora no podía dejar de pensar en Axlin. Quizá porque el milespinas tenía algunos aspectos en común con los crestados a los que se habían enfrentado juntos, o tal vez porque, en cierta ocasión, ella le había contado una historia sobre buhoneros que llevaban pantalones acolchados. Con los gritos de horror de sus compañeros caídos aún resonando en sus oídos, no pudo evitar imaginar a una criatura como el milespinas sembrando el terror en las calles de la Ciudadela. Axlin se acercaría a verla, por descontado, porque ella siempre estaba dispuesta a descubrir y estudiar nuevos monstruos. Pero era poco probable que sus conocimientos la ayudasen a protegerse de aquel en concreto.

Xein la visualizó de pronto entre los tentáculos de aquella aberración, y la conmoción fue tal que se le escurrió la cuerda entre las manos. Apenas oyó al capitán gritando junto a él, los bramidos del monstruo o las exclamaciones de sus compañeros, que tuvieron que tirar con más fuerza para compensar su error.

Reaccionó por fin al sentir que alguien lo empujaba.

—¡Espabila! ¡No puedes quedarte parado!

—¡Corre a recuperar esa cuerda, pero ten cuidado! —le ordenó el capitán.

Se esforzó por centrarse. El extremo estaba a unos veinte pasos del milespinas. Se acercó con precaución, ocultándose entre las rocas y manteniéndose a una prudente distancia de las agujas venenosas. De nuevo pensó en los crestados, y evocó la cara que había puesto Axlin al hablarle de los dardos que él mismo fabricaba con sus púas.

Se detuvo de golpe y, parapetado tras un peñasco, volvió a observar al milespinas con atención. Se fijó en que las partes de su cuerpo que no estaban cubiertas con el caparazón se hallaban protegidas por una capa de escamas. Frunció el ceño, pensativo.

—¿Qué se supone que estás haciendo? —preguntó entonces una voz a su espalda.

Se volvió hacia Noxian, extrañado de encontrarlo allí.

—¿Por qué me has seguido? ¿Te lo ha ordenado el capitán?

Su compañero se mostró sorprendido.

—¿El capitán? No, yo...

—¿Creías que me he acercado al monstruo a propósito... para que acabara con mi vida? —comprendió Xein—. ¿Es eso?

—¿Acaso no es así?

—No. Escucha, Noxian. Creo que sé cómo puedo abatirlo, pero tengo que acercarme más.

Su compañero le devolvió una mirada incrédula.

—Te has vuelto loco.

—Tengo que intentarlo, o morirán muchos más Guardianes. Y cada uno de nosotros es importante. ¿Recuerdas?

—Regresa a la formación, Xein, antes de que nos sancionen por desobediencia a los dos.

Pero él sostuvo su mirada.

—Vuelve tú, si quieres. Yo voy a intentarlo. ¿Me ayudas... o no?

Noxian lo pensó un instante y suspiró.

—¿Qué necesitas?

La respuesta, no obstante, le sorprendió:

—Dame tu chaleco.

Momentos después observaba perplejo cómo Xein desgarraba en dos la prenda que acababa de entregarle y se envolvía las manos con cada una de las piezas. Luego extrajo su puñal de la funda y se aseguró de que podía sostenerlo con firmeza a pesar de sus improvisadas manoplas.

—Cúbreme —le dijo a Noxian. Y antes de que este pudiese replicar, avanzó hacia el monstruo, ocultándose entre las rocas.

La criatura, hostigada por los Guardianes, apenas le prestó atención. Xein se le acercó por el flanco, tratando de alcanzarlo por detrás para quedar oculto por la enorme mole de su cuerpo. Se detuvo un segundo al contemplar las largas púas que brotaban del caparazón. No hacía falta que se le clavaran en la carne para matarlo al instante, bastaba con que una sola de ellas rozase su piel.

Inspiró hondo y avanzó un poco más. El milespinas retrocedió entonces, pateando con fuerza el suelo, y el joven saltó hacia atrás, tratando de conservar el equilibrio al tiempo que se mantenía fuera del alcance de las agujas. Se refugió tras un peñasco y aguardó su oportunidad, consciente de pronto de que su plan era una empresa prácticamente suicida.

Justo en ese momento, la criatura se impulsó sobre sus patas traseras para alcanzar a los Guardianes que la atacaban desde lo alto del acantilado. Xein oyó los gritos de alarma, las instrucciones de los capitanes, el silbido de los arpones..., pero no prestó atención. El monstruo se había quedado quieto para mantener el equilibrio; si no aprovechaba aquella oportunidad, quizá no volviera a presentársele otra. De modo que se precipitó hacia él. Se detuvo junto a sus cuartos traseros, permaneciendo a una prudente distancia, sin apartar la mirada de las púas. Y entonces inspiró hondo, aferró un puñado de espinas y las cortó con un solo movimiento de su puñal.

El monstruo seguía tratando de capturar a los Guardianes del acantilado y no advirtió la maniobra de Xein, que, sin acabar de creerse su buena suerte, dio media vuelta y salió corriendo. Acto seguido el milespinas se dejó caer de nuevo sobre sus cuatro patas y la tierra tembló. El joven estuvo a punto de caer de bruces, pero se mantuvo erguido y logró reunirse con Noxian al fin.

—¡Estás loco! —exclamó este con los ojos muy abiertos—. ¿Por qué has hecho eso? ¿Qué pretendías demostrar?

—Mira. —Le mostró las largas agujas que aferraba, una media docena, y él retrocedió de un salto, alarmado.

—¡Estás loco! —repitió—. ¿Qué es eso? ¿Un trofeo?

Xein negó con la cabeza; sus ojos dorados relucían de entusiasmo.

—Un arma —respondió—. Ven y te lo demostraré.

Cuando pasaron de nuevo cerca del grupo, el capitán los vio y los llamó:

—¡Noxian, Xein! ¡Por todos los monstruos! ¿Qué se supone que estáis haciendo?

Pero ellos lo ignoraron.

—Nos ganaremos una sanción —murmuró Noxian.

—Valdrá la pena si logramos salvar varias vidas —replicó Xein.

Recorrieron el desfiladero, manteniéndose lejos del milespinas, hasta que alcanzaron una posición elevada desde la que tenían una buena panorámica de su cabeza.

—Esto es peligroso, Xein. Estamos demasiado cerca. Si no tenemos cuidado, el monstruo nos succionará.

—Tendremos mucho cuidado —prometió él, descolgando la ballesta que llevaba prendida a la espalda—. Mantente protegido tras las rocas.

Seleccionó varios virotes y comenzó a atarles las agujas del milespinas. Era un proceso lento y laborioso, porque aún tenía las manos envueltas en los restos del chaleco para protegerse del veneno. Noxian lo observaba con detenimiento.

—Me parece que ya empiezo a entender qué quieres hacer. ¿Crees que funcionará? Tiene la piel cubierta de escamas.

—Por eso funcionará —le aseguró su compañero—. Las escamas lo protegen de sus propias púas. ¿No lo entiendes? Es vulnerable a su veneno. De lo contrario, no necesitaría esa defensa adicional; le bastaría con el caparazón y con una piel gruesa.

—Y, entonces, ¿a dónde piensas dispararle? No podrás acertarle en el hueco que han abierto los asaltantes. Estamos demasiado lejos.

Xein había terminado de montar el primer virote en la ballesta. La aguja venenosa del monstruo seguía amarrada a él.

—No necesitaré mucha puntería, ya lo verás.

Noxian retrocedió para dejarle espacio. Xein se asomó por encima de la roca, cargando con la ballesta (y de nuevo lo asaltó la nostalgia al evocar a Axlin), y apuntó hacia el amasijo de tentáculos que se retorcía en el hocico del monstruo. Esperó hasta que el ángulo le resultó favorable... y disparó.

Con la carga extra, el virote no siguió la trayectoria que había calculado. Sin embargo, el milespinas continuaba aspirando, tratando de engullir a los Guardianes que pugnaban por hundir sus armas en el pequeño espacio desprotegido que habían abierto en su largo cuello. Y así, sin apenas darse cuenta, succionó el proyectil con la púa envenenada.

—¡Se lo ha tragado! —exclamó Noxian, asombrado.

Xein no dijo nada. Observaba al monstruo con el ceño fruncido y entornó los ojos al ver que sacudía un poco la cabeza.

—Parece que no le ha hecho efecto —murmuró su compañero.

Él se limitó a cargar un nuevo virote. Apuntó, aguardó... y disparó otra vez.

Repitió la operación hasta agotar todos sus proyectiles. Solo dos se perdieron; los otros cuatro fueron absorbidos por el milespinas, y ambos Guardianes no tardaron en percatarse, esperanzados, de que la criatura sacudía la cabeza con mayor frecuencia. De pronto realizó un movimiento extraño, a medias entre un carraspeo y un espasmo, alzó la cabeza y estiró el cuello todo lo que pudo.

—Tiene problemas para respirar —observó Noxian, sobrecogido.

—Sí —masculló Xein—. Quizá se le haya hinchado la garganta.

Detectaron entonces el bulto que se había formado en su cuello, como si se hubiese tragado un pellejudo entero sin masticar. El milespinas se convulsionó de nuevo y sacudió la cabeza. Después empezó a revolverse, golpeándose contra las paredes del desfiladero y provocando temblores y desprendimientos.

Todos los Guardianes retrocedieron alarmados y se apresuraron a alejarse del monstruo. Lo vieron sacudirse, toser y jadear con desesperación. Y por fin, tras una última convulsión, se derrumbó en el suelo.

Y ya no se movió.

Los Guardianes se mantuvieron alejados, por si acaso. Al cabo de unos instantes, una capitana se arriesgó a aproximarse al cuerpo, extremando las precauciones. Cuando anunció en voz alta que el milespinas estaba muerto, sus compañeros, perplejos, ni siquiera fueron capaces de reaccionar.

Noxian se volvió hacia Xein, incrédulo.

—Has matado a un milespinas tú solo. ¡Has matado a un milespinas tú solo! —repitió.

Él no respondió. Se había quitado las protecciones y los guantes de cuero, y se miraba las manos casi sin verlas. Y fue entonces cuando Noxian detectó en sus palmas unas sospechosas manchas de color negro.

—Sí —murmuró Xein por fin, abatido—. Sí, eso parece.

Iba a añadir algo más, pero no fue capaz. De pronto, y ante la alarma de su compañero, se le pusieron los ojos en blanco y se desplomó en el suelo.

15

La maestra Prixia alzó la cabeza y observó a la muchacha que se erguía frente a ella. Estaba pálida y temblaba ligeramente, pero le devolvió la mirada con gesto resuelto.

—Axlin, has venido muy pronto hoy —dijo.

—Necesitaba hablar contigo, maestra —respondió ella. Inspiró hondo y prosiguió—: Tengo que comunicarte que en breve renunciaré al puesto de ayudante en la biblioteca. —Al ver que su mentora alzaba las cejas, se apresuró a añadir—: No tengo palabras para expresar lo agradecida que me siento porque me concedieras esta oportunidad..., y sé que hace muy poco que ascendí de categoría debido a la marcha de Dex..., pero he de abandonar la Ciudadela y, dadas las circunstancias, no sé si volveré alguna vez... —Se le quebró la voz, y parpadeó para contener las lágrimas. Tragó saliva antes de finalizar—: Me parecía justo avisarte con tiempo para que puedas encontrar a alguien que me sustituya.

La maestra Prixia se quedó mirándola un momento. Axlin estaba pálida y temblaba ligeramente, pero tenía el ceño fruncido y apretaba los labios con determinación.

—A... además —prosiguió, incómoda ante el silencio de la bibliotecaria—, aquí, en la Ciudadela, apenas hay monstruos y no puedo seguir ampliando mi bestiario como me gustaría.

Prixia sonrió con simpatía.

—Has oído los rumores, ¿no es cierto? —preguntó.

Axlin pestañeó sin comprender.

—¿Los... rumores?

—Dicen que esta semana el Jerarca y los Consejeros tomarán por fin una decisión sobre las puertas de la muralla exterior. Sé que no quieres quedarte encerrada. Pero debes tener en cuenta que, si llevan a cabo su plan, lo difícil no será salir de la Ciudadela, sino volver a entrar.

Ella bajó la cabeza.

—Lo sé, maestra. Pero he de marcharme. Llevo tiempo preparando un viaje, y creo que ya estoy lista para partir.

—¿Vas a buscar el Santuario del Manantial?

—¿Qué? No, en realidad... —Se detuvo un momento y la miró con extrañeza—. ¿Cómo podría? Ni siquiera sabría por dónde empezar.

—Yo puedo ayudarte con eso, espero... Tengo algo para ti. Vamos, ven conmigo.

Intrigada, la joven siguió a su maestra hasta su despacho. Allí la observó mientras seleccionaba un volumen de una de las estanterías.

—Esto llegó ayer desde la ciudad vieja —dijo—. Confieso que no me lo esperaba, porque llevo mucho tiempo reclamándolo y hasta ahora nunca me habían respondido.

Depositó un libro sobre la mesa, y Axlin lo observó con interés. Era antiguo, y estaba lujosamente encuadernado. En la cubierta, grabado en oro, destacaba un blasón aristocrático que reconoció de inmediato, porque en los últimos tiempos había consultado muchos libros marcados de forma similar.

—Es de la biblioteca de los De Vaxanian.

—Sí, eso es lo que parece. Pero lo cierto es que antes era nuestro. Se lo llevaron en préstamo hace siglo y medio y jamás lo devolvieron. Y ahora veo que incluso tuvieron el descaro de estampar su divisa en la cubierta como si siempre les hubiese pertenecido.

Axlin reprimió una sonrisa ante el evidente disgusto de su maestra.

—¿Qué es? —preguntó, hojeándolo con curiosidad. No tenía título ni autor, pero estaba salpicado de planos, esbozos y anotaciones topográficas.

—El libro de geografía más antiguo que existe —respondió Prixia, muy seria.

A la muchacha casi se le escurrió el volumen entre las manos. Se apresuró a volver a depositarlo sobre la mesa con cuidado.

—¿Es... anterior a los monstruos?

—No, pero sí es anterior a la Ciudadela. En nuestros archivos consta, sin embargo, que contiene el mapa más antiguo que se conoce, y que al parecer sí que fue dibujado en la época por la que preguntas. Si los De Vaxanian no lo han arrancado, perdido o estropeado, por supuesto —añadió frunciendo el ceño—. Hemos tenido suerte de que lo devolvieran por fin. Algo es algo, supongo.

—No creo que haya sido cuestión de suerte —opinó Axlin—. La heredera De Vaxanian es amiga de Dex y lleva un tiempo prestándome libros de su biblioteca para mi investigación.

Iba pasando las páginas con delicadeza mientras hablaba y, de pronto, se detuvo al hallar un documento doblado y cosido a una de ellas. Lo desplegó sin desprenderlo; el papel era fino y quebradizo, y la maestra Prixia se apresuró a detenerla.

—¡Con cuidado, Axlin! Creo que eso es el mapa que estábamos buscando. —Sonrió—. Lo cierto es que ya lo daba por perdido.

La muchacha acabó de desdoblar el documento y sujetó sus extremos con infinita precaución antes de echarle un vistazo.

—No reconozco nada, maestra —murmuró al cabo de unos instantes, desconcertada—. Es como si fuese un mapa de un lugar completamente diferente.

—Es porque tendemos a orientarnos situando la Ciudadela en todos los mapas que consultamos. Y en este no aparece, como es lógico.

Ella negó con la cabeza.

—No, yo llegué hasta aquí guiándome por mapas de la región del oeste que tampoco señalaban la Ciudadela. —Recorrió con la yema del dedo la línea que delimitaba la costa norte—. Si esto es el mar, diría que mi aldea debía de estar más o menos por aquí. —Trazó un círculo en una esquina del mapa—. Todo esto tiene que ser la región del oeste. Pero hay muchas… ciudades con nombres, y caminos, y también faltan bosques. No puede ser el mismo territorio.

—Ten en cuenta que el mundo cambió mucho tras la invasión de los monstruos. Muchas poblaciones quedaron abandonadas y fueron invadidas por la vegetación.

Axlin no respondió. Había reconocido por fin un patrón en el curso de los ríos, y estaba tratando de ubicar en el mapa el lugar donde, tiempo más tarde, se alzaría la Ciudadela. Pero enseguida descubrió otro detalle que no cuadraba.

—Maestra, este mapa tiene que estar equivocado —declaró por fin—. Aquí faltan hasta montañas.

La bibliotecaria se encogió de hombros.

—En ese caso, es posible que tengas razón y no se trate de un buen mapa. Pero es el único que tenemos. Puedes consultarlo si quieres, y compararlo con uno actual.

Axlin se había sentado a la mesa, tan absorta en su estudio del documento como si estuviese escuchando el canto de una lacrimosa. Prixia sonrió, salió de la habitación sin hacer ruido y cerró la puerta tras de sí.

Al cabo de un rato, la muchacha había hecho ya varios descubrimientos sorprendentes. Se moría de ganas de compartirlos con Dex, pero su amigo tenía compromisos en la ciudad vieja, y probablemente no lograría contactar con él hasta el día siguiente. De modo que, consciente de que no le permitirían sacar el mapa de la biblioteca, comenzó a elaborar una copia.

Tuvo que hacerlo a ratos, porque había otras tareas que llevar a cabo, pero mientras reordenaba libros, atendía a los estudiosos o buscaba títulos concretos en las estanterías, su mente vagaba por aquellas líneas trazadas siglos atrás, intentando encontrarles algún sentido.

No terminó aquel día, ni tampoco el siguiente. Al fin, después de tres jornadas de trabajo, salió de la biblioteca con un fajo de papeles bajo el brazo, que incluían copias esquemáticas de ambos mapas, el antiguo y el actual, y varias páginas de anotaciones. Recorrió el primer ensanche cojeando, sumida en hondas reflexiones, pero se detuvo en la plaza, donde había vuelto a reunirse un corro de gente. Allí estaba de nuevo Raxala, dirigiéndose a todo el que quisiera escucharla. Axlin no dejó de notar que el número de personas congregadas a su alrededor había aumentado desde la última vez. También lo hacían los seguidores de Xaeran, por lo que tenía entendido.

—¡... una gran noticia para todos! —estaba diciendo Raxala—. El Consejo del Jerarca está a punto de aprobar por fin la clausura de la muralla exterior de la Ciudadela. Ya apenas llega nadie desde la región del oeste, ¡así que no tienen excusas! Han jugado con nuestra seguridad y la de nuestros hijos demasiado tiempo...

—Pero ¿qué pasará con el mercado? —preguntó entonces alguien—. ¿Cómo llegarán los suministros?

—Dicen que la puerta sur se abrirá un par de días a la semana para que entren los comerciantes —respondió otro de los asistentes.

—En efecto —confirmó Raxala—, será la mejor solución. Si los Guardianes pueden concentrarse en controlar y defender un único acceso, los monstruos lo tendrán más difícil para entrar. Y todos estaremos a salvo, incluyendo a los recién llegados del anillo exterior.

La gente asentía, mostrándose conforme con sus palabras.

—Muchas gracias, Raxala —exclamó entonces una mujer que llevaba a dos niños de la mano—. Si no hubiese sido por ti, los Consejeros todavía estarían debatiendo inútilmente mientras los monstruos nos masacran.

Las gestiones en la Ciudadela eran lentas, pero la insistencia de Raxala había logrado agilizarlas. Axlin tenía entendido que la mujer había pasado varias semanas visitando al Delegado de su barrio hasta que este había accedido a concertarle una cita con el Portavoz del segundo ensanche. La mujer se había presentado en la reunión acompañada por representantes gremiales de toda la Ciudadela, y para entonces había logrado apoyos incluso en la ciudad vieja. No se había detenido hasta hacer llegar sus reivindicaciones al mismísimo Consejo del Jerarca. Y mientras el gobierno de la Ciudadela debatía, había seguido sumando avales para su causa.

Otras personas expresaron también su agradecimiento a Raxala, que sonreía con orgullo.

—No es solo mérito mío —respondió—. Todos lo hemos hecho posible.

Axlin dejó de prestar atención, porque no quería entretenerse más. Cuando dio media vuelta para marcharse, tropezó con una joven que se había detenido justo detrás de ella.

—Lo siento —murmuró—. Oh, lo siento mucho —añadió, alarmada, al ver que sostenía un bebé entre sus brazos—. ¿Estáis bien? ¿Os he hecho daño?

La chica retrocedió un poco y sonrió.

—No, no te preocupes, estamos bien.

Su voz le resultaba familiar, por lo que se fijó en ella con mayor atención.

—¿Nos conocemos?

—No lo creo, yo... ¡oh, sí! Tú eres la chica de la biblioteca, ¿verdad? Estuvimos hablando la noche en que un ladrón entró en casa de mi señ... en la casa en la que yo trabajaba —se corrigió—. Me hiciste un montón de preguntas.

Axlin evocó aquel suceso: un hogar del primer ensanche que, según los rumores, había sido atacado por un monstruo. Incluso habían llamado a los Guardianes..., a Rox y a Xein, recordó, pero al final todo había sido obra de un vulgar criminal..., incluido el asesinato del propietario.

—No pretendía importunarte —murmuró—. Estoy realizando una investigación sobre los monstruos, y en aquel momento se dijo que os había atacado uno...

—Sí, todos lo pensamos entonces, aunque lo cierto es que nunca llegamos a verlo. —Se estremeció—. Todo fue muy raro, pero el caso es que ya no trabajo allí, y en el fondo me alegro.

La joven parecía tener ganas de hablar, aunque Axlin ni siquiera recordaba cómo se llamaba. Así que preguntó, por mera cortesía:

—¿Ah, sí? ¿Y cómo es eso?

Ella resopló con irritación.

—Por mi bebé, por supuesto. La señora me acusó de haber seducido a su marido..., antes de que lo mataran, claro. Y no era verdad, pero ella me echó a la calle de todas formas en cuanto descubrió que estaba embarazada.

—Oh, lo lamento mucho...

—No, no lo sientas. Volví con mi madre a mi casa del segundo ensanche, pero todo cambió en cuanto nació el niño. —Hinchó el pecho con orgullo y se lo mostró—. ¿Lo ves?

Ella se fijó en el bebé, dispuesta a dedicarle los elogios de rigor, pero las palabras murieron en sus labios.

El chiquillo, de rostro pálido y cabello negro como el de su madre, tenía sin embargo los ojos de color de plata.

—¡Un Guardián! —confirmó ella, sonriendo—. Cuando lo descubrió mi antigua patrona, exigió vincularlo a su familia, pero ya era tarde: había renegado de nosotros, así que solicité lo que me corresponde por derecho como madre de Guardián, y... ¡aquí me tienes! —concluyó, radiante de alegría—. ¡Digna ciudadana del primer ensanche!

—Bueno, me alegro mucho por ti..., por los tres —pudo decir Axlin.

—¿Los tres?

—Por vosotros dos y el padre del niño... —empezó a puntualizar, pero se detuvo al darse cuenta de que la joven se mostraba de repente sumamente incómoda.

—Yo no..., en realidad...

De pronto la interrumpieron unas exclamaciones de alarma. Las dos se volvieron hacia la multitud, y vieron con espanto que un hombre había trepado al estrado y se arrojaba sobre Raxala con un puñal en alto. La mujer luchó por defenderse y ambos se precipitaron al suelo desde la tarima.

Hubo un coro de gritos, llamadas a los alguaciles y exclamaciones de horror. Axlin no vio nada más, porque la multitud que los rodeaba se apresuró a correr hacia ellos para detener al agresor y socorrer a Raxala. Un Guardián se abrió paso y logró inmovilizar al hombre, que se retorcía entre sus brazos aullando con desesperación:

—¡Era lo que había que hacer! ¡Era lo que había que hacer! ¡Las personas como ella nos alejan de la Senda del Manantial! ¿Es que no lo veis?

Axlin dio un respingo y lo observó, consternada. El Guardián lo apartó a rastras de la multitud y lo entregó a la pareja de alguaciles que acababa de llegar a la carrera. Entre los tres acabaron de reducirlo y se lo llevaron de allí, mientras los vecinos atendían a Raxala. Pronto se corrió la voz de que había resultado gravemente herida.

Axlin respiró hondo, preocupada.

Había visto que el atacante llevaba bordado en su ropa el símbolo del Manantial.

Miró a su alrededor. La joven y su bebé de ojos plateados se habían marchado ya.

Encontró a Loxan trabajando en el patio interior de la fragua, como de costumbre. Davox, el herrero, estaba recogiendo ya sus bártulos en el taller. Axlin lo saludó y se reunió con su amigo, que se detuvo al verla y le dirigió una amplia sonrisa.

—¡Buenas tardes, compañera! ¿Qué te trae por aquí?

Ella observó apreciativamente el carro del buhonero, que antes había pertenecido a Amaraxa, la mercader. Él había reparado ya la rueda rota y prácticamente había acabado la cubierta de placas metálicas. Tenía mucho mérito, teniendo en cuenta que solo trabajaba en aquel vehículo en sus ratos libres, que no eran muchos.

—Es magnífico, Loxan.

—¿Verdad que sí? El patrón dice que parece un montón de chatarra, pero es porque la gente de la Ciudadela no está acostumbrada a aprovechar la morralla y nunca sabe qué hacer con ella... ¿Qué te sucede? —preguntó de golpe—. Estás pálida.

Axlin sacudió la cabeza.

—Ha habido un ataque en una plaza del primer ensanche...

—¿Otro monstruo?

—No, esta vez no. Un ciudadano ha intentado apuñalar a una mujer, y casi lo ha conseguido. Los alguaciles lo han detenido.

No le explicó quién era la mujer, ni en nombre de qué había actuado el agresor. Loxan dejó escapar un suspiro pesaroso, pero no hizo ningún comentario. Axlin inspiró hondo y trató de apartar aquella escena de su mente. Había otras cosas que requerían su atención.

—He quedado con Dex en la taberna para cenar, y me gustaría que vinieses tú también —le dijo al buhonero—. Hay algo que quiero consultarte.

Su amigo había llegado ya y los esperaba en la mesa de la esquina. Loxan y Axlin tomaron asiento frente a él y lo saludaron, sonrientes.

El buhonero suponía que los dos jóvenes comenzarían a intercambiar libros, como casi siempre hacían cuando se reunían los tres. Por eso se sorprendió cuando Dex preguntó a Axlin en voz baja:

—Bueno, ¿qué era eso tan importante que querías contarme?

No había mucha gente en la taberna porque aún era temprano, pero ella miró a su alrededor de todos modos antes de contestar:

—He estado buscando el Manantial en los mapas antiguos, y creo que lo he encontrado. Y muchas otras cosas también.

Le mostró los bocetos en los que había estado trabajando y los expuso sobre la mesa para compararlos.

—Esto es una copia de un mapa anterior a la llegada de los monstruos —susurró, y Loxan dio un respingo, extrañado.

—¿De qué estáis hablando? ¿No ha habido monstruos siempre?

—No —respondió Axlin—, pero la época sin monstruos es muy remota, y apenas conservamos documentos que hablen de ella. Yo he leído algunos, y es... raro. —Sacudió la cabeza, desconcertada—. Toda esa libertad, esa despreocupación.

—Parece que hables de la gente de la ciudad vieja —apuntó Dex sonriendo.

—La gente de la ciudad vieja está protegida por cuatro murallas. Tienen motivos para sentirse tranquilos. La diferencia es que las personas que vivieron en tiempos antiguos... no las necesitaban. Tenían sus problemas y debían hacer frente a otros peligros, pero aun así...

—Pero ¿por qué habláis ahora de los tiempos antiguos? —preguntó Loxan muy perdido—. ¿Qué tienen que ver estos mapas con el viaje a la Última Frontera?

—En principio, nada. Se trata de una investigación paralela que estamos realizando Dex y yo... sobre la Senda del Manantial —concluyó en voz muy baja.

El buhonero frunció el ceño.

—He oído hablar de esos locos. Dicen que los monstruos invadirán la Ciudadela... ¡y les parece algo bueno!

Axlin suspiró.

—Era inevitable que llegaran a esa conclusión —murmuró.

Xaeran nunca había afirmado tal cosa en las reuniones del grupo, al menos que ella supiera. Pero daba pasos en aquella dirección y no resultaba difícil adivinar que algunos de sus seguidores habían ido un poco más allá.

—¿Por qué te interesa eso? —siguió preguntando Loxan.

—Creo que puede tener relación con los monstruos y el bestiario que estoy escribiendo. Pero todavía no sé cómo. Mirad.

Los tres se inclinaron sobre los dos planos que había extendido Axlin.

—Esto es el mundo antiguo. No existía la Ciudadela, pero había otras poblaciones grandes, mucho más grandes que los enclaves. Había menos bosques y más tierras de labranza. Y aquí estaba el Santuario del Manantial. ¿Lo veis?

El punto que ella señalaba estaba marcado con una versión esquemática del símbolo que ya conocían, el que la Venerable Grixin había utilizado como divisa y que ahora habían recuperado Xaeran y sus seguidores.

Loxan entornó los ojos y Dex parpadeó, desconcertado.

—¿Dónde es eso exactamente? ¿Las Tierras Civilizadas?

—No, las Tierras Civilizadas quedan al sur. Esto está mucho más al este del lugar donde más tarde se fundaría la Ciudadela.

El joven arrugó el entrecejo.

—Entonces las proporciones no son correctas.

—No, lo que pasa es que has olvidado dibujar varias montañas aquí —señaló Loxan—. Mira, compara este mapa con el otro. Hay una cordillera que va de norte a sur, es la que se conoce como la Última Frontera. Y es allí a donde querías ir en realidad, así que no entiendo cómo se te ha podido pasar.

—No se me ha pasado, Loxan —murmuró Axlin—. En el mapa que he utilizado de modelo tampoco estaba.

—Debe de ser un error de la persona que lo dibujó en primer lugar —intervino Dex—. Porque las montañas no aparecen sin más, ¿verdad?

—Puede que broten del suelo como los árboles y que tarden siglos en crecer —opinó Loxan—. Después de todo, estamos hablando de un mapa muy antiguo.

Pero Axlin negó con la cabeza.

—He comparado los mapas de ambos períodos y todas las montañas están en el mismo sitio. Todas, salvo la Última Frontera.

—O bien alguien olvidó incluirla en el mapa, o bien surgió de la tierra después —resumió Dex—. Y la segunda opción no tiene ningún sentido, así que obviamente se trata de un error. Pero no entiendo por qué le concedes tanta importancia.

—Porque, según este mapa —explicó Axlin—, si el Santuario del Manantial estaba aquí... y la Última Frontera va desde aquí... hasta aquí... —Deslizó la yema del dedo sobre el papel, de norte a sur, y sus amigos abrieron mucho los ojos, comprendiendo.

—Ese lugar está más allá del mundo civilizado —concluyó Loxan—. Al otro lado de la Última Frontera ya solo quedan monstruos, según se dice.

—Y probablemente el Santuario fue abandonado hace mucho, mucho tiempo —asintió la muchacha.

—Pero ¡existió! —exclamó Dex, triunfante—. Tenías razón, Axlin. El Manantial era un lugar real, y no solo un grupo de eruditos o un movimiento filosófico.

—Sí, esa es la buena noticia —suspiró ella—. La mala es que está completamente fuera de nuestro alcance. Nadie podrá volver a visitarlo jamás.

—Eso si es que aún queda algo que visitar...

—Todo esto es muy interesante —intervino el buhonero—, pero sigo sin entender por qué querías que yo estuviese presente.

—Ah, porque el Santuario no fue el único enclave relacionado con los sabios del Manantial —respondió la muchacha—. En el mapa original hay otros lugares señalados con el mismo símbolo. Aquí, aquí, aquí y aquí —indicó—. Todos al otro lado de la Última Frontera..., salvo este. —Su dedo se detuvo en un punto en concreto—. Lo he cotejado con el mapa actual y creo que sé dónde está.

—Casi en el límite oriental de las Tierras Civilizadas —murmuró Dex, examinando ambos planos con atención—. Pero ¿existe todavía? ¿Es un enclave?

Axlin negó con la cabeza.

—No exactamente. Es la Fortaleza, un lugar que pertenece a la Guardia de la Ciudadela.

Sobrevino un silencio asombrado.

—¿Es donde entrenan a los nuevos Guardianes? —preguntó entonces Dex.

—No; eso es el Bastión, y está al norte, en las Tierras Salvajes. Este lugar... —La joven frunció el ceño, pensativa, y añadió—: quizá sea algo similar, pero nunca antes había oído hablar de él.

—Debe de ser uno de esos sitios que solo los Guardianes pueden visitar. De todos modos, es posible que no quede nada del lugar que fue en tiempos pasados...

—¿Quieres ir a investigarlo? —adivinó Loxan, mesándose la barba.

Axlin dudó. De nuevo, la yema de su dedo índice se deslizó sobre el mapa, recorriendo la calzada que unía la Ciudadela con la Última Frontera, y después hasta la Fortaleza.

—No parece que esté demasiado lejos.

—Serían varias semanas de viaje, y tendríamos que desviarnos del camino principal y recorrer uno secundario. Además, todavía no sabes en qué campamento está destinado tu amigo, ¿verdad? Quizá debamos viajar hacia el norte para alcanzarlo.

—Es el Cuarto —intervino entonces Dex.

Sus compañeros lo miraron sorprendidos, y el joven se encogió de hombros.

—No he sido capaz de obtener noticias sobre el estado de Xein —murmuró—, pero, al menos, Oxania ha podido averiguar dónde se encuentra exactamente.

Axlin no dijo nada. Bajó la mirada y examinó de nuevo la larga cordillera bosquejada en el mapa. Había varios puntos diseminados por sus estribaciones y conectados por caminos precarios: los acantonamientos de la Guardia en el frente oriental. No tardó en localizar el Cuarto.

La sacudió una inesperada oleada de emoción. Tragó saliva, tratando de deshacer el súbito nudo de su garganta, y parpadeó porque se le habían humedecido los ojos.

Allí estaba Xein. En aquella minúscula mota del mapa.

Si continuaba con vida.

Consciente de que sus amigos la observaban en silencio, inspiró hondo y logró decir:

—Debería... debería encontrar la manera de llegar hasta la Fortaleza...

—¿Deberías? —repitió Dex con suavidad.

—Es mi trabajo..., mi investigación... He de averiguar qué relación tiene la Senda del Manantial con los monstruos, ¿entiendes? Porque podría darle un sentido completamente distinto a mi bestiario. Y porque, si no lo hago yo, ¿quién se ocupará?

El joven negó con la cabeza.

—Axlin, llevas semanas deseando ir en busca de Xein. Te has refugiado en tu trabajo para no tener que pensar en él porque no tenías más remedio que esperar. Ahora que puedes partir, ¿lo vas a retrasar todavía más?

—El carro está casi listo, compañera —intervino Loxan—. Solo hace falta que consigamos un buen caballo, y en uno o dos días podremos marcharnos, si nada nos lo impide.

Ella bajó la cabeza bruscamente mientras luchaba por reprimir las lágrimas.

—Sé lo que se siente cuando tienes que elegir entre lo que quieres hacer y lo que debes hacer —prosiguió Dex—. Intentas seguir el camino que crees correcto, pero avanzas con un angustioso peso en el corazón..., hasta que, por fin, decides actuar como deberías haber hecho desde un principio. La sensación es... liberadora —murmuró, más bien para sí mismo.

Axlin sonrió. En aquel momento sonaron las campanas que señalaban el cierre de las puertas de la muralla, pero Dex no se inmutó.

—¿No tienes que regresar a la ciudad vieja? —le preguntó ella.

El muchacho sacudió la cabeza.

—Es lo que tendría que hacer —admitió, devolviéndole la sonrisa—, pero no es lo que quiero hacer.

Tomaron una cena ligera, porque no querían volver a casa demasiado tarde. La Ciudadela siempre había sido un lugar seguro —los Guardianes protegían a los ciudadanos de los monstruos y los alguaciles patrullaban para detener a los criminales corrientes—, pero en los últimos tiempos parecía que todo el mundo tenía miedo de salir de sus casas tras la puesta de sol, y las calles se mostraban vacías, oscuras y silenciosas.

Axlin y Loxan se despidieron de Dex y se encaminaron a casa.

—Quiero marcharme de aquí —murmuró la muchacha, tras un rato de silencio—, aunque parezca una locura. Pero ¿y tú? No hace mucho que has llegado a la Ciudadela, ahora tienes un trabajo...

Loxan suspiró.

—Maxina me ha echado —anunció.

Axlin se quedó paralizada.

—¿Cómo dices? ¿Cuándo? ¿Y por qué? —acertó a preguntar.

—Hace un par de días, pero le dije que iba a marcharme de todas formas, y me ha permitido quedarme hasta que lo tenga todo listo para partir.

—Pero... pero... tú ya puedes pagar el alquiler, y ni siquiera ocupas una habitación...

—Al parecer, necesita el almacén para alojar a nuevos inquilinos y no puede esperar más. Dice que tiene ofertas mucho mejores, que puede alquilarlo por un precio mayor, pero yo sé que eso no es más que una excusa, y lo que sucede es que en el fondo no le caigo bien.

No añadió más, pero Axlin sabía que se refería al incidente del ser invisible que la había atacado en presencia de Loxan. Se estremeció. Aunque no había vuelto a encontrar indicios de la existencia de aquellas criaturas, sabía que no lo había imaginado.

—Pero no pasa nada, compañera —concluyó Loxan alegremente—. Yo soy inquieto como una pelusa y necesito volver a los caminos. No estoy hecho para la ciudad.

Se despidieron en la puerta del almacén, y Axlin caminó unos pasos más calle abajo en dirección a la entrada principal del edificio. Pero al doblar la esquina se detuvo de repente.

Allí, en la penumbra, había alguien aguardando con la espalda apoyada en la pared. Una figura femenina, alta, fibrosa y de cabello corto, que se cubría con la capa azul de los Guardianes.

La mujer alzó la cabeza para mirarla, y Axlin reprimió una exclamación de sorpresa.

Se trataba de Rox.

16

Parecía diferente. Mayor, más curtida..., incluso más seria, y eso que Axlin siempre había pensado que Rox era especialmente reservada y formal, incluso para lo que era habitual entre los Guardianes. Pero al observarla con atención detectó algo más en su gesto: un cansancio de piedra y un poso de angustia en su mirada que le resultó dolorosamente familiar.

—¡Rox! —exclamó—. ¿Qué haces aquí? ¿Cuándo has vuelto?

Ella la interrumpió con brusquedad.

—¡Silencio! —susurró—. Tengo que hablar contigo, pero no aquí. —Miró a su alrededor, frunciendo el ceño con inquietud—. Deja abierta la ventana y no le digas a nadie que me has visto —advirtió antes de alejarse en la oscuridad.

—¿Cómo...? —empezó Axlin, pero Rox ya había desaparecido.

Perpleja, la muchacha se encogió de hombros, entró en la casa y subió las escaleras hasta su cuarto. Una vez allí, cerró la puerta tras de sí y depositó sus cosas sobre la mesita. De pronto oyó golpes en la ventana y se sobresaltó, pero enseguida recordó que Xein había entrado por allí en cierta ocasión, y las palabras de Rox cobraron sentido. Se apresuró a abrir los postigos y la Guardiana se introdujo en la habitación de un solo salto. Observó a Axlin mientras ella volvía a cerrar la ventana.

—Te pedí que la dejaras abierta —le recordó.

—¿Por qué no usas la puerta como todo el mundo?

Rox inclinó la cabeza.

—Nadie sabe que he regresado a la Ciudadela —murmuró—. Y prefiero que no me vean hablando contigo. No solo por mí, sino, sobre todo, por tu propia seguridad.

Axlin la miró sin comprender.

—¿Por mi propia seguridad? ¿Qué quieres decir?

Los hombros de Rox se hundieron ligeramente.

—Cuando me fui..., no se lo dije a nadie. No tenía permiso para abandonar la Ciudadela, así que ahora soy una desertora. Creía que lo que podía descubrir en mi viaje compensaría mi desobediencia, pero ahora... ya no sé qué pensar. No puedo confiar en nadie, y no puedo permitir que me capturen. No sin antes averiguar toda la verdad.

El corazón de Axlin empezó a latir más deprisa.

—¿Has estado en la región del oeste? —se atrevió a preguntar. La Guardiana asintió—. Y... ¿cómo están las cosas por allí? ¿Hay supervivientes?

Rox negó con la cabeza y se apoyó contra la mesa con un suspiro de cansancio.

—Todas las aldeas destruidas —musitó. Axlin inspiró hondo, impresionada—. Todos muertos. Ya solo quedan monstruos y... los habitantes de la aldea perdida.

Axlin reprimió una exclamación de sorpresa.

—Entonces ¿existe de verdad? ¿Y viven Guardianes allí?

—Ellos no se consideran Guardianes —puntualizó Rox—. Pero sí, existe. Está habitada sobre todo por gente como yo; también hay algunas personas corrientes, aunque cada vez son menos.

—Es extraordinario —susurró la muchacha, maravillada—. ¿Cómo es posible? ¿Tiene que ver con... seres invisibles? —osó preguntar por fin.

Su interlocutora se estremeció, pero no respondió a la pregunta.

—Contaba con traerlos a todos para que ayudaran en la defensa de la Ciudadela —dijo—, pero las cosas no salieron como habíamos planeado. Descubrí algo inesperado, sin embargo: una conspiración para derrocar al gobierno del Jerarca y rendir la Ciudadela a los monstruos.

Axlin asintió con gravedad.

—Creo que sé a qué te refieres.

Rox la miró extrañada.

—¿Lo sabes?

Le habló de Xaeran y de la Senda del Manantial, pero la Guardiana negó con la cabeza.

—Por lo que parece, tú hablas más bien de un grupo de ciudadanos asustados y desorientados. Yo me refiero a algo mucho más serio: un movimiento organizado que podría haberse infiltrado incluso en la propia Guardia de la Ciudadela. Por eso no puedo confiar en nadie.

Axlin guardó silencio unos momentos antes de preguntar con suavidad:

—Pero no hiciste el viaje sola, ¿verdad?

—No. Otro Guardián me acompañó, y ha regresado conmigo. —Dudó un instante antes de añadir—: No tengo muy claro lo que sabe en realidad. No hemos hablado mucho sobre ello.

—¿No confías en él?

Rox desvió la mirada, incómoda, y no respondió.

—¿Qué es lo que quieres de mí, pues? —siguió preguntando Axlin.

—Antes de que me marchara, fuiste... atacada...

—Por una criatura invisible, sí.

—Fuiste atacada —zanjó la Guardiana—. Xein sospechaba que estabas en peligro. —Axlin la miró asombrada, pero ella no había terminado de hablar—. Él pensaba que se debía a tu relación con él, pero yo creo que hay algo más: lo que sabes..., lo que investigas..., las cosas que tienes escritas en ese libro tuyo.

—No lo entiendo; mi trabajo trata de salvar a las personas, de descubrir la mejor manera de defendernos contra los monstruos. ¿Quién podría estar interesado en que no lo completara?

Rox clavó en ella su mirada de plata.

—Los propios monstruos, por ejemplo.

Axlin dejó escapar una carcajada escéptica.

—Los monstruos no son capaces de hacer nada remotamente parecido. Ni siquiera pueden pensar. Se mueven por instinto, sin más.

Rox no respondió, y la muchacha tuvo la sensación de que su silencio resultaba aún más inquietante que sus palabras. Optó por cambiar de tema.

—Entonces... ¿Xein estaba preocupado por mí? —preguntó con cierta timidez.

La Guardiana esbozó una media sonrisa socarrona.

—Por supuesto. Nos pidió a Yarlax y a mí que te cuidásemos. —Entornó los ojos, inquieta de pronto—. ¿Has sufrido más ataques desde que me fui?

Axlin se esforzó por centrarse en responder a la pregunta.

—¿Cómo...? No, yo... Espera, sí —recordó de repente—. Me topé con un trepador escondido en un cobertizo. ¡Y Yarlax me salvó! Es verdad que lo he visto muy a menudo últimamente. —La miró, perpleja—. ¿Me estaba... vigilando?

Rox no parecía interesada en la historia sobre el trepador.

—Me alegra saber que estás a salvo —murmuró—. Es lo que Xein quería. Lo único que nos pidió antes de marcharse.

Axlin tragó saliva, tratando de deshacer el nudo que se había formado en su garganta. Se preguntó si debía decirle que estaba planeando partir en su busca.

Y entonces se acordó de los mapas.

—Rox —dijo de pronto—. ¿Has oído hablar de la Fortaleza?

—Claro —respondió ella—. Es un enclave de la Guardia en el límite de las Tierras Civilizadas. Figura en todos nuestros mapas.

—Pero ¿qué es exactamente? ¿Qué hay allí?

—No lo sé. Nunca la he visitado.

—¿Y no te han contado nada más sobre ese lugar?

—No, y tampoco conozco a nadie a quien hayan destinado allí. —La Guardiana frunció el ceño—. ¿Por qué te interesa tanto?

Axlin le mostró los mapas en los que había estado trabajando.

—En tiempos antiguos, había un templo del Manantial allí —señaló.

Rox le arrebató el documento y lo examinó con atención, profundamente preocupada.

—¿Por qué has dibujado aquí este símbolo? —quiso saber.

—Es el emblema del Manantial. Data de una época muy remota, anterior a la Ciudadela. Xaeran y sus seguidores lo han convertido en su enseña. Dicen que era una protección contra los monstruos, así que lo llevan grabado en amuletos, bordado en la ropa..., lo pintan en las puertas de las casas... —Se interrumpió al darse cuenta de que la Guardiana la miraba fijamente—. ¿Qué sucede?

—¿Y funciona?

Ella sacudió la cabeza.

—No lo parece. Yo, por lo menos, no he encontrado pruebas de que sea algo más que un mero elemento decorativo. Sin embargo... —dudó un instante antes de continuar—, estaba pintado en la entrada de la aldea donde conocí a Xein. Él vivía allí solo con su madre, y los monstruos jamás traspasaban el perímetro. Nunca fue capaz de explicarme por qué. Además, Yarlax me contó que las puertas del Bastión también están decoradas de esta manera.

Rox permaneció en silencio un instante. Después murmuró:

—Sí, es cierto. Como el arco de entrada de la aldea perdida. Y también la respetaban los monstruos.

Axlin se estremeció.

—Entonces... ¿es efectivo?

—No sabría decirte. Me fijé en el dibujo de la entrada, pero siempre pensé que el hecho de que no hubiera monstruos se debía a una razón muy distinta.

—¿Cuál? —preguntó la muchacha, pero Rox no respondió—. En todo caso —prosiguió al ver que ella no iba a añadir nada más—, hay indicios que me llevan a pensar que los sabios del Manantial están de alguna manera relacionados con los Guardianes.

—Pero, según dices, esos sabios vivieron mucho tiempo antes de que se fundara la Ciudadela.

—Lo sé, pero aun así... esa Fortaleza se alza en el mismo lugar en el que se encontraba uno de los templos del Manantial. Quizá no quedara nada de él cuando llegaron los Guardianes y la ubicación sea casual, pero... ¿y si no lo es? ¿Y si resulta que el edificio aún seguía en pie? ¿Y si allí se conservaba información importante sobre los sabios del Manantial, sobre sus conocimientos... o incluso sobre los monstruos?

—Estás divagando, Axlin.

Ella sonrió, un tanto avergonzada.

—Sí, tienes razón. Puede que sea mucho suponer.

Rox observaba el mapa con el ceño fruncido. Rozó con la yema del dedo el emblema del Manantial trazado en el papel, con tanta precaución como si esperara que le quemase.

—Quizá debería ir a ver —murmuró a media voz—. Pero no sería prudente hacerlo sola. Necesitaría un compañero de la División Oro para asegurarme de que...

Se interrumpió de pronto y dirigió una mirada recelosa a Axlin, pero ella, súbitamente animada ante la posibilidad de que la Guardiana acudiese a la Fortaleza a investigar, pasó por alto su extraño comportamiento.

—¿De verdad estás dispuesta a hacerlo? —preguntó, esperanzada.

Si Rox emprendía aquel viaje en su lugar, ella podría centrarse en ir a buscar a Xein.

Su interlocutora tardó un poco en responder, y Axlin añadió:

—Tal vez puedas contar con el Guardián que te acompañó a la aldea perdida. ¿O no es de la División Oro?

Sabía que la Guardia separaba a los suyos en función del color de sus ojos, aunque nunca había entendido por qué. No obstante, no le pareció el mejor momento para preguntarlo. Y probablemente Rox tampoco contestaría.

—¿Aldrix? Sí, es un Oro, solo que...

—O quizá puedas pedírselo a Yarlax, si está dispuesto.

—No —decidió Rox por fin—. No, se lo diré a Aldrix. Él es ahora un proscrito, igual que yo, y Yarlax tiene aún un futuro en la Guardia.

—Comprendo —murmuró la muchacha.

Rox dio media vuelta para marcharse por donde había venido. Cuando ya estaba encaramándose al alféizar de la ventana, dirigió una última mirada a Axlin.

—Gracias —musitó.

—Rox, ¿qué está pasando? ¿Qué es eso que no me puedes contar?

Ella inclinó la cabeza.

—Ojalá lo supiera —confesó—. Pero solo tengo indicios, no pruebas. Y cuantas más cosas averiguo..., menos comprendo.

Axlin sonrió.

—Sé muy bien cómo te sientes.

Rox le devolvió la sonrisa. Después saltó al tejado de enfrente y desapareció en la noche sin mirar atrás.

Corrió por los tejados con la fluidez de un arroyo, saltando de casa en casa sin hacer ruido. A aquellas horas ya no quedaba nadie en la calle. La Ciudadela estaba a oscuras, apenas iluminada por la luz de las estrellas, pero los ojos de Guardiana de Rox la guiaban sin problemas en la penumbra.

La muralla que dividía los dos ensanches no fue un obstáculo para ella. Trepó hasta la cúspide de una torrecilla y desde allí se encaramó a lo alto del muro sin apenas esfuerzo. Las puertas estaban cerradas, por lo que ningún centinela la descubrió cuando saltó hasta el tejado de la casa más cercana, ya en el primer ensanche.

Sabía que corría un gran riesgo acercándose tanto al cuartel de la Guardia, pero realmente había echado de menos recorrer los tejados de aquella manera.

Por fin se detuvo en una azotea y se sentó a descansar. Se había citado allí con Aldrix, aunque existía la posibilidad de que él no se presentara. Le había dicho que tenía asuntos que atender y, aunque había prometido que sería discreto, era muy probable que alguien lo reconociese y diese la voz de alarma.

Cerró los ojos y apoyó la espalda en la pared con un suspiro de cansancio.

En aquella misma azotea, meses atrás, había abatido a un invisible y le había hablado a Xein de los monstruos innombrables.

Lo echaba de menos. Aldrix era un excelente Guardián y un buen compañero, y la había seguido en un viaje que muy pocos se habrían atrevido a emprender. Además, ambos luchaban bien juntos... Pero no era lo mismo. Y no se debía solo a los turbadores sentimientos que sabía que albergaba hacia Xein, en el fondo. Era, sencillamente, que Aldrix y ella no estaban tan compenetrados.

«Quizá sea cuestión de tiempo», se dijo.

O tal vez no. Después de todo, habían encontrado la aldea perdida y habían vuelto con vida para contarlo.

El viaje de regreso había sido extraño. Rox se había limitado a avanzar por los caminos a galope tendido, forzando al máximo su montura y sin mirar atrás, deteniéndose solo para abatir monstruos y descansar lo imprescindible. Aldrix había mantenido su ritmo sin hacer preguntas ni comentarios sobre lo que habían visto en la aldea de los bendecidos.

Una noche, mientras reposaban junto al fuego en un refugio, ella se había derrumbado por fin. Había hundido el rostro entre las manos y había llorado suavemente y sin ruido. Por la infancia que había olvidado. Por el hogar que había perdido. Por la familia que ni siquiera sabía que tenía.

Porque una parte de ella se había atrevido a soñar con recuperar aquellos años de su vida que le habían arrebatado, y, al final, había descubierto que en realidad no había nada que rescatar.

Sus raíces estaban podridas. Su pasado formaba parte de algo tan siniestro que ni siquiera osaba describirlo en voz alta. Ser reclutada por la Guardia era lo mejor que le había pasado en la vida, después de todo. Y ahora había perdido para siempre su lugar en el cuerpo.

Aldrix la había observado en silencio mientras ella se enfrentaba a la realidad. Después le había pasado un brazo por los hombros en señal de apoyo y consuelo.

Eso había sido todo. Pero había sido suficiente. Al fin y al cabo, los Guardianes no estaban habituados al contacto físico.

Ni siquiera entonces había hablado con él acerca de todo lo que había sucedido. Pero tampoco había vuelto a derramar una sola lágrima.

Habían regresado a la Ciudadela porque no tenían ningún otro lugar a donde ir. Rox había dado por supuesto que informarían a sus superiores sobre lo que sucedía en la aldea de los bendecidos, pero no dejaba de pensar en la extraña conversación que había escuchado a escondidas, y no podía evitar preguntarse qué había de cierto en las palabras de la sombra y si aquella conspiración para tomar la Ciudadela era algo más que el delirante sueño de un monstruo innombrable.

Por eso habían entrado en la ciudad sin avisar a nadie y habían hecho lo posible por evitar a sus compañeros Guardianes que custodiaban las puertas.

Al volver a pisar las calles empedradas de la Ciudadela, Rox se había sentido inquieta y aliviada a la vez. Realmente se alegraba de haber regresado a casa, pero cada vez estaba más convencida de que no debía acercarse al cuartel general. No temía la sanción en realidad porque estaba dispuesta a asumir las consecuencias de sus actos. Pero sentía que lo que había vislumbrado en la aldea de los bendecidos era solo una parte de algo mucho más grande, como un tentáculo de nudoso brotando de la tierra. Quería averiguar la verdad, y no lo conseguiría si la prendían y la condenaban por desertora.

Había acudido a visitar a Axlin por dos razones: porque realmente deseaba volver a ver un rostro amigo y porque ella siempre sabía mucho más de lo que debía.

Y no se había equivocado.

Frunció el ceño, pensativa. Debía averiguar qué era exactamente esa «Senda del Manantial» de la que le había hablado. Si estaba relacionada de alguna manera con la Guardia..., tenía que averiguar cómo y por qué.

Alzó la cabeza de pronto cuando alguien aterrizó con suavidad a su lado.

—Soy yo —murmuró la voz de Aldrix en la penumbra.

Rox no respondió. Su compañero se sentó junto a ella y preguntó:

—¿Cómo te ha ido?

—Bien, creo. Nadie me ha visto, salvo la persona con la que tenía que hablar. ¿Y tú?

—Igual. —Hizo una pausa y preguntó—: ¿Cuál es el plan, entonces?

Ella se volvió para mirarlo.

—¿El plan, dices? Hemos abandonado la Guardia sin permiso y seguramente ahora nos consideran desertores. Pero era mi misión, después de todo. Aún estás a tiempo de regresar al cuartel y decir que te engañé de alguna manera o te obligué a acompañarme.

Aldrix negó con la cabeza.

—Sabes muy bien que eso no funcionará. ¿Qué era lo que pretendías, al fin y al cabo? ¿Averiguar si realmente existía esa aldea de la que te habló el buhonero? Ya hemos comprobado que sí. Hemos visto que los Guardianes que viven allí están locos y que no se puede contar con ellos para defender la Ciudadela. Incluso has abatido al invisible que habitaba entre esos... bendecidos. Podemos informar de todo eso si quieres, pero no sé si nos van a creer.

Rox inclinó la cabeza, pensativa.

—Me preocupa que lo de ese enclave no fuera un hecho aislado. Que haya otras sombras infiltradas entre los Guardianes o incluso... incluso metamorfos —añadió de pronto.

Él sonrió.

—Eso no es posible, Rox. Los habríamos desenmascarado ya. Precisamente porque nosotros sí podemos verlos, los lugares protegidos por la Guardia son los únicos que los innombrables no pueden alcanzar.

—Aun así... —murmuró ella.

Aun así, la sombra había hablado de un plan más ambicioso. De conquistar la Ciudadela desde dentro.

Cuando Axlin había mencionado la Senda del Manantial, Rox la había escuchado a medias, convencida de que se trataba solo de alguna de esas historias que leía en los libros. Sin embargo, el hecho de que la Fortaleza y la aldea de los bendecidos estuviesen unidas por el mismo símbolo..., un emblema que ella siempre había relacionado con los Guardianes...

Debía investigarlo. Probablemente no encontraría nada en la Fortaleza, pero era un enclave de la Guardia, y estaba lo bastante alejado de la Ciudadela como para que allí nadie hubiese oído hablar de su deserción... todavía.

—Voy a partir de viaje de nuevo —anunció de pronto.

Aldrix frunció el ceño.

—¿Quieres volver a la aldea de los locos?

—No. No, en absoluto. —Reflexionó un momento antes de añadir—: Necesito saber si estarías dispuesto a acompañarme una vez más. Si prefieres quedarte en la Ciudadela, lo entenderé. Este trayecto es más corto y debería ser menos peligroso, en principio. No tengo intención de regresar a la región del oeste, pero tampoco hay ya nada para mí en esta ciudad.

Su compañero sonrió.

—¿Vamos a seguir las indicaciones de otro mapa misterioso?

Pretendía ser una broma, pero ella se maldijo a sí misma en silencio por no haber pensado en ello. Reflexionó un instante y sonrió.

—No tengo mapa, por ahora. Pero sé quién nos puede ayudar con eso.

17

Al día siguiente, muy temprano, Dex se precipitó en el almacén de Maxina sin molestarse en llamar a la puerta.

—¡Los alguaciles han detenido a Xaeran! —anunció—. Sus seguidores...

Se calló de pronto, desconcertado. Esperaba encontrar allí a Axlin y a Loxan, pero el buhonero no se hallaba presente. En cambio, parecía haber interrumpido algo parecido a una reunión entre su amiga y la Guardiana que se sentaba frente a ella, al otro lado de la mesa.

Las dos alzaron la cabeza para mirarlo, y entonces él reconoció a la mujer de ojos de plata.

—¡Rox! —exclamó—. ¿Cuándo has vuelto? ¿Qué...?

—¡Baja la voz! —replicó Axlin—. Te lo explicaremos todo si cierras la puerta y te calmas un poco.

Él logró controlar por fin su nerviosismo y obedeció. Tomó asiento junto a las dos jóvenes y dedicó una amplia sonrisa a la Guardiana. Pero ella le dirigió una mirada glacial, y el muchacho carraspeó y se volvió hacia Axlin.

—¿No está Loxan?

—Tenía trabajo en la herrería. Su patrón quiere que lo ayude a acabar un par de encargos antes de que nos vayamos de la Ciudadela. ¿Qué ha pasado con Xaeran?

—Lo han detenido para interrogarlo sobre el ataque de ayer, y eso ha provocado disturbios en el primer ensanche. Sus seguidores se han reunido para protestar. Se han topado con un grupo de simpatizantes de Raxala, han comenzado a discutir y la cosa se ha desmadrado un poco. Dicen que hay varios ciudadanos heridos.

La muchacha pestañeó, perpleja.

—¿Por qué? Ya tienen al culpable, agredió a Raxala delante de todo el mundo. Yo también estaba presente y lo vi.

—Al parecer declaró que lo había hecho en nombre de Xaeran y la Senda del Manantial.

Axlin sacudió la cabeza con un suspiro.

—Eso es absurdo. También he estado en esas reuniones y él nunca ha dicho que haya que atacar a nadie.

Dex miró de nuevo a Rox, que había alzado la cabeza con interés al oír mencionar la Senda del Manantial.

—¿Ya te han hablado de ellos? —le preguntó.

—Estoy intentando ponerme al día —respondió ella—. Parece que han pasado muchas cosas en la Ciudadela durante mi ausencia.

—Rox está dispuesta a viajar hasta la Fortaleza para comprobar si tiene alguna relación con los sabios del Manantial —anunció Axlin, sonriente.

Entonces Dex reparó en los documentos que había sobre la mesa, entre las dos. Reconoció los apuntes de su amiga sobre los sabios del Manantial y los mapas que le había mostrado el día anterior. Sonrió también.

—Así que ya puedes ir al frente oriental sin remordimientos —comentó.

Comprendió enseguida que había cometido un error cuando ella se sobresaltó y miró de soslayo a Rox. La Guardiana entornó los ojos, pero no dijo nada.

—¿No se lo habías dicho? —murmuró él—. Lo siento mucho, no pretendía...

—No, es igual —cortó Axlin—. No tiene por qué ser un secreto.

—¿Tienes planeado viajar al frente oriental? —inquirió Rox—. No es lugar para gente corriente. Hay controles en los caminos. Los Guardianes no te dejarán pasar.

Axlin miró para otro lado.

—Va a buscar a Xein —informó Dex.

La Guardiana asintió con lentitud.

—Lo suponía. Pero ¿qué te hace pensar que querrá volver a la Ciudadela contigo? La Última Frontera es un destino complicado para cualquier Guardián, pero él lo aceptó sin reservas.

Axlin la miró fijamente.

—¿Acaso tenía otra opción? —planteó sin más.

La Guardiana le sostuvo la mirada unos instantes y por fin se encogió de hombros.

—Ve al frente oriental, si quieres —respondió—. Pero luego no digas que no te lo advertí.

Se puso en pie y recogió los mapas de la mesa.

—He de irme ya —anunció—. Gracias por tu ayuda, Axlin. Si finalmente decides partir y logras alcanzar tu destino... —Vaciló un instante antes de concluir—, espero que todo se solucione de la mejor manera posible.

Era una frase extraña, y Axlin se quedó mirándola, preguntándose, una vez más, si realmente había habido algo entre ella y Xein. Estaba claro que Rox no deseaba mencionarlo. Tal vez estuviese tratando de olvidarlo.

Y en cuanto a él...

Intentó no pensar más en ello. Quizá algún día tuviese la oportunidad de preguntarle al respecto, pero por el momento su prioridad debía ser reunirse con él en el frente oriental. Después... ya se vería.

Se despidieron de Rox, que volvió a calarse la capucha y salió del almacén sin mirar atrás.

—Así, ¿es cierto que ha estado en la región del oeste? —preguntó Dex.

—Sí, y al parecer ha vuelto para contarlo —murmuró Axlin mientras reorganizaba sus papeles—. Pero no me ha dicho mucho al respecto. Solo... oh —se le escapó entonces.

—¿Qué sucede?

—Rox se ha llevado todos los mapas.

—¿Qué...?

Ella no contestó. Se apresuró a salir del almacén para correr cojeando calle abajo, con la esperanza de poder alcanzar a la Guardiana. Durante su conversación le había mostrado la copia del mapa de la época antigua para tratar de explicarle la posible relación de los sabios del Manantial con los monstruos y tal vez con la Guardia, pero no había tenido intención de entregársela. Probablemente se la había llevado por error.

Podía hacer otra copia porque el libro original aún permanecía en la biblioteca, pero le llevaría tiempo y, por otro lado, una sensación de alarma se activó en su interior al evocar un episodio similar: cuando Godrix le había arrebatado en la Jaula el mapa que más tarde condujo a los Guardianes hasta la aldea donde vivía Xein.

Vislumbró el extremo de la capa de Rox doblando la esquina y se apresuró a seguirla. Pero cuando se asomó a la callejuela se detuvo en seco, conmocionada.

Rox se encontraba un poco más allá, de espaldas a ella, y estaba *cambiando*. Era una metamorfosis sutil, pero rápida y fluida. En apenas unos instantes, la alta Guardiana rubia se había transformado en un viejecillo encorvado que se apoyaba en un sólido bastón.

Axlin retrocedió aterrorizada y se ocultó tras la esquina, justo antes de que el anciano se diese la vuelta para mirar en su dirección. Aguardó conteniendo el aliento hasta que oyó el tac-tac del bastón alejándose por la calle empedrada. Y entonces, con el corazón golpeándole salvajemente contra el pecho, respiró con profundidad varias veces, porque sentía que se quedaba sin aire. Tenía un angustioso nudo en el estómago, una sensación similar al miedo que experimentaba cada vez que se topaba con un monstruo que veía por primera vez.

¿Qué acababa de suceder? ¿Era posible que Rox se hubiese transformado en... otra persona? ¿O quizá lo había soñado?

—Axlin —dijo de pronto una voz junto a ella, sobresaltándola.

La muchacha se volvió. Allí estaba Yarlax, mirándola con preocupación.

—¿Te encuentras bien? ¿Qué te ha pasado?

—Rox... —pudo decir ella.

—Entonces, ¿es cierto que ha regresado? Corrían rumores... Hay quien dice que la ha visto, pero quería preguntarte si tú...

—Rox no es Rox —logró farfullar ella por fin.

En cuanto lo dijo, le pareció un sinsentido. Pero el Guardián palideció y la sujetó por los hombros, muy serio.

—¿Dónde está? ¿Dónde la has visto?

Ella se volvió para mirarlo. Los ojos dorados de Yarlax estaban clavados en los suyos. No había en ellos confusión ni extrañeza, sino determinación y un cierto atisbo de fiereza. La muchacha quiso apartarse de él, pero él insistió:

—¿Dónde, Axlin?

Señaló el callejón con un dedo tembloroso. Ante su sorpresa, Yarlax desenvainó una espada corta y se precipitó en persecución del anciano, raudo como una flecha, como un depredador que acabase de olfatear una presa.

Axlin dudó si correr tras él. Sabía que no podría alcanzarlo, pero necesitaba comprender qué estaba sucediendo.

Dex se reunió entonces con ella.

—¿Qué está pasando, Axlin? ¿A dónde ha ido Yarlax tan deprisa?

La muchacha sacudió la cabeza, desconcertada.

—La verdad, no tengo ni idea.

Yarlax no sabía si la falsa Rox seguía manteniendo la misma apariencia, pero no le hacía falta. Como todos los Guardianes de la División Oro, había sido entrenado para identificar a los metamorfos, así que lo reconocería sin importar el rostro bajo el que se ocultase.

Lo localizó un poco más allá. Parecía un anciano inofensivo que avanzaba apoyado en su bastón, pero el Guardián no se dejó engañar. Al observarlo con atención detectó que sus contornos fluctuaban, como si no fuese del todo real.

Se impulsó para saltar hasta lo alto de un tejado y espiar a su objetivo desde allí. Tenía que detenerlo, pero no podía atacarlo delante de otras personas. Lo siguió desde arriba, saltando de casa en casa, acechándolo sin que el anciano lo descubriese. Caminaba calle abajo, sin prisa pero sin pausa, y Yarlax se dio cuenta de que no tardaría en llegar a una de las avenidas principales, donde se mezclaría con más gente y sería fácil perderlo de vista. Pero no podía saltar sobre él sin asegurarse primero de que no lo veía nadie.

Poco después encontró su oportunidad. El viejo pareció detectar algún peligro, porque se detuvo súbitamente y miró a su alrededor con suspicacia.

Yarlax estaba acuclillado en un alero, justo sobre el metamorfo. Se aseguró de que no había nadie más en el callejón, alargó la mano, lo aferró por la ropa y tiró con violencia de él.

El monstruo, sorprendido, no reaccionó enseguida. Yarlax lo lanzó sobre el tejado, enarboló la daga y se arrojó sobre él.

Y de repente ya no era un anciano, sino otro Guardián de la División Oro. Yarlax retrocedió unos pasos, sobresaltado, cuando el cambiapiel contraatacó con una daga curva en cada mano. El joven logró detener la embestida a duras penas y saltó hacia atrás mientras trataba de reaccionar.

No había vuelto a luchar contra otro Guardián desde sus tiempos de recluta en el Bastión, y en aquel entonces se había tratado solo de peleas de entrenamiento. Mientras se defendía como podía de los ataques de su adversario, se esforzó por superar su desconcierto. Logró hacerlo retroceder y, al observar sus rasgos con atención, detectó de nuevo aquella extraña liquidez propia de los metamorfos. Eso lo ayudó a centrarse por fin y contraatacó con fiereza, ya plenamente consciente de que estaba luchando contra un monstruo y no contra un compañero.

Pronto constató que, al adoptar el aspecto del Guardián, el metamorfo también había adquirido sus habilidades. Rápido como el pensamiento, ejecutaba movimientos imposibles y poderosos ataques que ninguna persona corriente habría sido capaz de detener. Yarlax se empleó al máximo, pero la lucha estaba muy igualada y no habría sido capaz de predecir cuál de los dos vencería.

Súbitamente, algo silbó en el aire y el cambiapiel dio un salto atrás. Yarlax vislumbró una flecha que surcaba el espacio entre los dos, pero no se dejó distraer. Aprovechando la breve pausa de su oponente disparó una patada hacia su brazo derecho y le hizo soltar una de las espadas, que rebotó sobre las tejas con un ruido metálico.

Una segunda flecha voló hacia ellos. El metamorfo no pudo esquivarla y el proyectil se hundió en su hombro, empujándolo hacia atrás. Yarlax se arrojó sobre él, lo tumbó sobre el tejado y lo desarmó de un golpe. Alzó su propia espada para descargarla sobre él...

...Y de pronto el Guardián ya no era un Guardián, sino un niño de unos cinco años que chillaba aterrorizado.

Yarlax, no obstante, había sido entrenado para no caer en los engaños de los metamorfos. De modo que le hundió la espada en el corazón sin vacilar.

Al mismo tiempo una tercera flecha fue a clavarse en el cuerpo de la criatura. Solo cuando hubo comprobado que el cambiapiel, aún con aspecto de niño, estaba realmente muerto, el Guardián alzó la cabeza para buscar con la mirada a su inesperado aliado.

Y vio a Rox, de pie, en lo alto de un tejado, contemplando la escena con gesto de piedra, todavía con el arco a medio cargar. La observó con atención para asegurarse de que no era otro metamorfo y se relajó cuando ella bajó el arco y se acercó.

—Rox —murmuró—. En el cuartel decían que te habían visto, pero eran solo rumores. Fui a ver a Axlin... y me dijo... que esta criatura se había hecho pasar por ti.

En cuanto pronunció aquellas palabras, fue consciente de lo que significaban. Si Axlin había visto transformarse al cambiapiel...

Pero Rox no dijo nada. Se acuclilló junto al cadáver del monstruo y rebuscó entre sus ropas hasta encontrar un fajo de papeles enrollados.

—Se acercó a Axlin para arrebatarle estos mapas —musitó—. Y sabía que ella los tenía porque yo se lo dije.

—¿Qué? No lo entiendo. ¿Hablaste con el metamorfo mientras fingía que eras tú?

Rox se frotó un ojo con cansancio.

—No, él era..., aparentaba ser —se corrigió— el Guardián contra el que estabas peleando. Decía llamarse Aldrix y... viajó conmigo a la región del oeste. Fuimos compañeros durante varias semanas. ¿Cómo es posible? —se preguntó, aún sin poder creerlo—. ¿He estado tan cerca de un metamorfo todo este tiempo?

Parecía horrorizada, y Yarlax trató de encontrar una explicación más lógica.

—Tal vez solo usurpó la identidad de Aldrix para luchar contra mí —sugirió.

—No, no lo creo. —Frunció el ceño, pensando—. Fue a visitar a Axlin y, al parecer, hablaron de cosas que yo solo había compartido con Aldrix.—Se estremeció—. Estábamos a punto de partir de nuevo. Iba a ser mi compañero de viaje otra vez.

Yarlax trató de ordenar sus pensamientos.

—Te marchaste hace varias semanas, pero nunca llegaste a decirme a dónde. ¿Eres realmente una desertora?

—No, pero después de haber desaparecido sin avisar, supongo que no tiene sentido intentar convencer a nadie de lo contrario.

—¿Por eso ibas a marcharte otra vez? ¿Con Aldrix? —Rox no respondió—. ¿Por qué confiaste en él antes que en mí?

—No fue deliberado —se defendió ella—. Tenía intención de partir sola, pero él me sorprendió cuando estaba a punto de marcharme. Al principio supuse que me delataría..., pero después me siguió, y cuando me dio alcance, estábamos ya en el Puente de los Chillones. ¿Cómo no sospeché que había algo raro?

Yarlax se detuvo a pensar en ello. Los metamorfos eran maestros en el arte del engaño y la suplantación, pero Rox estaba en lo cierto: ella era una Guardiana y, aunque no poseyera la mirada de la División Oro, había algo siniestro y aterrador en la posibilidad de que hubiese pasado semanas enteras a solas con un monstruo sin saberlo.

—¿Estás completamente segura de que ha sido un cambiapiel todo el tiempo? Tal vez al principio sí se trataba realmente de Aldrix.

Ella lo pensó.

—La verdad, ya no lo sé. Pero creo que era un metamorfo como mínimo desde que regresamos a la Ciudadela, porque sabía lo de los mapas.

La mirada de Yarlax se desvió hacia los documentos que sostenía su compañera.

—¿Por qué son tan importantes? ¿Qué es lo que señalan?

—Para mí, el camino hacia la Fortaleza —respondió—. Pero creo que no es eso lo que buscaba el cambiapiel.

Observó pensativa la copia del mapa del mundo antiguo, en el que Axlin había marcado la ubicación del Santuario del Manantial.

—Me resulta extraño pensar que los monstruos puedan organizar planes tan retorcidos o que tengan algún tipo de objetivo que nosotros no alcanzamos a comprender —dijo él, estremeciéndose.

De nuevo, la memoria de Rox regresó a la aldea de los bendecidos. A la conversación que había escuchado entre la sombra y una segunda persona que al principio había confundido con Aldrix, pero que finalmente había resultado ser Moloxi.

¿O tal vez no?

Se quedó sin aliento un instante. Si su compañero de viaje había sido un metamorfo desde el principio, podría haber sido Aldrix, en efecto, y después haberse transformado en Moloxi para engañarla. Sacudió la cabeza. Sin duda necesitaría tiempo para repasar todo lo que sabía acerca de él y tratar de reinterpretar sus acciones y comentarios bajo la luz de aquella nueva información.

Se le revolvió el estómago al recordar lo cerca que habían estado. La forma en que él la había consolado aquella noche en que se había permitido mostrar un momento de debilidad.

Pero no podía entretenerse con aquellas consideraciones. Tenía cosas que hacer.

Miró a su alrededor hasta localizar las dagas curvas que Yarlax había arrebatado al cambiapiel. Las cogió y, tras examinarlas apreciativamente, se las enganchó en su propio cinto, prometiéndose a sí misma que conseguiría una funda adecuada para guardarlas.

—Hay que encontrar al verdadero Aldrix —comentó enton-ces Yarlax, señalando el cuerpo del niño—. O lo que quede de él —añadió a media voz.

Rox asintió, comprendiendo. Los metamorfos solo usurpaban la identidad de alguien durante tanto tiempo cuando ya se las habían arreglado para deshacerse de su cadáver.

—Si no me mintió al respecto, era un De Vaxanian —recordó.

Su compañero silbó por lo bajo.

—Bien, entonces tenemos suerte de que cambiara de forma jus-to antes de morir. De lo contrario, habríamos tenido que dar muchas explicaciones. Como le sucedió a Xein con el asunto De Galuxen.

Ella se estremeció. Tenía razón. Además, ya eran dos casos de per-sonas de familia antigua sustituidas por metamorfos. Una de ellas, un Guardián. ¿Cómo era posible que nadie lo hubiese detectado hasta entonces?

—Igualmente habrá que contactar con su familia —añadió Yarlax.

—Yo no puedo ocuparme de eso —murmuró Rox—. He de marcharme, y ya no puedo retrasarlo más.

—¿Por qué quieres ir a la Fortaleza? ¿Qué esperas encontrar ahí?

—La verdad, no lo sé. Pero aún no estoy preparada para res-ponder ante la Guardia. Hay muchas preguntas para las que no he hallado respuesta.

Él asintió, pensativo.

—Comprendo. Pero ¿qué hay de Axlin? Xein estaba en lo cierto: los monstruos innombrables la rondan por alguna razón.

—Ella va a marcharse pronto también. —Yarlax parpadeó, perplejo, y Rox sonrió—. Me habló de la Fortaleza y de un lugar llamado el Santuario del Manantial, pero vi los mapas en los que estaba trabajando, y había señalado en ellos el camino hasta la Última Frontera.

Él la miró con los ojos muy abiertos.

—¿Crees que quiere ir a reunirse con Xein?

—Para serte sincera —respondió ella—, me extraña mucho que no lo haya hecho ya.

Yarlax movió la cabeza.

—Es una locura. Hay que convencerla de que no lo haga...

—¿Y eso por qué? Axlin vino desde la región del oeste. La calzada que lleva al frente oriental bordea las Tierras Civilizadas del sudeste. Probablemente, esté más segura en los caminos que dentro de los muros de la Ciudadela, enfrentándose a criaturas que ni siquiera puede ver.

—¿Y qué hará cuando llegue a su destino..., si es que llega? ¿Llevarse a Xein a rastras?

—Lo más probable es que la detengan en los controles. Quizá se vea obligada a instalarse en alguna aldea, pero dime: ¿estaría más segura aquí?

Yarlax bajó la cabeza para observar el cuerpo del metamorfo. Su rostro infantil parecía de cera bajo las luces del crepúsculo y sus ojos, abiertos como platos, eran la viva imagen de la inocencia y la incomprensión.

Y, sin embargo, aquella criatura se había hecho pasar por un Guardián, había viajado y luchado junto a Rox sin que ella descubriese su verdadera naturaleza y la había sustituido para sonsacar información a Axlin, que tampoco había sospechado nada.

A pesar de la intensa vigilancia de los Guardianes, los monstruos innombrables seguían infiltrándose entre ellos con astucia y total descaro. ¿Por qué? ¿Para qué?

Yarlax no lo sabía, pero, al parecer, Rox estaba dispuesta a tratar de averiguarlo.

Aquella noche la Guardiana volvió a llamar a la ventana de Axlin. El primer impulso de la chica fue abrir los postigos de inmediato, pero enseguida recordó la inquietante escena que había presenciado la tarde anterior y retrocedió, alarmada.

—¿Eres... realmente Rox?

La Guardiana se quedó un segundo quieta, aún encaramada sobre el alféizar, y clavó en ella sus ojos de plata.

—Lo soy —dijo con suavidad—. El impostor ya ha sido abatido. Estás a salvo, de momento.

Axlin tuvo la sensación de que no había utilizado la palabra «abatir» por casualidad.

—Entonces, era... ¿un monstruo? —se atrevió a preguntar.

Rox no respondió. Entró en la habitación y cerró la ventana tras de sí. Cuando se volvió de nuevo hacia Axlin, ella dio otro paso atrás.

—He venido a devolverte tus papeles —anunció, pasando por alto el nerviosismo de la muchacha—. Me quedo solo con uno de los mapas, el que me llevará hasta la Fortaleza. Los demás no los necesito.

Los hombros de Axlin se relajaron un tanto.

—No me lo imaginé, ¿verdad? La otra Rox... me engañó para robármelos. Pero ¿por qué? ¿Qué era lo que buscaba?

—No lo sé. Puede que esté relacionado con ese Manantial del que me hablaste. En todo caso, si tus investigaciones te han puesto en peligro, haces bien en abandonar la Ciudadela.

La chica desvió la mirada.

—Todavía no podemos partir —le informó—. Loxan ya tiene el carro listo, pero nos hace falta un caballo. Hace unas semanas había muchos en el anillo exterior, y eran relativamente baratos. Mucha gente llegada del oeste los vendía o incluso los regalaba porque no podía atenderlos aquí en la Ciudadela..., pero parece que eso ya pasó.

Rox la observó, pensativa.

—Puedes quedarte con el caballo de Aldrix —dijo. A Axlin le pareció detectar un levísimo tono de aversión cuando pronunció su nombre—. Él ya no lo va a necesitar.

La muchacha la miró con desconcierto.

—¿Por qué? ¿Al final no va a acompañarte hasta la Fortaleza? Espera..., ¿vas a ir sola? —La Guardiana no respondió—. Rox, ¿qué está pasando? Esa... persona con la que estuve hablando ayer, y que no eras tú..., ¿quién era exactamente? ¿Qué era?

Ella tardó un poco en contestar. Fueron apenas unos instantes, pero a Axlin se le hicieron eternos. Sintió que se le agotaba la paciencia.

—Si no me lo cuentas tú, lo averiguaré tarde o temprano —le advirtió—. Investigaré. Haré preguntas. Le pediré a Yarlax...

—No —la cortó Rox—. No se nos permite compartir esta información con la gente corriente. Si lo presionas y le haces hablar más de la cuenta, la Guardia lo sancionará. ¿Entiendes?

Axlin se estremeció. Sabía muy bien a qué se refería cuando utilizaba aquel término. Y no deseaba que Yarlax recibiese aquel castigo por su culpa.

—Entonces lo descubriré por mí misma —decidió.

Rox suspiró.

—Supongo que ya no importa. Sabes demasiado, y será peor si vas por ahí... esparciendo rumores sin fundamento. Te pondrás en peligro y alarmarás a la población sin necesidad. De acuerdo. Te hablaré de los innombrables, pero con una condición. —Axlin asintió, con los ojos muy abiertos—. No debes contárselo a nadie. Ni tampoco puedes escribirlo en tu libro.

—¿Qué? —protestó la muchacha, indignada—. Pero... ¡Si se trata de monstruos, tengo que...! —se interrumpió al ver que Rox daba media vuelta sin una palabra y volvía a encaramarse al alféizar—. ¡Está bien! —se apresuró a rectificar—. Cumpliré tus condiciones.

La Guardiana se volvió para mirarla. Sus ojos de plata relucían en la penumbra.

—¿Lo juras por el Jerarca?

Axlin tragó saliva. Las leyes de la Ciudadela castigaban con penas de prisión a todo el que osara romper una promesa como aquella.

—Sí —respondió por fin—. Juro por el Jerarca que nunca contaré a nadie lo que vas a revelarme esta noche. Y tampoco... —hizo una pausa y concluyó con resignación—, tampoco lo escribiré en mi bestiario ni en ninguna otra parte.

Sintiéndose de pronto muy abatida, tomó asiento sobre la cama. La Guardiana esbozó una media sonrisa, volvió a entrar en la habitación para ocupar el taburete frente a ella y empezó a hablar. Sin levantar la voz y sin entretenerse en detalles innecesarios. Con tono sereno y desapasionado.

Así descubrió Axlin la existencia de los monstruos innombrables. Conteniendo el aliento, escuchó las explicaciones de Rox acerca de los invisibles y los metamorfos, y de cómo aquellas criaturas convivían con los habitantes de la Ciudadela sin que nadie supiese por qué. Comprendió por fin que los extraordinarios ojos de los Guardianes tenían una función, después de todo. Y se sintió aún más alejada de ellos por aquella razón.

Cuando Rox dejó de hablar, Axlin permaneció un buen rato en silencio, tratando de asimilar toda aquella información. La Guardiana la contempló con cierta simpatía. La muchacha estaba pálida y temblaba como una hoja, y eso que ni siquiera sospechaba que la relación entre los monstruos innombrables y los Guardianes era mucho más estrecha y tortuosa de lo que podía llegar a imaginar. Pero, por descontado, no pensaba revelárselo.

Se puso en pie, dando por finalizada la conversación.

—No tardaré en partir —anunció—. Yarlax me ha dicho que ya corren rumores sobre mi regreso, y eso significa que alguien me ha reconocido..., o bien que avistaron al metamorfo cuando se hacía pasar por mí. —La muchacha se estremeció, pero no dijo nada—. Te haré llegar el caballo de Aldrix. Buena guardia, Axlin. Que los monstruos no te sorprendan en la oscuridad.

Ella reaccionó por fin.

—Gracias, Rox. Te deseo lo mismo.

La Guardiana vaciló un momento antes de añadir:

—Si consigues llegar hasta Xein..., si logras convencerlo para que deserte...

—¿Sí?

—Te he marcado un lugar en uno de los mapas. Es una aldea donde estuve un tiempo destinada, poco después de graduarme. Está lejos de la Ciudadela, en los confines de las Tierras Civilizadas, y las noticias siempre tardan en llegar. Tengo intención de establecerme allí un tiempo, cuando regrese de la Fortaleza. Si viajas hasta allí, tal vez nos reencontremos y tengamos ocasión de volver a intercambiar... información.

—Comprendo —murmuró Axlin.

Rox no dijo nada más. Se encaramó a la ventana, pero antes de que se marchara la muchacha volvió a detenerla.

—¡Espera! Estaba pensando... ¿Recuerdas el incidente del canal? ¿Cuando Xein atravesó con su lanza al hermano de Dex? —La Guardiana asintió. Axlin inspiró hondo y concluyó—: No era... no era realmente el hermano de Dex, ¿verdad?

Rox negó con la cabeza.

—No, no lo era.

Axlin no dijo nada. Por fin, la Guardiana saltó fuera de la habitación y desapareció en la noche. La joven cerró los postigos tras ella, apoyó la espalda contra la pared y se cubrió el rostro con las manos, temblando.

18

Axlin revisó de nuevo sus pertenencias. Su zurrón estaba tan repleto de cosas que apenas podía cerrarlo, y eso que su ropa iba aparte, en un hatillo que ya había guardado en el interior del carro que la esperaba fuera. Pero su nuevo bestiario, aún inacabado, ocupaba mucho espacio. Era más voluminoso que el anterior, un simple cuaderno con tapas de cuero gastadas. Todavía no podía creerse que la maestra Prixia le hubiese permitido llevárselo consigo. Acarició el lomo del libro con suavidad. Aún tenía páginas en blanco, y ella sabía que su labor no había terminado.

Suspiró y se frotó los ojos con cansancio. Apenas había dormido desde la última visita de Rox. No podía dejar de pensar en todo lo que le había contado: en los invisibles, que podían acecharla sin que ella fuese consciente de ello, y en los cambiapieles, capaces de hacerse pasar por cualquier persona para acercarse a sus víctimas. Sentía que necesitaba poner todo aquello por escrito, no solo la información que había obtenido de la Guardiana, sino también, y sobre todo, sus propias consideraciones al respecto. Llevaba ya tiempo tomando notas sobre la posible existencia de criaturas que no eran lo que parecían ser y, tras releerlas, su mente había empezado a elucubrar sobre algunas posibilidades inquietantes. Pero no veía cómo podía estudiar algo que no podía ver y sobre lo que ni siquiera le estaba permitido hablar. Y eso la hacía sentirse impotente e indefensa.

En el fondo, se alegraba de marcharse de la Ciudadela, porque Rox le había dicho que los monstruos innombrables solo vivían allí («la mayoría de ellos, al menos», había añadido tras una breve pausa que a Axlin no le había pasado desapercibida). Por otro lado, sin embargo, le angustiaba la idea de dejar atrás a sus amigos, sin siquiera poder advertirles acerca del peligro que los amenazaba.

Ahora comprendía la extraña actitud de Xein la noche en que había acudido a despedirse de ella. Sus miedos, sus dudas. Su necesidad de compartir con ella un secreto que no debía ser revelado. La forma en que, pese a todo, había tratado de prevenirla contra la posibilidad de que un metamorfo se hiciera pasar por él y se acercara a ella para... ¿tratar de seducirla, tal vez?

Sacudió la cabeza, confusa. Los nervios y la falta de sueño le estaban jugando una mala pasada. Hasta donde ella sabía, los monstruos mataban a las personas, no se relacionaban con ellas... de aquella manera. El hecho de que los innombrables fuesen más sofisticados a la hora de engañar a la gente corriente no los convertía en nada remotamente humano.

Siguió repasando el contenido de su zurrón. Había conseguido muchos de los objetos de protección contra monstruos que consideraba imprescindibles para un viaje como aquel, aunque no había terminado de tejer su red para babosos, y los calcetines contra los chupones eran de lana de oveja, no de cabra. Pero los había sumergido a conciencia en jugo de cebolla y tenía la esperanza de que funcionaran igualmente. Había elaborado una lista con las cosas que le faltaban y que esperaba conseguir cuanto antes en las aldeas. También le faltaban venenos básicos, porque algunos ingredientes eran difíciles de encontrar en la Ciudadela.

Mientras volvía a guardar los frascos en su estuche, los dedos le temblaban ligeramente. ¿Sería capaz de regresar a los caminos, de defenderse como antes? Quizá habían empeorado su puntería y su habilidad con la ballesta. Tal vez ya no estuviese habituada a detectar a los monstruos en la espesura o hubiese perdido reflejos y capacidad de reacción. ¿Quién podía saber hasta qué punto se había convertido en una ciudadana más?

Pero tenía que marcharse. Necesitaba volver a ver a Xein, mirarlo a los ojos una vez más, decirle..., preguntarle...

Tragó saliva y cerró el zurrón con gesto decidido. Se lo cargó al hombro, se aseguró de que su ballesta y su carcaj seguían en su sitio y se volvió para contemplar su cuarto, quizá por última vez. Sin los bocetos que habían adornado las paredes ni los libros que se habían amontonado sobre la mesa y por los rincones, la estancia se le antojó fría y anodina. Suspiró y le dio la espalda para salir a la escalera.

Allí se encontró con su casera, que le dirigió una mirada compungida.

—No tienes por qué marcharte, Axlin.

Ella suspiró de nuevo.

—Ya hemos hablado de esto, Maxina.

—Pero tienes una vida aquí, un trabajo. ¿Y vas a abandonar la seguridad de la Ciudadela... y arriesgarte a que te maten los monstruos... por él?

La muchacha sonrió.

—No es por Loxan, ya te lo he dicho. Y también te he explicado muchas veces que lo has juzgado mal, que no es un hombre violento, pero es como si estuvieses rodeada de chillones.

Maxina dio un paso atrás, ligeramente ofendida.

—No sé qué quieres decir con eso.

—Es una expresión del oeste, disculpa. Se dice de la gente que no sabe, no puede o no quiere escuchar. Y ahora, si me permites...

La mujer se apartó para dejarla pasar, aún reluctante. Mientras Axlin bajaba las escaleras, la oyó murmurar a su espalda.

—Cuídate mucho, hija. Ojalá encuentres pronto un refugio seguro.

Ella se volvió para mirarla con una sonrisa.

—Gracias, Maxina. Cuídate mucho tú también.

Salieron al exterior, donde se había reunido un pequeño grupo de gente. Casi todos eran vecinos que se habían acercado a contemplar con curiosidad el insólito carro de Loxan, pero también estaban allí muchos de los amigos que Axlin había hecho en la Ciudadela.

—No me creo que esa pobre bestia pueda arrastrar un vehículo tan pesado —estaba diciendo un hombre.

—No es tan robusto como un caballo de tiro —concedió Loxan—, pero hará un buen papel.

—Es un magnífico caballo —intervino Yarlax—. Criado por Guardianes y habituado a los caminos. Es más resistente de lo que parece.

Axlin se reunió con ellos, sonriendo. Allí estaban también Dex y Oxania. La joven iba acompañada por una sirvienta que llevaba a su hija Xantra en brazos, y los vecinos las contemplaban de reojo sin poder ocultar su curiosidad, ya que no estaban acostumbrados a ver aristócratas en su barrio. El hecho de que el bebé tuviese los ojos dorados no hacía sino aumentar su fascinación.

—No estás bien de la cabeza, Axlin —fue lo primero que le dijo Oxania.

La sonrisa de ella se ensanchó.

—Yo también te echaré de menos —replicó, y las dos se fundieron en un abrazo.

Se despidió después de Yarlax; él no la abrazó, pero le dedicó una sonrisa alentadora.

Luego se detuvo ante Dex y tragó saliva, porque se le había formado un súbito nudo en la garganta.

—¿Volverás? —preguntó él.

—Tengo que volver —respondió ella—. Para contarte todo lo que haya aprendido. —Suspiró—. Espero que para entonces se hayan calmado las cosas y me dejen entrar.

Su amigo sacudió la cabeza, abatido.

—Yo no apostaría por ello, la verdad. Pero, si te instalas en una aldea, encuentra la manera de hacernos llegar algún tipo de mensaje para contarnos cómo te va.

Axlin pensó de inmediato en el enclave que Rox le había señalado en el mapa. Se imaginó a sí misma viviendo allí con Xein..., en las Tierras Civilizadas, en una aldea bien defendida, lejos de las intrigas y las innumerables normas de la Ciudadela.

Pero primero debía encontrarlo, averiguar si seguía vivo y si estaba dispuesto a huir con ella. Luego... ya se vería.

—Te echaré de menos, Dex —murmuró, y lo abrazó con fuerza.

Él la estrechó a su vez, emocionado.

—Echarás de menos los libros de la biblioteca —la corrigió, sonriendo—, pero es comprensible. Después de todo, son más interesantes que yo.

Ella reprimió una carcajada.

—¡No digas eso! Solo... —Se separó un momento de su amigo para mirarlo a los ojos—. Ten cuidado tú también, ¿de acuerdo? La Ciudadela cuenta con sus propios peligros —susurró, tratando de transmitirle con la mirada todo lo que no podía contarle con palabras.

El joven frunció el ceño.

—Axlin, ¿qué...?

—¡Dex!

Él se volvió, sorprendido. Kenxi llegaba corriendo calle abajo. Cuando se reunió con ellos, se detuvo un instante para recuperar el aliento. Dex lo sujetó por los brazos, alarmado.

—Kenxi, ¿qué sucede?

—Tengo... tengo que hablar contigo..., y también contigo —añadió, mirando a Axlin.

Loxan comprendió que era importante.

—Tenemos que marcharnos, compañeros—anunció—. Muchas gracias por vuestra amabilidad y vuestros buenos deseos.

Maxina reaccionó también.

—Sí, sí, fuera todos. Aquí ya no hay nada que ver.

Dex, Axlin y Kenxi se habían retirado un poco para hablar en privado.

—Dime, ¿qué pasa? —preguntó el bibliotecario, preocupado—. ¿Te encuentras bien?

Kenxi alzó la cabeza. Dex sostuvo su mirada sin pestañear ni mostrar la mínima incomodidad ante su rostro quemado.

—Han venido a casa preguntando por ti. Los alguaciles te están buscando.

Dex pestañeó, desconcertado.

—¿A mí? ¿Por qué?

—No lo sé muy bien, debido a las revueltas, creo... El tipo al que encarcelaron por el ataque a Raxala se ha escapado de prisión, nadie sabe cómo.

—¿Xaeran? —intervino Axlin, perpleja.

Kenxi asintió.

—Están deteniendo a todos los de su grupo para interrogarlos, porque piensan que alguno de ellos lo oculta en alguna parte. Les dije que yo no lo conocía, que en casa no había nadie escondido, pero la han registrado de todas maneras. Dex, ¿qué está pasando?

—No tengo ni idea —replicó él—. Yo no soy seguidor de Xaeran, no sé por qué me buscan.

—Y no solo a ti, también a Axlin. Me preguntaron por ella. Les dije que no sabía dónde vivías —añadió volviéndose hacia la muchacha, profundamente arrepentido—. No pretendía mentir a los alguaciles. Me asusté y dije lo primero que se me pasó por la cabeza.

—Pero eso no tiene sentido —soltó ella—. Ninguno de nosotros sabe dónde está Xaeran, no lo hemos visto desde... —se interrumpió de pronto—. Dex, tú y yo hemos ido a un par de reuniones. ¿Crees que sospechan por ello que pertenecemos a la Senda del Manantial?

Él dejó escapar una carcajada nerviosa.

—Eso es absurdo, Axlin. Y si fuera el caso, ¿cómo lo saben? ¿Quién se lo ha dicho?

—Quizá hayan interrogado ya a otros asistentes y ellos les han ayudado a elaborar una lista. Pero aun así...

Dex alzó la cabeza con gesto resuelto.

—No tenemos nada que ocultar —declaró—. Que vengan y nos pregunten, si quieren.

Alguien carraspeó junto a ellos, sobresaltándolos.

—Disculpad que me entrometa —intervino Loxan—, pero, si los alguaciles os detienen, quizá tarden varios días en volver a soltaros. En este lugar se toman las cosas con mucha calma.

Axlin recordó la noche que había pasado retenida en la oficina del Delegado por incumplir una resolución del Consejo de Orden y Justicia. Había tenido mucha suerte porque finalmente el funcionario la había dejado marchar sin más, pero si hubiese cursado la denuncia, como debería haber hecho según la normativa, se habría visto envuelta en un largo proceso judicial que, como mínimo, le habría costado una buena multa.

No obstante, Loxan tenía razón. Lo peor de la Administración de la Ciudadela era su exasperante lentitud. Incluso aunque se demostrara que era inocente, tardarían semanas o quizá meses en tomar una decisión con respecto a ella.

Y no disponía de tanto tiempo. Les había costado mucho tener el carro listo. No podía permitirse el lujo de volver a retrasar su viaje.

Dex comprendió su dilema.

—Marchaos, no os preocupéis por mí. Yo hablaré con los alguaciles.

—Pero ¿y si te detienen? —planteó Axlin, muy preocupada.

—¡Podrías acabar en la cárcel! —exclamó Kenxi.

Oxania dejó escapar un resoplido de desdén.

—Por favor, es un De Galuxen. Como si eso pudiera pasarle a él.

El joven se ruborizó, sintiéndose un tanto avergonzado sin saber por qué. Tomó la mano de Kenxi para tranquilizarlo y se volvió hacia Axlin con una sonrisa.

—Vete —insistió—. Nosotros nos ocuparemos de esto.

Ella inspiró hondo, volvió a despedirse de todos y trepó por fin al carro junto a Loxan. El buhonero sacudió las riendas y el caballo se puso en marcha. Aunque le costó un poco avanzar al principio, no tardó en encontrar el ritmo y comenzó a trotar con energía por la calle empedrada. La cubierta del carro, construida a base de ensamblar planchas metálicas de diferentes tipos y procedencias, tembló ligeramente y por un momento Axlin temió que se cayera a pedazos. Pero resistió, y ella sonrió y el corazón le latió un poco más deprisa.

Abandonaron la calle y desembocaron en la avenida principal. La gente se detenía a observar con estupor el extraño vehículo acorazado de Loxan; murmuraban y lo señalaban al pasar, y los niños no sabían si reírse o contemplarlo maravillados. El buhonero, sin embargo, hinchaba el pecho con orgullo. Y la sonrisa de Axlin se hizo más amplia.

De pronto oyeron voces tras ellos.

—¡Vosotros! ¡Eh, vosotros! ¡Alto en nombre de la justicia del Jerarca!

La muchacha se incorporó sobre el pescante y echó un vistazo atrás. Localizó a un grupo de alguaciles que corría hacia ellos.

Cruzaron una mirada. Y sonrieron.

—¡Agárrate, compañera! —exclamó el buhonero.

Sacudió las riendas y el caballo se lanzó al galope. El impulso proyectó a Axlin hacia atrás, pero logró aferrarse a un costado del carro y se mantuvo en su sitio. Aunque oyeron a lo lejos los gritos de los alguaciles tras ellos, Loxan no aminoró la velocidad.

Se precipitaron calle abajo ante la perplejidad de los viandantes. Aquella avenida conducía directamente hasta la puerta oeste de la muralla, pero él se desvió por una calle lateral y aprovechó que habían dejado atrás a sus perseguidores para buscar una ruta alternativa. Cruzaron la muralla a toda velocidad por la puerta sur, ante la mirada algo sorprendida de los dos Guardianes que la custodiaban, y que no hicieron nada por detenerlos. Después de todo, su tarea consistía en controlar los accesos a los barrios interiores de la Ciudadela, y no les importaba tanto quién salía, sino quién entraba.

Loxan tiró de las riendas para reducir la marcha en cuanto se internaron en el anillo exterior. De nuevo al trote, recorrieron las calles hasta cruzar por el puente sobre el canal. Axlin contempló pensativa las aguas oscuras y pestilentes donde, meses atrás, Broxnan de Galuxen había perdido la vida. Aquel día, aparentemente Xein lo había alanceado sin duda ni remordimiento, y ella lo había tomado por un asesino.

—Vamos a salir por la puerta oriental —anunció entonces el buhonero—. Probablemente despertaríamos menos sospechas si utilizásemos la del sur, pero eso es lo que esperan que hagamos. Después de todo, no saben a dónde vamos, y casi todos los que abandonan la Ciudadela en estos tiempos lo hacen en dirección a las Tierras Civilizadas.

Axlin asintió, pero no respondió.

Llegaron por fin a la muralla y tuvieron que detenerse porque, aunque la cola solo era para entrar, los Guardianes estaban ocupados inspeccionando todos los carros. Ambos sabían que era cuestión de tiempo que llegara hasta allí su orden de detención, pero esperaban poder abandonar la ciudad antes de que eso sucediera. De modo que aguardaron su turno con paciencia.

Por fin uno de los Guardianes, una mujer de ojos dorados, se volvió hacia ellos y los observó con fijeza.

—Somos buhoneros —anunció Loxan alegremente—. Nos ganamos la vida comerciando en las Tierras Civilizadas y queremos regresar a casa antes de que cierren las puertas.

La Guardiana alzó una ceja y observó la cubierta metálica del carro con curiosidad. Él se encogió de hombros.

—Uno nunca está suficientemente seguro ahí fuera —comentó.

Axlin temió que la mujer no creyera su historia, porque su amigo conservaba un fuerte acento del oeste y era muy evidente que no había nacido en las Tierras Civilizadas. No obstante, en cuanto el otro Guardián terminó de echar un vistazo al interior del carro los dejaron pasar sin mayor trámite.

—Buen viaje —les desearon.

Cuando dejaron atrás la sombra de las altas murallas de la Ciudadela, Axlin respiró de nuevo y sonrió. Volvió la cabeza para mirar a Loxan, que observaba el camino, pensativo.

Había una larga cola de carros que aguardaban para entrar en la Ciudadela. Sus ocupantes no se parecían a las personas que habían llegado desde la región del oeste huyendo de los monstruos. Parecían bien alimentadas y bien vestidas, a la manera sencilla de las aldeas. Pero todos mostraban una huella de inquietud en sus facciones.

—No comprendo por qué se marchan —murmuró él—. Viven bien en las Tierras Civilizadas, por lo que sé. Las aldeas están bien defendidas, y comercian entre ellas y con la Ciudadela.

—Tienen miedo de quedarse fuera cuando clausuren las murallas.

—Bueno, ¿y qué más da? Han estado fuera hasta ahora y no les ha pasado nada.

—La vida en las Tierras Civilizadas no es como en la Ciudadela. Allí aún combaten contra los monstruos. Supongo que temen que les suceda como a la región del oeste.

Loxan guardó un instante de silencio. Después musitó.

—Las Tierras Olvidadas.

—¿Cómo dices?

—Las Tierras Olvidadas. Así es como llaman ahora a la región del oeste. Porque la memoria de la Ciudadela es frágil y desleal, compañera.

Ella sintió una dolorosa opresión en el pecho.

—Hay muchas cosas que hemos olvidado —susurró—, porque sucedieron hace mucho tiempo. Pero esto...

—No saben lo que es perderlo todo —prosiguió el buhonero—. Ellos tienen todavía hogares a los que regresar, ¿por qué los abandonan? ¿Por qué no se quedan a protegerlos, a luchar por ellos? ¿Qué esperan encontrar en una ciudad que no los ha invitado?

Axlin no tenía respuesta a aquella pregunta.

Por fin dejaron atrás la hilera de viajeros y la alta sombra de las murallas. La calzada era amplia y estaba bien cuidada, y los márgenes se veían libres de maleza que pudiese ocultar monstruos al acecho. Aquel camino empedrado era mucho mejor que las precarias sendas que ellos habían recorrido en la región del oeste. Sin embargo, Loxan advirtió:

—Ten a punto tu ballesta, compañera.

La muchacha asintió. Había puestos de la Guardia en las aldeas y en los principales refugios, pero aun así no convenía confiarse. Clavó la mirada en el camino que se extendía ante ella, con el corazón latiéndole con fuerza.

Cada paso la acercaba un poco más a Xein.

Al final, resultó que los alguaciles sí contaban con una lista, y los nombres de Axlin y Dex figuraban en ella. De modo que condujeron al joven ante el Delegado del barrio, y tanto Kenxi como Oxania insistieron en acompañarlos. Allí tuvo que repetir la historia una vez más:

—Acudí solo a un par de reuniones —explicó—. Fui con una amiga que tenía interés en las charlas de Xaeran, pero no porque perteneciera a su grupo, sino porque estaba realizando una investigación para la biblioteca. Podéis preguntarle a la maestra Prixia, si no me creéis.

El Delegado juntó las manos bajo la barbilla y le dirigió una mirada penetrante.

—¿Tu amiga no será una tal Axlin, por casualidad?

—Sí, exacto. Pero no entiendo por qué...

—¿Y no es cierto que este amigo tuyo —interrumpió el funcionario, señalando a Kenxi— les dijo a los alguaciles que ignoraba dónde vivía la tal Axlin?

El muchacho se puso rojo y trató de responder algo, pero no le salieron las palabras.

—Pero ¡eso...! —se indignó Dex.

—¿Y no es menos cierto que los alguaciles os hallaron a los dos precisamente en el lugar donde vive la tal Axlin? —siguió preguntando el Delegado.

De pronto Oxania descargó la mano sobre el escritorio, sobresaltándolos a todos.

—Es suficiente, señor Delegado. ¿Acaso no sabéis con quién estáis hablando?

El hombre abrió la boca para contestar, pero entonces se fijó mejor en el aspecto de la joven y en su expresión profundamente molesta y volvió a mirar sus papeles con desgana.

—Muy bien, Dexar... ¿de Galuxen? —finalizó. Tragó saliva y se volvió hacia ella—. Y vos sois...

—Oxania de Xanaril. Y si estáis insinuando que tenemos algo que ver con las maquinaciones de ese grupo de fanáticos, desde luego...

Un carraspeo la interrumpió y se volvió hacia la puerta, irritada.

Allí aguardaba uno de los alguaciles, un oficial. El Delegado, aliviado por la interrupción, le indicó que pasara, y él se aclaró de nuevo la garganta.

—Hemos localizado a la muchacha, Axlin...

—¿Y bien? ¿Por qué no la habéis traído?

—Ha huido, señor. Iba con un buhonero en un carro de lo más estrafalario. Les ordenamos que se detuvieran, pero se dieron a la fuga.

El Delegado se puso en pie, irritado.

—¿Cómo es posible? ¿Desafiaron a la autoridad del Jerarca?

El alguacil carraspeó otra vez con nerviosismo.

—Eso parece, señor. Los perdimos en el segundo ensanche, pero después averiguamos que salieron de la Ciudadela por la puerta este.

Dex trató de disimular una sonrisa, con poco éxito. El funcionario le lanzó una mirada irritada antes de dirigirse de nuevo al alguacil.

—¿Por la puerta este, dices? ¿Por qué no los detuvo la Guardia?

—Al parecer, no sabían que la Justicia buscaba a la muchacha. Registraron el carro, pero como no vieron monstruos, los dejaron pasar.

—¿Especificaron si había una tercera persona en el vehículo?

—No, señor. Ellos solo buscan monstruos.

—Es decir, que Xaeran podría haber escapado en ese carro y no lo sabemos.

—Volveremos a preguntar a los Guardianes, señor. Pero, si así ha sido, desde luego ellos no lo han detenido.

El Delegado volvió a clavar la mirada en Dex y sus amigos. La arruga de su entrecejo se hizo más profunda. El joven se preparó para responder a más preguntas comprometedoras, pero el funcionario se limitó a tomar una hoja en blanco y a redactar un largo largo documento.

—Disculpad, señor Delegado —interrumpió Oxania, impaciente—. No tenemos todo el día. ¿Vais a dejar marchar a Dexar, sí o no?

El hombre no respondió. Terminó de escribir y estampó un par de sellos sobre el papel, que tendió después a Dex con seriedad. Él lo cogió, muy confuso.

—¿Qué es esto?

—Es una citación para el Consejo de Orden y Justicia. Responderás ante ellos.

—¿Qué...? Pero... pero ya os he dicho que no tengo nada que ver con Xaeran.

—Eso se lo contarás al Portavoz cuando corresponda.

Un rato después, Dex se encontraba en la sede del Consejo de Orden y Justicia del primer ensanche, ante una funcionaria a la que ya conocía: la Portavoz que los había recibido a él y a su familia cuando acudieron a identificar el cuerpo de su hermano Broxnan.

En esta ocasión, sin embargo, estaba solo. Kenxi no tenía permiso para entrar en el primer ensanche y Oxania había aguardado junto a él en la sala de espera durante un rato, pero no había podido quedarse más tiempo.

—Ya le expliqué al Delegado que no tengo nada que ver con Xaeran, y Axlin tampoco —insistió Dex—. No seguimos a la Senda del Manantial. Solo investigamos las... raíces de su filosofía.

La Portavoz alzó una ceja.

—¿Esa... filosofía... que anima a atacar a otros ciudadanos que no piensan igual que vosotros?

Dex reprimió un suspiro exasperado.

—Si os referís al atentado contra Raxala, no veo qué relación podríamos tener con eso. Ya detuvieron al culpable, ¿no es así?

—No se trata solo de Raxala. Ha habido otros altercados, y más personas heridas. —Lo miró fijamente—. ¿Cuánto hace que conoces a Xaeran?

El joven parpadeó.

—Solo lo he visto en dos reuniones y apenas he hablado con él.

—Mientes. —La Portavoz consultó sus papeles con el entrecejo fruncido—. Según mis informaciones, el líder de la Senda del Manantial visitaba vuestra biblioteca de forma habitual.

—Sí, por supuesto, como muchos otros eruditos —replicó él, aún perplejo—. Y lo tratamos exactamente igual que a cualquier otro.

—¿Niegas, pues, que vosotros le proporcionasteis los libros en los que se basa su ideología?

—¡Por supuesto que no! Quiero decir..., ¡por supuesto que lo niego! De hecho, Axlin dedicó mucho tiempo a buscar tales libros en la biblioteca y no los encontró. Precisamente por eso asistía a sus reuniones: para averiguar dónde había leído Xaeran todo lo que contaba acerca de la Senda del Manantial. Nunca llegamos a descubrirlo.

La Portavoz no dijo nada. Se limitó a observarlo fijamente, esperando que añadiese algo más. De modo que el chico prosiguió:

—Mi amiga..., Axlin..., estaba estudiando la época anterior a la Ciudadela. Encontró menciones a los sabios del Manantial en algunos documentos antiguos y sentía curiosidad por lo que Xaeran sabía.

—Y si ella estaba tan inmersa en su estudio, ¿por qué razón ha huido de la Ciudadela?

Dex inspiró hondo, considerando qué debía decir a continuación.

—Hace ya días que presentó su dimisión a la maestra Prixia —respondió al fin—. Llevaba semanas planeando un viaje. Ella procede del oeste y no acababa de adaptarse a la Ciudadela. Supongo que añoraba la vida en las aldeas.

La Portavoz volvió a alzar una ceja.

—¿De veras? ¿Y por qué habría de hacerlo? Hasta donde yo tengo entendido, la gente del oeste no echa de menos la vida fuera de las murallas. Cualquier funcionario que tenga que tramitar peticiones de ciudadanía estos días podrá dar testimonio de ello.

Él no supo qué contestar.

—¿Por qué ha huido de la Justicia si no tiene nada que ocultar? —insistió la Portavoz.

El joven tampoco tenía respuesta para aquella pregunta. La funcionaria suspiró.

—Muy bien. Tendré que retenerte en prisión hasta que se aclare todo este asunto, como al resto de implicados en esa... Senda del Manantial.

Dex se quedó tan estupefacto que fue incapaz de reaccionar. Solo cuando los alguaciles hicieron ademán de sujetarlo dio un paso atrás, alarmado, y trató de imitar la altivez de Oxania.

—¿Cómo osáis insinuar tal cosa? —exclamó, fingiéndose muy ofendido—. ¡Mi familia...!

—Los De Galuxen están sujetos a la justicia del Jerarca igual que todos los demás —cortó la Portavoz, gélida—. No empeores las cosas, Dexar. Si eres inocente, la investigación lo resolverá.

19

Dex pasó la noche en una celda fría y desangelada con la única compañía de un borracho que roncaba ruidosamente en el catre de al lado. Al principio había tenido la esperanza de que lo sacarían tan pronto como se demostrara que él no había tenido nada que ver con la fuga de Xaeran, pero las horas pasaban y nadie acudía a buscarlo. Por fin se hizo a la idea de que dormiría allí, y se arrebujó sobre su camastro con un suspiro de resignación.

Le costó conciliar el sueño, y cuando lo hizo, durmió a ratos, despertándose sobresaltado cada vez que su compañero de celda resoplaba de forma especialmente atronadora. Una de aquellas veces comprobó que estaba casi amaneciendo, se levantó y se dirigió al bacín. Torció el gesto al comprobar que nadie lo había vaciado desde la tarde anterior.

Tras él, el borracho se revolvió sobre el catre, bostezó y farfulló:

—¿No traen el desayuno todavía?

—No —murmuró Dex—. Creo que aún es demasiado temprano.

El hombre gruñó algo y se incorporó, rascándose la cabeza. Cuando el joven se dio la vuelta, descubrió que lo estaba mirando con ojos legañosos.

—¿Quién eres tú? No recuerdo haberte visto en la pelea.

—¿Pelea? —murmuró, y entonces descubrió que su compañero de celda tenía un ojo morado y una contusión en la barbilla.

Él también lo observó con mayor atención y frunció el ceño.

—Pero si eres un chiquillo de la ciudad vieja —masculló—. ¿Por qué te han metido aquí? No tendrás nada que ver con esos amigos de los monstruos, ¿verdad?

—¿Amigos de los monstruos? —repitió Dex sin comprender.

El hombre torció el gesto con disgusto.

—Los locos del Manantial.

Se levantó y el camastro crujió al verse aliviado de su peso. Cuando se estiró, Dex se dio cuenta de que no era un borracho. Se trataba de un hombre robusto y musculoso que vestía ropas sencillas y cómodas, pero de buena calidad. Llevaba el pelo bien recortado y barba de dos días. Reparó entonces en los adornos de su manga y lo identificó por fin como un líder gremial, probablemente un artesano del primer ensanche.

—No soy uno de ellos —susurró—. ¿Ha habido una pelea?

El hombre rio suavemente.

—Ha habido muchas peleas. Al principio eran solo insultos y malas palabras. Después llegaron las amenazas. Raxala presentó su propuesta para cerrar las puertas de la muralla exterior y todos los que la apoyamos empezamos a escuchar comentarios que al principio parecían casuales, pero luego... —Sacudió la cabeza—. Que si no teníamos corazón. Que si íbamos a abandonar a nuestros hermanos del oeste. Que nos pagaba la gente rica para convencer al Jerarca de que no «contaminara» la Ciudadela con gente de fuera. Que si al cerrar las puertas condenaríamos al anillo exterior a la miseria absoluta. —Resopló—. Paparruchas. Raxala obtuvo más apoyos en el anillo exterior y en el segundo ensanche porque sus vecinos son precisamente quienes más sufren los ataques de los monstruos.

—Pero la propuesta de Raxala va a salir adelante, ¿no es cierto? El Consejo del Jerarca la ha aprobado.

—Sí, y por eso intentaron matarla el otro día.

—No lo consiguieron, ¿verdad?

—No, al parecer se está recuperando bien. Pero ella no ha sido la única en sufrir la ira de esos lunáticos. Todos los que firmamos el primer manifiesto que presentó hemos recibido amenazas. Nosotros, nuestras familias, nuestros empleados.

»Detuvieron e interrogaron a ese tal Xaeran, pero solo dijo que no era responsable. Que era simplemente el líder de un... grupo de aficionados a la filosofía, o algo por el estilo..., y que jamás había defendido la violencia. —Resopló de nuevo—. Paparruchas. Todo el mundo sabe que él está detrás de todo. Y aun así..., ¡lo soltaron!

Dex pestañeó, perplejo.

—¿Lo soltaron? Tenía entendido que se escapó...

El artesano esbozó una sonrisa irónica y negó con la cabeza.

—¿Tú has visto estas celdas? ¿Cómo piensas que pudo haber huido sin ayuda? Lo soltaron, no te quepa duda.

—Pero... ¿por qué?

El hombre se encogió de hombros.

—Quizá esa... filosofía que predica tenga más adeptos de los que creemos, incluso entre los alguaciles o..., ¿quién sabe?, entre los mismos jueces. Esos locos creen que son mejores que nosotros, más compasivos, más justos. Pero ¿sabes una cosa? Los monstruos no hacen distinciones entre buenos y malos. Nos matan a todos por igual.

Había una gran amargura en sus palabras, y Dex se preguntó cómo podía haberlo tomado al principio por un simple camorrista ebrio. Su compañero advirtió su mirada y sonrió tristemente.

—¿Te enteraste del ataque del abrasador el otoño pasado? —El joven tragó saliva y asintió—. Quince muertos. Mi sobrino fue uno de ellos. Y esos miserables tuvieron el valor de insultarnos a mi hermana y a mí cuando fuimos a apoyar a Raxala ante el Consejo de Defensa y Vigilancia. «Seguid la Senda del Manantial», decían. «Los monstruos respetarán a los que sean dignos.» Mi sobrino tenía solo seis años. ¿Quiénes son ellos para insinuar que era... indigno?

Se le quebró la voz y fue incapaz de seguir hablando. Hundió el rostro entre las manos con un suspiro de cansancio.

—Entiendo lo que dices —murmuró Dex—. Alguien que me importa mucho fue herido también durante aquel ataque. Aún no ha terminado de recuperarse.

El hombre alzó la cabeza para examinarlo con atención.

—Nunca habría imaginado que tuvieses vínculos tan estrechos con la gente del segundo ensanche, muchacho.

Él desvió la mirada.

—Ya, bueno..., las cosas no son siempre lo que parecen.

No se le ocurrió qué otra cosa añadir. Recordaba las reuniones a las que había asistido junto a Axlin. Ahora se avergonzaba de haber pensado, siquiera por un momento, que lo que Xaeran decía sonaba lógico o razonable.

Entonces se abrió la puerta y se asomó un alguacil. Paseó la mirada por la celda y la detuvo en Dex.

—Tú, ven conmigo —ordenó—. Han venido a buscarte.

Él se sorprendió.

—¿En serio? ¿Quién?

—Tu madre, al parecer.

El joven se sonrojó ligeramente y miró de reojo a su compañero de celda, que había cruzado los brazos y sonreía, divertido. Se despidió de él y siguió al alguacil hasta el pasillo.

Allí los esperaba otro funcionario que tomaba notas en un cuaderno y apenas se dignó echarle un vistazo. Los dos lo guiaron a través de los corredores de la prisión mientras conversaban brevemente. Dex prestó atención y se enteró de que ya no les quedaban calabozos libres; no solo habían detenido a los seguidores de Xaeran, sino también a varios de los ciudadanos que se habían enfrentado a ellos la noche anterior.

Finalmente, el funcionario ordenó al alguacil que redistribuyera a los presos de manera que los de uno y otro bando estuviesen separados en celdas diferentes para prevenir posibles altercados. Él asintió, giró sobre sus talones y volvió a internarse por los pasillos de la prisión.

—Si no atrapan pronto a ese tal Xaeran, esto va a acabar mal —masculló el funcionario para sí mismo.

Después llevó a Dex a un cuarto donde pudo asearse un poco y tomar algo de desayuno. Por fin, cuando estuvo listo, lo guio hasta la salita donde lo aguardaba su madre, tiesa como un poste.

—Dexar —saludó ella con gesto agrio.

Él suspiró para sus adentros.

—Madre —murmuró.

Pareció que ella iba a añadir algo más, pero finalmente se centró en los documentos que le tendía el funcionario. Intercambiaron algunas palabras, ella firmó, él estampó un sello oficial en el lugar correspondiente y por fin pudieron marcharse.

Dex siguió a la matriarca De Galuxen por los amplios pasillos de la sede del Consejo de Orden y Justicia, muy diferentes a los corredores de la prisión anexa. Ella no pronunció palabra, y él tampoco sabía muy bien qué decir.

Finalmente, su madre se detuvo en el vestíbulo del edificio, a pocos pasos de la salida, y se volvió hacia él:

—¿Se puede saber qué hacías en el segundo ensanche? ¿Qué clase de compañías frecuentas?

El joven abrió la boca dispuesto a disculparse, pero cambió de opinión.

—Las de siempre, madre. Voy a visitar a mis amigos y estaré encantado de presentártelos cuando te tomes la molestia de mostrar algo de interés hacia ellos.

Ella entornó los ojos y frunció los labios, pero pasó por alto la impertinencia.

—¿Y desde cuándo mantienes relaciones con esa... gente del Manantial?

—Esos no son mis amigos, ya se lo expliqué primero al Delegado y después a la Portavoz. Tomaron nota de todo y estoy seguro de que has tenido ocasión de leer mi declaración.

—Dijiste que se trataba de un... encargo para la biblioteca. Pero tenía entendido que ya no trabajabas allí.

—Fue antes de despedirme. Acudí a dos de las reuniones de Xaeran, pero no he vuelto a verlo, ni tengo relación con su grupo de seguidores. ¿Por qué no me crees? —concluyó, frustrado, al ver que su madre negaba con la cabeza.

—¿Por qué habría de creerte? Se suponía que estabas visitando a los De Vaxanian.

—Sí, y es cierto...

—No lo es. Ayer tu agenda indicaba que almorzarías con Valexa de Vaxanian y, sin embargo, se te vio en el segundo ensanche con... ese joven... y la chica a la que buscan las autoridades.

Dex no supo qué decir.

—Valexa aún te aprecia y por eso te sigue el juego. Pero no podías engañarme mucho tiempo. No tienes la menor intención de casarte con ella, ¿verdad?

El joven reprimió un suspiro exasperado.

—¿De qué sirve que te responda? Dispondrás de mi vida y de mi futuro sin que te importe mi opinión al respecto, como de costumbre.

Ante su sorpresa, su madre sonrió levemente.

—Es posible —se limitó a contestar.

Dio media vuelta y salió del edificio. Dex se apresuró a seguirla y casi tropezó con ella cuando se detuvo en lo alto de la escalinata. Descubrió entonces que había dos carruajes aparcados ante la entrada. Su madre se dirigió al primero, pero, antes de subir, se volvió hacia él.

—Yo voy a regresar a casa —anunció—. Tú acompañarás a tu futura esposa hasta la suya. Puesto que se ha tomado la molestia de venir hasta aquí para declarar en tu favor, lo menos que puedes hacer es prestarle la atención que se merece.

Dex la miró sorprendido.

—¿Mi... futura esposa? —repitió—. ¿Valexa ha venido hasta aquí?

Ella le devolvió una mirada irritada.

—Por supuesto que no. A sus padres se les ha agotado la paciencia y han decidido que no quieren que la cortejes más. Teniendo en cuenta las actuales circunstancias, por otro lado, es lógico que no deseen perder el tiempo con tus desplantes de adolescente díscolo. Tienen cosas más importantes de las que preocuparse.

El muchacho inspiró hondo, confuso. Por un lado, era un alivio saber que no tendría que seguir fingiendo ante la familia De Vaxanian. Por otro, deseaba continuar visitando a Valexa porque realmente había echado de menos su amistad.

Pero si su madre ya no pretendía casarlo con ella, ¿quién...?

Abrió la boca para preguntarlo, pero la matriarca De Galuxen ya había subido a su vehículo y cerró la puerta antes de que él pudiese seguirla.

—Compórtate, Dexar, y honra por una vez el apellido de tu familia —le espetó desde la ventanilla, antes de correr la cortina entre los dos.

Dex se quedó plantado en la acera, contemplando cómo el carruaje se alejaba por la avenida. Después se dirigió hacia el segundo vehículo que aguardaba aparcado frente al edificio, frunciendo el ceño con desconcierto. Si no se trataba de Valexa, ¿quién lo aguardaba dentro? ¿Qué joven de la ciudad vieja estaría dispuesta a casarse con Dexar de Galuxen sabiendo, como todo el mundo sabía, que a él no le interesaban las mujeres?

Dio unos golpecitos al marco de la ventana, pero la cortina se retiró de golpe y el rostro de Oxania de Xanaril se asomó para observarlo con impaciencia.

—¿Qué haces ahí pasmado? Sube, tenemos mucho de que hablar.

Él parpadeó, pero se apresuró a obedecerla. Se acomodó en el interior del carruaje junto a ella y observó que, en contra de su costumbre, no la acompañaba ningún sirviente. La pequeña Xantra dormía en su regazo, arropada en una manta.

Oxania ordenó al cochero que pusiera en marcha el vehículo y volvió a correr la cortina. Después examinó a Dex y se separó un poco de él.

—Deberías lavarte y cambiarte de ropa —le aconsejó—. No hueles muy bien, ¿sabes?

—He pasado toda la noche en prisión —se defendió él—. No contaba precisamente con las comodidades de un palacio de la ciudad vieja. —Suspiró—. Aún tengo que agradecer que no hubiese chinches en el colchón.

Ella compuso un gesto de repugnancia y se apartó un poco más. Dex recordó de pronto por qué se suponía que había subido a aquel carruaje y la contempló desconcertado.

—Mi madre dice que has declarado en mi favor —señaló.

—Por supuesto. Ya lo hice ante ese Delegado del segundo ensanche y no he tenido inconveniente en repetir mi declaración ante la Portavoz.

—Te lo agradezco, pero creo que mi madre ha malinterpretado tu amabilidad. Cree que vamos a casarnos.

Oxania se rio divertida.

—Bueno, por supuesto que vamos a casarnos —replicó finalmente.

Él abrió la boca, pero no fue capaz de decir nada. La miró mientras intentaba asimilar lo que acababa de oír. La joven se inclinó un poco hacia delante para decirle en voz baja:

—Considéralo un arreglo conveniente para ambos. Yo tengo una hija, pero no tengo marido, y tus padres quieren que contraigas matrimonio con una joven de buena familia... como yo —concluyó con una sonrisa seductora.

Dex sacudió la cabeza.

—Oxania, no puedo hacer eso. Ibas a casarte con mi hermano. ¡Tu hija Xantra es mi sobrina! Y por si aún no lo sabías, yo no..., las chicas a mí no...

Ella agitó la mano con displicencia.

—Todo eso lo sé, bobo. Pero tu hermano está muerto —prosiguió, y su voz adquirió un tono acerado cuando pronunció estas palabras—: Y yo no quiero otro hombre en mi cama.

Él permaneció callado mientras asimilaba las implicaciones de aquella propuesta.

—Pero eso sería... una farsa..., una mentira —farfulló por fin.

—Lo sería de todos modos si nos forzasen a casarnos con otras personas, Dexar —respondió ella, encogiéndose de hombros—. Ya que nos obligan a representar un papel, ¿por qué no escoger nosotros la obra en la que queremos participar?

Él respiró hondo y se pasó una mano por el pelo con nerviosismo.

—No funcionaría, Oxania. Tienes... tenemos que dar un heredero a nuestras casas —se corrigió—. Y Xantra no sirve. Es una Guardiana y la enviarán al Bastión en cuanto cumpla los quince años. Si tú y yo nos casamos, nuestras familias nos presionarán para que te quedes embarazada de nuevo.

—Ya resolveremos esa situación cuando llegue el momento. Pero, entretanto..., podemos ser libres. Yo no te preguntaré a dónde vas cuando no duermas en casa y tú no esperarás de mí... determinadas cosas.

El corazón de Dex empezó a latir más fuerte ante la posibilidad de poder reanudar su vida junto a Kenxi. Pero sonaba demasiado fácil, y sabía que con las familias de la ciudad vieja las cosas nunca resultaban así.

—Todo el mundo acabará por enterarse, Oxania. ¿Qué opinarán tus padres... o tus hermanos? ¿Qué harán si consideran que no cumplo con mis deberes como marido? ¿Me perseguirán para escarmentarme como trataron de hacer con Broxnan?

Ella negó con la cabeza.

—Cuando estemos casados, Dexar, seremos adultos. Ni mis padres ni los tuyos tendrán derecho a meterse en nuestras vidas, y mucho menos mis hermanos. Legalmente, ya no tendrán poder de decisión sobre nosotros. Seremos libres.

Él reflexionó.

—A mis padres les gustará la idea —comentó—. Sé que quieren conservar a Xantra dentro de nuestra familia..., no porque sea una Guardiana, sino porque es la hija de Broxnan. Sin embargo, los tuyos...

—Mi familia lleva varias generaciones intentando establecer una alianza matrimonial con un linaje antiguo como el tuyo —cortó ella—. Antes podían haber tratado de buscarme un marido en otra parte, pero ahora, con Xantra... —Suspiró y acarició el suave cabello de su hija dormida—, todo es mucho más complicado.

Dex siguió pensando. Oxania tenía dos hermanos: el mediano estaba ya casado, pero su esposa, aunque pertenecía a la aristocracia de la ciudad vieja, no era de familia antigua. El mayor había cortejado a una muchacha del linaje De Zaoxis durante años, pero finalmente los padres de ella habían optado por casarla con un joven De Kandrax. Se rumoreaba que ahora rondaba a una chica que estaba emparentada en segundo o tercer grado con la estirpe De Lixia; nada comparable a su propia condición de único heredero de los De Galuxen.

—¿Qué pasó con De Fadaxi? —preguntó, sin embargo—. ¿No se suponía que debías casarte con él... antes de lo de Broxnan?

—Es complicado. Ellos estaban interesados en ese compromiso, pero son una familia antigua y parece que insulté gravemente a su heredero al... intimar con otro hombre mientras él me cortejaba. Y Xantra no deja de ser una De Galuxen. —Suspiró de nuevo—. Ya somos familia, Dexar, nos guste o no.

—Yo nunca he dicho que no lo fuéramos, Oxania. Es solo que...

—¿Te incomoda la idea? —sonrió ella—. Pues imagínate comprometido con cualquier otra mujer. O incluso con Valexa de Vaxanian. Sé que sois buenos amigos o que lo fuisteis —prosiguió antes de que él pudiese protestar—. Pero ella no podrá evitar esperar de ti algo más, y tú lo sabes. No está bien que finjas que la cortejas si no la quieres de ese modo.

—Valexa ya sabe...

—Oh, claro que sí. Y ahora sus padres lo saben también. Por si les quedaba alguna duda.

Dex hundió el rostro entre las manos con un gemido.

—Me odian, ¿verdad?

—Se les pasará —replicó ella con indiferencia—, sobre todo si en el futuro consiguen casar a Valexa de forma satisfactoria. Pero ahora tienen otras cosas en que pensar.

El joven recordó entonces el extraño comentario de su madre.

—¿Ha sucedido algo en casa de los De Vaxanian?

Ella asintió y se inclinó de nuevo hacia él.

—De eso también quería hablarte. Ayer fui a visitar a Valexa. Quería tantearla para ver si podía declarar en tu favor y sacarte de la cárcel..., y fue ella la que me pidió ayuda. —Bajó la voz antes de preguntar—: ¿Sabías que tenía un primo Guardián? Un tal Aldrix.

—Sí, estaba al tanto. Espera..., ¿«tenía»? —preguntó.

—Resulta que desapareció hace algunas semanas. Al mismo tiempo que Rox.

Dex frunció el ceño.

—Ella se marchó a la región del oeste. ¿Crees que el primo de Valexa la acompañó?

—Es lo que pensaban en la Guardia. Ambos se fueron sin dar explicaciones, así que los consideraron desertores. Los De Vaxanian recibieron una notificación al respecto que los dejó muy preocupados. Pero aquí no acaba la historia: al parecer, Aldrix regresó a la Ciudadela hace apenas unos días...

—A la vez que Rox —comprendió él—. Entonces sí que se fueron juntos.

—Y ayer mismo la Guardia informó a los De Vaxanian de que Aldrix había muerto.

Dex se quedó mirándola sin comprender.

—¿Muerto? —repitió—. ¿Cómo?

—No lo especificaron. Pero si era un desertor, es probable que los otros Guardianes lo ejecutaran por ello en cuanto volvió.

Él se echó hacia atrás, sobrecogido.

—Sabía que Rox corría peligro al regresar a la Ciudadela, pero no imaginé...

—Los De Vaxanian solicitaron que se les devolviera el cuerpo —prosiguió Oxania—, pero la Guardia se negó.

—Es lógico —murmuró él, todavía impresionado—. Los Guardianes se ocupan de sus propios muertos.

Pero Oxania negó con la cabeza.

—Es costumbre permitir a los linajes antiguos que entierren a sus Guardianes en el panteón familiar, cuando sea posible. Así que los De Vaxanian tienen derecho a dar sepultura a Aldrix en su mausoleo, y la Guardia no tendría por qué negárselo. Pero ignoraron su petición. Ni siquiera les permitieron ver el cuerpo cuando lo solicitaron.

—Los Guardianes tienen normas extrañas, pero no comprendo por qué...

—El único motivo que podría tener la Guardia para negarse a mostrar el cuerpo de Aldrix es que no haya cuerpo en realidad.

—¿Que no esté muerto, quieres decir? —se sorprendió Dex.

—O que lo haya matado un monstruo. Si murió cumpliendo con su deber, el deshonor de la familia De Vaxanian no sería tal, ¿comprendes? Lo único que quieren es saber qué sucedió de verdad. Si Aldrix desertó y fue ajusticiado por los Guardianes, deberían aportar pruebas de ello. No pueden hacer desaparecer su cuerpo sin más. Después de todo, era un De Vaxanian.

El joven asintió lentamente.

—¿Y Valexa te pidió que hablases con tu tío al respecto? —adivinó.

—Sí, y estuve a punto de decirle que era inútil, porque si se trata de uno de esos secretos de la Guardia, ni mi tío ni nadie va a hablar de ello conmigo. Pero entonces pensé en que Aldrix se fue con Rox, y me acordé también del otro Guardián.

—¿El otro Guardián?

—El de los ojos dorados que no es Xein. El que es amigo o conocido de Axlin. Y fue ayer a despedirla cuando se marchó con el buhonero en ese armatoste con ruedas.

—Yarlax.

—Él tiene que saber algo, Dexar. En teoría, los Guardianes no pueden establecer vínculos con nadie, ni siquiera con otros de su clase. Pero son personas, al fin y al cabo. Tienen afinidades, aunque no se les permita manifestarlas. Y esos cuatro estaban relacionados.

—¿Cuatro?

Oxania asintió y alzó una mano para ir enumerando con los dedos.

—Primero enviaron a Xein al frente oriental. Luego, Rox desertó. Y ahora resulta que Aldrix, que se fue con ella, está muerto. Y Yarlax conoce a Axlin. ¿No te parecen demasiadas coincidencias?

—¿Coincidencias? ¿De qué estás hablando exactamente?

Ella bajó la cabeza y, por un momento, pareció de nuevo una muchacha perdida y asustada.

—Xein y Rox estaban presentes cuando Broxnan murió —susurró—. Y Axlin estaba convencida de que él lo había matado.

Dex contuvo un suspiro irritado.

—Ya sabemos que las cosas no sucedieron así en realidad, Oxania. Comprendo que la historia de Aldrix te haya traído malos recuerdos, pero nosotros sí vimos el cuerpo de Broxnan, ¿recuerdas? Axlin estaba equivocada. Ella misma lo reconoció.

—Entonces, ¿por qué la vigila la Guardia? ¿Por qué han desaparecido los dos únicos Guardianes que estaban allí cuando ocurrió?

—La Guardia no la vigila. ¿Qué te hace pensar eso?

—¿Por qué estaba ese tal Yarlax ayer en su casa? ¿Hasta qué punto se conocen? ¿Son amigos?

—Al parecer es... amigo, o lo que sea..., de Xein, desde el Bastión. Quizá él le pidió que cuidara de Axlin durante su ausencia.

Oxania parpadeó y lo miró con sus grandes ojos azules abiertos como platos.

—Pero un Guardián jamás haría algo así. No tienen permitido expresar afecto por nadie, Dexar.

Él abrió la boca para responder, pero no se le ocurrió nada que objetar. Oxania tenía razón. Aun en el caso de que Xein todavía sintiese algo por la joven escriba, no lo habría manifestado en voz alta, y mucho menos ante otro Guardián.

—Entonces, ¿crees que la Guardia vigila a Axlin? ¿Por lo de Broxnan? ¿Por lo que vio... o por lo que sabe? —planteó—. Pero ella estaba investigando ahora algo que no está relacionado con él. La propia Rox... —se detuvo de golpe, perplejo—. La propia Rox se ofreció a ayudarla y...

—Y ahora su compañero Aldrix está muerto o desaparecido, y es posible que ella lo esté también. ¿Cuándo fue la última vez que la viste?

—¿A Rox? —Dex reflexionó—. El otro día, en el almacén de Maxina. Estaba hablando con Axlin sobre su próximo viaje. Cuando se fue, se llevó unos documentos suyos por error. Axlin la siguió para recuperarlos y, ahora que lo pienso, cuando la vi después estaba extraña. Parecía muy alterada por algo que había visto, pero no quiso decirme qué era exactamente. Sí me contó que Yarlax había ido a buscar a Rox, aunque tampoco me explicó por qué.

Los dos cruzaron una mirada.

—Empezaremos por preguntarle a él —decidió ella.

—¿Empezaremos? —repitió Dex un tanto alarmado.

—Por supuesto. —Oxania lo tomó de la mano con una amplia sonrisa—. Después de todo, organizar una boda lleva tiempo, y se espera de nosotros que nos veamos a menudo mientras tanto, lo cual resulta muy conveniente, porque hay mucho trabajo por hacer.

20

Xein oscilaba entre un profundo letargo y breves momentos de confuso duermevela. La primera vez que logró abrir los párpados, lentamente y con esfuerzo, descubrió a un compañero frotándole las palmas de las manos con energía. Lo contempló con extrañeza, como si estuviese muy lejos; reconocía sus propias manos, pero no sentía nada. El Guardián alzó la cabeza y le dijo algo, pero él se limitó a mirar un momento aquellos labios que parecían moverse sin emitir ningún sonido y volvió a hundirse en un pesado sopor.

Despertó en otras ocasiones, pero los recuerdos se enredaban y se confundían en su mente. A veces sufría violentas convulsiones, gritaba y se sacudía sobre el lecho mientras sus compañeros lo sujetaban. Otras veces abría los ojos y todo le daba vueltas, como si estuviese cayendo por un eterno abismo en espiral. O se sentía incapaz de moverse, como si todo su cuerpo se hubiese vuelto de piedra. Pero eso era mejor que los intensos dolores que lo atormentaban en ocasiones y que obligaban a sus cuidadores a sedarlo para devolverlo a su oscura inconsciencia.

No comprendía qué le estaba sucediendo, porque ni siquiera le quedaban fuerzas para pensar. Tenía la sensación de que le hacían beber mucho. Sobre todo agua, pero también infusiones amargas y tan calientes que a menudo le quemaban la lengua. Pero nada de aquello lo hacía sentir mejor. No obstante, tampoco empeoraba, aunque no estaba en condiciones de llegar a aquella conclusión por sus propios medios.

Un día abrió los ojos al percatarse de que lo levantaban y se lo llevaban de la habitación en la que había estado confinado. No fue consciente de todo el proceso, sin embargo; alzó el brazo para tratar de aferrar a su compañero y se quedó mirando su propia mano vendada sin comprender. Después volvió a sumirse en la oscuridad y lo siguiente que notó fue que el suelo se movía con un desagradable traqueteo que le revolvió el estómago. Alguien lo colocó de lado, y tras un par de arcadas perdió otra vez la consciencia.

Tiempo después las voces lo sacaron de su sopor. Discutían muy cerca de él, pero no fue capaz de entender lo que decían. Tan solo captaba fragmentos sueltos e inconexos: «si empeora...», «viaje...», «esperemos...», «aquí no...». Nada tenía sentido para él, de modo que se dejó atrapar de nuevo por las tinieblas.

Pudieron ser horas, días o semanas. El tiempo se alargaba y a veces se fragmentaba o incluso parecía esfumarse entre sus breves momentos de semiconsciencia. En algunas ocasiones soñaba retazos de imágenes y recuerdos entremezclados que apenas significaban nada para él, pero la mayor parte del tiempo solo buceaba en una profunda oscuridad.

La calzada que conducía al frente oriental era segura y estaba bien conservada, puesto que la Guardia la utilizaba a menudo. Había puestos de vigilancia en todos los tramos, porque hacia el sur se extendía la red de aldeas que conformaba los confines orientales de las Tierras Civilizadas, mientras que hacia el norte, en las Tierras Salvajes, solo había monstruos. La calzada, por tanto, actuaba como frontera entre uno y otro mundo. En algunos de los trechos más problemáticos, había muros, empalizadas y torretas de vigilancia. Los refugios eran sólidas casas de piedra y a menudo servían también de albergue para los Guardianes que se desplazaban de un enclave a otro.

Durante tres semanas, Axlin y Loxan recorrieron aquella calzada, pernoctaron en aldeas, refugios y puestos de control y se defendieron de los monstruos que les salieron al paso, bien protegidos por su carro acorazado. Se hacían pasar por buhoneros del oeste que exploraban aquella ruta por primera vez. De este modo nadie se sorprendía si hacían demasiadas preguntas. Habían ido llenando el carro con diferentes mercancías en los enclaves que habían visitado durante el trayecto, y eso les había permitido pasar los controles sin demasiada dificultad, aunque su peculiar vehículo despertaba curiosidad en todas partes.

No obstante, a medida que se acercaban a su destino, los Guardianes empezaron a mirarlos con cierta suspicacia.

—¿Vais a seguir adelante? —les preguntó uno de ellos en la última aldea en la que repostaron—. Más allá no hay nada que interese a la gente corriente.

—Según el mapa —respondió Axlin, examinándolo con atención—, hay un último enclave justo antes del frente oriental. Un lugar llamado Término —concluyó un tanto perpleja.

Las aldeas del oeste no solían tener nombres, aunque algunas en las Tierras Civilizadas sí venían rotuladas en los mapas.

El Guardián negó con la cabeza.

—Es la puerta de entrada a la Última Frontera. Allí solo viven Guardianes.

—¿Y los buhoneros? —preguntó Loxan—. ¿No comercian con ellos?

—La Guardia tiene sus propias líneas de abastecimiento.

—O las tenía —murmuró entonces otra Guardiana a media voz.

Su compañero se volvió hacia ella.

—¿Qué quieres decir? Los vehículos de suministros siguen recorriendo esta ruta.

—Pero no con la regularidad habitual. Al parecer en la Ciudadela están desbordados tras la caída de la región del oeste y los carros están sufriendo retrasos.

—En ese caso, probablemente en Término agradecerán la visita de un par de buhoneros —comentó Loxan guiñando el ojo bueno.

Los Guardianes fueron a consultarlo con su superior. Mientras tanto, Axlin seguía examinando el mapa con nerviosismo.

—Tenemos que atravesar ese enclave —le indicó a Loxan—. De allí parte el camino que lleva a los campamentos del frente oriental. No se puede llegar por ninguna otra ruta.

—Tendremos suerte si nos permiten recorrer la calzada principal hasta el final, compañera. Ya lo has oído, en Término solo viven Guardianes. No nos dejarán llegar más allá.

La muchacha frunció el ceño con obstinación.

—Paso a paso; primero tenemos que llegar a esa aldea de Guardianes, y cuando estemos allí, ya nos las arreglaremos para burlar su vigilancia y continuar hasta el frente oriental.

—¿Burlar su vigilancia...? —empezó Loxan. Pero en aquel momento regresaron los Guardianes y los dos amigos dieron por finalizada la conversación.

—Podéis pasar —dijo la mujer—. Término está a una jornada de camino, aunque con ese carro tan lento y pesado probablemente tardaréis dos —concluyó alzando una ceja.

—Lento, pero robusto; igual que un caparazón —apuntó Loxan, dando unos golpecitos al costado del vehículo.

—Tendréis que dar media vuelta cuando hayáis acabado los intercambios —les recordó el otro Guardián—. El camino que lleva hasta el frente oriental...

—Es demasiado peligroso para la gente corriente —concluyó Axlin—. Lo sabemos.

Les dieron las gracias y prosiguieron su marcha, dejando atrás el enclave para internarse en el último tramo de la calzada principal.

Alcanzaron Término un día y medio después, antes de lo que los Guardianes habían calculado, a pesar de que por el camino tuvieron que hacer frente al ataque de un abrasador y un grupo de robahuesos. Los centinelas del enclave se mostraron muy sorprendidos de que sus compañeros los hubiesen dejado pasar en el control anterior.

—Dijeron que os hacían falta suministros —explicó Axlin, un tanto inquieta.

Los dos Guardianes cruzaron una mirada incierta.

—Bueno, sí, pero... los suministros los envía la Guardia de la Ciudadela. Nunca tenemos que pagar por ellos.

—¡Eso no es problema, somos buhoneros del oeste! —replicó Loxan alegremente—. ¡Si no tenéis dinero, negociaremos un trueque!

Esto pareció alarmarlos todavía más.

—Tendréis que consultarlo con la capitana Rexel.

Pero los dejaron pasar, y los invitaron a instalarse en el enclave.

—Dejad el carro donde queráis, pero no ocupéis la plaza principal —les advirtieron.

Axlin y Loxan recorrieron las calles de Término, mirando a su alrededor con curiosidad desde el pescante del vehículo.

Tenía una distribución insólita. Era cierto que allí, en el este, había más casas de piedra y más suelos pavimentados, pero en todas partes se construía la cabaña de los niños justo en el corazón del enclave y todas las demás se levantaban a su alrededor formando círculos concéntricos, interponiendo los hogares de los adultos entre los monstruos del exterior y el bien más preciado de la comunidad.

En Término, por el contrario, todo parecía... cuadriculado. Los barracones se distribuían en torno a dos calles principales que se cruzaban formando una amplia plaza central.

Porque aquel era un enclave habitado solo por Guardianes y, por tanto, no tenían niños a los que proteger.

Las personas con las que se cruzaron observaron a los buhoneros con cierta curiosidad, pero nadie cuestionó su presencia allí. Suponían que, si los centinelas de la puerta los habían dejado pasar, debían de tener razones para ello.

Loxan aparcó en una calle lateral, no lejos de la plaza.

—Deberíamos actualizar el inventario antes de hablar con la capitana —opinó—. Es mucho más fácil negociar un trueque si sabes qué llevas en el carro exactamente.

—Tiene que haber otra puerta, ¿verdad? —dijo entonces Axlin. Su amigo se quedó mirándola, y ella añadió—: La calzada acaba aquí. Pero según el mapa, hay otro camino que parte de este sitio y que conduce a los campamentos de la cordillera.

—¿Quieres ir a explorar? —adivinó él.

Ella vaciló.

—Si necesitas ayuda con el inventario...

—En absoluto —cortó Loxan—. Ve a dar una vuelta antes de que regresen los Guardianes y se pongan a hacer más preguntas.

Axlin asintió y bajó del carro. Momentos después se internaba por las calles del enclave.

Se perdió enseguida. Término no era muy grande, pero todos los barracones parecían iguales y se distribuían de forma similar en unas calles sorprendentemente rectas. Se desvió de las travesías principales buscando la muralla que rodeaba el enclave y que sin duda la ayudaría a orientarse un poco mejor.

De súbito oyó un gemido de dolor procedente del interior de uno de los barracones. Axlin se asomó a la ventana y vio una figura humana tendida en un catre. Los Guardianes nunca enfermaban, así que probablemente se trataba de un herido.

De súbito, la persona que yacía sobre el camastro gritó algo ininteligible y empezó a sufrir violentos espasmos. Alarmada, Axlin se apresuró a entrar en el barracón. Se inclinó junto al joven Guardián, dispuesta a sujetarlo, pero se quedó paralizada de repente.

Aquel muchacho era Xein.

Lo contempló, incrédula, mientras él volvía a dejarse caer sobre el catre, agotado.

—Xein... —susurró por fin, maravillada—. ¿Puedes oírme?

Él entreabrió los párpados, pero la contempló adormilado e indiferente, como si no la reconociera, y la angustia de ella se acentuó.

—¿Sabes quién...?

Pero Xein se hundió de nuevo en el profundo abismo de su inconsciencia.

Axlin se quedó observándolo, con los ojos llenos de lágrimas de emoción.

El joven Guardián había adelgazado. Su piel se mostraba pálida y sudorosa, su cabello había crecido y también necesitaba un buen afeitado. Sus ojos, hundidos y rodeados por oscuras ojeras, no parecían haberla reconocido. Ahora permanecían cerrados, pero temblaban con inquietud, como si su dueño fuese incapaz de conciliar un sueño verdaderamente reparador.

Tragando saliva, Axlin desvió la mirada hasta sus manos vendadas, la única pista visible acerca del mal que lo aquejaba. Cuando se inclinó hacia delante para observarlas con detenimiento, alguien la sujetó por el hombro, sobresaltándola.

—¿Qué estás haciendo aquí?

Ella se secó los ojos antes de darse la vuelta. Tras ella había un Guardián de ojos plateados que la examinaba con el ceño fruncido.

—¿Quién eres tú? —le preguntó.

—Una buhonera —respondió Axlin—. Mi compañero y yo acabamos de llegar y...

—Ah, sí, los del carro estrafalario. Me han hablado de vosotros. —Hizo una pausa y añadió—: No tienes permiso para deambular por este sector.

—Lo sé, lo siento —se disculpó ella, alzando las manos en un gesto conciliador—. Solo... buscaba a la capitana y... oí quejarse al enfermo y... ¿Qué es lo que le ha pasado? —preguntó por fin, incapaz de contener su impaciencia.

El Guardián dudó un instante, se encogió ligeramente de hombros y contestó:

—Fue herido por un monstruo.

Axlin trató de dominar su irritación.

—Eso ya lo supongo. Pero ¿qué clase de monstruo era?

El Guardián permaneció en silencio. Ella respiró hondo y se puso en pie para encararse con él.

—Mi compañero y yo hemos pasado mucho tiempo en los caminos. En su día viajamos por la región del oeste, nos topamos con monstruos de todo tipo y hablamos con personas que habían sobrevivido a sus ataques. Tal vez exista una manera...

Pero el hombre negaba con la cabeza.

—Ninguna persona corriente se ha enfrentado nunca a los monstruos del frente oriental... Afortunadamente para ellos.

Axlin consideró por un momento que estuviese en lo cierto, y un escalofrío recorrió su espina dorsal. Llevaba años trabajando en su bestiario. ¿Sería posible que aún existiesen tantas criaturas de las que nunca había oído hablar? ¿Monstruos capaces de dejar a un Guardián en el estado en que se encontraba Xein?

—Si pudieses explicarme...—empezó. Se interrumpió al darse cuenta de que el Guardián la empujaba hacia la salida con suavidad, pero con firmeza—. ¿Qué estás haciendo?

—Te llevo a ver a la capitana. ¿No la estabas buscando?

Ella dudó. Echó un breve vistazo al catre en el que reposaba Xein, resistiéndose a dejarlo atrás. Pero debía fingir que no lo conocía de nada, de modo que asintió y se esforzó por dirigirle a su acompañante una sonrisa de agradecimiento.

Salieron del barracón y Axlin siguió a su guía a través de las calles del enclave, aún incapaz de creer lo que acababa de suceder.

Había encontrado a Xein.

Aquello era un increíble golpe de suerte. Se había hecho a la idea de que debía hallar la manera de llegar hasta los campamentos de la Última Frontera, un lugar prohibido para la gente corriente. Pero al final resultaba que no iba a hacer falta, porque Xein estaba allí, en Término, y a Axlin le costaba asimilar que fuera real. El corazón le latía salvajemente en el pecho, pero se obligó a sí misma a tratar de calmarse para evaluar la situación.

Xein estaba herido o enfermo, o ambas cosas. Quizá por esa razón lo habían llevado hasta allí. En el frente oriental, un Guardián en sus condiciones habría resultado un peligro o como mínimo una molestia.

En cualquier caso, seguía vivo. Y estaba allí, en el mismo enclave que ella.

—Hemos llegado —dijo entonces su acompañante, sobresaltándola.

Se hizo a un lado y Axlin se detuvo, un tanto intimidada.

La había conducido hasta la plaza central, donde había un grupo de una media docena de Guardianes. Estaban ejercitándose con las armas, combatiendo entre ellos con espadas, bastones y dagas. Era solo un entrenamiento, pero notó que sus armas estaban perfectamente afiladas y que ellos no parecían contenerse en absoluto. Dio un paso atrás y recorrió la plaza con la mirada, buscando a la capitana. Pero no vio a nadie supervisando los ejercicios.

Mientras esperaba, observó a los Guardianes que entrenaban, maravillándose ante su fuerza y su agilidad sobrehumanas. Se estremeció al evocar lo que Rox le había revelado. Existían monstruos que solo los Guardianes podían percibir, como si sus sentidos hubiesen sido diseñados para ello. ¿Qué otras capacidades extraordinarias ocultaban a la gente corriente?

Los combates fueron terminando y los Guardianes devolvieron las armas a su lugar. Una mujer se acercó a Axlin con gesto interrogante. Su acompañante se irguió al verla llegar.

—Capitana Rexel —saludó—, esta buhonera te estaba buscando.

—Me llamo Xiala —se presentó Axlin. El nombre que había elegido para no despertar sospechas era el de una buhonera de verdad a la que había conocido tiempo atrás—. Yo solo...

Se dio cuenta de que en realidad no sabía qué decirle. No podía tratar con ella el tema de los suministros sin el inventario en el que estaba trabajando Loxan y tampoco tenía ninguna excusa para mencionar a Xein.

—Al parecer vienen a proponer un trueque —añadió entonces el Guardián—, pero la he sorprendido en el alojamiento del convaleciente.

Ella enrojeció levemente. Los ojos dorados de la capitana Rexel la examinaron con atención. Su rostro, moreno y curtido, mostraba una expresión serena y reflexiva poco habitual entre los Guardianes, que por lo general solían parecer o bien resueltos o bien indiferentes.

—Me pareció que oía a alguien quejándose y entré para ver si podía ayudar —se justificó la muchacha—. Tengo algunos conocimientos médicos. He viajado mucho y he visto heridas de todo tipo causadas por monstruos.

La capitana negó con la cabeza.

—No habrás visto nada similar, me temo.

—Es posible, pero me llama la atención. Me he dado cuenta de que vuestro Guardián tiene las manos vendadas, aunque su estado parece indicar que sufrió heridas más graves.

—No, solo tiene lesiones en las manos. Lo que lo está matando es el veneno del monstruo.

Axlin palideció.

—¿Matando?

La capitana asintió.

—Lleva varias semanas en ese estado. Lo trajimos aquí desde su puesto en el frente oriental para tratarlo mejor durante su convalecencia, pero, si a estas alturas no se ha recuperado, probablemente ya no lo hará. De hecho, es insólito que haya aguantado tanto. El veneno que lo ha intoxicado es siempre letal, incluso para los Guardianes.

—¿Qué clase de veneno es? ¿De verrugoso? ¿De saltarriscos?

—Los monstruos del frente oriental son desconocidos para la gente corriente.

Axlin sintió un nudo de angustia en el estómago. Tenía la sensación de que no importaba en realidad cuánto investigase, porque siempre encontraría criaturas contra las que no sabría cómo defenderse.

Y una de ellas era la responsable del estado de Xein.

Se esforzó por centrarse.

—¿Ha sido... una mordedura? ¿Un aguijón? ¿O se ha envenenado por contacto, como sucede cuando se toca la piel de un tinturado?

La capitana se cruzó de brazos y la observó con curiosidad.

—Agradezco tu interés, pero no puedes hacer nada por él.

—Entonces, ¿lo vais a dejar morir? —se le escapó a ella—. Quiero decir..., si se pudiera...

—Lo estamos cuidando como mejor sabemos. No dudo de tus habilidades como curandera, pero me temo que careces de experiencia no solo con los monstruos del frente oriental, sino también en lo que respecta a los Guardianes.

Axlin respiró hondo, pero no respondió. Había vivido en la Ciudadela el tiempo suficiente como para que ya no la afectaran aquellos comentarios que subrayaban las diferencias entre los Guardianes y las personas corrientes.

—¿Podemos hablar ya de los suministros? —preguntó la capitana.

—¿Cómo...? Oh, claro. Voy a ver si mi compañero ha terminado ya con el inventario.

Dio media vuelta y se alejó de allí, todavía turbada.

—Fue una púa —dijo de pronto una voz a su lado.

Ella se sobresaltó y se dio la vuelta. Fue entonces cuando se dio cuenta de que el otro Guardián la había seguido sin hacer ruido.

—¿Cómo dices?

—Una púa —repitió él—. Pero no se le clavó; de haber sido así, estaría ya muerto. Al parecer se la arrancó al monstruo, y aunque llevaba guantes, el veneno traspasó la protección y penetró en su cuerpo a través de la piel.

Axlin se preguntó por qué razón se habría arriesgado Xein a hacer algo tan insensato, pero optó por centrarse en el monstruo.

—¿Te refieres a púas... como las de un crestado, por ejemplo?

—No, estas son mucho más grandes y peligrosas. Un Guardián puede sobrevivir al veneno de un crestado; de hecho, nuestro herido ya pasó por ese trance hace tiempo.

—¿De verdad? —se sorprendió ella.

El Guardián asintió.

—Tiene una marca circular en la pierna. Sé reconocer la cicatriz de una espina de crestado cuando la veo. Una herida así habría matado al instante a cualquier persona corriente.

—Pero ahora no lo ha hecho enfermar el veneno de un crestado —quiso asegurarse Axlin.

—No —reiteró su guía—. No obstante... —vaciló un momento antes de continuar—, los efectos parecen similares.

Ella se aferró a aquel pequeño rayo de esperanza.

—¿Cómo curáis a los vuestros cuando los alcanza la púa de un crestado?

—De ninguna manera. Nos limitamos a limpiar la herida a conciencia y a esperar a que el organismo del Guardián combata el veneno por sí solo. La gran mayoría lo consigue. Depende también de la cantidad de agujas que los hayan alcanzado, supongo. El protocolo en el caso de los milespinas es idéntico —prosiguió. La joven dio un pequeño respingo al percatarse de que le había revelado el nombre del monstruo, pero él no pareció darse cuenta—. Sus agujas matan al instante incluso a los Guardianes, por lo que no tenemos ocasión de atender a supervivientes a menudo. La cantidad de veneno que intoxicó a Xein es mínima; por eso sigue vivo todavía. Procuramos que beba mucho líquido, infusiones depurativas y toda el agua que es capaz de asimilar, y esperamos simplemente que su cuerpo sea capaz de eliminar la ponzoña por sí solo.

»En fin —concluyó—. Comprendo que sientas curiosidad, y agradecemos tu buena disposición, pero la capitana tiene razón: por amplios que sean tus conocimientos, no podrás cuidar de nuestros heridos mejor que nosotros.

Axlin no respondió. Le dio las gracias al Guardián y regresó hasta la plaza donde estaba aparcado el carro. Se adentró gateando en su interior, ignorando a Loxan, que apilaba cajas mientras farfullaba entre dientes.

—Miel, miel, miel..., estoy seguro de que traíamos varios tarros. ¿Y la cebada? Si no hay suficientes sacos... —Se interrumpió al verla entrar—. ¿Qué hay, compañera? ¿Algo interesante?

Ella había sacado ya su bestiario del zurrón y estaba ya a punto de salir del carro, pero se detuvo y respondió, casi sin aliento:

—Xein está aquí.

—¿Cómo dices? —se sorprendió Loxan—. ¿No lo habían enviado a la Última Frontera?

Axlin se acomodó en la parte posterior del carro, con el libro abierto sobre sus rodillas, y el buhonero tomó asiento a su lado.

—Fue herido durante una batalla —le explicó ella—. Lo han traído aquí para intentar curarlo, pero no saben cómo. Un monstruo lo envenenó y los Guardianes esperan simplemente que mejore por sí solo o que se muera.

—Vaya —murmuró él—. ¿Y qué ha sido? ¿Un trepador, un tinturado...?

—Algo llamado «milespinas».

—Pero... —Loxan se detuvo un instante, perplejo—. Pero eso no...

—Exacto.

—¿Tú lo tienes anotado en tu libro?

—No. —La voz de Axlin rezumaba angustia, y su amigo asintió con lentitud.

—Comprendo. No te preocupes por el inventario. Yo hablaré con la capitana.

Ella no contestó. Estaba inmersa en la lectura de su bestiario, de modo que Loxan se marchó en silencio y la dejó trabajar.

Axlin repasó sus conocimientos sobre monstruos venenosos. Releyó la sección sobre los crestados, pero solo le sirvió para reafirmarse en lo que ya sabía: su veneno era mortal y la única forma de sobrevivir era, sencillamente, no exponerse a él. Al parecer los Guardianes suponían una excepción, pero si su único remedio consistía en esperar a que el cuerpo eliminase por sí solo la sustancia tóxica, no podían garantizar en absoluto que Xein fuese a recuperarse.

No encontró nada que le fuera de utilidad, de modo que comenzó a leer el bestiario desde el principio, revisando todas las secciones con la esperanza de hallar cualquier detalle que pudiera ayudarla a salvar a Xein.

Nada.

Cuando terminó, era ya mediodía y había pasado la hora de comer. Pero ella no se había dado cuenta. Dejó a un lado su libro y hundió el rostro entre las manos, desesperada.

Todos sus viajes..., todos los peligros a los que se había enfrentado, todo su esfuerzo y su dedicación..., ¿de qué le servían, si no era capaz de salvar la vida que más le importaba?

Trató de retener las lágrimas, sin éxito. Tragó saliva para deshacer el nudo de su garganta y se secó los ojos con rabia. Se sentía tan frustrada que deseaba lanzar su bestiario al río y ver cómo la corriente se llevaba años de trabajo inútil. Pero finalmente se impuso la cordura y volvió a guardarlo en el zurrón.

Al hacerlo reparó en el otro libro, el primero que había escrito, apenas un cuaderno de tapas de cuero. Ahora raramente lo miraba, porque su contenido la avergonzaba un poco: estaba escrito con letra apretada e irregular, y repleto de errores ortográficos y gramaticales, con un vocabulario que dejaba mucho que desear y la bochornosa ingenuidad de una muchacha de aldea. Además, sus primeros bocetos eran, desde luego, mucho más toscos que las esmeradas ilustraciones que había aprendido a realizar.

Había dos motivos por los que aún no se había deshecho de él. El primero era meramente sentimental, y el segundo, mucho más práctico: era consciente de que al pasar a limpio la información se había dejado cosas en el tintero. Redundancias, anotaciones sin fundamento o detalles obvios que no valía la pena conservar, pero que seguían allí... solo por si acaso.

Tras un momento de vacilación, extrajo el cuaderno del zurrón y buscó entre sus páginas los párrafos dedicados a los crestados. Le costó descifrar la letra y se ruborizó un poco al pensar que tiempo atrás se había sentido orgullosa de aquel trabajo tan torpe. Repasó la información a conciencia; todo estaba allí, condensado en pocas líneas, escrito en una época en que la lectura de largas disertaciones transcritas en extensos volúmenes todavía no había echado a perder su propia capacidad de síntesis. Todo lo que había anotado más tarde en el bestiario definitivo.

Pero nada más.

Suspiró, derrotada. Cuando iba a cerrar el cuaderno, no obstante, una palabra llamó su atención. Una sola palabra, garabateada apresuradamente en un margen de la página.

«Ajos», leyó. Frunció el ceño, pensativa, mientras trataba de rescatar aquel recuerdo perdido en lo más profundo de su memoria. ¿Por qué había escrito aquello? Podía tratarse de una referencia a los intercambios de un buhonero, pero aquello no era propio de ella. Siempre procuraba anotar aquel tipo de cosas en páginas aparte.

Debía de tratarse de algo que había apuntado para investigar más adelante. Pero ¿qué?

Sacó su viejo mapa de la región del oeste y lo examinó con atención, deteniéndose en los enclaves en los que se habían avistado crestados. Trató de hacer memoria. ¿Qué había hecho allí? ¿A quién había acompañado?

En aquel momento regresó Loxan.

—Al parecer sí pretenden pagar con dinero, después de todo —anunció con gesto preocupado—. Eso está bien para la Ciudadela y las Tierras Civilizadas, pero ¿y si viajamos más allá? ¿Con qué vamos a negociar?

—Loxan —murmuró ella—, ¿tú recuerdas si en algún momento alguien relacionó a los crestados con los ajos durante el tiempo que viajé contigo y con Lexis?

—¿Ajos? —repitió él perplejo.

—Lo sé. Es algo absurdo y probablemente no tenga ninguna relación, y además sería mucha casualidad que precisamente tú...

—¿Te refieres a la anciana que cultivaba ajos? ¿La del enclave junto al lago? —La chica abrió mucho los ojos, y su amigo continuó—: Lexis y yo siempre hablábamos con ella para conseguirlos a buen precio, porque en su huerto no plantaba otra cosa. Bueno, en realidad —añadió, frunciendo el ceño—, era yo quien negociaba con ella, porque Lexis no soportaba su aliento a ajo. No era una costumbre de la aldea, según recuerdo. Solo una manía suya. Pero ahora que pienso, tú te sentaste a conversar con ella un buen rato. ¿Te acuerdas?

Y se hizo la luz en la mente de Axlin.

Aquella casita decorada con ristras de ajo. La anciana que vivía en ella. Su hábito de comer varios dientes de ajo al día.

La historia que le contó.

—¡Ya lo recuerdo! —exclamó—. Me habló de su marido, que había llegado a su aldea cuando era muy joven, procedente de otro enclave que había sido destruido. Dijo que se había ocultado en un cobertizo cuando entraron los monstruos. Permaneció encerrado durante días y solo pudo alimentarse de los ajos que alguien había puesto a secar allí, colgados del techo. Cuando por fin se arriesgó a salir, fue herido por una aguja de crestado. Fue capaz de regresar a refugiarse en el cobertizo y, cuando llegaron los refuerzos al día siguiente, lo encontraron todavía vivo. —Arrugó el entrecejo, pensando intensamente—. La anciana me explicó que siempre habían creído que los ajos lo protegieron contra el veneno del crestado. Por eso ella los cultivaba y los comía todos los días. Pero no encontré a nadie más que corroborara esta historia. Los demás habitantes del enclave pensaban que se trataba de una extravagancia y, cuando pregunté en otros lugares, resultó que nadie más utilizaba este remedio. —Volvió a examinar la palabra «ajos» escrita en su cuaderno—. Di por sentado que no funcionaba, pero... ¿y si...?

Se volvió hacia Loxan, que la miraba muy serio. Extendió las manos hacia ella y le mostró dos cabezas de ajo.

—¿Quieres probar? —propuso.

—No sé si serviría de algo contra el veneno de un milespinas, sea lo que sea eso.

—Hum —murmuró el buhonero—. Ambos tienen púas, al parecer. Quizá el milespinas sea una especie de crestado grande.

Tras pensarlo un instante, la muchacha cogió los ajos que le ofrecía, bajó del carro y se alejó cojeando. Dio un rodeo para no cruzarse con nadie, pero cuando entró en el barracón de Xein se detuvo en la puerta de golpe.

No estaba solo. El Guardián que la había sorprendido aquella mañana junto a él se encontraba de nuevo allí, y se volvió para mirarla con desconcierto.

—¿Otra vez tú? —preguntó—. ¿Qué necesitas?

—Yo... —musitó ella.

Su mirada se detuvo en Xein, que seguía inconsciente. Al parecer, su compañero le estaba cambiando las vendas de las manos. Tenía las palmas en carne viva.

—¿Eso... se lo hizo el veneno? —inquirió Axlin, sin poderlo evitar.

—Sí, pero solo en parte. Nosotros le limpiamos las manos a conciencia para tratar de eliminarlo por completo, y era inevitable que nos lleváramos una capa de piel en el proceso.

—Puedo preparar un ungüento —se ofreció ella—. Se regenerará más deprisa.

—Si sobrevive, las manos se le curarán con el tiempo. Si no, eso ya no importará.

Axlin tragó saliva.

—Lo sé, pero quiero ayudar de alguna manera.

—¿Por qué? La Guardia se ocupa de los suyos. No es tarea de la gente corriente...

—Lo sé —repitió ella—, pero no lo puedo evitar. En mi aldea me enseñaron que cada vida es importante. Si alguien sobrevive al ataque de un monstruo, no podemos abandonarlo a su suerte.

Se inclinó junto a Xein para examinar su rostro, devorada por la preocupación. Trató de fingir interés profesional, pero, cuando el muchacho abrió los ojos y la miró con cansancio, le costó mucho reprimir las lágrimas.

Y entonces él susurró:

—Axlin.

Y a ella se le rompió el corazón.

—¿Os conocéis? —se sorprendió el otro Guardián.

Xein cerró de nuevo los ojos. La joven respiró hondo y dijo:

—No. Me confunde con otra persona. Yo me llamo Xiala.

—Cierto —asintió el Guardián, recordando que se había presentado con ese nombre ante la capitana Rexel—. Aun así, no me parece conveniente que entres aquí sin ser invitada. Probablemente, lo alterarás sin necesidad.

—Creo que puedo ayudarlo —insistió ella, y le mostró los ajos—. En una aldea que visité hace tiempo trataban con ajo los efectos del veneno de crestado, y pensé que quizá...

El Guardián la miró con los ojos entornados.

—Sal, por favor. No volveré a pedírtelo. La próxima vez que te vea merodeando por aquí informaré a la capitana.

Axlin no dijo nada más. Salió del barracón sin mirar atrás y regresó cojeando hasta donde la esperaba Loxan, apoyado en un costado del carro con los brazos cruzados.

—¿Y bien? —le preguntó en cuanto la vio.

Ella apretó los labios.

—Vamos a llevarnos a Xein —anunció—, con el permiso de la capitana o sin él.

El buhonero suspiró.

—Lo veía venir —comentó.

21

Las negociaciones fueron largas y difíciles. Término no era un poblado autosuficiente, sino que dependía de los suministros que enviaban desde la Ciudadela. Contaban con un gallinero y un pequeño huerto, pero no producían excedentes ni podían ofrecer nada que no hubiese en los enclaves vecinos. Por esta razón querían pagar con dinero, un invento de la Ciudadela al que Loxan no terminaba de verle la gracia.

—Con dinero puedes comprar cualquier cosa que necesites —trató de explicarle Axlin—. Facilita los intercambios, porque si tú quieres algo pero no tienes nada que le interese al comprador, no llegaréis a un acuerdo. Pero si le pagas con dinero, el otro podrá emplearlo para adquirir lo que precise en cualquier otro lugar.

No obstante, comprendía a su amigo. La vida en las aldeas del oeste era tan precaria que todo el mundo necesitaba muchas cosas. Era poco probable que no encontraran en el carro del buhonero algo por lo que quisieran intercambiar. En la Ciudadela y las Tierras Civilizadas, por el contrario, con todas las necesidades básicas cubiertas, las transacciones resultaban más rápidas y flexibles gracias al dinero, y los comerciantes podían especializarse más.

Al final lograron un acuerdo intermedio: la capitana les pagó con dinero y algunas armas. Loxan reconoció que eran de buena calidad y les resultarían útiles en los caminos. Pero a cambio les dejó el carro prácticamente vacío.

—Las armas son caras —le recordó Axlin.

—Espero que valga la pena, compañera. Si quieres seguir viajando, necesitaremos volver a llenar el carro con suministros más variados.

—No te preocupes. Compraremos con dinero donde podamos, y también podemos intercambiar alguna de las armas. En los enclaves siempre hacen mucha falta.

Una vez concluidas las negociaciones, anunciaron a los Guardianes que se marcharían al día siguiente, al amanecer.

—Tan pronto como nos sea posible —añadió el buhonero—, para que no nos sorprenda la noche en los caminos.

Y se fueron a dormir temprano.

O al menos, eso fue lo que simularon.

Secretamente, Axlin se alegraba de que ahora hubiese tanto espacio libre en el interior del vehículo; cubrió el suelo con mantas para preparar un lecho improvisado y lo más cómodo posible y discutió con Loxan en voz baja sobre el procedimiento que cabía seguir. Ella quería acompañarlo a buscar a Xein, pero él estaba seguro de que podría cargar con el enfermo sin ayuda y, por otro lado, necesitaría que la joven preparase el carro en su ausencia. Su caballo estaba alojado en los establos de los Guardianes, de donde no lo habían sacado aún para no despertar sospechas.

Cuando se pusieron por fin de acuerdo y terminaron de elaborar un plan, decidieron también dormir por turnos, porque debían ponerse en marcha un poco antes del amanecer para que les diese tiempo a salir por la puerta del enclave justo en el momento exacto. Axlin, sin embargo, apenas pudo pegar ojo, y cuando Loxan le avisó de que había llegado la hora, se sintió muy aliviada, a pesar de la falta de sueño.

Iban a rescatar a Xein. Y ella se reuniría con él después de tanto tiempo. Sabía que estaba muy grave, pero el hecho de que pudiera tratar de ayudarlo la llenaba de optimismo. Era mucho peor, en su opinión, verse forzada a esperar sin ser capaz de hacer nada al respecto.

Aún era noche cerrada. Hacía mucho frío, así que Axlin se envolvió en su abrigo antes de aventurarse por las oscuras calles de Término. Loxan se alejó en sentido contrario, y ella deseó de corazón que pudiera llegar hasta el barracón de Xein, sacarlo de allí y regresar al carro sin que nadie lo viera.

Apenas había iluminación, por lo que la muchacha se veía obligada a caminar más despacio que de costumbre. Sabía que los Guardianes veían mejor que la gente corriente en la oscuridad; tal vez por esta razón no sentían la necesidad de colgar lámparas en las esquinas.

Tampoco parecía un enclave especialmente vigilado. Había un Guardián custodiando cada una de las entradas, la que conducía a la Última Frontera y la que daba a la calzada principal en dirección a la Ciudadela. Pero eso era todo.

Se estremeció. Aunque los Guardianes no temieran a los monstruos, ella no podía dejar de preguntarse si las personas corrientes estaban realmente a salvo en aquel lugar.

No obstante, llegó hasta los establos sin novedad. Allí encontró su caballo y lo tomó de la brida, pero cuando iba a llevárselo consigo, una voz la sobresaltó:

—Eh, chica, ¿a dónde vas con ese animal?

Axlin se volvió para encararse con la Guardiana que la observaba ceñuda desde el fondo del establo. Tenía un rastrillo entre las manos y era evidente que estaba limpiando el suelo. La muchacha no se había percatado de su presencia hasta aquel momento.

—Me lo llevo porque nos marchamos ya —explicó—. Queremos partir antes del amanecer.

La Guardiana entornó los ojos.

—¿Insinúas que ese caballo es vuestro? ¿De los buhoneros? Porque tiene la planta de los animales que criamos en la Guardia.

Axlin trató de controlar su inquietud. Tenía razón: aquel caballo había pertenecido al compañero de Rox.

—Se... se lo compramos a un Guardián —farfulló.

La mujer se cruzó de brazos.

—¿De veras? ¿Y por qué habría querido nadie deshacerse de un animal joven y sano?

Ella sintió que la inundaba el pánico.

—No lo sé —respondió—, pero el caballo es nuestro. Tiraba de nuestro carro cuando entramos en el enclave, lo puedes preguntar a cualquiera que lo haya visto.

—La buhonera tiene razón —intervino una voz desde la puerta.

La Guardiana se puso firme al reconocer a su capitana.

—Señora, yo... pensé que...

Pero ella negó con la cabeza y se aproximó para acariciar el testuz del animal.

—Es un caballo de la Guardia, no cabe duda —declaró—. Me pregunto qué fue lo que disteis a cambio, dado que no os gusta comerciar con dinero. No creo que ningún Guardián lo vendiera por una vaca o un par de ovejas.

Axlin no supo qué decir. Rexel le dirigió una mirada penetrante.

—No lo comprasteis, ¿no es cierto?

—Tampoco lo robamos —se defendió la joven.

—Dudo mucho que hubieseis podido entrar a robar en los establos de la Guardia sin ser vistos. Imagino que lo encontrasteis suelto por los caminos. —Ella no contestó, y la capitana continuó—: Muchos de los nuestros han caído en la batalla en los últimos tiempos, sobre todo en las Tierras Olvidadas. Algunas de sus monturas escaparon y ahora vagan libres por ahí. No culpo a la gente del oeste por aprovecharse de ello.

Axlin desvió la mirada, incómoda ante la conmiseración que se adivinaba en sus palabras. Ella había vivido un tiempo en la Ciudadela, pero Loxan aún conservaba un fuerte acento que delataba su origen.

Carraspeó.

—Gracias, capitana Rexel. Debemos marcharnos ya.

Ella asintió y se apartó de la puerta para dejarla salir.

La muchacha regresó al carro, llevando al caballo de la brida. Cuando llegó a su destino, descubrió que había un par de Guardianes conversando en la calle principal, no lejos de allí. Tratando de dominar sus nervios, enganchó el caballo al carro mientras echaba miradas de reojo al callejón por donde debía llegar Loxan. Pero su amigo seguía sin aparecer.

Cuando hubo terminado, entró en el interior del carro para asegurarse de que todo estaba listo.

Reprimió una exclamación de sorpresa al descubrir que ya había alguien allí. El buhonero se llevó un dedo a los labios y señaló el cuerpo inerte de Xein, tendido sobre las mantas.

—¡Lo has conseguido! —susurró ella.

—No ha sido difícil. Pesa menos de lo que creía, está delgado como un escuálido. Has tardado mucho, compañera.

—Es una larga historia —respondió ella—. ¿Cómo se encuentra?

—Está inconsciente, pero a veces se revuelve y farfulla. Espero que no haga ruido mientras salimos de aquí. ¿Está todo listo?

—Sí, pero debemos tener cuidado: hay dos Guardianes al otro lado de la calle.

—Lo sé. Por suerte, han llegado después y no me han visto entrar en el carro con nuestro invitado.

—No tenemos mucho tiempo —susurró Axlin—. No tardarán en darse cuenta de que Xein no está.

Los dos amigos cruzaron una mirada y asintieron.

—Adelante, pues.

Ella inspiró hondo y salió del carro, tratando de actuar con naturalidad. Loxan salió después. Cerraron bien la puerta y se sentaron en el pescante. Cuando el vehículo pasó ante la pareja de Guardianes, estos se quedaron observándolo con curiosidad y una pizca de incredulidad. Axlin sabía que el extraño carro acorazado llamaba la atención allá donde iba, pero no pudo evitar que el corazón le latiese más deprisa. El buhonero, por el contrario, los saludó con una amplia sonrisa, y ellos respondieron con un gesto cortés.

El caballo avanzó al paso por las calles de Término en dirección a la puerta occidental. Axlin temía que en cualquier momento llegaría alguien y los detendría para examinar el carro en busca del enfermo desaparecido.

Pero eso no sucedió.

En la puerta, sin embargo, los aguardaba la capitana Rexel. Loxan detuvo el carro y la saludó con aplomo.

—¿Vais a salir tan temprano, buhonero? —preguntó ella, clavando sus ojos dorados en el horizonte—. Aún no ha amanecido; puede ser peligroso.

—Ya empieza a clarear un poco, capitana —respondió él—. No podemos perder tiempo. Queremos llegar al próximo enclave antes del anochecer porque este carro es lento y pesado, y en esta época del año el cielo enseguida se vuelve negro como la piel de un abrasador.

La Guardiana sonrió un poco.

—Adelante, pues. Hacéis bien en marcharos. Este no es lugar para la gente corriente. Que tengáis buen viaje y que los monstruos no os sorprendan en la oscuridad.

Loxan le agradeció los buenos deseos y sacudió las riendas de nuevo. Axlin se limitó a sonreír, incapaz de pronunciar una sola palabra.

Dejaron atrás Término bajo la atenta mirada de la capitana y del Guardián que custodiaba la puerta. Ella tenía razón. Aún era tan temprano que el camino estaba demasiado oscuro. No obstante, Axlin sabía que no podían perder tiempo. En cuanto amaneciera, alguien acudiría a atender a Xein y descubriría su ausencia.

—¿No podemos ir más deprisa? —masculló entre dientes.

—Todavía no. Aún nos miran.

Pero puso el caballo al trote. No resultaría sospechoso, dado que acababa de manifestar su deseo de llegar pronto a su destino. En cuanto doblaron el primer recodo, lejos ya de la mirada de los Guardianes, Loxan dijo:

—Ve atrás y cuida de tu chico. Vamos a galopar un poco y hay que asegurar bien la mercancía.

—Pero ¿y el caballo? ¿Soportará el ritmo?

—Es un animal fuerte, y de todos modos solo correremos hasta el cruce de caminos. Allí podremos despistarlos, si nos siguen. Creen que vamos de vuelta a la Ciudadela, pero nos desviaremos hacia el sur.

Axlin asintió y entró de nuevo en el carro. Allí comprobó que todos los fardos estaban bien atados antes de inclinarse junto a Xein y observar su rostro con ansiedad. El joven continuaba inconsciente, pero se agitaba inquieto en sueños.

De repente, el carro aceleró con brusquedad y ella se vio lanzada hacia atrás. Cayó junto a Xein y se incorporó con dificultad. Mientras el vehículo traqueteaba escandalosamente por la calzada, se acomodó junto al Guardián convaleciente y le alzó la cabeza con cuidado para colocarla sobre su regazo. Así, protegiéndolo entre sus brazos, aguardó con el corazón desbocado a que Loxan le dijera que había pasado el peligro.

Galoparon durante un buen rato hasta que, súbitamente, el carro viró hacia la derecha y se internó en un terreno irregular. Axlin, sin comprender lo que pasaba, abrazó con fuerza a Xein y ahogó una exclamación de sorpresa cuando el vehículo aminoró la marcha hasta detenerse por completo.

—¡Loxan! —exclamó cuando el buhonero asomó por la portezuela—. ¿Qué pasa?

—Vamos demasiado lentos. Es imposible que escapemos de los Guardianes con un carro como este.

Ella echó un vistazo al exterior y comprobó con sorpresa que se habían salido del camino y estaban ocultos tras una barrera de árboles.

—Esperaremos a que pasen de largo y entonces retomaremos nuestra ruta. Con suerte, alcanzaremos el cruce antes de que regresen.

—Pero... pero estamos fuera del camino. ¿Y si nos atacan los monstruos?

Por toda respuesta, Loxan cerró todas las portillas y se armó con un par de puñales.

—Que nos ataquen —respondió con una sonrisa llena de dientes.

Axlin besó la frente del Guardián dormido y se apartó de él para cargar su ballesta.

Aguardaron en silencio durante un largo rato. La joven escuchaba con atención, consciente, sin embargo, de la presencia de Xein a su lado. Una parte de ella deseaba volcarse en cuidarlo, darle de beber —porque había notado que tenía los labios resecos— y comenzar a probar su teoría acerca de la posible eficacia del ajo contra el mal que lo aquejaba. Pero debían asegurarse primero de que nadie los seguía, por lo que se obligó a sí misma a mantenerse alerta.

Un rato después oyeron un estruendo de cascos por el camino. Siguieron escuchando hasta que el ruido se alejó; entonces el buhonero sonrió ampliamente.

—Creo que les hemos dado esquinazo —comentó.

Abrió la portilla trasera, e inmediatamente Axlin lanzó un grito de alarma y disparó.

Loxan retrocedió de un salto, espantado. Cuando volvió a mirar, descubrió que había una extraña criatura convulsionándose en el suelo, atravesada por el virote de su compañera. La detectó porque se retorcía con desesperación, pero era difícil de apreciar a simple vista, puesto que parecía completamente envuelta en vegetación.

—Es una hojarasca —murmuró Axlin—. Parece que se deslicen por debajo del manto de hojas que cubre el suelo porque su pelaje lo imita a la perfección. —Se estremeció—. No suelen atacar en solitario. Mejor será que nos vayamos de aquí cuanto antes.

Él asintió y volvió a cerrar la portilla trasera. Se asomó por la delantera, echando un vistazo precavido a su alrededor antes de encaramarse al pescante. Con un nudo en el estómago, la muchacha dejó atrás a Xein y salió tras su amigo, con la ballesta recién recargada.

No sufrieron ningún otro ataque mientras regresaban al camino, aunque las ruedas del carro chafaron algo que dejó escapar un sonido desagradable, y que Axlin supuso que debía de ser otra hojarasca.

Poco después del mediodía alcanzaron por fin la encrucijada. La calzada que continuaba hacia la Ciudadela era amplia y estaba empedrada, pero la senda que se desviaba hacia el sur era apenas un camino de tierra.

—¿Estás segura de que quieres seguir por ahí? —preguntó Loxan.

Ella asintió y le señaló un punto en el mapa.

—Rox dijo que se reuniría con nosotros en este enclave. Creo que está lo bastante alejado de la ruta principal como para que no nos busquen allí todavía. Y aún se encuentra en las Tierras Civilizadas, de modo que estará bien defendido.

El buhonero se encogió de hombros.

—Como quieras, compañera.

Se internaron por el camino del sur, aún manteniendo una buena velocidad por temor a que los Guardianes los alcanzasen. Axlin albergaba la esperanza de que no dedicarían demasiados esfuerzos en localizar a Xein; después de todo, la Guardia tenía otros asuntos más importantes que atender.

Una vez que dejaron atrás la encrucijada, se tomó por fin un tiempo para cuidarlo. Se aseguró de que estaba cómodo en el lecho que le había preparado y le dio de beber. El joven abrió los ojos con cansancio.

—¿Axlin? —susurró, y el corazón de ella dio un brinco en el pecho—. ¿Dónde estamos?

—A salvo —respondió, a pesar de que los caminos no eran precisamente un lugar seguro. Pero estaban juntos por fin, y eso era lo más importante.

Él frunció el ceño con esfuerzo.

—Estoy soñando, ¿verdad? Debe de ser eso —musitó antes de cerrar los ojos de nuevo.

Ella ya no consiguió hacerlo reaccionar.

Dedicó el rato siguiente a cambiarle las vendas de las manos y a curarle las palmas con un ungüento hecho con miel y llantén que en realidad había preparado tiempo atrás para Kenxi; ayudaba a regenerar la piel, y supuso que sería también bueno para Xein.

Se preguntó después de qué manera debía utilizar los ajos. Ella tenía entendido que había que ingerirlos crudos, pero él no parecía en condiciones de tomar nada sólido. De modo que cogió un mortero y machacó un par de cabezas de ajo hasta lograr una pasta muy fina que posteriormente mezcló con un poco de aceite. Cuando terminó, vertió la mixtura en un frasco e intentó que

Xein ingiriera un par de cucharadas. Él se resistió al principio, pero ella lo ayudó a que se tomara el remedio con agua. Luego, tras un par de toses y arcadas, el joven se sumió de nuevo en un profundo sueño.

Axlin salió al pescante y se sentó junto a Loxan. Le informó de lo que había hecho y él asintió, pensativo.

—¿Estás segura de que funcionará? —interrogó.

—No, pero ¿qué otra cosa puedo hacer?

El buhonero no tenía respuesta para aquella pregunta.

Pronto les quedó claro que nadie los perseguía, y en los días siguientes continuaron viajando hacia el sur. El camino no era tan cómodo y seguro como las calzadas que partían de la Ciudadela, pero ellos estaban habituados a senderos bastante peores. Además, había buenos refugios y los enclaves estaban bien defendidos. También había muchos más monstruos que en las calzadas defendidas por la Guardia, pero ellos contaban con la protección de su carro acorazado, y, como Axlin se había ejercitado con la ballesta durante su viaje hasta Término, ahora su puntería volvía a ser más que aceptable.

No tardó en obtener más ajos para seguir preparando la medicina de Xein. Al principio, el joven la rechazaba y trataba de apartarla de su lado cuando ella se la ofrecía, pero acabó por aceptarla como parte de su rutina y también, supuso Axlin, porque seguramente se acostumbró a su fuerte sabor. No parecía mejorar, sin embargo, y ella empezó a temer que pudiera estar equivocada con respecto al remedio que debía aplicarle.

Cuando estaba a punto de rendirse, no obstante, comenzó a notar una leve mejoría en el enfermo. Parecía que su sueño era más profundo y que las crisis lo atacaban con menor frecuencia. También sudaba mucho. Loxan se quejaba a veces del penetrante olor que dejaba en el carro y lo atribuía a su dieta a base de ajos, mientras que Axlin tenía la esperanza de que, poco a poco, el organismo de Xein estuviese eliminando por fin los restos del veneno.

En todas las aldeas que visitaban, el buhonero se encargaba de los intercambios mientras ella se dedicaba a cuidar del enfermo, a lavarlo a fondo y a asegurarse de que podía descansar por fin en un lecho en condiciones. Nadie lo reconocía como Guardián en ninguna parte porque lo habían vestido con ropa de aldeano, estaba pálido y delgado y el cabello le había crecido. Mientras no abriese los ojos, podía pasar por un joven corriente. «Así, tan fácil», pensaba Axlin a menudo, con un nudo en la garganta. No eran tan distintos, al fin y al cabo. La Guardia se esforzaba mucho en resaltar las diferencias entre sus miembros y la gente corriente, pero después de todo, reflexionaba ella, unos y otros eran humanos y estaban hechos de la misma sangre.

Un día Xein abrió los ojos con esfuerzo, la miró y por primera vez pareció darse cuenta de que no estaba soñando.

—¿Qué haces aquí, Axlin? —preguntó en un susurro.

Los ojos de ella se humedecieron de emoción.

—He venido a buscarte —contestó.

Pero él negó con la cabeza.

—Este no es lugar... para la gente corriente —se limitó a responder.

Ella se tragó su decepción y dijo:

—No te preocupes por eso. Lo importante es que te recuperes pronto.

—Me siento tan cansado...

—Te pondrás bien —le aseguró ella, antes de volver a cubrirlo con la manta.

Él no parecía muy convencido, pero cerró los ojos y se quedó dormido.

Axlin permaneció un momento a su lado, temblando. Aquella era la conversación más larga que habían mantenido desde su reencuentro, y Xein le había parecido esperanzadoramente lúcido. Las crisis se estaban espaciando y ya apenas se despertaba por las noches gritando de dolor. El progreso era lento, pero visible y constante; ella esperaba que su cuerpo, ya muy debilitado, fuese capaz de resistir hasta que la medicina hubiese logrado sanarlo por completo.

«Lo estoy curando», pensó. «Lo estoy curando.»

Sabía que existía la posibilidad de que él no le agradeciese el favor. Si continuaba tan vinculado a la Guardia como parecía, quizá incluso le echase en cara que se lo hubiese llevado de Término sin decir nada a nadie. Tal vez decidiera regresar al frente oriental en cuanto estuviese recuperado.

Pero al menos estaría vivo. Y ella no se habría limitado a dejarlo morir sin más.

Prosiguieron su viaje hacia el sur, y poco a poco los momentos de claridad de Xein empezaron a ser más largos y frecuentes.

—¿Qué es esto que sabe tan mal? —preguntó un día.

—La medicina que te está curando. Imagino que acabarás por aborrecerla, pero funciona. Créeme.

—¿Qué es lo que me pasa? ¿Por qué me siento así?

—Te envenenó un monstruo, Xein.

Él arrugó el entrecejo de nuevo.

—No lo recuerdo. —Alzó la cabeza de pronto—. Durante mi prueba final en el Bastión me alcanzaron los crestados. ¿No me he curado todavía? No, no puede ser. Tengo recuerdos de cosas que pasaron... después. Y de todos modos tú no estabas allí. Salvo que vivas en mis sueños —murmuró antes de volver a perder la consciencia.

La siguiente vez pareció prestar más atención al lugar en el que se encontraban, una pequeña cabaña en el último enclave en el que se habían detenido.

—No estamos en el campamento —musitó.

—No —le confirmó ella.

—Me llevaron a otro sitio, ¿verdad? Cuando caí enfermo. Recuerdo que... abandonamos el Cuarto. Pero no estamos tampoco en la Ciudadela.

—No —repitió Axlin.

Aprovechó que estaba despierto para volver a ofrecerle su dosis de medicina. Xein la aceptó de buen grado, pero torció el gesto.

—Odio este brebaje.

—Lo sé —se limitó a responder ella.

Él se tomó la medicina y volvió a recostarse sobre el lecho, con un suspiro de cansancio. Cuando Axlin le acarició el cabello, el joven se estremeció y pareció a punto de rechazarla; pero finalmente cerró los ojos y se durmió.

La siguiente vez que se despertó estaban de nuevo en el carro de Loxan.

—El suelo se mueve —farfulló.

—¿Te sientes mal? ¿Estás mareado?

—Un poco.

Ella lo ayudó a colocarse de lado para mitigar las náuseas. Los ojos de Xein observaron su entorno con cierta inquietud.

—¿Qué es este lugar?

—Un carro. Estamos de viaje, Xein.

—¿A dónde vamos? ¿Por qué?

Ella no tuvo ocasión de contestar porque, justo en ese momento, Loxan la llamó desde el pescante. Axlin, que había aprendido a reconocer una alerta de monstruos cuando la oía, cogió su ballesta, la cargó con un virote y se asomó por la ventanilla superior.

Desde el techo del carro vio que los perseguía una pareja de trescolas.

—¡Vamos a correr, compañera! —le gritó el buhonero desde delante—. ¡Intenta acertarles antes de que nos alcancen!

Axlin sintió de pronto el acelerón del carro, pero se mantuvo en su sitio. Apuntó al trescolas más cercano y disparó. No se detuvo a contemplar el resultado de su acción, sino que, rápidamente, seleccionó entre sus virotes uno señalado con una marca especial. Tenía la punta impregnada con extracto de belladona, pero eso solo lo sabía ella.

El primer proyectil apenas había rozado el lomo del monstruo, que seguía corriendo tras el carro, bramando y agitando sus tres apéndices tras de sí. Axlin se centró en la segunda criatura, apuntó y disparó. El virote le acertó en el hombro. No era un impacto letal, pero el veneno no tardó en debilitar al trescolas, que trastabilló y cayó de bruces en medio del camino.

Lo dejaron atrás. Sin embargo, el primer monstruo estaba ya a punto de alcanzarlos. Axlin volvió a entrar en el carro a toda prisa para recargar su ballesta, cerrando la portilla justo a tiempo para evitar la feroz dentellada que le lanzó el trescolas. Se encontró con los ojos dorados de Xein abiertos como platos.

—Son monstruos —musitó él.

—No te preocupes, nosotros nos ocuparemos.

—Pero... pero tengo que luchar. Es mi deber.

Ella no tenía tiempo de discutir. Oyó otro grito de Loxan y comprendió que el trescolas se había puesto a su altura y trataba de arrojarlo del pescante. Se asomó de nuevo por la ventanilla, justo a tiempo de ver cómo su amigo intentaba apartar al monstruo atacándolo con una daga, mientras con la otra mano sostenía las riendas del caballo, que seguía galopando por el camino. El trescolas recibió una cuchillada y redujo la velocidad con un chillido de ira. Axlin aprovechó para disparar contra él.

Estaba muy cerca, de modo que no falló. Con un nuevo chillido, el trescolas tropezó y cayó al suelo, de donde ya no se levantó.

La joven se apresuró a desplazarse hasta la parte delantera del carro, donde Loxan trataba de recuperar el dominio de las riendas.

—¿Los hemos dejado atrás? —preguntó entre jadeos.

—¡Sí! ¿Estás herido?

El buhonero no respondió enseguida. Solo cuando logró que el caballo mantuviera un ritmo más controlado y regular se volvió hacia ella con una amplia sonrisa y le guiñó el ojo bueno.

—Es solo un rasguño, compañera.

—Aun así, hay que curarlo. Si solo...

Se interrumpió al oír una exclamación de sorpresa tras ella. Al volverse descubrió el rostro pálido de Xein, que se había asomado por la portezuela y los miraba sin comprender.

—¿Quién...? ¿Cómo...? ¿Por qué...? —fue capaz de farfullar antes de poner los ojos en blanco y perder el sentido de nuevo.

Cuando volvió a abrir los ojos se limitó a mirar alrededor sin decir palabra. Axlin detectó su reproche, y se justificó:

—Tenía que sacarte de allí.

—¿Me has... secuestrado?

Ella reprimió un resoplido de incredulidad.

—Te he salvado la vida. De nada.

—Los Guardianes se estaban ocupando de mí.

—Estaban mirando cómo te morías sin hacer gran cosa al respecto. No tenían ni idea de cómo curarte. Yo sí.

—¿Por qué no se lo dijiste?

—¿Crees que no lo intenté?

Él permaneció en silencio unos instantes, pensando. Por su expresión, Axlin dedujo que sabía que tenía razón. Los Guardianes no solían escuchar a la gente corriente.

—No debería estar aquí —murmuró por fin—. Tendría que estar defendiendo la frontera.

Había tal desconsuelo en su gesto que ella se sintió irritada y angustiada a partes iguales.

—No podrás defender nada si estás muerto.

Xein desvió la mirada, pero no respondió.

22

Rox llevaba varios días estudiando la Fortaleza desde lejos y todavía no sabía qué pensar. La muralla que la rodeaba, con sus cuatro torretas de vigilancia, era sin duda una construcción de la Guardia. Pero el interior parecía una amalgama de edificaciones de varias épocas. El pórtico de entrada recordaba a los edificios administrativos del primer ensanche de la Ciudadela, coronado por un frontispicio y sostenido por dos hileras de columnas. No obstante, el cuerpo principal de la Fortaleza tenía planta octogonal y era mucho más antiguo. Estaba cubierto por un tejado rodeado de un adarve por el que se paseaba siempre una pareja de centinelas. Tenía la sensación de que aquel tejado era también un añadido posterior, y se preguntaba qué habrían levantado originariamente en su lugar. ¿Otra torre? ¿Una cúpula, tal vez? En todo caso, si el mapa de Axlin no estaba equivocado, aquello eran los restos de un templo mucho más antiguo de lo que ella era capaz de imaginar. La razón por la que la Guardia se habría molestado en conservarlo y restaurarlo y en reforzar sus defensas de aquella manera le resultaba por el momento un misterio.

Sabía todo aquello porque la Fortaleza estaba construida al pie de un desfiladero. El camino que conducía hasta la puerta principal estaba demasiado vigilado, así que ella había trepado por la falda de la montaña hasta llegar a un punto lo bastante elevado como para poder observar el edificio desde arriba.

Más allá, en el horizonte, se adivinaba el mar; era una visión demasiado turbadora para Rox, que nunca había visto una extensión de agua semejante, por lo que trataba de ignorarla en la medida de lo posible.

De modo que había acampado allí, en un claro lo bastante alejado del desfiladero como para que nadie reparara en su presencia desde abajo, pero lo bastante cerca de su puesto de observación como para que pudiese acceder a él con rapidez.

Había tenido la intención de averiguar todo cuanto pudiera sobre aquel lugar antes de plantarse ante sus puertas, para poder construir de antemano una historia verosímil que justificase su presencia allí. Sin embargo, seguía tan desconcertada como cuando llegó: por mucho que estudiase la Fortaleza, y a pesar de conocer ya las rutinas de sus habitantes de memoria, aún no sabía qué hacían exactamente allí.

Por lo que había podido observar, en aquel lugar solo vivían Guardianes. Dos veces por semana llegaba un carro de suministros desde el enclave más cercano, pero nunca pasaba de la puerta. Allí, los Guardianes lo descargaban, pagaban al conductor y lo enviaban de vuelta al lugar de donde había venido.

Había dado por supuesto que en la Fortaleza, igual que en el Bastión, los Guardianes recibían algún tipo de adiestramiento especial. Pero los ejercicios que realizaban en el patio por las mañanas y por las tardes parecían simples entrenamientos de rutina.

Tampoco salían a cazar monstruos. Y durante el tiempo que llevaba espiándolos no habían tenido que rechazar ningún ataque. ¿Sería posible que, como sucedía con el Bastión, los monstruos no osasen acercarse a la Fortaleza? ¿Tendría realmente algo que ver con el símbolo que, según Axlin, se dibujaba en las puertas para impedirles la entrada?

Se había propuesto examinar el dintel cuando tuviese la oportunidad. No obstante, empezaba a temer que, si las cosas seguían así, tendría que encontrar otro modo de acceder a aquel lugar.

Durante sus largas horas de vigilancia se había preguntado si conocía de hecho a algún Guardián al que hubiesen destinado allí alguna vez, y había llegado a la conclusión de que nadie le había comentado nunca nada al respecto. Todos habían oído hablar de la Fortaleza, pero lo cierto era que, ahora que lo pensaba, al parecer nadie sabía qué era exactamente aquel lugar, ni qué era lo que se hacía allí.

Siguió espiando desde su puesto en el acantilado, buscando pistas que le ofreciesen alguna explicación de lo que sucedía tras aquellos muros. La rutina era siempre la misma y se cumplía con estricta minuciosidad, pero eso no era extraño cuando se trataba de Guardianes.

Por esta razón, cualquier pequeño detalle que escapase del patrón llamaría su atención inevitablemente.

Como la pequeña luz que titilaba desde el interior de una de las habitaciones, y que algunas noches permanecía encendida y otras se apagaba sin seguir una pauta regular.

Rox se centró en aquella ventana. Estaba situada en la pared oriental, construida justo encima del río que se precipitaba por el fondo de la garganta. Era pequeña y parecía estar enrejada, por lo que resultaría imposible entrar por allí. Pero lo que hubiese en aquella habitación escapaba sin duda de las rígidas costumbres de la Fortaleza, y ella sintió que su deseo de saber se avivaba todavía más.

Comenzó a elaborar diversos planes de actuación que descartaba en cuanto se ponía a desarrollarlos. Hacía tiempo que había desechado la posibilidad de entrar por la puerta sin más;

tendría que dar demasiadas explicaciones y no sabría por dónde comenzar.

De modo que empezó a considerar accesos alternativos. La Fortaleza no tenía más puertas, al parecer, así que tendría que encontrar la manera de escalar la muralla. Pero era demasiado alta y resbaladiza.

Había observado, no obstante, que el muro de roca al otro lado del desfiladero quedaba muy cerca de la pared norte de la Fortaleza. Probablemente no había sido así cuando se construyó; quizá algún derrumbamiento o corrimiento de tierras había encajonado todavía más el edificio en la garganta y nadie se había molestado en retirar las rocas después. Tal vez existiese la posibilidad de alcanzar la muralla desde allí.

Con todo, no podía estar segura hasta que no estudiase el terreno a fondo. Así que una noche, amparada por la oscuridad, abandonó su escondite, se alejó de la Fortaleza y cruzó el desfiladero para explorar el otro lado. Ascendió hasta donde pudo con su caballo por un antiguo sendero, y cuando este desapareció por fin entre las rocas y los matojos, dejó al animal en un recodo, atado y a cubierto, y continuó sola.

Tardó casi toda la noche en alcanzar el lugar que había divisado desde su escondite y estuvo a punto de perder el pie en alguna ocasión. Pero por fin llegó hasta el saliente, se asomó con cautela y echó un vistazo más abajo.

El corazón le latió más deprisa al darse cuenta de que estaba en lo cierto: en aquel punto la pared del desfiladero sobresalía lo bastante como para alcanzar la muralla de la Fortaleza.

Pero había calculado mal las distancias: el pasillo del adarve quedaba demasiado lejos, a unos cuatro metros por debajo de ella. Tendría que saltar para alcanzarlo, y nada le garantizaba que fuese a caer con buen pie.

Debía intentarlo, sin embargo. Se había equipado con una cuerda rematada por un gancho, por si tenía que escalar, y se aseguró de que seguía bien enrollada en torno a su torso. Se asomó de nuevo para examinar el terreno con calma...

...Y el suelo cedió bajo sus pies.

Rox reaccionó deprisa y se impulsó con fuerza hacia delante, antes de que la roca se desprendiera del todo. Después cayó al vacío... y chocó contra la pared. Empezó a resbalar, pero estiró los brazos y logró aferrarse al saliente de una ventana. Apretó los dientes y se mantuvo allí un segundo, suspendida sobre el vacío con una sola mano. Luego, con esfuerzo, alargó la otra mano y se sujetó a la reja.

Oyó una voz por encima de ella, desde el adarve.

—¿Qué ha sido eso? ¿Un desprendimiento?

Silencio. Después otra persona respondió:

—Habrá sido una cabra.

El otro añadió algo, pero Rox ya no entendió lo que decían, porque se alejaban de nuevo. Esperó un tiempo prudencial antes de izarse poco a poco hasta el alféizar. Se quedó allí, agachada en el hueco de la ventana, y cuando se sintió segura, desenrolló lentamente la cuerda con el gancho.

Momentos después se encaramaba a las almenas. Recogió la cuerda y miró a su alrededor, inquieta. Al parecer nadie la había oído trepar hasta allí.

No había tenido intención de infiltrarse en la Fortaleza aquella misma noche. Había planeado estudiar un poco más el entorno antes de intentarlo, pero ahora no le quedaba más remedio que seguir adelante, de modo que no lo pensó mucho más.

La ventana que le había llamado la atención estaba en el edificio principal. Desde donde ella se encontraba, en lo alto de la muralla exterior, no había forma de llegar allí sin bajar antes hasta el patio, y ella prefería seguir moviéndose por las alturas todo el tiempo que fuera posible.

Le había parecido que la muralla estaba casi pegada a la fachada oriental de la Fortaleza; debido a la proximidad del río, no habían podido levantarla más lejos. De manera que se deslizó por el corredor del adarve, ligera y silenciosa como una sombra, con la esperanza de poder alcanzar el edificio principal desde allí.

Se ocultó tras una de las torretas para esquivar a un Guardián que hacía la ronda, y cuando el centinela pasó, ella pudo continuar su camino sin ser vista.

Daba la sensación de que, aunque efectuaban las labores de vigilancia con seriedad y diligencia, no esperaban ser atacados por nadie en realidad. Rox evocó la actitud de los habitantes de la aldea de los bendecidos. Tampoco ellos parecían temer a nadie. No obstante, los hombres y mujeres de la Fortaleza eran sin duda Guardianes bien entrenados. ¿Qué estaban haciendo allí, tan lejos de la Ciudadela, de la Última Frontera y de cualquier otro lugar donde los necesitaran?

Por fin llegó hasta la cara oriental de la Fortaleza y alzó la cabeza para observar la ventana que le había llamado la atención días atrás. Ahora permanecía a oscuras y, tal como había intuido, estaba protegida por una reja. De todos modos no tenía intención de entrar por ahí.

Levantó la vista hacia el adarve almenado que rodeaba el tejado del edificio. Desde su puesto de vigilancia había visto que podía accederse al interior desde allí mediante varias portillas dispuestas a lo largo del corredor. Ella no podía divisarlas desde su ubicación actual sobre la muralla exterior, pero sabía que estaban allí. Desenrolló la cuerda, se aseguró de que el gancho estaba bien sujeto y se preparó para lanzarlo de nuevo.

Alcanzó su objetivo sin contratiempos. Al parecer los centinelas prestaban más atención a la fachada oeste del edificio, la que daba al camino. La muralla oriental se levantaba en lo alto de un impresionante precipicio sobre el río y era imposible que ningún humano pudiese escalar por allí.

Rox, sin embargo, podía citar varios tipos de monstruos capaces de hacerlo. Pero aquello era otra cuestión.

Alcanzó la portilla más cercana, aún sin poder creer que hubiese logrado infiltrarse en aquel lugar sin ser vista, y descendió por los escalones con cautela. Seguía sin tener la menor pista sobre lo que encontraría allí.

Desembocó en un pasillo amplio y austero, de paredes de piedra gris desprovistas de adornos. Eso la tranquilizó un poco. Era un lugar construido a la manera de los Guardianes, muy similar al hogar que ella había conocido en la Ciudadela.

Pero no debía olvidar que había entrado allí sin permiso, que ahora era una desertora, una proscrita.

Oyó pasos un poco más allá y se ocultó a toda prisa en una sala lateral que por fortuna estaba vacía. Espió por la ventanilla y vio pasar a un Guardián con una bandeja en las manos. Llevaba un jarro con agua, un plato con algo de comida y una pequeña redoma que contenía un líquido pardusco que no fue capaz de identificar. Llevada por un presentimiento, salió de la habitación sin hacer ruido y siguió al Guardián a una prudente distancia. Fue entonces cuando se dio cuenta de que a través de las ventanas empezaban a filtrarse las primeras luces del amanecer, y contuvo una maldición. Había pasado demasiado tiempo allí dentro. Pronto todos los Guardianes de la Fortaleza estarían en pie.

Era demasiado tarde para lamentarlo, sin embargo. Siguió al portador de la bandeja con discreción hasta que lo vio torcer una esquina. Se apresuró a ocultarse tras ella y a asomarse después con cuidado.

El hombre se había detenido delante de una puerta cerrada y, ante el asombro de Rox, se transformó en una joven sirvienta.

La Guardiana contuvo una exclamación de sorpresa. No era la primera vez que veía en acción a un metamorfo, pero siempre le producía una incontrolable sensación de angustia.

Lo había confundido con un Guardián. Y estaba allí, ante sus propios ojos. En el corazón de la Fortaleza. Aparentando ser una muchacha inofensiva.

Rox no se atrevió a mirar, pero la oyó rebuscar en el bolsillo de su delantal. Después sonó el ruido de una llave girando en su cerradura y una puerta que se abría y volvía a cerrarse.

Se asomó para asegurarse de que no había nadie más por los alrededores y se acercó a la puerta para tratar de escuchar lo que sucedía al otro lado. Oyó la voz alegre de la muchacha.

—¡Buenos días, maestro! ¿Cómo te encuentras hoy?

Solo obtuvo como respuesta algo que sonó como un gruñido, pero eso no pareció molestarla.

—Te traigo el desayuno, con el pan recién hecho, como a ti te gusta. No tardes en comértelo o se enfriará.

Otro gruñido.

—Y no olvides tomarte la medicina después.

En esta ocasión sobrevino un breve silencio. Rox oyó una voz grave y pastosa que repetía con lentitud:

—¿Medicina?

—La de todos los días, maestro —le explicó el metamorfo con paciencia—. La que te ayuda a combatir tu enfermedad.

—¿Estoy... enfermo? —logró preguntar su interlocutor. La Guardiana tuvo la sensación de que le costaba encadenar ideas.

—Oh, sí, desde hace mucho tiempo, maestro. Pero pronto sanarás, si permites que cuidemos de ti.

A Rox también le pareció que no era aquella la primera vez que la falsa joven pronunciaba aquellas palabras.

—No... puedo... levantarme.

—Es natural en tu estado. Te ayudaré a tomar la medicina si...

—¡No! —cortó el hombre, con una nota de pánico y angustia en su voz—. No —repitió con más calma—. Yo... yo me la tomaré.

Hubo una pausa, como si el metamorfo estuviese decidiendo si creerlo o no. Por fin concluyó:

—Como desees, maestro. Yo solo me preocupo por tu bienestar.

Y de nuevo sobrevino un silencio. Rox casi pudo visualizar los desesperados esfuerzos del enfermo por pensar con claridad.

—Tú... ¿Quién eres tú? —preguntó de pronto.

El metamorfo no respondió. Alarmada, la Guardiana oyó una especie de forcejeo al otro lado de la puerta, después un gorgoteo... y silencio. Se apresuró a apartarse cuando los pasos se acercaron de nuevo y se ocultó en la habitación contigua. Con el corazón latiéndole con fuerza, contuvo el impulso de acabar con la vida de aquella criatura cuando pasó ante ella, de nuevo transformada en Guardián. Aún había demasiadas cosas que no comprendía. ¿Quién era aquel hombre al que el metamorfo había llamado «maestro»? ¿Qué le sucedía? ¿Por qué lo mantenían allí encerrado?

Porque estaba prisionero, comprendió al instante. El cambiapiel había necesitado una llave para abrir la puerta.

Y eso quería decir que ella no podría entrar, salvo que la echase abajo. Cosa que probablemente no fuera demasiado prudente, dadas las circunstancias.

Cuando el metamorfo se hubo marchado, Rox salió de nuevo al pasillo y se acercó a la puerta contigua. Trató de abrirla, pero, como ya imaginaba, estaba cerrada con llave. Colocó la oreja sobre su superficie con la esperanza de captar algún tipo de sonido al otro lado. Y se sintió extrañamente aliviada cuando percibió un breve ronquido.

Regresó a su escondite, pensando intensamente. De modo que aquel «maestro», fuera quien fuera, estaba vivo. ¿Por qué lo habían encerrado los Guardianes? ¿Cuál era el mal que lo atormentaba? ¿Qué razones podía tener un metamorfo para interesarse por él?

De repente una nueva pregunta hizo que su corazón se detuviera un breve instante: ¿cómo era posible que hubiese un cambiapiel en un recinto habitado solo por Guardianes?

Sin duda el metamorfo había entrado allí sin que nadie lo advirtiera. Se aferró obstinadamente a aquella posibilidad, obviando el hecho de que la sirvienta había actuado como si su conversación con el maestro fuese parte de una rutina que había repetido cientos de veces. Después de todo, los metamorfos eran expertos en las artes de la imitación y el engaño.

Se preguntó qué debía hacer a continuación. Su obligación era cazar al monstruo, pero ella no contaba con la mirada de la División Oro y, por tanto, no podría reconocerlo si volvía a verlo. Por otro lado, seguía siendo una proscrita que se había infiltrado en la Fortaleza sin permiso. No podía simplemente merodear por allí hasta encontrar a su presa. Ni alertar a los otros Guardianes sin descubrirse a sí misma.

Oyó voces en el exterior y volvió a la realidad con un breve sobresalto. Miró a su alrededor. Se encontraba en un cuarto que al parecer nadie utilizaba. Estaba vacío, a excepción de un camastro lleno de telarañas que ni siquiera tenía colchón. Había una pequeña ventana enrejada, y se acercó para asomarse con precaución. Divisó el adarve de la muralla desde allí. Había una pareja de Guardianes vigilando, ya a plena luz del día.

Regresó hasta la puerta, se sentó en el suelo y esperó.

Las horas pasaron lenta y perezosamente. Rox era una mujer de acción, pero tenía disciplina de Guardiana y la habían adiestrado para esperar en silencio, sobre todo cuando acechaba a una presa.

Nadie se acercó por allí en toda la mañana. De vez en cuando oía algún murmullo ocasional desde la habitación contigua, pero no era capaz de descifrar el sentido de aquellas palabras, si es que lo tenían.

Por fin, rayando el mediodía, alguien acudió a ocuparse del prisionero. Rox oyó pasos y entreabrió la puerta con cuidado. Una Guardiana pelirroja de ojos plateados se había detenido ante la habitación del maestro, y ella se sobresaltó ligeramente cuando la vio transformarse en la joven sirvienta que se había presentado allí por la mañana. Se preguntó si se trataría del mismo cambiapiel o de otro diferente, y se estremeció ante la posibilidad de que hubiese más de uno.

No se entretuvo en elucubraciones, sin embargo; la sirvienta había entrado en la habitación con su bandeja, cerrando la puerta tras de sí. Rox salió de su escondite y se situó junto a la entrada, pegada a la pared y en silencio.

La conversación que oyó le resultó muy parecida a la de la mañana. En esta ocasión, el maestro parecía algo más despierto, aunque respondía con tono cansado y decaído. Aun así, el metamorfo expresó su satisfacción porque, al parecer, había probado el desayuno en algún momento y se había tomado toda la medicina. Y le anunció que le dejaba una nueva dosis en la bandeja junto al almuerzo.

Después se despidió del prisionero y se dirigió a la puerta.

No llegó demasiado lejos. En cuanto la sirvienta salió al pasillo, Rox la sujetó por detrás, le cubrió la boca y le hundió la daga en el costado.

El metamorfo expiró al instante entre sus brazos. Su ejecutora sabía que debía matarlo antes de que cambiara de forma, porque la muchacha corriente que fingía ser no era tan fuerte y corpulenta como el Guardián en el que podía transformarse si le daba la oportunidad.

Rápida como el rayo, Rox entró en la habitación, cargando con el cuerpo muerto del monstruo, y cerró la puerta a su espalda. Después miró a su alrededor.

Era una estancia amplia y adornada con un lujo que contrastaba con lo que había visto en el resto del edificio. Gruesas y elaboradas alfombras ocultaban el suelo, la cama de dosel estaba cubierta por almohadones mullidos de colores alegres y al fondo de la habitación destacaba una estantería repleta de antiguos volúmenes.

No obstante, lo que llamó su atención fue el anciano que se sentaba junto a la mesita. Al parecer había estado revolviendo su almuerzo con desgana, pero ahora dejó caer el tenedor en el plato y la observó atónito, con los ojos muy abiertos. Trató de decir algo; sin embargo, no encontraba las palabras.

—¿Quién eres tú? —logró balbucear por fin—. ¿Qué le has hecho a la chica?

Rox se dio cuenta de que había cometido un error. Por alguna razón había dado por sentado que la persona encerrada en aquella habitación era también un Guardián. Pero sus ojos eran castaños e indudablemente humanos, y ella no podía justificar que hubiese matado a una muchacha desarmada sin hablarle de los metamorfos.

Depositó el cuerpo con cuidado sobre la alfombra, tratando de ignorar la sangre que manchó el tejido de inmediato, y se fijó en el frasco que aún descansaba sobre la mesita.

—Ha intentado envenenarte —declaró.

En cuanto lo dijo, comprendió que era exactamente lo que pensaba, a pesar de que hasta aquel momento no se había detenido a meditar sobre ello. La jovial muchacha que fingía preocuparse por la salud del anciano era en realidad un monstruo metamorfo, por lo que, si tenía tanto interés en que su prisionero se tomase aquel brebaje, desde luego no podía ser para nada bueno.

El maestro contempló unos segundos la redoma y después miró a Rox. Parpadeó lentamente un par de veces y respondió:

—Sí, ya lo sé.

Ante el asombro de ella, alargó la mano para coger el frasquito y se lo acercó a la boca para bebérselo. La Guardiana se lanzó hacia delante y logró arrebatárselo antes de que rozara sus labios.

El anciano manoteó desesperado, pero ella lo mantuvo apartado hasta que él se rindió y comenzó a gimotear:

—Dámelo…, dámelo…, lo necesito para dormir…

—No creo que esto sea bueno para ti —opinó ella examinando el frasco con suspicacia.

—¡No me importa, lo necesito! ¡Socorro, socorro! —empezó a gritar.

Rox se precipitó sobre él, lo sujetó y le cubrió la boca con la mano para que guardase silencio. El anciano se debatió débilmente y se quedó quieto por fin. Ella prestó atención; parecía que nadie los había oído. Con precaución, retiró la mano de la boca del prisionero, y este no reaccionó. Alarmada, la joven escrutó su rostro pálido y marchito, y no tardó en descubrir que se había desmayado.

23

Rox se quedó quieta un momento, desconcertada, sin saber qué hacer a continuación. Por fin alzó al anciano en brazos y lo depositó sobre la cama. Después envolvió el cuerpo del metamorfo en la alfombra, lo escondió en el armario y redistribuyó el resto de los tapices para que no se notara tanto el hueco que había dejado en el suelo.

Mientras esperaba a que el maestro recuperara la consciencia, examinó con interés la redoma que le había arrebatado. Olisqueó el contenido, pero no pudo llegar a ninguna conclusión sobre su naturaleza. Se asomó a la ventana y, tras asegurarse de que no había nadie mirando, vació el frasco en el exterior. Sospechaba que el prisionero intentaría recuperarlo en cuanto se despertara.

Luego se puso a curiosear entre los libros de las estanterías. Eran viejos tratados de historia y filosofía antigua en los que no halló nada de interés.

Por fin, el anciano volvió en sí. Dejó escapar un par de débiles quejidos y, cuando reparó en Rox, se quedó mirándola con gesto inexpresivo, como si fuera un elemento más de la decoración. Después preguntó con esfuerzo:

—¿Quién eres?

—Soy una Guardiana —respondió ella—. Me llamo Rox.

Supuso que no había nada de malo en decírselo. Si quería que aquel pobre diablo contestara a sus preguntas, tal vez debiera ofrecerle primero algunas respuestas.

—¿Cuál es tu nombre? —interrogó a su vez—. ¿Por qué te han encerrado aquí?

El anciano pestañeó, confuso.

—Antes había otra chica —farfulló—. ¿Dónde está?

—Se encuentra indispuesta. He venido yo en su lugar, pero necesito que respondas a algunas preguntas.

Los ojos cansados del prisionero se iluminaron con una débil luz de esperanza.

—¿Me has traído mi medicina?

La mirada de la Guardiana se desvió hacia la mesita. El anciano localizó el frasco y trató de incorporarse. Era obvio que se sentía muy débil; no obstante, se las arregló para levantarse y alargar la mano hasta su objetivo. Ella lo observó mientras trataba inútilmente de vaciarlo en sus labios resecos.

—Pero no hay nada —susurró con desconsuelo.

—Ya te lo bebiste antes —mintió Rox.

Él se quedó mirándola con un brillo de sospecha en la mirada.

—¿De verdad? —Sacudió la cabeza, confuso—. Pero me encuentro... me encuentro...

No fue capaz de elaborar la frase. Volvió a sacudir el frasco y lamió con desesperación la única gota que logró sacar de su interior. Después arrojó la botellita al suelo con rabia.

—No me encuentro mejor —musitó—. No tengo sueño. ¿Por qué no tengo sueño? Debería dormir. Estoy demasiado... despierto. —Clavó la mirada en ella—. ¿Quién eres tú? —volvió a preguntar.

—Me llamo Rox, y soy una Guardiana —repitió la joven.

El prisionero frunció el ceño.

—No deberías estar aquí —dijo.

Ella pensó que, cuanto más tiempo pasaba, más lúcido parecía.

Pero entonces el anciano se fijó de nuevo en el frasco que había tirado al suelo y se agachó para recogerlo con un gemido de angustia.

—Mi medicina, mi medicina...

Estuvo a punto de perder el equilibrio; Rox lo sujetó y él lloriqueó más fuerte:

—¡Mi medicina, mi medicina!

No tuvo más remedio que volver a silenciarlo. Y por segunda vez el prisionero, alarmado, puso los ojos en blanco y perdió el sentido.

En esta ocasión, ella no lo devolvió a la cama. No debía perder más tiempo allí. Tarde o temprano aparecería alguien, quizá para atender al anciano o tal vez preguntándose qué había sido de la Guardiana cuya identidad había usurpado el metamorfo; en cualquier caso, no podía permitir que la sorprendieran en aquella habitación.

Pero tampoco quería renunciar a seguir interrogando al maestro. De modo que sacó el cuerpo del metamorfo del armario, lo tendió en la cama, aún envuelto en la alfombra, y lo cubrió con el edredón, con la esperanza de que cualquiera que entrara lo tomara en un primer momento por el anciano dormido. Después cargó con el verdadero prisionero y lo sacó de allí.

Cerró la puerta con llave tras de sí y avanzó por el pasillo en busca de un escondite provisional, mientras su mente trabajaba a toda velocidad.

Tenía dos opciones: podía ocultarse en cualquier otro lugar, esperar a que el anciano despertara, interrogarlo y abandonar después la Fortaleza sin él. No obstante, cuanto más tiempo pasaba allí, más aumentaba la posibilidad de que fuera descubierta.

La alternativa consistía en escapar cuanto antes y llevarse al prisionero con ella. Pero sería complicado sacarlo de allí a plena luz del día.

Entonces oyó voces en el pasillo y tuvo que refugiarse de nuevo en una habitación vacía.

Había muchas, pensó de repente. Era extraño, porque la Fortaleza no era un lugar particularmente grande y, sin embargo, le había dado la sensación de que estaba habitado por un gran número de Guardianes.

Pero aquello era un misterio para otra ocasión.

—¿A dónde me llevas? —inquirió de pronto la voz del maestro tras ella.

Rox, que había estado pegada a la puerta pendiente de las voces que se alejaban, se volvió hacia él. Lo había dejado sentado en un rincón con la espalda apoyada en el muro, aún inconsciente. Pero ahora el anciano la observaba con fijeza.

—Estoy intentando sacarte de este lugar —respondió en un susurro—. Los Guardianes te tienen encerrado. ¿Por qué?

Él desvió la mirada, confuso. Parecía que trataba de pensar intensamente, pero por fin desistió y sacudió la cabeza.

—No me vas a dar mi medicina, ¿verdad? —preguntó con tono desconsolado.

Ella respiró hondo. Al ritmo al que se recuperaba, parecía poco probable que pudiese proporcionarle alguna información de utilidad.

—Quizá cuando hayamos salido de aquí —contestó.

El anciano entornó los ojos y miró a su alrededor, inquieto.

—Pero ahí fuera está lleno de monstruos —objetó—. Es peligroso.

—Estarás a salvo conmigo.

—¿Por qué?

—Porque soy una Guardiana. Matar monstruos es mi trabajo.

El maestro se cruzó de brazos y la miró con escepticismo.

—¿De verdad? ¿Y por qué debería creerte?

Rox se volvió hacia él, pensativa.

—¿Por qué te tenían encerrado los Guardianes? —volvió a preguntar.

Él parpadeó con lentitud.

—No han sido los Guardianes quienes me han encerrado.

Ella se planteó la posibilidad de que estuviese prisionero por orden del Jerarca. Aunque la Guardia no tenía por costumbre servir a la justicia ordinaria, quizá se dieran algunas excepciones.

—¿La gente corriente, pues? ¿Te han condenado por algo que hiciste?

—¿La gente corriente? ¿Por algo que hice? —La mirada del anciano se desenfocó, como si tratase de rescatar recuerdos muy lejanos. Finalmente, sacudió la cabeza y respondió—: No, no, no. Pero deberían.

—¿Por qué deberían? ¿Qué fue lo que hiciste?

Él la contempló desconcertado.

—No lo recuerdo —dijo por fin.

Rox trató de contener su impaciencia.

—¿Recuerdas tu propio nombre, al menos?

El rostro del anciano se iluminó con una sonrisa.

—¡Ah, eso sí! Me llamo Ruxus. Creo —añadió, frunciendo el ceño con perplejidad.

Ella apoyó la frente contra la puerta cerrada, tratando de pensar. Había creído que el hecho de que un metamorfo se tomara tantas molestias por aquel anciano implicaba que debía de ser alguien importante, pero ¿y si se había equivocado? ¿Y si no era más que un viejo loco y lo habían encerrado allí por su propia seguridad?

—¿Vas a sacarme de aquí? —preguntó él entonces.

Rox se dio la vuelta para mirarlo.

—¿Quieres que lo haga? ¿O prefieres que te devuelva a tu habitación?

Se sentía muy tentada de hacerlo, en realidad. Cada vez tenía más claro que era muy poco probable que lograra salir de la Fortaleza si tenía que cargar con aquel hombre.

Él vaciló.

—Si me marcho, no me darán mi medicina. Me siento fatal cuando no la tengo, ¿sabes? Es tan horrible estar despierto... —suspiró.

—Yo voy a escapar de aquí, contigo o sin ti. Si vas a acompañarme, decídelo ya.

El anciano la miró con interés.

—¿Y cómo piensas sacarme de aquí? Yo no puedo cambiar de cara como tú, ¿sabes?

Los ojos plateados de Rox se estrecharon.

—¿Cómo dices?

—Cambiar de cara —repitió Ruxus, pasándose una mano ante su propio rostro—. Ese truco vuestro tan espeluznante.

Ella no daba crédito a lo que oía.

—¿Me has tomado por un...? —Se interrumpió a tiempo y añadió en voz más baja—: ¿Qué sabes tú de los monstruos innombrables?

—No pensarás en serio que me he creído que eres una Guardiana de verdad. Has de saber que conozco bien todas vuestras artimañas —le advirtió, alzando ante ella un índice huesudo.

Rox oyó de nuevo voces en el pasillo y le indicó con un gesto que guardara silencio. Pero quienquiera que fuese se alejó de allí sin percatarse de su presencia.

—Sabes que te encuentras en un enclave repleto de Guardianes, ¿verdad? —le preguntó entonces a Ruxus en un susurro.

—Eso es lo que queréis que piense —resopló él—. Pero yo sé que no sois realmente Guardianes y que ni siquiera sois tantos como aparentáis, solo unos pocos con muchas caras diferentes. —Le dedicó una sonrisa triunfal—. Todavía no habéis conseguido enturbiar mi mente por completo, y no será porque no lo hayáis intentado. —De pronto pareció recordar algo, y volvió a mirarla con expresión anhelante—. ¿Seguro que no me has traído la medicina?

Ella decidió que ya había tenido suficientes desvaríos. Aprovechando que el corredor había vuelto a quedar desierto, salió de la habitación, arrastrando al anciano tras de sí.

—¿Qué haces? ¿A dónde me llevas?

—De vuelta a tu cuarto, de donde nunca debí sacarte.

Ruxus palideció.

—No, no, por favor..., no me encierres allí otra vez.

—Pero te darán tu medicina, y fuera está lleno de monstruos —le recordó ella.

El anciano parecía debatirse ante un dilema de difícil resolución.

—¿De verdad has venido a rescatarme? —preguntó entonces.

—Ni siquiera sé quién eres ni por qué te han encerrado aquí. Te he encontrado por casualidad.

—¿Eres una Guardiana auténtica? ¿No eres como todos los demás?

—¿Qué quieres decir con eso? —Lo miró con fijeza, frunciendo el ceño—. No creerás en serio que los Guardianes de este lugar...

Ruxus se fijó entonces en el color de los iris de su salvadora.

—Eres de esos que no reconocen a los cambiapieles —comprendió. Pareció decepcionado un momento, pero después se encogió de hombros y concluyó—: Al menos estarás alerta cuando se acerquen los otros.

Rox sintió un irracional ataque de pánico al oír a aquel hombre corriente mencionar a los monstruos innombrables con tanta ligereza. Se preguntó entonces si lo habrían recluido allí porque sabía más de lo que debía.

Pero ella había visto al metamorfo transformándose en muchacha justo ante la puerta de la habitación donde lo tenían encerrado. Dos veces. Y previamente había adoptado el aspecto de dos Guardianes distintos. Había dado por supuesto que se trataba de la misma criatura, pero… ¿y si eran dos diferentes? ¿Y si había… más?

¿Qué sabía aquel anciano? De todas las cosas que le estaba contando, ¿cuáles eran reales y cuáles simples delirios de su mente enferma?

—No puedo llevarte conmigo —reconoció por fin—. He entrado por el tejado. Tendré que salir del mismo modo, y tú no estás en condiciones de seguirme.

—No, no, no me dejes —suplicó Ruxus—. Hay otra forma de salir.

—¿Por la puerta principal?

—No, por abajo. Por las catacumbas.

—¿Cata… cumbas? —repitió Rox. Aquella palabra no tenía ningún sentido para ella.

—El sótano, el subsuelo, los túneles. Tienes que creerme —insistió—. He vivido durante mucho tiempo en este lugar. Lo conozco bien.

Justo cuando la Guardiana iba a replicar, de nuevo oyó pasos que se acercaban, y en esta ocasión los sorprenderían en mitad del pasillo.

—Está bien, ¿por dónde? —susurró con urgencia.

El anciano vaciló.

—No… no lo recuerdo… Hacia abajo —se apresuró a añadir al ver que ella fruncía el ceño de nuevo—. Siempre hacia abajo, en todas las escaleras que encuentres.

Escaleras… Bien, al menos era un comienzo. Rox recordaba haber visto una escalinata en su trayecto hasta allí. La había evitado en un principio, porque parecía un acceso principal y probablemente estaría muy transitado. Pero estaba en sentido contrario al lugar por donde se acercaban los pasos, de modo que cargó con Ruxus y se apresuró a alejarse hacia allí.

El anciano se dejó llevar sin una palabra, algo que ella agradeció en silencio.

No hizo falta que llegaran a la escalinata, porque a medio camino encontraron una pequeña escalera auxiliar de caracol, y descendieron por allí. Los condujo hasta la planta baja, a donde llegaron sin cruzarse con nadie.

—Muy bien, y ahora, ¿por dónde?

Ruxus parecía aturdido.

—No sé..., esto ha cambiado mucho..., no me acuerdo...

Ella contuvo el impulso de gritar de ira y frustración.

—Debería haber...

—¡Oh, ya sé! —exclamó de pronto el anciano—. ¡La cocina!

—¿La cocina? ¿Qué tiene que ver con las cata...?

—¿Catacumbas? Nada, en realidad. Pero en las cocinas suele haber accesos al sótano. Bodegas, despensas, esas cosas.

Rox se quedó mirándolo.

—No tienes ni la menor idea de por dónde debemos ir, ¿verdad?

Ruxus comenzó a balbucear, pero ella ya no le estaba prestando atención. Había detectado algo que se deslizaba hacia ellos, pegado a la pared. Era una silueta sutil y cambiante, como una sombra proyectada por la llama de una antorcha. Estaba ya muy cerca del anciano, y él no se había dado cuenta, porque no poseía la capacidad de detectar a los seres invisibles.

La Guardiana vaciló un instante. La habían adiestrado para abatir monstruos innombrables, pero también para mantener el secreto de su existencia a cualquier precio. Sin embargo, Ruxus ya estaba familiarizado con ellos. Y ella no podía quedarse quieta mientras aquella criatura los acechaba.

El invisible se detuvo un momento y pareció observar a Rox con cierta alarma. Quizá no había reparado antes en sus ojos plateados o tal vez la había tomado por otro falso Guardián (¿cuántos había en la Fortaleza, en realidad?).

Ella no lo pensó más. No había traído su hacha consigo, pero llevaba las dos dagas curvas de Aldrix prendidas de su cadera, una a cada lado. A la velocidad del rayo, desenfundó una de ellas y la arrojó contra la sombra.

Ruxus dio un respingo y lanzó un grito cuando vio el arma volar hacia él. La criatura invisible, por su parte, esquivó el ataque con facilidad, tomó impulso y se lanzó sobre Rox.

El cuerpo de ella respondió de forma instintiva, pero la sombra corrigió su movimiento en el último instante, esquivó a la Guardiana y se agachó para alcanzar su cintura. Rox la detuvo justo cuando extraía su segundo puñal de la vaina. Ambas, Guardiana y criatura invisible, forcejearon unos segundos ante la atónita mirada de Ruxus, perdieron el equilibrio y rodaron por el suelo. Por fin, ella se desembarazó del cuerpo muerto de la sombra y se incorporó, sacudiéndose la ropa con desagrado. Se había manchado con la sangre invisible del monstruo, aunque solo ella parecía percibirlo. Cuando alzó su mirada plateada hacia el anciano, este sacudió la cabeza con pesar, pero no hizo ningún comentario.

Prosiguieron su camino hacia las cocinas, porque Rox no tenía un plan alternativo. Todo estaba tranquilo, por el momento. Al parecer, nadie había descubierto aún la fuga de Ruxus, aunque ella sabía que no tardarían en hacerlo. Los pasillos, no obstante, parecían extrañamente vacíos, y la Guardiana tuvo la sensación de que la mayoría de los habitantes de la Fortaleza debían de encontrarse ejerciendo tareas de vigilancia en el exterior. Aquello podría indicar que Ruxus estaba en lo cierto y no vivía allí tanta gente como parecía. Durante el tiempo que ella había pasado estudiando la Fortaleza, había llegado a contar cerca de cuarenta

Guardianes diferentes. Pero si el anciano tenía razón y eran todos metamorfos..., si cambiaban de aspecto y fluctuaban entre varias identidades diferentes..., podían ser muchos menos, quizá poco más de una docena. A eso tal vez hubiera que añadirle varias sombras como la que había abatido al pie de la escalera. ¿Cuántas podía haber? ¿Sería posible que aquel lugar estuviese únicamente habitado por monstruos innombrables?

Sacudió la cabeza. No, la Guardia jamás lo habría permitido.

Pero si había un solo Guardián auténtico en aquella Fortaleza..., tenía que haber desenmascarado a los falsos mucho tiempo atrás.

Llegaron por fin a la cocina y se detuvieron junto a la puerta, porque dentro se oían voces. Rox aguzó el oído. En el interior, entre el sonido de las cacerolas y el crepitar del fuego, dos mujeres charlaban animadamente. La joven frunció el ceño, porque una de las voces le sonaba familiar.

Entonces se dio cuenta de que Ruxus jadeaba con fuerza a su lado y se volvió hacia él, alarmada. El anciano le dirigió una sonrisa de disculpa.

—Yo... ya no tengo edad... para estas correrías... —se justificó.

Las voces callaron de repente. Rox maldijo para sus adentros.

—¿Has oído eso? —preguntó la muchacha más joven desde el interior de la cocina.

La Guardiana la reconoció de golpe.

La sirvienta a la que había matado en la habitación de Ruxus, y que no era una sirvienta en realidad.

Tenía que asegurarse, de modo que se asomó por la rendija de la puerta con toda la discreción que pudo.

La muchacha estaba mirando en su dirección, y Rox constató que, en efecto, se trataba de la misma.

Pero ella detectó su presencia.

—¿Quién anda ahí? —preguntó en voz alta.

Rox improvisó. Agarró a Ruxus por la muñeca y lo empujó al interior de la cocina mientras susurraba:

—¡Intenta distraerlas!

El anciano trastabilló y cayó de rodillas ante las dos atónitas mujeres, que se apresuraron a inclinarse ante él.

—¡Maestro! —exclamó la más joven—. ¿Qué haces aquí? ¿Cómo...?

Él alzó la cabeza y pestañeó, confuso.

—¿Me has traído la medicina? —preguntó esperanzado.

—¿La medicina? Pero... pero si ya te la he dado...

Ruxus se aferró con fuerza a su manga y la miró con desesperación.

—Por favor, por favor, mi medicina... —lloriqueó.

Unos pasos más allá, Rox dudaba. Se había planteado la posibilidad de que todos los Guardianes que había en la Fortaleza fuesen también metamorfos. No obstante, ¿qué sucedía con las personas corrientes? Por lo que sabía de los cambiapieles, si uno de ellos había adoptado la forma de aquella joven, se debía a que ella ya estaba muerta. ¿Sería posible que la muchacha de la cocina fuese otro metamorfo? Pero ¿y si no lo era? ¿Y la mujer de mediana edad que la acompañaba? Llevaba un amplio delantal y un pañuelo en la cabeza, y se secaba las manos con un paño. Era evidente que había estado cocinando. ¿Trabajaba para los Guardianes? ¿O era también un cambiapiel?

Nunca antes en su vida había echado tanto de menos la presencia de un compañero de la División Oro a su lado... Uno de verdad, pensó de inmediato, no como Aldrix.

En la cocina, las dos mujeres hablaban en susurros, haciendo caso omiso del anciano tembloroso que gemía ante ellas.

—¿Cómo es posible que se haya escapado?

—No han pasado ni dos horas desde el último control. ¿Crees que alguien se dejó la puerta mal cerrada?

—No se puede ser tan incompetente. Iré a avisar para que lo devuelvan a su habitación.

La muchacha se incorporó, pero Ruxus la retuvo a su lado.

—Por favor, mi medicina.

—Acabo de dártela, maestro —respondió ella con dulzura—. Seguro que puedes recordarlo, si haces un esfuerzo.

Rox actuó en ese momento. Se precipitó en la habitación con las dagas por delante, sorprendiendo a la joven sirvienta, que no tuvo tiempo de reaccionar. La Guardiana captó, sin embargo, el gesto de odio puro que contorsionó sus rasgos justo antes de que ella hundiese las dagas en su cuerpo.

Se sacudió de encima la extraña sensación de haber matado dos veces a la misma persona. No era la misma, sino dos diferentes, se obligó a recordar. Y ni siquiera eran personas.

Con la cocinera de mayor edad, no obstante, tenía sus dudas.

Pero ella las despejó de inmediato transformándose en un Guardián alto y fornido que se arrojó sobre Rox blandiendo una espada corta. La lucha habría sido larga y difícil, y probablemente habría estado muy igualada; sin embargo, Ruxus intervino y se precipitó sobre el metamorfo con un agudo chillido.

El falso Guardián se desembarazó de él sin apenas esfuerzo, pero había perdido la iniciativa frente a Rox, que aprovechó para embestirlo de nuevo. Lo hirió en el brazo que sostenía la espada y después lo desarmó de una patada.

Minutos después los dos metamorfos yacían en el suelo, muertos.

Ruxus temblaba como una hoja.

—¿Lo ves? —murmuró—. Son todos iguales. Todos falsos.

—Tenemos que darnos prisa —urgió ella—. No tardarán en descubrir que nos hemos ido.

Miró a su alrededor y descubrió una trampilla en el suelo. La abrió y se asomó al interior. De allí partían unas escaleras que conducían a lo que parecía ser una despensa o una bodega subterránea.

—Esto no tiene salida, anciano.

Ruxus estaba ocupado llenando una bolsa con víveres diversos. Antes de responderle se inclinó junto al cuerpo del segundo metamorfo para arrebatarle la capa. Observó con disgusto las manchas de sangre que la ensuciaban, pero se la echó por los hombros de todos modos.

—Hay un túnel —respondió muy convencido. Después frunció el ceño y añadió—: O eso creo.

Rox sacudió la cabeza con un suspiro irritado. Bajó por las escaleras y se detuvo cuando llegó al final para mirar alrededor.

Se trataba de una despensa, como había imaginado. Había cajas y toneles apilados junto a las paredes, pero poco más. Se volvió hacia Ruxus, que bajaba tras ella. Llevaba una lámpara de aceite en la mano y se había colgado en bandolera la bolsa de comestibles que había conseguido en la cocina. Ella lo ayudó a descender los últimos peldaños, pensando que quizá no estuviese tan loco como le había parecido en un principio, y una pequeña llama de esperanza se encendió en su corazón.

—¿Y bien? —le preguntó—. No veo ninguna salida por aquí.

Ruxus, sin embargo, no prestaba atención a las paredes. Parecía más pendiente del suelo. Caminó varios pasos con el farol en alto, pisoteó la superficie y se desplazó por el sótano como si ejecutara un extraño baile. Por fin se detuvo y golpeó de nuevo la tierra con el pie.

Sonó a hueco.

—Es aquí —anunció.

Rox se apresuró a reunirse con él. Limpió el polvo del suelo y descubrió con sorpresa una nueva trampilla. Cuando la abrió, no sin esfuerzo, un intenso olor a cerrado le golpeó el rostro.

—¿Qué es esto? —jadeó.

—Las catacumbas —respondió él con gravedad.

La Guardiana tomó la lámpara y se asomó al interior, pero estaba demasiado oscuro. Y ni siquiera había escaleras.

—¿Estás seguro de que esto conduce a alguna parte?

Ruxus no respondió. Alzó la cabeza, inquieto. Se oían voces y pasos justo por encima de sus cabezas. Alguien lanzó una exclamación alarmada, y Rox se maldijo a sí misma por no haber pensado en ocultar los cadáveres antes de bajar allí.

—No importa; no tenemos opción —murmuró.

Y saltó al vacío.

24

Aterrizó unos tres metros más abajo y flexionó las rodillas para minimizar el impacto. El suelo bajo sus pies era blando, pero firme. Levantó la cabeza y vio a Ruxus asomado a la trampilla, con la lámpara en alto iluminando sus facciones.

—¡Vamos, baja! —susurró, alzando los brazos hacia él.

El anciano le entregó la lamparita y ella la depositó en el suelo para tener las manos libres. Lo ayudó a entrar por el hueco y después, cuando lo tuvo a su lado, cerró la trampilla sobre sus cabezas.

Ambos contuvieron la respiración y escucharon en silencio. Oyeron unos pasos que descendían apresuradamente por la escalera y una voz gritó:

—¡Aquí no hay nadie!

Luego los pasos volvieron a alejarse y la portilla que conducía a la despensa se cerró de golpe.

Después, silencio.

Rox respiró hondo. Parecía que estaban a salvo, por el momento. Tomó la lámpara, la levantó y miró a su alrededor. Esperaba encontrarse en un pequeño agujero, pero se sorprendió al ver que, en efecto, de allí partía un túnel estrecho que se perdía en la oscuridad. Miró a Ruxus, desconcertada.

—Te lo dije —le recordó él con una sonrisa.

Ella no hizo ningún comentario. Echó a andar y el anciano la siguió.

—¿Qué pasa exactamente en este lugar? —susurró Rox al cabo de un rato—. ¿Por qué está lleno de cambiapieles y...?

—¿Sombras? —concluyó Ruxus. Ella se volvió para mirarlo, suspicaz, y él sonrió con tristeza—. Sí, sabía que estaban aquí. Nunca he podido verlos, pero oigo sus voces. Antes venían y me susurraban en la oscuridad. Gracias a la medicina, paso tanto tiempo durmiendo que ya apenas los oigo.

Se mostró inquieto de nuevo y miró a su alrededor con ansiedad, como si esperara ver aparecer de nuevo a la falsa doncella con su frasco de narcótico. Rox atrajo de nuevo su atención:

—¿Hablaban específicamente contigo?

—No solo conmigo. También con los otros, con los que sí se ven, pero no son lo que parecen. Todos se conocen, aunque a veces tengo la sensación de que no se llevan muy bien.

Ella se estremeció.

—¿Y por qué los Guardianes de verdad no hacen nada al respecto?

Ruxus se rio con suavidad.

—No hay Guardianes en la Fortaleza. Tú eres la única.

Ella sacudió la cabeza, perpleja. No sabía qué posibilidad la inquietaba más: que los monstruos innombrables hubiesen tomado la Fortaleza sin el conocimiento de la Guardia o que alguien en la Ciudadela estuviese al tanto de lo que sucedía allí... y lo consintiera.

Aquellos pensamientos la turbaban y la distraían, de modo que decidió centrarse en la situación presente.

—Entonces, ¿los falsos Guardianes no conocen este túnel?

—No, a menos que tengan más de mil años. Y no creo que sea el caso.

A ella no le convenció la respuesta, pero no dijo nada.

Al cabo de un rato, el corredor se amplió y Rox se detuvo un segundo para mirar alrededor. Las paredes eran de piedra; sillares antiguos cubiertos de moho, levantados mucho tiempo atrás, en una época tan lejana que apenas era capaz de imaginarla. Robustas columnas sostenían el techo, y la Guardiana vio restos de una antigua marca tallada en la roca, cerca de la base del capitel. Alzó la lámpara para ver mejor, despejó con los dedos los restos de musgo y frunció el ceño al reconocerla: el símbolo de los sabios del Manantial.

Recordó que Axlin le había contado que la Fortaleza se levantaba encima de los restos de un antiguo edificio relacionado con aquellas personas, fueran lo que fuesen.

Se volvió hacia Ruxus y descubrió que él había retrocedido, amedrentado, con los ojos desorbitados y clavados en el dibujo. Bajo la luz de la lámpara de aceite advirtió que se había puesto pálido y tenía la frente bañada en sudor.

—¿Te encuentras bien? —le preguntó.

—Es... este sitio... —balbuceó el anciano—. Me vienen recuerdos. —Se dejó caer sobre el suelo con la espalda apoyada en la pared, se hizo un ovillo y hundió el rostro entre las rodillas—. Necesito mi medicina... No quiero pensar, no quiero... Necesito volver a dormir... sin sueños...

Rox se quedó quieta un momento sin saber qué hacer. Después se inclinó a su lado.

—¿Qué hay al otro lado de este arco? —inquirió en voz baja.

—Las catacumbas —gimió él.

—¿Qué es eso exactamente? ¿Para qué se utiliza? ¿Tiene salida?

Ruxus parpadeó, confundido ante tantas preguntas. Pero hizo un esfuerzo por elaborar una respuesta, y la joven comprobó, aliviada, que volvía a enfocar la mirada mientras regresaba poco a poco a la realidad.

—Varias salidas, sí —respondió, algo más animado—. Aunque no sé muy bien para qué. Los muertos no pueden ir a ninguna parte —añadió con una risilla nerviosa.

Rox alzó una ceja.

—¿Muertos?

—Oh, sí, las catacumbas... —se estremeció— son el lugar donde los antiguos habitantes de este sitio enterraban a los suyos. Toda una red de galerías repletas de tumbas. Cientos de muertos. Tras la llegada de los monstruos... probablemente miles —concluyó en un susurro.

—¿Eso te asusta? Después de todo, y como bien has dicho, los muertos no pueden ir a ninguna parte.

Pero Ruxus, que había vuelto a hundir la cabeza entre las manos, no contestó.

—¿Tal vez temes a los monstruos que los mataron? —siguió preguntando ella. El anciano no dijo nada—. Eso sucedió hace mucho tiempo, y de todos modos estás conmigo. Si queda algo en esos túneles, me ocuparé de ello. Tienes mi palabra.

Se incorporó de nuevo y contempló pensativa el símbolo grabado en la columna.

—Hay quien dice que los lugares que tienen esta marca están libres de monstruos —murmuró, recordando lo que Axlin le había contado.

Por fin, Ruxus reaccionó.

—Eso es una superstición. —Sacudió la cabeza con tristeza—. Los antiguos pintaban ese símbolo en todas partes y no les sirvió para nada.

Se levantó con esfuerzo. Su rostro estaba cargado de angustia y amargura, pero Rox detectó también un brillo de resolución en su mirada.

—Vamos —dijo—. Salgamos de aquí cuanto antes.

Atravesaron el arco de entrada y se internaron por el túnel.

Ella no tardó en descubrir que, tal como Ruxus había anticipado, no se trataba de una sola galería, sino de un entramado de pasillos que se entrecruzaban. Al principio deambularon por allí sin rumbo fijo. La Guardiana examinaba con curiosidad los nichos que se alineaban a ambos lados del túnel. Los primeros estaban sellados con losas de mármol que mostraban los nombres de las personas que los ocupaban, pero no tardó en hallar enterramientos precipitados, lápidas mudas, nichos sin cerrar. Había sepulcros en los que incluso se amontonaban los restos de varias personas, algunas colocadas con cuidado, otras de cualquier manera. Montañas de huesos, hileras de calaveras que los contemplaban inmóviles y silenciosas, como si guardasen un secreto que ya jamás revelarían a nadie.

Avanzaba sobrecogida, incapaz de apartar la mirada de aquellos restos. Llevaba la lámpara en una mano y con la otra aferraba a Ruxus, que caminaba con la vista clavada en el suelo, negándose con obstinación a mirar a su alrededor y tropezando, sin embargo, con sus propios pies una y otra vez. A veces se detenía para secarse los ojos húmedos y musitaba: «Mi medicina, mi medicina...», pero Rox tiraba de él con suavidad y el anciano, dócil, se ponía en marcha de nuevo.

—Entonces los monstruos atacaron la Fortaleza —murmuró la Guardiana al cabo de un rato, más bien para sí misma. Se detuvo un momento cuando su voz reverberó en las paredes, multiplicándose por los túneles, y después continuó—: Debieron de entrar, a pesar de las defensas, y mataron a todos los que había dentro.

—No era una Fortaleza entonces —respondió inesperadamente Ruxus—. Se trataba de un templo de formación de la

Orden del Manantial. Pero mucha gente vino aquí buscando protección, porque pensaban..., porque creían...

—¿Que los sabios los salvarían?

El anciano dejó escapar una carcajada amarga.

—Quizá tuvieran motivos para pensarlo —murmuró—, pero estaban muy equivocados. —Suspiró un momento y sacudió la cabeza con pesar—. Todos muertos. Todos muertos —repitió.

—No tiene sentido torturarse ahora por algo que sucedió hace tantísimo tiempo —opinó la Guardiana—. No tiene nada que ver contigo.

Él la miró desconcertado y con un cierto brillo de esperanza en sus ojos.

—¿Ah, no?

Ella frunció el ceño, perpleja.

—Por supuesto que no. Estos restos llevan aquí cientos de años. Los sabios del Manantial, fueran quienes fuesen, desaparecieron hace mucho tiempo.

Ruxus dejó caer de nuevo la cabeza, abatido.

—Supongo que tienes razón —musitó.

Rox, no obstante, estaba pensando en lo que Axlin le había contado. Al parecer, había surgido recientemente en la Ciudadela un movimiento que trataba de recuperar el legado de los sabios del Manantial. Ella no había entendido muy bien en qué consistía aquello, pero tenía la impresión de que Ruxus estaba mejor informado. Quizá fuera un historiador o un estudioso de la materia. En todo caso, si conseguía sacarlo del aquel estado de desorientación intermitente en que parecía haberlo sumido la «medicina» que le daban los metamorfos, tal vez lograra que le explicara algo más al respecto.

Abrió la boca para preguntar, pero se dio cuenta de que él no le prestaba atención. Acababan de doblar un recodo y el anciano estaba palpando la pared a su derecha, que era lisa, sin nichos ni restos de ninguna clase.

—¿Sucede algo?

—¡Chisss!

Ruxus pegó la oreja a la fría piedra y escuchó. Cuando se separó de la pared, sonreía.

—Se oye el rumor del agua —anunció—. El río está al otro lado, así que si seguimos este pasillo acabaremos por llegar a alguna parte. —Se pasó la lengua por los labios resecos—. Por la fuente sagrada, tengo tanta sed...

—¿No has cogido agua en la cocina?

—Se me ha olvidado. Yo... Supongo que la cabeza aún no me funciona del todo bien.

—Fuiste lo bastante previsor como para hacer acopio de provisiones —lo consoló Rox—. A mí no se me había ocurrido. De todos modos, ¿cuánto tiempo llevabas tomando esa... medicina?

Ruxus frunció el ceño.

—No sé. Dos, tres...

—¿Semanas? —lo ayudó Rox—. ¿Meses?

El anciano la miró con los ojos muy abiertos.

—Siglos, creo —concluyó, y ella dio por sentado que desvariaba otra vez.

—En cualquier caso... —empezó, pero se detuvo de pronto.

Un ligero cosquilleo en la nuca. Una súbita sensación de tensión, como si todos sus sentidos se agudizaran a la vez.

Monstruos.

Desenvainó sus dagas y se colocó ante Ruxus para protegerlo con su propio cuerpo. El anciano dio un respingo, alarmado.

—¿Qué...?

—Silencio. No te muevas.

Examinó el túnel con la mirada: los suelos de piedra cubiertos de polvo, el techo que desaparecía en la oscuridad, los nichos de la pared de la izquierda, de donde sobresalían las formas redondeadas de pálidos cráneos y huesos rotos...

De repente detectó un movimiento. Algo subía por la pared a toda velocidad, una mancha oscura con muchas patas. Se perdió en algún lugar entre las tinieblas del techo, y Rox echó de menos su arco, porque no podría alcanzar a la criatura desde su posición a ras de suelo. De todos modos, si era realmente un monstruo, no tardaría en atacar.

Esperó un segundo y entonces vio otro emergiendo de uno de los nichos. Se movió con tanta precipitación que tiró algunos restos humanos al suelo, y Ruxus lanzó una exclamación de terror que resonó por los pasillos.

El monstruo se detuvo un instante. Y después, de golpe, los nichos comenzaron a escupir docenas de criaturas similares, en una oleada de patas peludas y aguijones en ristre.

«Trepadores», pensó Rox. Haciendo honor a su nombre, los monstruos se desplazaron hacia arriba por las paredes hasta cubrir el techo sobre ellos. La Guardiana enarboló sus dagas, preparada para luchar.

El primero de los monstruos se arrojó sobre ella. Rox trazó un arco cruzado con sus armas sobre su cabeza para abatirlo antes de que la tocara, pero el trepador hizo un extraño quiebro en el aire y aterrizó en el suelo, a un par de metros de ella. La Guardiana frunció el ceño. Estaba segura de que no había llegado a tocarlo y, sin embargo, el monstruo temblaba ante ella, avanzaba un par de pasos, retrocedía de nuevo... como si no se atreviera a atacarla.

Reinó de pronto un silencio atronador en el corredor, como si el murmullo de cientos de patas se hubiese acallado al instante. Alzó la mirada para comprobar que los trepadores seguían allí. Y, en efecto, los localizó apiñados en el techo, inmóviles como estatuas.

—¿Qué está pasando? —gimió Ruxus tras ella.

Rox no lo sabía. Presuponía que los trepadores estaban esperando a que pasaran por debajo de ellos para saltarles encima todos a la vez, pero aquel no era un comportamiento típico de la especie. A aquellas alturas deberían haberlos atacado ya.

La Guardiana dio un paso tentativo al frente.

Los trepadores retrocedieron. El que había caído al suelo se apresuró a encaramarse de nuevo a la pared y a desaparecer de su vista en el interior de uno de los nichos.

—¿Te tienen miedo? —preguntó Ruxus con asombro.

Ella lo dudaba. Tenía que haber otra explicación.

Avanzó otro paso.

Los trepadores recularon de nuevo.

Tratando de sobreponerse a la abrumadora sensación de irrealidad que la invadía, Rox siguió avanzando, esta vez un poco más rápido. Los monstruos, en su precipitación por alejarse, se amontonaban en el techo, se enredaban entre ellos y empezaron a resbalar por las paredes. Ruxus gritó otra vez, corrió tras la Guardiana y se pegó a sus talones, aterrorizado.

Pero los trepadores no los tocaron. Se desplazaron por el túnel rodeando a los dos humanos, evitando cualquier contacto con ellos, y siguieron avanzando hasta dejarlos atrás. Después se perdieron en la oscuridad.

La joven se quedó contemplando al último rezagado, aún desconcertada.

—¿Qué acaba de pasar? —preguntó por fin Ruxus, temblando. Se volvió hacia Rox y la miró con los ojos muy abiertos—. ¿Quién eres tú? ¿Por qué te temen los monstruos?

—Una Guardiana, ya te lo he dicho.

Pero él negó con la cabeza.

—Eres una falsa Guardiana, ¿no es cierto? Eres una de ellos. Por eso los monstruos no te atacan.

—Los monstruos atacan a los metamorfos igual que a todos los demás —replicó ella—. De lo contrario, todo el mundo se daría cuenta de que no son humanos. Yo misma, de hecho, tuve como compañero a un cambiapiel durante una misión, y no lo descubrí hasta mucho más tarde. —El recuerdo todavía le escocía, pero se esforzó por seguir hablando con calma—. Nos atacaron monstruos de todo tipo y peleamos juntos, y no...

Se interrumpió de pronto y frunció el ceño, evocando una escena extraña que había vivido durante su viaje junto a Aldrix. Se habían enfrentado a un grupo de rechinantes en el bosque, pero el último de ellos había dado media vuelta sin motivo aparente, renunciando a pelear. ¿Se debía a la presencia de Aldrix, un metamorfo? Negó para sí misma. Aquel último rechinante había huido de Rox cuando ya se encontraba sola, porque su compañero había regresado al refugio para acondicionarlo mientras ella realizaba una última batida por los alrededores.

—Me ha pasado antes, con otro monstruo —murmuró—. Pero solo una vez, y desde entonces he luchado contra ellos como de costumbre.

—Te temían. ¡Yo lo he visto! —insistió el anciano.

Ella se volvió para mirarlo.

—También a ti —le espetó—. Me he dado cuenta de que retrocedían para no tocarte.

Ruxus dio un respingo.

—Pero eso no puede ser. Yo no soy uno de ellos. ¿O tal vez sí? —Se quedó mirándola, muy preocupado—. ¿Crees que es posible que sea uno de ellos y lo haya olvidado?

—Es poco probable.

—Oh, espera, ya sé —añadió él, y le mostró la capa que llevaba sobre los hombros—. Me han confundido con uno de ellos porque llevo su ropa puesta. Quizá hasta huelo como ellos —comentó, y olisqueó la prenda con curiosidad.

Rox reprimió un suspiro.

—Lo más probable es que haya sido un golpe de suerte —zanjó—. O quizá esos trepadores lleven tanto tiempo aquí abajo que ya no soportan la luz. En todo caso, no tenemos tiempo de preocuparnos por eso ahora. Debemos salir de aquí.

Reanudó la marcha por el corredor, ahora libre de monstruos. Tras una breve vacilación, el anciano la siguió.

El sonido del río se oía con claridad al otro lado de la pared. Ruxus volvió a quejarse porque tenía sed, y la Guardiana trató de entretenerlo cambiando de tema.

—¿Recuerdas ya por qué te tenían encerrado en la Fortaleza? —inquirió.

El anciano reflexionó.

—Porque sabía cosas, creo. Pero ha pasado tanto tiempo..., y he dormido tanto..., que ya no recuerdo qué era lo que sabía. A veces me vienen imágenes, fragmentos..., y no sé si forman parte de mis sueños o si sucedieron en realidad.

—Si eras un peligro para ellos por lo que sabías, ¿por qué te hicieron prisionero? ¿Por qué no te mataron y ya está?

Él parpadeó, aturdido.

—No lo sé —admitió al final—. Siempre creí que me daban aquel brebaje para confundirme..., para que no recordara... —Volvió a pasarse la lengua por los labios—. Tengo tanta sed, muchacha... ¿Por qué no me das ya mi medicina?

—Pronto —le prometió Rox.

—Todo se está volviendo más oscuro —se quejó él—. Creo que eso significa que necesito volver a dormirme ya.

La Guardiana no respondió, aunque su compañero no andaba muy desencaminado. El aceite de la lamparita se estaba terminando y la llama ardía con menor intensidad. Pero ella prefirió reservarse aquella información para no alarmar al anciano todavía más.

Permanecieron en silencio hasta que por fin llegaron al final del túnel, donde descubrieron, decepcionados, que la salida había sido bloqueada por un montón de rocas.

—Oh —murmuró Ruxus—. Es cierto, sellamos las entradas para que no entraran los monstruos. Lo había olvidado.

Rox sintió que la invadía la ira.

—¿Lo habías olvidado? —repitió—. ¿Insinúas que estamos atrapados aquí abajo y lo habías olvidado?

—Es que fue hace mucho tiempo —se defendió él—. Y apenas puedo pensar. Llevo demasiado rato sin mi medicina y me estás matando de sed, ¿cómo esperas que preste atención a los detalles?

Ella trató de mantenerse serena y se centró en la montaña de rocas.

—¿Cuánto hace que se bloquearon las entradas? —preguntó.

Ruxus la miró sin comprender.

—Con la primera oleada de monstruos, ya te lo he dicho. —Sus ojos se desenfocaron mientras evocaba tiempos remotos—. Los sabios levantaron la barrera para impedir el paso a los más grandes, los que podían aplastarnos de un solo pisotón. Pero todos los demás se colaron por los huecos. Y ya no les quedaron fuerzas para enfrentarse a ellos.

Ella lo observaba fijamente, sin dar crédito a lo que oía. ¿Acababa de mencionar a los monstruos colosales? ¿Y de qué época estaba hablando en realidad?

—¿A qué te refieres con «la primera oleada»?

—A los primeros que llegaron, cuando nadie había visto nunca ningún monstruo. —Se estremeció—. Ahora la gente está acostumbrada, pero no imaginas cómo fue entonces. El horror, la incomprensión, la incredulidad..., los gritos...

Rox sacudió la cabeza.

—Es imposible que puedas recordar eso, anciano. Todas las personas que lo vivieron están muertas desde hace siglos. —Paseó la mirada por el montón de huesos que se apilaba en la esquina del corredor—. Ni siquiera tú eres tan viejo.

Ruxus la miró, muy confuso.

—¿No? No, por supuesto —murmuró—. Probablemente tengas razón. —Tragó saliva y chasqueó la lengua—. Ojalá tuviese mi medicina. Necesito dormir, lo necesito tanto...

Rox ya no lo escuchaba. Había trepado al montón de piedras porque le había parecido percibir una leve ráfaga de aire fresco. Observó con atención la tenue llama de la lamparita, que se movía sacudida por la corriente de aire. Siguió subiendo, ignorando las protestas del anciano hasta que de pronto la llama murió definitivamente.

Oyó enseguida un grito de terror.

—¡Muchacha! Muchacha, ¿dónde estás? ¡Se ha apagado la luz y estoy solo!

Ella no perdió tiempo en responder. Estaba tirando de una roca que se movía ligeramente. Consiguió arrancarla por fin y se apartó cuando rodó hacia abajo, rebotando sobre otras piedras hasta estrellarse en el suelo. De nuevo oyó una exclamación indignada.

—¿Qué haces? ¿Es que pretendes matarme? Porque no pienso...

Ruxus se calló de repente, maravillado.

Un tímido rayo de luz natural acababa de inundar el túnel.

—Creo que he encontrado una salida —anunció Rox desde arriba.

25

A medida que iban transcurriendo los días, Xein mejoraba con los cuidados de Axlin. Cada vez pasaba más tiempo despierto, y poco a poco volvió a comer alimentos sólidos. No hablaba mucho, sin embargo. La muchacha deseaba creer que se debía a su estado convaleciente, pero en el fondo sabía que no era así.

—¿A dónde me lleváis? —preguntó él un día.

—Hay una aldea al sur... —empezó Axlin, pero se interrumpió enseguida al notar los ojos dorados de Xein fijos en ella.

—Entonces, ¿no volvemos a la Ciudadela?

Estuvo a punto de explicarle que, tal como estaban las cosas allí, era probable que ni siquiera los dejasen entrar; no obstante, se limitó a responder:

—No.

El joven no añadió nada más. Sacudió la cabeza y desvió la mirada, sombrío.

Axlin sabía lo que estaba pensando. Se inclinó hacia él, reprimiendo el impulso de colocar una mano sobre su hombro y le susurró:

—Sé que te marcharás en cuanto te sientas fuerte.

Él la miró sorprendido, y ella sonrió con amargura.

—Si quieres regresar con los tuyos, no podré retenerte. Lo único que te pido es que te despidas antes de partir.

Xein no supo qué decir. La muchacha salió del carro, dejándolo a solas.

Aquella tarde, mientras Axlin y Loxan discutían sobre si pasar o no la noche en un refugio en ruinas, Xein salió del carro para estirar las piernas. Los dos callaron de inmediato y se volvieron para mirarlo.

—¿Cuál es el problema? —preguntó él.

—Que estamos perdiendo el tiempo aquí —respondió ella—. Obviamente, este refugio no está en condiciones. Deberíamos seguir adelante hasta el enclave más cercano.

Loxan se cruzó de brazos, ceñudo.

—¿Cómo que no está en condiciones, señorita de ciudad? Tiene cuatro paredes y medio techo, ¿no es así?

—Pero ¡no tiene puerta!

—Tenemos un carro acorazado, ¿para qué necesitas una puerta?

Axlin evitó mirar de reojo a Xein. Desde que pasaba más tiempo despierto que inconsciente, ya no se sentía cómoda compartiendo el carro con él por las noches. El interior del vehículo era demasiado estrecho para tres personas, y por esa razón procuraban pernoctar siempre en enclaves y refugios.

—Estamos perdiendo el tiempo aquí —repitió—. Si nos damos prisa, podremos alcanzar la próxima aldea antes del anochecer...

—Es más probable que nos sorprenda la noche antes de llegar —opinó Loxan—. Y entonces tendremos que acampar junto al camino y dormir los tres dentro del carro. Estaremos un poco apretados, pero... oh —se interrumpió entonces, y sonrió mientras su ojo bueno se iluminaba con un brillo malicioso—. Quizá eso no te parezca tan malo, al fin y al cabo.

Axlin le dio la espalda a Xein para que él no la viera sonrojarse.

—No digas tonterías —masculló—. Yo solo pienso que sería mejor...

—Estoy de acuerdo con el buhonero —intervino entonces Xein, y ella se volvió para mirarlo.

—¿Cómo dices?

—Si no hay garantías de que vayamos a llegar de día al siguiente enclave, lo mejor será pasar la noche aquí. Un refugio medio en ruinas es mejor que ningún refugio.

Loxan mostró su aprobación con una inclinación de cabeza.

—Muchas gracias, señor Guardián. Y ahora andando, pareja. Tenemos que instalar las defensas y preparar la cena antes de que se ponga el sol.

Aparcaron el carro en el interior de la estructura de piedra y soltaron al caballo para que pudiera pacer libremente. Axlin trataba de mantenerse a una prudente distancia de Xein, pero no pudo evitar pararse a mirarlo mientras examinaba las armas del carro. El chico seleccionó una lanza y la sopesó con gesto pensativo. Después se la echó al hombro y cogió un par de odres vacíos.

—Voy a buscar agua al arroyo —anunció.

—¿Estás seguro? —preguntó Axlin, y él se volvió hacia ella—. Aún no te has recuperado del todo. Has perdido fuerzas...

—Todavía conservo el instinto —respondió Xein.

Ella no dijo nada; se limitó a verlo marchar, preocupada.

—Ve tras él —la animó Loxan—. No me gusta que nadie se aleje solo del campamento, aunque sea un Guardián.

Axlin no necesitó que se lo dijera dos veces.

Lo halló acuclillado junto a la orilla del río, pensativo. No se había limitado a llenar los odres de agua. Su lanza estaba clavada en el lecho del arroyo; había atravesado algo que parecía un ovillo de plantas acuáticas. Al observarlo con atención, Axlin descubrió una cabeza plana con una boca abierta y erizada de dientes, y cuatro miembros largos y blanquecinos que emergían de debajo de las hojas y se movían blandamente, sacudidos por la corriente.

—Espaldalgas —susurró.

—Solo he visto ese —respondió Xein, con la mirada aún fija en el agua—. No he detectado más por el momento.

Ella se sentó a su lado y le tomó la mano para examinarle la palma. El primer impulso de él fue retirarla, pero en la expresión de la joven solo había interés y una ligera preocupación, por lo que se relajó y le dejó hacer.

—La piel nueva todavía está muy tierna —observó ella—. ¿Seguro que estás en condiciones de utilizar la lanza?

Xein se encogió de hombros.

—Tienen que volver a encallecer de todas maneras.

Axlin seguía estudiando sus manos con el ceño ligeramente fruncido.

—Debía de ser un veneno muy potente, si te dejó en ese estado simplemente por contacto —comentó—. Pero seguro que tú ya lo sabías. ¿Cómo se te ocurrió tocar las púas del monstruo?

Él clavó su mirada en la de ella.

—Porque trataba de matarlo con su propio veneno. Usé protecciones para las manos, de todas formas; no soy tan inconsciente como piensas. De no haberlo hecho, estaría muerto.

La muchacha se estremeció, pero su curiosidad pudo más que su angustia.

—¿Qué es un milespinas? —quiso saber.

Xein sonrió.

—¿Qué te han contado?

—Que tiene púas venenosas. Y supongo que serán muchas, a juzgar por su nombre.

Él se mantuvo en silencio unos instantes. Axlin preguntó:

—¿Es... una de esas cosas de Guardianes que la gente corriente no debe conocer?

El joven lo pensó. Por fin sacudió la cabeza.

—No lo creo. Si los monstruos de la Última Frontera no aparecen en los bestiarios, no se debe a que sean un secreto, sino a que ninguna persona corriente los ha visto jamás.

El corazón de Axlin latió un poco más deprisa.

—¿Hay muchos monstruos desconocidos al otro lado de la Última Frontera?

—Como para llenar docenas de páginas de tu libro —sonrió él, y enumeró—: Milespinas, rampantes, quiebrarrocas, musgosos, sepultureros, taladradores... —se interrumpió y rio ante el gesto asombrado de Axlin—. Pero no temas. Ninguno de ellos ha cruzado nunca las montañas, y nosotros nos encargaremos de que las cosas sigan así.

—¿Cómo puedes estar tan seguro? La Ciudadela cuenta con cuatro murallas y, aun así, de vez en cuando se cuelan monstruos.

—Estos son diferentes. ¿Ves aquel árbol? —Xein señaló un enorme abeto que crecía al otro lado del río—. ¿Ves hasta dónde llegan sus ramas más altas?

Axlin asintió, tratando de atisbar entre el follaje lo que él quería mostrarle.

—Bueno, pues el lomo de un milespinas llega hasta allí —concluyó—. A eso tienes que añadir un cuello casi igual de largo y una cabeza del tamaño de una casa, más o menos.

Ella tardó un poco en reaccionar. Cuando lo hizo, se volvió hacia él con los ojos abiertos como platos.

—Debes de estar bromeando... Oh, no, no estás bromeando. ¿Cómo es posible?

—Los monstruos colosales son tan grandes que no pueden pasar por los desfiladeros de las montañas. Ese es el único motivo por el que no han invadido el resto del mundo todavía, y que nosotros estamos ahí para controlarlos, por supuesto.

—Monstruos colosales —repitió, fascinada—. ¿Puedo escribir sobre ellos en mi bestiario?

—No veo por qué no. Si lo leen las personas corrientes, es posible que lo piensen dos veces antes de acercarse a curiosear al frente oriental.

Axlin se retorcía las manos, echando de menos su cálamo y su libro, y Xein se echó a reír de nuevo al verlo. Una repentina calidez se expandió por el pecho de la muchacha, que se volvió hacia él con una sonrisa. Por un instante tuvo la sensación de que todos los engranajes regresaban a su lugar original, que la Guardia de la Ciudadela no era más que una pesadilla lejana y que él nunca había dejado de ser el joven del que ella se había enamorado.

—Sé que no mataste a Broxnan de Galuxen —dijo de pronto.

Xein pestañeó desconcertado y frunció el ceño. Axlin era consciente de que había arruinado el momento, pero había asuntos de los que debían hablar y que no podían pasar por alto.

—¿A qué viene eso ahora? Viste el cuerpo, ¿no te acuerdas?

—También recuerdo lo que vi aquella tarde en el canal. Y ahora sé que la criatura a la que abatiste no era el verdadero Broxnan.

El joven dio un respingo, sorprendido.

—¿Quién te ha dicho eso?

—Rox. Me habló de los monstruos innombrables.

Él inspiró hondo.

—¿Qué te contó?

—Que viven en la Ciudadela, infiltrados entre la gente corriente. Y que solo los Guardianes podéis verlos.

Xein guardó silencio durante un rato, pensativo. Después sacudió la cabeza y musitó:

—No debería haberte hablado de ellos. Se meterá en problemas.

—Ya es demasiado tarde, me temo —suspiró ella.

—¿A qué te refieres?

—Rox ha abandonado la Guardia. —Él se quedó mirándola horrorizado. Axlin prosiguió, incómoda—: Al parecer descubrió algunas cosas... y había otras que quería averiguar, así que simplemente... se fue, y cuando volvió, ya era una desertora.

Xein hundió el rostro entre las manos con un gruñido de impotencia.

—No tendría que haberlo hecho —murmuró—. Todos los errores que cometí... Estoy tratando de repararlos y de manteneros al margen... a ella, y también a ti. ¿Por qué no lo estoy consiguiendo?

—No todo tiene que ver contigo, Xein —protestó ella—. Rox estaba interesada en una investigación que estoy llevando a cabo. En fin, es largo de contar. Si todo sale según sus planes, quizá ella pueda explicártelo en persona... si sigues con nosotros hasta el final.

Él no respondió a eso.

De nuevo permanecieron callados, hasta que Xein preguntó:

—¿Qué pasó con aquel mapa que hice para ti?

Axlin reprimió un suspiro. Suponía que tenía sentido que, puesto que ella había mencionado asuntos del pasado que habían quedado sin resolver entre los dos, Xein pretendiera aclarar otros por su parte. Pero los recuerdos la invocaban como inoportunos lenguaraces desde lo más profundo de su conciencia.

—Me lo robaron en la Jaula —resumió. Él no dijo nada, y ella continuó—: Cuando me di cuenta, regresé a tu aldea para avisarte, pero era demasiado tarde. Los Guardianes ya te habían llevado con ellos.

El joven sacudió la cabeza de nuevo.

—Tenía que pasar tarde o temprano. Mi sitio está en la Guardia y no tenía sentido retrasarlo más.

El corazón de Axlin se encogió de angustia.

—¿De verdad quieres regresar con ellos?

—Bueno, no me fui por voluntad propia —replicó él. No había reproche en su voz, más bien cierto tono de diversión.

—Tenía que curarte —insistió ella—. Ellos no sabían cómo hacerlo y...

—Pero viajaste hasta Término en ese carro tan extraño. No podías saber que yo estaba enfermo... ni que me encontraba allí. ¿Qué pretendías, Axlin?

Ella no respondió.

—¿Qué pretendías? —repitió él. Cuando ella alzó la cabeza, descubrió sus ojos dorados mirándola—. No habrías podido llegar hasta la Última Frontera. No te lo habrían permitido.

Ella desvió la vista y frunció los labios con obstinación.

—Habría encontrado la manera de llegar hasta ti.

Xein inspiró hondo. Axlin temió haber ido demasiado lejos. No obstante, él la había besado antes de marcharse, la noche en que se había colado en su cuarto para advertirla... y para despedirse. ¿Existía la posibilidad de que aún sintiera algo por ella?

Por fin, el joven habló:

—Esto no está bien, Axlin. Soy un Guardián.

—Pero has roto las normas antes. Incluso Rox...

—No se trata de las normas —cortó él, y ella detectó un profundo poso de angustia en su mirada—. Soy un Guardián y no puedo estar ni contigo ni con nadie. Así es como debe ser.

Axlin cerró los ojos con un suspiro de cansancio. No tenía ganas ni fuerzas para discutir sobre un tema tan doloroso. No había sido su intención llegar hasta ese punto al iniciar la conversación con él. «Cuanto antes mejor, supongo», se dijo, sin embargo. No tenía sentido alargar la incertidumbre.

Xein se levantó con cierta brusquedad.

—Está oscureciendo. Es hora de volver.

Recogió los odres y echó a andar de regreso al carro. Axlin lo siguió.

Aquella noche tuvieron que enfrentarse a un grupo de robahuesos. Tal como Loxan había previsto, los muros del refugio supusieron una protección extra para los tres viajeros, pese a que aquellos monstruos eran perfectamente capaces de saltar por encima. Pero no podían tener una visión general del carro antes de superar el obstáculo, y cuando lo hacían, ya estaban a tiro.

Xein peleó por primera vez desde que lo habían rescatado. Axlin consideró que no lo hizo mal, teniendo en cuenta las circunstancias. Él, sin embargo, se sentía débil, lento y desmañado. Cuando por fin acabaron con los monstruos y se recogieron dentro del carro para hacer balance de los daños, hundió el rostro entre las manos con un gruñido de frustración.

—No te exijas tanto a ti mismo —le dijo ella con suavidad—. Estuviste a punto de morir a causa de ese veneno. Aún te estás recuperando.

Xein no contestó. Su última batalla había sido contra una criatura gigantesca, aterradora y letal que había acabado con la vida de varios Guardianes y, si no recordaba mal, él mismo había contribuido de forma decisiva a la victoria final. El hecho de que un grupo de vulgares robahuesos lo hubiese puesto en apuros le resultaba... humillante.

Pero no se trataba solo de eso. Era muy consciente de que el único propósito de su existencia era matar monstruos y defender a la humanidad. Si era incapaz de hacer su trabajo correctamente..., ¿qué le quedaba?

—Te pondrás bien —le aseguró Axlin.

Él abrió los ojos con cansancio.

—¿De veras lo crees? Me siento tan torpe...

Se arrepintió enseguida de haberlo dicho. Era cierto que al parecer habían aclarado las cosas entre ellos, y estaba contento de que fuera así. No obstante, en el fondo, sabía que habría sido mejor guardar las distancias para que ella continuase odiándolo, aunque fuese a causa de un malentendido. Pero no tenía valor para echarla de su lado. Prefería mantener una relación cordial, por doloroso que fuera, a perderla para siempre.

Eso no significaba que pudieran ser amigos. No podía permitirse el lujo de tomarse demasiadas confianzas con ella. Era demasiado peligroso.

Demasiado tentador.

De modo que se apartó ligeramente cuando Axlin hizo ademán de rodearle los hombros con el brazo, a pesar de que había sido él quien había insinuado que necesitaba algún tipo de consuelo.

Ella dejó caer los brazos a ambos lados del cuerpo.

—Sí, lo creo —respondió—. Estás recuperando fuerzas día tras día. Es cuestión de tiempo que vuelvas a ser el de antes.

—Sí —murmuró él, desviando la mirada—. Sí, probablemente tienes razón.

Se separó un poco más de ella, y Axlin comprendió que el momento había pasado. Reprimiendo un suspiro, se incorporó y fue a ver si Loxan necesitaba ayuda con la limpieza.

Los días siguientes transcurrieron de forma similar. Xein se fue incorporando a la rutina diaria, pero se mantenía silencioso y distante. Participaba en las batallas, al principio como apoyo, después implicándose cada vez más o incluso tomando la iniciativa; pero aún estaba lejos de recuperar por completo sus habilidades perdidas. A medida que comía más y mejor, iba ganando peso también, aunque era consciente de que necesitaría trabajar mucho para recobrar su forma física habitual. Se descubrió a sí mismo echando de menos su adiestramiento en el Bastión, y sonrió con amargura al comprender hasta qué punto seguía formando parte de la Guardia de la Ciudadela incluso después de haberla dejado atrás.

Había algo en aquel pensamiento que lo consolaba profundamente: la sensación de pertenecer a algo más grande que él mismo, de saber que había más gente como él.

No obstante, todo lo que lo unía a la Guardia lo separaba también de Axlin.

Era duro tenerla tan cerca y comprobar que sus sentimientos por ella no se habían extinguido, a pesar de todo. A veces lo único que deseaba era apoyar la cabeza en su regazo, aceptar el afecto que le ofrecía, cerrar los ojos y dejarse llevar. Pero entonces se obligaba a sí mismo a recordar quién y qué era, y por qué debía mantenerse alejado de ella y de cualquier otra mujer, costara lo que costase.

Cuando se sintiera lo bastante fuerte, abandonaría a Loxan y a Axlin y regresaría a la Guardia. No tenía muchas opciones en realidad. Era dolorosamente consciente de que ella se lo había llevado de Término porque soñaba con la posibilidad de un futuro a su lado, lejos de los Guardianes. Él se había atrevido a imaginarlo también tiempo atrás, pero ahora sabía que aquella esperanza era falaz como el rostro de un metamorfo.

Con todo, no podía compartir con ella las razones de su decisión y ni siquiera había decidido si quería hacerlo en realidad, ya que, por un lado, necesitaba que Axlin comprendiera por qué debía marcharse…, pero, por otro, temía el momento en que ella descubriera de qué clase de criatura se había enamorado. Imaginaba el horror, el miedo y la repugnancia en sus ojos cada vez que lo mirara… y sabía que no sería capaz de soportarlo.

De modo que se esforzaba por mostrarse amable, pero indiferente, tratando de convencerla de que, si bien ya no había ningún problema entre ellos, tampoco existía la posibilidad de que pudiesen retomar su relación donde la habían dejado tiempo atrás.

Axlin, por su parte, se esforzaba por asimilarlo. Xein sabía que ella intentaba mostrarse madura y razonable, aunque la había sorprendido varias veces mirándolo de reojo, como si tratara de escudriñar la verdad oculta tras sus palabras, el sentimiento que él luchaba por enterrar bajo capas y capas de sentido común, prudencia y responsabilidad.

Y temía que acabara por encontrarlo, de la misma manera que terminaba por desentrañar siempre todo aquello que la intrigaba.

Tenía planeado acompañar a Axlin y al buhonero hasta el lugar donde, según ellos, habían acordado reunirse con Rox. Aún no había decidido si esperaría allí a su antigua compañera, porque en el fondo dudaba que ella fuera a presentarse en realidad. Pero se quedaría con ellos un tiempo, el necesario para recuperar fuerzas, y después se marcharía. Lejos de Axlin, de vuelta a la Guardia que nunca habría debido abandonar.

Cuando se detenían a pasar la noche en algún enclave, siempre procuraba quedarse en un discreto segundo plano, con la mirada baja, para que nadie se fijase en el color de sus ojos. No temía que lo denunciasen a la Guardia, ya que estaba listo para regresar cuando llegara el momento, pero quería hacerlo en solitario. No deseaba que Axlin y Loxan se metieran en problemas por su causa, porque, a pesar de que habían violado las normas, Xein era consciente de que solo estaban tratando de salvarle la vida.

La ruta que seguían bordeaba los límites de las Tierras Civilizadas. Las aldeas de aquella zona se beneficiaban del comercio con la Ciudadela y de muchas de sus infraestructuras, pero la presencia de la Guardia era mínima. En algunos lugares les explicaron que habitualmente contaban con una pareja de Guardianes en la aldea, pero todos se habían replegado hacia la Ciudadela tras la caída de la región del oeste y aún no habían regresado.

—Estamos un poco preocupados —les dijo el líder de uno de los enclaves—. Nos sentimos inseguros sin ellos. Hemos pedido a la Guardia que envíe a más gente, aunque sean recién graduados, pero no hemos obtenido respuesta.

Mientras hablaba, miraba con insistencia a Xein, que se obstinaba en mantener la vista baja. Más tarde, ya en privado, los tres coincidieron en que, sin duda, el líder de la aldea tenía sus sospechas acerca de la verdadera identidad del joven y que o bien podía tratar de convencerlos para que se quedaran o bien podía dar aviso a la Guardia. Y ellos no podían permitirlo.

De modo que partieron a la mañana siguiente, muy temprano, a pesar de que habían planeado permanecer allí un par de días y de que aún quedaban intercambios por hacer.

No volvieron a tener más problemas. A medida que avanzaban hacia el sur, los enclaves estaban también más alejados de la Ciudadela y habían sobrevivido sin Guardianes. Si alguien identificó a Xein, desde luego no hizo ni comentó nada al respecto.

Una tarde llegaron por fin hasta su objetivo. Era una aldea pequeña, situada junto al mar, no lejos de unos impresionantes acantilados sacudidos por las olas. Estaba protegida por un murete de piedra y unida al siguiente enclave por una estrecha calzada adoquinada, lo cual indicaba que se encontraba bajo la influencia de la Ciudadela. La presencia de la Guardia allí, sin embargo, era intermitente. A veces enviaban a algún Guardián para que limpiase un poco los alrededores, pero en cuanto lo necesitaban en otra parte, abandonaba el lugar sin mirar atrás. Quizá por esta razón, cuando Axlin manifestó su intención de instalarse allí por un tiempo, Romixa, la líder de la aldea, aceptó sin vacilar. Había mirado a Xein a los ojos, y en esta ocasión él no había inclinado la cabeza para ocultarlos.

Todos en el enclave intuían, sin embargo, que aquel no era un Guardián como los demás. No solo por su aspecto o por su actitud, sino también por el hecho de que viajara acompañado de personas corrientes.

—Tu amigo ha desertado, ¿no es así? —le preguntó Romixa a Axlin aquella noche, cuando la sorprendió un momento a solas.

Ella reflexionó antes de responder.

—No estoy segura —dijo por fin—. Resultó gravemente herido y lo hemos traído aquí para que se recupere. Cuando lo haga..., quizá decida reincorporarse a la Guardia, a pesar de todo.

Trató de hablar con tono neutro, pero la mujer detectó la angustia que teñía sus palabras.

—Quizá podamos convencerlo de que se quede —sugirió. Ante la mirada sorprendida de Axlin, sonrió y prosiguió—: Nos vendría bien tener un Guardián entre nosotros. Hemos oído rumores. Sabemos que las cosas no marchan bien en la Ciudadela, y yo no soy ninguna ingenua. Sé que probablemente no volveremos a ver otro Guardián por aquí en mucho tiempo. Así que no seré yo quien denuncie a tu amigo por desertor. ¿Me entiendes?

Así, se integraron en la rutina de la aldea. Xein despertaba curiosidad al principio, pero Romixa habló discretamente con los suyos y todos parecieron comprender la situación. El joven, por otro lado, no se comportaba como un Guardián. Participaba en las tareas de la aldea como cualquier otro, trabajando en el huerto, cuidando de los animales o saliendo a cazar con los demás. Axlin tenía la sensación de que agradecía en el fondo poder realizar aquellos trabajos cotidianos. Quizá le evocaban un pasado más amable, antes de que los Guardianes irrumpieran en su vida.

Los habitantes del enclave no tardaron en aceptarlo entre ellos, porque, pese a que se mostraba silencioso y reservado, nunca tenía una mala palabra para nadie, trabajaba igual que todos y, además, cazaba monstruos con notable eficacia. En su primera semana localizó el nido de pelusas que amenazaba a los más pequeños de la aldea, abatió al malsueño que se colaba en las casas por las noches y resultó decisivo a la hora de rechazar el ataque de un trío de rechinantes. Axlin no tardó en darse cuenta de que el joven se sentía a gusto en aquel lugar, entre aquella gente. Lo adivinaba en su tímida sonrisa, en el brillo de su mirada cuando alguien le dirigía alguna palabra de agradecimiento y en su presteza a la hora de ayudar cuando lo necesitaban, ya fuera para cazar un caparazón o para limpiar el recinto de los cerdos.

También a veces se sentaba junto a Axlin y le hablaba de todo lo que había aprendido en aquel tiempo que habían permanecido separados. Aunque se negó a darle más detalles acerca de los innombrables, sí le describió las distintas especies de monstruos colosales, tanto las que había visto en el frente oriental como las que conocía tan solo por los bestiarios. Ella tomaba nota de todo, hacía preguntas y escuchaba sobrecogida los relatos de las batallas que él y sus compañeros habían librado en la Última Frontera. De esta manera descubrió cómo había caído enfermo tras su enfrentamiento contra el milespinas, y se sintió ferozmente orgullosa de él al enterarse de que los Guardianes habían abatido al monstruo gracias a su ingenio, aunque el joven relató aquella parte como una peripecia más de la batalla, sin darle especial importancia.

Un día sorprendieron a un niño en la puerta, escuchándolos con ojos brillantes. Al verse descubierto estuvo a punto de salir corriendo, pero Axlin lo retuvo y lo invitó a pasar para escuchar la historia.

La tarde siguiente el chiquillo se presentó con dos niños más, y al tercer día ya eran siete.

A Xein no parecía molestarlo. Dejó de hablar solo para Axlin y comenzó a narrar historias de Guardianes que los niños escuchaban maravillados. Escogía únicamente aquellas que habían acabado bien: con los monstruos abatidos y todas las personas corrientes a salvo. A veces caían Guardianes durante la batalla, sobre todo cuando se enfrentaban a monstruos colosales, pero aquello solo hacía que el relato les pareciese más épico y emocionante. Y que admirasen a los Guardianes todavía más.

—Creo que todos sueñan con ser como tú —le dijo Axlin una tarde, cuando los niños se marcharon, comentando emocionados su última historia.

Había sorprendido una sonrisa de nostalgia en el rostro de él mientras los miraba alejarse, pero se puso serio de inmediato al escuchar sus palabras.

—No deberían —contestó, sacudiendo la cabeza—. La vida de los Guardianes no es fácil.

—Al menos tenéis la posibilidad de defenderos. Lo único que podemos hacer el resto es sobrevivir... y aportar al mundo una nueva generación.

—No era eso lo que pensabas cuando nos conocimos —le recordó Xein, volviéndose hacia ella—. Te marchaste de tu aldea porque estabas convencida de que podías hacer algo más.

—Sí, pero luego vi los bestiarios de la Ciudadela, y mi trabajo no me pareció tan importante después de todo —suspiró ella.

—Pero lo era. De lo contrario, no habrías conseguido salvarme la vida.

Axlin se ruborizó levemente bajo su intensa mirada.

—¿Qué tenía esa medicina repugnante? —preguntó él entonces, arrugando la nariz—. ¿Ajos?

—Básicamente, sí —respondió la muchacha, más animada—. Aunque no sé si funcionaría con las personas corrientes en el caso de los milespinas, creo que puede ser un remedio eficaz para combatir los efectos del veneno de los crestados. Aún tengo que hacer algunas comprobaciones, pero si estoy en lo cierto, este descubrimiento podría salvar... ¿Qué? —preguntó al ver que él la contemplaba sonriente.

—Es importante lo que haces. No lo dudes nunca. Todos ayudamos en la lucha contra los monstruos, cada cual a su manera —añadió, desviando la mirada—. La mía es la Guardia.

A Axlin se le encogió el corazón.

—Creo recordar que a ti, en cambio, no te disgustaba la otra posibilidad. La de traer hijos al mundo, quiero decir.

Percibió una leve mueca de dolor en el rostro de Xein. No obstante, enseguida sacudió la cabeza y le dirigió una sonrisa cansada.

—No es esa la tarea de los Guardianes, Axlin. Nosotros luchamos y morimos para que vosotros podáis tener niños y contribuir a la supervivencia de una nueva generación.

—Pero ¿por qué...?

—Porque así es como debe ser —cortó él—. Y no tiene sentido darle más vueltas.

Se levantó y se alejó de ella sin añadir nada más.

Xein dejó de contar a los niños historias sobre los Guardianes. Les dijo que no conocía más, pero Axlin sospechaba que aquello era solo una excusa.

De todos modos, no volvió a mencionar el tema.

Una tarde dos nuevos viajeros llegaron hasta el enclave. Hubo exclamaciones de asombro y de alegría, porque los habitantes de la aldea conocían a la mujer, una joven Guardiana que había pasado un tiempo entre ellos un par de años atrás. En esta ocasión venía acompañada de un anciano que miraba a su alrededor con ojos desorbitados, tan asombrado como si acabara de despertar y hubiese descubierto que se encontraba en un mundo completamente desconocido.

Los tres forasteros se acercaron para observar a los recién llegados con cierto recelo. Pero Xein no tardó en adelantarse para acudir al encuentro de la Guardiana.

Los dos se quedaron un momento frente a frente y después se saludaron, aferrándose con fuerza por las muñecas.

No hubo abrazos ni lágrimas, porque los Guardianes no solían exhibir aquella clase de muestras de afecto. Pero Axlin, que los observaba con atención, vio la intensa emoción contenida en los ojos de ambos cuando se miraron.

26

Los Guardianes se alejaron un poco para conversar mientras Axlin los observaba desde lejos. Al parecer, Rox tenía muchas cosas que contarle a Xein. Estuvo un buen rato hablando, mientras él sacudía la cabeza con incredulidad. Después discutieron un poco y, por fin, parecieron ponerse de acuerdo en algo, porque el joven asintió y escuchó con atención las palabras de ella, interviniendo de vez en cuando para aportar comentarios o sugerencias.

Era dolorosamente evidente para Axlin que ambos estaban muy compenetrados. La conversación fluía entre ellos con facilidad, y Xein se mostraba mucho más animado y comunicativo de lo que había estado a lo largo del viaje desde Término. Ella sabía que había secretos que los Guardianes no podían compartir con la gente corriente, pero el contraste resultaba tan obvio que le oprimía el corazón.

Esperaba que al menos Rox lograse convencerlo de que no tenía sentido que se reincorporase a la Guardia. Ella misma era también una prófuga y, hasta donde Axlin sabía, no tenía intención de regresar. Quizá, si los dos desertaban y se instalaban juntos en algún lugar remoto, Xein acabaría por abandonar las normas y los valores de la Guardia.

Quizá, si se planteaba la posibilidad de buscar pareja de nuevo, eligiese a Rox en esta ocasión.

Cerró los ojos con fuerza. «Al menos estaría vivo», se recordó a sí misma.

—Yo no me fiaría mucho, ¿sabes? —dijo una voz cascada, sobresaltándola—. La gente no es siempre lo que parece.

Ella se dio cuenta entonces de que el anciano que había llegado con Rox se había colocado a su lado en silencio y observaba a la pareja de Guardianes con desconfianza.

—¿A qué te refieres? —le preguntó Axlin, muy perdida.

—Ese muchacho —respondió el viejo, señalando a Xein—. ¿Cómo podemos estar seguros de que es realmente un Guardián?

—Bueno, tiene los ojos dorados —repuso ella.

Él la miró un momento, pensativo, y después chasqueó la lengua.

—Cierto, cierto, olvidaba que no todo el mundo está al tanto de este asunto. Bueno, no hagas caso de lo que he dicho, ¿de acuerdo? No has oído nada de nada.

—Nada de nada —repitió la muchacha, perpleja.

¿Había sido aquello una referencia a los metamorfos? ¿No se suponía que era un secreto que solo los Guardianes conocían? Sacudió la cabeza. Quizá estaba presuponiendo demasiado.

—¿Quién eres? —inquirió, y el anciano volvió a mirarla con suspicacia.

—¿Quién eres tú? —inquirió él a su vez.

Ella trató de armarse de paciencia.

—Me llamo Axlin. Conozco a Rox y al otro Guardián. —Los señaló con un gesto—. Habíamos acordado que nos encontraríamos aquí.

Él pareció pensarlo un instante.

—Cierto, cierto —dijo por fin—. Es posible que ella lo mencionara en algún momento. —Suspiró—. Ha sido un viaje muy largo, ¿sabes?

—¿Quién eres tú? —volvió a preguntar la joven.

—Me llamo Ruxus. He venido con Rox desde la Fortaleza.

La muchacha lo contempló con interés.

—Oh, siento mucha curiosidad por ese lugar —admitió—. Tengo entendido que fue erigido por los sabios del Manantial... hace mucho tiempo. Antes de que lo controlara la Guardia de la Ciudadela.

El rostro de Ruxus se iluminó con una sonrisa.

—¿Has oído hablar de la Orden del Manantial? Pensaba que todo el mundo lo había olvidado ya.

—No todo el mundo. Yo, por ejemplo, he estado estudiando el tema en los viejos libros de la biblioteca de la Ciudadela, aunque no he encontrado demasiada información. ¿Qué es lo que sabes tú?

—Oh, yo sabía muchas cosas. Era un erudito, ¿sabes? Pero lo he ido olvidando casi todo con el paso del tiempo.

—¿A qué se dedicaba esa... Orden del Manantial? —siguió preguntando Axlin—. ¿Eran filósofos?

—¿Filósofos? —Ruxus sacudió la cabeza, como si la simple idea le resultara ofensiva—. No, no, eran investigadores. Estudiosos. Científicos.

—Científicos —repitió ella, paladeando la palabra. No la conocía, pero por alguna razón le resultaba muy atractiva—. ¿Qué significa eso?

—Que trataban de descubrir cómo funciona el mundo a través de la observación, la razón y la experimentación.

«Como yo», pensó la muchacha, cada vez más emocionada. Pero ella investigaba los monstruos y, por lo que sabía, la Orden del Manantial había aparecido en una época en que no los había, por fantástica e irreal que le resultase aquella posibilidad.

—¿Y qué investigaban exactamente? ¿El mundo en general o alguna cosa en particular?

—Bueno, es evidente, ¿no? Estudiaban el Manantial.

—El Manantial —repitió Axlin, cada vez más perpleja—. ¿Te refieres a... el nacimiento de un río? ¿Una fuente, tal vez?

—Una fuente, pero no de agua —respondió él, levantando el índice con tono admonitorio—. Es un pozo de energía mística único en el mundo.

—Energía mística. —Ella cada vez entendía menos—. ¿Qué se supone que es eso?

—Ahí está el asunto; nadie lo comprendía del todo. —Ruxus agitó las manos con entusiasmo—. Los primeros sabios se instalaron en torno al Manantial para estudiarlo, para conocerlo y tratar de averiguar cómo funcionaba.

—¿Y qué descubrieron?

—No mucho en realidad, al menos al principio. Las investigaciones iban muy lentas, y algunos se rindieron y se marcharon. Los que se quedaron, en cambio —concluyó, alzando las cejas—, aprendieron cosas.

—¿Cosas?

Ruxus arrugó el entrecejo, desconcertado de pronto, y sacudió la cabeza como si la idea se hubiese evaporado. Axlin, muy intrigada, insistió:

—¿Estaba ese... pozo... en el Santuario del Manantial? ¿Al otro lado de las montañas?

El anciano se animó de nuevo.

—Sí, sí, por supuesto. Hubo otros templos con el tiempo, como el lugar que es ahora la Fortaleza..., pero el Santuario fue el primero y el único que realmente importaba, porque se erigió en torno al Manantial. Allí vivieron los primeros sabios, y cuando se corrió la voz acerca de lo que estaba sucediendo tras sus muros, otros muchos quisieron unirse a ellos. Hubo que establecer normas, reglamentos, códigos de conducta. Una filosofía, como apuntabas antes. Pero esa no fue su intención al principio, según lo que tengo entendido.

Axlin escuchaba atentamente, con la frente arrugada en señal de concentración.

—Pero acabas de decir que hubo sabios que abandonaron la investigación —le recordó.

—Ah, sí, pero eso fue en los inicios. Luego sucedió todo lo contrario.

—Pero... eso es bueno, ¿verdad? Que haya muchas personas interesadas en la investigación y el conocimiento, quiero decir.

—Oh, algunos no buscaban el conocimiento precisamente, sino el poder. Por eso se reglamentó la enseñanza y se fundaron los templos subsidiarios: para seleccionar a los aspirantes y ofrecer el acceso al Manantial solo a los que demostrasen tener las motivaciones adecuadas. La formación en el Santuario requería largos años de esfuerzo y dedicación, sin embargo —añadió, suspirando con pesar—, y quizá por eso, en algún momento los sabios rebajaron la edad de admisión. Y entraron en el Santuario algunos novicios demasiado jóvenes que, aunque probablemente tuviesen buenas intenciones, quizá no estuviesen del todo preparados para asumir... determinadas responsabilidades.

Axlin seguía escuchando con interés, pero aún se sentía algo perpleja. Ruxus le estaba dando muchos detalles acerca del funcionamiento de la Orden del Manantial y, no obstante, ella tenía la sensación de que estaba obviando información fundamental, como si insistiera en caminar por la orilla de un arroyo, en lugar de atreverse a vadearlo.

—Yo también soy investigadora —le dijo entonces, pensando que quizá lograría que él se centrase más en el relato si lo enfocaba desde otro ángulo—. Científica —añadió. Había descubierto que le encantaba aquella palabra—. Pero no estudio pozos ni fuentes, sino a los monstruos.

Ruxus se sobresaltó y la miró, muy pálido.

—¿A los... monstruos? —repitió con tono agudo.

—No me acerco demasiado a ellos —trató de tranquilizarlo ella—. Después de todo, no soy una Guardiana. Pero estoy escribiendo un libro...

—¿Sobre monstruos? —se alarmó él.

—Sí, pero no es ficción. Intento que sea lo más... científico posible.

El anciano, sin embargo, negaba con la cabeza con energía.

—No, no, no; nada de libros, nada de hablar de monstruos. Deshazte de él. Que nadie lo vea nunca. Que nadie lo lea nunca.

—Pero ¿por qué? —inquirió ella, desolada—. Hay muchos bestiarios, y el mío solo pretende...

—No, no, no; quémalos todos. Destrúyelos todos. No les dejes entrar en tu mente, es lo único que necesitan...—De repente se quedó mirándola desconcertado, como si hubiese perdido el hilo—. Hace mucho que no duermo, ¿verdad? ¿Me has traído la medicina?

Axlin no supo qué responder.

—¿Qué le has dicho? —preguntó de pronto la voz de Rox a su espalda.

Ella se dio cuenta entonces de que los Guardianes ya estaban de vuelta. Xein parecía abrumado, pero su compañera la observaba con el ceño fruncido y los brazos cruzados ante el pecho.

—Nada —contestó ella—. Estábamos hablando de la Orden del Manantial, y entonces mencioné a los monstruos y...

—¡Oh! ¡Rox! —exclamó entonces Ruxus, radiante—. Tú sí me has traído la medicina, ¿verdad?

—Vamos a buscar un sitio donde puedas dormir en paz, anciano —propuso ella, con una suavidad que sorprendió a Axlin—. Luego hablaremos de tu medicina.

—¿De verdad?

Rox se alejó con él, y la joven se quedó contemplándolos, perpleja.

—No entiendo nada —murmuró.

—Si te sirve de consuelo, yo tampoco —respondió Xein a su lado.

Ella lo miró, interrogante, pero él no añadió nada más.

Los habitantes de la aldea quedaron encantados al enterarse de que también Rox iba a instalarse allí, al menos durante un tiempo. Ruxus debía recuperarse del viaje, explicó ella, y Xein necesitaba volver a entrenar con regularidad para recuperar la forma física perdida. Ninguno de los dos mencionó la Guardia o la posibilidad de regresar a la Ciudadela, y Axlin empezó a albergar la esperanza de que estuviesen valorando en serio la opción de establecerse en aquel lugar definitivamente.

Preguntó a Rox acerca de Ruxus, pero ella solo le explicó que lo había traído desde la Fortaleza y que había pasado mucho tiempo dependiendo de una droga que, al parecer, le provocaba una profunda somnolencia. Ahora tenía que arreglárselas sin ella y, aunque iba recuperando la lucidez poco a poco, todavía se alteraba de vez en cuando, sobre todo cuando alguien mencionaba asuntos que quizá estuvieran relacionados con dolorosos recuerdos de su pasado que no terminaba de concretar del todo.

—No le hables de monstruos o se pondrá peor —le advirtió la Guardiana.

De modo que ella tuvo que reprimir su curiosidad una vez más. Tenía la sensación de que Rox y Xein seguían ocultándole cosas, pero al menos podía conversar con el anciano, si evitaba determinados temas sensibles.

Mientras tanto, los Guardianes entrenaban. Se ejercitaban luchando por las calles de la aldea, ante la asombrada mirada de sus habitantes. Rox ganaba siempre, pero Xein iba mejorando día tras día.

También hacían largas expediciones por el bosque para cazar monstruos o simplemente para estirar los músculos. Él había encontrado una senda que bordeaba los acantilados y que le gustaba especialmente. Ambos la seguían todos los días, corriendo o caminando, y habían tomado por costumbre sentarse sobre las rocas, al final del recorrido, para contemplar el mar.

En aquel lugar solitario, por otro lado, podían conversar sin temor a ser escuchados.

—No hago más que pensar en todo lo que me has contado —dijo Xein una tarde—. Sobre esa aldea en la que una sombra se dedica a... engendrar Guardianes utilizando mujeres corrientes. —Se estremeció de repugnancia—. Y ese Guardián que viajó hasta allí contigo y era en realidad un cambiapiel. Y esa Fortaleza habitada por metamorfos. Y los disturbios en la Ciudadela. Rox, ¿qué está pasando?

Ella sacudió la cabeza.

—No lo sé. Intento encontrarle un sentido, pero tengo la sensación de que solo cuento con piezas sueltas que no sé cómo encajar.

—A Axlin se le da bien eso... —comentó él—. Lo de encajar piezas sueltas, quiero decir.

—Pero no podemos contarle todo lo que hemos descubierto.

—No, ya lo sé. Sin embargo, tú le hablaste de los monstruos innombrables.

—No tuve otra opción. La atacó un invisible y vio transformarse a un metamorfo. Habría sido peor dejar que siguiera haciendo preguntas.

Xein permaneció en silencio un instante y después dijo:

—¿Crees que los innombrables tienen realmente un plan? ¿Y que atacaron a Axlin porque sabía demasiado?

—No lo sé, y tampoco sé qué relación tienen con esa... Orden del Manantial, si es que hay alguna. Tenía la esperanza de que Ruxus pudiese proporcionarnos información importante. Pero a medida que pasan los días me convenzo cada vez más de que solo desvaría.

—¿Por qué lo tendrían encerrado los metamorfos, entonces?

—Tampoco lo sé. Pero si sabe más de lo que debería..., ¿por qué no lo han matado sin más? ¿Por qué mantenerlo prisionero? ¿Con qué objetivo?

—Si pudiésemos contarle todo esto a Axlin, quizá ella... —Xein se interrumpió cuando Rox se irguió para mirarlo a los ojos.

—¿Estás dispuesto a contárselo todo? —planteó—. ¿Lo que hacen los innombrables en realidad? ¿La verdadera naturaleza de los Guardianes?

Él desvió la mirada, incómodo.

—No —murmuró—. Eso... no.

—¿Y cómo pensabas hablarle de la aldea de los bendecidos?

—Quizá no sea necesario explicarle esa parte.

Rox no dijo nada. Xein la contempló, pensativo.

—No parece afectarte demasiado —dijo—. Lo que hemos descubierto sobre nuestra relación con los innombrables, quiero decir. Esa fue la razón por la que me destinaron a mí al frente oriental, en primer lugar.

—No creo que cambie nada en realidad —opinó ella—. Aún somos Guardianes, nuestra misión sigue siendo la misma. Puede que para ti sea distinto porque recuerdas a tu madre, y supongo que hay... implicaciones difíciles de asimilar. Mi caso es diferente.

Él la miraba con curiosidad, pero Rox no dio más explicaciones.

—Lo que sí me preocupa —prosiguió— es lo que vi en la Fortaleza. Quiero creer que es posible que los metamorfos tuviesen retenido a Ruxus sin que la Guardia lo supiera, pero...

No concluyó la frase. Xein pensaba intensamente.

—¿Y qué hay de tu compañero, el que resultó ser también un cambiapiel? —preguntó de pronto—. No solo tuvo que engañarte a ti. ¿Cuánto tiempo estuvo infiltrado en la Guardia sin que nadie lo viera?

Ella frunció el ceño.

—Quizá se las arregló para relacionarse solo con gente de la División Plata o quizá sustituyó al verdadero Aldrix solo para acompañarme en mi viaje, pero no mientras patrullábamos por la ciudad vieja... ¿Qué? —preguntó al ver que él sacudía la cabeza, sonriendo.

—¿Puedes creer que en todo el tiempo que he pasado en la Guardia todavía no he patrullado nunca por la ciudad vieja? —comentó—. Recuerdo que lo hablé con Yarlax en alguna ocasión y me dijo que tampoco a él le había tocado ningún turno de vigilancia tras las murallas interiores. Creíamos que estaban reservados a la gente más veterana, pero eso no tiene ningún sentido. Después de todo, en la ciudad vieja no hay monstruos. Debe de ser la zona más segura del mundo.

Rox lo miró fijamente.

—¿Qué estás insinuando?

—No estoy seguro, pero hay algo en lo que he estado pensando desde que me hablaste de la Fortaleza. ¿Recuerdas cómo nos separaban en el Bastión?

—¿Te refieres a las brigadas masculinas y femeninas?

—No, me refiero al muro que lo partía en dos. División Oro, División Plata. ¿Nunca has pensado que si hubiese habido alguna sombra en nuestro lado nadie habría sido capaz de verla? ¿Y que si se hubiese infiltrado algún cambiapiel entre vosotros nadie lo habría identificado?

Rox entornó los ojos.

—Si existiese realmente ese riesgo, seguro que alguien se habría dado cuenta y lo habría solucionado en su momento.

Xein lo pensó durante unos instantes.

—Sí, tienes razón. Probablemente no tiene mayor importancia.

—Salvo que no fuera un fallo —dijo ella de pronto—, y lo diseñaran así a propósito. Nos enseñan desde el Bastión a no cuestionar las decisiones de nuestros superiores, así que... ¿quién iba a hacerse preguntas al respecto?

Él se quedó mirándola.

—¿Insinúas que realmente puede haber innombrables infiltrados en la Guardia... con el conocimiento... y el consentimiento... de los altos mandos?

—No lo sé. Pero después de lo de Aldrix..., tenía demasiadas preguntas en mi cabeza. No podía regresar sin averiguar las respuestas, Xein. Estaba...

—¿Asustada? —la ayudó él.

Rox respiró hondo y hundió el rostro entre las manos, temblando.

—Y lo peor es que no he encontrado respuestas —concluyó—. Solo tengo más preguntas.

El joven inclinó la cabeza, pensativo.

—Pero..., si todo eso fuera verdad...—Alzó la mirada hacia Rox, muy confundido—. ¿Qué vamos a hacer? ¿Cuál es nuestra misión?

—Matar monstruos, siempre —replicó ella.

—¿Incluso si son... nuestros superiores... o nuestros padres?

—Siempre —reiteró Rox.

Y eso era lo que hacían, al menos en el enclave. Abatían monstruos casi a diario, y Romixa y los suyos les estaban profundamente agradecidos por ello. Xein y Rox, por su parte, disfrutaban con la caza. Matar rechinantes, sorbesesos o caparazones era una tarea muy sencilla para ellos, en comparación con los desafíos a los que se habían enfrentado en los últimos tiempos, y les hacía sentirse bien.

Al principio, Rox lideraba el equipo y Xein se limitaba a seguir su ritmo. Pero poco a poco, a medida que iba recuperando la forma física de antaño, el joven volvió a demostrar que era un Guardián tan capacitado como ella. Los habitantes de la aldea contemplaban asombrados cómo peleaban juntos, perfectamente sincronizados, ejecutando piruetas inverosímiles y abatiendo monstruos con tanta facilidad que Axlin llegaba a preguntarse cómo era posible que aquellas criaturas hubiesen llegado a amenazarlos alguna vez.

Loxan la había interrogado acerca de sus planes de futuro, pero ella no había sabido qué responder. Xein estaba centrado en ejercitarse con Rox, y Ruxus no había vuelto a mostrarse tan locuaz como durante su primer encuentro. Cada vez dormía menos, pero eso no lo había vuelto más comunicativo, sino al contrario. Pasaba horas enteras sentado en algún rincón, con el ceño fruncido, sumido en profundos pensamientos, como si sus recuerdos fuesen las cuentas de un collar roto y él estuviese tratando de recuperarlos uno a uno para engarzarlos todos de nuevo. En aquellos momentos de reflexión no solía tener ganas de hablar con nadie, ni siquiera con Axlin.

Ella, por tanto, empezaba a sentir que sobraba. Sabía que Loxan, cumplida ya su misión, no tardaría en partir de nuevo para viajar por las aldeas, como había hecho siempre. Y era consciente de que su amigo albergaba la esperanza de que Axlin quisiera marcharse con él, porque los caminos eran peligrosos para los viajeros solitarios, incluso aunque contasen con la protección de un carro acorazado. Si ella iba a quedarse en la aldea, Loxan tendría que buscar otro compañero antes de partir.

El problema era que no había decidido nada todavía. Quería acudir allí donde pudiese aprender cosas nuevas; sin embargo, tenía la sensación de que la verdad se hallaba tan cerca de ella que, si se ponía de puntillas, podría rozarla con la punta de los dedos.

No obstante, la verdad, obstinada, se mantenía fuera de su alcance. Si se marchaba, quizá lograría encontrarla en alguna otra parte. Pero ¿y si no era así? ¿Y si, al irse, le daba la espalda y la perdía para siempre?

De modo que seguía allí, esperando que Ruxus le contase algo que no fuesen historias sin sentido, observando desde la distancia cómo el vínculo invisible que unía a los dos Guardianes parecía estrecharse día tras día, pidiendo a Loxan que le diese algo más de tiempo antes de tomar una decisión...

Intentando enfrentarse al hecho de que debía renunciar a Xein, sabiendo, sin embargo, que jamás tendría el valor de volver a alejarse de él.

Hasta que un día, cuando menos lo esperaba, sus dudas se despejaron de golpe.

Los Guardianes habían pasado los días anteriores rastreando en el bosque a un grupo de sorbesesos que amenazaba las partidas de caza. Los habían buscado y abatido uno a uno y, cuando regresaron aquella tarde con el cadáver del último de ellos, anunciaron que ya no quedaban más.

Cuando todos se reunieron más tarde para cenar junto al fuego, Romixa declaró que era un gran día para el enclave y agradeció públicamente a Rox y Xein su esfuerzo y dedicación.

—Quizá algún día —añadió— podamos celebrar que nuestros Guardianes han acabado con todos los monstruos que nos amenazan, y nuestro enclave pueda sentirse seguro y a salvo para siempre.

Todos los vitorearon y ellos sonrieron, aturdidos y halagados. Axlin sabía que les gustaba ser útiles y que valoraban el cariño y la gratitud de la gente de la aldea, aunque quizá no se sentían cómodos con la idea de que los considerasen «sus» Guardianes y esperasen de ellos gestas imposibles como «acabar con todos los monstruos para siempre».

Junto a ella, sin embargo, Ruxus se removía con inquietud.

—¿Sucede algo? —le preguntó en voz baja.

El anciano resopló con suavidad.

—Es absurdo —respondió—. Por mucho que lo intenten, nunca lograrán acabar con todos los monstruos. No puede hacerse, ¿sabes? De ninguna de las maneras.

—¿Y eso por qué? —siguió inquiriendo Axlin, sorprendida de que él hubiese decidido plantear aquel tema abiertamente.

—Oh, bueno, porque aún existe el Manantial. —Se quedó mirándola y pestañeó, perplejo—. ¿No lo sabías? Todos los monstruos salen de allí. El Manantial los escupe sin descanso desde hace siglos. Nosotros hallamos la llave para abrir esa puerta, y ahora ya no hay manera de volver a cerrarla.

Axlin abrió la boca, horrorizada. Quiso forzar una sonrisa, sacudir la cabeza y fingir que aquello no era más que otra de las absurdas historias del anciano, pero en el fondo de su corazón... lo sabía.

Por fin había alcanzado la Verdad.

Y la Verdad se había defendido con fiereza y la había golpeado en plena cara.

27

Dex había vivido muchos episodios embarazosos a lo largo de su vida, pero aquel era sin duda uno de los más extraños. No tenía que ver con el lugar en el que se encontraba; después de todo conocía bien el Mercado de la Muralla, aunque aquellos días se hubiese convertido en un caótico hervidero de gente asustada, nerviosa, perdida o desesperada. Se trataba más bien de la compañía. Y era insólito, porque apreciaba de corazón a las personas con las que ahora caminaba por las abarrotadas calles del anillo exterior.

El problema era que, dadas las circunstancias, reunirlas a las tres habría sido lo último que se le habría pasado por la cabeza.

Y debía admitir que tampoco era el mejor momento para pasearse por aquel lugar.

El decreto del Jerarca acerca del cierre de las puertas se había hecho efectivo apenas unos días antes. Se preveía que desataría el caos en la Ciudadela. Se esperaban protestas, revueltas y altercados, pero, sobre todo, se daba por hecho que se produciría una gran masacre cuando los viajeros que llegasen ante las murallas las hallasen cerradas y los monstruos se abatiesen sobre ellos al anochecer.

Seguidores de la Senda del Manantial predicaban en las plazas contra la crueldad del Jerarca y sus Consejeros. Los describían nadando en la abundancia, asistiendo a frívolas fiestas de la aristocracia y holgazaneando todo el día mientras la desgracia se abatía sobre el resto del mundo sin que ellos hiciesen nada al respecto. Insinuaban que se habían encerrado tras las murallas interiores porque sabían que los monstruos los atacarían a ellos en primer lugar, y preferían ponerse a salvo antes que tratar de solucionar el problema. Algunos oradores incluso animaban a la insurrección, a tomar la ciudad vieja y a destituir al Jerarca.

Se comentaba que uno de aquellos predicadores era el propio Xaeran. Estaba en busca y captura, pero seguía burlando a las autoridades y muchas personas aseguraban haberlo visto o, al menos, decían conocer a alguien que conocía a alguien que lo había visto en alguna parte. Pero por el momento parecía que no eran más que falsas alarmas.

La noche que cerraron las puertas para no volverlas a abrir, Dex había temido que estallaría una guerra en la Ciudadela y ya no haría falta ningún monstruo para que sus habitantes se exterminaran unos a otros.

Pero nada sucedió tal como se esperaba, porque, justo antes de que se hicieran efectivas las órdenes del Jerarca, los Guardianes salieron al exterior para proteger a las personas que no habían tenido tiempo de entrar.

Pasaron toda la noche luchando a brazo partido contra los monstruos. Al amanecer, la mitad de ellos entraron de nuevo en la ciudad, pero el resto se quedó fuera de las murallas, con los recién llegados.

Ese día Dex aprendió que lo de «cerrar las puertas» no era algo literal. Por el día permanecían abiertas, aunque nadie tenía permiso para entrar o salir, salvo los propios Guardianes, que habían tomado el control total de las murallas.

En las jornadas siguientes protegieron a los que se quedaban fuera por las noches, escoltándolos durante el día hacia enclaves cercanos y mejor defendidos. Poco a poco, los habitantes de la Ciudadela comprendieron que, en contra de lo que predicaba la Senda del Manantial, el Jerarca no había abandonado a los viajeros a su suerte.

Pronto circuló el rumor, sin embargo, de que la idea de ponerlos bajo la protección de los Guardianes no había sido del Jerarca ni de ninguno de sus Consejeros. Se decía que Aerix de Kandrax, Gran General de la Guardia, había suplicado que le permitiese poner a sus hombres y mujeres al servicio de la defensa del anillo exterior, y que finalmente él había accedido.

Gracias a Aerix, se habían salvado muchas vidas. Ahora los Guardianes controlaban el anillo exterior y todos los accesos de la muralla, y eran rápidos, discretos y eficaces. Se habían acabado los complejos permisos, los innumerables documentos y la confusa normativa. Ellos decidían cómo, cuándo y por qué se hacían las cosas. Y las personas corrientes, profundamente agradecidas, les otorgaban su confianza sin dudarlo un instante.

La nueva organización de la Ciudadela implicaba, sin embargo, que ya no había Guardianes en la ciudad vieja. También habían dejado de patrullar por el primer ensanche, donde solo se los podía ver en su cuartel general.

Dex estaba al tanto de que algunos aristócratas habían elevado quejas al Consejo del Jerarca porque consideraban que se estaba descuidando la seguridad de sus familias. Pero sospechaba que aquellas protestas tenían pocas posibilidades de prosperar. Al fin y al cabo, todo el mundo sabía que en la ciudad vieja no había monstruos. No los había habido en siglos, de hecho, así que tenía sentido que la Guardia destinase a los suyos allá donde más se los necesitaba.

Pero eso también significaba que él y Oxania no habían tenido oportunidad de hablar con Yarlax todavía.

No recordaba haberlo visto patrullando nunca por la ciudad vieja. Sin embargo, sí había sido relativamente fácil encontrarlo en el primer ensanche.

Ahora, en cambio, no lo veía nunca. Tampoco al resto de los Guardianes, para hacer honor a la verdad, y tenía que reconocer que resultaba un tanto inquietante. Se había acostumbrado a su discreta presencia paseando por las calles o custodiando los accesos y, ahora que ya no estaban, sentía que a la Ciudadela le faltaba algo importante, como si de un día para otro hubiesen desaparecido las estrellas del cielo nocturno.

Oxania había insistido en que acudieran al anillo exterior a buscar a Yarlax. En un principio, Dex se había negado en redondo.

—Jamás has pisado ese barrio —le recordó—. En circunstancias normales te habría parecido caótico, peligroso y maloliente. Imagínatelo ahora, abarrotado de gente que no tiene a dónde ir. Además, sigue habiendo altercados entre los seguidores de Xaeran y los partidarios de Raxala...

—Pero todos los Guardianes están allí —insistió ella—. Y tú te paseas a menudo por el anillo exterior y nunca te ha pasado nada. Además —añadió alegremente, antes de que él pudiese replicar—, así tendrás la oportunidad de reencontrarte con tu enamorado. ¿No lo echas de menos?

El muchacho se ruborizó.

—Ni hablar —protestó—. No pienso presentaros a ambos precisamente ahora.

—Pero si yo ya lo conozco, bobo. Un chico bastante guapo, aunque un poco tímido, ¿no? —Dex recordó entonces que, en efecto, Kenxi y Oxania habían coincidido el día de la partida de Axlin—. No pongas esa cara; dile que no tiene por qué estar celoso de mí. El nuestro es un compromiso de conveniencia, y será un matrimonio solo sobre el papel.

Él suspiró para sus adentros.

—Aun así, debes comprender que no es un asunto agradable para él..., y tampoco para mí. ¿Qué habría pensado Broxnan si le hubieses dicho que ibas a casarte con su hermano «por conveniencia y solo sobre el papel»?

Ella lo miró como si fuera estúpido.

—Si Broxnan siguiese vivo, yo no tendría que casarme contigo, Dexar —le recordó—. Bien; si no vas a venir, iremos nosotras solas. Confiamos en la Guardia para que nos proteja incluso en el anillo exterior.

—¿Vosotras? —repitió él, alarmado—. ¿Piensas llevarte a Xantra contigo?

—No, bobo. ¿Ya no recuerdas por qué tenemos que hablar con ese tal Yarlax? Valexa también va a acompañarnos.

Dex quiso protestar, pero, en el fondo, sabía que era una batalla perdida.

De modo que ahora avanzaban los cuatro por el anillo exterior en busca del Guardián de ojos dorados. Kenxi iba en cabeza, abriéndoles paso entre la multitud. Era alto y ancho de hombros, y sabía cómo moverse por aquel lugar porque solía atender el puesto de su patrón en el mercado. Evitaba, sin embargo, mirar hacia atrás, donde caminaba Dex, muy avergonzado, con Oxania colgada de su brazo derecho y Valexa aferrada al izquierdo, las dos mirando a su alrededor intimidadas, con los ojos muy abiertos.

Era sin duda una situación de lo más incómoda para todos, salvo quizá para Oxania, que la vivía con naturalidad, como si reunirse con su prometido, con el chico al que este quería en realidad y con la joven que lo había amado sin esperanza desde la infancia no fuese a provocar, como mínimo, sentimientos encontrados en cada uno de ellos.

Dex suspiró y trató de centrarse.

—¿A dónde vamos, Kenxi? —preguntó alzando la voz para hacerse oír por encima del griterío de la gente.

—¡A la puerta oeste! —le respondió él por encima del hombro—. Es donde se reúnen más Guardianes.

El joven asintió. Tenía sentido, por supuesto. De camino, se habían cruzado con más de una veintena de Guardianes, pero ninguno de ellos era Yarlax.

De pronto, un hombre se precipitó hacia ellos, y Valexa dio un respingo y se aferró aún más a su amigo. El desconocido se detuvo e inclinó la cabeza en señal de súplica.

—Por favor, señores, venís del interior, ¿verdad? Decidme, ¿qué puedo hacer para cruzar la muralla? Mi familia y yo llevamos dos semanas aquí y...

—No lo sé, lo siento —farfulló Dex—. Sé que hay un procedimiento, aunque, con todo lo que está pasando...

—Pero dicen que tardarán meses en atendernos. Se nota que vosotros sois gente importante. ¿No podéis hacer nada?

El chico dirigió una mirada de circunstancias a sus compañeras. Tanto él como Valexa vestían ropa buena, pero discreta. La joven incluso se había recogido su larga cabellera negra en una trenza para llamar menos la atención.

Oxania, sin embargo, había elegido un vestido vistoso y recargado que dejaba patente su condición de aristócrata.

—¿Qué? —dijo ella—. ¿Por qué me miras así?

—Vamos a perder a tu amigo —alertó entonces Valexa.

Dex murmuró una excusa y reemprendió la marcha, arrastrando a las dos chicas tras de sí con un extraño peso en el corazón. Se había dado cuenta de que a Valexa le costaba pronunciar el nombre de Kenxi e incluso mirarlo a la cara, y tampoco se le escapaba que el propio Kenxi mostraba una actitud similar hacia Oxania.

Cuando le había explicado por qué iba a casarse con ella y lo que implicaba aquel matrimonio en realidad, él había sacudido la cabeza, preocupado, pero no había hecho el menor comentario. Dex sospechaba que entendía sus motivos y que lo apoyaba en el fondo. Era natural que se sintiese incómodo o incluso angustiado ante toda aquella situación.

«Qué complicada es tu vida sentimental, Dex», oyó a Axlin en su mente, y sonrió para sí.

La echaba de menos. Añoraba su sensatez, su buen juicio y su capacidad para hallar un sentido a las cosas más desconcertantes. No podía evitar preguntarse a veces qué habría sido de ella, si habría logrado rescatar a Xein, si sobreviviría a su viaje y si volvería a verla alguna vez.

Se detuvo un momento, confuso, y miró a su alrededor.

El Mercado de la Muralla siempre había sido un alegre caos de gente, olores y sonidos. Pero en aquellos días era diferente. Se respiraba miedo e incertidumbre en el aire y las personas caminaban de un lugar a otro como si no supieran a dónde ir. Nadie parecía tener interés en comprar. De hecho, los comerciantes habituales mantenían sus puestos cerrados y vacíos. Por el contrario, junto a los muros se apiñaba toda suerte de vendedores espontáneos, la mayoría de ellos personas que habían llegado de fuera y que trataban de deshacerse de sus escasas pertenencias a cambio de algo de dinero con el que costearse un alojamiento mejor.

Había perdido de vista a Kenxi, pero lo localizó un poco más allá, conversando con un Guardián que negaba con la cabeza y trataba de convencerlo para que se marchara.

—¡Por fin! —resopló Oxania.

Se recogió el bajo de la falda y avanzó hacia ellos. Sus compañeros cruzaron una mirada y la siguieron. Al llegar junto a Kenxi, descubrieron que, contra todo pronóstico, había encontrado a Yarlax. El joven Guardián abrió mucho los ojos cuando los reconoció.

—¿Qué se supone que estáis haciendo aquí? —preguntó—. ¡Este lugar es muy peligroso! Deberíais regresar a la ciudad vieja; allí estaréis a salvo.

—Llevamos toda la mañana buscándote —protestó Oxania—. Hemos de hablar contigo y no pensamos marcharnos hasta que nos escuches.

Dex carraspeó y trató de suavizar las palabras de su prometida.

—Cuando tengas un momento —se apresuró a matizar—. Comprendemos que la situación es muy complicada y...

—Hemos venido a preguntarte por Aldrix —sonó entonces la voz de Valexa, clara y serena.

El Guardián frunció levemente el ceño.

—¿Aldrix?

—Aldrix de Vaxanian —añadió ella—. Mi primo.

Yarlax pareció fijarse en ella por primera vez. Valexa sostuvo su mirada con aplomo, y él parpadeó como si se hubiese quedado sin palabras.

—Era un Guardián —prosiguió la joven—. Nos dijeron que había desertado y después nos informaron de que estaba muerto, pero jamás llegamos a ver el cuerpo.

Yarlax recuperó el habla por fin y negó con la cabeza.

—Yo no sé nada. Deberías dirigirte al cuartel general de la Guardia...

—Ya lo hemos hecho, y no obtenemos respuestas.

Dex observaba al Guardián con curiosidad. Sabía que era amigo de Xein y Rox, pero parecía más joven que ellos; quizá no llegaba a los dieciocho años. Un muchacho de la Ciudadela, tal vez nacido en el primer ensanche y educado en la escuela de los Guardianes desde niño.

Debido a que lo estaba mirando con fijeza, se dio cuenta de que, aunque Yarlax se mostraba sereno e indiferente, había pequeños detalles en su actitud que parecían indicar que se sentía incómodo ante aquel interrogatorio.

—¿Por qué me preguntáis a mí? —estaba diciendo—. ¿Qué os hace pensar...?

—Oh, por favor, no disimules —soltó Oxania—. Aldrix de Vaxanian se fue de la Ciudadela con la Guardiana Rox, que estaba presente cuando Broxnan de Galuxen murió en el canal. El otro Guardián era Xein, a quien por cierto han enviado al frente oriental por motivos que no están del todo claros. Sabemos que los conoces bien a ambos y que vigilabas a Axlin, la bibliotecaria, sin ningún...

—¡Silencio! —cortó Yarlax alarmado.

Miró a su alrededor, inquieto, y se los llevó hasta un rincón un poco más apartado.

—Eso son asuntos de la Guardia —susurró—. No deberíais entrometeros, por vuestro bien.

—Pero ¿conocías a Aldrix? —preguntó Valexa—. ¿Sabes qué le sucedió?

—Era un compañero como cualquier otro —respondió él—. No puedo decirte más.

Dex, sin embargo, lo había visto tragar saliva antes de hablar. Clavó sus ojos azules en el rostro del Guardián, buscando la verdad detrás de sus palabras.

—Pero es cierto que eres amigo de Xein y Rox, ¿no es así? Y Aldrix se fue con Rox a esa misión secreta en la región del oeste. ¿Realmente desertaron o es que estaban buscando algo más? ¿Por qué ha desaparecido Aldrix? ¿Tiene algo que ver con lo que estaba investigando Rox?

Él sacudió la cabeza.

—Os repito que la gente corriente no debe entrometerse...

—Aldrix era mi primo —cortó Valexa levantando la voz—. Y era un De Vaxanian. Su suerte dejó de ser un «asunto de la

Guardia» desde el mismo momento en que la propia Guardia lo declaró desertor y lo expulsó de su seno.

Yarlax vaciló.

—Aun así, no veo por qué...

Se interrumpió de pronto, porque algo había llamado su atención: varias personas que corrían calle abajo, con el rostro cubierto, como si no deseasen ser reconocidas. Frunció el ceño e hizo ademán de ir a cortarles el paso, pero Oxania se interpuso en su camino.

—Oh, no, no vas a marcharte sin responder a nuestras preguntas.

Dex se fijó en el grupo de encapuchados que había llamado la atención del Guardián. La mayoría había desaparecido ya tras la esquina, pero uno de ellos, el último rezagado, se había girado para mirar atrás. El embozo que le cubría la cabeza y medio rostro estaba ladeado, y el joven lanzó una exclamación de sorpresa al reconocerlo.

—¡Es Xaeran!

El prófugo se apresuró a seguir a sus compañeros, y Dex, impulsivamente, echó a correr tras ellos para no perderlos de vista.

—¡Eh, espera! —gritó Yarlax, pero Oxania se colgó de su brazo y lo retuvo a su lado.

—¡Un momento, Guardián! ¡No te vayas tú también!

Dex los dejó atrás y se internó por un callejón en busca de los fugitivos. Iba a torcer una esquina cuando los oyó hablar más adelante y se detuvo a escuchar.

—Xaeran, ¿qué haces?

—Seguid vosotros —respondió él—. Yo me quedaré a comprobar que todo sale según el plan.

—Pero... ¡es peligroso!

—No me pasará nada. Confiad en mí.

Sus compañeros guardaron silencio un instante.

—Firme en la Senda, hermano —musitó uno de ellos.

—Firme en la Senda —respondió Xaeran.

Dex se pegó a la pared y contuvo el aliento. Oyó pasos que se alejaban apresuradamente y después una voz que le provocó un profundo escalofrío.

—Deberías deshacerte de esos idiotas.

La voz hablaba en susurros, y había en ella un matiz profundamente perverso e inhumano.

—Son útiles, por ahora —murmuró Xaeran.

—No tienen fe. No son lo bastante puros.

El muchacho suspiró.

—Lo sé. Pero es muy difícil encontrar auténticos creyentes en esta ciudad podrida. Cuando caiga por fin, no lo lamentaré.

—Y harás bien.

Dex pestañeó desconcertado. ¿De qué estaban hablando?

De pronto se oyó un grito desgarrador procedente de una calle cercana, y después otro...y otro. El joven dio un respingo, con el corazón desbocado.

—Ya ha empezado —susurró el desconocido con deleite.

—¡Tengo que verlo! —exclamó Xaeran.

Dex se ocultó a tiempo en el recoveco de un portal y vio al joven líder de la Senda del Manantial pasar corriendo ante él. Esperó un poco, pero no apareció nadie más. Extrañado, se asomó fuera de su escondite y miró a su alrededor.

No había nadie. Probablemente, aquel siniestro interlocutor se había marchado por el otro lado del callejón.

Se apresuró a seguir a Xaeran, pero se dio cuenta enseguida de que lo había perdido de vista. Se detuvo unos segundos, inquieto. Tenía una extraña sensación, como si hubiese algo acechándolo en el callejón. Se volvió para mirar atrás un momento. Las zonas del anillo exterior que aún no habían sido urbanizadas, como aquella, eran un laberinto de callejas retorcidas, repletas de esquinas y oscuros rincones donde cualquier cosa podría ocultarse.

Dex se quedó quieto, conteniendo el aliento, pero lo único que atisbó fueron sombras irregulares proyectadas por los muros de las casas.

De repente, un grupo de personas aterrorizadas entró precipitadamente en el callejón. Parecía que escapaban de algo, y Dex preguntó, alarmado:

—¿Qué pasa?

—¡Monstruos! —le respondieron sin detenerse.

«No puede ser», pensó Dex. Fue consciente de pronto de que había dejado atrás a sus amigos.

A Kenxi.

Borró de su mente cualquier rastro de intuiciones irracionales y oscuras conspiraciones y echó a correr con desesperación.

28

Un aluvión de gente se precipitaba por la calle principal, huyendo de algo que Dex no podía ver. Se abrió paso como pudo, recibió codazos y empujones y finalmente chocó contra alguien más alto que él, que lo retuvo por los brazos cuando trató de seguir adelante.

—¡Dex! ¿Dónde estabas?

El chico sintió una oleada de alivio.

—Kenxi —susurró.

Se abrazaron con fuerza, resistiendo a la multitud que los empujaba y amenazaba con arrojarlos al suelo.

Dex se separó de Kenxi para mirarlo a los ojos.

—¿Qué está pasando? —preguntó.

—No lo sé, dicen que hay monstruos, gente herida…, incluso muertos…

Habló con temor, y Dex evocó el aciago día en que había estado a punto de perderlo para siempre entre las llamas de un abrasador. No podía consentir que volviera a suceder algo así.

—Tenemos que salir de aquí. ¿Dónde están las chicas?

—Con el Guardián. Vamos, te guiaré.

Kenxi lo tomó de la mano y lo arrastró tras de sí entre la marea de gente.

Por fin oyeron la voz de Oxania entre la multitud:

—¡Dexar! ¡Aquí!

Kenxi se detuvo un momento y la buscó con la mirada. Momentos después, los dos chicos se reunían con los demás al abrigo de un soportal. Oxania se plantó ante Dex con los brazos en jarras.

—¿Por qué te has ido de repente? ¿En qué estabas pensando?

Él pareció aturdido un instante. Entonces lo recordó todo de golpe.

—¡He visto a Xaeran!

—Nos lo contarás más tarde —interrumpió Yarlax—. Vamos, tenéis que marcharos de aquí.

—¿Qué está pasando? —preguntó Kenxi con inquietud—. La gente dice que hay monstruos, pero...

Se oyó de pronto un chirrido que les heló la sangre en las venas e hizo gritar de miedo a Valexa. Yarlax desenvainó un machete y se colocó instintivamente ante los demás para protegerlos.

Y entonces, al otro lado de la calle, por encima de los tejados, asomó la criatura más aterradora que los jóvenes de la ciudad vieja habían visto jamás, peor incluso que el monstruo que meses atrás había estado a punto de acabar con la vida de Kenxi.

Tenía una cabeza triangular y extrañamente acorazada, como si estuviese recubierta por un casco, de la que sobresalían un par de ojos saltones y un morro largo y erizado de dientes afilados y cubiertos de baba amarillenta. La criatura elevó la cabeza por encima de un largo cuello unido a un cuerpo segmentado en tres partes y también protegido por un caparazón duro de color verdoso.

La gente chilló y trató de escapar en distintas direcciones, tropezando unos con otros y acrecentando el caos y la confusión. El monstruo acabó de encaramarse al tejado, y entonces Dex pudo verlo con claridad. Tenía tres pares de patas; las superiores acababan en pinzas y las inferiores le parecieron desproporcionadamente grandes, a pesar de que las mantenía flexionadas en un ángulo imposible para cualquier humano. Tras él batía una larga cola rematada por un aguijón.

—¿Qué es eso? —susurró a su lado Valexa, aterrorizada.

Oxania se había pegado a Yarlax, que trataba sin éxito de mantenerla atrás, en la penumbra del soportal.

—¡Haz algo, haz algo! —chillaba la muchacha.

Pero Dex no pudo evitar preguntarse cómo podría un Guardián solo enfrentarse a un ser tan formidable como aquel.

La criatura bramó de nuevo y clavó la mirada en los humanos que huían por la calle. El joven se percató de pronto de que había uno, sin embargo, que no se movía.

Se trataba de Xaeran. Estaba de pie en medio de la calle, aparentemente sin prestar atención a la gente que corría para salvar su vida. El líder de la Senda del Manantial, por el contrario, había alzado los brazos hacia el monstruo, como si estuviese deseoso de reunirse con él.

—¡No temáis, gentes de la Ciudadela! —proclamó—. Estas criaturas han venido a anunciar el advenimiento de una nueva era. Acabarán con la maldad, la envidia y la corrupción. Las personas puras de corazón serán respetadas...

Se interrumpió cuando el monstruo se inclinó hacia él para observarlo con unos ojos completamente negros y carentes de emoción. Inspirando hondo, Xaeran alzó ante él su medallón para mostrarle el símbolo labrado en el metal.

—Está loco —susurró Kenxi.

—Sigo la Senda del Manantial —declaró el joven con firmeza.

El monstruo ladeó la cabeza... y entonces, de repente, algo surcó el aire con un cortante silbido y atravesó a Xaeran de parte a parte. Él abrió mucho los ojos, horrorizado, pero ya era tarde para reaccionar. La criatura lo había ensartado con la punta de su cola y, en un abrir y cerrar de ojos, lo alzó en el aire sin esfuerzo, abrió la boca y lo lanzó entre sus fauces, todavía agonizante.

Oxania chilló.

Aterrorizado, Kenxi dio media vuelta, se lanzó contra la puerta de la casa más próxima y empezó a golpearla con el hombro, tratando de echarla abajo.

El monstruo se volvió hacia ellos, aún masticando el cuerpo de su víctima. Yarlax avanzó unos pasos, dispuesto a enfrentarse a él, y Dex se preguntó si realmente pensaba que lograría vencer a aquella criatura con el ridículo machete que enarbolaba.

Los ojos de la criatura se clavaron en ellos. A Dex se le encogió el estómago. Estaba tan paralizado por el miedo que ni se le pasó por la cabeza la idea de salir huyendo.

Y entonces llegaron los Guardianes.

Eran media docena, mayores que Yarlax. Se arrojaron sobre el monstruo sin dudarlo, perfectamente coordinados, con tal seguridad y fluidez de movimientos que Dex no tardó en comprender, maravillado, que no era la primera vez que se enfrentaban a una criatura como aquella.

Kenxi logró echar por fin la puerta abajo. Lo agarró de la mano y tiró de él, mientras empujaba a Oxania y Valexa con el otro brazo.

Dex, confuso, se dejó llevar. Antes de unirse a los otros Guardianes, Yarlax se volvió hacia los cuatro amigos para asegurarse de que se ponían a salvo, y justo entonces la cola del monstruo golpeó con violencia el tejado del soportal, que se derrumbó sobre ellos. Dex solo fue consciente de que Yarlax los empujaba hacia el interior de la casa mientras una lluvia de polvo y cascotes caía sobre sus cabezas. Tropezó, se precipitó hacia delante y se sumió en la oscuridad.

Cayó de bruces sobre el suelo chocando contra Oxania, que gritó indignada. Dex murmuró una disculpa mientras se incorporaba, aturdido.

Sintió las manos de Kenxi palpándolo en la penumbra.

—¿Dex? ¿Estás herido?

Él lo buscó a su vez y lo aferró con fuerza.

—No, no. Me encuentro bien. ¿Y tú? ¿Oxania? ¿Valexa?

Oyó la voz de esta última en la oscuridad.

—Creo que me he torcido un tobillo —gimió.

—¡Ja! —soltó Oxania—. Para que luego vayas criticando mis zapatos de tacón.

—No me parece el mejor momento para... —empezó Dex.

Se interrumpió cuando en el exterior sonaron nuevos gritos y bramidos, y el edificio volvió a tambalearse sobre sus cabezas. Las chicas gritaron y se abrazaron, y él sintió el brazo protector de Kenxi rodeando sus hombros y se recostó contra él, reprimiendo un suspiro de cansancio.

—¿Yarlax? —llamó entonces Valexa.

—Estoy aquí —murmuró el Guardián un poco más lejos.

Los ojos de Dex se iban acostumbrando a la falta de luz, y descubrió por fin la silueta de Yarlax examinando los cascotes que obstruían las salidas.

—Se ha colapsado todo el piso superior —informó—. Tenemos suerte de que el techo no se haya derrumbado sobre nuestras cabezas. Tanto la puerta como la escalera están bloqueadas.

—¿Qué vamos a hacer ahora? —gimió Valexa.

—Esperar a que los Guardianes terminen el trabajo y puedan sacarnos de aquí —respondió él. Su voz sonó mucho más cerca cuando se inclinó junto a ellos—. Con un poco de suerte, el edificio aguantará.

La joven suspiró, atemorizada.

—¿Qué era... eso?

Reinó un breve silencio mientras evocaban la aberración a la que acababan de enfrentarse.

—Un saltarriscos —respondió Yarlax.

—Oh —comentó Dex—. Recuerdo haber leído algo sobre ellos en el bestiario de Axlin. Pero el dibujo que ella hizo no se parecía mucho a... ese ser.

Casi le pareció que Yarlax sonreía en la oscuridad.

—Es poco probable que haya visto alguno de cerca.

—¿Tú sí los habías visto antes? —siguió preguntando Valexa.

—Sí; mis compañeros y yo abatimos uno durante nuestra formación en el Bastión. —Hizo una pausa y añadió—: Xein también estaba allí.

Dex asintió en la oscuridad. Se preguntó si tras aquella experiencia habría nacido alguna clase de amistad entre ambos. O quizá hiciese falta algo más que eso para que los Guardianes estableciesen vínculos de ese tipo. Después de todo, matar monstruos formaba parte de su rutina.

—Afortunadamente para los habitantes de las aldeas —estaba diciendo Yarlax—, los saltarriscos suelen habitar en las montañas.

—Entonces, ¿cómo ha llegado ese monstruo hasta la Ciudadela? —inquirió Oxania, con una nota de pánico en su voz.

—No lo sé —contestó el Guardián—. Por lo que tengo entendido, un saltarriscos podría haber salvado sin muchos problemas la muralla de la ciudad vieja, y quizá también la que divide los dos ensanches. Pero la muralla exterior es demasiado alta.

—¿Y por las puertas? —inquirió Kenxi.

—Los Guardianes lo habrían visto. Jamás lo habrían dejado pasar.

—¿Has visto a los embozados que pasaron corriendo justo antes de que llegara el saltarriscos? —preguntó entonces Dex.

Otra sacudida hizo temblar las paredes y de nuevo se abrazaron unos a otros, inquietos. Yarlax se incorporó, alerta, con la mano en la empuñadura del machete, por si hiciese falta pelear. Dex pensó que resultaba extraño que el Guardián, que era probablemente el más joven de los cinco, tuviera que cargar sobre sus hombros la responsabilidad de protegerlos a todos.

El saltarriscos bramó otra vez desde la calle, y el muchacho pensó, esperanzado, que había sonado como un grito de agonía. Aguardaron un poco, y cuando lo oyeron de nuevo, les pareció que estaba algo más lejos.

—Sí que los he visto —respondió entonces Yarlax, retomando la conversación.

—Los he oído hablar —prosiguió Dex—. Mencionaron un plan, dijeron que era peligroso... y Xaeran dijo que no lamentaría ver caer la Ciudadela.

Valexa lanzó una exclamación.

—¿Ese chico... era realmente Xaeran? —preguntó, sobrecogida al evocar su espantoso destino—. ¿El loco al que todo el mundo busca?

«Es muy difícil encontrar auténticos creyentes en esta ciudad podrida», había dicho el líder de la Senda del Manantial. Dex se estremeció.

—Sí, era él —confirmó el Guardián.

Al joven aristócrata le pareció que había algo extraño en su tono, como si aquella afirmación tuviese implicaciones más profundas que escapaban a su comprensión.

—El monstruo... se lo ha comido —murmuró Oxania, entre asqueada y horrorizada.

—Es lo que suelen hacer los monstruos, sí —dijo Yarlax con calma.

Dex sonrió a su pesar.

—Nunca te creíste esa historia que contaba, ¿verdad? Sobre la gente digna y la protección que otorgaba el símbolo del Manantial.

El Guardián rio con amargura.

—He luchado contra los monstruos. Sé lo que son y lo que hacen. Las personas que jamás se han visto amenazadas por ellos son las únicas capaces de creerse las patrañas de la Senda del Manantial.

El joven se sintió un tanto avergonzado.

—Axlin no lo creía tampoco —murmuró—. Aun así, los estuvo investigando. Y creo que Rox la estaba ayudando. ¿Tal vez Aldrix...?

—Por favor —cortó él, con cansancio—. Comprendo la preocupación de la familia De Vaxanian, pero es verdad que no puedo ayudaros. Estamos desbordados aquí fuera. La Ciudadela no se había visto tan amenazada desde la caída de las Tierras Salvajes. Si no controlamos la situación en breve..., podría ser el fin para todos nosotros.

Los cuatro jóvenes guardaron un silencio aterrorizado.

—Lo siento, no pretendía asustaros —añadió Yarlax entonces—. Los Guardianes protegeremos la Ciudadela, por supuesto. Como hemos hecho siempre.

—¿Cuánto hace que no duermes? —preguntó de pronto Dex con amabilidad.

Él se rio de nuevo con suavidad, pero no respondió.

Entonces oyeron voces desde el exterior.

—¿Hola? ¿Hay alguien ahí abajo?

Yarlax se puso en pie de un salto.

—¡Sí! ¡Sí, aquí! —voceó.

Hubo un poco de confusión mientras retiraban los cascotes desde fuera. Cuando por fin entró en su refugio un rayo de luz solar, el Guardián se apresuró a ayudar al grupo de rescate desde dentro. Dex lo oyó conversar con sus compañeros.

—¡Buena guardia! ¿Qué ha pasado?

—Buena guardia, Yarlax. Hemos abatido al saltarriscos, pero ha muerto mucha gente. Había demasiados monstruos.

Él se detuvo un instante, impresionado.

—¿Demasiados... monstruos? —repitió.

—Trescolas, sindientes, crestados, chasqueadores, verrugosos, cegadores, piesmojados —enumeró su compañero con tono sombrío. Hizo una pausa y añadió—: Un desollador en el segundo ensanche.

Yarlax reprimió una exclamación de horror.

—Pero ¿cómo...?

—Creemos que entraron por el sistema de saneamiento. Otra vez.

—Y no fue un accidente —apuntó otra Guardiana desde fuera—. Ese loco de Xaeran y sus seguidores sabotearon las rejas de protección.

—Aún no sabemos si realmente...

—Las retiraron todas a la vez —insistió ella—. A propósito.

Yarlax carraspeó y echó una mirada hacia atrás, y fue entonces cuando los Guardianes se dieron cuenta de que no estaba solo. Interrumpieron su conversación y se limitaron a terminar de ensanchar el hueco para que todos pudiesen salir.

Dex regresó a la ciudad vieja en un estado de aturdimiento que le impedía elaborar sus pensamientos. Las calles eran un caos de personas que deambulaban de un lado para otro, heridas, aterrorizadas o ambas cosas; había cadáveres por las esquinas, y no solo de humanos, sino también de monstruos. Criaturas que ninguno de ellos había visto jamás, y de las que habían llegado a creer que solo existían en las más oscuras pesadillas.

Los Guardianes trabajaban sin descanso para poner orden. Dex sabía que estaban agotados, heridos y desbordados, pero aun así se habían hecho cargo de la situación con autoridad y eficacia. Él y sus amigos no habían tardado en perder de vista a Yarlax entre la multitud, sin duda reclamado en otra parte. No obstante, ninguno podía reprochárselo, porque por fin habían comprendido que tenía razón: la Ciudadela se enfrentaba a su mayor desafío en siglos. Su existencia estaba gravemente amenazada. Quizá la propia supervivencia de la raza humana dependiera de que fueran capaces de superar aquella crisis.

En tales circunstancias, el honor de los De Vaxanian era, desde luego, un asunto menor. Incluso Valexa parecía haberlo entendido. Se había mantenido silenciosa durante todo el camino de vuelta, avanzando como podía apoyada en Dex, procurando no apoyar demasiado su tobillo lesionado.

Se habían detenido ante el acceso al primer ensanche, donde se habían encontrado con la sorpresa de que ya no había funcionarios revisando documentación.

—¿No nos vais a pedir nuestras credenciales? —preguntó Oxania, estupefacta, a la Guardiana de ojos dorados erguida junto a la puerta.

Esta se limitó a mirarla con fijeza. Después observó a sus compañeros con igual atención.

—No —dijo por fin—. Podéis pasar todos.

Los cuatro cruzaron miradas de asombro.

—Pero... ¿podemos pasar... todos? —quiso asegurarse Kenxi.

—¿Por qué? —inquirió Oxania.

—Nuevas normas —se limitó a responder la Guardiana—. Entrad de una vez o apartaos de la puerta, pero no os quedéis ahí. Estáis entorpeciendo el paso.

Dex tomó entonces la mano de Kenxi.

—Tal vez... —empezó, pero él negó con la cabeza.

—No.

—Pero los barrios exteriores son peligrosos.

—Mi familia sigue en el segundo ensanche, Dex. Tengo que ir a asegurarme de que están bien.

Los dos cruzaron una intensa mirada. Finalmente, el joven asintió, comprendiendo. Compartieron un breve beso y se despidieron con el corazón encogido. Se separaban sin saber con certeza si volverían a verse, y aquella sensación, tan familiar para los habitantes de los enclaves, les resultaba extraña y aterradora.

Los Guardianes tardaron apenas diez días en acabar con todos los monstruos, capturar a todos los seguidores de Xaeran y reparar los conductos saboteados.

Dex tenía que reconocer que aquello era todo un alarde de eficacia. Acostumbrado a la exasperante lentitud de la Administración en la Ciudadela, le costaba asimilar que la Guardia hubiese logrado poner orden en una situación que en su momento le había parecido fuera de control. Durante aquellas horas inciertas había llegado a temer que estaban presenciando el fin de la Ciudadela, tal como Xaeran había vaticinado; que era solo cuestión de tiempo que todos, incluso los habitantes de la ciudad vieja, perecieran horriblemente, devorados por los monstruos igual que el joven líder de la Senda del Manantial.

Pero los Guardianes los habían salvado un vez más, como habían estado haciendo durante siglos.

Toda la Ciudadela se volcó en ovacionarlos. Ellos aceptaron los agradecimientos, pero no permitieron que su nueva condición de héroes interfiriera en las tareas que tenían asignadas. Con seriedad, eficiencia y estoicismo, continuaron patrullando las calles del anillo exterior, vigilando las puertas y las murallas y amparando a la gente que llegaba de fuera.

Mientras tanto, las críticas al gobierno del Jerarca se hacían más y más duras, y ya no procedían solo de los sectores exteriores, sino que empezaban a alzarse también desde el mismo seno de la ciudad vieja.

Tal vez por esta razón nadie se mostró sorprendido cuando, un par de semanas más tarde, el Jerarca anunció que abdicaba de su cargo para traspasar el poder a su hijo Aerix de Kandrax, Gran General de la Guardia, y que de forma excepcional la Ciudadela pasaría a estar bajo la completa tutela de los Guardianes.

Dex, de hecho, se sintió inesperadamente aliviado.

29

Después de su sorprendente revelación, Ruxus no había vuelto a pronunciar una sola palabra acerca de los monstruos o del Manantial. Axlin había seguido preguntándole al respecto, pero él se había quedado mirándola sin comprender, como si hubiese olvidado por completo lo que acababa de decir.

La joven se sentía devorada por la impaciencia. Solo ella lo había oído, pero comprendía que no tenía sentido compartirlo con nadie más antes de asegurarse de que no eran solo desvaríos de la torturada mente del anciano.

De modo que aquella noche, mientras los habitantes del enclave dormían confiados porque los dos Guardianes velaban su sueño, Axlin no dejaba de dar vueltas en su jergón, preguntándose si había algo de cierto en lo que Ruxus le había revelado.

El Manantial..., un lugar extraordinario que había maravillado a los antiguos hasta el punto de que algunos de ellos habían dedicado sus vidas a estudiarlo. ¿Qué era exactamente y qué relación tenía con la plaga de monstruos que asoló el mundo después? ¿Sería verdad que aquellas criaturas habían salido de allí, como el ácido proyectado por las pústulas de un verrugoso? ¿Y cómo podía ella averiguar si Ruxus tenía o no razón?

Lo oyó gemir desde su jergón, atormentado por sueños angustiosos. Hacía un buen rato que farfullaba incoherencias y lloriqueaba suplicando su medicina, pero Axlin se había levantado un par de veces para atenderlo y había comprobado que seguía dormido.

Por eso, cuando al cabo de un rato se calló de golpe, ella frunció el ceño inquieta y prestó atención.

Lo oyó levantarse. Se dio la vuelta para mirarlo y lo vio avanzar hacia la puerta, trastabillando. Algo en sus movimientos se le antojó extraño, casi antinatural; caminaba a trompicones, como si no quisiera hacerlo en realidad.

No tuvo tiempo de analizar su comportamiento, porque él ya había salido de la casa y la puerta se había cerrado a su espalda. Se incorporó un poco y echó un vistazo al jergón de al lado, que estaba vacío, porque Rox tenía guardia en las puertas del enclave. De modo que se levantó también, se echó la chaqueta sobre los hombros y salió al exterior en busca del anciano.

Miró a su alrededor, pero no lo vio por ninguna parte. Dudó un momento. En las aldeas a nadie se le pasaba por la cabeza salir a dar un paseo nocturno, aunque ella sabía que los habitantes de la Ciudadela no tenían tantos reparos en hacerlo.

La idea de que tal vez Ruxus desconocía las más elementales normas de precaución o las había olvidado terminó de decidirla. Inspiró hondo y se aventuró por las calles oscuras del enclave, apoyando la mano en las paredes para guiarse mejor en la penumbra. Pasó por delante de la casa donde estaban alojados Xein y Loxan y se preguntó si debía despertarlos. Después decidió que era mejor no perder más tiempo.

Oyó entonces un gemido ahogado y se encaminó hacia allí, apresurando el paso. Había sonado desde la parte posterior del enclave, donde la empalizada era más alta.

Cuando llegó se detuvo unos segundos, perpleja, sin acabar de comprender lo que veía.

Allí estaba Ruxus. Lo reconoció bajo la tenue luz de las estrellas por su figura encorvada y su cabello crespo. Parecía como si tratara de introducirse por un hueco entre los tablones, y Axlin ahogó una exclamación de sorpresa al comprender que hasta aquel momento nadie en la aldea había advertido aquel fallo en la seguridad. Avanzó hacia el anciano preguntándose, aún desconcertada, por qué estaba intentando escapar de la aldea en plena noche. Quizá caminara en sueños o tal vez...

Y fue entonces cuando se dio cuenta de que Ruxus no forcejeaba para salir del enclave, sino para quedarse dentro. Porque *algo* tiraba de él y trataba de sacarlo a través del hueco de la empalizada.

Echó a correr hacia el anciano, lo agarró del brazo y luchó por retenerlo.

—¡Mmm, mpfff! —fue todo lo que dijo él, como si se esforzara por hablar, pero no fuese capaz de hacerlo.

Se aferró a Axlin con desesperación, y ella fue de pronto consciente de que no tenía armas para enfrentarse a la criatura que estaba intentando secuestrar a Ruxus. Estiró el cuello, haciendo lo posible por atisbar algo en la penumbra. Había supuesto que se enfrentaban a un monstruo allanador, un dedoslargos o quizá un piesmojados. Pero no veía nada.

La criatura soltó súbitamente su presa, y Axlin y Ruxus cayeron hacia atrás. Pero la muchacha no llegó a tocar el suelo. Algo la aferró y la empujó con violencia contra la empalizada. Cuando inspiró hondo para gritar, sintió que le cubrían la boca y se debatió para liberarse, sin éxito.

Pero no veía a su atacante. Trataba de mover la cabeza, aterrorizada, y solo distinguía la figura de Ruxus, que la contemplaba atónito desde el suelo. De repente cayó en la cuenta de que no era la primera vez que se encontraba en una situación similar, y evocó aquella tarde, en el almacén de Maxina, cuando un monstruo invisible había estado a punto de acabar con su vida.

Una sombra.

Se estremeció de horror. Había bajado la guardia porque Rox le había dicho que aquellos seres solo habitaban en la Ciudadela. Se revolvió con furia, luchando por liberar al menos la boca para poder gritar. Pero el invisible la sujetaba con firmeza.

—Qué tenemos aquí —susurró, y Axlin, que nunca antes había oído hablar a una sombra, se quedó paralizada de miedo—. Si eres la chica de la Ciudadela. La de los libros.

Ella quiso responder, pero el monstruo aún le cubría la boca para evitar que diese la voz de alarma.

—No había venido por ti —prosiguió la sombra, y Axlin detectó un leve matiz de irritación en sus palabras—. ¿Qué haces aquí? ¿Cómo has encontrado al maestro? —Hizo una pausa y concluyó, con un siseo—. ¿Qué es lo que sabes?

Ella no pudo responder. Vio de pronto algo que destellaba en la penumbra, y reconoció el filo de una navaja.

—No es nada personal —musitó la sombra—. Es que has hecho demasiadas preguntas. Y parece que has obtenido respuestas.

La punta de la navaja rozó la piel de su cuello y la muchacha contuvo el aliento, sin atreverse a hacer el menor movimiento.

Y justo entonces percibió entre lágrimas una silueta difusa que emergía de la oscuridad y se precipitaba hacia ellos. El invisible la soltó de golpe, y Axlin cayó al suelo. Alzó la cabeza, mareada, y distinguió la figura de Xein, que descargó la lanza sobre ella. Se encogió de miedo, pero el arma se clavó sobre la tabla de la empalizada, con tanta fuerza que la punta se hundió por completo en la madera. El Guardián se volvió hacia todas partes, frustrado.

—¿Dónde está? —demandó—. ¿A dónde ha ido?

Pero la joven estaba demasiado aturdida para responder.

Entonces una flecha silbó en el aire y se oyó un sonido que no era humano, una mezcla de quejido animal y siseo impregnado de odio y de furia.

—Ahí —dijo Rox desde la penumbra.

La Guardiana avanzó hacia ellos, seguida de Ruxus y Loxan. Había cargado otra flecha en su arco y apuntaba hacia un punto en el suelo, al pie de la empalizada. Allí estaba la primera saeta que había disparado, suspendida en el aire, como si flotara.

—¿Está muerto? —preguntó Xein, recuperando su lanza con un enérgico tirón.

—Todavía no —respondió Rox, y tensó la cuerda de su arco.

Él enarboló la lanza, dispuesto a arrojarla contra su objetivo invisible.

Pero Axlin reaccionó.

—¡Esperad!

Se puso en pie con torpeza y avanzó hasta interponerse entre los Guardianes y la criatura invisible. Ellos se quedaron mirándola sin comprender.

—Esperad —repitió—. No lo matéis todavía.

—No es buena idea sentir compasión por los monstruos, Axlin —le advirtió Rox.

Movió ligeramente el arco y disparó otra vez, y la sombra dejó escapar un siseo de dolor.

—¡Rox! —protestó la muchacha.

—No lo he matado. Le he disparado a la pierna, porque trataba de escapar mientras tú intercedías por él.

Xein gruñó y alzó su lanza de nuevo. Axlin inspiró hondo.

—Bien, de acuerdo; inmovilizadlo entonces, aseguraos de que no escapa, pero no lo matéis... aún.

Los dos Guardianes la miraron con curiosidad cuando pronunció aquella última palabra. Rox bajó el arco, avanzó hasta la empalizada y se inclinó junto al cuerpo invisible. Lo atenazó con una mano y con la otra extrajo de su cinto una de sus dagas curvas y la blandió amenazadoramente contra la criatura.

—Es todo tan raro... —murmuró Axlin, que observaba la escena, sobrecogida.

Xein sacudió la cabeza.

—Esto es un error —manifestó—. Si no matamos a esa cosa, se las arreglará para escapar y volver a atacarnos. Y la próxima vez no fallará.

La joven lo miró y se dio cuenta de que aferraba el mango de su lanza con excesiva fuerza, como si tratase de dominar la ira que sentía. Él le devolvió la mirada.

—Ha estado a punto de matarte —le recordó.

Ella tragó saliva, conmovida por la profunda angustia que se adivinaba en sus palabras.

Trató de centrarse.

—Lo sé, pero es que... no estaba aquí por casualidad. Ni siquiera había venido por mí. —Inspiró hondo y concluyó, señalando a Ruxus—: Ha venido a buscarlo a él.

Los dos Guardianes cruzaron una larga mirada de entendimiento.

—Tal vez no sea mala idea interrogarlo —opinó Rox.

Xein resopló, irritado.

—No dirá más que mentiras. Si es que dice algo.

Rox arrancó las flechas clavadas en el cuerpo de la criatura, que gritó de dolor.

—Quizá valga la pena intentarlo —comentó con indiferencia.

—¡Por todos los monstruos! —exclamó entonces Loxan—. ¿Me va a explicar alguien qué está sucediendo aquí?

—A mí también me gustaría saberlo —dijo una voz tras él.

Romixa se acercaba a ellos, acompañada de varias personas más. Axlin comprendió que habían hecho demasiado ruido y que era muy probable que a aquellas alturas media aldea estuviera en pie. Se volvió hacia los Guardianes y sorprendió otra mirada significativa entre los dos.

—Un piesmojados ha estado a punto de llevarse a Ruxus —anunció entonces Xein—. Afortunadamente, hemos podido impedirlo a tiempo.

—¿Piesmojados? —repitió Romixa, inquieta.

Estiró el cuello y alzó el farol para distinguir lo que Rox parecía sujetar contra el suelo, pero no vio nada.

—Ha escapado —declaró la Guardiana sin inmutarse—. Podemos seguir sus huellas hasta su guarida...

—Pero nunca hemos tenido piesmojados en este enclave —intervino uno de los hombres, desconcertado.

—Las cosas están cambiando —respondió Xein—. Con la caída de la región del oeste, las distintas especies se desplazan a otros lugares buscando más presas. Es posible que se trate de un caso aislado, de todos modos. No os preocupéis. Lo buscaremos y nos encargaremos de él.

—Pero yo no estoy mojado —dijo entonces Ruxus, muy perdido—. No entiendo por qué...

—Estás confundido —comentó Loxan, con amabilidad—. Te llevaremos de vuelta a tu cabaña para acostarte. Ahora necesitas descansar. ¿No es cierto, Axlin?

Ella reaccionó.

—Sí, sí, por supuesto.

Ayudó al buhonero a levantar al anciano y entre los dos se lo llevaron lejos de allí. La muchacha se resistía a dejar atrás a los Guardianes y a su prisionero invisible, pero ellos querían mantenerlo en secreto, y al parecer Loxan estaba dispuesto a ayudarlos.

—No entiendo lo que está pasando —murmuró el buhonero—, pero espero que tus amigos Guardianes nos lo puedan explicar.

Ella no supo qué responder.

Devolvieron a Ruxus a su jergón, lo arroparon y se aseguraron de que estaba cómodo. Sin embargo, el anciano se resistía a cerrar los ojos.

—Volverán a buscarme, volverán... —susurraba.

Axlin quiso decirle que estaría a salvo, pero eso era algo que ni ella ni nadie podía prometer, ni siquiera los Guardianes. De modo que se sentó junto a él, le tomó la mano y trató de reconfortarlo con su presencia.

Loxan tomó asiento a su lado.

—Nos han seguido hasta aquí —murmuró—. Las criaturas invisibles.

La joven negó con la cabeza.

—Ruxus tiene razón. Lo están buscando a él.

—¿Cómo lo sabes?

—Porque el monstruo invisible me lo dijo antes de intentar matarme.

El buhonero se volvió hacia ella, incrédulo.

—¿Te lo *dijo*? ¿Quieres decir... que habla? ¿Como un lenguaraz?

—No, más bien... —se detuvo unos segundos, tratando de organizar sus ideas— como una persona de verdad... Aunque su voz no parecía humana.

Su amigo hundió el rostro entre las manos.

—No entiendo nada —musitó.

En aquel momento entró Xein en la cabaña, y Axlin alzó la cabeza para mirarlo. Solo vio su silueta recortada contra la escasa luz exterior, y aun así apreció que estaba profundamente preocupado. El Guardián se inclinó junto a ellos para hablarles en susurros.

—Hemos llevado a la sombra a la otra cabaña. Pasaremos la noche con ella para vigilarla. Será mejor que vosotros tres os quedéis aquí. Cuanta menos gente corriente se encuentre cerca, mejor.

—¿Vais a interrogarla? —inquirió ella.

—Lo hemos intentado, pero no responde. —Vaciló un momento antes de añadir—: Yo no perdería más el tiempo con ella, pero Rox piensa que, si es verdad que venía buscando a Ruxus, tienen que haberlos seguido desde la Fortaleza. Y deberíamos saber quiénes son exactamente, qué es lo que quieren y por qué.

—¿Crees que puede haber más? —preguntó Loxan, frunciendo el ceño.

Xein se quedó mirándolo un momento, dudando sobre si debía responder o no. Por fin dijo:

—Había más en el lugar de donde lo rescató Rox. Lo que no entendemos es por qué lo mantenían allí retenido. El anciano no parece recordarlo, y dudo mucho que el invisible nos lo vaya a explicar.

—Ruxus tiene información sobre el origen de los monstruos —contestó Axlin—. Sobre el Manantial y sobre cosas que sucedieron en tiempos pasados. Lo que pasa es que no lo recuerda.

Cuando Xein iba a añadir algo más, alguien llamó suavemente a la puerta. Se trataba de Romixa. La líder de la aldea portaba una lámpara cuya luz iluminó los rostros de los presentes.

—¿Y bien? —preguntó, volviéndose hacia el Guardián.

Él se levantó para encararse con ella.

—Hemos abatido al piesmojados —anunció—. Por ahora estáis a salvo.

Axlin se preguntó cuándo había aprendido a mentir con tanta fluidez, y aquel pensamiento le dejó un regusto amargo. Era evidente que Xein ocultaba muchos secretos, y resultaba inevitable plantearse también hasta qué punto había sido sincero con ella, y si podía volver a confiar en su palabra.

Romixa asintió, conforme. Dirigió entonces su mirada hacia Ruxus, que se había incorporado sobre su camastro y los observaba con los ojos muy abiertos.

—¿Cómo se encuentra el anciano? —preguntó.

—Necesita descansar —respondió Axlin—. Pero es posible que le cueste conciliar el sueño, con todo lo que ha pasado...

—Comprendo —asintió ella. Hizo una pausa y añadió—: Tal vez podamos ayudarlo con eso.

—¿Qué quieres decir?

Romixa suspiró.

—Nuestro enclave ha sido asediado por malsueños durante generaciones. No ha habido muchos supervivientes, pero aquellos que superan el ataque de uno de ellos...

—Tienen aterradoras pesadillas el resto de su vida —completó Axlin—. Sí, lo sé.

—Nosotros sabemos preparar un remedio —prosiguió la mujer—. Ayuda a dormir sin sueños. Pero también provoca... un profundo estado de aturdimiento que con el tiempo se vuelve permanente. —Suspiró de nuevo con pesar—. En fin, ya habéis visto a Drixa.

La muchacha la miró, sorprendida. Drixa era una mujer de la aldea que no hablaba con nadie y apenas entendía lo que le decían. A veces ayudaba en las tareas comunales por pura costumbre, pero a menudo abandonaba su trabajo a medias y se sentaba en cualquier parte a dormitar o a mirar al infinito, como si su mente se hallase muy lejos de allí. Axlin nunca había preguntado acerca del origen de su mal, pero jamás habría adivinado que eran las secuelas del ataque de un malsueño. Por lo que ella tenía entendido, según lo que había visto y le habían contado, las personas que sobrevivían a los malsueños se tornaban inquietas, nerviosas e irritables porque jamás volvían a dormir como antes.

—Son los efectos de la medicina —explicó Romixa—. No es perfecta, pero al menos Drixa sigue viva. Los que se ven obligados a convivir con las pesadillas del malsueño no sobreviven mucho tiempo. La mayoría se suicidan antes del primer año.

Axlin inclinó la cabeza, comprendiendo.

—¿Y quieres... preparar esa medicina para Ruxus? —preguntó, consciente de que el anciano se había erguido en su jergón, atento, ante la sola mención de aquella palabra.

—Dormirá mejor, y se acabarán sus ataques de pánico —respondió ella—. Y no tiene por qué acabar... tan aturdido como Drixa.

—Pero perderá lucidez.

—Sí, probablemente.

Axlin se mordió el labio inferior, pensativa. No obstante, antes de que pudiese ofrecerle una respuesta, la voz de Ruxus sonó tras ella, temblorosa pero decidida.

—No.

Los tres se volvieron hacia él, sorprendidos por su intervención.

—No tomaré esa medicina —declaró el anciano. Inspiró hondo y continuó—: Quiero estar despierto. —Clavó en Axlin sus ojos cansados y concluyó—: Quiero recordar. Necesito recordar.

Al día siguiente los cinco volvieron a reunirse para ponerse al día. Rox explicó que había amarrado y amordazado a la sombra para que no escapara, y Xein añadió que no habían logrado que contestara a ninguna pregunta. Loxan se rascó la cabeza, pensativo.

—Si la habéis amordazado, ¿cómo esperáis que responda a vuestras preguntas?

Los dos Guardianes le dirigieron una mirada de reproche, pero él había planteado su duda muy en serio.

—Tampoco ha gritado para descubrir su posición —hizo notar Rox—. Precisamente porque está amordazada.

—¿Gritaría? —preguntó Axlin—. Quiero decir..., ¿estaría dispuesta a revelar su existencia a los humanos del enclave?

Xein se encogió de hombros.

—No lo sabemos. Las motivaciones de los monstruos innombrables son un misterio incluso para los Guardianes. —Ella inclinó la cabeza, meditabunda, y él frunció el ceño—. Sé lo que estás pensando —le advirtió—, y no me parece buena idea. Las sombras son peligrosas, Axlin. Sé que sientes mucha curiosidad, pero será mejor que te mantengas alejada de ella.

—¿Crees que la Guardia no ha intentado sacarles información? —añadió Rox—. Se dejan matar antes que responder en los interrogatorios.

—Y por eso deberíamos acabar con ella. No tiene sentido que la mantengamos con vida.

—A mí me dijo cosas —protestó Axlin—. Sabía quién era yo. Me dijo que había venido en busca de Ruxus, y lo llamó «el maestro». También dijo que yo debía morir porque hacía demasiadas preguntas.

—Razón de más para abatirla ya —gruñó Xein, pero Rox frunció el ceño, pensativa.

—¿Por qué hablaría tanto? Las sombras nunca revelan información relevante.

—Pero les gusta hablar —dijo su compañero, evocando su encuentro con la criatura invisible en el cuartel de la Ciudadela—. Para provocarte y confundirte. Aunque no contesten a tus preguntas.

—Es porque nadie los ve —intervino entonces Ruxus de forma inesperada—. No traicionarán a los suyos, pero a veces necesitan llamar un poco la atención. Hacer saber a los humanos que están aquí. Que nos observan y que nos conocen.

—¿Cómo sabes eso? —se sorprendió Xein.

—En la Fortaleza había sombras también. A veces venían a verme... y me hablaban.

—¿Y qué decían?

Él dejó caer los hombros, desconsolado.

—No lo recuerdo.

—Mejorarás —lo consoló Axlin—. Puede que lleve tiempo, pero lo harás.

—Entonces, ¿cuál es el plan? —preguntó Loxan—. ¿Cómo vais a mantener en secreto la existencia de esa criatura, vigilarla y participar en la rutina del enclave al mismo tiempo?

Los Guardianes cruzaron una mirada. No habían pensado en ello.

—Haremos turnos —respondió ella, pero no parecía muy convencida.

A lo largo del día descubrieron que aquello no era tan sencillo de llevar a la práctica. Rox era la única que podía ver a la sombra y asegurarse de que seguía atada y amordazada en la casa que ahora compartía con Xein. Pero se esperaba de ella que participase en las patrullas y ayudase en las labores cotidianas, por lo que no podía estar constantemente vigilando al monstruo prisionero. Su compañero, por su parte, constató alarmado que quien disponía de más tiempo para ello era precisamente Axlin, porque había asumido la tarea de cuidar de Ruxus, que pasaba buena parte del día dormitando en su cabaña.

Por otro lado, a los habitantes del enclave no les pasó inadvertido el hecho de que Rox y Loxan habían intercambiado sus alojamientos. Romixa alzó una ceja cuando vio a los dos Guardianes salir de la misma cabaña por la mañana, pero no hizo ningún comentario. Aun así, ellos no tardaron en darse cuenta de que circulaban rumores sobre su posible relación. La idea les resultaba muy incómoda a ambos, hasta el punto de que ni siquiera eran capaces de hablar sobre el tema. No obstante, Loxan lo sacó a colación a la hora de la comida.

—Si queréis que vuestra sombra sea un secreto, es lo mejor que podía haberos pasado —declaró—. ¿De qué otra manera ibais a explicar el hecho de que ahora dormís juntos?

—No dormimos juntos —saltó Rox—. Nos alojamos en la misma casa. No es lo mismo.

Xein desvió la mirada, con el rostro ardiendo de vergüenza. A Axlin le resultaba desconcertante que aquel poderoso guerrero, que mataba monstruos sin vacilar, todavía se mostrara tímido ante determinados temas. Aunque ella, por otra parte, tampoco se sentía cómoda con aquella conversación.

—Quizá deberíamos instalar a la sombra en otro sitio —sugirió—. Podríamos encerrarla en el carro, por ejemplo. Es menos probable que escape de allí si logra liberarse.

—O podríamos matarla de una vez y acabar con todo esto —gruñó Xein.

—Ni siquiera he podido interrogarla todavía —protestó ella.

—No empecéis otra vez —cortó Loxan—. Escuchad, esto va a ser más difícil de lo que habíamos previsto en un principio —añadió frunciendo el ceño mientras se mesaba la barba, pensativo—. La única que puede vigilar a esa cosa es Rox. Y ella no puede estar todo el tiempo controlándola mientras sigamos en esta aldea.

—¿Sugieres entonces que nos marchemos? —preguntó Axlin—. ¿A dónde?

—A donde sea. En los caminos no tendremos que rendir cuentas a nadie.

—¿Y qué hacemos con Ruxus? —preguntó la Guardiana—. Lo más sensato sería dejarlo aquí, pero ¿y si desde la Fortaleza envían más sombras para capturarlo?

El buhonero gruñó por lo bajo.

—No cabemos todos en el carro, Rox.

—Yo tengo mi propio caballo —le recordó ella.

—Pero ya estamos instalados en esta aldea —intervino Xein—. Aquí somos útiles, y la gente nos aprecia. Si matamos a la sombra, ya no tendremos que marcharnos.

Axlin quiso contradecirlo, pero había algo en su tono que le rompía el corazón. Tragó saliva y abrió la boca para ceder por fin, pero entonces Loxan dijo:

—Compañero, una de las primeras cosas que debes aprender cuando viajas con un buhonero es que, si los monstruos no lo impiden, nuestros trayectos siempre son de ida y vuelta.

Y Axlin, conmovida, vio que en el rostro de Xein florecía la primera sonrisa auténtica en mucho tiempo.

30

Tal como Xein había anticipado, los habitantes del enclave no se tomaron demasiado bien su intención de abandonarlo. Romixa se llevó aparte a los Guardianes y les suplicó que reconsiderasen su decisión.

—No lo contaremos a nadie —les prometió—. Aquí estaréis a salvo de la Guardia. Mentiremos por vosotros, si es necesario.

—Aunque estemos lejos de la Ciudadela, aquí también se aplican sus leyes —replicó Rox—. Si os acusan de ocultar a dos Guardianes desertores...

Romixa dejó escapar una carcajada.

—Sabíamos desde el primer día que erais desertores, y sé que no es ese el motivo por el que habéis decidido marcharos. No ... normas internas de la Guardia, pero sí tenemos nuestras propias opiniones sobre las relaciones entre hombres y mujeres, y sabemos que son necesarias para traer nuevos niños al mundo. Si abandonasteis la Ciudadela para poder perseguir ese sueño, aquí siempre seréis bienvenidos.

—Nosotros no... —empezó Xein abochornado, pero Rox lo interrumpió.

—Gracias, Romixa. Lo tendremos en cuenta, porque no hemos descartado la posibilidad de regresar algún día. Pero ahora debemos seguir nuestro camino.

Se despidieron de ella y se encaminaron hacia el carro, donde ya los esperaban sus compañeros, y también la sombra, a la que habían instalado en el interior, bien atada y amordazada. Xein montó en el caballo de Rox; ella viajaría dentro del carro para vigilar al monstruo. Axlin y Ruxus ocuparían por turnos el puesto libre en el pescante, junto a Loxan.

Los habitantes de la aldea se habían reunido en la entrada para despedirlos. La muchacha se dio cuenta de que todos se mostraban serios y decepcionados, y que los más pequeños parecían asustados; alguno incluso se estaba esforzando por contener las lágrimas, y se sintió mal por ellos. Habían aprendido muy deprisa que vivirían mucho más seguros con los dos Guardianes en la aldea, se habían acostumbrado a su presencia y probablemente habían dado por sentado que se quedarían entre ellos para siempre. Ahora tenían que enfrentarse al hecho de que, tras la partida del grupo de extranjeros, regresarían los días de miedo e incertidumbre.

Trató de no pensar en ello mientras se encaramaba al carro. No se marchaban por capricho, se recordó a sí misma. Los monstruos innombrables iban tras los pasos de Ruxus, y debían tratar de despistarlos como pudiesen.

Cerró la puerta trasera del vehículo cuando se puso en marcha y se volvió hacia Rox, que se había sentado junto al prisionero y afilaba una de sus dagas con gesto adusto. Axlin no podía ver a la sombra, pero sí las ataduras que la retenían, y que parecían flotar en el aire.

Era una sensación extraña, casi irreal. Ella sabía que el invisible estaba allí, pero su mirada no lo percibía, y le resultaba difícil asimilar su existencia, a pesar de que ya se había enfrentado otras veces a monstruos cuyos disfraces eran capaces de engañar a sus sentidos.

—Voy a quitarle la mordaza —anunció—. Ya no importa si alguien lo oye gritar.

—Espera, ya lo hago yo —la detuvo Rox.

No se entretuvo en deshacer el nudo, sino que se limitó a cortar la tela con su daga. Axlin la observó mientras liberaba la boca de la criatura.

—¿Lo estáis alimentando? —inquirió. La Guardiana negó con la cabeza—. ¿Ni siquiera le dais agua? ¿Es que pretendes matarlo de inanición?

—La Guardia ha tenido prisioneros innombrables en otras ocasiones. Se les proporciona alimento y bebida, pero nunca los tocan. Al parecer, no los necesitan.

—¿Es porque... comen gente?

—No, que sepamos. Los metamorfos pueden comer y beber como las personas de verdad, pero solo lo hacen para mantener su disfraz. En cambio, no tenemos constancia de ello en el caso de las sombras. Unos y otros matan humanos, pero no los devoran.

Axlin contempló las cuerdas que se movían ligeramente en el aire, al ritmo de la respiración de la criatura invisible a la que retenían.

—¿Es eso verdad? ¿No necesitas comer ni beber?

No hubo respuesta.

—Lo interpretaré como un no —murmuró ella—. Pero puedes cambiar de idea cuando gustes. Hay maneras más fáciles y rápidas de morir, ¿sabes?

Silencio. Rox volvió a acomodarse en su rincón para seguir afilando sus armas.

—No te va a contestar —le advirtió, pero la propia sombra la contradijo:

—No lo necesitamos.

Axlin dio un respingo y retrocedió por instinto. La voz de la criatura invisible le provocó un desagradable escalofrío de repugnancia y terror.

—¿No... lo... necesitáis? —repitió con un hilo de voz.

La sombra se rio suavemente.

—No somos como tú. No somos de este mundo —susurró.

Ella quiso seguir preguntando, pero le falló la voz. Se aclaró la garganta y logró farfullar por fin:

—¿De dónde... de dónde procedes, pues?

La criatura invisible no respondió. Rox le propinó un puntapié, malhumorada.

—Contesta, monstruo.

La sombra permaneció en silencio. La Guardiana se volvió hacia Axlin.

—Puedo seguir atizándole hasta que hable —se ofreció, pero ella negó con la cabeza.

Aún temblando, se acomodó en el otro extremo del carro y se centró en su bestiario, tratando de recuperar la calma. Era muy consciente de la presencia de aquella criatura que, por alguna razón, le inspiraba una profunda aversión y la aterrorizaba de una manera que no era capaz de explicar. No obstante, también le suscitaba una gran curiosidad, y le inquietaba el hecho de no poder escribir nada sobre ella, como si no existiera en realidad. Se sumió en la lectura de sus notas y sus libros, fingiendo una indiferencia que no sentía en realidad. Pero no podía concentrarse, porque una parte de ella estaba pendiente de cualquier otra palabra que pudiese pronunciar la sombra.

Esta, sin embargo, permaneció callada, tan silenciosa que solo las cuerdas que la amarraban indicaban que seguía allí, agazapada en un rincón.

Un rato más tarde, Axlin le cambió su sitio a Ruxus para que pudiese tenderse a descansar en el interior del carro. Mientras se acomodaba en el pescante junto a Loxan, se preguntó si el anciano sería capaz de conciliar el sueño con el prisionero invisible tan cerca de él. Pero no tardó en escuchar sus suaves ronquidos desde la parte trasera del vehículo, y supuso que la presencia de la Guardiana le transmitía la seguridad que necesitaba para relajarse.

Xein, que cabalgaba junto al carro, acercó su caballo para hablar con ella.

—¿Has sacado algo en claro? —le preguntó.

Axlin se ruborizó un poco, porque los resultados de su interrogatorio eran bastante decepcionantes. Recordó que Rox se había ofrecido a hacer hablar al monstruo a la fuerza, y ella se había negado. Se preguntó si él la consideraría una ingenua por ello.

—Ha dicho..., ha dicho que no es como nosotros, porque no pertenece a este mundo.

El Guardián resopló con desdén y apartó la vista, irritado.

—Menuda estupidez.

—Ruxus mencionó algo parecido el otro día —recordó ella entonces—. Estábamos hablando del Manantial, y dijo que todos los monstruos salían de allí, como si vinieran desde otra parte.

Esperaba que él se burlara de aquella idea, pero lo vio arrugar el ceño, pensativo.

—¿Dónde está ese Manantial? —inquirió de pronto. Axlin no respondió, y Xein insistió—: ¿Al otro lado de la Última Frontera?

—Sí..., sí, eso parece. Te lo puedo mostrar en los mapas, si quieres —se ofreció ella, animada—. ¿Crees, entonces, que Ruxus puede estar en lo cierto?

Él hizo una pausa antes de responder:

—Cuando estuve en el frente oriental, aprendí algo que nunca nos habían contado antes: que todos los monstruos llegan desde el otro lado de la cordillera. Las montañas detienen a los más grandes, pero los pequeños y los de tamaño medio pasan sin problemas. —Sacudió la cabeza—. No obstante..., de ahí a decir que provienen de otro mundo...

—Pues no me parece una idea tan descabellada, compañero —intervino entonces Loxan—. Es algo que incluso yo me he planteado alguna vez, y eso que ni siquiera sé leer muy bien.

Los dos se volvieron para mirarlo.

—¿A qué te refieres? —preguntó Axlin con curiosidad.

—Bueno..., observad a los caballos —indicó él, y los jóvenes lo hicieron, sin comprender a dónde quería ir a parar—. ¿Veis dónde tienen los ojos? Uno a cada lado de la cabeza. Igual que otros animales como los conejos, las ovejas, los ciervos... Les da una visión muy amplia que les permite detectar peligros con antelación, porque los depredadores no suelen atacar de frente. —Se rascó la cabeza, pensativo—. Vaya, es algo muy útil cuando eres una presa. Alguna vez me he preguntado por qué nosotros, los humanos, no contamos con ella también.

Xein seguía sin entender su razonamiento, pero ella empezaba a intuirlo.

—Los ojos de las personas, en cambio —prosiguió el buhonero—, miran hacia delante y no a los lados. Como los de los perros, los zorros, los gatos, los lobos. Animales cazadores. No presas.

—Quieres decir...

Loxan abrió la boca para concluir su argumentación, pero la cerró y sacudió la cabeza.

—No, probablemente es una tontería. Ideas absurdas que se me ocurren, porque muchas veces he pensado que sería útil tener los ojos de mi caballo cuando viajo por los caminos. Da dolor de cuello tener que mirar a todas partes para vigilar que no haya monstruos en los alrededores, ¿sabéis? Es más complicado cuando solo tienes un ojo, claro. Por eso nunca viajo sin un compañero a mi izquierda —añadió, mirando a Axlin con un guiño simpático.

—No es ninguna tontería —exclamó ella—. De hecho, me parece una observación muy brillante, Loxan.

El rostro barbudo de él se iluminó con una amplia sonrisa.

—¿De verdad lo crees?

—Sí. —La muchacha garabateaba entusiasmada en su bestiario, abierto en precario equilibrio sobre sus rodillas—. Sé con certeza que hubo una época, cientos de años atrás, en la que no había monstruos entre nosotros. Damos por hecho que llegaron después, desde una parte desconocida del mundo. Desde otro continente tal vez, más allá de la Última Frontera. Pero si todos, monstruos y humanos, formásemos parte del mismo sistema, nosotros seríamos presas, igual que los caballos, los conejos o los ciervos.

—¿Y tendríamos los ojos a ambos lados de la cabeza? —preguntó Xein, no muy convencido.

Ella rio mientras abocetaba en una hoja suelta una versión de un humano con visión lateral. Se la tendió al Guardián, que hizo una mueca al verla.

—Es muy raro —opinó—. Creo que has inventado un nuevo tipo de monstruo, Axlin.

La joven se echó a reír de nuevo, y él le dedicó una amplia sonrisa. Después se puso serio de repente.

—¿Qué? —preguntó ella en un susurro.

Y entonces oyó un canto bellísimo, tan dulce y triste que le llegó hasta el corazón. Abrió mucho los ojos, maravillada, y suspiró.

Loxan había detenido el carro y escuchaba embelesado, con los ojos entornados.

Xein, por el contrario, desenfundó la lanza y miró a su alrededor, ceñudo. Enseguida se abrió la puerta superior del carro y se asomó Rox. Los dos cruzaron una mirada.

—Lacrimosa —murmuró él.

Ella asintió.

—¿Te ocupas tú? Yo me aseguraré de que los demás no se aparten del camino.

Xein se mostró conforme. Axlin lo vio descabalgar, sumida aún en el embrujo de aquella fascinante melodía. Quiso seguirlo, pero Rox la aferró del brazo y la mantuvo en su sitio.

—Quietos los dos —ordenó—. No vais a moveros de aquí, ¿queda claro?

Se izó para salir completamente del carro y se encaramó a la parte superior. Desde allí agarró también a Loxan, que ya iba a saltar del pescante para ir tras los pasos del Guardián.

—Suéltame, suéltame —protestó—. Tengo que ir a ver de dónde sale esa música.

—Sí, Rox, por favor —suplicó Axlin.

Pero ella se sentó en el pescante, entre los dos, y los sujetó con más fuerza aún.

—¿Qué es eso que suena tan bien? —farfulló entonces la voz de Ruxus desde el interior del carro, y la puerta posterior se abrió con un chirrido.

—¡Por todos los monstruos! —maldijo la Guardiana.

Como en un sueño, Axlin contempló cómo el anciano salía del vehículo, ponía los pies en el suelo y echaba a andar con gesto vacilante. Rox saltó del carro y corrió a detenerlo cuando ya estaba a punto de abandonar el camino.

—Ah, pues muy bien —dijo entonces Loxan alegremente—. ¡Vamos con ellos!

A Axlin le pareció la idea más maravillosa del mundo. Se puso en pie con tanta brusquedad que el libro que reposaba sobre sus rodillas cayó al suelo, pero no le importó. Ni siquiera recordaba qué estaba haciendo con él.

Bajó del pescante junto a Loxan, y los dos avanzaron hacia

Rox y el anciano. Pero el buhonero se detuvo de golpe al ver que la Guardiana llevaba a Ruxus a rastras, de regreso al carro.

—¡Que no se os ocurra moveros de donde estáis! —les advirtió.

—¿Por qué no? —preguntó Axlin, desconsolada—. ¡Yo solo quiero ir a escuchar la canción!

Loxan, por su parte, no perdió el tiempo pidiendo explicaciones. Dio media vuelta y echó a correr lejos del carro.

La Guardiana dejó escapar otra maldición. Alzó a Ruxus sin apenas esfuerzo para sentarlo en la parte posterior del vehículo, desenvainó sus dagas curvas y se precipitó en pos del buhonero para detenerlo antes de que saliese del camino.

Axlin, que ya había girado sobre sus talones para seguir el ejemplo de su compañero, se detuvo sorprendida cuando Rox la rebasó con facilidad, y lanzó un grito al verla dar un prodigioso salto hacia Loxan con las dagas por delante.

Pero la Guardiana no lo atacó; lo que hizo fue aterrizar ante él y descargar sus armas contra el suelo. Como en un sueño, Axlin oyó que su amigo gritaba aterrorizado y trataba de liberarse de algo que se había enrollado en torno a su pierna.

Ya no se oía aquella música que la había encandilado hasta el punto de hacerle olvidar las más elementales normas de precaución, y la muchacha miró a su alrededor, tratando de centrarse.

—¿Qué está pasando? —musitó.

Rox siguió golpeando hasta que logró liberar a Loxan. Axlin lo vio retroceder con tanta precipitación que estuvo a punto de chocar contra ella.

—¿Qué pasa? —volvió a preguntar—. ¿Por qué nos hemos parado?

—Me ha agarrado un nudoso y ni siquiera me había dado cuenta —dijo él, horrorizado—. No lo entiendo. ¿Cuándo hemos bajado del carro, y por qué?

—No lo sé —respondió ella—. ¿Rox?

La Guardiana se volvió hacia ellos, y la muchacha ahogó un grito al ver el tentáculo del monstruo retorciéndose a sus pies. Si Rox no lo hubiese detenido en el momento adecuado, su amigo habría desaparecido engullido por la tierra.

—No entiendo nada —musitó Axlin, temblando.

—Habéis caído bajo el influjo de una lacrimosa —explicó Rox.

La joven inspiró hondo, alarmada, y prestó atención. Pero no se oía nada.

—¿Una lacrimosa? —repitió—. Pero ¿dónde...?

—Ya está muerta —anunció entonces Xein, y ella se volvió para contemplarlo mientras avanzaba hacia ellos desde la espesura.

Cuando salió al camino, con gesto pétreo y la punta de la lanza manchada de sangre de monstruo, Axlin se estremeció.

Si no hubiese sido por los Guardianes, el resto de los miembros del grupo no habría sobrevivido a aquella mañana. Pensó de nuevo en lo que Loxan había dicho acerca de los cazadores y las presas. Si los humanos se habían convertido en las presas de los monstruos, se preguntó, ¿qué eran exactamente los Guardianes?

Se detuvieron en un refugio para pasar la noche. Era amplio y estaba construido en piedra, por lo que pudieron instalarse todos en el interior con relativa comodidad. Debatieron unos instantes sobre si debían dejar a la sombra encerrada dentro del carro, pero al final optaron por alojarla con ellos para poder tenerla vigilada.

—¿Qué llevas ahí? —preguntó Ruxus, señalando las cosas que Axlin había depositado junto a ella mientras hurgaba en su zurrón en busca de una prenda de abrigo.

—Oh —murmuró la muchacha—. Bueno, esto es una red para evitar a los babosos. Está hecha de...

—Perejil —concluyó el anciano, frunciendo el ceño—. ¿Y funciona?

—Oh, sí, funciona —respondió Axlin con una sonrisa.

—Qué cosa tan singular —murmuró el hombre para sí mismo.

—¿Lo habías visto antes en alguna otra parte?

—¿Cómo? —Él la miró parpadeando, como si sus pensamientos estuviesen muy lejos de allí—. No, no. Está en el libro. Todo está en el libro —musitó, y ella ya no fue capaz de sonsacarle más.

Después de cenar, Axlin se sentó de nuevo junto a él. El anciano se había mantenido callado tras el incidente con la lacrimosa, pero ella se había dado cuenta de que se trataba de un silencio reflexivo, distinto de la actitud ausente que solía adoptar a veces.

—Necesito que respondas a algunas preguntas, Ruxus.

—¿Sobre la Orden del Manantial?

—Después, quizá. Ahora quiero que me cuentes qué es lo que sabes sobre los monstruos.

Él apartó la mirada y la paseó por el refugio, como si su mente buscara una vía de escape para no tener que enfrentarse a aquel tema. Por fin su atención se centró en el bestiario que Axlin había dejado junto a ella, sobre el banco de piedra.

—Había un libro —manifestó por fin.

—Sí, lo has mencionado antes. ¿Qué tipo de libro era? ¿Hablaba sobre monstruos?

—Sí..., no..., no estoy seguro.

El anciano se encogió sobre sí mismo, pero ella no estaba dispuesta a permitir que volviese a ignorar sus preguntas.

—¿Un libro como este? —insistió, mostrándole su bestiario.

Lo abrió al azar y empezó a pasar las páginas para mostrarle su contenido. Ruxus gimió y ocultó el rostro entre las manos, pero no tardó en abrir dos dedos para espiar de reojo entre ellos. Por fin bajó las manos y se atrevió a mirar con mayor atención.

—Oh, son muy buenos tus dibujos —comentó—. Mejores que los míos.

Ella no se dejó distraer.

—¿Estabas hablando de un bestiario? ¿O de otra clase de libro?

—Un libro sobre monstruos —afirmó él—, que los describía a todos. Enormes, grandes, de tamaño medio, pequeños... También hablaba de los peores, los que no son lo que parecen. —Se estremeció—. Los que no se ven, y los que se ven, pero se hacen pasar por personas de verdad.

—Eso no puede ser —saltó Xein—. Ni siquiera los bestiarios de los Guardianes incluyen a los monstruos innombrables.

—Este libro del que hablo se escribió hace mucho tiempo, muchacho —replicó Ruxus, alzando el dedo índice—. Antes de que se fundara la Ciudadela. Antes incluso de que existieran los Guardianes.

Axlin se estremeció de emoción.

—¿En la época de la Orden del Manantial? —aventuró—. ¿Lo escribieron... los sabios?

Los hombros de Ruxus se hundieron de pronto.

—Sí —musitó—. Sí, por la fuente sagrada. El libro fue la llave que abrió el portal. Y sumió al mundo en el caos y la devastación.

Reinó un pesado y profundo silencio. Por fin, Axlin se atrevió a preguntar:

—¿Dónde... dónde has leído todo eso?

El anciano parpadeó y la miró muy confuso.

—¿El qué?

—Esa historia sobre los monstruos —contestó ella, armándose de paciencia—. El libro.

—Ah, el libro sobre los monstruos. —Ruxus pareció reflexionar intensamente—. Lo guardé durante un tiempo.

—Había libros en la prisión de la que te rescaté, en la Fortaleza —intervino Rox—. ¿Es ahí donde está el bestiario del que hablas?

—No, no, no. Las sombras me lo quitaron, y lo devolvieron a la Ciudadela.

—¿A la biblioteca de la Ciudadela? —preguntó Axlin.

—¿Biblioteca? ¿Donde cualquiera podría leerlo? —Él negó con la cabeza—. No, no, no; lo guardan a buen recaudo. En la ciudad vieja, por supuesto.

Sobrevino un nuevo silencio, esta vez cargado de incredulidad.

—Estamos perdiendo el tiempo —resopló entonces Xein—. Nada de lo que dice este hombre tiene sentido.

En su fuero interno, Axlin le daba la razón; pero una parte de ella quería creer que por fin había encontrado a alguien capaz de proporcionarle las respuestas que había buscado durante tanto tiempo, de modo que continuó:

—Hay algo que no entiendo. Dices que ese libro lo escribieron los sabios de la Orden del Manantial, pero me ha parecido entender que fue... la causa de que llegaran los monstruos.

Ruxus vaciló. Suspiró. Abrió la boca para responder, pero calló y suspiró de nuevo. Por fin, confesó en un susurro:

—Así es. Los monstruos proceden de otra dimensión...

—¿Otra... dimensión? —repitió la chica sin entender.

—De un mundo muy diferente al nuestro —explicó el anciano—. Llegaron hasta aquí a través del Manantial..., pero no habrían podido hacerlo sin el libro. Fue el puente que les permitió cruzar hasta aquí.

Axlin no supo qué decir al principio. Aquello sonaba como una de las historias fantásticas que había leído en la biblioteca, cuando investigaba sobre los sabios del Manantial. Tal vez Ruxus le estaba contando un relato de ficción que su mente confundía con un suceso real. Aun así, se obligó a sí misma a escuchar hasta el final.

—Si ese libro provocó la invasión de los monstruos, ¿por qué lo escribieron los sabios? —siguió preguntando—. ¿No sabían lo que iba a suceder?

Él dejó escapar una amarga carcajada.

—¿Cómo iban a saberlo? ¿Crees que algo así se desencadena a propósito? ¿Por qué clase de monstruos nos has tomado? —Su indignación aumentaba a cada pregunta, y ella trató de disculparse.

—Yo no...Yo solo pretendía...

—No lo sabíamos —susurró Ruxus entonces, con los ojos llenos de lágrimas y la voz rota de angustia y desesperación—. No podíamos saberlo.

—Ya basta —intervino Rox, poniéndose en pie—.Ya ha tenido suficiente por hoy.

Axlin había pasado un brazo por los hombros del anciano, tratando de consolarlo.

—Tal vez todo eso no sucedió de verdad —le dijo—. Quizá es solo una historia inventada. O alguna clase de pesadilla.

El anciano se volvió hacia ella y la miró con ojos húmedos y esperanzados.

—¿Lo crees así? —preguntó—. Lo he soñado, ¿verdad? Nada de todo aquello pasó en realidad. Fue hace mucho tiempo..., tanto tiempo..., tanto tiempo...

Empezó a sollozar y a farfullar acerca de su medicina, hasta que Rox lo apartó de Axlin, lo ayudó a acostarse y lo cubrió con una manta. Reinó un silencio solo turbado por los gimoteos de Ruxus, que siguió lamentándose hasta que, momentos después, se quedó dormido.

—Quizá deberíamos acostarnos nosotros también —sugirió entonces Loxan, y todos se mostraron conformes.

—Yo haré la primera guardia —se ofreció Xein.

Axlin se tendió en su rincón y se envolvió en las mantas.

Un buen rato después, sin embargo, seguía sin poder dormir, porque no dejaba de dar vueltas a la historia que Ruxus les había contado. Tal vez Xein tuviese razón, y no fueran más que delirios nacidos de la mente del anciano. Pero, en ese caso, ¿por qué los innombrables se tomaban la molestia de mantenerlo encerrado?

Había otra cuestión que la intrigaba, y era el hecho de que en ocasiones hablaba de aquellos tiempos pasados como si los hubiese vivido en primera persona. Pero el auge de la Orden del Manantial y la llegada de los monstruos eran acontecimientos que habían tenido lugar muchos siglos atrás.

De pronto la muchacha recordó algo que había descubierto durante su investigación en la biblioteca: que según algunos textos, los sabios del Manantial, los auténticos, eran extraordinariamente longevos. Las historias hablaban de individuos de trescientos o cuatrocientos años, aunque ella siempre había creído que se trataba solo de un lugar común de la literatura de ficción de la época.

Pero ¿y si no lo era?

Se incorporó de golpe, emocionada ante aquella posibilidad. Pero se detuvo al darse cuenta de que casi todos sus compañeros estaban ya durmiendo. Tampoco tenía sentido despertar a Ruxus para preguntarle acerca de su verdadera edad, y menos después de lo mucho que lo había alterado su conversación previa.

—¿No puedes dormir? —susurró Xein en la oscuridad.

Ella se volvió para mirarlo. La figura del Guardián no era más que una sombra apoyada contra el muro. Suspiró y fue a sentarse a su lado.

—No paro de darle vueltas a todo lo que Ruxus nos ha contado.

Él se rio con suavidad.

—No creerás que es cierto lo que dice, ¿verdad?

—Ya sé que parece demasiado... fantástico. Pero tengo la sensación de que hay algo de verdad detrás de todo esto. Y de que sabe mucho más de lo que cuenta. Si es verdad que existe ese libro...

—Claro, otro bestiario. —Axlin sintió que él sonreía en la penumbra—. Si existe, no vas a parar hasta encontrarlo.

—Imagínatelo, Xein —prosiguió ella, tratando de contener su emoción—. Un bestiario antiguo..., anterior a cualquier otro que haya podido leer. Uno que habla de todos los monstruos, incluidos los colosales... y los innombrables.

El joven no dijo nada. Ella prosiguió:

—Rox me contó que la Guardia no sabe mucho acerca de ellos, así que si ese libro contiene información importante o alguna clave para derrotarlos...

—Tal vez no haya ningún libro, Axlin —respondió él por fin. Se había puesto tenso, pero ella no lo advirtió.

—Pero ¿y si fuera real? —insistió—. ¿Y si pudiésemos buscarlo..., encontrarlo... y aprender más sobre los invisibles y los metamorfos? ¿Qué son, qué quieren, por qué actúan así...?

De pronto, una risa grave y siniestra los interrumpió.

—Explícaselo, Guardián —susurró la sombra en la oscuridad—. Dile qué somos, qué queremos, por qué actuamos así.

Axlin había dado un respingo y se había aferrado a Xein instintivamente. Pero él se apartó de ella y se levantó de un salto.

—¡Cállate! —susurró, irritado.

—¿Por qué? ¿No estabais deseando que hablase? ¿O no era eso lo que querías que dijese..., mediomonstruo?

El Guardián se abalanzó sobre el rincón donde se encontraba la sombra, pero no fue capaz de localizarla en la penumbra. Axlin trató de detenerlo, alarmada, mientras la voz del invisible seguía sonando burlona. Aún hablaba en susurros, pero lo hacía lo bastante alto como para que ambos pudiesen oírla con claridad.

—¿Por qué no te atreves a contarle lo que ya sabes, Xein? Que tu padre fue un metamorfo. Que el de Rox fue alguien como yo.

Que la Guardia es una infame mentira. Que somos nosotros los responsables de que los propios Guardianes existan.

—¡Silencio!

Halló por fin el cuerpo de la sombra y le propinó una brutal patada. La criatura gimió, pero aún logró añadir, entre jadeos:

—Díselo, Xein. Cuéntale que todos los Guardianes sois hijos de monstruos innombrables.

Él lo golpeó de nuevo, furioso. Rox, que se había despertado, se puso en pie de un salto y lo retuvo.

—Déjalo ya.

—Amordazadlo —masculló Xein entre dientes, lleno de ira—. ¿Por qué no está amordazado? ¿Por qué sigue hablando?

Pero la sombra había callado ya. El Guardián se debatió un momento más en brazos de su compañera y por fin alzó la cabeza hacia Axlin, que se había quedado en pie paralizada, contemplando la escena sin entender del todo qué estaba sucediendo.

Incapaz de sostener su mirada, él apretó los dientes, se desasió del abrazo de Rox y salió del refugio.

—¿Qué pasa? —murmuró la voz adormilada de Loxan—. ¿Nos atacan los monstruos?

Axlin no respondió. Sin pensarlo dos veces, corrió a buscar a Xein.

Cuando la puerta se cerró tras ella, la sombra se rio suavemente. Rox, malhumorada, le asestó un puntapié de propina.

31

Lo encontró un poco más allá, en pie junto al camino, apoyado sobre su lanza y con los hombros hundidos, como si soportara sobre ellos todo el peso del mundo. Se detuvo a su lado, pero él no reaccionó.

—Xein —susurró.

Silencio.

—¿Es cierto lo que dice la sombra? —preguntó ella—. ¿Es así como nacen los Guardianes?

Él volvió la cabeza para no sostener su mirada, pero Axlin ya había vislumbrado el gesto de aversión de su rostro. Retrocedió un paso, confundida, antes de comprender que no iba dirigido a ella; Xein sentía un profundo asco por sí mismo, probablemente a causa de su origen... y de su propia naturaleza.

Conmovida, colocó una mano sobre su brazo. Pero él se apartó.

—Te ha llamado mediomonstruo —dijo ella a media voz.

—Es lo que soy —respondió él por fin, con voz ronca.

Axlin negó con la cabeza.

—Tú no matas gente. Defiendes a las personas corrientes ante la amenaza de los auténticos monstruos. No eres uno de ellos, Xein.

Él le dirigió una breve mirada.

—Antes no pensabas así —le recordó.

—Antes no sabía que existían los monstruos innombrables. Ni que lo que tú abatiste en el canal no era un ser humano, sino la criatura que se hacía pasar por él. —Hizo una pausa y frunció el ceño, atando cabos—. Por el amor del Jerarca —susurró después, horrorizada—. Entonces, ¿la hija de Oxania también...?

—Sí —asintió Xein con amargura.

—Por el amor del Jerarca —repitió Axlin—. ¿Cómo se lo voy a explicar a ella?

—¿Se lo vas a explicar?

La joven lo pensó un momento. Luego negó con la cabeza.

—No, no puedo hacerlo. Después de todo, Xantra es... es solo una niña, y tanto Oxania como Dex piensan que...

No fue capaz de continuar. Él esbozó una sonrisa amarga.

—Y así es como vive engañada la Ciudadela. Porque es una verdad demasiado espantosa como para enfrentarse a ella y atreverse a asimilarla.

Ella no supo qué decir. El Guardián suspiró y añadió:

—Fue así como yo lo descubrí, ¿sabes? Por Oxania y su bebé. Por el monstruo del canal.

—¿No lo sabías antes? —se sorprendió la muchacha—. ¿No lo saben todos los Guardianes?

—Todos conocemos la existencia de los innombrables, pero nuestra... relación con ellos... es algo que los altos mandos de la Guardia mantienen en secreto hasta para nosotros. Por eso me enviaron al frente oriental...

—¿Para que no pudieses contárselo a nadie?

—No —Xein arrugó el entrecejo—. Porque estaba angustiado y distraído, y con esa actitud no solo me ponía en peligro a mí mismo, sino también a mis compañeros y a la gente corriente a la que debía proteger.

Axlin abrió la boca para replicar, pero decidió permanecer en silencio. Se acercó un poco más a Xein. Parecía claro que necesitaba desahogarse y compartir por fin con ella todos los secretos que había estado guardando para sí, y que lo estaban devorando por dentro.

—Es una verdad demasiado turbadora —prosiguió con un estremecimiento—. Si pudiese olvidarla con la misma facilidad con que ese anciano borra los recuerdos de su memoria..., créeme, lo haría. Aunque eso no cambiaría en nada lo que soy.

Ella no respondió. Xein la observó con curiosidad.

—Ahora ya lo sabes, pero no pareces...

—¿Extrañada? Bueno..., lo cierto es que era una idea que ya se me había pasado por la cabeza —confesó.

—¿En serio? —se sorprendió él.

—Era una teoría loca, pero una teoría, al fin y al cabo. Acuérdate de que Rox fue hasta aquella aldea perdida siguiendo las indicaciones de Loxan. Él me había contado esa historia absurda sobre un lugar donde había muchos Guardianes de ojos de plata que creían ser hijos de un dios al que las personas corrientes no podían ver. Después descubrí que había criaturas invisibles en la Ciudadela, y en algún momento llegué a pensar... —Sacudió la cabeza—. Pero en fin, no tenía datos ni pruebas, así que lo dejé pasar.

El joven asintió. Los dos permanecieron un rato en silencio. En otras circunstancias a Axlin jamás se le habría ocurrido quedarse allí, de noche, desarmada y al descubierto. Pero Xein estaba a su lado, y su actitud serena y relajada le infundía confianza. Sabía que ningún monstruo los sorprendería en la oscuridad, porque su instinto de Guardián lo haría reaccionar antes de que cualquier criatura pudiese alcanzarla.

Se sentía segura a su lado, comprendió. Se volvió hacia él y contempló su perfil bajo la luz de las estrellas.

—Yo no creo que seas un monstruo—manifestó—. Ni siquiera un mediomonstruo. Eres un buen hombre. Y tienes corazón, por mucho que hayan intentado hacerte creer lo contrario.

Él apartó la mirada con brusquedad.

—Pero no puedo fingir ser algo que no soy, Axlin. Supongo que ahora comprendes por qué debo regresar a la Guardia, por qué no tengo futuro lejos de ella.

—No —replicó ella enseguida—. No, no lo entiendo. Tienes derecho a ser libre igual que cualquiera, Xein. Y a tomar tus propias decisiones y a que se te juzgue por tus actos y no por tu naturaleza. No eres peor que las personas corrientes. Puede que seas incluso mejor.

El Guardián dejó escapar una carcajada amarga.

—Eso es lo que dicen los locos de la aldea que visitó Rox, ¿lo sabías? La criatura que habitaba entre ellos..., su padre —pronunció la palabra con profunda aversión—, les había hecho creer que eran superiores a los humanos, hijos de poderosos dioses que merecían gobernar sobre las personas corrientes. —Hizo una pausa y prosiguió—: Algunos de mis compañeros lo creen también, a juzgar por ciertos comentarios que he escuchado. Pero es solo porque no conocen nuestra verdadera naturaleza.

—Yo no pienso que...

—Lo único que justifica nuestra vida es que la dediquemos a combatir hasta la muerte el mal que nos engendró. ¿Lo comprendes?

Había colocado las manos sobre sus hombros y la miraba con intensidad, desesperado por obtener su aprobación... y su perdón. Ella tenía un nudo en la garganta y no fue capaz de responder. Con los ojos húmedos, se arrojó sobre él y lo estrechó con fuerza entre sus brazos. Xein hizo ademán de apartarse, pero Axlin no lo soltó. Finalmente, suspiró y la abrazó a su vez.

—Te echo de menos —susurró ella.

Él cerró los ojos y hundió el rostro en su cabello, inspirando hondo para zambullirse en su olor. Sintió que le temblaban las piernas. Tuvo que recurrir a toda su fuerza de voluntad para separarse suavemente de ella.

—No puedo estar contigo, Axlin.

La joven tragó saliva y parpadeó, luchando por no llorar.

—¿Es por las normas de la Guardia? Tal vez podrías...

—Soy un mediomonstruo —cortó él con amargura, y a ella se le rompió el corazón al comprender que Xein había asimilado aquella palabra con tanta facilidad como si la sombra se hubiese limitado a describir en voz alta lo que anidaba en lo más profundo de su alma—. Ni siquiera soy una persona, no del todo. No puedo estar contigo —repitió—. Ni con nadie.

Ella iba a protestar, pero él no había terminado.

—¿Recuerdas la noche que pasamos juntos en mi aldea..., antes de que te marcharas?

Una ola de calor recorrió el cuerpo de Axlin y floreció en sus mejillas. Xein esbozó una triste sonrisa.

—¿Qué habría pasado si te hubieses quedado embarazada, dime? ¿Qué clase de... criatura... habrías dado a luz?

Ella no supo qué contestar. No había pensado en ello. Él suspiró, dejó caer los hombros y dio media vuelta para regresar al refugio. Axlin lo retuvo por el brazo.

—¡Espera! No tiene por qué ser así. Eres una persona, igual que yo.

—No —la contradijo él, y sus ojos dorados relucieron inquietantemente en la penumbra—. No soy como tú.

—Lo que fue tu padre no tiene nada que ver contigo —insistió ella—. Tus hijos..., si los tienes...

—No voy a tener hijos —zanjó Xein—. Todavía no hemos encontrado el modo de evitar que los monstruos innombrables se... reproduzcan. Pero sí podemos impedir que su semilla se extienda más allá. —Hizo una pausa, reflexionando, y al fin declaró—: Es hora de que vuelva a la Guardia. Ya lo he retrasado demasiado tiempo.

—¿Qué? —exclamó Axlin—. Pero... ¡no tienes por qué regresar! —Él no reaccionó, y ella le tiró de la manga, cada vez más enfadada—. ¡Escúchame! ¡No te salvé la vida para que vuelvas corriendo con esa gente!

—Quizá no deberías haberlo hecho —concluyó él con cierta dureza, antes de darle la espalda y alejarse definitivamente.

La muchacha apretó los dientes, pero no respondió.

Cuando volvió a entrar en el refugio, Xein estaba montando guardia junto a la puerta. Cruzaron una breve mirada cargada de dolor contenido y después apartaron la vista sin una palabra.

Axlin regresó a su jergón. Vio que Rox seguía despierta, vigilando a la sombra, pero Loxan había vuelto a dormirse. Ella se acurrucó en su rincón, se envolvió en su manta y se puso a llorar en silencio.

De madrugada tuvieron que defenderse de un grupo de chasqueadores, pero los Guardianes acabaron con ellos con relativa facilidad. Axlin llegó a agradecer la interrupción, porque de todas formas no habría podido dormir.

Al día siguiente, de nuevo en el camino, empezó a comprender el deseo de Xein y de Ruxus de olvidar todo cuanto sabían. Si a ella le hubiesen ofrecido un brebaje que le permitiese dormir sin sueños, sin pensar..., sin dolor..., probablemente lo habría aceptado sin más, porque no podía dejar de darle vueltas a todo lo que él le había contado. La idea de que los innombrables se unieran a mujeres humanas para engendrar bebés de ojos dorados y plateados le resultaba fascinante y repulsiva al mismo tiempo, pero aun así se negaba a ver a los Guardianes como simples mediomonstruos.

Para ella, y a pesar de sus asombrosas capacidades, seguían siendo humanos. Por descontado, desaprobaba muchos de los métodos de la Guardia; pero conocía bien a Xein, a Rox, a Yarlax..., y sabía que eran jóvenes extraordinarios en más de un sentido.

Y que, por mucho que la Guardia se obstinase en hacerles creer lo contrario, tenían corazón y sentimientos.

Y amaban y sufrían, igual que cualquier otra persona. Aunque no se les permitiera manifestarlo abiertamente.

Gruñó para sus adentros y hundió el rostro entre las manos. Había tratado de mantenerse alerta, pero el rítmico traqueteo del carro la adormecía y hacía que su mente divagara.

Sacudió la cabeza para despejarse. Había insistido en quedarse dentro del carro para evitar a Xein en la medida de lo posible, y eso significaba que ahora recaía sobre ella la responsabilidad de vigilar a la sombra, porque Rox ocupaba su sitio en el pescante.

Suspiró. Estaban corriendo un gran riesgo al viajar con aquel monstruo. Además, mientras que ella todavía no había conseguido sonsacarle la información que necesitaba, la criatura se las había arreglado para enturbiar todavía más su relación con Xein, y solo había necesitado un par de frases.

Hacían bien en silenciarla, se dijo. Pero si no podían confiar en lo que aquel monstruo pudiese decirles, ¿qué necesidad había de mantenerlo con vida?

Ruxus se estiró, buscando una postura más cómoda. Sin dejar de mirar de reojo el bulto inmóvil de la sombra, Axlin se apartó un poco para dejarle espacio.

—¿Cómo te encuentras hoy? —le preguntó.

Él le dedicó una sonrisa.

—Mejor que ayer, sin duda. He dormido bastante bien. Y sin medicina —añadió, un poco perplejo.

Ella sonrió a su vez, aliviada. Se sentía un poco culpable por haberlo presionado la noche anterior. Era evidente que, aunque el anciano parecía tener mucha información, no deseaba hablar. Quizá fuese cierto que quería olvidar todo lo que sabía, porque resultaba demasiado doloroso para él.

O tal vez no, pensó de pronto. Tal vez Ruxus, como el propio Xein, necesitaba desahogarse y compartir su historia con otras personas.

Lo que no soportaba era enfrentarse a la posibilidad de que los acontecimientos que describía hubiesen sucedido de verdad. De hecho, parecía mostrarse muy aliviado cada vez que alguien sugería que sus recuerdos eran solo fantasías.

—Ruxus —dijo entonces, pensando intensamente—, ¿te acuerdas de lo que me contaste... sobre los sabios del Manantial y sobre los monstruos?

Él entornó los ojos y la miró con precaución.

—No estoy seguro.

—Es una buena historia —prosiguió ella, escogiendo con cuidado las palabras—. ¿Crees que podrías contármela desde el principio?

—¿Desde... el principio?

—Sí, ya sabes... —Axlin inspiró hondo y añadió, utilizando una conocida fórmula de la narrativa tradicional—. Hace mucho tiempo, tanto que ya nadie lo recuerda... —Se detuvo un momento y lo miró, animándolo a continuar. Como él no lo hizo, prosiguió—: Existió un lugar extraordinario conocido como el Santuario del Manantial. ¿Sabes cómo continúa el cuento?

El rostro del anciano se iluminó con una sonrisa.

—Creo que sí —respondió, y se aclaró la garganta antes de seguir con tono solemne—: Allí habitaban los sabios, hombres y mujeres que dedicaron sus vidas a tratar de comprender el poder que emanaba de la fuente sagrada. No tardaron en descubrir que la proximidad del Manantial los cambiaba de forma irreversible...

—¿Los cambiaba? —preguntó la joven—. ¿Cómo?

Ruxus le dirigió una mirada irritada, molesto por la interrupción. Ella se cubrió la boca con las manos, con una sonrisa de disculpa.

—Les dio poder para alterar la realidad. Se trataba de pequeñas cosas, al principio: mover unos objetos sin tocarlos, con solo desearlo; transformar el aspecto de otros... Durante un tiempo, entusiasmados, los sabios exploraron sus nuevas capacidades. Después descubrieron que habían dejado de envejecer.

»Pero también comprendieron que el poder del Manantial era peligroso si se abusaba de él. Por eso, tras largas deliberaciones, decidieron clausurar el sagrado corazón del Santuario y a partir de entonces solo abrieron sus puertas en momentos solemnes y señalados. No hacía falta más, ya que su influencia se dejaba sentir en todo el edificio y ellos conservaban sus capacidades sin necesidad de acceder al pozo.

»Y así pasó el tiempo, y los sabios, enredados en sus propias normas y códigos, olvidaron por qué la Sala del Manantial debía permanecer cerrada.

»Los novicios, desde luego, no lo sabían.

—Novicios —repitió Axlin para sí misma.

Ruxus le dirigió una breve mirada.

—¿Sabes lo que significa eso?

—Sí; los aprendices. ¿Había muchos en el Santuario del Manantial?

—La mayoría se formaban en otros templos de la Orden, porque no había espacio para todos en el Santuario. —Le guiñó un ojo antes de añadir—: Después de todo, los maestros no se morían, así que sus discípulos no podían aspirar a ocupar su lugar. Tal vez por eso tampoco prestaban demasiada atención a las tradiciones, me temo.

No era la primera vez que Ruxus insinuaba que los novicios habían tenido algo que ver con lo que había sucedido en el Santuario del Manantial, fuera lo que fuese.

—¿Por qué? —preguntó Axlin—. ¿Qué pasó?

—Pueees... —La mirada del anciano vagó por los rincones del carro, y ella temió que cambiara de tema otra vez; sin embargo, finalmente él volvió a mirarla a los ojos y continuó—: Cuenta la leyenda que una noche tres descarados novicios entraron en la Sala del Manantial sin que nadie lo advirtiera. Sabían lo que la Orden custodiaba en su interior; sus maestros les habían hablado del pozo místico, la fuente de su poder. Pero nunca lo habían visto con sus propios ojos, y el más escéptico de ellos dudaba incluso de que existiera en realidad.

»De modo que le robaron la llave de la sala a uno de los maestros, quizá para ganar una apuesta, tal vez para llevar a cabo una travesura. Pero el desafío resultó decepcionantemente sencillo. Nadie los descubrió y, por tanto, nadie los detuvo. El maestro en cuestión ni siquiera echó en falta la llave hasta varios días después, y cuando lo hizo, simplemente pensó que la había extraviado y no sospechó de ellos.

»Así que los tres muchachos, envalentonados por su hazaña, se quedaron con la llave y tomaron por costumbre colarse en la Sala del Manantial todas las noches. La convirtieron en su refugio secreto; allí compartían historias y planeaban nuevas fechorías. Oh, por supuesto, sus maestros les habían hablado de los riesgos de exponerse al poder del Manantial..., pero ellos pensaban, como tantos otros jóvenes atolondrados, que solo eran historias de viejos.

—Y... ¿qué pasó? —repitió ella, casi sin aliento.

—Una noche, uno de los muchachos les contó a los demás que había soñado con un horrible monstruo. Y como no tenía palabras para describirlo, lo dibujó en un cuaderno. Los demás hablaron entonces de sus propias pesadillas. Como si hubiesen sido atacados por un malsueño, todo un catálogo de horribles criaturas se paseaba por sus mentes, robándoles la salud y la cordura. Ninguno de ellos se había atrevido a contárselo a los demás, pero, cuando el primero habló, los otros dos no vieron ya necesidad de callar.

»De modo que durante aquella noche y las siguientes los tres novicios llenaron las páginas del cuaderno con dibujos y anotaciones sobre los monstruos que pululaban por sus sueños. A ninguno se le ocurrió pensar que aquellas criaturas existían realmente en otro lugar, y que solo necesitaban que alguien reforzase el vínculo entre su mundo y el nuestro...

—¿Escribieron... un bestiario? —susurró Axlin.

Con el rabillo del ojo detectó que el invisible rebullía bajo su manta, pero no le prestó atención. Estaba absorta en la historia que Ruxus le estaba contando.

—Un bestiario, sí —confirmó él—. Al principio, eran solo torpes dibujos, pero los muchachos, entusiasmados con su proyecto y sin saber que no eran más que el instrumento de un mal abyecto e inconcebible, añadieron más y más detalles a sus monstruos. Competían entre ellos para ver quién describía a la criatura más aterradora. Y así, cuando la barrera entre ambos mundos se debilitó lo suficiente..., todos los monstruos de su bestiario irrumpieron en nuestro mundo a través del Manantial... y ya nada volvió a ser igual.

Sobrevino un silencio, solo enturbiado por el traqueteo del carro. Axlin estaba tan impactada que apenas podía respirar.

—¡Y se acabó la historia! —declaró de pronto el anciano, sobresaltándola—. Es un relato escalofriante propio de tiempos pasados y no queremos volver a recordarlo, ¿verdad? Hablemos de algo más alegre. ¿Cuándo comemos?

Axlin no logró convencer a Ruxus para que le contara más. Tampoco tuvo ocasión de compartir aquel relato con sus compañeros sin que él estuviese presente, por lo que se resignó a esperar a que llegaran a la siguiente aldea para poder reunirse con ellos en privado.

Pronto se dio cuenta, sin embargo, de que había asuntos más urgentes que resolver.

Cuando llegaron al enclave, las personas que salieron a recibirlos los observaron con curiosidad. Axlin detectó los gestos de alivio y alegría que iluminaban sus facciones y comprendió que no reaccionaban de aquella manera solo por la llegada de unos buhoneros.

Un hombre se adelantó a recibirlos. Loxan detuvo el carro junto a él.

—¡Saludos! ¿Eres el líder de la aldea? —le preguntó.

—Sí, lo soy —asintió él—. Me llamo Xakin. —Se volvió hacia Rox y le preguntó—. Eres el reemplazo, ¿verdad? ¿Has traído un compañero?

—¿Reemplazo? —repitió ella mientras descabalgaba—. ¿A qué te refieres?

Él le mostró un documento que contaba con cuatro sellos diferentes.

—Somos un protectorado de la Ciudadela. La ley dice que tenemos derecho a contar con un retén de la Guardia de forma permanente.

Xein, que acababa de salir del carro, cruzó una mirada con Rox.

—¿No lo tenéis? —preguntó.

—¿No sois el reemplazo? —insistió el líder.

—Solo estamos de paso —se disculpó la Guardiana—. Entonces, ¿no hay Guardianes en esta aldea?

Xakin sacudió la cabeza con un resoplido irritado.

—Se marcharon hace cuatro días y nos dejaron solos —se quejó—. Pagamos una tasa anual para mantener el retén de la Guardia.

Hay una manera correcta de hacer las cosas, ¿sabéis? Los Guardianes no se marchan hasta que llega el reemplazo. Y vuestros compañeros se fueron sin más, sin esperar y sin molestarse en confirmarnos cuánto tardarían en llegar sus sustitutos.

—Ya veo —murmuró ella.

—¡Hemos estado en peligro cuatro días y tres noches! —siguió protestando el hombre—. Ayer atacaron los rechinantes y pudimos rechazarlos a duras penas. ¡Estuvieron a punto de matar a varios de los nuestros! Tuvimos mucha suerte de sobrevivir todos.

—Bueno, tal vez se han retrasado por alguna razón. La protección de los enclaves en las Tierras Civilizadas siempre ha funcionado con fluidez, se respetan los turnos y...

—¡Nuestros Guardianes se fueron dos semanas antes de lo convenido! —cortó Xakin—. Recibieron un mensaje y se marcharon sin mirar atrás.

—Nosotros solo estamos de paso —repitió Rox—. No sé qué motivos pudo tener la Guardia para reclamarlos, pero...

—Pero podemos quedarnos aquí hasta que llegue el reemplazo —cortó Xein.

Ella lo miró sorprendida. Xakin entornó los ojos y los examinó con atención.

—No vestís como Guardianes. Ni siquiera os peináis como ellos.

—Pero lo somos, como puedes ver. —Xein señaló sus propios ojos con el dedo índice—. Y luchamos contra los monstruos exactamente igual, con uniforme o sin él.

El líder de la aldea pareció de pronto muy aliviado.

—Os lo agradezco de corazón —musitó—. Bienvenidos seáis, pues, Guardianes y buhoneros. Los viajeros siempre serán bien recibidos entre nosotros.

Los alojaron a todos en la misma casa, porque todas las demás estaban ocupadas. Era un fenómeno que Axlin solo había visto en las Tierras Civilizadas. En el resto de las aldeas que había visitado, había numerosas casas vacías, lo cual indicaba que la población disminuía poco a poco. Por el contrario, los enclaves de las Tierras Civilizadas crecían e incluso prosperaban gracias a la protección de los Guardianes y el comercio con la Ciudadela. Por eso, las calles estaban empedradas y todas las casas se veían bien cuidadas: las puertas pintadas de vivos colores, las paredes talladas con cenefas decorativas y las ventanas adornadas con flores.

A Axlin le recordaban a algunos barrios de la Ciudadela. Durante su viaje por las Tierras Civilizadas, de hecho, había empezado a comprender por fin que la influencia de la gran urbe no beneficiaba solo a aquellos que habitaban tras sus murallas.

Una vez instalados, depositaron a la sombra en un rincón y la cubrieron con una manta. Axlin pensó que en algún momento deberían tomar una decisión con respecto a ella, pero supuso que mientras no se pusieran de acuerdo seguirían cargando con el monstruo prisionero de aldea en aldea.

A menos que Xein hubiese hablado en serio al proponer que se establecieran allí. Rox se lo planteó abiertamente cuando el grupo pudo deliberar por fin en privado.

—¿De verdad quieres que nos quedemos? Nos fuimos del enclave de Romixa porque esta cosa trató de llevarse a Ruxus. Estamos solo a dos días de camino de allí. Si los innombrables nos están buscando, no tardarán mucho en encontrarnos.

—Cualquier enclave es más seguro que los caminos. Para todos, incluido Ruxus —replicó Xein—. Además, de aquí hasta la Ciudadela casi todas las aldeas son protectorados. Con la diferencia de que en otras partes sí habrá Guardianes que puedan delatar a dos desertores como nosotros. En cambio, los que había en este sitio se han marchado y no creo que vayan a volver.

—¿Por qué no? —intervino Axlin, curiosa.

Él respondió a su pregunta, pero no se volvió para mirarla.

—Una aldea que esté oficialmente bajo la protección de la Guardia no se queda nunca sin Guardianes. Cuando una pareja regresa a la Ciudadela, siempre llega otra para ocupar su lugar. Si los que había aquí se marcharon con tantas prisas, sin esperar al reemplazo...

—Es porque ha pasado algo muy grave —completó Rox.

—Algo tan grave que necesitan reunir a un gran número de Guardianes para hacer frente a la amenaza, sea cual sea. No se me ocurre otro motivo para que los que había aquí abandonaran su puesto con tanta precipitación.

—Pero ya cerraron las puertas de la Ciudadela —les recordó Loxan—. ¿No debería estar resuelto el problema?

Xein arrugó el ceño.

—Tal vez no se trate de la Ciudadela —comentó—. Quizá necesiten refuerzos en el frente oriental.

Axlin detectó cierta angustia en el tono de su voz y se volvió hacia Rox, inquieta. Descubrió que ella también observaba a su compañero con los ojos entornados y un brillo de sospecha en la mirada.

No pudieron seguir hablando, porque en aquel momento sonaron unos tímidos golpes en la puerta y se asomó un muchacho de unos once o doce años.

—Señores Guardianes —dijo con solemnidad—, el líder Xakin me ha encargado que os acompañe en vuestra ronda.

—¿Nuestra... ronda? —repitió Xein, un poco perdido.

—Tenéis que pasar revista a las defensas de la aldea —explicó el chico—. Todos los Guardianes lo hacen, es parte del protocolo.

—Ah, sí —respondió Rox—. Pero ya hemos explicado que no hemos venido a reemplazar a la pareja que se fue, solo... —Se interrumpió al ver que el niño parecía algo decepcionado—. Está bien, guíanos —se rindió por fin.

Antes de que los dos Guardianes salieran de la casa, Axlin retuvo a Xein por el brazo.

—Espera. Tengo que hablar con vosotros sobre algo que me ha contado Ruxus...

—Más tarde —se limitó a responder él.

Pero no hubo ocasión, porque los Guardianes fueron el centro de atención durante la cena, y después el joven se ofreció a ocupar el puesto de uno de los centinelas en las puertas de entrada.

Al día siguiente, cuando el enclave despertó, Axlin y los demás descubrieron consternados que, mientras todos dormían, Xein había cogido el caballo de Rox y se había marchado sin despedirse de nadie.

32

—¿Tú sabes algo? —le preguntó Axlin a Rox, muy nerviosa—. ¿Por qué se ha ido? ¿Y a dónde?

—No tengo ni idea... No me mires así, te aseguro que no me lo ha contado a mí tampoco. —Hizo una pausa y preguntó—: ¿Discutisteis la otra noche?

—¿Qué? —se indignó Axlin—. ¿Insinúas que se ha marchado por mi culpa?

—Eh, compañeras, calmaos —interrumpió Loxan—. Mirad, a mí me parece que está muy claro.

Las dos se volvieron hacia él, interrogantes. El buhonero se rascó la barba, incómodo.

—Cuando sacamos a Xein de Término, sabíamos que, si se recuperaba, existía la posibilidad de que quisiera reintegrarse en la Guardia. Él mismo lo dijo alguna vez, ¿recuerdas?

—Eso fue hace tiempo —protestó Axlin—. Antes de que nos reuniésemos con Rox y Ruxus. Y lleva semanas sin hablar de... —Se calló de golpe al evocar la conversación que habían tenido junto al refugio—. No, no es verdad —confesó—. La otra noche me dijo que debía volver con los Guardianes. Pero no esperaba que hablara en serio. —Parpadeó para contener las lágrimas—. Creí que tú lo habías convencido para que no lo hiciera —le reprochó a la Guardiana.

Ella la miró perpleja.

—¿Yo? —Negó con la cabeza—. Xein siempre ha hecho lo que ha querido.

Axlin tragó saliva. ¿Y si se había marchado para alejarse de ella? ¿No era eso lo que había insinuado aquella noche, en el refugio?

—No creo que haya cambiado de opinión desde que lo rescatamos —prosiguió Loxan—. Probablemente, solo estaba esperando al momento adecuado: a estar de nuevo en condiciones de pelear...

—Y a que nosotros volviésemos a encontrarnos en un lugar más o menos seguro, instalados en una aldea y no viajando por los caminos —murmuró Axlin.

Sintió que se le revolvía el estómago de angustia. Había viajado muy lejos para rescatarlo, había encontrado el modo de neutralizar los efectos del veneno del milespinas, había cuidado de él durante semanas..., ¿solo para retrasar lo inevitable?

Se sentó sobre el camastro, abatida, y hundió el rostro entre las manos. Su amigo colocó una mano sobre su hombro, comprensivo.

—Sé que te has esforzado mucho por salvarlo —le dijo—. Pero me temo que en el fondo ese muchacho no quiere que lo salven.

Axlin no pudo evitar que las lágrimas rodaran por sus mejillas. Loxan le dio unas palmaditas en el hombro y se volvió hacia Rox.

—¿Qué hacemos ahora?

—Disculpad —los interrumpió una voz.

Los cuatro se volvieron hacia la puerta. Allí se encontraba el chico que los había acompañado el día anterior. Pestañeó azorado, sin atreverse a entrar, al darse cuenta de que todos lo miraban fijamente.

—Solo venía... venía a... —Inspiró hondo y concluyó—: Dicen que Xein se ha marchado.

—Sí, eso parece —respondió Rox—. Ya os dijimos ayer que solo estamos de paso.

—Sí, pero es que... no lo entiendo. —El niño observaba con insistencia a la Guardiana, como si tratase de encontrar algo distinto en sus facciones—. Eres tú la que tienes los ojos de plata, ¿por qué es Xein el que se ha marchado?

Ella arrugó el ceño.

—Explícate.

Él se mostró incómodo de pronto.

—Yo..., bueno... —balbuceó—, quizá haya oído una conversación. Entre los otros dos Guardianes, quiero decir. Los que estaban aquí destinados. Antes de que se fueran. De modo totalmente casual, lo juro —se apresuró a añadir.

—Continúa —ordenó Rox, muy seria.

El muchacho tragó saliva y prosiguió:

—Habían recibido un aviso desde la Ciudadela. Que tenían que volver a toda prisa. Y el Guardián de los ojos dorados fue a recoger sus cosas, pero su compañero, que tenía los ojos de plata..., le dijo que no hacía falta, que la orden era solo para los Guardianes de la Dimisión Plata...

—División —corrigió Axlin mecánicamente.

—Que los otros, los de la Oro, no tenían que volver. Que para esta operación de limpieza no eran necesarios.

—¿Operación... de limpieza? —repitió Rox, entornando los ojos.

Con el rabillo del ojo, Axlin percibió que la manta bajo la que se ocultaba el invisible se movía ligeramente. Nadie más lo notó.

—Así la llamaron, sí —asintió el chico—. El de los ojos dorados decía que no era posible que contasen solo con los Plata, que debía de haber un error... Discutieron un poco y al final decidieron que se irían juntos, aunque al parecer solo uno de ellos tenía que marcharse. Por eso, cuando esta mañana me han dicho que Xein se había ido..., pensé que igual no me había fijado bien, y era él el de los ojos plateados. —Sacudió la cabeza—. Bueno, sé que es una tontería, pero es que no comprendo por qué se ha marchado tan deprisa. Pensé que quizá lo habían avisado a él también...

—No —murmuró Rox—. No, nosotros no hemos recibido ninguna notificación de la Ciudadela. Todavía —añadió tras una pausa.

Axlin se dio cuenta de que estaba extraordinariamente seria. Hubo un incómodo silencio, que Loxan rompió por fin:

—Bueno, muchacho, ¿tenías que decirnos alguna otra cosa?

—¡Oh! ¡Oh, sí, claro, lo olvidaba! —El chico se frotó la nuca, un tanto avergonzado—. Xakin quiere hablar contigo, Rox. También dice que los demás debéis ayudar en las tareas de la aldea, no quedaros en casa holgazaneando todo el día. —Les dirigió una mirada de disculpa—. Son las normas, lo siento.

La Guardiana se levantó y se reunió con él en la puerta.

—Hablaremos más tarde —dijo al resto del grupo.

Cuando se fue con el chico, Axlin se volvió hacia Loxan y Ruxus.

—¿Vosotros comprendéis qué está pasando?

—No —respondió el buhonero con perplejidad—. Y no estoy seguro de que Rox nos lo vaya a contar.

—Pero yo sí —sonó de pronto una voz que parecía proceder de debajo de la tierra.

Los tres se sobresaltaron y miraron a su alrededor, hasta que se dieron cuenta de que la manta que ocultaba al monstruo invisible se agitaba con fuerza, como si quisiera llamar su atención.

—¿Por qué está hablando? —preguntó Loxan con aprensión—. ¿No se supone que lo habíais amordazado?

Con el corazón a punto de salírsele del pecho, Axlin se inclinó junto al bulto, consciente de pronto de que todos, salvo Rox, habían aprendido a actuar como si no estuviese presente. Lo cierto era que la sombra casi nunca se movía ni emitía el menor ruido. Y si se había quitado la mordaza tiempo atrás, no había dado muestras de ello. O nadie le había prestado bastante atención como para darse cuenta.

«Quiere que nos olvidemos de ella», comprendió. ¿Para cogerlos por sorpresa tal vez? ¿Y si se había deshecho también de sus ataduras?

Loxan colocó una mano sobre su hombro.

—Ten cuidado, compañera. Creo que será mejor que esperemos a que vuelva Rox.

Pero Axlin necesitaba saberlo. Apartó la manta que la cubría y respiró hondo al ver las ataduras todavía rodeando algo que ella no podía percibir, pero que sin duda estaba ahí. La mordaza, sin embargo, estaba en el suelo. Frunció el ceño, inquieta, y volvió a taparlo con la manta.

—Yo puedo contaros qué es esa limpieza —insistió el monstruo—. Y muchas cosas más. Cosas que el maestro no recuerda, o no quiere recordar. Quitadme la manta de encima y os lo explicaré.

—No —decidió Axlin—. Habla si quieres, pero seguirás cubierto. Tenemos que tenerte controlado en todo momento.

La sombra dejó escapar una risa ronca.

—Como prefieras.

—No me creo que vayas a hablar sin recibir nada a cambio —declaró Loxan, cruzándose de brazos.

—No, en efecto —admitió el monstruo.

—¿Crees que vamos a mantenerte con vida... o a liberarte... si colaboras? —soltó el buhonero, escéptico.

—Sí, lo creo. Pero no por lo que os voy a contar, sino por lo que puedo hacer por vosotros. —Hizo una pausa antes de continuar—: Sé dónde está el libro que buscáis. Y puedo conduciros hasta él.

—Nosotros no... —empezó Axlin, pero se detuvo de pronto—. ¿Te refieres al primer bestiario? ¿El que, según la historia de Ruxus, escribieron los sabios del Manantial?

—¿De qué hablas? —preguntó el anciano, inquieto—. Habíamos quedado en que no era más que un cuento, ¿verdad?

La sombra lo ignoró.

—El maestro no mentía: el libro está en la Ciudadela. Y yo sé cómo llegar hasta él.

Axlin abrió la boca, pero no supo qué decir. Por un lado, deseaba creer a la sombra, porque prometía revelarle algunos de los secretos que llevaba tanto tiempo tratando de comprender; por otro, estaba convencida de que aquel monstruo solo estaba intentando engañarla.

—¿Y por qué te has decidido a hablar precisamente ahora? —planteó Loxan, aún ceñudo.

—Por la limpieza —respondió la sombra, y Axlin pudo detectar el súbito tono de inquietud que tiñó su voz—. Si es verdad lo que dice el chico, nos han traicionado.

—Explícate.

La criatura hizo una pausa antes de seguir hablando, como si tratase de organizar sus ideas.

—Cuando los Guardianes dicen que van a «limpiar» la Ciudadela —comenzó por fin—, se refieren a una gran operación de caza. Se organizan por barrios para registrar todas las casas al mismo tiempo en busca de monstruos innombrables. Ha habido varias «limpiezas» a lo largo de la historia, pero nunca antes habían llamado a participar a los Guardianes destinados lejos de la Ciudadela. —Calló de nuevo antes de concluir en voz más baja—: Y tampoco habían hecho limpiezas selectivas.

—¿Qué quieres decir? —preguntó Axlin, aunque ya lo intuía.

—Solo han llamado a los Plata. Solo van a cazar sombras, no metamorfos.

La muchacha y el buhonero cruzaron una mirada.

—Ya veo —murmuró él—. Mira, todo esto es demasiado complicado para mí. Creo que nadie sabe aún si los tipos como vosotros estáis organizados, si obedecéis a alguien o si solo seguís vuestros impulsos como el resto de los monstruos, y yo al menos no sé si quiero saberlo. Pero lo que sí tengo claro es que no tiene ningún sentido que quieras volver a la Ciudadela en estas circunstancias... ¿para recuperar un libro? —concluyó, enarcando una ceja con escepticismo.

—No es un libro cualquiera. La chica lo sabe. Es el libro que habla de todos los monstruos, incluidos los innombrables. El que nos permitió llegar hasta vuestro mundo y hacernos con el poder.

—No os habéis hecho con el poder —protestó ella.

—Todavía —precisó la sombra.

—¡No es más que un cuento! —protestó de nuevo Ruxus con voz chillona—. ¡Una historia para asustar a los niños! No seréis tan estúpidos como para creerla, ¿verdad? ¡Oh, no!, sabía que no debería habértela contado —gimoteó.

—Puedes engañarte a ti mismo todo lo que desees —siseó la sombra—, pero en el fondo de tu corazón sabes que es verdad. Sabes que ese libro existe porque tú mismo lo escribiste. Y sabes muy bien lo que sucedió después.

El anciano se tapó los oídos y negó con la cabeza.

—¡No! ¡No! —chilló con desesperación—. ¡Es solo un cuento! ¡Un cuento!

—¿De veras? —susurró la criatura invisible—, y recitó: «Tres misiones, tres secretos, siempre tres, de novicios a maestros».

Axlin contempló, sobrecogida, cómo Ruxus palidecía más y más con cada palabra hasta que dejó escapar un alarido angustiado. Su rostro se deformó en una máscara de terror.

—¡No puedes saber eso! ¡No puedes saberlo! ¡Nadie puede!

Sus compañeros trataron de calmarlo, sujetándolo entre los dos. Por fin lograron recostarlo sobre el lecho mientras el anciano sollozaba:

—No es verdad... Es solo un cuento..., un cuento...

—¿Qué pasa aquí? —preguntó de pronto una voz femenina—. Hemos oído gritos. ¿Estáis bien?

Axlin se volvió hacia las dos mujeres que los miraban con preocupación desde la puerta.

—Ruxus no se encuentra bien —respondió, con una sonrisa de disculpa—. A veces tiene ataques de pánico y se pone a gritar.

Una de las mujeres asintió, comprensiva.

—Lo hemos visto otras veces, sí... —contestó—. ¿Podemos ayudar?

—No es necesario, gracias. Solo decidle a Xakin, por favor, que hoy tendré que quedarme a cuidarlo.

—Os acompañaré —se ofreció Loxan. Echó un vistazo de reojo hacia el bulto del rincón, que se había quedado inmóvil y silencioso—. ¿Estarás bien, Axlin?

—Sí, no te preocupes.

De todos modos, el buhonero le lanzó una mirada significativa que ella captó al instante: avisaría a Rox para que regresase en cuanto pudiera.

La joven se quedó a solas con Ruxus y el invisible. El anciano había caído en un delirio inquieto y se removía bajo la sábana, farfullando palabras sin sentido.

—¿Te cuesta creer que un hombre tenga cientos de años? —susurró entonces el monstruo, asustándola de nuevo—. Eso es que todavía no has comprendido hasta dónde llega el poder del Manantial.

De repente, Axlin no quiso seguir escuchando. Se dirigió al monstruo amarrado, recuperó la mordaza y, venciendo su repugnancia, le palpó el rostro hasta que consiguió atarlo de nuevo. Su piel no parecía humana; era lisa, fría y suave como la de una rana, pero no estaba húmeda. Tampoco había cabello sobre su cabeza.

—¿Qué clase de criatura eres? —susurró.

Él no respondió; ya no podía hacerlo.

Detrás de Axlin, tendido sobre su catre, Ruxus se agitaba, murmurando en sueños.

—Tres misiones..., tres secretos..., siempre tres...

—... de novicios a maestros —concluyó por fin el niño, casi sin aliento.

El muchacho que lo esperaba al otro lado de la puerta permaneció en silencio durante unos instantes, y por un momento Ruxus temió haber recitado mal la contraseña. A través de la rendija solo se veía uno de los ojos azules de Soluxin, que lo examinaba con aire crítico. Por fin la puerta se abrió del todo y su amigo lo recibió con una media sonrisa.

—¡Date prisa, vamos! —urgió entre susurros.

Ruxus obedeció y lo siguió, sobrecogido.

En el centro de la estancia, la energía mística brotaba como un géiser de entre un montón de rocas oscuras e irregulares. Así era el Manantial primitivo, y así lo habían hallado los primeros sabios en tiempos remotos. Habían optado prudentemente por dejarlo como estaba, limitándose a construir alrededor. Pero también habían embellecido aquella sala, alma y corazón de su Santuario, todo cuanto habían podido: un brocal de mármol rodeaba la fuente, el suelo estaba cubierto de baldosas exquisitamente decoradas y el techo se curvaba en una cúpula revestida de azulejos que reflejaban las luces fluctuantes del Manantial y teñían las paredes de tonalidades fantásticas.

No era la primera vez que Ruxus entraba allí, pero siempre que lo hacía sentía el impulso de dar media vuelta y salir corriendo sin mirar atrás.

No había nada en aquel lugar que inspirase terror, en realidad. No necesitaba iluminación, porque el suave resplandor que emanaba del pozo creaba bellísimos juegos de luces y sombras. Incluso el leve murmullo que se oía de fondo invitaba a la calma y al sosiego y transmitía una maravillosa sensación de paz.

Pero él siempre tenía la impresión de que lo que salía del pozo era demasiado inmenso como para que pudiese comprenderlo. Y lo hacía sentir pequeño y miserable, como si estuviese profanando aquel lugar sagrado con su sola presencia.

Soluxin se volvió hacia él con los ojos brillantes. Las luces cambiantes del Manantial creaban un extraño efecto sobre su rostro, como si fuese mucho más joven de lo que era en realidad.

—¿A qué estás esperando?

Ruxus se apresuró a seguirlo hasta el Manantial. Allí, junto al pretil de mármol, ambos se reunieron con Daranix, el tercer miembro del grupo, que estaba tendido boca abajo sobre las baldosas, garabateando en el cuaderno de los monstruos. Alzó la cabeza para mirarlos.

—Llegas tarde, Ruxus.

—Se ha dormido —dijo Soluxin, ahogando una risita.

El muchacho se ruborizó. Era el más joven de los tres y, aunque por lo general sus amigos lo trataban con amabilidad, a menudo percibía en ellos una cierta condescendencia, como si no fuese un miembro de pleno derecho del trío, sino un hermano menor cuya presencia se limitaban a tolerar.

Trató de apartar esos pensamientos de su cabeza y se sentó junto a ellos para poder ver lo que estaba dibujando Daranix. Torció el gesto.

—¿Aún seguís con eso?

Habían pasado ya varias semanas desde aquella noche que habían dedicado a compartir sus pesadillas más inquietantes. Y ahora ellos no dejaban de hablar de monstruos, como si fuese algo divertido. Aunque Ruxus era consciente de que a veces las lecciones resultaban soporíferas y de que imaginar nuevas aventuras ayudaba a los novicios a escapar de la rutina en el Santuario, no comprendía por qué dedicaban tanto tiempo a inventar criaturas horribles y aterradoras. Era demasiado desagradable. Pero no se atrevía a decirlo en voz alta, porque temía que ellos se burlasen de él.

—Quedan muchas páginas del cuaderno por llenar —respondió Daranix—. Y tengo muchos más monstruos en la cabeza. A este, por ejemplo —prosiguió, mostrándoles la página—, no lo puedes ver, porque vive bajo tierra. Solo asoma sus tentáculos y los deja quietos como si fuesen las raíces de un árbol, hasta que pasa alguien cerca, y entonces...

Ruxus sintió de pronto que algo aferraba su tobillo con fuerza y lanzó un grito de terror que resonó por las paredes de la sala. Cuando apartó el pie con brusquedad, vio que solo se trataba de la mano de Daranix, que se echó a reír.

Soluxin, sin embargo, estaba serio.

—No ha tenido gracia —susurró irritado—. Acabarán por descubrirnos si no nos andamos con cuidado.

Su amigo se encogió de hombros.

—Bien, ¿y qué? Nos quitarán la llave y nos prohibirán volver, y ya está. Quizá nos manden hacer alguna disertación sobre algún tema aburridísimo: la Disciplina, la Integridad, la Razón —resopló, poniendo los ojos en blanco.

—O quizá nos expulsen de la Orden y nos envíen de vuelta a casa.

Daranix lo pensó un momento.

—Bueno, tampoco sería para tanto —manifestó por fin—. Quiero decir que nos enviaron aquí para aprender a hacer cosas extraordinarias, ¿no? Y nos pasamos los días entre libros, recitando normas y reglamentos y aprendiendo de memoria listas de nombres absurdos...

—No son absurdos...

—Hay un nombre diferente para cada manifestación de cada variante de cada fenómeno que nadie ha sabido explicar. ¿Qué sentido tiene eso? Yo no vine aquí a estudiar el poder, sino a experimentarlo, a aprender a controlarlo... ¡Eh!

El cuaderno de los monstruos se le escapó de entre los dedos y flotó por el aire hasta aterrizar en las manos de Soluxin, que sonrió con gesto triunfal.

—Controla esto, si puedes —lo desafió.

—Estás mejorando mucho —comentó Ruxus con admiración—. La maestra Xalora estará contenta.

Su amigo asintió, distraído. Estaba pasando las páginas del cuaderno, y Ruxus siguió la dirección de su mirada.

Allí estaban todos los monstruos que habían descrito hasta entonces. Más de una docena, si no había contado mal. Aquel era un proyecto conjunto de Daranix y Soluxin, pero Ruxus era perfectamente capaz de distinguir qué páginas había escrito cada uno, y no solo por la caligrafía o por el estilo de dibujo. Los monstruos de Soluxin eran poderosos y aterradores, atacaban de frente y estaban repletos de colmillos, cuernos, garras y espinas. Los de Daranix, en cambio, eran astutos y rastreros. Utilizaban todo tipo de engaños para acercarse a los humanos y atraparlos antes de que fuesen capaces de reaccionar. Por alguna razón, estos últimos eran los que más temor le infundían.

Se estremeció, y Soluxin lo notó.

—¿Tú no te animas? —le preguntó—. No me digas que no has vuelto a tener pesadillas, porque no me lo creo.

Por supuesto que sufría pesadillas, sobre todo en los últimos tiempos, desde que los tres habían comenzado a infiltrarse sin permiso en el espacio más sagrado de la Orden del Manantial. Pero hasta aquel momento no se había decidido a incluir sus propios monstruos en el catálogo de horrores de sus amigos. Entre otras cosas porque temía no ser capaz de plasmar sobre el papel lo que veía en su mente con tanta claridad.

—A Ruxus le dan miedo hasta las arañas —se burló Daranix—. No le pidas que se ponga a escribir sobre monstruos, porque empezará a mojar la cama por las noches.

—Eso no es verdad —se defendió el muchacho.

Le arrebató el carboncillo de las manos y cogió con gesto resuelto el cuaderno que le tendía Soluxin. Lo abrió por una página en blanco, inspiró hondo y comenzó a dibujar.

Había practicado a lo largo de la semana, realizando bocetos en hojas sueltas, de modo que el resultado final le pareció bastante mejor de lo que había previsto. Lo mostró a sus amigos con orgullo. Ellos, sin embargo, cruzaron una mirada y sonrieron.

—¿Qué? —protestó Ruxus.

—No es más que una oruga con tentáculos —respondió Soluxin, aún sonriendo.

Ruxus examinó su dibujo, frunciendo el ceño con gesto crítico. Entonces volvió a tomar el carboncillo y añadió unos trazos más. Sus compañeros aguardaron, intrigados, hasta que él les volvió a tender el cuaderno.

—¿Qué es eso? —preguntó Daranix bizqueando, mientras trataba de distinguir la minúscula figura que Ruxus había dibujado a los pies de su monstruo.

El niño sonrió, saboreando su triunfo de antemano.

—«Eso» eres tú —se limitó a contestar.

33

Xein avanzaba al galope hacia el norte. En unos cinco días alcanzaría la calzada principal, la que unía la Ciudadela con el frente oriental, y desde allí llegaría a Término una semana más tarde, si no se entretenía mucho. No obstante, el peso que oprimía su corazón se volvía más insoportable a medida que se alejaba de la aldea donde había dejado a sus compañeros.

Durante un tiempo se había permitido soñar con una vida diferente. Había sido feliz en el enclave de Romixa. Aunque no pudiese estar con Axlin de la manera que le habría gustado, al menos tenían algo parecido a una amistad y estaba rodeado de gente que lo apreciaba y se preocupaba por él. Sabía que aquello no podía durar para siempre, por supuesto. Se había convencido a sí mismo de que era solo temporal, de que necesitaba recuperar fuerzas antes de reincorporarse a la Guardia. De que, una vez concluido su entrenamiento con Rox, se despediría de Axlin y los demás y se marcharía para cumplir su deber.

No había sido consciente de que estaba retrasando su partida sin motivo hasta la noche en que había hablado con Axlin sobre la verdadera naturaleza de los Guardianes.

Cuando ella lo había abrazado, había deseado besarla más que nada en el mundo. Entonces comprendió que si no se alejaba de ella acabaría por sucumbir a sus propios sentimientos y ya no sería capaz de abandonarla.

«Seguro que ahora me odia por haberme marchado sin siquiera despedirme», se dijo.

Pero probablemente era lo mejor.

Trató de centrarse en el camino que tenía por delante para no pensar en todo lo que dejaba atrás. Si se daba prisa, quizá lograse llegar al siguiente enclave antes del anochecer sin necesidad de pernoctar en el refugio que había a mitad de camino.

Entonces oyó voces más adelante y tiró de las riendas de su caballo, sorprendido, al detectar una llamarada entre el follaje. Se sintió confuso un instante, pero después oyó un sonido peculiar que parecía emitido por una especie de trompeta y lo identificó como el bramido de un abrasador.

Descabalgó, desenfundó la lanza y echó a correr por el camino.

Al doblar el recodo se topó con una escena singular: cinco Guardianes, tres hombres y dos mujeres, luchaban contra una pareja de abrasadores. Un caballo se había derrumbado a la vera del camino y agonizaba entre atroces quemaduras. No se veían más; probablemente los otros jinetes habían espantado a sus monturas para que se alejaran del lugar de la batalla, puesto que todos peleaban a pie.

Uno de los Guardianes, un hombre de cabello castaño y ojos plateados, se volvió al oír llegar a Xein.

—¡Atrás, muchacho! ¡Es peligroso!

Él se quedó desconcertado un instante, hasta que comprendió que aún no lo habían identificado como Guardián.

Retrocedió unos pasos, pero solo para tomar impulso. Después enarboló la lanza, echó a correr, dio un poderoso salto y aterrizó sobre el monstruo más cercano, que dejó escapar un bramido de dolor y un chorro de fuego cuando el arma le perforó la piel.

—¿Qué haces? —oyó que gritaba una de las mujeres.

—¡Es uno de los nuestros! —exclamó otro de los Guardianes.

Xein pensó que su voz le resultaba familiar.

Una vez aclarado ese punto, los seis se centraron en batallar contra los abrasadores. Al muchacho le sorprendió la facilidad con la que se integró en el grupo, siguiendo estrategias que conocía de memoria sin necesidad de que nadie le diese ninguna indicación. Cuando por fin acabaron con los monstruos y recobraron los caballos —por desgracia, no pudieron hacer nada por el animal herido, que había sucumbido durante la pelea—, Xein se volvió para mirar a sus compañeros con cierta timidez, consciente de que su aspecto no cumplía el reglamento.

Aun así, y para su sorpresa, alguien lo reconoció.

—¡¿Xein?!

Uno de los Guardianes se adelantó para recibirlo con una sonrisa de incredulidad.

—¡No puede ser! ¡Te dábamos por muerto!

Él sonrió a su vez y estrechó la mano que el otro le tendía.

—Buena guardia, Noxian. Sigo vivo, como puedes comprobar.

Aquello era una feliz coincidencia, pensó. La última vez que se habían visto, si la memoria no le fallaba, había sido durante la batalla contra el milespinas, justo antes de que Xein cayese fulminado por el veneno de la criatura.

—¿No eres el Guardián que desapareció de Término? —preguntó una de las mujeres, observándolo con curiosidad—. ¿Cómo has llegado hasta aquí?

—Unos buhoneros me llevaron en su carro y se las arreglaron para curarme, y he estado recuperándome desde entonces.

—¿Unos buhoneros? —repitió Noxian, perplejo.

Xein suspiró.

—Es una larga historia. El caso es que ya estoy listo para reintegrarme al servicio. Precisamente me dirigía hacia Término cuando... —Se detuvo un momento y los miró desconcertado—. A todo esto, ¿qué hacéis vosotros tan lejos del frente oriental?

Los Guardianes cruzaron una mirada. Noxian respondió:

—Nos dirigimos a la Ciudadela. Han solicitado refuerzos desde allí.

—¿Por qué? ¿Qué ha sucedido?

—Muchas cosas al parecer, aunque nosotros no estamos al tanto de todos los detalles. Los monstruos superaron las murallas y sembraron el caos en el anillo exterior. Nos han llegado rumores de que unos lunáticos sabotearon el sistema de alcantarillado para dejarlos entrar, aunque eso me parece difícil de creer.

—Es la historia que cuentan los buhoneros —añadió el otro Guardián, encogiéndose de hombros—. Hasta que no lleguemos a la Ciudadela no sabremos qué pasó en realidad.

—¿Por eso necesitan refuerzos? —siguió preguntando Xein—. ¿Por los ataques en el anillo exterior?

—No, eso ya está solucionado —respondió una de las mujeres—. El Jerarca delegó en la Guardia la gestión de la crisis y parece que está todo controlado. Pero no quieren dejar ningún cabo suelto, así que van a aprovechar para llevar a cabo una operación de limpieza.

Él arrugó el entrecejo.

—¿Te refieres a...? —Ella asintió—. Pero... —Los observó de nuevo con desconcierto—. ¿Os han llamado desde el frente oriental... para una limpieza?

—No solo a nosotros —explicó Noxian—. Están reclutando Guardianes en la mayoría de los enclaves de las Tierras Civilizadas. Parece que los generales han decidido exterminar a los innombrables de una vez por todas. Según tengo entendido, las puertas exteriores de la Ciudadela han sido clausuradas. Es lógico que el siguiente paso sea deshacernos del enemigo interno, ¿no te parece?

Xein lo pensó unos segundos. Tenía parte de razón. El corazón se le aceleró un momento al considerar la posibilidad de que, en efecto, la Guardia pudiese acabar por fin con la amenaza de los monstruos innombrables.

—¡Contad conmigo! —exclamó—. Tenía previsto reincorporarme a mi puesto en el frente oriental, pero si necesitan gente en la Ciudadela...

Se detuvo al ver que los Guardianes intercambiaban nuevas miradas significativas, y recordó de inmediato por qué lo habían destinado a la Última Frontera tiempo atrás.

—Aunque, si nadie ha ordenado un cambio de destino para mí, quizá no debería... —comenzó, avergonzado de golpe por haberse dejado llevar por un entusiasmo inadecuado.

—No se trata de eso —respondió Noxian. Desvió la vista un instante, incómodo—. Es que la limpieza va a limitarse a las sombras.

Xein abrió la boca para decir algo, pero no le salieron las palabras. Observó con atención a los cinco Guardianes, y ellos le devolvieron la mirada.

Todos Plata.

Pestañeó, confuso.

—Pero ¿cómo? ¿Por qué?

—Órdenes —se limitó a contestar una de las Guardianas, encogiéndose de hombros.

Xein no supo qué decir. El vínculo que había sentido hacia ellos durante la batalla se convertía de pronto en una barrera insalvable..., porque, a pesar de que todos ellos eran Guardianes, no tenían los ojos del mismo color.

—Bien, entonces..., supongo que he de seguir mi camino hacia la Última Frontera —murmuró—. Buena guardia...

—Espera —lo detuvo un Guardián—. ¿Cómo sabemos que dices la verdad? No vistes ya como uno de nosotros, y te has dejado crecer el pelo. —Xein se pasó una mano por el cabello con expresión culpable—. ¿Y si resulta que has desertado y no tienes la menor intención de volver?

—¡No puedes estar hablando en serio! —saltó Noxian—. ¿Sabes quién es este chico? ¡Abatió a un milespinas prácticamente sin ayuda! Yo estaba allí y vi lo que hizo. Salvó muchas vidas y nos enseñó una nueva manera de enfrentarnos a esos monstruos.

Xein sonrió, entre incómodo y halagado.

—Gracias, Noxian, pero no creo que...

—Yo también estuve en esa batalla —intervino otra de las mujeres—. ¿De veras eres tú? La forma en que te enfrentaste al milespinas fue bastante... ingeniosa.

Los cinco cruzaron una mirada dubitativa.

—Escuchad —intervino Noxian—, no nos corresponde a nosotros decidir sobre esto.

—Tienes razón —convino la Guardiana que había hablado primero, con evidente alivio—. Quizá deberíamos escoltarlo hasta la Ciudadela para que decidan allí si lo envían de vuelta al frente oriental o le asignan un nuevo destino.

Noxian se volvió hacia Xein.

—¿Qué opinas?

Él dudaba. Por un lado, tenía la sensación de que su lugar estaba donde la Guardia lo había enviado meses atrás, peleando en la Última Frontera para proteger al mundo civilizado de los monstruos colosales. Por otro, realmente deseaba unirse al grupo. La perspectiva de emprender el viaje hasta Término con la única compañía de sus propios pensamientos no lo seducía en absoluto. Además, sentía curiosidad por lo que los Guardianes le habían contado y quería informarse de primera mano de todo lo que había sucedido en la Ciudadela desde su partida.

Inspiró hondo y, por fin, asintió.

Después de todo, y como había dicho su compañera, si sus superiores consideraban que debía regresar al frente oriental, lo enviarían allí en cuanto pusiese un pie en el cuartel.

Rox regresó a la aldea después de la puesta de sol, y no estaba de buen humor. A lo largo del día no solo había tenido que responder a muchas preguntas acerca de la partida de Xein, sino que además se había visto obligada a cubrir su ausencia. Xakin seguía comportándose como si, en efecto, los recién llegados fuesen el reemplazo que la Guardia les había prometido, y le había exigido que hiciese los turnos de vigilancia correspondientes, además de una ronda de reconocimiento por los alrededores.

De modo que ella había seguido el rastro de un trescolas hasta su madriguera, y por el camino, de paso, había abatido a dos hojarascas y tres escupidores. Cuando arrojó los cadáveres de los seis monstruos a los pies de Xakin, el gesto de aprobación que él le dedicó solo logró irritarla todavía más. La actitud del líder del enclave le traía recuerdos de otros tiempos a los que, desde luego, no deseaba regresar.

Al menos le habían guardado sobras de la cena. Rox terminó de comer y volvió a la casa donde la aguardaban sus compañeros.

—¡Por fin! —susurró Axlin al verla llegar—. Has tardado mucho. Temíamos que te hubiese pasado algo malo.

—Tenía que cumplir mi cuota —murmuró ella—. La de los Guardianes que estaban destinados aquí, quiero decir. —Sacudió la cabeza—. Sé que Xein dijo que nos quedaríamos hasta que llegara el reemplazo, pero dudo mucho que vayan a enviar a nadie desde la Ciudadela, y yo no estoy dispuesta a asumir unas tareas que no me corresponden.

—Tenemos que hablar —dijo Loxan, muy serio.

Rox se sentó sobre la cama, reprimiendo un suspiro de cansancio, y asintió.

Axlin le relató entonces todo lo que sabía: la historia de Ruxus, la información que les había proporcionado la sombra y la sospecha de que el anciano pudiera ser uno de los muchachos que en tiempos pasados habían redactado el bestiario causante de la mayor catástrofe de la historia conocida.

Rox escuchó hasta el final sin pronunciar una sola palabra. Después, cuando Axlin terminó, se limitó a preguntar:

—¿Tú crees que todo eso es verdad?

—No tenemos modo de comprobar la historia de Ruxus. Pero lo que dice la sombra...

—Es un monstruo, Axlin.

—¿Es cierto lo que ha contado sobre esas «limpiezas»? —intervino Loxan con curiosidad.

Ella meditó un instante.

—Sí, lo es —respondió por fin.

—¿Y que no es normal que se «limpie» solo a una de las especies de monstruos innombrables? —preguntó Axlin.

La Guardiana vaciló.

—No estoy segura —contestó—. No tengo constancia de que se haya hecho nunca, pero quizá no conocemos todos los detalles. Tal vez hayan decidido empezar con los invisibles y dejar para más adelante la limpieza de metamorfos...

—No me parece práctico —opinó Loxan—. Si vas a poner la ciudad patas arriba, aprovechas para deshacerte de toda la mugre, no solo de la mitad.

Rox frunció el ceño.

—¿Qué más os ha contado?

—Nada más —dijo la muchacha, un poco avergonzada—. Volví a ponerle la mordaza para que no siguiera hablando.

Rox se inclinó junto a la criatura invisible.

—Muy bien —dijo—. Ahora voy a interrogarte yo.

Axlin vio que la mordaza se movía en lo que parecía un gesto de asentimiento. La Guardiana pareció sorprendida, como si en el fondo no hubiese esperado la menor colaboración por su parte. Le quitó la ligadura y aguardó a que la sombra hablase primero.

—¿Qué quieres saber? —preguntó el monstruo por fin.

—¿Quiénes sois? —inquirió ella—. ¿Cuáles son vuestras intenciones? ¿Qué relación tenéis con los cambiapieles?

La sombra calló un momento antes de empezar a hablar.

—Somos monstruos, naturalmente. Nosotros y los metamorfos. Llegamos a vuestra dimensión a través del Manantial, igual que todos los demás. Pero somos diferentes, porque contamos con raciocinio. —Hizo una pausa y añadió—: Aunque eso no nos convierte en humanos. No sentimos aprecio por vosotros, en realidad. Os eliminaríamos con gusto de la faz del mundo, pero no podemos.

Axlin desvió la mirada con un estremecimiento ante el odio que destilaban las palabras de la criatura. Rox, en cambio, permanecía impasible.

—¿Por qué? —siguió preguntando.

El invisible dejó escapar una risa baja.

—Hay varios motivos, pero el principal es que os necesitamos. Somos criaturas de otro mundo y siempre seremos extranjeros..., salvo que echemos raíces aquí.

La Guardiana frunció el ceño.

—¿A qué te refieres?

—Habla de unir su sangre a la nuestra —musitó Axlin horrorizada—. Los Guardianes.

—Ellos son nuestra creación —confirmó la criatura invisible, y la muchacha detectó un cierto orgullo en su tono—. Mitad monstruos, mitad humanos. Ellos gobernarán el mundo en nuestro lugar.

—Nos necesitáis para reproduciros —murmuró Axlin, asqueada y fascinada a partes iguales—. No podéis generar descendencia propia. Ningún monstruo lo hace.

—Entonces, ¿cómo es que hay tantos? —preguntó Loxan, curioso—. Por lo que tengo entendido, los Guardianes no hacen más que matar monstruos, pero siempre llegan más.

—Porque salen del Manantial, ya os lo he dicho —masculló Ruxus desde su lecho.

Axlin se sobresaltó y se volvió para mirarlo. Había dado por supuesto que estaba dormido, ya que llevaba un buen rato sin hablar. Había pasado la tarde despierto, aunque sumido en un silencio sombrío y sin ganas de conversar con nadie, pero ahora los observaba acurrucado en su rincón con aire desdichado.

Loxan se rascó la cabeza, pensativo.

—¿Y a nadie se le ha ocurrido nunca... ir hasta ese Manantial y sellarlo... o algo por el estilo? —siguió preguntando—. Por lo que contáis, parece bastante sencillo. Quiero decir que si todos los problemas del mundo tuviesen una única fuente, bastaría con...

—Ese lugar está al otro lado de la Última Frontera —cortó Rox—. Nadie puede llegar allí.

—La Guardia quizá podría —musitó Axlin.

Rox se quedó mirándola.

—¿Estás insinuando que la Guardia debería enviar recursos a explorar el mundo al otro lado de la Última Frontera, infestado de monstruos colosales, para buscar algo que quizá no sea más que una antigua leyenda? ¿Con todo lo que está pasando?

—No habría que buscar mucho —argumentó la muchacha, aunque sin demasiado convencimiento—. Tenemos mapas.

Rox sacudió la cabeza y volvió a centrarse en la sombra.

—Quiero saber más. Y quiero hechos, no absurdos delirios sobre gobernar el mundo.

La criatura invisible se rio con suavidad.

—¿Crees que son delirios? Ya ha empezado, joven Guardiana. La caída de la región del oeste, la Senda del Manantial, la clausura de las puertas..., son pasos que conducen a un mismo objetivo, pero no son los primeros que damos. Durante generaciones, los humanos han confiado en los Guardianes. Antes se enfrentaban a los monstruos a solas, a un alto coste. Miles de vidas perdidas. Aldeas enteras arrasadas.

»Pero los supervivientes aprendían. Vivían con miedo y sin esperanza, eso sí. Vidas cortas, intensas y miserables. Hasta que llegaron los Guardianes.

Axlin miró a Rox de reojo; se mantenía impasible. Seguía observando al monstruo con sus ojos plateados repletos de fiero recelo.

—Las personas tardaron mucho en fiarse de ellos —prosiguió la criatura—, porque en aquellos tiempos conocían sus orígenes, o al menos los intuían. Pero una vez que lo hicieron..., ya no hubo marcha atrás.

—¿Qué quieres decir? —preguntó Axlin, casi sin aliento.

—La Ciudadela no habría podido levantarse sin la ayuda de los Guardianes. Defendieron a los Fundadores mientras estos planificaban su pequeño reducto y levantaban las murallas. Cobijaron tras ellas a la humanidad y dedicaron los siguientes siglos a matar y morir por ella.

Axlin negó con la cabeza.

—No entiendo qué pretendes insinuar. He visto la Ciudadela. Tiene cosas que mejorar, pero la gente allí vive segura y sin miedo, pueden ser felices...

—Gracias a los Guardianes. Durante generaciones, los humanos de la Ciudadela han dependido de ellos y, lo más importante..., han creído que la Guardia estaba a su servicio.

—Estamos al servicio de la humanidad —cortó Rox con tono acerado.

—Sí, era importante que los propios Guardianes lo creyeseis también —se limitó a responder la sombra—. Sin una férrea disciplina, sin un control absoluto sobre vuestros actos y emociones, sin un sistema de valores que os dejara claro vuestro lugar en el mundo..., jamás habríais asumido el papel que os obligamos a desempeñar.

Rox se incorporó, dispuesta a propinarle un nuevo puntapié, pero Axlin la detuvo.

—Espera. Deja que siga hablando, por favor.

—No dice más que mentiras —resopló, pero se sentó de nuevo con gesto hosco.

Tras un corto silencio, el invisible continuó:

—Con el tiempo, los humanos olvidaron cómo enfrentarse a sus pesadillas. Después de todo, los monstruos estaban al otro lado de las murallas y no resultaban ya una amenaza para ellos. Y, en todo caso, era asunto de la Guardia. Ellos se ocuparían, como habían hecho siempre.

»Todo este proceso ha sido lento y complejo, y hemos necesitado varios siglos para llevarlo a cabo. Pero tenía un objetivo muy concreto: que el día en que los monstruos invadan la Ciudadela... sus habitantes no sepan cómo reaccionar. Entonces, incapaces de enfrentarse a ellos, entregarán el poder a la Guardia para que los proteja una vez más. Y cuando lo haga, los humanos se sentirán tan agradecidos que se rendirán ante la obvia superioridad de sus salvadores. Y aceptarán..., no, *suplicarán* ser gobernados por ellos.

—La gente del oeste no es así —saltó Axlin—. Nosotros hemos sobrevivido a los monstruos durante cientos de años sin la ayuda de los Guardianes.

—Ah, la gente del oeste —susurró la sombra—. Cierto, sobrevivisteis durante cientos de años... hasta que dejasteis de hacerlo.

Un escalofrío recorrió la espalda de la muchacha.

—¿Qué quieres decir?

—La esforzada gente del oeste —prosiguió el invisible—. Tanto tiempo luchando por vuestra propia supervivencia. Y qué fácil ha sido eliminaros de golpe cuando lo hemos considerado conveniente.

A ella se le revolvió el estómago. Sintió que se mareaba y se apoyó en la pared para mantener el equilibrio.

—No es verdad —musitó.

—Sabíamos que los humanos de la Ciudadela acabarían por olvidar lo que fueron. Lo que podrían volver a ser. Para eso estabais vosotros: para recordar a las gentes de la ciudad cómo es la vida al otro lado de las murallas. Para que valorasen lo que tenían... y diesen gracias a la Guardia por ello. Pero ahora ya no sois necesarios, porque los habitantes de la Ciudadela nunca más osarán salir al exterior. Incluso las Tierras Civilizadas dependen ya de la Guardia.

»Y una vez llegados a este punto, la gente del oeste ya no resulta útil. En el pasado nos sirvieron bien, como ejemplo de la vida de miseria, terror y muerte más allá de las murallas. Pero a partir de ahora podrían convertirse en un símbolo de resistencia, y lo que pretendemos es que los humanos no olvidéis jamás... que no sobreviviréis sin la Guardia.

Axlin no fue capaz de responder. Sentía un sordo dolor en el pecho, como si todo su mundo, todo aquello en lo que siempre había creído, estuviese deshaciéndose entre sus dedos.

—Todo mentiras —masculló Rox—. El Consejo del Jerarca es el que gobierna en la Ciudadela. La Guardia obedece sus órdenes; no al revés.

—Las cosas han cambiado mucho desde que te fuiste, Guardiana —se limitó a decir la sombra—. El plan está ya en marcha. Todos han cumplido su función.

Axlin recordó entonces algo que el monstruo había dicho momentos antes.

—¿También la Senda del Manantial, el grupo que lidera Xaeran? ¿Qué tienen ellos que ver con vosotros?

—Idiotas útiles —respondió el invisible con desprecio—. Muchachos ingenuos criados tras la seguridad de las murallas. Qué fácil fue engañarlos. Qué rápido creyeron que sus enemigos no eran tan malvados como les habían contado. Porque eran incapaces de asimilar que existiesen cosas aterradoras más allá de los muros. Porque nunca habían experimentado el auténtico miedo. Y porque preferían cerrar los ojos a la realidad, quedarse bien resguardados en su burbuja de seguridad y bienestar, antes que afrontar el hecho de que los monstruos son tan reales como ellos.

Axlin decidió ignorar estas reflexiones del monstruo y se esforzó por centrarse en datos concretos.

—Pero Xaeran... tiene información sobre los sabios del Manantial. ¿De dónde la ha sacado? —interrogó.

—Nosotros se la proporcionamos, por descontado. Un par de verdades aderezadas con una sarta de mentiras. Él y sus acólitos se las creyeron todas. Y pensaron, pobres ingenuos, que habían alcanzado alguna clase de iluminación que los colocaba por encima de los demás. Que eran más comprensivos, más bondadosos, más sabios. Estúpidos.

La última palabra de la sombra vibró en el aire durante un ominoso instante.

La mente de Axlin era un torbellino de ideas, preguntas, dudas y temores que no sabía cómo empezar a ordenar. Loxan se le adelantó:

—Hay algo que no entiendo: todos esos planes para someter a los humanos corrientes suenan muy bien, pero ¿de qué sirven si los Guardianes ordenan una «limpieza» para acabar con todos los tuyos? ¿Me he perdido algo?

La sombra pareció vacilar un brevísimo momento.

—Eso no tendría que haber sucedido —musitó, con un atisbo de inquietud en su voz—. A estas alturas, la Guardia ya debería estar controlando la Ciudadela. El Jerarca debería haber abdicado.

—¿Abdicar, el Jerarca? —Axlin sonrió—. Eso no ha sucedido nunca en la historia de la Ciudadela.

—Ahora sucederá. Ha llegado el momento. —Calló un instante, y la muchacha pensó que había terminado de hablar, pero después continuó—:Teníamos un pacto, nosotros y los metamorfos. Durante siglos ellos han utilizado sus habilidades para infiltrarse entre los humanos, convivir con ellos, engañarlos. A nosotros, en cambio, se nos reservaba otro tipo de tareas: robo, espionaje, asesinatos en la oscuridad. Ellos podían dejarse ver a plena luz del día y solo tenían que evitar cruzarse con Guardianes de ojos dorados para que nadie descubriese lo que eran en realidad. Nosotros estábamos condenados a seguir ignorados. Pero todo eso iba a cambiar con el advenimiento del nuevo Jerarca. Guardianes Oro y Plata se repartirían el poder y los invisibles seríamos por fin parte de ello.

—¿Y los Guardianes dejarían de mataros sin más? —preguntó Rox con escepticismo.

—Ellos siempre obedecen las órdenes de sus superiores —se limitó a responder la sombra—. Para eso los entrenan.

Ella vaciló.

—No todos obedecemos a ciegas —musitó.

—No, ciertamente. Por eso existen las sanciones... y la Última Frontera.

—Cuando hablas de esos «superiores» —intervino Axlin, perpleja—, ¿te refieres a los generales de la Guardia? ¿Insinúas que están al servicio de los innombrables?

Rox resopló, irritada.

—Todo esto es una sarta de mentiras absurdas. No sé por qué perdemos el tiempo contigo.

Se puso en pie y salió de la casa sin mirar atrás. Axlin, Loxan y Ruxus se quedaron en silencio un momento, meditando sobre todo lo que el monstruo les había contado.

—Pero, si no he entendido mal —dijo entonces el buhonero, todavía muy perdido—, los Guardianes han recibido la orden de mataros, no de dejar de hacerlo.

—Exacto —murmuró el invisible.

Axlin lo comprendió de pronto.

—¿Crees que los metamorfos os han traicionado... para quedarse todo el poder para ellos solos?

—Muchacha lista. En efecto, si es así como están sucediendo las cosas, mi gente está condenada. Pero no vamos a morir sin luchar. Por eso os guiaré hasta el libro de los maestros. Con los secretos que hay escritos en sus páginas, podréis derrotar a los metamorfos antes de que exterminen a todos los míos.

Rox dio un puñetazo al tronco de un árbol, furiosa. Se hizo daño, pero le sentó bien descargar la ira que sentía.

—¿Crees de verdad que son todo mentiras? —preguntó Axlin tras ella.

—No estoy segura —murmuró la Guardiana—. Sabía que existe una conspiración para derrocar al Jerarca, porque oí algo al respecto en la aldea perdida..., pero me cuesta creer que la Guardia esté implicada.

Axlin suspiró y movió la cabeza con preocupación.

—En cambio, a mí me cuesta imaginar cómo podría nadie derrocar a Jerarca sin la ayuda de la Guardia, la verdad.

Rox se volvió. La muchacha había salido de la cabaña y tiritaba bajo una pequeña manta que se había echado sobre los hombros.

—No tienes buena cara —comentó.

Axlin desvió la mirada.

—No me encuentro demasiado bien.

La Guardiana la observó un momento, pensativa.

—Siento lo de Xein —le dijo al fin—. Sé que te has esforzado mucho por salvarlo. Yo, en cambio, lo dejé marchar sin más.

La joven se encogió de hombros.

—No sabías que iba a marcharse hoy.

—No me refiero a hoy.

Axlin no supo qué contestar.

—No tiene sentido que siga esforzándome, ¿verdad? —dijo por fin, abatida—. Es el destino que él ha elegido. Durante un tiempo creí que se lo habían impuesto, pero ahora... ya no sé qué pensar.

—Lo lamento por él —murmuró Rox—. Yo nunca esperé gran cosa de la vida, pero Xein sí tenía sueños. Imagino que si ha renunciado a ellos es porque ha asumido que no tiene opción.

Axlin desvió la mirada.

—Supongo que somos como la Senda del Manantial: incapaces de aceptar la verdad.

—La verdad es una joya de múltiples facetas —dijo la Guardiana. Al ver que Axlin la miraba sin comprender, añadió—: Es algo que solía decir Xein. Al parecer, era una frase de su padre. Tiene sentido, teniendo en cuenta que se trataba de un metamorfo —comentó con una nota de humor macabro.

Pero la joven no sonrió.

—Hay tantas cosas que aún no sabemos —musitó—. Si la verdad..., con todas sus facetas..., está escrita en ese libro, quiero ir a buscarlo.

—Lo imaginaba —suspiró Rox—. ¿Y·si la sombra nos ha mentido?

—Ruxus también habla de ese libro. Dice que no es más que un cuento, pero creo que solo intenta engañarse a sí mismo. Si fue uno de los muchachos que provocaron la invasión de los monstruos en tiempos pasados... —se estremeció—, no me extraña que quiera olvidarlo o que trate de convencerse de que no sucedió en realidad.

—Ha pasado mucho tiempo prisionero de los innombrables —le recordó Rox—. Quién sabe lo que le habrán hecho creer.

—Pero ¿por qué estaba prisionero? ¿Por qué es tan importante para ellos? ¿Por qué lo llaman maestro?

La Guardiana no tenía respuesta para aquellas preguntas.

Axlin quería seguir hablando, pero en aquel momento se les acercó uno de los jóvenes de la aldea.

—Guardiana Rox —dijo con formalidad—, te comunico que mi turno de vigilancia en la puerta ha terminado. Debes sustituirme.

Ella reprimió un gruñido de cansancio.

—Pero ¡si no has dormido nada! —exclamó Axlin.

Rox no contestó. Se volvió hacia el centinela y se limitó a responder:

—Muy bien, enseguida voy.

No obstante, cuando el chico se alejó, miró a Axlin y susurró:

—Dile a Loxan que prepare el carro: nos vamos mañana al amanecer.

34

Dex alzó la mirada hacia las estatuas de los Ocho Fundadores. Por un momento imaginó que cobraban vida
para contemplar desde sus altos pedestales la Ciudadela que habían creado. ¿Qué opinarían del lugar en el que se había
convertido?

—¿Crees que acabarán por derribarlas? —preguntó entonces
Valexa a su lado.

Él se volvió para mirarla. No la había oído llegar. Su amiga iba
muy abrigada para el tiempo que hacía, una suave mañana invernal con el cielo completamente despejado. Su cabello negro en-
marcaba un rostro más pálido de lo habitual.

—¿Te encuentras bien? —le preguntó.

Ella se arrebujó todavía más en su capa.

—Sí, no es nada. No tengo frío en realidad. Es solo que... estoy
asustada.

Dex observó de reojo a los dos escoltas que había traído y que
esperaban en silencio unos pasos más allá. Valexa lo notó.

—Mi padre insistió en reforzar la seguridad. Son días inciertos,
ya sabes.

Él se volvió para contemplar de nuevo las esculturas.

—¿Por la destitución del Consejo, quieres decir? —Valexa no contestó, y Dex prosiguió—: Entiendo que está siendo un momento difícil para tu familia y para tu padre en particular, pero es solo temporal. Y no significa en absoluto que la Ciudadela vaya a dejar de honrar a sus Fundadores.

—Yo no estoy tan segura de eso —murmuró Valexa.

Él no respondió.

Tenía razón en cierto modo. El padre de su amiga había sido Consejero de Instrucción e Ilustración en el gobierno del antiguo Jerarca. Pero Aerix de Kandrax había disuelto el Consejo nada más llegar al poder y había sustituido a todos sus miembros por generales de la Guardia. Aquella insólita decisión había sumido a la aristocracia de la ciudad vieja en un profundo desconcierto. De los antiguos linajes, ya solo De Kandrax y De Brixaen, apellido de la nueva Consejera de Planificación Urbana, formaban parte del gobierno.

—Para ti es más sencillo —continuó Valexa—. Hace varias generaciones que los De Galuxen fuisteis apartados del Consejo del Jerarca. —Hizo una pausa y añadió, con una nota de humor—: Es curioso que tu familia estuviese tan interesada en vincularse a la nuestra en su momento y ahora vayan a conseguir la influencia que buscaban a través de los De Xanaril.

Dex se removió incómodo, pero no supo qué responder. Valexa se refería a que el general Radavax, el tío de Oxania, era el nuevo Consejero de Caminos y Comercio.

—No vamos a casarnos por eso, ya lo sabes.

Ella alzó la barbilla e hizo como si no lo hubiese oído. El joven sabía que aquel era un asunto que todavía le resultaba doloroso, por lo que no insistió.

También era difícil para él. A ambos los habían educado desde niños para honrar su apellido y asumir las responsabilidades que se les exigía por haber nacido en una familia antigua que en el caso de los De Galuxen, además, aspiraba a recuperar el lugar que le correspondía en el Consejo del Jerarca. Al principio, Dex había aceptado su papel sin cuestionarlo, e incluso se había sentido un tanto decepcionado al descubrir que aquella tarea recaería ante todo sobre los hombros de su hermano mayor, que nunca parecía tomarse nada en serio. Cuando tenía siete años, había asegurado a sus padres que él estaba más capacitado que Broxnan para ser el heredero, porque había estudiado la historia de la familia con mucho más interés. Su padre le había respondido que con el tiempo comprendería que no ser el primogénito tenía sus ventajas.

Se refería, naturalmente, a que contaría con una mayor libertad a la hora de elegir esposa.

Dex descubriría más adelante, sin embargo, que aquella «libertad» era muy relativa. Porque sus padres contaban con que elegiría a una joven de buena familia. No concebían otra posibilidad para ninguno de sus hijos. Ni siquiera para él.

Por esta razón, tras una dolorosa etapa de conflictos y discusiones, había acabado por abandonar la ciudad vieja, renunciando a sus privilegios para instalarse en el segundo ensanche. Allí había encontrado un trabajo que le gustaba y había conocido a Kenxi, y durante un tiempo se había sentido muy afortunado por haber nacido después de Broxnan, ya que, de haber sido el primogénito, la ciudad vieja jamás lo habría dejado escapar.

Por desgracia, aquella etapa de libertad no había durado mucho.

A veces, Dex se preguntaba si aquel deseo infantil no habría desencadenado alguna clase de maldición sobre su linaje. Porque Broxnan estaba muerto, y ahora él era el primogénito y no solo estaba obligado a respetar las normas de la ciudad vieja, sino que también debía cumplir las expectativas de su familia, que esperaban que en el futuro el apellido De Galuxen volviese a formar parte del Consejo del Jerarca.

Apartó de su mente aquellos sombríos pensamientos. Su compromiso con Oxania no era la opción ideal, por descontado, pero era la mejor que tenía, dadas las circunstancias.

De ninguna manera podía casarse con Valexa, porque ella sí lo amaba, o lo había amado en el pasado, y él no podría corresponderla.

Oxania y él, al menos, estarían en igualdad de condiciones. Y no se sentiría culpable por llevar una doble vida y dejar su corazón en el segundo ensanche, un lugar que en el fondo jamás había abandonado.

A Oxania no le importaba. A Valexa, en cambio, le habría roto el corazón por segunda vez.

Trató de centrarse en el presente.

—Por lo menos parece que la Ciudadela vuelve a ser un refugio seguro —comentó, cambiando de tema.

Ella no podía objetar gran cosa ante aquella afirmación, ya que era cierto que desde que los Guardianes gobernaban se habían acabado los ataques de los monstruos y los ciudadanos se sentían a salvo por primera vez en mucho tiempo.

—Se les da bien proteger a la gente, sí —admitió por fin—. Pero estar a cargo de la Ciudadela no consiste solo en matar monstruos. Aún está por ver que sean capaces de gestionarla de manera eficaz.

—A mí me parece que de momento no lo están haciendo tan mal —opinó él—. Sé que hacen las cosas de una manera diferente, pero funciona.

La Guardia había cerrado las puertas exteriores de la Ciudadela, pero mantenía abiertas las interiores. Los ciudadanos eran ahora libres de circular entre los ensanches y el anillo exterior sin necesidad de exhibir ningún tipo de credencial. El nuevo Jerarca no solo había anunciado que concedería la ciudadanía de forma inmediata a todos los que colaborasen en los trabajos de urbanización del anillo exterior, sino que también estaba destinando muchos recursos a impulsar las obras para que los recién llegados se instalasen cuanto antes. Los primeros días habían sido un caos, pero los Guardianes, serios y disciplinados, no habían tardado en organizar la reconstrucción de las zonas afectadas por los ataques y en dar a todo el mundo algo que hacer.

De modo que los forasteros no habían colapsado los ensanches, a pesar de la apertura de las puertas. Todos estaban muy ocupados trabajando bajo la dirección de la Guardia para que el barrio en el que iban a instalarse estuviese en las mejores condiciones posibles. Además, muchos ciudadanos de las zonas interiores, contagiados por el entusiasmo de la reconstrucción, acudían todos los días al anillo exterior para ayudar en las obras. La Consejera de Planificación Urbana había rescatado los proyectos elaborados por los gobiernos anteriores, paralizados a causa de la gran cantidad de papeleo que requerían según la normativa, y los había puesto en marcha sin más.

Al principio, los funcionarios se habían mostrado indignados ante el hecho de que el nuevo Jerarca los ignorase deliberadamente y tomase decisiones sin seguir los cauces reglamentarios. Pero entonces el Consejero de Trámites y Documentación les dio un plazo para ponerse al día con todo el trabajo atrasado, y los burócratas se encerraron en sus despachos, aliviados de poder regresar a su rutina y secretamente satisfechos porque, después de todo, la forma de trabajar del nuevo gobierno no generaría un exceso de papeleo inútil.

La Ciudadela amanecía cada día más bulliciosa de lo que había sido en mucho tiempo. Dex sospechaba que sus habitantes habían aceptado los cambios con decidido entusiasmo para dejar atrás cuanto antes la etapa oscura que habían vivido en los últimos meses, culminada por los horribles sucesos del día en que los monstruos habían sembrado el terror en las calles.

En claro contraste con lo que sucedía al otro lado de los muros, la ciudad vieja permanecía en silencio. Sus puertas eran las únicas que seguían cerradas para los ciudadanos de otros barrios, pero sus habitantes intuían que las cosas no tardarían en cambiar. Aunque no tenían claro en qué sentido.

—De todas formas, es solo temporal —prosiguió Dex—. En cuanto todo regrese a la normalidad, la Guardia volverá a ocupar el lugar que le corresponde.

Valexa le dirigió una mirada cargada de escepticismo.

—¿Tú crees? Yo, en cambio, pienso que los Guardianes han llegado al gobierno de la Ciudadela para quedarse.

Su amigo lo pensó.

—Pero ellos no tienen hijos —objetó—. Si el linaje ya no es importante a la hora de decidir los puestos en el Consejo, ¿cómo se elegirá a los nuevos miembros? ¿Y al Jerarca?

—¿Crees que el linaje no es importante? —dijo de pronto la voz de Oxania a su espalda.

Dex la saludó con una sonrisa, pero Valexa desvió la mirada. La joven avanzó hasta reunirse con ellos.

—El nuevo Jerarca es hijo del anterior —continuó—. No se me ocurre una manera mejor de perpetuar un linaje en el poder, la verdad.

—Tiene otros tres hijos —le recordó Valexa—. Podría haber elegido a cualquiera de ellos.

—¿Después del caos que generaron los monstruos? —Oxania negó con la cabeza—. Ninguno quiso asumir semejante responsabilidad. Todos estuvieron de acuerdo en que Aerix era la mejor opción.

—Yo ni siquiera sabía que el Jerarca tuviese un hijo en la Guardia —murmuró Dex.

—Ingresó en el cuerpo a los quince años, como todos, y no se volvió a hablar del tema. La gente pensó en su momento que

Aerix sería un Guardián más, pero pasó el tiempo y, oh, sorpresa, resulta que sigue vivo y es nada menos que el Gran General.

Dex entornó los ojos.

—¿Qué insinúas?

—Que los Guardianes de buena familia tienen menos posibilidades de morir que el resto —tradujo Valexa con voz acerada—. Me pregunto entonces por qué Aldrix está muerto y no ocupando un puesto en el Consejo del Jerarca.

—Si tu primo no hubiese desertado, sin duda habría tenido grandes posibilidades de promocionar dentro de la Guardia y llegar a Consejero.

—¡Oh! ¿Así que, ahora que a tu familia le han regalado un cargo en el Consejo, ya no hay extrañas conspiraciones en torno a la muerte de Aldrix?

—Basta ya —cortó Dex, y las miró a ambas con desconcierto—. ¿Qué os pasa? ¿Desde cuándo os importa tanto la política?

Valexa suspiró.

—No lo entiendes, ¿verdad? Aunque el nuevo Jerarca sea hijo del anterior, en realidad a los Guardianes no les importan los apellidos. Solo hay dos descendientes de Fundadores en el nuevo Consejo. Otros dos, como De Xanaril, están vinculados a familias importantes. Pero el resto ni siquiera tienen apellido, y no porque renunciaran a él al ingresar en la Guardia. Sus familias no residían en la ciudad vieja. El color de sus ojos ha tenido más peso que su linaje.

Su amigo frunció el ceño, pensativo.

—Eso no tiene por qué ser malo —opinó—. Son generales, y eso quiere decir que tienen experiencia, que han sobrevivido a muchas batallas...

—Dex —le interrumpió ella—, si el apellido no es importante..., si los descendientes de los Fundadores ya no podemos aspirar a gobernar..., ¿cómo justificas que sigamos viviendo aquí?

Él se quedó mirándola, desconcertado.

—¿Quieres decir que... nos echarán de la ciudad vieja?

—Es cuestión de tiempo que lo hagan, ¿no? El corazón de la Ciudadela es la residencia de la aristocracia. Y nosotros ya no lo somos.

—Pero...

—Acuérdate de la Ley de Refuerzo de la Guardia. Cuando familias como los De Xanaril, que no descendían de los Fundadores, se instalaron aquí solo porque había nacido un Guardián en su seno. Puede volver a pasar.

Oxania se cruzó de brazos y le disparó una mirada irritada.

—Vaya, así que te crees muy importante porque a tu antepasado le dedicaron una estatua en esta plaza.

Valexa alzó la mirada con orgullo hacia la escultura que representaba a Vaxanian.

—Mi antepasado contribuyó a fundar la Ciudadela —declaró—. Si no lo hubiese hecho, tú vivirías en una aldea, o probablemente ni siquiera habrías nacido.

—Sí, de acuerdo, fue parte del primer gobierno y tiene una estatua, muy bien. Y ahora, ¿me puedes explicar qué has hecho tú por la Ciudadela? —Valexa abrió la boca para replicar, pero Oxania no había terminado—. Mi tío ha dedicado su vida a luchar contra los monstruos. Mi hija Xantra ingresará en la Guardia y peleará hasta su último aliento para defender tu derecho a estar a salvo. Así que, dime, ¿por qué exactamente eres mejor que yo?

Valexa había palidecido, pero no dijo nada. Dex, sin embargo, había fruncido el ceño.

—Si los apellidos han dejado de ser importantes —dijo—, los De Galuxen ya no necesitan un heredero, así que yo no tendría que casarme —concluyó.

Se volvió hacia sus amigas con una radiante sonrisa, pero Oxania le disparó una mirada irritada.

—Tu familia querrá vincularse a la mía de todas formas —le recordó.

—No me necesitan a mí para eso. Xantra ya es una De Galuxen: es la hija de Broxnan. —Se sintió muy aliviado de pronto—. La búsqueda de alianzas ha dejado de tener sentido, porque mientras gobierne la Guardia yo jamás seré Consejero.

«Y podré vivir mi propia vida», pensó.

—Todavía no sabemos lo que va a pasar —se apresuró a decir Valexa—. Tal vez tengas razón y el gobierno de los Guardianes sea solo temporal. Tal vez los De Vaxanian podamos volver al Consejo cuando todo termine —añadió esperanzada—. Y quizá los De Galuxen recuperéis vuestras opciones también.

Oxania abrió la boca para replicar, pero Dex le dio un suave codazo y se tragó lo que iba a decir. Suspiró levemente y murmuró:

—Tal vez. Sí. Cuando todo esto termine.

Dex comprendía la inquietud de Valexa, pero una parte de él deseaba de corazón que sus amigas estuviesen en lo cierto. Si su apellido dejaba de tener importancia en un mundo donde solo gobernarían aquellos que tuviesen el color de ojos adecuado, entonces sus padres ya no podrían obligarlo a que representase el papel que habían escrito para él. Tendría argumentos para enfrentarse a ellos, dar la espalda a la ciudad vieja y regresar al segundo ensanche, con Kenxi.

No podía evitar sentirse un poco culpable, sin embargo, y no solo por su familia. También por Valexa y por todas las personas de la ciudad vieja por las que sentía aprecio y miraban al futuro con inquietud.

Aun así, se moría de ganas de contárselo a Kenxi, que no terminaba de sentirse cómodo con su compromiso con Oxania, por mucho que le explicase que no era más que una boda sobre el papel, para mantener las apariencias ante su familia y la aristocracia de la ciudad vieja.

No obstante, Dex comprendía en el fondo sus reticencias y temía que algún día decidiese romper su relación definitivamente. Y sabía que, llegado el caso, no podría reprochárselo.

De modo que aquella tarde se las arregló para escaparse con cualquier excusa y se apresuró por calles de la Ciudadela en dirección al segundo ensanche para reunirse con él.

Al pasar ante el cuartel general de la Guardia, se detuvo unos segundos, extrañado ante la actividad que se adivinaba tras las puertas enrejadas. Aquello no era normal, y se sintió inquieto de pronto, porque los Guardianes solo se movilizaban cuando había que luchar contra los monstruos.

Se acercó para tratar de averiguar qué estaba sucediendo. Desde la llegada de la Guardia al poder, empezaba a ser habitual ver a algunas familias en la entrada del cuartel, intentando convencer a los vigilantes para que admitieran a sus hijos antes de tiempo, como si el hecho de ser enviados al Bastión con trece o catorce años fuese a aumentar las posibilidades de que llegasen a ser nombrados Consejeros en el futuro. También se estaba produciendo un sorprendente número de registros de bebés de corta edad. A Dex le asombraba que tantas madres lograsen ocultar al resto del mundo el hecho de que sus hijos eran Guardianes; sabía que a la mayoría de ellos los descubrían tarde o temprano, pero el hecho de que sus familias hubiesen cambiado de opinión y dejaran de esconderlos indicaba hasta qué punto había mejorado la idea que la gente corriente tenía de la Guardia.

Lo que llamó su atención en aquel momento, sin embargo, fue la gran cantidad de Guardianes que había en el patio, al otro lado de la reja. Se asomó entre los barrotes, aprovechando que los vigilantes estaban distraídos explicándole a un padre que su hija debía terminar la formación reglamentaria antes de ser admitida oficialmente en el cuerpo.

Los Guardianes del patio parecían recién llegados: los caballos iban con las alforjas cargadas y saludaban a sus compañeros con entusiasmo, como si llevaran tiempo sin verlos. La mayoría se mostraban expectantes e incluso inquietos, y Dex pensó que aquel comportamiento no era habitual en los de su clase. Aguzó el oído para escuchar lo que decían; pero hablaban entre ellos en voz baja, sin algaradas, y fue incapaz de adivinar qué estaba sucediendo.

De pronto su corazón se detuvo un instante... porque le pareció ver a Xein.

Fue solo un momento, y no podía estar seguro de que se tratara realmente de él. Le llamó la atención porque llevaba el cabello más largo que los demás. Estiró el cuello para tratar de identificarlo con seguridad, pero lo perdió entre la multitud y ya no fue capaz de localizarlo de nuevo.

El corazón le latía con fuerza. ¿Sería posible que Xein hubiese regresado a la Ciudadela? ¿Habría vuelto Axlin con él?

—Disculpa, ciudadano. ¿Buscas algo en particular?

Dex se volvió hacia el centinela con expresión culpable. El Guardián lo miraba ceñudo mientras su compañera terminaba de despachar a la familia.

—No, yo... —Tragó saliva—. Es que no es habitual ver a tantos Guardianes juntos y me preguntaba...

Supuso que el centinela lo echaría con cajas destempladas, pero sonrió levemente.

—Es por el día de la proclamación del Jerarca. Han venido desde sus destinos fuera de la Ciudadela para reforzar la seguridad.

Dex asintió, comprendiendo. Aunque Aerix de Kandrax era *de facto* el nuevo Jerarca y llevaba ya varias semanas gobernando, se estaba preparando una gran ceremonia para escenificar el traspaso de poder de padre a hijo. Tradicionalmente, el acto estaba reservado a los habitantes de la ciudad vieja, pero en esta ocasión, y para marcar distancias con la etapa anterior, el nuevo dirigente había decretado que todos los ciudadanos podrían asistir. Sonrió para sí mismo recordando el gesto horrorizado que había compuesto su madre al enterarse.

—No imaginaba que fueran necesarios tantos Guardianes para vigilar la ciudad vieja —comentó.

El centinela negó con la cabeza.

—No es la ciudad vieja lo que van a controlar: aprovecharemos que todo el mundo estará allí reunido para patrullar los ensanches y el anillo exterior. Nuestra intención es causar las molestias mínimas.

«Qué considerados», se dijo Dex. Aunque los Guardianes siempre habían tratado a las personas corrientes con mucha deferencia, aquello parecía excesivo hasta para ellos. Cuando se trataba de monstruos, abatirlos se convertía en su principal objetivo, independientemente de los inconvenientes que pudiesen originar.

Se volvió para echar un último vistazo a los Guardianes reunidos al otro lado de la verja. Estaban abandonando ya el patio delantero para adentrarse en el corazón del cuartel, lejos de las miradas de la gente corriente. Buscó al joven que le había recordado a Xein, pero no lo encontró.

—¿Todos han venido de fuera? ¿Desde el frente oriental? —tanteó.

—Y de las Tierras Civilizadas, sobre todo —respondió el Guardián—. Pero no temas, ciudadano: las aldeas no se quedan sin protección. La mitad de los hombres y mujeres destinados allí continúan en sus puestos. Todo está bajo control.

«Todo está bajo control.» Dex había oído mucho aquella frase en los últimos tiempos. Algunas personas la encontraban inquietante. A él, por el contrario, le resultaba tranquilizadora. Había vivido una experiencia aterradora durante su última visita al anillo exterior. Tiempo atrás había estado a punto de perder a Kenxi en el ataque de un abrasador. Era reconfortante pensar que por fin habían regresado la paz y la seguridad a la Ciudadela, y que él no tendría que volver a temer por su vida y la de sus seres queridos.

Se separó de la verja, se despidió del Guardián y prosiguió su camino, pensativo.

—¡Xein!

El muchacho se volvió y reconoció a Yarlax, que se le acercaba con la perplejidad pintada en su rostro.

—¿Eres realmente tú? ¿Has vuelto del frente oriental?

Él sonrió.

—Solo temporalmente, me temo. Es una larga historia. —Miró a su alrededor con curiosidad—. Parece que habéis estado muy ocupados durante mi ausencia.

—Sí, estas últimas semanas han sido una verdadera locura. —Yarlax sacudió la cabeza—. Aún no puedo creer que la Guardia gobierne la Ciudadela. Tengo la sensación de que en cualquier momento despertaré y descubriré que todo ha sido un sueño.

Xein lo miró pensativo.

—Ha sido todo muy rápido e inesperado, ¿no crees? —preguntó—. Sé que la gestión del Jerarca estaba siendo muy criticada en los últimos tiempos, pero...

—El último ataque fue la gota que colmó el vaso —le explicó su compañero—. Había monstruos por todas partes, Xein, no te puedes hacer una idea. Fue mucho peor que la incursión de los abrasadores del otoño pasado.

—Pero ya detuvieron a los culpables, ¿no es así?

—Sí, Xaeran murió durante el caos que precisamente él y los suyos habían provocado, y todos sus seguidores están en prisión y serán juzgados en breve. Pero fue la Guardia la que los detuvo, no los alguaciles —añadió.

Xein no dijo nada.

—¿Qué estás pensando?

—Son demasiados cambios de repente. Siempre tuve la sensación de que aquí, en la Ciudadela, las cosas permanecían siempre igual, y resulta que me voy unos meses y, cuando regreso..., todo se ha vuelto del revés. —Hizo una pausa y añadió—: Había oído rumores de que los innombrables estaban conspirando para derrocar al Jerarca.

—¿De verdad? Bueno, en ese caso tiene sentido que la Guardia haya tomado las riendas del gobierno para evitarlo —comentó Yarlax—. Y que haya decidido contraatacar con una limpieza para acabar con las sombras de una vez por todas.

Xein asintió lentamente, pero no parecía muy convencido.

—De todas formas, ¿quién te ha contado todo eso? —le preguntó Yarlax.

—Fue Rox. También es una larga historia.

—¿Has hablado con ella? —se sorprendió Yarlax. Xein asintió de nuevo—. ¿Y has visto a Axlin? —inquirió, bajando la voz todavía más—. Partió de la Ciudadela para buscarte...

—Lo sé —cortó él con sequedad—. Las dos están bien. Se han instalado en una aldea en las Tierras Civilizadas, relativamente a salvo.

Yarlax iba a responder cuando los interrumpió la voz del capitán Salax:

—Así que es verdad que has vuelto.

Los dos se volvieron hacia su superior, que se acercaba a ellos con gesto indescifrable.

—No esperaba volver a verte, Xein. Tus compañeros me han contado una historia muy extraña relacionada con un milespinas y unos buhoneros. Imagino que no tendrás inconveniente en clarificar los hechos.

—Por supuesto que no, señor.

—Bien. Pasa a verme antes de cenar. —Salax entornó los ojos, examinándolo con aire crítico y añadió—: Pero primero ve a cortarte el pelo.

Un rato más tarde, Xein se presentó en el despacho del capitán convenientemente rasurado y con un uniforme limpio. Allí se encontraba también la comandante Xalana.

—Otra vez tú —murmuró ella con cierto hastío.

El joven enrojeció.

—Lo siento mucho —farfulló.

—No lo dudo. ¿Puedes explicarme qué ha pasado esta vez? ¿Por qué no estás en el frente oriental?

Tras un instante de vacilación, Xein relató brevemente lo que había sucedido: que había sido víctima del veneno de un milespinas mientras él y sus compañeros luchaban contra el monstruo, que había despertado tiempo después en el carro de «unos buhoneros», que estos lo habían curado y que había terminado de recuperarse en una aldea en las Tierras Civilizadas.

—Ya estoy listo para reincorporarme al servicio, comandante —concluyó—. Me dirigía al frente oriental cuando me crucé con unos compañeros de la División Plata que opinaron que... debía presentarme en el cuartel general primero, para que se decidiera sobre mi destino.

Xalana no dijo nada. Se quedó mirándolo un momento con los brazos cruzados, pensando.

—Hay algunos puntos oscuros en tu historia, ¿sabes? —comentó por fin—. Tendré que corroborarla con los Guardianes que viajaron contigo hasta aquí. Si confirman que lo que explicas es cierto, regresarás con ellos al frente oriental después de la ceremonia de proclamación del Jerarca.

—Sí, señora.

—Y no vuelvas a desaparecer, ¿me oyes? Tengo cosas más importantes que hacer que estar pendiente de un Guardián que nunca está donde se supone que debe estar.

35

—**V**uelves a llegar tarde —dijo Daranix con cierto disgusto.

Pero le abrió la puerta de todos modos. Ruxus entró, avergonzado.

—Lo siento —se disculpó—. He tenido que esperar a que mi hermana se quedase dormida; de lo contrario, me habría seguido hasta aquí.

Daranix se quedó mirándolo un momento. Por fin sacudió la cabeza con un suspiro.

—Está bien, pasa. Estábamos a punto de terminar.

Ruxus se olvidó de su hermana al instante.

—¿Ya? ¿De verdad?

Se apresuró a reunirse con Soluxin, que estaba sentado en el suelo junto al Manantial, con las piernas cruzadas y el cuaderno de los monstruos en el regazo.

—Ya está —anunció con voz alegre, y lo levantó en alto para que sus amigos lo vieran—. He dejado en blanco la última página.

—¿Para qué? —preguntó Daranix, sentándose a su lado.

—¡Para poner nuestros nombres, por supuesto! Somos los autores del catálogo de monstruos más terrorífico que se haya escrito jamás —proclamó con orgullo—. ¡Tenemos que firmarlo!

—¡Me parece buena idea! —aprobó su amigo.

Cogió la pluma y estampó su nombre al final de la página, donde Soluxin ya había dejado su rúbrica. Después le pasó el cuaderno a Ruxus.

—Es tu turno.

El muchacho lo sostuvo casi con reverencia y se tomó su tiempo para pasar las páginas. Aquello era, en efecto, un gran inventario de horrores, y muchos de ellos eran suyos. Resultaban fácilmente reconocibles porque Ruxus siempre dibujaba minúsculas figuras humanas junto a sus monstruos para poner de manifiesto su inmenso tamaño en comparación con ellas.

Sí, él también formaba parte de aquel proyecto. Se sintió extrañamente orgulloso de ello.

Por fin, cuando escribió su nombre en la última página junto al de sus amigos, alzó la cabeza para mirarlos y sonrió satisfecho.

Ellos le devolvieron la sonrisa. Daranix levantó el cuaderno en alto y recitó con voz solemne:

—«Tres misiones, tres secretos...»

—«Siempre tres, de novicios a maestros» —corearon sus compañeros.

Soluxin llamó su atención.

—Escuchad los dos: ¿qué vamos a hacer con el libro ahora que lo hemos terminado?

Sus amigos se quedaron pensativos.

—Podemos usarlo para contar historias de terror a los otros chicos —propuso Ruxus—. O dejarlo entre los libros de la biblioteca para que los maestros se asusten al verlo.

Pero Daranix negaba con la cabeza.

—Esta es una gran obra de arte, amigos —declaró—. No podemos dedicarla a propósitos tan vulgares.

Soluxin sonrió, divertido.

—¿Ah, no?

—¡Por supuesto que no! —El cuaderno voló de entre los dedos de Ruxus, que no hizo nada por recuperarlo, y levitó en el aire frente a ellos—. Yo propongo... que lo ofrezcamos al Manantial —concluyó Daranix con voz solemne.

Soluxin se echó a reír.

—Estás loco.

Daranix se levantó de un salto. El cuaderno flotante, sometido a su voluntad, siguió su movimiento.

—Oh, Manantial, gran pozo de energía mística —recitó—, te presentamos nuestra humilde obra, un libro repleto de monstruos horribles, sucios y feos...

Soluxin seguía riendo, pero Ruxus se sentía inquieto.

—No tiene ninguna gracia —susurró—. No deberías jugar con eso.

—No pasa nada —replicó Soluxin, aún sonriente—. Solo es un... Espera, Daranix —dijo de pronto—. ¿Qué se supone que estás haciendo?

El cuaderno levitaba ya muy por encima de ellos y se dirigía hacia el haz de luz purpúrea que brotaba del pozo. El muchacho se volvió hacia sus compañeros, sonriente.

—¡Realizar una ofrenda, ya que lo he dicho!

Soluxin se puso en pie y utilizó sus propias habilidades para tratar de recuperar el libro. Hubo un breve forcejeo entre las voluntades de los dos muchachos y el cuaderno se sacudió en el aire. Por fin se zambulló de lleno en la columna de luz, que parpadeó un momento como una estrella pulsante.

—Basta ya de niñerías —protestó Soluxin, y el cuaderno voló hasta sus manos—. Al final va a resultar que el maestro Norvax tiene razón cuando dice que algunos deberíais volver a la guardería.

Daranix alzó las manos en ademán conciliador.

—Solo es un poco de luz. La Orden construyó este edificio justo encima del Manantial, podría decirse que vivimos bañados en su energía..., ¿y a ti te preocupa un cuaderno?

Se echó a reír. Soluxin relajó los hombros y sonrió a su vez.

—Visto así...

Ruxus notó que tenía la garganta seca. Carraspeó para aclarársela y, cuando estaba a punto de añadir algo, sintió de pronto un leve temblor a sus pies.

—¿Habéis... habéis notado eso? —musitó.

El temblor se repitió, esta vez con mayor intensidad. Los tres muchachos cruzaron una mirada.

—Es una coincidencia —soltó Daranix.

Esperaron, conteniendo el aliento.

No pasó nada. Los tres respiraron hondo.

—Coincidencia —repitió el muchacho, forzando una sonrisa.

Y entonces, súbitamente, el Manantial vomitó un flujo de energía que inundó la sala de luz azul e hizo retumbar las paredes. Los chicos se cubrieron los ojos, deslumbrados, y retrocedieron unos pasos.

—Qué has hecho —susurró Soluxin, aterrado.

Daranix no fue capaz de responder.

—Hay que avisar a los maestros —dijo Ruxus, y dio media vuelta para correr hacia la puerta.

Apenas había dado unos pasos cuando lo detuvo el grito de horror de Daranix.

No quería mirar atrás, pero lo hizo. Y se le aflojó el estómago de puro terror.

Una espantosa criatura asomaba por entre las rocas que delimitaban el Manantial. Todo lo que Ruxus pudo apreciar fue una enorme cabeza bulbosa, dos largos brazos acabados en garras y una aterradora colección de dientes afilados como cuchillos.

Y muchos ojos.

Demasiados ojos.

—Es... mi monstruo —susurró Soluxin con horror.

Ruxus lo reconoció al fin. Sí, en efecto, era una versión mucho más detallada y espeluznante de uno de los dibujos que su amigo había plasmado tiempo atrás en las páginas del cuaderno. «No es posible...» fue lo único que pudo pensar.

La criatura los miró un instante y se relamió. Los tres chicos la contemplaron, tan asustados que no fueron capaces de moverse.

El monstruo terminó de salir del Manantial y se quedó un momento inmóvil sobre las rocas. Después, en un visto y no visto, saltó sobre Daranix.

Los gritos de agonía del chico seguirían resonando en las peores pesadillas de Ruxus durante mucho, mucho tiempo.

Soluxin reaccionó.

—Tenemos que salir de aquí, ¡rápido!

—Pero Daranix... pero Daranix... —Ruxus dejó escapar un chillido que era a medias un sollozo—. ¡Le ha arrancado los ojos! ¡Y se los ha comido!

—¿Quieres ser el siguiente? —le gritó Soluxin con brusquedad. Él negó con la cabeza—. Entonces vámonos. Hay que avisar a los maestros. Ellos sabrán qué hacer.

Ruxus se esforzó por dejar de mirar, pero no podía.

—Están saliendo más cosas del pozo, Soluxin —gimió, mientras su amigo lo empujaba hacia la salida.

Soluxin palideció, pero no dijo nada.

Escaparon de la Sala del Manantial y cerraron la puerta tras ellos.

A sus espaldas, Daranix seguía gritando.

Hasta que dejó de hacerlo.

—Ruxus..., Ruxus...—lo llamó una voz.

El anciano abrió los ojos, pestañeando. El suelo aún se movía, pero ya no había tanta luz.

—¿Soluxin? —musitó.

Cuando enfocó la mirada, descubrió que el rostro que había ante él no era el de su amigo, sino el de una muchacha de ojos color avellana.

—Soy Axlin. Estabas teniendo una pesadilla. ¿Te encuentras bien?

Él se incorporó, confuso.

—¿Dónde estamos? —farfulló.

—En el carro de Loxan, de camino a la Ciudadela.

El anciano miró a su alrededor. Poco a poco, los retazos de sus recuerdos fueron abandonando su conciencia, uno tras otro, para volver a refugiarse en las profundidades de su mente como espaldalgas bajo la superficie del arroyo.

—¿Tienes hambre? ¿Necesitas algo?

Ruxus aún sentía el estómago revuelto.

—No, muchas gracias. —Se dio cuenta de que lo seguía mirando con preocupación, y añadió—: Estoy bien. Solo he tenido un mal sueño. O tal vez no lo fuera. Un sueño, quiero decir. Malo, desde luego que sí.

—No tienes por qué hablar de ello si no estás preparado.

—Quiero hacerlo. Puedo fingir que no tiene nada que ver conmigo, pero sé que no es cierto. —Hundió el rostro entre las manos, desolado—. Dibujé monstruos en las páginas de ese cuaderno. Estampé mi nombre al final. Contribuí a crear el portal que permitió a los monstruos invadir nuestro mundo. Soy responsable... de todo lo que está pasando.

—No lo hiciste a propósito. No conocías las consecuencias.

—No, solo fue un simple juego infantil, o al menos eso creíamos. —Dejó escapar una amarga carcajada—. No hay muchos muchachos que puedan decir que provocaron un cataclismo de dimensiones inimaginables... por una estúpida travesura.

—¿Qué pasó con el cuaderno? —preguntó ella.

Ruxus alzó la cabeza y se frotó los ojos, tratando de pensar.

—Le perdí la pista al principio. Cuando aquello sucedió..., nos evacuaron a toda prisa del Santuario. Los maestros se quedaron atrás, tratando de contener a los monstruos. Pero eran demasiados, y cuando empezaron a salir las criaturas gigantescas..., todo el edificio se vino abajo. Los novicios lo vimos caer desde el exterior. —Cerró los ojos, perdido en sus recuerdos—. Aquello los retrasó un poco, al menos. A los monstruos, quiero decir. Después de eso..., mi memoria está borrosa. Recuerdo haberle preguntado a Soluxin por el cuaderno y que me dijo que lo había perdido. Muchos siglos después volví a encontrarlo... en la Ciudadela. Lo tenía un metamorfo. Se lo robé, y durante un tiempo anduve con él de aquí para allá. Intentaba reunir valor para cruzar la cordillera y buscar el Manantial. Estaba seguro de que si arrojaba allí el cuaderno, los monstruos ya no podrían acceder a nuestra dimensión. Pero no llegué a hacerlo, y entonces los innombrables me capturaron, me arrebataron el libro y me encerraron en la Fortaleza.

Axlin dudó un momento antes de preguntar, con cierta timidez:

—Entonces, ¿es verdad que tienes cientos de años?

Ruxus suspiró.

—Pasé demasiado tiempo bajo la influencia directa del Manantial, me temo. Su poder no me hizo inmortal, pero ralentizó mi envejecimiento. —Sacudió la cabeza con pesar—. Hace siglos que debería estar muerto.

—Entonces es cierto lo que cuentan las historias —susurró ella, maravillada—. ¿Hay más como tú?

—¿Qué? —se sobresaltó él.

—¿Qué sucedió con los otros sabios? ¿Viven todavía?

—¿Los sabios? —Ruxus reflexionó un momento y negó con la cabeza—. No, no, no; todos murieron los primeros días. Algunos trataron de proteger a la población y fueron devorados por los monstruos. Los demás agotaron sus fuerzas con la creación de la Última Frontera.

El corazón de Axlin se detuvo un breve instante.

—¿La Última Frontera? ¿Te refieres a... las montañas?

—Era la única forma de detenerlos: los sabios levantaron una muralla de roca tan inmensa que ni siquiera los monstruos más grandes pudieron rebasarla. No fue un obstáculo para los demás, claro, pero a los maestros ya no les quedaban energías para enfrentarse a ellos.

Ella contuvo el aliento, tratando de imaginar a los sabios del Manantial llevando a cabo aquella impresionante hazaña. No lo consiguió.

—¿Tú también... estuviste allí? —preguntó—. ¿En la creación de la frontera?

—No, no; yo era un niño entonces. A mí me evacuaron junto a los demás. Nos llevaron a otro templo, el lugar que ahora conocemos como la Fortaleza, y allí estuvimos un tiempo..., hasta que los monstruos lo destruyeron y tuvimos que escapar de nuevo. —Se frotó los ojos otra vez—. Esa parte de mi vida es un poco confusa. Los caminos se llenaron de personas que huían de sus pueblos para buscar refugio en las ciudades. Pero las ciudades cayeron también. Los supervivientes acabaron por organizarse en aldeas... Y durante mucho tiempo se contentaron con sobrevivir...

—Hasta que los líderes de ocho enclaves decidieron unirse, abandonaron sus hogares y guiaron a su gente hasta las ruinas de una ciudad antigua, donde levantaron murallas protectoras y crearon una comunidad más grande que se convirtió en la Ciudadela —apuntó Axlin—. Esa parte de la historia la conozco.

—Sí —suspiró el anciano—, así fue, más o menos. Pero no lo habrían conseguido sin los Guardianes.

Ella se irguió, interesada.

—¿Cuál fue el papel de los Guardianes? —preguntó. Miró de reojo el bulto inmóvil de la sombra, que permanecía en silencio en un rincón, y concluyó con un susurro—: ¿Es posible que sean realmente... mediomonstruos?

—Lo son —confirmó Ruxus con gravedad—, aunque aún me cuesta trabajo comprenderlo, a pesar de todo el tiempo que ha pasado. Los invisibles y los metamorfos han estado engendrando Guardianes prácticamente desde el principio. No sé por qué siguen haciéndolo a estas alturas.

—Bueno, al parecer pretenden que los Guardianes sometan a los humanos y controlen el mundo después de que los monstruos lo hayan conquistado —le recordó Axlin.

—Sí, sí, pero no me refiero a eso —insistió el anciano, moviendo una mano con impaciencia—. Si lo que quieren es controlar el mundo, no entiendo por qué no se limitan a abandonar a los humanos a su suerte y dejar que mueran sin más. Hace ya tiempo que los Guardianes son lo bastante numerosos como para crear su propia sociedad a espaldas de la gente corriente, sin necesidad de elaborar planes tan complicados.

Ella frunció el ceño, pensativa.

—No te falta razón —reconoció—. ¿Qué dice el bestiario al respecto?

Ruxus parpadeó.

—¿El bestiario?

—El libro que escribiste con tus amigos. ¿Qué decía sobre los innombrables? ¿Cuáles son sus objetivos? ¿Por qué no se limitan a devorar a las personas como todos los demás?

El anciano se mostró confuso durante un momento. Pero antes de que pudiera responder, la voz de la sombra retumbó en la penumbra, sobresaltándolos.

—Porque necesitamos a los humanos —susurró— y no podemos permitir que se extingan. ¿Aún no lo has comprendido? Pensaba que eras más lista, Axlin.

El corazón de ella latía con fuerza, pero se esforzó por controlar su inquietud y consiguió que no le temblara la voz al preguntar:

—¿A qué te refieres?

La criatura invisible se rio por lo bajo.

—Los Guardianes, hijos de humanos e innombrables..., no pueden tener descendencia.

La joven inspiró hondo.

—Eso ya lo sé. Pero es solo una norma de la Guardia. Si la cambiasen...

—No lo has entendido. No pueden. Son estériles, Axlin. Hombres y mujeres. Todos ellos.

A ella se le secó la boca. Quiso responder, pero no fue capaz.

—Por eso os necesitamos. A las mujeres, para que deis a luz a nuestros hijos. A los hombres, para que sigan engendrando hembras humanas. Sin vosotros, también nuestra progenie está condenada a la extinción.

Axlin se volvió hacia Ruxus en busca de un gesto que desmintiera las palabras del monstruo invisible. Pero él le devolvió una mirada perpleja, con los ojos muy abiertos, y se encogió de hombros.

—Es mentira —musitó ella.

—¿De veras? —siseó la sombra—. Habla con tu amiga la Guardiana, si no me crees. Pregúntale cuándo fue la última vez que menstruó.

Ruxus carraspeó, un poco alarmado ante la perspectiva de interrogar a Rox acerca de un asunto tan personal.

—No me parece que...

De pronto se abrió la portezuela superior del carro y asomó la cabeza de la Guardiana. Axlin dio un respingo y la miró con expresión culpable, temiendo que los hubiera oído desde fuera. Pero Rox se limitó a echar un vistazo para asegurarse de que todo seguía en orden.

—Estamos a punto de llegar al enclave —les advirtió—. Estad preparados.

Se pasó la mano por el cabello con nerviosismo. No era un gesto habitual en ella, pero últimamente lo hacía a menudo. Porque ya no era rubia sino pelirroja, y no acababa de acostumbrarse.

Había sido idea de Axlin. A medida que se acercaban a la Ciudadela aumentaba el riesgo de que alguien reconociera a Rox, porque las aldeas más cercanas a la urbe estaban bajo la protección de la Guardia. Por eso, le había teñido el pelo y las cejas con una tintura a base de jugo de remolacha, y lo cierto era que funcionaba bastante bien. El hecho de que todos los Guardianes vistieran igual, tuvieran los ojos similares y llevaran el cabello corto contribuía a confundirlos. Sus rasgos más diferenciadores solían ser el color del pelo y las cicatrices que hubiesen podido adquirir a lo largo de su vida al servicio de la Guardia. Dado que Rox aún no tenía marcas especialmente llamativas, Axlin había optado por oscurecer su cabello. Aunque aquello no confundiría a los Guardianes que la conociesen de antes, quizá sí despistaría a los que hubiesen recibido la descripción de la prófuga, pero no la hubiesen visto nunca en persona.

La ventanilla se cerró sobre ellos. Axlin se apresuró a cubrir el cuerpo del invisible con la manta, por si hubiese en la aldea otros Guardianes de la División Plata. El monstruo permaneció en silencio. Se había mostrado sorprendentemente colaborador desde que habían abandonado el enclave de Xakin. La joven no entendía por qué tenía tanto interés en regresar a la Ciudadela si era cierto que, según les había contado, la Guardia estaba preparando una gran redada para exterminar a los suyos. Pero los innombrables seguían siendo un gran misterio para ella, y cuanto más aprendía, menos comprendía.

El carro se detuvo. Axlin y Ruxus oyeron voces en el exterior y esperaron con paciencia mientras Rox y Loxan hablaban con los responsables de la aldea, conscientes de que quizá tuvieran que marcharse de allí.

Ella, sin embargo, no podía evitar pensar en lo que el invisible le había revelado.

—Si los Guardianes fueran estériles —susurró—, a Xein no le preocuparía tanto la posibilidad de engendrar hijos.

—He dicho que son estériles —precisó la sombra en el mismo tono—, no que ellos sean conscientes de que lo son.

—¿Cómo podrían no saberlo?

—Tampoco es que se les permita averiguarlo por ellos mismos, precisamente —replicó la criatura con sarcasmo.

Axlin apretó los dientes mientras la angustia y la indignación la inundaban por dentro.

—¿Por qué no se lo dijiste a Xein? ¿Por qué dejaste que se marchara creyendo...?

—¿Por qué debería habérselo dicho? —repuso el invisible—. Las tribulaciones de un Guardián no son asunto mío.

Ella tragó saliva y parpadeó para contener las lágrimas.

—Estás mintiendo —musitó—. Tienes que estar mintiendo.

—Silencio —ordenó Ruxus.

Axlin se tragó sus palabras y prestó atención, porque se oían pasos. Alguien trepó al pescante y el carro se puso en marcha de nuevo. La puerta trasera se abrió para dejar paso a Rox, que se sentó junto a ellos con expresión indescifrable.

—Podemos quedarnos —anunció.

—¿No hay Guardianes en la aldea?

—Sí, hay dos, pero pertenecen a la División Oro. —Se volvió para mirarlos, ligeramente desconcertada—. La sombra tenía razón: han hecho un llamamiento a todos los Plata para que regresen a la Ciudadela. Van a hacer una limpieza selectiva. —Inspiró hondo y añadió—: El día de la proclamación del nuevo Jerarca, el Gran General de la Guardia Aerix de Kandrax.

Axlin se esforzó por centrarse en lo que estaba haciendo, pero no podía evitar mirar de soslayo a Rox y a los dos Guardianes de ojos dorados con los que conversaba un poco más lejos. Ella, por su parte, debía fingir que eran solo un grupo de buhoneros en ruta hacia la Ciudadela, y que habían tenido la gran suerte de encontrarse con una Guardiana en el camino. No obstante, le resultaba difícil responder con coherencia a las preguntas del líder de la aldea, porque sus pensamientos estaban muy lejos de allí.

Con Xein, que había regresado a la Última Frontera y había renunciado al amor y a una vida a su lado... por las razones equivocadas.

Si la sombra estaba en lo cierto...

—Compañera —la llamó Loxan, y ella volvió a la realidad—. Ayuda a Ruxus a instalarse, ¿quieres? Yo me encargo de lo demás.

Ella comprendió que se refería a la sombra.

Aunque los Guardianes destinados en el enclave no podían verla, había que trasladarla de un lado a otro con precaución para no realizar movimientos que pudiesen resultar extraños.

—Es posible que haya mentido —susurró el anciano mientras caminaban hacia la casa de invitados—. Pero también es posible que solo haya dicho parte de la verdad. Y también puede ser que sí haya dicho la verdad porque tiene sus propios motivos para compartir esa información. —Hizo una pausa y frunció el ceño—. No puedes fiarte de esas criaturas. Nunca hacen nada por mero altruismo.

Hasta después de la cena no pudieron reunirse para hablar en privado. Entonces Rox les informó las últimas noticias procedentes de la Ciudadela: la masacre provocada por los monstruos, la actuación de la Guardia, la abdicación del Jerarca y las primeras medidas tomadas por su sucesor y el nuevo Consejo.

Ninguno de los dos Guardianes del enclave la había reconocido, por fortuna. Ambos la habían tomado por una compañera que regresaba al cuartel general atendiendo al llamamiento de la División Plata.

—Al parecer, han pasado muchos por aquí —comentó con cierta preocupación—. Nadie sabe por qué no han convocado a la División Oro, sin embargo.

—Porque solo van a exterminar a las sombras —siseó el invisible desde su rincón.

Axlin se cruzó de brazos y le disparó una mirada irritada.

—Nadie te ha preguntado.

—Pero tenía razón cuando dijo que ahora es la Guardia la que gobierna en la Ciudadela, y no el Jerarca —intervino Loxan—. ¿Cómo lo sabía?

—Todo forma parte del plan —dijo la sombra—. La única manera de evitarlo es recuperar el libro, pero yo solo no podré hacerlo. Necesito vuestra protección para llegar hasta la Ciudadela y encontrarlo antes de que se lleve a cabo la limpieza.

Axlin reflexionó.

—Ni siquiera estoy segura de que nos dejen entrar. La última vez que Loxan y yo estuvimos allí, los alguaciles intentaron detenernos.

—Eso ya no tiene ninguna importancia, al parecer —respondió Rox—. La Guardia controla la justicia y tiene otras prioridades. Dudo que se tomen la molestia de detenerte ahora que Xaeran está muerto y la Senda del Manantial ha sido desmantelada.

Axlin se estremeció. El joven investigador no le inspiraba simpatía, pero jamás habría deseado para él un final tan horrible como el que la Guardiana les había relatado.

—Aun así —intervino Loxan mesándose la barba—, nuestro carro llama mucho la atención. Si quieres regresar a la Ciudadela, Axlin, deberías hacerlo en un vehículo más discreto.

Ella se volvió para mirarlo.

—¿Quieres decir... que tú no volverás con nosotros?

Él negó con la cabeza.

—No se me ha perdido nada allí, compañera. En cambio, me parece que aquí, en las Tierras Civilizadas, sí hacen falta buhoneros. Sobre todo ahora que el comercio con la Ciudadela ya no es tan fluido como antes.

Axlin tragó saliva. Tenía un nudo en la garganta y no fue capaz de decir nada.

—Yo sí voy a volver —declaró Rox.

—¿A la Ciudadela? ¿Y si te reconocen? —planteó la muchacha.

La Guardiana se tocó el pelo inconscientemente. Pero después se encogió de hombros y se limitó a responder:

—No tengo nada que perder.

Tras echar un último vistazo a la sombra, que seguía acurrucada en su rincón, se puso en pie y salió al exterior. Axlin se apresuró a seguirla.

—¡Espera! —la llamó antes de que se alejara.

La Guardiana se detuvo y se volvió para mirarla, interrogante. La nueva tonalidad de su cabello suavizaba un poco sus rasgos y aportaba cierta calidez a su mirada de plata, pero su gesto seguía siendo serio e impasible.

La joven dudó, sin saber cómo plantear el tema.

—Hay algo que quiero preguntarte. Puede parecer extraño, pero...

—Adelante.

—La sombra ha insinuado —empezó Axlin— que los Guardianes no podéis tener hijos. —Rox abrió la boca para replicar y ella añadió deprisa—: ¿Has visto alguna vez una Guardiana embarazada? ¿Sabes de alguna que rompiera las normas y diera a luz un bebé? Tal vez no en la Ciudadela, pero ¿qué hay de la aldea que visitaste?

Rox reflexionó, frunciendo el ceño.

—No tengo noticia de ningún embarazo semejante —dijo al fin—. Pero también es la primera vez que oigo algo así. Las relaciones entre Guardianes están prohibidas precisamente para evitar que se produzcan ese tipo de situaciones. —Movió la cabeza con disgusto—. No sé por qué seguimos escuchando a ese monstruo, la verdad.

—Entonces no es cierto lo que dice —quiso asegurarse la muchacha—. Las Guardianas menstruáis como el resto de las mujeres, ¿verdad?

Se calló inmediatamente al darse cuenta de que quizá había formulado la pregunta con demasiada brusquedad.

—Por supuesto que sí —respondió Rox. Y añadió—: A los catorce años.

Axlin la miró perpleja.

—¿A los... catorce? Quieres decir... por primera vez, ¿no es así?

—No. Por primera y única vez. Sé que a las mujeres corrientes les pasa más a menudo, pero en nuestro caso no es así —explicó encogiéndose de hombros.

La joven trató de ordenar sus ideas, sin estar del todo segura de haber entendido bien.

—Rox..., si eso es como dices, el invisible tiene razón —murmuró por fin, anonadada.

La Guardiana frunció el ceño con desconcierto.

—Nunca nos dieron detalles. Solo nos contaron que a nosotras nos sucedía una única vez, mientras que el cuerpo de las mujeres corrientes repetía el ciclo con frecuencia.

—¿Quién os lo contó?

—La instructora del Bastión. Pero, escucha, no entiendo qué importancia tiene este asunto ahora. ¿Por qué me haces tantas preguntas?

Parecía sumamente incómoda, y Axlin se sintió mal por haberla presionado.

—Lo siento. No quería molestarte.

La Guardiana sacudió la cabeza, le dio la espalda y se alejó de ella sin añadir una palabra más. La muchacha la observó mientras se marchaba. El corazón le latía con fuerza mientras trataba de asimilar lo que le había contado.

36

Las puertas exteriores de la Ciudadela permanecían cerradas casi todo el tiempo. Cada tres días, sin embargo, la Guardia abría la entrada sur para comerciantes y visitantes. Todos los que llegaran de fuera tenían la obligación de volver a marcharse tres días después. Si no lo hacían, la Guardia los obligaba a trabajar en la urbanización del anillo exterior o los expulsaba en cuanto la puerta se abría de nuevo.

El resto de los accesos estaban controlados por los Guardianes y la gente corriente no tenía permiso para traspasarlos. Axlin pensó que quizá era ese el motivo por el cual estaba tan abarrotada la calzada, pero varias personas le confirmaron que, aunque era cierto que la afluencia de viajeros había aumentado en los últimos tiempos, la de aquel día en concreto era algo excepcional.

—Mañana se festeja la proclamación del nuevo Jerarca —le informó Omaxun, el buhonero que se había ofrecido a llevarlos a ella y a Ruxus hasta la Ciudadela.

—¿Del nuevo Jerarca? —repitió ella, un poco confusa—. Pero ¿no hace ya un tiempo que gobierna el Gran General de la Guardia? ¿Lo han sustituido ya?

—No, no; el general Aerix sigue siendo nuestro Jerarca —respondió Omaxun con una alegre carcajada—. Pero llegó al poder durante una situación de emergencia, y la Ciudadela aún no había tenido ocasión de celebrarlo con una ceremonia en condiciones. —Sonrió—. Es un día de fiesta para todos y los comerciantes no queremos perdérnoslo.

Ella asintió pensativa y echó un vistazo nervioso a la parte trasera del carro. Allí habían ocultado a la sombra, que permanecía inmóvil bajo un montón de bultos. Se sentía culpable por esconder un monstruo innombrable en el vehículo del buhonero sin su conocimiento, pero lo cierto era que el invisible no había dado ningún problema hasta el momento, no se había mostrado agresivo ni había tratado de escapar.

Rox cabalgaba junto al carro. Su presencia en el grupo había convencido a Omaxun para llevarlos hasta la Ciudadela. En la calzada principal se habían unido a una caravana de una docena de vehículos que se dirigían al mismo destino. El buhonero era un hombre tranquilo y amable, pero Axlin echaba de menos a Loxan. Le había costado mucho decirle adiós, y se preguntó si volvería a verlos a él y a su carro acorazado alguna vez.

«Al menos hemos podido despedirnos», pensó con amargura. Estaba haciendo todo lo posible por olvidar a Xein, pero sus últimos descubrimientos lo devolvían a su memoria una y otra vez. No podía evitar preguntarse si él habría tomado la misma decisión de haber sabido lo que la sombra le había revelado días atrás. Si habría estado dispuesto a dar una oportunidad a lo que quiera que hubiese entre ellos. Si la habría elegido a ella, en lugar de a la Guardia.

El carro se detuvo de pronto, y la muchacha volvió a la realidad con brusquedad. Echó mano a su ballesta, temiendo que hubiese algún monstruo cerca. Pero enseguida se dio cuenta de que se habían parado porque los vehículos que iban delante lo habían hecho también.

—Bueno, bueno —dijo Omaxun con una sonrisa nerviosa—. Parece que hemos llegado.

Ante ellos se alzaban las imponentes murallas de la Ciudadela, y Axlin inspiró hondo mientras una marea de sentimientos encontrados la inundaba por dentro.

Al marcharse de allí con Loxan había dado por hecho que nunca volvería. Partía en busca de Xein y pensó entonces que, tanto si lo encontraba como si no, no tendría sentido para ella regresar a la Ciudadela.

Pero lo había perdido de nuevo, y ahora se preguntaba con inquietud qué le depararía el futuro. Quizá se reencontrase con los amigos que había dejado atrás: Dex, Oxania, Prixia, Maxina... O quizá la detuviesen por introducir un monstruo invisible en la Ciudadela, y pasase el resto de sus días en la cárcel. Eso si no la expulsaban sin más y para siempre.

La cola avanzaba con lentitud. Se volvió a mirar a Rox, y notó que estaba tensa. Hasta el momento ninguno de los Guardianes con los que se había encontrado en el camino la había reconocido, pero los vigilantes de la puerta la observarían con mayor atención.

—Oh, la Ciudadela —exclamó entonces Ruxus admirado—. No recordaba que tuviese las murallas tan altas.

—¿Habías estado antes aquí? —le preguntó Omaxun con amabilidad.

—Sí, hace tiempo. —Frunció el ceño pensativo—. Demasiado, tal vez. Porque ahora que lo pienso, me parece que estas murallas son nuevas.

El buhonero soltó una carcajada.

—Eso no es posible, anciano. La muralla exterior lleva ahí cientos de años.

Ruxus se mostró confuso.

—¿De veras? Oh, es posible que me haya equivocado. Mi memoria ya no es lo que era.

Sonrió avergonzado y no volvió a abrir la boca.

Por fin llegaron ante la puerta y Rox se adelantó para presentarse ante los dos Guardianes que la custodiaban. Era una jugada arriesgada, pensó Axlin. Existían muchas posibilidades de que alguno de ellos la reconociera. Quizá por eso había optado por dirigirse a ellos con decisión y no había tratado de eludirlos, lo cual sin duda habría resultado sospechoso.

—Buena guardia —saludó el primero.

—Buena guardia —respondió ella—. Vengo desde el frente oriental, respondiendo al llamamiento de mi división.

El Guardián la miró fijamente, reparando en el color de sus ojos. Frunció el ceño pensativo, y Axlin se tensó.

—Ya veo. ¿Vienes acompañada?

Rox se volvió hacia el carro que conducía Omaxun.

—Encontré a estos buhoneros por el camino y los he escoltado hasta aquí.

El Guardián observó a los tres ocupantes del vehículo y asintió con lentitud.

—Podéis pasar —les indicó.

Omaxun puso en marcha el carro, y Axlin dejó escapar el aire que había estado reteniendo sin darse cuenta. Cuando avanzaban ya por una de las avenidas principales del anillo exterior, el buhonero comentó perplejo:

—No han registrado el carro. Qué raro, ¿por qué nos han dejado entrar sin más?

—Porque yo voy con vosotros —dijo Rox—. Han dado por sentado que me he encargado de eso personalmente.

Axlin la observó de reojo. El rostro de la Guardiana parecía impenetrable.

Miró a su alrededor con curiosidad. Había mucha actividad en aquel barrio, más de la que ella recordaba. El anillo exterior que había conocido solía estar repleto de gente que parecía estar esperando a que sucediera algo: un documento que no se tramitaba, un alojamiento que no terminaba de construirse, una oportunidad que no llegaba... Ahora, en cambio, todo el mundo se mostraba muy atareado. Todos tenían algo que hacer. Las obras que tiempo atrás avanzaban con lentitud eran un hervidero de actividad.

—Desde que han relanzado el proyecto de urbanización, los buhoneros no podemos instalarnos aquí —les contó Omaxun—. Han habilitado espacios específicos en el segundo ensanche, pero no os preocupéis, ya no piden credenciales para entrar.

—Eso me resulta muy extraño —murmuró Axlin.

El hombre se encogió de hombros.

—Bueno, no todos están contentos. Porque ahora son los Guardianes los que deciden quién entra y quién sale. Hasta ahora dejan pasar a todo el mundo, pero..., en fin, pueden cambiar de opinión en cualquier momento. Imagino que los controles para entrar en las zonas interiores serán mucho más estrictos, sobre todo durante la proclamación.

—Nosotros solo necesitamos ir al segundo ensanche —lo tranquilizó Axlin.

No tenía pensado regresar a la casa de Maxina en realidad. Había acordado con Rox y Ruxus que se ocultarían en el mismo almacén en el que Oxania había dado a luz meses atrás. Todavía conservaba la llave porque en su día había olvidado devolvérsela a Dex, y ahora se alegraba de ello.

El anciano miraba a su alrededor, entre intimidado y maravillado.

—Es todo tan diferente... —murmuró, perdido en sus recuerdos.

Podía considerarse un hombre muy afortunado, pero eso solo lo hacía sentirse culpable.

Había sobrevivido al cataclismo que había destruido el Santuario del Manantial. Tiempo más tarde, el templo en el que se habían refugiado él y los otros niños supervivientes había sido tomado por los monstruos, y Ruxus había vuelto a salvarse.

Desde entonces vagaba sin rumbo, arrastrado por la marea de gente que huía a cualquier otra parte. Había perdido el contacto con todas las personas a las que conocía. No había vuelto a saber nada de su familia.

Se había unido a diferentes grupos de viajeros, pero había ocultado en todo momento su vínculo con la Orden del Manantial. Para aquel entonces ya todo el mundo estaba al tanto de la gran hazaña de los sabios, que habían levantado una cordillera para impedir el paso a los monstruos. Pero también circulaban rumores acerca del origen de aquellas criaturas, y muchos sospechaban que eran ellos los responsables.

Ruxus no quería que lo relacionaran con ninguno de los dos hechos. En el primer caso, porque no merecía ninguna clase de gratitud, ya que él no había colaborado en la creación de la Última Frontera. Y en el segundo, porque temía ser el blanco de la ira y el odio de los supervivientes, puesto que en efecto era directamente responsable de la catástrofe que asolaba el mundo. Mucho más que los maestros que habían dado su vida por defenderlo del gran error que habían cometido sus novicios.

Así que fingía ser un muchacho perdido como otro cualquiera. Había muchos en aquellos días. Al principio las familias se esforzaron en buscar a sus miembros perdidos, pero con el tiempo desistieron, y aquellos que se habían separado de sus seres queridos se limitaron a unirse a otros grupos humanos, cuanto más grandes mejor, aunque fuesen todos desconocidos.

Porque los monstruos seguían atacando y devorando a gente.

Algunas personas trataban de iniciar una nueva vida en otra parte. Se atrincheraban en los restos de pueblos abandonados, reforzaban las defensas y luchaban por sobrevivir. Eran los que habían perdido la esperanza de que hubiese un refugio seguro aguardándolos en algún lugar; los que sabían que, si ellos no lo construían, nadie más lo haría.

Los primeros años, Ruxus no se atrevió a unirse a ninguno de aquellos enclaves pioneros. Se limitaba a escapar cuanto más lejos mejor, integrándose en caravanas cada vez más grandes, porque los grupos de viajeros se unían unos a otros como los afluentes de un arroyo, hasta crear una marea de gente que corría hacia ninguna parte.

Daba por hecho que moriría en algún momento. Pero la fortuna lo mantuvo vivo durante tanto tiempo que llegó a cansarse de aquella huida sin destino. Y justo cuando estaba empezando a plantearse si valía la pena continuar, llegó hasta un enclave señalado de una forma dolorosamente familiar.

Se quedó mirando el arco de entrada antes de cruzar, sin poder creer lo que veía. Porque allí, sobre la piedra, alguien había trazado en color rojo el símbolo de la Orden del Manantial.

No tardó en descubrir que en aquella aldea no habitaba ningún sabio, pero eso no tenía nada de particular.

—La gente va y viene —le explicaron—. Recibimos a muchos viajeros, pero la mayoría prosiguen su camino tras unos días de descanso. ¿El dibujo de la puerta? No lo sé, muchacho. Alguien lo pintó ahí una noche sin que nadie lo viera. No sabemos quién fue. Seguramente se marchó poco después.

Y por primera vez desde la caída de la Fortaleza, Ruxus se despidió de sus compañeros de viaje para instalarse en un enclave. Al principio, lo hizo con la intención de averiguar si había pasado por allí alguno de sus antiguos maestros. Pero no tardó en darse cuenta de que quizá hubiese encontrado el refugio seguro que otros buscaban mucho más lejos.

Porque allí sobrevivía un número sorprendentemente alto de gente. Los monstruos no atacaban la empalizada ni se infiltraban en la aldea por las noches. Todavía devoraban a los incautos que recorrían los caminos o se adentraban en los bosques. Pero dentro de los límites del enclave la vida podía seguir. Los niños nacían y crecían. Los humanos subsistían.

Ruxus llegó a la conclusión de que uno de los maestros del Manantial había pasado por aquel lugar en algún momento y había utilizado su poder para protegerlo de alguna manera. Se sintió profundamente agradecido y esperanzado. Si aún quedaban maestros ahí fuera, sin duda repararían el error que él y sus amigos habían cometido.

Pasaron los años. Ruxus creció y se convirtió en un hombre. Pero dejó de envejecer entonces, y los habitantes de la aldea lo notaron. Mientras otros morían prematuramente devorados por los monstruos, la suerte seguía sonriéndole y la vida lo mantenía con el mismo aspecto estación tras estación.

Cuando la desconfianza y las murmuraciones enrarecieron el ambiente del enclave, Ruxus decidió que había llegado la hora de partir. Ya apenas llegaban viajeros en busca de un lugar seguro donde refugiarse. Todas las personas que huían de los monstruos en los primeros días se habían instalado ya en alguna parte o habían muerto en el camino. Ahora, en cambio, existían grupos de buhoneros que recorrían las aldeas desafiando al terrorífico entorno en el que debían aprender a vivir.

Ruxus se unió a la siguiente caravana y abandonó su aldea sin mirar atrás.

Durante los años siguientes viajó de enclave en enclave, buscando los que estaban señalados con el símbolo del Manantial. Se instalaba allí, se unía a la comunidad y se quedaba hasta que su aspecto inalterable empezaba a despertar sospechas. Entonces partía en busca de un nuevo hogar.

Pasaron décadas, quizá siglos. Su mundo no desapareció, pero se había transformado de manera irreversible. Descubrió que sí envejecía después de todo. Pero lo hacía con tanta lentitud que no podía aspirar a asentarse en ningún lugar sin verse obligado a dar explicaciones.

A pesar de seguir el rastro del símbolo que tan bien conocía, no llegó a encontrarse con ninguno de sus maestros. Conoció, no obstante, a otra clase de personas extraordinarias: hombres y mujeres de ojos dorados y plateados que luchaban contra los monstruos como nadie. En algunos lugares, los apreciaban porque salvaban muchas vidas; en otros, desconfiaban de ellos porque no podían explicar su origen o la razón de su existencia.

Ruxus también sentía curiosidad. Para entonces toda la gente con la que se relacionaba había nacido después de la invasión de los monstruos y nadie recordaba cómo era el mundo antiguo. Todos daban por sentado que las personas de ojos especiales habían existido siempre. Solo él sabía que no era así.

Empezaba a sentirse espantosamente solo. Era con toda probabilidad el ser humano más viejo que existía. Ya no quedaba nadie con quien pudiese compartir sus recuerdos de días pasados, de un mundo mejor que no había sabido apreciar hasta que lo había perdido. Y encontraba muy irónico e injusto que hubiesen muerto tantos miles de personas desde entonces... mientras él continuaba con vida.

Un día llegó con una caravana a una aldea casi deshabitada. Los viajeros se alarmaron, creyendo que había sido atacada por los monstruos, y Ruxus se sintió angustiado, puesto que el arco de entrada presentaba la marca del Manantial.

—Oh, no, no hemos sufrido ningún ataque —les explicó uno de los lugareños—. Lo que nos ha sucedido es casi peor: nuestro líder, Vaxanian, nos abandonó hace unas semanas para ir en busca de un lugar que no existe. Su proyecto era una locura, pero aun así más de la mitad de nuestra gente se fue con él. Dicen que van a recorrer otras aldeas reclutando voluntarios para construir entre todos un enclave tan grande y bien defendido que los monstruos no sean capaces de entrar en él. —Sacudió la cabeza—. Para eso no hacía falta marcharse, pienso yo. Lo único que conseguirá es que los maten a todos, cuando aquí no nos las arreglábamos tan mal.

Ruxus se quedó un tiempo en aquel enclave, pero la historia de Vaxanian y su disparatado proyecto regresaba a su mente una y otra vez. Le recordaba a los primeros días tras la invasión de los monstruos, cuando en medio del horror, la desolación y el caos todavía se alzaban voces de esperanza que se atrevían a soñar con el día en que todo aquello acabara y los humanos pudiesen reconstruir el mundo que habían perdido.

Todos ellos habían muerto mucho tiempo atrás. Hacía siglos que nadie hablaba en esos términos. ¿Por qué de repente aquel Vaxanian osaba recuperar aquellos sueños de días pasados?

Partió con la siguiente caravana de buhoneros, dispuesto a averiguar qué había sido del antiguo líder de ese enclave. Sentía curiosidad y también cierto atisbo de esperanza.

En su camino descubrió otras aldeas casi vacías. Sus responsables habían optado por unirse al grupo de Vaxanian y habían arrastrado a su gente con ellos. Ruxus contó tres, pero los rumores decían que había algunos más.

Siguió la ruta que habían recorrido antes que él y se quedó maravillado al enterarse de que habían logrado reunir a casi cuatrocientas personas. No se veía una multitud semejante desde los días antiguos, cuando los humanos huían en masa de los monstruos. Pero aquella gente había estado condenada desde el principio. Los cuatrocientos viajeros guiados por Vaxanian y sus compañeros, en cambio, habían nacido en un mundo de monstruos. Habían aprendido a defenderse.

Finalmente, Ruxus llegó hasta el enclave que aquellos pioneros estaban construyendo. Lo vio de lejos, desde lo alto de una colina, y le sorprendió lo mucho que habían avanzado. Más tarde descubriría que los Fundadores estaban levantando su enclave sobre los restos de una antigua ciudad y habían desmontado sus edificaciones piedra a piedra para construir la muralla antes que ninguna otra cosa.

Pero no era aquello lo único que garantizaría el éxito de su empresa.

La caravana se acercaba ya al enclave cuando un grupo de jinetes les salió al paso. Ruxus comprobó sorprendido que todos ellos tenían los ojos dorados o plateados.

—Bienvenidos, viajeros —los saludó el primero—. Somos la Guardia de Loxinus. Os escoltaremos hasta nuestra Ciudadela.

Ruxus parpadeó y volvió a la realidad. Había dos Guardianes custodiando la siguiente puerta, pero no eran como los de sus memorias. Ambos vestían uniformes de color gris y llevaban el cabello corto.

—¿Otra... muralla? —murmuró.

Estiró el cuello para observar el arco con atención. Carecía de adornos.

—Tampoco es la que yo recuerdo.

—Es la entrada al segundo ensanche —le explicó Axlin. Detectó la expresión consternada del anciano y, atribuyéndola al cansancio, añadió—: No te preocupes, ya no falta mucho.

Se habían detenido junto a la puerta. Rox se mantenía serena en apariencia, aunque por dentro se sentía cada vez más inquieta. Durante su trayecto por el anillo exterior había notado que algunos Guardianes se quedaban mirándola con cierta curiosidad, como si no estuviesen seguros de si la conocían o no. Había pasado tiempo desde que había abandonado la Ciudadela con el falso Aldrix para explorar las tierras del oeste. Sin duda, la habían expulsado de la Guardia entonces, pero también era posible que ya la diesen por muerta. O quizá estaban demasiado ocupados dirigiendo la ciudad como para preocuparse por una desertora.

Rox no lo sabía, pero lo que le había dicho a Axlin semanas atrás era lo que pensaba de verdad: ya no tenía nada que perder.

—¿Venís con motivo de la proclamación del Jerarca? —le preguntó entonces el Guardián de la puerta con tono monocorde, como si hubiese pronunciado aquellas palabras cientos de veces a lo largo del día.

Ella iba a contestar, pero las palabras murieron en sus labios. Conocía aquella voz.

Bajó la mirada y se aclaró la garganta antes de responder:

—Así es en el caso de los buhoneros. Yo regreso al cuartel para unirme a mi división.

Había intentado disimular la voz, pero no sirvió de nada. El Guardián la reconoció y la observó sorprendido. Abrió la boca para pronunciar su nombre, pero Rox lo miró fijamente y formó con los labios la palabra «No» antes de que él fuese capaz de hablar.

En esta ocasión, fue él quien carraspeó confundido, sin saber cómo actuar. Ella señaló el carro con un gesto de la cabeza.

Axlin trataba de pasar desapercibida en el pescante, pero no pudo evitar devolverles la mirada. También ella lo reconoció.

—Yarlax —susurró.

El Guardián, perplejo, se volvió de nuevo hacia Rox, demandando una explicación. Ella se llevó un dedo a los labios y él inspiró hondo y asintió.

—Podéis pasar —dijo con voz neutra.

Rox se sintió muy aliviada, pero se limitó a inclinar la cabeza con gesto impenetrable. Cruzó el arco y detuvo el caballo unos pasos más allá para esperar al carro del buhonero.

Cuando volvió la vista atrás, se quedó helada.

Yarlax se había acercado a intercambiar unas breves palabras con Axlin. Entretanto, su compañera, una Guardiana de la División Plata, inspeccionaba el contenido del carro, y justo en aquel instante levantaba la manta que cubría a la sombra. Rox quiso retroceder para impedírselo... demasiado tarde.

La centinela retrocedió un poco, alarmada, y se llevó la mano al cinto para desenfundar su daga. Pero súbitamente el invisible le disparó una patada y la lanzó hacia atrás.

Rox descabalgó y corrió a ayudar a la Guardiana mientras los demás las miraban con desconcierto, sin comprender lo que estaba pasando. Ambas se reunieron en la parte posterior del carro y apartaron del todo la manta.

Pero la sombra había desaparecido.

—¡Por todos los monstruos! —masculló Rox.

La otra mujer se quedó mirándola.

—Tú sabías que estaba aquí. ¡La has ocultado a propósito!

Rox abrió la boca para decirle que se trataba de un prisionero, pero comprendió de pronto que la otra no la creería. Aunque habían atado y amordazado al monstruo, este no había tenido problemas para escapar. Probablemente, se las había arreglado para deshacerse de sus ligaduras en algún momento, pero eso la otra Guardiana no podía saberlo.

—Disculpad —intervino entonces Omaxun, muy nervioso—. ¿Qué está sucediendo? ¿Por qué nos hemos parado?

La Guardiana examinaba los fondos del carro, irritada. Yarlax se reunió con ella.

—¿Hay algún problema, Luxia?

Ella terminó su inspección y dudó unos segundos. Echó un rápido vistazo a los tres ocupantes del vehículo, que asistían a la escena con inquietud.

—Voy a hacer una ronda de reconocimiento por los alrededores —anunció por fin—. Los buhoneros pueden pasar, pero esta

Guardiana tendrá que rendir cuentas en el cuartel. Retenla aquí hasta que vuelva.

Rox tensó la mandíbula, pero permaneció quieta y en silencio mientras Yarlax le sujetaba las muñecas detrás de la espalda.

Cuando Luxia se alejó calle abajo a paso ligero, el Guardián se volvió hacia Omaxun.

—Podéis entrar —indicó.

Axlin se incorporó sobre el pescante.

—Pero... —empezó, dirigiendo a Rox una mirada angustiada.

—Marchaos —insistió Yarlax—. Ella se queda con nosotros. Os recomiendo que no entorpezcáis más el paso.

No había nadie tras ellos en realidad, pero el buhonero no necesitó que se lo dijese dos veces. Sacudió las riendas y su carro se puso en marcha de nuevo. La muchacha quiso protestar o al menos despedirse de Rox, pero Yarlax le dirigió una severa mirada de advertencia y ella permaneció en silencio.

Cuando el vehículo hubo desaparecido por las calles del segundo ensanche, el joven se volvió hacia Rox y susurró:

—¿Qué está pasando? ¿Qué hacéis aquí? ¿Llevabais una sombra en el carro?

—Es una larga historia —se limitó a responder ella.

Él suspiró y la soltó.

—Vamos, márchate —dijo.

Ella se quedó mirándolo.

—¿Qué?

—Ya me has oído. Venga, date prisa. Luxia no tardará en volver.

Pero Rox negó con la cabeza.

—Si me voy, te meteré en problemas. Podrías ser sancionado por dejarme escapar. No; me quedaré y afrontaré las consecuencias.

—¿Qué? —se alarmó él—. Rox, desertaste hace meses. Ya sabes cuál será tu castigo en cuanto te identifiquen.

Ella se encogió de hombros. Le daba igual; la criatura invisible había escapado, y cualquier plan descabellado que pudiesen elaborar no saldría adelante sin ella.

—Sabes que Xein está aquí, en la Ciudadela, ¿verdad? —prosiguió Yarlax.

Rox se volvió hacia él con los ojos muy abiertos.

—¿Xein? —repitió—. Pero ¿cómo...?

No tuvo tiempo de concluir la pregunta. Porque Luxia regresaba ya con las manos vacías, y no parecía estar de buen humor.

—Ven conmigo —le ordenó a Rox—. Responderás ante el capitán.

—¿De veras piensas que lo ha hecho a propósito? —preguntó Yarlax—. Es absurdo.

Luxia se volvió hacia él.

—Me cuesta trabajo creer que la sombra pudiese ocultarse en el carro sin que ella se diese cuenta —replicó—. Es una Guardiana de la División Plata, igual que yo.

Yarlax cruzó una mirada con Rox, que se encogió ligeramente de hombros.

—Pero ¿por qué querría esconder a un invisible en el carro de una persona corriente? —planteó el joven. Luxia vaciló—. ¿Conoces a algún Guardián que haya hecho con un innombrable algo que no sea abatirlo?

Hablaban en voz baja, reunidos junto a la puerta de la muralla y echando frecuentes vistazos a la calle para asegurarse de que nadie los oía.

—Existe una explicación posible —prosiguió Yarlax—: ¿y si el monstruo se las arregló para confundirla con el veneno aturdidor? ¿Y si alteró sus sentidos para poder meterse en el vehículo sin ser advertido?

Rox pestañeó con desconcierto, pero se esforzó por mantener una expresión neutra. Luxia entornó los ojos.

—Es una teoría muy inverosímil.

—Pero no es imposible. Y me parece muy aventurado acusar a una Guardiana de algo tan grave sin pruebas y a menos de dos días de la limpieza.

Su compañera se quedó mirándolo, pensativa. Él sostuvo su mirada sin pestañear.

—Muy bien —dijo Luxia por fin—. La llevaré a ver a Vix. Si ha sido intoxicada, ella podrá valorarlo mejor que nadie.

Rox trató de mantener la calma, pero palideció al escuchar aquellas palabras.

Porque Vix la conocía muy bien y la identificaría a pesar del cambio de color de su cabello.

—¿Cómo te llamas? —le preguntó entonces Luxia.

Ella le dio el primer nombre que le vino a la mente:

—Romixa. Destinada en el sector sudeste de las Tierras Civilizadas —añadió con tono formal.

Se preguntó qué sentido tenía seguir mintiendo. Apenas unos momentos antes había manifestado que no le importaba lo que pudiese pasarle.

Pero eso era, comprendió de pronto, antes de saber que Xein estaba en la Ciudadela.

Luxia ordenó a Yarlax que siguiese custodiando la puerta en su ausencia y empujó a Rox suavemente para que se pusiese en marcha. Ella obedeció sin rechistar.

Sintió la mirada preocupada de su compañero tras ella y le agradeció en silencio la ayuda que le había prestado. Pero ya no podía hacer otra cosa que esperar a que sucediera lo inevitable.

37

Axlin y Ruxus se habían despedido del buhonero y avanzaban a trompicones por las calles del segundo ensanche, cargados con el equipaje que hasta aquel momento habían llevado cómodamente colocado en el carro. El anciano había vuelto a echarse sobre los hombros su ajada capa gris, y la muchacha lo miró con preocupación.

—Deberías deshacerte de eso —le dijo—. Es una capa de Guardián y llama mucho la atención.

—Me da buena suerte —se defendió él—. Se la quité a un cambiapiel en la Fortaleza y me protege de los monstruos.

Ella sacudió la cabeza y renunció a discutir con él. De todos modos, tenían otras cosas más importantes en las que pensar.

Estaban de vuelta en la Ciudadela, pero nada estaba saliendo como habían previsto. La Guardia había detenido a Rox y el monstruo invisible había escapado. Axlin aún no entendía cómo había podido ocurrir. Estaba segura de que lo había dejado bien amarrado y, sin embargo, parecía que había podido saltar del carro sin dificultades. Se estremeció. «Casi mejor así», pensó. Ella sola no habría sido capaz de encargarse de un prisionero al que no podía ver.

Pero ahora ya no sabía qué hacer, porque la sombra nunca había llegado a decirles dónde estaba el bestiario que buscaban.

Así que decidió que por el momento se ocultarían en el almacén, como estaba acordado.

Al cruzar la plaza de la Guardia se detuvo de pronto porque se dio cuenta de que Ruxus ya no la seguía. Se dio la vuelta para buscarlo con la mirada, y cuando lo localizó de pie ante una estatua, volvió sobre sus pasos para reunirse con él.

El anciano observaba el rostro de la escultura con los ojos entornados, como si tratase de leer un mensaje oculto en sus rasgos de piedra. Representaba a un hombre alto, ancho de hombros y bien plantado, aunque carecía de la talla y la complexión características de los Guardianes. Tampoco llevaba el cabello tan corto como ellos. Sus mechones enmarcaban un rostro sereno y despejado. Alzaba la barbilla con decisión y su mirada contemplaba el horizonte sin miedo, como si en el mundo no existiesen límites que él no pudiese alcanzar.

—¿Quién es? —preguntó Ruxus con voz temblorosa.

Axlin se encogió de hombros.

—Se supone que es un Guardián, aunque no lo parece. Siempre he pensado que tiene un aspecto demasiado... corriente para ser un Guardián. No sé si esa era la intención del artista que lo esculpió. Aunque, claro, tampoco lo conoció en persona.

Ruxus se volvió hacia ella, inquieto.

—¿Estás segura de eso?

Ella le devolvió una mirada extrañada.

—¿Por qué no iba a estarlo? Esta plaza data del período del octavo Jerarca. Se edificó en honor a los Guardianes, en agradecimiento por la lucha y los sacrificios que llevaron a cabo en las Tierras Salvajes. La estatua representa a alguien que vivió en una época mucho más antigua: Loxinus, el fundador de la Guardia de la Ciudadela.

Los ojos del anciano se abrieron como platos.

—Loxinus... —susurró, mientras los recuerdos invadían de nuevo su mente y su corazón.

Los recibió una joven llamada Elexin, que no dejó de parlotear con entusiasmo mientras los guiaba por el asentamiento.

—Sé que las casas pueden parecer frágiles o improvisadas —les explicó—, pero se debe a que estamos dando prioridad a la construcción de la muralla. Queremos levantar un enclave tan bien defendido que los monstruos no sean capaces de entrar. —Suspiró y se llevó las manos al vientre, en avanzado estado de gestación—. Cuando mataron a mi marido, me prometí a mí misma que haría todo lo posible para que mis hijos nacieran en un lugar seguro. Por eso mi gente y yo nos unimos al proyecto de Vaxanian, porque creemos en un futuro mejor.

—Pero las murallas tardarán en acabarse —objetó uno de los viajeros—. Mientras tanto, este lugar es tan vulnerable como cualquier otro enclave. Quizá incluso más.

Elexin sonrió.

—Tenemos algo más que las murallas —dijo con dulzura—. Tenemos a la Guardia.

—¿Esos chicos de ojos extraños? —Una de las mujeres de la caravana sacudió la cabeza con incredulidad—. Pelean bien, pero no se puede confiar en ellos. En mi aldea nació una niña así, y no estaba bien de la cabeza. Veía cosas que no eran reales y alarmaba a la gente sin necesidad con sus fantasías.

—«Esos chicos» han salvado ya cientos de vidas. Loxinus opina que, bien entrenados, podrían suponer también la salvación de toda la humanidad.

Los recién llegados sonrieron con cierto escepticismo, aunque la joven había hablado muy en serio.

Los condujo hacia el centro del asentamiento para presentarles al resto de los líderes. Ruxus, sin embargo, se quedó atrás deliberadamente porque sentía curiosidad por aquellos jóvenes que se autodenominaban «la Guardia». Los había visto dirigirse hacia una casa más grande que las demás, situada no lejos de la entrada, de forma que se separó del grupo sin que nadie se diera cuenta y se acercó hasta allí.

Había varios muchachos ejercitándose con armas junto al edificio. Ruxus se quedó mirándolos asombrado. Él mismo había aprendido a usar el arco y tampoco se le daban mal la lanza y las dagas, puesto que había tenido siglos por delante para practicar. Pero lo que aquellos chicos hacían parecía simplemente sobrehumano.

Ellos lo vieron llegar y detuvieron su entrenamiento.

—¿Buscas a Loxinus, forastero? —le preguntó una joven de ojos plateados.

Él no supo qué contestar, de modo que asintió, y ella le indicó la entrada de la casa con un gesto. Ruxus farfulló unas palabras de agradecimiento y cruzó el umbral, aún sin saber qué hacía allí exactamente.

Encontró a un hombre inclinado ante una mesa, examinando unos planos mientras conversaba con varios Guardianes. Levantó la mirada en cuanto lo oyó entrar, y el recién llegado se detuvo como si le hubiesen dado un golpe en el pecho.

Los ojos del líder de la Guardia no eran dorados ni plateados, sino azules. Había más cosas que lo diferenciaban del resto de los miembros de su grupo: era mayor que ellos, más bajo y ancho de hombros, y carecía de la gracia sobrenatural de aquellos extraordinarios muchachos.

Pero lo que había impactado a Ruxus hasta el punto de dejarlo sin aliento era el hecho de que aquel hombre le resultaba poderosamente familiar. Había visto aquella mirada en otra parte, mucho tiempo atrás, tanto que a veces llegaba a preguntarse si no lo habría soñado en realidad.

—Soluxin —murmuró.

Él se irguió, frunciendo el ceño. Los Guardianes se miraron unos a otros con desconcierto.

—Estás equivocado, viajero —dijo uno de los jóvenes—. Te encuentras ante Loxinus, nuestro líder y maestro. No conocemos a la persona que buscas, pero...

Se calló cuando el propio Loxinus alzó la mano pidiendo silencio. Sin apartar la mirada de Ruxus, murmuró:

—Dejadnos a solas, por favor.

Los Guardianes salieron al exterior. Su líder avanzó hasta situarse ante el recién llegado y lo miró fijamente.

—¿Dónde has oído ese nombre? —le preguntó.

A Ruxus aún le costaba respirar. Había palidecido como si acabara de ver un fantasma.

—¿De veras eres... tú? —musitó.

La arruga del entrecejo de Loxinus se hizo más profunda mientras examinaba con atención a Ruxus.

Hacía mucho tiempo que este había perdido la constelación de pecas que adornaba sus pómulos cuando era niño. Ahora aparentaba unos cuarenta años y su mentón lucía una sombra de barba. Pero su cabello castaño aún se proyectaba en todas direcciones, y sus ojos oscuros, abiertos como platos, todavía mostraban un destello de aquella ingenuidad infantil que en su momento lo había hecho parecer más joven de lo que era.

—Ruxus —susurró el líder de los Guardianes.

—Soluxin —repitió él.

Los ojos del hombre se llenaron de lágrimas. Ambos se abrazaron con fuerza y permanecieron unos instantes en silencio, emocionados.

Por fin se separaron, y el maestro de los Guardianes habló de nuevo:

—Ahora soy Loxinus. Sepulté mi antiguo nombre hace mucho tiempo en honor a todas las personas que yacen bajo las ruinas del mundo que destruimos.

Ruxus bajó la cabeza.

—Pensé que tú habías muerto también —murmuró—. Te perdí la pista tras la caída del templo y desde entonces... —Sacudió la cabeza—. ¿Cuánto tiempo ha pasado?

—Siglos, amigo. Pero nosotros... apenas hemos cambiado.

—Deberíamos haber muerto con los demás —suspiró él.

Loxinus negó con la cabeza.

—No, no, Ruxus, seguimos vivos por una razón. —Sus ojos azules relucían con energía—. Es nuestra responsabilidad arreglar lo que hicimos. He consagrado mi vida entera a esta misión.

Su amigo sonrió con amargura.

—¿Cómo? No podemos cambiar el pasado. Ni siquiera los grandes maestros lograron detener a los monstruos.

—Mis muchachos lo harán.

Ruxus pestañeó.

—Sé que pelean bien, y sin duda protegerán con eficacia a los constructores de esta nueva ciudad, pero...

Loxinus se llevó un dedo a los labios y miró a su alrededor antes de responder.

—¿Recuerdas los otros monstruos del bestiario? —susurró—. Los que no se veían, y los que podían cambiar de forma.

Ruxus sonrió con cierta nostalgia.

—Esos ni siquiera eran monstruos de verdad.

—Oh, sí, lo son. Y salieron del Manantial igual que todos los demás.

Ruxus lo contempló con perplejidad.

—No lo creo. He vivido ya muchos años, Sol... Loxinus —se corrigió—. He visto todos los horrores que trajimos a este mundo, y nunca me he topado con esas criaturas en concreto.

—Eso es lo que tú crees. Pero están aquí, entre nosotros. —Sonrió—. Yo mismo podría ser uno de ellos y tú no tendrías modo de saberlo.

Ruxus entornó los ojos.

—¿Estás tratando de asustarme? Ya no somos niños, ¿sabes?

—¿Crees que estoy bromeando? Todas las criaturas del bestiario llegaron a nuestro mundo a través del Manantial, amigo. Todas. A las gigantescas las detuvimos con la cordillera, y contra las demás luchamos cada día, pero esas dos especies en particular... son mucho más difíciles de detectar. Sin embargo —continuó antes de que Ruxus pudiese replicar—, he descubierto algo importante, algo que puede cambiarlo todo. —Se inclinó hacia él para susurrarle al oído—: Mis muchachos poseen una visión especial. Son capaces de percibir a los monstruos invisibles y de identificar a los falsos humanos. No sé cómo ni por qué, y hay muchas cosas que no comprendo todavía..., pero sé que ellos son la clave para nuestra victoria. Ellos y la nueva ciudad que estas personas están construyendo.

Ruxus suspiró con pesar.

—Ojalá pudiese participar de tu optimismo, Loxinus. No obstante..., ya hace mucho tiempo que perdí la esperanza.

Él le respondió con una alegre carcajada.

—Ah, pero la vida siempre te depara sorpresas y te hace regalos inesperados, incluso en medio de la adversidad. ¿Quién iba a imaginar que tú y yo volveríamos a encontrarnos después de tanto tiempo? Y eso no es todo, amigo mío —añadió con ojos brillantes, antes de que Ruxus pudiese responder—. Hoy la fortuna nos sonríe de manera singular. Acompáñame y te lo mostraré.

Para sorpresa de Rox, Luxia no la condujo hasta el cuartel general del primer ensanche. En su lugar, la llevó hasta una enorme carpa habilitada en el anillo exterior, junto a la zona de obras, donde al parecer Vix había montado una especie de hospital de campaña. Las dos se detuvieron un momento en la entrada. La médica murmuraba para sí misma mientras rebuscaba en una caja de utensilios.

—Qué tengo que hacer para que esos patanes me traigan lo que les he pedido... Cómo tengo que decirles las cosas...

Luxia carraspeó para hacerse notar, pero Vix no se molestó en volverse.

—¿Sí?

—Guardiana Vix, si no estás muy ocupada...

—¿A ti te parece que no estoy muy ocupada?

Luxia enrojeció levemente, y Rox disimuló una sonrisa. Los Guardianes veteranos siempre eran severos con los jóvenes, pero solo Vix conseguía que se sintieran como niños amonestados tras cometer una travesura. Luxia tragó saliva y continuó:

—La Guardiana Romixa ha cometido un error importante, y antes de reportarla al capitán he considerado que debías examinarla, por si acaso no se encuentra... en plenas facultades.

La médica se detuvo de repente y se volvió hacia ellas con el ceño fruncido. Rox trató de mantener el gesto impenetrable.

—Ya veo —murmuró Vix por fin—. Puedes volver a tu puesto, Guardiana. Yo informaré al capitán cuando termine.

Luxia pareció aliviada, y Rox comprendió de pronto que en el fondo no deseaba tener que delatar a una compañera.

—Y tú, pasa, no te quedes en la puerta —ordenó la médica.

Rox avanzó hasta situarse ante ella. Cuando estuvieron a solas, Vix musitó con los ojos entornados:

—Así que Romixa, ¿verdad?

Esta vez le tocó a ella sonrojarse.

—Sí —farfulló.

—¿Qué ha pasado exactamente?

Rox inspiró hondo y respondió, tratando de que no le temblara la voz:

—He dejado escapar a una sombra, pero no lo hice a propósito. La Guardiana Luxia pensó que quizá me encontraba bajo la influencia del veneno aturdidor.

—Hum. Ya veo. —Vix examinaba sus pupilas, aparentemente sin prestar mucha atención a lo que ella le estaba contando—. No estás bajo los efectos del aturdidor —anunció por fin—. Es posible que te hayan intoxicado con otra sustancia que provoca que el cabello cambie de color, pero, si es así, desde luego yo no la conozco.

Rox dio un respingo y retrocedió un paso.

—Yo... yo no...

Vix le había dado la espalda y se dirigía cojeando hacia las cajas para proseguir con su trabajo. La joven se quedó mirándola, insegura. Era evidente que la había reconocido. ¿Estaría al tanto de que había desertado tiempo atrás? ¿Lo habría olvidado? Miró con disimulo la salida, calculando si le daría tiempo de marcharse antes de que la médica pudiese reaccionar.

—Han cambiado muchas cosas en los últimos tiempos —rezongó Vix sobresaltándola—. Tuve mucho trabajo después del ataque de los monstruos. Cientos de heridos. Después parecía que se había arreglado todo y..., ¿sabes qué? Ahora resulta que hay accidentes en la obra día sí, día también. Es lo que pasa por contratar a gente recién llegada del campo que no ha visto un andamio en su vida.

—Me pareció que estaban avanzando deprisa —murmuró Rox—. Pensaba que era algo bueno.

—Oh, claro que es bueno. Pero todo tiene un precio, si estás dispuesta a pagarlo. —Se volvió de pronto hacia la joven y clavó en ella la mirada de sus ojos dorados—. Y tú, ¿estás dispuesta?

Rox inspiró hondo.

—Yo... no sé lo que quieres decir.

—Has vuelto para buscarlo, ¿verdad? Sabías a qué te exponías si te descubrían. ¿Merece la pena?

Ella se sonrojó.

—Sigo sin saber a qué te refieres.

—Ese muchacho, demasiado atolondrado para ser un Guardián. —Sacudió la cabeza con pesar—. Siempre metiéndose en problemas. Pero entiendo que su actitud puede llamar la atención de Guardianas responsables como tú.

Las mejillas de Rox enrojecieron todavía más.

—Xein y yo no...

—Os sancionaron por relación inapropiada, si no recuerdo mal.

—¡Él estaba bajo los efectos del aturdidor!

—Pero tú no. —El tono de Vix era severo, y Rox bajó la mirada, muy avergonzada—. Lo sé bien, porque fui yo quien os examinó y presenté el informe a vuestros superiores.

Ella la miró sorprendida.

—¿Quieres decir... que ellos sabían lo del aturdidor?

Vix asintió.

—Pero ¿por qué nos sancionaron entonces?

—Para que nunca se os ocurriera repetirlo, con aturdidor o sin él.

Había un regusto amargo en la voz de la médica. Rox desvió la mirada, turbada. Siempre había sabido que Xein no merecía la sanción que había recibido. Pero hasta aquel momento no se le había ocurrido pensar que sus superiores estuviesen al tanto también.

De pronto recordó algo y alzó la cabeza.

—Circulan algunos rumores... —musitó—. Dicen que las Guardianas no... no podemos tener hijos. Que nuestro cuerpo no está... preparado para engendrar.

—Es correcto —asintió Vix—. Ni las Guardianas ni los Guardianes.

La joven inspiró hondo. No había esperado que lo admitiera de forma tan directa. Cuando Axlin le había planteado aquella cuestión, días atrás, Rox apenas le había concedido importancia, dando por sentado que se trataba de otro de los engaños del invisible. Pero desde entonces había empezado a recordar algunos detalles de su pasado en la aldea de la gente corriente. Las miradas de desprecio, las risitas y los cuchicheos de las otras chicas... acerca de que no era «una mujer de verdad».

Su ciclo se había interrumpido nada más empezar. Pero nadie se había molestado en explicarle entonces lo que aquello implicaba exactamente.

En las aldeas, la función principal de las mujeres era traer niños al mundo. Por eso, comprendía Rox ahora, a ella la habían tratado como a una cazadora de monstruos. No como a una mujer.

Apartó aquellos pensamientos de su mente y se esforzó por volver al presente.

—Pero... no lo entiendo —murmuró—. Si todos somos estériles..., si no hay riesgo de que se produzcan embarazos..., ¿por qué nos prohíben relacionarnos con otros Guardianes o con personas corrientes?

—¿No está claro? Para impedir que lo descubráis por vosotros mismos.

Rox pestañeó desconcertada.

—No entiendo...

—Los Guardianes somos más rápidos, más fuertes, más ágiles que las personas corrientes. Poseemos sentidos y capacidades que están fuera del alcance del resto de los humanos. ¿Quién podría negar que somos mejores que ellos?

La joven abrió la boca para replicar, pero no se le ocurrió nada que decir. Vix continuó:

—Sin embargo hay algo que no está en nuestra mano, y es dar vida a la siguiente generación..., cosa que las personas corrientes hacen con humillante facilidad. ¿Cómo podemos creernos superiores a ellos si ni siquiera podemos forjar nuestro propio futuro? Así que nos mentimos a nosotros mismos: nos convencemos de que nuestra renuncia a procrear es un sacrificio más que hacemos por el bien del mundo. Fingimos que si no tenemos hijos es porque no queremos. No porque no podamos.

»Para guardar un secreto, lo mejor es que lo sepa el menor número de gente, ¿sabes? Por eso, la Guardia prohíbe este tipo de relaciones: para que no lo descubráis por casualidad.

—Por eso nos separan en el Bastión —murmuró Rox.

Vix sonrió de nuevo. Echó un vistazo a la entrada de la carpa para asegurarse de que seguían a solas antes de continuar, en voz baja:

—Voy a contarte una historia sobre el Bastión. De cuando recibí mi adiestramiento. De las noches en el barracón. —Hizo una pausa. Su expresión se suavizó mientras buceaba en sus recuerdos—. Tenía quince años, como todas mis compañeras de brigada. Como la mayoría de los reclutas del Bastión. Quería ser una buena Guardiana. Me esforzaba en los ejercicios y recibía las sanciones sin cuestionarlas. Pero me sucedió algo que fui incapaz de controlar: me enamoré.

Rox se removió, incómoda. Le parecía extraño que Vix le contara cosas tan personales. No obstante, siguió escuchando.

—Nos pasa a muchos, creo. Sabemos que está prohibido y tratamos de reprimir nuestras emociones. Pero yo me permití soñar y dejé que siguieran creciendo en mi interior. ¿Sabes por qué? Porque mi amor no corría el riesgo de acabar en un embarazo.

—¿Sabías ya lo de...?

—No. Es que me enamoré de otra muchacha de mi barracón. —Rox ladeó la cabeza desconcertada, pero no dijo nada—. Sé lo que estás pensando —prosiguió la médica—. Es lo que pensamos nosotras también en su momento: separan a las chicas de los chicos, pero nosotras estábamos en la misma brigada, pasábamos el día juntas... Lo interpretamos como un permiso tácito y pensamos que las normas de la Guardia permitían relaciones como la nuestra. Ningún inconveniente para nadie, ningún embarazo inoportuno. Supusimos que podíamos seguir adelante, siempre que fuésemos discretas.

»No nos descubrieron en el Bastión, pero sí años más tarde, cuando ya éramos Guardianas en activo. Y nos aplicaron la misma sanción que a cualquier otra pareja.

Rox parpadeó con desconcierto.

—Pero... ¿por qué?

—Porque las normas son las que son. Y las normas dicen que no podemos amar a nadie.

La joven inclinó la cabeza.

—Los sentimientos nos vuelven más débiles, nos hacen dudar...

—Es curioso. —Vix le dedicó una sonrisa torcida—. Yo siempre pensé que fueron precisamente los sentimientos los que me ayudaron a regresar con vida de la Última Frontera.

Rox comprendió.

—¿Quieres decir... que te enviaron allí por...?

—Relación inapropiada, sí. A mí me destinaron al frente oriental; a ella, a una aldea en el oeste. Me juré a mí misma que sobreviviría y reuniría méritos para regresar a su lado algún día. Y lo logré... Luché contra monstruos colosales, afronté el destierro y la soledad... Siete años después me enviaron de vuelta a la Ciudadela con honores... y también con lesiones que no me permitirían volver a luchar. Sin embargo, cuando quise averiguar qué había sido de la mujer a la que amaba..., descubrí que ella había muerto durante una patrulla ordinaria, bajo los cascos de un galopante.

Rox no supo qué decir. El rostro desfigurado de Vix permanecía impasible e impenetrable, pero su voz vibraba de emoción

contenida. Finalmente, la médica le dio la espalda con brusquedad.

—Vete a buscar a tu chico y escapad lejos de aquí antes de que
te reconozca alguien —dijo con voz ronca.

La joven tragó saliva.

—Gracias, Guardiana Vix —pudo decir—, pero Xein no es...
mi chico. —Le resultó extraño pronunciar estas palabras, y aún
más todavía confesar lo que brotó de sus labios a continuación—:
Él está enamorado de otra.

Vix rio con amargura.

—Ah, Guardianes. Al final somos tan humanos como las personas corrientes, por mucho que nos esforcemos en buscar diferencias. Buena suerte, muchacha. La vas a necesitar.

Rox no supo qué decir. Murmuró un agradecimiento y se
deslizó fuera de la carpa, con el corazón latiendo al ritmo de las
turbulentas emociones que sacudían su interior.

38

La puerta se abrió con un chirrido, y Axlin asomó la cabeza con precaución. En el interior del almacén, que olía a moho y humedad, todo estaba oscuro.

—Parece que hace mucho que nadie viene por aquí —comentó al poner los pies sobre los escalones cubiertos de polvo—. Vamos, entra —animó a Ruxus.

El anciano se envolvió más en su capa.

—La experiencia me ha enseñado a desconfiar de los sitios oscuros.

Axlin suspiró y descendió primero. Regresó momentos más tarde con una lámpara de aceite encendida y la colgó de una viga para iluminarle el camino a Ruxus, que titubeó, pero finalmente inspiró hondo y se reunió con ella.

La joven pensó de pronto que quizá él no andaba desencaminado después de todo. Ella misma había llegado a creer que la Ciudadela era un lugar completamente seguro, pero los acontecimientos de los últimos meses y los inquietantes secretos que había descubierto le habían demostrado que estaba equivocada. De modo que echó mano a su ballesta y la cargó, solo por si acaso.

Ruxus la miró con inquietud y retrocedió hasta un rincón. Axlin le dirigió una sonrisa alentadora.

—Es solo por precaución —lo tranquilizó mientras tomaba de nuevo el farol.

De pronto oyó un siseo y se le congeló la sangre en las venas.

—¿Qué? —preguntó Ruxus muy nervioso—. ¿Por qué pones esa cara?

Ella le indicó silencio con un gesto, dejó el farol en el suelo y alzó su ballesta. Aguzó el oído, con el corazón latiéndole con fuerza. Conocía bien aquel sonido porque formaba parte de sus primeros recuerdos de la infancia. Trató de calmarse. Quizá lo había imaginado. Quizá...

Y entonces el siseo sonó otra vez.

Miró a su alrededor, cada vez más alarmada.

—¿Qué ha sido eso? —susurró Ruxus.

La muchacha se volvió para mirarlo y, de golpe, pensó que tenía el cabello demasiado largo.

Justo entonces vio que una mano esquelética de ocho dedos emergía desde la oscuridad, buscando su cabeza.

—¡Ruxus, cuidado! —gritó ella, y disparó.

El dedoslargos chilló y salió de su escondite con ojos desorbitados. El virote de Axlin le había acertado en el costado, pero eso no bastaría para detenerlo. Solo lo volvería más violento y desesperado.

El anciano lanzó un grito de horror y retrocedió espantado, pero tropezó con el bajo de la capa y cayó sentado al suelo.

Axlin recargó la ballesta todo lo deprisa que pudo. Sabía que era inútil, que no llegaría a tiempo, pero aun así debía intentarlo.

El dedoslargos siseó con furia y se arrojó sobre Ruxus, que ocultó el rostro entre las manos con un gemido de terror.

Pero el monstruo se detuvo a menos de medio metro del anciano y emitió un sonido extraño que sonó casi como un quejido de frustración. Hizo ademán de extender las manos hacia su cabello y las recogió de inmediato, como si hubiese algo en Ruxus que le resultase insoportable.

Axlin no se entretuvo en analizar el extraño comportamiento del dedoslargos. Aprovechando que se había detenido un momento, al parecer sin saber cómo actuar, disparó por segunda vez.

En esta ocasión el proyectil atravesó la cabeza de la criatura y la mató al instante.

Ruxus chilló otra vez y retrocedió hasta que chocó contra la pared. Después se quedó acurrucado en el suelo, sollozando.

Axlin cargó la ballesta por tercera vez y esperó, pero no hubo más movimientos. Inspiró hondo, tomó el farol y se dispuso a examinar con calma el almacén.

—¿A dónde vas? —gimió el anciano—. ¿Y si hay más?

—Los dedoslargos son cazadores solitarios —respondió ella.

Pero realizó la inspección de todos modos, solo para asegurarse. Luego se reunió con Ruxus, que seguía gimoteando en su rincón.

—Ya no hay peligro —le aseguró.

—Eso no puedes saberlo. —Se frotó los ojos, atribulado—. Debería haberme quedado en la Fortaleza.

—¿Rodeado de sombras y metamorfos? No me parece una gran idea, la verdad.

—Me trataban bien —se defendió él—. Y me protegían de los otros monstruos.

Axlin frunció el ceño, pensativa.

—Eso es algo que nunca he comprendido —murmuró—. ¿Por qué te mantenían encerrado? ¿Por qué los monstruos no te atacan?

—¿Qué te hace pensar eso? —protestó él—. He estado a punto de morir en innumerables ocasiones, jovencita. Si estuviese a salvo de los monstruos, no me darían tanto miedo.

—Pero el dedoslargos… no te ha atacado. Quería hacerlo y, sin embargo…

—¿Qué estás diciendo? ¡Se ha abalanzado sobre mí para devorarme!

Ella miró de reojo el cadáver del monstruo, que yacía inerte sobre el suelo polvoriento.

—Sí, quería hacerlo, pero no ha podido. Ni siquiera ha sido capaz de acercarse a ti.

—Eso es absurdo —rezongó Ruxus—. ¿Te he contado la vez que tuvieron que arrancarme a un escuálido de encima? ¿Y cuando media docena de pelusas me treparon por las piernas? Una de ellas llegó a darme una dentellada antes de que la gente de la aldea viniese en mi ayuda. Fue muy desagradable —le aseguró con un estremecimiento.

—Pero es que nunca antes había visto a un monstruo comportarse de esa manera. ¿Te había pasado en alguna otra ocasión?

Él reflexionó un momento.

—Sí, cuando Rox y yo escapamos de la Fortaleza. Había monstruos en las catacumbas y nos dejaron pasar sin más. Pero no tiene nada que ver conmigo, te lo aseguro. Probablemente, es la capa —añadió de repente, con una sonrisa—. Ya te he dicho que me trae buena suerte, pero tú no quieres creerme.

Axlin suspiró.

—Solo es una capa, Ruxus. Todos los Guardianes las llevan y los monstruos los atacan igualmente.

—Pero el dueño de la mía no era un Guardián de verdad, sino un cambiapiel.

—Los monstruos no pueden saber quién ha llevado la capa antes que tú. Solo es un pedazo de tela que, por cierto, necesita un buen lavado. ¿Estas manchas son de… sangre? —preguntó de pronto.

El anciano se mostró avergonzado.

—Es posible, sí. Y ni siquiera es mía. Pero no puedo lavarla o la buena suerte desaparecerá...

Axlin se rio.

—No seas supersticioso, Ruxus. No hay nada en esta prenda que... —Se detuvo, sacudida por una súbita idea—. ¿Crees que es posible que sea sangre del metamorfo?

Él parpadeó, muy perdido.

—¿Cómo dices?

—La sangre de la capa. ¿Crees que es del metamorfo? ¿Y si es eso lo que ha detenido al dedoslargos? —Ruxus parecía confuso, pero ella insistió—: ¿Ponía algo parecido en el libro?

—¿El... libro?

—El bestiario que redactaste con tus amigos. ¿Qué escribisteis sobre los monstruos innombrables?

El anciano la miró, aún perplejo.

—¿Nosotros? Nada —respondió.

Ruxus abrió la puerta de la Sala del Manantial y se asomó con cierta timidez. Sus amigos ya estaban allí, inclinados sobre el cuaderno de los monstruos.

—Llegas tarde —dijo Daranix sin levantar la mirada del papel—. Otra vez.

—Sí, yo... lo siento —farfulló.

Pero se quedó en la puerta, y Soluxin le preguntó:

—¿Qué haces ahí parado? Entra rápido y cierra, o nos descubrirán.

El muchacho suspiró azorado y avanzó unos pasos. Después se detuvo y se apartó un poco para dejar paso a alguien. Se trataba de una niña de unos diez años, de ojos oscuros y rostro redondo salpicado de pecas, muy parecido al suyo. Iba descalza y en camisa de dormir.

—Lo siento —repitió Ruxus.

Soluxin suspiró con resignación. Daranix los miró por fin y resopló contrariado.

—Habíamos quedado en que no volverías a traer a tu hermana.

—No ha sido culpa mía, pensaba que estaba dormida —se defendió él—. Cuando me he dado cuenta de que me seguía, estábamos ya en la escalera...

—Bueno, no discutáis —intervino Soluxin—. Cerrad la puerta y pasad de una vez.

Los dos obedecieron y se acercaron al Manantial. La niña se sentó resuelta junto a Soluxin, que le brindó una media sonrisa.

—Hola, Grixin.

Ella se sonrojó un poco.

—Hola —respondió en voz baja. Se aclaró la garganta y dijo con más firmeza—: He venido con Ruxus porque sé lo del libro y quiero leerlo.

El chico enrojeció de vergüenza mientras sus dos amigos estallaban en carcajadas.

—Lo que hay en este cuaderno no es apropiado para niñas —le explicó Soluxin con amabilidad—. Tendrás pesadillas por las noches si lo lees.

Ella palideció un poco, pero se mostró firme.

—Me da igual.

Alargó la mano hacia él para que le diera el bestiario. Daranix se encogió de hombros.

—Enséñaselo. A ver si así deja de pisarnos los talones.

Tras un momento de duda, Soluxin se lo entregó. Grixin cogió el libro con cuidado, casi con reverencia, lo depositó sobre sus piernas cruzadas y empezó a pasar las páginas. Ruxus la observó atentamente mientras estudiaba su contenido. La niña abrió mucho los ojos y tragó saliva, intimidada, cuando empezó a leer lo que los chicos habían escrito. Pero, contra todo pronóstico, siguió pasando páginas y descubriendo nuevos monstruos con creciente fascinación.

Su hermano se dio cuenta de que aquello no bastaría para convencerla de que abandonase el grupo, y preguntó con inquietud:

—¿Y si se lo cuenta a los maestros?

—Podemos coserle los labios para que no hable —propuso Daranix—. Eh, tenemos un tipo de monstruo en nuestro libro que puede volverte muda...

—Sorda —corrigió Ruxus. Se sintió mal por permitir que su amigo le hablase así a Grixin y añadió—: No tienes por qué ser desagradable, ¿sabes?

—Eres tú quien la ha traído, a pesar de que sabías que esto es un grupo privado.

—Pero eso no te da derecho a amenazarla.

—¿Quién la está amenazando?

Soluxin volvió a poner paz:

—No discutáis más, por favor. Grixin no dirá nada. ¿Verdad que no?

—Claro que no —murmuró ella—. Pero si queréis estar seguros, lo único que tenéis que hacer es admitirme en el grupo. Así no tendré motivos para delataros.

Soluxin y Daranix cruzaron una mirada y se echaron a reír. La niña frunció el ceño, ofendida.

—Muy bien —dijo, poniéndose en pie—. Vosotros lo habéis querido.

—No te atreverás —gruñó Daranix.

—No empecéis otra vez —cortó Soluxin—. No tiene sentido que asistas a nuestras reuniones, Grixin —le dijo—. Te aburrirías.

Ella hizo un mohín de enfado.

—No soy una niña tonta —protestó—. Os lo demostraré: dejadme crear mis propios monstruos y veréis que dan tanto miedo como los vuestros.

—Grixin, no creo que... —empezó Ruxus, pero Soluxin lo interrumpió:

—A mí me parece justo.

—¿Qué? —saltó Daranix—. No puedo creer que estés a favor de una idea tan absurda.

—¿Por qué no? El cuaderno tiene páginas de sobra. Dejémosle que invente un monstruo. Si es aterrador y original, le permitiremos unirse al grupo. Si no nos convence, se marchará por donde ha venido y no volveremos a verla por aquí. ¿Qué os parece?

—A mí no me parece bien —replicó Daranix—. Acordaos de nuestro lema: «Siempre tres». No podemos admitir a una cuarta persona, y menos a ella.

—«Tres misiones, tres secretos» —le recordó Soluxin—. Cada uno de nosotros tuvo que superar una prueba para pertenecer al grupo. Esta podría ser la misión de Grixin. Si la acepta, no podrá decírselo a nadie, incluso aunque no la supere. Son las normas.

Daranix resopló por lo bajo, pero asintió de mala gana. Grixin inspiró hondo al oír las condiciones, pero se mostró decidida a superar el reto.

Daranix le tendió la pluma y el carboncillo a regañadientes, y ella se retiró a un rincón a trabajar. Los tres chicos hicieron todo lo posible por ignorarla. Se reunieron en un corro y empezaron a contar por turnos historias escalofriantes protagonizadas por sus propios monstruos. Daranix alzaba la voz a propósito en las partes más sangrientas, con el objetivo de asustar a Grixin, pero ella estaba inmersa en su tarea y no le prestó atención.

Cuando por fin hubo terminado, se acercó a los tres chicos y les devolvió el cuaderno mientras trataba de reprimir una sonrisa de satisfacción.

Ellos examinaron su obra con cierto escepticismo. Daranix fue el primero en soltar una carcajada.

—Aquí no hay nada, Grixin.

—Lee lo que he escrito —se impacientó ella.

Aún sonriendo, el muchacho leyó en voz alta:

—«Este monstruo no se puede ver. Tiene cierto parecido con las personas, pero es indetectable. Puede colarse en cualquier parte sin que nadie se dé cuenta. Es astuto y paciente. Puede vivir en tu casa durante mucho tiempo antes de decidirse a matarte. Y nadie sabrá jamás qué te pasó».

El chico alzó una ceja y miró a Soluxin, que se encogió de hombros. Tratando de reprimir una sonrisa, siguió leyendo:

—«Los monstruos invisibles son muy inteligentes. Pueden espiarte desde las sombras hasta saberlo todo de ti. Pueden hablarte y fingir que te aprecian, pero solo buscan sus propios intereses y siempre encontrarán la manera de hacerte daño. Te engañarán para que odies a tus seres queridos o te susurrarán historias terroríficas al oído mientras duermes hasta volverte loco. Y si tratas de buscar ayuda, nadie te creerá. La gran ventaja de los monstruos invisibles es que nadie sabe que existen. Y los que lo descubren no viven para contarlo».

—Bueno —murmuró Soluxin sin mucho entusiasmo.

Daranix esbozó una sonrisa de suficiencia. Ruxus bajó la cabeza, avergonzado ante la ingenuidad de su hermana. Pero ella apretó los dientes y frunció el ceño con decisión.

—Ya suponía que no lo ibais a entender —dijo—. Por eso he creado un segundo monstruo.

Los tres chicos cruzaron una mirada. Daranix pasó la página y examinó con desconcierto la imagen que la ilustraba. Representaba a dos hombres tan similares entre sí que parecían hermanos gemelos.

—Esto tampoco es un monstruo —señaló el muchacho, que empezaba a enfadarse.

—Uno de ellos es una persona —explicó la niña—. El otro es el monstruo.

Los tres amigos inclinaron la cabeza para examinar el dibujo con atención.

—No veo ninguna diferencia —comentó Soluxin—. ¿Cuál es el hombre y cuál es el monstruo?

—No lo sé —respondió ella—. Dímelo tú.

Daranix sacudió la cabeza con impaciencia.

—Estamos perdiendo el tiempo.

—«Estos monstruos cambian de forma» —leyó Soluxin—. «Pueden imitar a un ser humano a la perfección. Pueden hacerse pasar por personas normales, pero no lo son. Matan para ocupar el lugar de sus víctimas sin que nadie pueda darse cuenta del cambio.» Bueno, es inquietante, pero no precisamente terrorífico.

—¿Eso crees? —preguntó Grixin. El chico alzó la cabeza para mirarla, y ella titubeó un momento antes de continuar—: Todas vuestras criaturas son feas y horripilantes. Se nota mucho que son monstruos. Puedes pelear contra ellos o escapar en cuanto los ves. A los míos, en cambio, no los reconoces hasta que ya es demasiado tarde. —Sonrió dulcemente—. Podría haber un monstruo invisible en esta habitación, y si decidiese atacarte no tendrías tiempo ni de gritar. —Ruxus miró a su alrededor, inquieto, pero sus dos amigos no parecían impresionados. La niña prosiguió—: Uno de nosotros podría ser un monstruo que hubiese ocupado el lugar del original, y tampoco lo sabríais. Podría ser Daranix. O Ruxus. O incluso podría ser yo.

—Entiendo lo que quieres decir, pero me cuesta trabajo encontrar amenazadoras a unas criaturas que se parecen tanto a nosotros, la verdad.

—¿Es que no lo comprendéis? —Los ojos de Grixin recorrieron los rostros de los chicos, abiertos como platos—. Eso es precisamente lo que los hace tan peligrosos.

Hubo un breve silencio, y entonces Daranix dio un par de palmas.

—Muy interesante, señorita, pero no nos interesan tus... monstruos. Gracias por tu colaboración. Cierra la puerta al salir.

Ella enrojeció.

—¿Quieres decir que no he pasado la prueba?

—Por supuesto que no.

Miró a Soluxin, que se encogió de hombros.

—Me parece un enfoque interesante, pero... no es lo que esperábamos, la verdad.

—¿Unos monstruos que no dan miedo? —se burló Daranix—. Es exactamente lo que yo esperaba de ella.

Grixin se volvió hacia su hermano, que desvió la mirada, incómodo. Ella se levantó con un resoplido y, sin molestarse en despedirse, se dio la vuelta y salió de la sala sin mirar atrás.

—No hacía falta que la humillaras de esa forma —murmuró Ruxus—. Ahora seguro que nos delatará ante los maestros.

—Pero nuestras normas dicen...

—No ha pasado la prueba, así que no es una de nosotros —razonó Soluxin—. ¿Por qué debería seguir nuestras normas?

No obstante, pasaron los días y Grixin no los traicionó. Tampoco volvió a molestar a su hermano y sus amigos durante sus reuniones secretas.

Ellos, por otra parte, no consideraban que las invenciones de la niña fuesen dignas de conservarse en su bestiario. Pero valoraban positivamente el hecho de que se hubiera atrevido a aceptar el desafío que le habían planteado, así que no arrancaron las páginas que había escrito.

—¿Ruxus? —insistió Axlin—. Respóndeme, por favor. ¿Están los innombrables descritos en vuestro libro o no?

Él volvió a la realidad.

—¿Cómo...? Sí, sí, claro. —Frunció el ceño, pensativo—. Es

curioso. El cuaderno tenía dos páginas dedicadas a ellos, pero cuando lo recuperé tiempo después, en la Ciudadela..., había más información.

El corazón de Axlin se detuvo un breve instante.

—¿Quieres decir que alguien añadió más datos después de la llegada de los monstruos?

—Bueno, yo también lo hice mientras estuvo en mi poder —respondió él un tanto avergonzado—. Todo tonterías y buenos deseos. —Suspiró y sacudió la cabeza con pesar—. Veía morir a centenares de personas devoradas por los monstruos... y me atreví a imaginar que hubiese maneras sencillas de detenerlos. Si los pellejudos fuesen vulnerables a la luz del sol, como los murciélagos corrientes, la gente tendría una oportunidad de ponerse a salvo.

—Pero eso es correcto —contestó ella perpleja—: los pellejudos no soportan la luz solar.

—Ah, ¿de veras? Qué coincidencia. —Se rio sin alegría—. Es buena cosa. Ojalá todo fuera tan fácil. Podríamos enfrentarnos a los monstruos con hojas de menta, zumo de limón o plumas de gallina. Sería hasta divertido.

—¿Plumas... de gallina?

—Oh, sí. Los desolladores me dan un miedo horrible, ¿sabes? Una vez uno de ellos atacó la caravana en la que viajaba y lo vi... despellejar a un hombre mientras aún estaba vivo. —Se estremeció de espanto—. No había nada que pudiese protegerme de criaturas como aquella. Las empalizadas no me parecían suficientemente altas, las armas no eran lo bastante afiladas. Siempre deseé que los monstruos tuviesen alguna debilidad, así que me entretenía imaginándoles flaquezas absurdas y las escribía en el cuaderno. Anoté, por ejemplo, que los desolladores sentían un miedo irracional hacia las plumas de gallina y que, si las prendía en mi ropa y en mi cabello, nunca se atreverían a atacarme. Todo fantasías, me temo. —Se miró la capa con tristeza—.Probablemente, esto tampoco dé buena suerte. Solo soy un pobre viejo que se aferra a invenciones estúpidas para no perder la esperanza y la poca cordura que le queda.

Axlin tragó saliva antes de preguntar:

—¿Las... hojas de menta también asustan a los desolladores? ¿Y el zumo de limón?

—No, no, la menta espanta a los verrugosos, y el limón a los sorbesesos. No, a los sindientes —se corrigió.

—Es correcto —asintió Axlin casi sin aliento—. Así sucede en realidad.

Ruxus la miró con una sonrisa.

—Sé que intentas consolarme, pero no hace falta que...

—Es correcto, Ruxus, yo misma lo he anotado en mi bestiario y te lo puedo mostrar. Y lo he registrado porque he comprobado personalmente que funciona. Lo de las plumas de gallina para los desolladores no lo he investigado, pero...

El anciano dejó escapar una carcajada.

—No puede ser, muchacha. Todas esas tonterías las inventé yo mismo. Las escribí en el cuaderno, sí, pero era solo un juego...

Axlin reflexionó. Era imposible que Ruxus hubiese «inventado» aquellos datos. Tenía más sentido que hubiese descubierto todas aquellas cosas en su largo periplo por el mundo posterior a la catástrofe y las hubiese registrado antes que ella. El corazón se le aceleró. ¿Y si en aquel cuaderno no solo había información importante sobre los innombrables, sino también maneras de defenderse contra otros monstruos de las que ella no tenía noticia?

Volvió a fijarse en las manchas de la capa de Ruxus.

—¿Escribiste algo sobre la sangre de los metamorfos? —le preguntó.

—No, eso sería algo muy difícil de conseguir. Las soluciones debían ser elementos comunes o solo servirían de protección a unos pocos. —Se envolvió en su capa, tiritando—. ¿Por qué estamos hablando de esto? Tengo frío. No me gusta este sitio. Es muy sucio y oscuro, y hay monstruos. —Suspiró—. Echo de menos a Rox.

Axlin lo miró con simpatía.

—Yo también —admitió.

Justo entonces sonaron unos golpes en la puerta, y el rostro de Ruxus se iluminó.

—¡Rox!

Era poco probable, pero Axlin no se lo dijo. Dejó el farol a sus pies y volvió a subir las escaleras. Abrió la puerta con precaución y se asomó.

No había nadie.

Imaginando que habría sido una travesura de los niños del barrio, volvió a reunirse con Ruxus.

—No era Rox, ¿verdad?

—No —respondió Axlin—. Ahora ella está con la Guardia. En el mejor de los casos, tendrá que esperar a tener un turno libre para venir hasta aquí.

«En el peor, la habrán detenido y quizá, si la acusan de haber desertado...», pensó. Pero procuró apartar aquella idea de su mente. Desde luego, no iba a compartirla con Ruxus.

Lo ayudó a levantarse y lo acompañó hasta el lecho para que tomara asiento en un lugar más cómodo. El anciano le brindó una sonrisa cansada. Sin duda también agradecía poder alejarse del cadáver del dedoslargos, que había quedado olvidado en un rincón.

—¿Y qué vamos a hacer ahora? —preguntó—. Ya no podemos ir a buscar el cuaderno, ¿verdad?

Axlin suspiró.

—Quizá haya que renunciar al plan, después de todo. Además, cada vez recuerdas más cosas. Tal vez podamos reconstruir su contenido sin necesidad de recuperar el original.

—Oh, sin duda será interesante —susurró de pronto una voz inhumana—, pero insuficiente.

Axlin soltó un grito y tomó de nuevo su ballesta. El desconocido rio con suavidad.

—Necesitáis ese bestiario, Axlin. En él encontrarás información que incluso el maestro desconoce. Es la clave para vencer a los metamorfos.

La joven disparó. El virote se clavó en la pared y Ruxus lanzó un grito de alarma.

La voz volvió a reír.

—Qué decepción. Y yo que pensaba que ya nos llevábamos bien...

Ella se estremeció de horror.

—¿Eres... la sombra? —preguntó—. ¿La que hemos traído hasta la Ciudadela?

—¿Quién si no?

Axlin comprendió que era inútil tratar de acertar con la ballesta a una criatura a la que no podía ver. Dejó el arma a un lado, extrajo su puñal del cinto y se situó ante Ruxus, tratando de protegerlo.

—Si quisiera hacerte daño, ya te lo habría hecho, Axlin.

—¿Por qué has vuelto?

—Teníamos un trato y soy el primer interesado en cumplirlo.

Ella negó con la cabeza.

—No te creo. Te escapaste en cuanto tuviste oportunidad.

—¿Con una Guardiana de ojos plateados husmeando en mi escondite? Habría sido un necio si no lo hubiese hecho. Pude haber huido en cualquier momento, Axlin. Dejé que me atarais solo para que creyeseis que me teníais controlado.

—¿Y se supone que eso debería tranquilizarme?

—Sí, porque, a pesar de todo, sigues viva.

—No lo escuches —murmuró Ruxus—. Solo trata de engañarte.

—Me halagas, maestro —respondió la sombra—. Y estás en lo cierto. O lo estarías, en otras circunstancias. Pero el caso es que necesito vuestra ayuda para detener la limpieza.

—Si podías haber escapado en cualquier momento, ¿por qué dejaste que te trajésemos a la Ciudadela? —preguntó Axlin—. ¿No estarías más seguro en cualquier otra parte?

—Solo temporalmente. Si los metamorfos se han propuesto utilizar a la Guardia para exterminarnos, pronto ya no habrá ningún lugar seguro para mí. Pero con la información que contiene el libro podré neutralizarlos. Si me ayudas a recuperarlo, te permitiré echarle un buen vistazo. ¿Qué me dices?

Ella negó con la cabeza.

—No puedo confiar en ti. Ya intentaste matarme, y ahora ya no está Rox. Ella al menos te mantenía controlado.

—A mí también me gustaría que siguiese con nosotros —repuso el invisible—. También yo contaba con su protección.

Axlin se preguntó de repente qué opciones tenía. El invisible parecía dispuesto a ayudar, y en realidad ella no podía negarse. Si la criatura consideraba que ya no le resultaba útil, no tendría inconveniente en matarla, algo que podría hacer en cualquier momento, sin que ella pudiera verlo venir.

Entonces la puerta se abrió de nuevo, y Axlin dio un respingo. Ruxus iba a decir algo, pero ella le indicó silencio y tomó la ballesta con cuidado. Tras asegurarse de que estaba cargada, se puso en pie, avanzó hasta la escalera y miró hacia arriba.

Una figura femenina se había detenido en la entrada, recortada contra la luz procedente del exterior.

—Axlin, soy yo —anunció la voz de Rox en la penumbra.

La joven sintió una profunda oleada de alivio.

—¡Rox! —musitó—. ¿Estás bien? ¿No te han detenido?

—Es una larga historia. —La Guardiana bajó las escaleras y se alarmó al detectar el cadáver del dedoslargos—. ¿Qué hace esto aquí? —preguntó mientras desenvainaba sus dagas.

—Está ya muerto, tranquila. Se había escondido en el sótano. No sé cómo ha llegado hasta aquí, pero ya no quedan más monstruos.

Rox no dijo nada. Avanzó hasta el centro de la estancia y, al mirar a su alrededor con atención, descubrió al invisible muy cerca de Ruxus, que se había encogido sobre sí mismo, sentado sobre la cama y con la espalda apoyada en la pared.

—Excepto ese —murmuró Axlin. Detectó el gesto torvo de la Guardiana y la detuvo antes de que se arrojara sobre la criatura—. ¡Espera! Es nuestra sombra. Quiero decir..., la que capturamos en las Tierras Civilizadas.

—Es verdad —susurró el invisible—. Hemos venido a recuperar el libro de los monstruos, ¿recordáis? El que escribieron el maestro Ruxus y sus compañeros.

Rox entornó los ojos con desconfianza, pero se quedó quieta.

—Tendréis que explicarme eso con calma.

Axlin dejó escapar un suspiro de cansancio.

—En realidad, ni siquiera sabemos por dónde empezar a buscar. La Ciudadela es demasiado grande.

La sombra rio con suavidad.

—Oh, yo sé exactamente dónde está: en la ciudad vieja. En la biblioteca personal del Jerarca.

39

Rox se quedó mirándolo. Axlin pestañeó desconcertada.

—¿Hablas en serio? ¿Hemos venido hasta aquí para nada?

—Yo también me he arriesgado al volver a la Ciudadela —replicó el invisible—. ¿Crees que lo habría hecho para nada?

—Por supuesto que no —rezongó Ruxus—. Vosotros nunca hacéis nada sin alguna razón oscura y retorcida.

—Nadie puede entrar en el palacio del Jerarca —objetó Rox—. Debe de ser el edificio mejor custodiado de la Ciudadela, incluyendo el cuartel general de la Guardia.

—Mañana estará vacío —les recordó la criatura—. El Jerarca y su familia se encontrarán en la ceremonia. Y todos sus escoltas también.

Los tres cruzaron una mirada.

—Es imposible —repitió la Guardiana sacudiendo la cabeza.

—Yo puedo hacerlo. Soy una sombra y no hay lugar en el que no sea capaz de infiltrarme.

—Tal vez, pero nosotros no podremos seguirte —le recordó Axlin.

—Es más sencillo de lo que parece —siseó el monstruo—. Mañana la División Plata inspeccionará todos los barrios, casa por casa, e irán exterminando sombras. Nosotros tenemos que cruzar la muralla de la ciudad vieja antes de que eso suceda.

—Hay controles en los accesos —replicó Rox—. Las puertas de la ciudad vieja son las únicas que todavía permanecen cerradas para los habitantes de otros barrios.

—Yo conozco un camino. Os guiaré por las entrañas de la Ciudadela y esta misma noche estaremos allí. Así, mañana, durante la ceremonia, mientras todo el mundo está reunido en la explanada, podremos infiltrarnos en el palacio del Jerarca. También conozco un pasaje que nos llevará hasta allí sin ser vistos.

—Qué conveniente.

—Si las sombras no nos moviésemos por los caminos secretos de la Ciudadela, a la Guardia no le resultaría tan difícil localizarnos.

—Y si hay tantos escondrijos en la Ciudadela, ¿por qué te preocupa tanto la limpieza? —preguntó Axlin.

—Porque quien ha decretado nuestro exterminio sí conoce esos atajos. Por eso debemos utilizar los túneles antes de que comience la operación.

Rox se cruzó de brazos y movió la cabeza, no muy convencida.

—Esto es tan insensato como prestar atención a un lenguaraz —declaró—. ¿De verdad estás considerando llevar a cabo un plan elaborado por este... ser?

—Nada de lo que nos ha dicho hasta ahora es mentira —hizo notar Axlin—. La dimisión del antiguo Jerarca, la llegada al poder de la Guardia, la «limpieza»... Y el hecho de que ese libro exista. Ruxus lo ha corroborado.

La Guardiana frunció el ceño, preocupada.

De nuevo sonaron golpes en la puerta. El anciano se sobresaltó, y Rox dirigió una mirada interrogante a Axlin.

—¿Esperas a alguien?

Ella se encogió de hombros.

—Cuando nos hemos cruzado con Yarlax en la muralla, le he pedido que contacte con Dex para que se reúna aquí con nosotros, pero no creo que haya tenido tiempo de hacerlo todavía.

No obstante, eran ellos dos. Cuando Rox abrió la puerta, la miraron con sorpresa y la bombardearon con preguntas.

—¿Te han dejado marchar o te has escapado?

—Entonces, ¿es verdad que Axlin está aquí?

La muchacha se abrió paso y abrazó a su amigo, feliz de volver a verlo.

—¡Dex! ¡Qué alegría! ¿Cómo has llegado aquí tan deprisa?

—Estaba ayudando a Kenxi en la panadería cuando ha venido Yarlax a buscarme. Tienen mucho trabajo, con toda la gente que ha venido de fuera para la ceremonia.

—Pasad antes de que os vea alguien —los urgió Rox.

Entraron sin vacilar, pero, cuando la Guardiana cerró la puerta tras ellos, Dex se detuvo en mitad de la escalera.

—No pensé que volvería aquí —reconoció, con la voz tomada por la emoción. Inspiró hondo y añadió—: Pero ¿por qué os escondéis? La justicia ya no te reclama por lo de la Senda del Manantial, Axlin. Han pasado muchas cosas y ese asunto ya no le importa a nadie.

La joven vaciló. No podía contarle los verdaderos motivos que la habían llevado a la Ciudadela de nuevo porque nunca le había hablado de los monstruos innombrables que los acechaban. Abrió la boca para decir algo, cualquier cosa, pero Yarlax se adelantó:

—¿Eso es... un dedoslargos?

—¡¿Qué?! —saltó Dex, muy alarmado.

—Tranquilos, está muerto —se apresuró a aclarar Axlin—. Y no hay más monstruos —añadió, sintiéndose culpable por mentir a sus amigos.

Sintió la mirada interrogante de Rox, pero la Guardiana no dijo nada. Yarlax no podía detectar a la sombra. Quizá pudieran resolver aquella situación sin tener que dar explicaciones de más.

El Guardián, que se había inclinado junto al cadáver del dedoslargos para examinarlo, se volvió hacia Axlin para mirarla con asombro y respeto.

—¿Lo has matado tú?

—Sí. Estaba agazapado al pie de la escalera. Estuvo a punto de sorprendernos.

Se guardó para sí sus sospechas acerca de la «capa de la suerte» de Ruxus.

El joven sacudió la cabeza.

—Debió de colarse aquí el día de la invasión. ¿Te lo han contado? La Ciudadela sufrió el peor ataque en siglos. Pensé que habíamos limpiado todos los rincones, pero al parecer pasamos por alto este lugar. Lo siento mucho. Me llevaré el cuerpo cuando me vaya.

Axlin pensó que, a pesar de que los Guardianes ahora también tenían la responsabilidad de gobernar en la Ciudadela y muchas cosas habían cambiado, seguían siendo tan eficientes como de costumbre. Eso le infundió confianza.

—A veces tengo la sensación de que atraes a los monstruos, Axlin —murmuró Dex, perplejo, mientras daba la espalda al dedoslargos—. No entiendo cómo es posible que...

Se calló de golpe al descubrir al anciano acurrucado sobre la cama. Y la muchacha supo de pronto cómo enfocar su explicación:

—Dex, te presento a Ruxus —empezó—. Lo conocí en las Tierras Civilizadas. Es un estudioso que sabe mucho sobre monstruos. De hecho, escribió un bestiario cuando era joven.

El anciano dio un respingo.

—No hace falta que se lo cuentes a todo el mundo —musitó, mortificado.

Dex iba a preguntar algo, pero su amiga continuó deprisa:

—A lo largo de sus viajes, Ruxus descubrió muchas protecciones eficaces contra los monstruos. Esa información es valiosísima, pero él solo la recuerda de manera fragmentaria. Hemos regresado a la Ciudadela para recuperar el libro que escribió.

—Oh —murmuró el joven—. En la biblioteca no lo tenemos, ¿verdad?, porque tú lo habrías encontrado ya. Quizá deberías preguntar a la maestra Prixia de todas formas.

—Tenemos entendido que se encuentra en la ciudad vieja.

Dex se rascó la cabeza, pensativo.

—¿Dónde exactamente? Conozco algunos aristócratas que poseen colecciones bibliográficas bastante bien surtidas, pero con algunos de ellos no tengo mucha confianza.

Axlin cruzó una mirada con Rox, que asintió. La muchacha inspiró hondo y soltó:

—En la biblioteca del Jerarca.

Su amigo la miró, sin poder creer lo que acababa de oír. No obstante, al detectar su gesto decidido, dejó escapar una carcajada escéptica.

—Debes de estar de broma. No puedes presentarte en el palacio del Jerarca para pedirle un libro prestado. Ni siquiera yo podría. Tendría que solicitar audiencia, y probablemente tardarían meses en concedérmela, a pesar de mi apellido. —Se detuvo un momento, pensativo—. Al menos así eran las cosas con el antiguo Jerarca, claro. No tengo la menor idea del protocolo que seguirá su hijo.

Se volvió para mirar a los Guardianes. Rox, que asistía a la conversación con gesto impenetrable, se limitó a encogerse de hombros.

—Habrá que esperar unos días para ver cómo organiza su agenda el nuevo Jerarca, supongo —dijo Yarlax.

—No tenemos tiempo. —Axlin dudó unos segundos antes de

confesar—: Iremos al palacio mañana, durante la ceremonia. No habrá nadie; será solo entrar, buscar el libro y salir.

Yarlax se quedó mirándola.

—¿Crees que sus sirvientes van a entregar un libro del Jerarca a una desconocida? Oh... —comprendió de pronto—. No quieres pedirlo prestado, ¿verdad? Estás hablando de entrar sin permiso en el palacio. —Sacudió la cabeza—. Te has vuelto loca, no encuentro otra explicación. No cuentes conmigo para llevar a cabo ese plan absurdo.

—Nos las arreglaremos por nuestra cuenta, no te preocupes.

Recordó de repente, con cierta alarma, que la criatura invisible seguía presente en algún lugar de la estancia. Como había permanecido en silencio desde la llegada de Yarlax y Dex, Axlin se había olvidado de ella. Miró de reojo a Rox. Se mantenía aparentemente relajada, pero echaba frecuentes vistazos a un rincón en penumbra. Su compañero de ojos dorados, sin embargo, ni siquiera parecía sospechar que había una sombra en la habitación.

Trató de centrarse.

—Pero sí vamos a necesitar tu ayuda —añadió, volviéndose hacia Dex.

El joven dio un respingo.

—¿La mía? Ya te he dicho que yo tampoco puedo entrar en el palacio...

—No es eso. Si nuestro plan funciona, esta noche entraremos en la ciudad vieja.

—¿Esta... noche? —repitió él, perplejo—. ¿Por qué no esperáis a mañana? Las puertas estarán abiertas para todo el mundo durante la ceremonia.

Axlin se mordió el labio inferior. No podía decirle que los Guardianes abatirían de inmediato a su guía invisible si osaban pasearse con él a la luz del día.

—Rox no puede entrar por la puerta como todo el mundo, Dex —dijo entonces—. Es una proscrita. Así que intentaremos colarnos sin que nadie nos vea y, si lo conseguimos, necesitaremos un lugar donde alojarnos hasta la hora de la ceremonia —añadió.

Dex sonrió.

—Ojalá pudiese ayudaros. Mi casa es grande y hay espacio de sobra para los tres, pero mis padres exigirían explicaciones y todo sería mucho más complicado. —Se detuvo un momento, pensativo—. Claro que también está la casa de Broxnan.

—¿La casa de... Broxnan? —repitió Axlin sin entender.

—Sí; él se emancipó hace un par de años y se fue a vivir a una de las propiedades de mi familia. Tenía pensado quedarse allí hasta que heredase el título y tuviese que volver a instalarse en la mansión De Galuxen. Desde que falleció... —Hizo una pausa, tragó saliva y continuó—: Desde que falleció, su casa está vacía. Si pasáis la noche allí, nadie tiene por qué enterarse, siempre que seáis discretos. —Sacudió la cabeza con un suspiro de cansancio—. No puedo creer que esté diciendo esto.

—No queremos causar molestias. Si supone un problema para ti, buscaremos otra cosa.

—No, no, no es por mí. Sabes que voy a ayudarte encantado, y además te debo un favor. O varios. Es porque te vas a meter en líos, y si te sorprenden colándote en el palacio del Jerarca, yo no podré ayudarte. Con el nuevo gobierno, mi familia ha perdido la influencia que tenía en los asuntos de la ciudad vieja.

Ella le aseguró que estarían bien. Acordaron una hora y un punto de encuentro en la ciudad vieja y volvieron a despedirse con un abrazo afectuoso.

—Si no acudimos a la cita, no nos esperes —dijo ella—. Será porque el plan ha salido mal.

—¿Qué es exactamente ese libro, Axlin? —preguntó Dex, muy serio.

—No estoy segura. Pero, por favor, tienes que creerme cuando te digo que es muy importante. Si es lo que parece, la información que contiene podría salvar miles de vidas.

—En ese caso, ¿por qué el Jerarca o los Guardianes no lo han utilizado ya?

Axlin calló un momento antes de confesar:

—No lo sé.

Su amigo suspiró.

—No sé en qué andas metida, pero sí tengo claro que puede causarte muchos problemas. —Ella no respondió, y Dex concluyó—: Todavía queda un buen rato hasta el anochecer. Si vais a quedaros aquí encerrados, puedo hacer que os traigan algo de comer.

—Oh, sí, eso estaría muy bien —intervino de pronto Ruxus con tono amodorrado.

Se había hecho un ovillo sobre la cama y los miraba con ojos legañosos. El chico sonrió.

—Me encargaré de ello —prometió.

Yarlax se había llevado aparte a Rox y hablaba con ella en voz baja. Lo que la Guardiana le contestó no pareció convencerlo, porque sacudió la cabeza con incredulidad y se volvió hacia los demás.

—He de marcharme —anunció—. En breve acabará mi turno libre, y además tengo que llevar este monstruo al cuartel general. Voy a hacer como que no he oído nada de lo que acabáis de maquinar, pero si mañana os veo irrumpiendo en el palacio del Jerarca, me veré obligado a informar al respecto.

Axlin volvió a prometerle que tendrían mucho cuidado. Finalmente, los dos jóvenes se marcharon, y ella, Rox y Ruxus volvieron a quedarse a solas con la sombra.

—Es bueno tener amistades en los sitios adecuados —comentó la criatura.

Axlin dio un respingo. Había sonado inquietantemente cerca.

—No vuelvas a hacer eso —masculló.

El invisible se rio con suavidad. Rox echó un vistazo a Ruxus, que se había quedado dormido y roncaba envuelto en su capa.

—Quizá deberíamos dejarlo en un lugar seguro —comentó—. No tiene sentido que lo llevemos con nosotros.

—Los metamorfos lo están buscando —les recordó la sombra—. Si no queréis que se lo lleven para volver a encerrarlo en la Fortaleza, haríais bien en mantenerlo vigilado.

—¿Los metamorfos? —repitió Rox con suspicacia—. ¿Y qué hay de los invisibles?

—Los invisibles tenemos bastante con sobrevivir. Ahora el destino del maestro es secundario para nosotros.

—¿Por qué lo teníais encerrado? —preguntó de pronto Axlin.

Hubo una breve pausa.

—Es uno de los maestros que nos trajeron a este mundo —respondió la sombra por fin—. Es nuestra obligación mantenerlo a salvo de los horrores que vinieron con nosotros.

Era una respuesta extraña; pero la joven supuso que, después de todo, los razonamientos de los monstruos tenían una lógica peculiar.

Trataron de descansar como pudieron. Al atardecer llegó Kenxi con una bolsa repleta de pan y repostería. Se alegró de ver a Axlin, pero manifestó su preocupación por el hecho de que tuviera que seguir escondida. Ella se preguntó qué le habría contado Dex. Probablemente, lo mínimo, para no involucrarlo en su descabellado plan.

Cuando el chico se marchó, los tres cenaron en silencio. Después, mientras esperaban a que anocheciera, se prepararon para la expedición. Axlin era reacia a dejar sus pertenencias en el almacén, pero también comprendía que su pesado zurrón la ralentizaría sin necesidad. Tras un instante de duda, se despojó también de la ballesta. Con Rox en el grupo, no la necesitaría. No obstante, conservó la daga que llevaba prendida al cinto. Solo por si acaso.

Por fin estuvieron listos. Llevaban solo una bolsa con algo de comida y ropa de recambio para pasar la noche. Axlin también había metido en ella su bestiario porque, aunque sabía que era poco probable que nadie entrara en el almacén durante su ausencia, se sentía incapaz de dejarlo allí sin más.

Salieron al exterior en silencio. Era ya de noche y la calle estaba completamente vacía. Axlin y Ruxus se quedaron un momento parados, sin saber qué dirección tomar. Pero Rox avanzó sin dudar en pos de la criatura invisible y ellos se apresuraron a seguir sus pasos.

—Es bueno que hayas descansado —le comentó Axlin al anciano—, porque nos espera una buena caminata.

Tendrían que atravesar dos murallas, pensó de pronto. Por lo que ella sabía, aunque al parecer las puertas de los ensanches estaban abiertas durante el día, de noche permanecían cerradas, porque el nuevo Jerarca aún no había revocado algunas de las medidas extraordinarias tomadas por el anterior a raíz de los ataques de los monstruos. Se preguntó si, de hecho, tendría intención de hacerlo algún día.

Se dio cuenta entonces de que la sombra los guiaba lejos de las avenidas principales que conducían a las puertas.

—¿Estás seguro de que sabes a dónde vamos? —susurró.

—No —respondió Ruxus.

Ella no tuvo tiempo de decirle que no estaba hablando con él, porque enseguida oyó la voz del invisible desde la vanguardia del grupo:

—Conozco esta ciudad mejor que todos vosotros juntos.

La joven no preguntó nada más. Se concentró en la figura de Rox, que caminaba ante ella con paso ágil y seguro. Había desenvainado sus dagas y avanzaba con la mirada fija en un punto ante ella. Axlin se preguntó si no habría sido mejor que volviesen a amarrar a la sombra, por seguridad. Pero después recordó que se había librado de sus ataduras en cuanto lo había considerado conveniente y comprendió que no tenía sentido engañarse al respecto.

Tendrían que fiarse, aunque solo fuera hasta cierto punto.

Por fin, el invisible torció hacia la derecha y se internó en un callejón sin salida. Rox se detuvo y echó un vistazo a la pared que se cerraba ante ella.

—¿Pretendes que trepemos por aquí? —preguntó—. Yo puedo hacerlo, pero...

—No es necesario —siseó la criatura en la oscuridad.

Había sonado muy cerca del oído de Axlin, y ella se sobresaltó. Rox giró sobre sus talones con las armas a punto, pero se relajó casi enseguida. Su mirada se desvió entonces hacia la pared de la izquierda, donde había una portezuela de madera que se abrió sin ruido para revelar una vieja leñera. De pronto se precipitó hacia delante, tratando de introducirse en el interior. Pero la puerta era estrecha, y el hueco que había entre los troncos apilados parecía casi inexistente. Logró meter la cabeza y después pareció quedarse atascada. Axlin y Ruxus la oyeron maldecir:

—¡Por todos los monstruos! ¿Dónde te has metido?

La voz del invisible sonó desde el interior de la leñera:

—Este es uno de los accesos más amplios. Tendrás que aplicarte a fondo si quieres pasar.

Rox sacó la cabeza y resopló con irritación.

—¿Quieres decir que esta es la entrada del túnel del que hablabas antes? Pero es casi imposible que una persona adulta pueda atravesarla...

—Exacto —respondió la sombra—. Pero quizá podáis abrir un hueco lo bastante ancho si retiráis algunos troncos. Vamos, no os entretengáis. Os espero aquí.

Durante los siguientes minutos, Rox y Axlin se esforzaron por despejar la entrada mientras Ruxus las observaba con aprensión.

—¿De verdad vais a entrar por ese agujero?

—El túnel es mucho más amplio que el acceso —dijo la sombra desde dentro—. Hasta la Guardiana podrá avanzar de pie por él.

Cuando acabaron de apartar los troncos, Rox entró en la leñera gateando y desapareció en la oscuridad. Tratando de reprimir su inquietud, Axlin y Ruxus se arrastraron tras ella y cerraron la puerta a su espalda.

Avanzaron siguiendo la débil luz de la lámpara que portaba la Guardiana, abriéndose paso como podían entre ramas y troncos. Por fin, el paso pareció despejarse y, tal como la sombra había anticipado, se encontraron en un espacio algo más grande. Rox ya se había puesto en pie con el farol en alto y miraba a su alrededor frunciendo el ceño.

—Esto no tiene salida, monstruo —masculló.

La criatura no respondió. De pronto, una parte del suelo se abrió junto a la pared, y Axlin dio un respingo, sobresaltada. Al mirar mejor comprobó que se trataba de una trampilla que conducía a un nivel inferior.

—Hay escalones y luego ya está el túnel —siseó la sombra desde allí—. Vamos, bajad. Aún nos queda un largo trecho por recorrer.

Descendieron por la escalera y desembocaron en un corredor amplio que avanzaba hacia delante y se perdía en la oscuridad. A la luz del farol que sostenía Rox, Axlin miró a su alrededor. Le sorprendió comprobar que no se trataba de un túnel excavado de cualquier manera. El suelo estaba formado por losas de piedra y las paredes habían sido levantadas con sillares cuidadosamente colocados. El techo sobre sus cabezas estaba abovedado.

—¿Este túnel atraviesa el subsuelo de la Ciudadela? —preguntó con admiración—. ¿Cómo es posible que nadie lo conozca?

—Las sombras lo conocemos —susurró el invisible. Su voz sonó lejana, y sus compañeros se apresuraron a iniciar la marcha tras él para no perderlo en la distancia—. Fue construido precisamente para que nosotros lo utilizásemos.

—¿Cómo pudieron los innombrables construir todo esto sin que nadie se diese cuenta?

—En realidad, los túneles están incluidos en los planos oficiales de la Tercera Reforma.

Ella se detuvo de golpe, perpleja.

—¿La del alcantarillado? ¿La que impulsó el séptimo Jerarca?

—Está mintiendo —replicó Rox sin volverse—. Puede que este lugar se construyese en aquella época, pero, desde luego, no se hizo «para que las sombras lo utilizasen».

La criatura rio con suavidad.

—¿Acaso lo conoce alguien más? Los invisibles llevamos siglos transitando por aquí y nunca hemos visto un solo humano. Ni siquiera Guardianes.

—Me temo que acabáis de perder ese privilegio —gruñó Rox.

—Mejor perder privilegios que perder la vida —repuso la sombra.

Pero Axlin seguía dando vueltas a lo que la criatura acababa de revelarle.

—¿Estás insinuando que el gobierno del séptimo Jerarca conocía la existencia de los monstruos innombrables? ¿Que colaboraba con ellos?

—No todo el gobierno, por supuesto. Pero nosotros siempre hemos tenido amigos entre los dirigentes de la Ciudadela. De lo contrario, no habríamos podido sobrevivir entre humanos hasta hoy. No con los Guardianes, al menos.

—Pero ahora la Guardia gobierna la Ciudadela.

—Exacto.

Axlin frunció el ceño y se preguntó qué había querido decir. La sombra continuó:

—La Ciudadela siempre ha tratado de crecer sobre planos. Así ha sido desde los tiempos de los Fundadores. A veces la Administración se ha visto sobrepasada por las circunstancias y los nuevos ciudadanos han construido barrios improvisados cuando las obras no avanzaban lo bastante rápido. Algunos Jerarcas optaron por dejar esos barrios intactos. Otros los demolieron para poder llevar a cabo las reformas que habían proyectado para la ciudad. —Hizo una pausa—. Siempre ha habido metamorfos influyendo en los grandes planes urbanísticos de la Ciudadela. Haciéndose pasar por arquitectos, técnicos o jefes de obra, levantaron un entramado de galerías secretas ocultas a la mirada de los humanos, tanto personas corrientes como Guardianes.

—Parece que antes las sombras y los cambiapieles colaborabais de forma más estrecha —comentó Axlin.

—Sí —respondió el monstruo con nostalgia—. Eran buenos tiempos.

—Zaoxis era bueno con los planos —dijo entonces Ruxus—. Los demás Fundadores le reprochaban que se dedicase a proyectar la ciudad cuando ellos estaban ocupados levantando la muralla. Pero cuando acabaron, siguieron sus planos al pie de la letra, porque no tenían otros.

—¿Conociste a los Fundadores? —se asombró Axlin.

—Sí. —El anciano la miró con los ojos muy abiertos, como si le extrañase que ella no lo supiese aún—. ¿No te lo había contado?

—Guarda tu aliento, maestro —advirtió la sombra—. Puedes contarle esa historia más tarde. Aún tenemos un largo camino por recorrer.

—Pero... —empezó Axlin.

—No, no; tiene razón —murmuró Ruxus—. La verdad es que ya empiezo a estar cansado.

Ella le ofreció su brazo para que se apoyara y él lo tomó, sumido en hondas reflexiones.

Loxinus lo guio hasta una enorme carpa que habían levantado en el centro del asentamiento. Ruxus entrevió en su interior a tres hombres y dos mujeres que debatían acaloradamente acerca del suministro de piedra. Su amigo se llevó un dedo a los labios, indicando silencio, y asomó un poco la cabeza. Una de las mujeres alzó la mirada, lo vio y se apresuró a reunirse con él en la entrada.

—¡Loxinus! —susurró—. ¿Qué haces aquí? No habrás traído a uno de tus chicos, ¿verdad?

—No; siguen todos cerca de la muralla, como acordamos. —Suspiró—. Entiendo que te inquieten, pero no debes temer nada de ellos, ya te lo he dicho muchas veces.

Ella entornó los ojos, no muy convencida, y pasó a examinar a Ruxus, que le devolvió la mirada. La mujer le resultaba familiar, aunque no recordaba dónde la había visto antes. Tenía el cabello castaño, los ojos grandes y oscuros, y la nariz salpicada de pecas. Y sobre su pecho reposaba un colgante con un símbolo que él conocía muy bien.

—El Manantial... —musitó.

Volvió a mirarla y se dio cuenta de que ella había palidecido.

—No es posible —dijo—. ¿Ruxus?

—Grixin —murmuró él.

Loxinus estalló en carcajadas.

—¡Para ser hermanos, habéis tardado en reconoceros! —exclamó.

Ella se había quedado inmóvil, incapaz de reaccionar. Fue él quien por fin se abalanzó sobre su hermana para estrecharla entre sus brazos.

—¡No puedo creerlo! ¡Te daba por muerta!

Pero de pronto se separó de ella bruscamente y los miró a ambos.

—Estoy soñando, ¿verdad? ¿Cómo puedo haberos reencontrado a los dos?

Volvió a examinar el rostro de Grixin, que tenía los ojos húmedos. Loxinus sonrió.

—¡La Ciudadela nos ha reunido! Yo también pensaba que era el último de nuestro grupo. Cuando llegué aquí para poner a mi Guardia al servicio de los líderes de este lugar, jamás imaginé que la pequeña Grixin estaría entre ellos.

Ella frunció el ceño.

—No tan pequeña ya —le recordó—. Y no soy una de los líderes. Este es el sueño de mi marido, Vaxanian. Yo solo velo para que pueda cumplirlo.

Ruxus la miró con incredulidad.

—¿Te has casado?

Ella le devolvió una mirada divertida.

—Varias veces. —Hizo una pausa y añadió en voz muy baja—: Tengo trescientos cuarenta y siete años, Ruxus.

—¿Los has… contado? —susurró él, palideciendo.

Grixin suspiró con pesar.

—Todos y cada uno de ellos. Y he tenido hijos. Casi todos murieron hace mucho tiempo. ¿Y tú? —preguntó de repente—. No me digas que sigues soltero —bromeó—. Has tenido siglos por delante para encontrar pareja, ¿no?

Su hermano se ruborizó.

—Ha habido algunas mujeres, pero… ninguna definitiva. Nunca puedo quedarme muchos años en el mismo sitio, porque la gente acaba por descubrir que no envejezco.

Loxinus inclinó la cabeza.

—Eso nos ha pasado a nosotros también, me temo. Y los habitantes de este lugar terminarán por darse cuenta de nuestra inexplicable longevidad.

Grixin sonrió.

—Es otra de las ventajas de nuestro proyecto. Queremos que la Ciudadela se convierta en un refugio para la humanidad, y esperamos que en los próximos años llegue mucha más gente. Pronto estará tan poblada que será más sencillo pasar desapercibidos.

—¿Tú crees? —preguntó Ruxus, dudoso.

Ella asintió, jugueteando con su medallón.

—Confía —se limitó a responder. Lo abrazó súbitamente y añadió—: Me alegro tanto de haberte recuperado, Ruxus... Ven, te presentaré a los demás.

Entró de nuevo en la tienda. Su hermano se dispuso a seguirla, pero Loxinus lo detuvo.

—Espera. —Él lo miró interrogante—. No le digas a Grixin que te lo he contado, ¿de acuerdo?

—¿El qué?

—Lo de las criaturas invisibles y las que cambian de forma. —Suspiró con pesar—. No me creyó cuando se lo expliqué. Ella piensa que solo nuestros monstruos eran reales. Que solo Daranix, tú y yo conectamos de alguna forma con lo que había al otro lado del Manantial, a través de nuestro bestiario. Hemos tenido discusiones por eso, de modo que ahora evitamos el tema. No me gustaría que estropease vuestra relación, ahora que os habéis reencontrado.

Ruxus se quedó mirándolo.

—Pero esas criaturas... ¿existen de verdad?

—Existen. Mis chicos las han visto. Sospecho que rondan a Grixin, pero no puedo demostrarlo, porque nadie más puede percibirlas. Para colmo, ella no confía en mis Guardianes. Nuestro campamento está al pie de las murallas, en teoría para defender el asentamiento, pero en realidad se debe a que mis chicos tienen prohibido ir más allá. No se fían de ellos.

Ruxus reflexionó unos instantes.

—Pero ¿de dónde han salido? ¿Cómo es posible que posean esas... habilidades?

Loxinus le dirigió una larga mirada cargada de pesar.

—Si te lo dijese, no me creerías.

Entonces Grixin se acercó de nuevo a ellos, sonriente, cogida de la mano de un hombre en apariencia mayor que ella, alto y de cabello negro. Loxinus se llevó un dedo a los labios.

—Por favor, sé discreto —susurró—. Y ten mucho cuidado. Este lugar es más peligroso de lo que parece.

40

Llegaron a su destino antes de lo que Axlin había imaginado, a pesar de que en el último trecho se habían detenido a menudo para que Ruxus descansara. Tras subir unas escaleras y salir por una trampilla se encontraron en el interior de una estructura circular completamente cerrada.

—¿Qué es esto? —preguntó Rox, alzando el farol.

—Una de las torres de vigilancia de la muralla interior —respondió la sombra.

Ella frunció el ceño.

—Entonces, ¿estamos atrapados? Las torres de la muralla no tienen puertas.

El invisible no contestó. Sus compañeros lo oyeron manipular algo en una de las paredes y de pronto una sección del muro giró sobre sí misma, revelando una salida oculta. Era apenas un hueco cuadrado, por lo que de nuevo tuvieron que agacharse y gatear para atravesarlo. Pero cuando lo hicieron, se encontraron en el exterior, pisando la hierba de un pequeño jardín junto a la muralla.

Axlin se dio la vuelta y vio que la puerta ya se había cerrado. Parpadeó con desconcierto. La superficie de la torre parecía de ladrillo sólido, sin fisuras. Una serie de escalones adosados al muro permitía subir hasta las almenas, pero, tal como Rox había dicho, no tenía puertas.

En apariencia.

—No os entretengáis —susurró la sombra.

Axlin se apresuró a seguir a Rox y a Ruxus, que trastabillaba tras la Guardiana con la cabeza gacha. Se habían citado con Dex en la plaza de los Ocho Fundadores. Nunca había estado allí, pero había visto planos en la biblioteca y también ilustraciones de las estatuas que la adornaban. En su día, las había observado con curiosidad, consciente de que, aunque representaban a las personas que habían proyectado la Ciudadela, no se parecían a ellas porque las habían esculpido en una época muy posterior. ¿Sería cierto lo que Ruxus decía? ¿Había conocido a los Fundadores? Se prometió que le preguntaría al respecto en cuanto pudiera.

Recorrieron las amplias avenidas de la ciudad vieja, bordeadas de jardines y de antiguos edificios señoriales.

—Todo es muy diferente —murmuró Ruxus—. Cuando la Ciudadela empezó a construirse, las casas eran de madera o de ladrillo, porque toda la piedra disponible se destinaba a las murallas.

—Sí, en efecto —asintió Axlin—, pero eso empezó a cambiar durante el gobierno del primer Jerarca, cuando la muralla estaba ya terminada y comenzaron a explotarse las canteras cercanas gracias a la protección de la Guardia. Se construyó un palacio para el Jerarca, y las demás familias aristocráticas no quisieron ser menos.

Se detuvo un instante a contemplar uno de los edificios. Era majestuoso e imponente, pero ella prefería el estilo arquitectónico del primer ensanche, mucho más sobrio y funcional. Los palacios de la ciudad vieja podían haber sido bellos en su momento. Pero había pasado mucho tiempo y, aunque parecía que la mayoría había sufrido reformas sucesivas, tenía la sensación de que todos compartían un cierto aire de obsoleta decadencia.

Se dio cuenta de que Ruxus se había parado a su lado y la miraba con el ceño fruncido, pensando intensamente.

—¿Ese Jerarca que se construyó un palacio es el mismo que tiene mi libro?

Ella sonrió.

—Oh, no. La Ciudadela ha tenido doce Jerarcas hasta el momento. El primero, un De Brixaen, fue elegido por los descendientes de los Fundadores cuando murió el último de ellos. Los dos de ahora, el que acaba de abdicar y el Guardián que ocupará su lugar, son De Kandrax.

—No os distraigáis —ordenó Rox, y ellos se apresuraron a ponerse en marcha de nuevo.

Pero se detuvieron de golpe dos calles más allá, porque la Guardiana se había parado.

—Silencio —susurró.

Los empujó hasta el interior de un jardín y se ocultaron entre los setos. Momentos después, una pareja de Guardianes cruzó la calle. Rox los observó con gesto indescifrable hasta que se perdieron de vista tras doblar una esquina.

—Podemos seguir —murmuró tras unos instantes.

Continuaron su camino, esta vez en silencio. Paseando por la ciudad vieja y evocando épocas pasadas, habían olvidado que no tenían permiso para estar allí, y que ahora los Guardianes no solo cazaban monstruos, sino que también se encargaban de detener a los ciudadanos corrientes que vulneraban las leyes.

—¿Cómo vamos a entrar mañana en el palacio del Jerarca? —preguntó entonces Axlin.

—Accederemos desde un pasadizo oculto en la mansión De Vaxanian —respondió la sombra.

Axlin se detuvo en seco. Se volvió hacia el lugar desde donde había sonado su voz, pero, una vez más, no fue capaz de localizarla.

—Entrar allí no será mucho más fácil que hacerlo en la casa del Jerarca —comentó Rox con gesto serio.

—Tal vez sí —murmuró Axlin—. Sé que Dex es amigo de la heredera De Vaxanian.

—Y mañana, cuando vayamos a entrar, la mansión estará prácticamente vacía. Todo el mundo estará en la ceremonia —añadió la sombra.

Las dos chicas cruzaron una mirada.

—Podría funcionar —admitió Rox a regañadientes.

Por fin llegaron a la plaza de los Ocho Fundadores. Dex los aguardaba con la espalda apoyada contra el pedestal de una de las estatuas.

—¡Habéis venido! —exclamó sorprendido—. ¿Cómo habéis conseguido cruzar la muralla?

—Es una larga historia —respondió Axlin. Se fijó entonces en la inscripción que figuraba al pie de la escultura y leyó—: «Galuxen». ¿Este es tu antepasado? —preguntó, alzando la mirada para observar los rasgos de la estatua—. No os parecéis demasiado.

—Hay muchas generaciones entre nosotros —replicó el joven—, y de todos modos a estas alturas las líneas familiares están muy mezcladas. Nosotros tenemos también sangre De Lixia, De Zaoxis y De Elexin. Y una tatarabuela De Kandrax, creo. Pero no lo bastante importante como para que el Jerarca nos considere familia —suspiró.

—Si los aristócratas lleváis tanto tiempo casándoos entre vosotros, no sé por qué seguís concediendo tanta importancia al apellido —dijo Axlin, un poco perpleja.

—Dímelo a mí —contestó su amigo sonriendo—. De todas formas, eso está a punto de acabarse. Porque ahora el requisito fundamental para acceder al gobierno de la Ciudadela es tener los ojos del color adecuado, independientemente de cómo te apellides.

Rox frunció el ceño.

—Somos Guardianes por muchos motivos, no solo por el color de los ojos.

—Lo sé —respondió Dex, conciliador—. Era solo una forma de hablar. Deberíamos irnos ya. —Echó un vistazo nervioso a una calle lateral—. Hace un rato ha pasado por aquí una pareja de Guardianes que estaban de ronda y creo que no tardarán en volver.

Axlin tomó del brazo a Ruxus, que examinaba las estatuas con gesto de desaprobación, y tiró suavemente de él para ponerlo en marcha.

No tardaron en llegar a su destino, una casa señorial más pequeña que otros palacios que habían visto, pero más moderna y confortable, al parecer. Dex sacó la llave, abrió la puerta y se hizo a un lado para que sus invitados entraran primero. Pero dudó antes de seguirlos.

—¿Estás bien? —le preguntó Axlin en voz baja.

—Sí, es solo que este lugar me trae muchos recuerdos. No había vuelto aquí desde antes de que Broxnan muriera.

—Lo siento. Aún estamos a tiempo de buscar otro sitio.

—No, está bien —le aseguró él mientras traspasaba el umbral por fin—. Tenía que venir tarde o temprano, porque he de instalarme aquí con Oxania y su hija. Pensé que ella no querría porque esta casa es más pequeña que la mansión De Xanaril, pero, claro, era la de Broxnan. Así que considera que es también suya en cierto modo, y que es aquí donde debe estar.

—¿Vas a venir a vivir aquí... con Oxania? —se extrañó Axlin.

—Es verdad, no te lo había contado todavía: nos vamos a casar. —Le dedicó una cansada sonrisa y recitó la fórmula nupcial con falsa alegría—: «Y extenderemos nuestra estirpe con la bendición del Jerarca, bajo la protección de la Guardia y al resguardo de la muralla».

Ella se quedó mirándolo sin comprender.

—Pero... ¿por qué? ¿Y Kenxi?

El rostro de él se ensombreció.

—Es una larga historia. ¡Espera! —exclamó entonces, y corrió a detener a Rox, que se había inclinado ante la chimenea—. No la enciendas —advirtió—. Nadie debe saber que estáis aquí.

—Pero Ruxus tiene frío —replicó ella—. La casa está helada.

Axlin encontró enternecedor que la estoica Guardiana se preocupase tanto por el anciano, como si fuese un cachorrillo que hubiese rescatado de la calle en un día de lluvia. Dex sacudió la cabeza.

—No te preocupes, os traeré mantas. Acomodaos como podáis, volveré enseguida.

Subió al piso superior y bajó después cargado de mantas. Rox cogió una y cubrió con ella a Ruxus, que ya se había quedado dormido, acurrucado sobre un diván.

—Lo dejaremos descansar —dijo—. No quedan ya muchas horas para el amanecer.

Axlin colocó la mano sobre el hombro de su amigo.

—Escucha, Dex, tengo que pedirte otro favor: necesito que mañana nos ayudes a entrar en la mansión De Vaxanian.

—¿Qué? —preguntó él, no del todo seguro de haber oído bien—. ¿Para qué?

—Porque vamos a llegar al palacio del Jerarca desde allí.

El chico sonrió.

—Eso no es posible. La casa De Vaxanian no está comunicada con el palacio. Creedme, lo sé; he estado allí muchas veces.

—¿Crees que podrías hablar con tu amiga para que nos abra la puerta cuando todos estén en la ceremonia? —insistió ella.

Dex negó con la cabeza.

—Valexa también tendrá que asistir, igual que yo, y que todos los representantes de las grandes familias.—Se calló un momento, pensando—. Oficialmente la ceremonia comenzará tres horas antes del mediodía —murmuró—, pero se da por hecho que las damas llegarán un poco más tarde porque se supone que necesitan tiempo para arreglarse. Así que, si ella se retrasa, nadie lo encontrará extraño. —Suspiró—. Sé que me voy a arrepentir de esto, pero de acuerdo, hablaré con ella. Vosotros aseguraos de llamar a su puerta en el momento oportuno. ¿Sabréis llegar?

Axlin asintió.

—Gracias, Dex —le dijo con una amplia sonrisa. Él se la devolvió.

—Muy bien —concluyó—. Me marcho, pues. Procurad descansar y... —vaciló unos segundos antes de añadir—: tened mucho cuidado mañana. Si existen posibilidades de que os descubran, cancelad vuestros planes, sean los que sean.

Rox asintió con gesto impenetrable. Antes de que el joven se fuera, Axlin le entregó su bestiario.

—Guárdalo, por favor —le pidió—. Te lo pediré cuando regrese.

Él la miró emocionado.

—Pero, Axlin..., esto es el trabajo de toda tu vida.

—Lo sé. Por eso no quiero arriesgarme a perderlo. Estará más seguro contigo.

El chico asintió y le juró que lo conservaría en un lugar seguro hasta que volviesen a encontrarse.

Cuando Dex se hubo marchado, la voz de la sombra sonó en la oscuridad:

—Bien hecho. Una vez dentro de la mansión De Vaxanian, será muy sencillo acceder al palacio.

Axlin se sobresaltó. Había vuelto a olvidarse de ella. Estuvo a punto de dudar de su palabra, pero entonces recordó que, después de todo, los había conducido a los tres hasta allí. Por absurdas que pareciesen sus predicciones, hasta la fecha todas se habían cumplido.

Le latió el corazón un poco más deprisa. ¿Sería posible que su plan tuviese éxito de verdad y pudiesen entrar en el palacio del

Jerarca con la misma facilidad con la que habían franqueado las murallas de la ciudad vieja?

Resultaba inquietante, por otro lado, que la Ciudadela tuviese tantos caminos ocultos que ni siquiera los Guardianes conocían. Recordó que la sombra había dicho que todos estaban registrados en los planos oficiales, pero aquello no era posible. Ella había consultado una copia en la biblioteca y no había visto ningún pasaje secreto. Quizá existía una versión más completa que sí los incluía, pero en tal caso debía de estar guardada en otra parte.

—Descansa, Axlin —dijo entonces Rox—. Intenta dormir un poco antes del amanecer.

Ella se acomodó en uno de los sillones y se volvió hacia su compañera.

—¿Tú no vas a dormir?

—Yo tengo un monstruo que vigilar —se limitó a responder.

La sombra se rio en la oscuridad, pero no dijo nada. Axlin quiso ofrecerse a hacer un turno de guardia para que Rox pudiese descansar un poco, pero comprendió que no serviría de nada, ya que no tenía la capacidad de ver a las criaturas invisibles. Tratando de contener su aprensión, se hizo un ovillo bajo la manta y cerró los ojos.

Xein se despertó cuando alguien entró en su cuarto. Se puso en pie de un salto y tanteó a su alrededor en busca de un arma. Entonces oyó la voz de Yarlax:

—Chisss, soy yo.

Al reconocer los rasgos de su amigo en la penumbra, se relajó, pero solo un poco. Lo examinó con atención.

—No soy un metamorfo —murmuró Yarlax, aunque sabía que Xein solo estaba siguiendo una norma elemental de precaución.

—¿Qué haces aquí? —preguntó Xein, tratando de reprimir un bostezo—. No sé si es muy tarde o demasiado temprano.

—Lo sé, lo sé, lo siento. Es que tenía que hablar contigo.

—¿Y no podía esperar?

Lo cierto era que Yarlax había pasado varias horas preguntándose si debía hablarle de Axlin y Rox y del descabellado plan que querían llevar a cabo. Por un lado, no quería meter a su amigo en problemas. Por otro, temía que fueran las dos jóvenes quienes se vieran en dificultades si ellos no hacían nada al respecto.

Había muchas cosas que no entendía, y las confusas explicaciones que había recibido solo habían conseguido preocuparlo más.

—¿Recuerdas que me dijiste que Rox y Axlin se habían instalado en una aldea? —dijo por fin.

—Sí. ¿Por qué?

—Han vuelto a la Ciudadela, las dos. Se han traído con ellas a un anciano..., un estudioso, dicen. Han venido a recuperar un libro que al parecer escribió ese hombre, y que piensan que se encuentra en la ciudad vieja...

Se interrumpió, porque Xein se había quedado muy quieto y lo observaba con fijeza.

—¿No me crees?

—Claro que te creo. Lo que me cuesta asimilar es que hayan seguido adelante con ese plan absurdo. ¡Por todos los monstruos! —masculló.

—¿Te lo habían contado ya? —se asombró Yarlax.

—Lo habían hablado alguna vez, pero jamás imaginé que lo pondrían en práctica.

—¿Quién es ese hombre? ¿Es de verdad un sabio o solo un viejo loco?

Xein sacudió la cabeza.

—Él no es el problema. —Bajó la voz antes de continuar—: Capturamos a una sombra en las Tierras Civilizadas. Rox y yo queríamos abatirla, pero Axlin insistió en interrogarla..., y entre el anciano y ese monstruo le llenaron la cabeza de fantasías sobre un antiguo bestiario. Cuando yo me fui, Rox aún no había matado a la sombra, pero imagino que a estas alturas...

—Me temo que no —cortó Yarlax, y le contó la escena que había presenciado con Luxia en la puerta de la muralla.

Xein dejó escapar una carcajada incrédula.

—¿Se han traído a ese monstruo a la Ciudadela? ¿Y lo han dejado escapar? Deberíamos haberlo matado cuando tuvimos ocasión.

—Si las engañó para que lo trajeran aquí, desde luego no fue una buena idea —opinó Yarlax—. Morirá mañana en la limpieza, como todos los demás.

—Pero ellas están en la Ciudadela —quiso asegurarse Xein.

—Sí. Se escondían en un sótano en el segundo ensanche. Axlin dijo que lo habían usado otras veces. —Xein asintió en silencio—. Le dije a Rox que estabas aquí. Pero no se lo conté a Axlin.

Xein meditó un momento y asintió otra vez.

—Has hecho bien. Espero que Rox no se lo diga tampoco.

—Quizá no haga falta. —Yarlax inspiró hondo antes de continuar—: Tienen planeado infiltrarse en el palacio del Jerarca mañana, durante la ceremonia.

Xein pestañeó con perplejidad.

—¿En el palacio... del Jerarca? —repitió—. ¿Para buscar el bestiario?

—Eso parece, sí. Les dije que era una locura, pero ellas y el anciano estaban dispuestos a hacerlo de todos modos. Al principio pensé que no lo conseguirían. Sin embargo, ahora no puedo evitar preguntarme qué pasará si se las arreglan para entrar en el palacio de alguna manera.

Xein bajó la cabeza, pensativo.

—No sería la primera vez que Axlin se mete en problemas por husmear donde no debe.

—A mí me preocupa más Rox. Es una desertora, y si sigue tentando a la suerte, un día se le acabará. Y es probable que ese día sea mañana.

Xein suspiró.

—Debí asegurarme de que mataban al monstruo antes de separarme de ellas. —Reflexionó un instante antes de añadir—: Mañana será un día complicado para la Guardia. La División Plata estará ocupada con la limpieza, pero los Oro tendremos que velar por la seguridad en la ciudad vieja. Quizá pueda escaparme un rato para buscarlas y detenerlas antes de que sea demasiado tarde.

—Muy bien —asintió Yarlax—. Te acompañaré.

Xein alzó la cabeza para mirarlo.

—¿Estás seguro?

—También me siento responsable en cierto modo. Tendría que haber insistido hasta convencerlas de que cambiaran de idea.

Xein lo pensó un momento. Después asintió.

—De acuerdo, pues. ¿Dónde nos reunimos mañana? Nunca he estado en la ciudad vieja.

—Yo tampoco, pero he visto planos. Hay un lugar llamado la plaza de los Ocho Fundadores. Podemos encontrarnos allí, porque la explanada estará abarrotada de gente.

Xein se mostró conforme. Cuando Yarlax se marchó, volvió a tenderse sobre el catre, pensativo. Lo que le había dicho era verdad: realmente quería evitar que las dos jóvenes se metiesen en problemas. Pero, por otro lado, el corazón se le aceleraba ante la idea de volver a ver a Axlin.

«¿Por qué has vuelto?», pensó.

Después se le ocurrió que probablemente ella lo imaginaba muy lejos de allí, en el frente oriental. Se preguntó con amargura por qué la vida se obstinaba en demostrarles que debían separarse cuando estaban juntos…, para volver a reunirlos cuando trataban de alejarse.

Hacía años que los habitantes de la Ciudadela habían terminado de levantar la primera muralla, y ahora se esmeraban en urbanizar todo lo que había de puertas adentro. Las tiendas y los chamizos fueron poco a poco sustituidos por casas de piedra, de madera y de ladrillo. Se excavaron pozos, se delinearon las calles y florecieron los talleres y los comercios.

Pronto, sin embargo, se dieron cuenta de que no tardarían en quedarse sin espacio. Cada día llegaba más gente nueva, atraída por las noticias que circulaban de aldea en aldea. Las nuevas casas se levantaban cada vez más cerca de la muralla, reduciendo el terreno disponible para huertos y pastos. La gente que poseía animales se vio obligada a llevarlos a pacer fuera durante el día. Lo siguiente fue empezar a labrar la tierra al otro lado de las murallas.

Los Guardianes, por tanto, tenían más trabajo que nunca. Además de vigilar los accesos y rechazar los ataques de los monstruos, debían proteger a los agricultores, pastores y cazadores que salían cada mañana de la Ciudadela. Se habían instalado definitivamente en sus límites, porque era allí donde más se los necesitaba.

También Ruxus vivía ahora en un barrio cercano a la muralla. Hacía tiempo que se había trasladado allí porque quería distanciarse de los Fundadores y de la gente a la que había conocido durante sus primeros años en la Ciudadela, ya que ellos envejecían mucho más rápido, y Ruxus había empezado a notar que ya no lo miraban igual.

Tomó su decisión tras la muerte de Galuxen. Era el mayor de los Fundadores. Tenía más de cuarenta años cuando se unió al grupo, pero en aquella nueva era posterior a la catástrofe morir de viejo se había convertido en algo excepcional. Aunque en la Ciudadela aspiraban a recuperar poco a poco la esperanza de vida de los tiempos antiguos, los monstruos aún mataban a mucha gente, a pesar de los Guardianes y las murallas. Antes de Galuxen, habían muerto Lixia, devorada por un nudoso, y Fadaxi, que había expirado tras una horrible agonía después de pasar bajo un árbol plagado de escupidores.

Grixin todavía vivía con Vaxanian, pero cada vez participaba menos en la vida pública de la Ciudadela. Pasaba mucho tiempo encerrada en casa, sin ganas de salir. Ruxus sabía que su aparente juventud resultaba desconcertante —tenía una hija que parecía mayor que ella—, pero también era consciente de que no se escondía solo por eso; sospechaba que su hermana estaba empezando a cansarse de vivir. Conservaba un rostro joven, pero tenía el alma vieja. Como él.

Por otro lado, Grixin se había peleado con Loxinus mucho tiempo atrás, y apenas se hablaban ya. De todos modos, el líder de la Guardia estaba casi siempre de viaje, recorriendo aldeas lejanas para reclutar a nuevos jóvenes de capacidades extraordinarias. Sus Guardianes luchaban contra los monstruos con gran eficacia, pero también morían por docenas, y todo el mundo había asumido que la Ciudadela no sobreviviría sin ellos.

Ruxus también se sentía bien entre aquellos jóvenes. Quizá porque su presencia le infundía seguridad, o quizá porque tampoco se encontraba ya cómodo entre las personas corrientes. Antes de instalarse en la Ciudadela había vivido en muchas aldeas diferentes y estaba acostumbrado a empezar de nuevo. Ahora llevaba varias décadas allí y veía a la gente envejecer y morir a su alrededor, y se sentía cada vez más alejado del mundo al que debía pertenecer. Por eso podía comprender a los Guardianes, tan diferentes a las personas corrientes.

Al menos ellos podían contar unos con otros, y tenían también a Loxinus, que los apreciaba y que parecía conocerlos mejor que nadie, quizá incluso mejor que ellos mismos.

En cambio, Ruxus estaba solo. A veces visitaba a Grixin, pero ella casi nunca tenía ganas de hablar. Y Loxinus casi siempre estaba ausente.

Un invierno especialmente frío, la Ciudadela tuvo que enfrentarse a un enemigo del que ni siquiera la Guardia pudo defenderla: una epidemia que hizo enfermar a casi la mitad de sus habitantes, de los cuales solo un tercio pudieron recuperarse.

Vaxanian, el marido de Grixin, no estaba entre ellos.

Después de su muerte, ella se encerró en sí misma todavía más, y Ruxus temió que hubiese perdido el deseo de vivir.

Una tarde regresó por fin la patrulla que había acompañado a Loxinus en su viaje por las aldeas. Habían estado fuera varias semanas, de modo que, después de ponerse al día, el líder de la Guardia pasó a ver a Ruxus.

Se saludaron con cierta tristeza. Se alegraban de verse, pero los años habían ido tiñendo sus almas de melancolía. Ambos eran conscientes de haber originado el desastre que había creado aquel nuevo mundo de horror y pesadillas y, aunque al principio habían tenido la esperanza de poder revertir el mal causado, ahora comprendían que no lo lograrían jamás. El hecho de que nadie más recordase ya el pasado que habían destruido no los consolaba en absoluto.

—Me han dicho que hemos perdido a mucha gente en la epidemia —dijo Loxinus.

—Más de trescientos —contestó Ruxus con pesar—. Vaxanian también ha muerto.

Su amigo frunció el ceño, preocupado.

—¿Cómo está Grixin?

—No lo sé, la verdad. Se ha encerrado en su habitación y su familia dice que no quiere hablar con nadie. —Loxinus asintió, pensativo. Ruxus añadió—: Tal vez a ti te escuche.

Él se rio con amargura.

—Hace mucho tiempo que no hablamos.

—A ella le gustabas, ¿lo sabías?

Loxinus calló de golpe.

—Cuando éramos niños, tal vez —dijo al fin—. Pero de eso hace ya siglos.

—¿Le habrías dado una oportunidad si no hubiese pasado... lo que pasó?

—¿Si no hubiésemos causado el fin del mundo, quieres decir? ¿Cómo voy a saberlo? Éramos muy jóvenes. Desde entonces hemos tenido varias parejas, ella y yo.

—Vaxanian ha muerto y tú no tienes a nadie ahora mismo, ¿verdad? —insinuó Ruxus.

Se arrepintió enseguida de haber dicho aquello. Parecía fuera de lugar, aunque era algo que había pensado siempre: ellos tres eran seres centenarios en un mundo donde la mayoría de las personas moría de forma prematura. Él no tenía otra opción, pero Grixin y Loxinus podían hallar un futuro juntos, si se daban una oportunidad.

—Olvídalo, es una tontería —se apresuró a añadir, antes de que su amigo pudiese responder—. Pero sí pienso que deberías ir a verla. Para comunicarle que has vuelto, y quizá...

—Para ofrecerle mis condolencias. Sí, tienes razón. Me acercaré antes de que se haga demasiado tarde, entonces. Pero no sé si me recibirá.

—Quizá sí, si no te presentas acompañado.

Loxinus asintió, comprendiendo. Grixin nunca había confiado en los Guardianes y no les permitía entrar en su casa. Ruxus ignoraba las razones de aquel profundo recelo, aunque intuía que la Guardia tenía secretos, incluso para él. Podía verlo en la mirada cansada de su líder, que sabía más que nadie acerca del origen y las habilidades de sus guerreros, pero que, tal vez con la intención de protegerlos, cargaba a solas con el peso de aquel conocimiento.

—Lo intentaré. Gracias, Ruxus.

Se despidieron, y Loxinus se marchó sin mirar atrás. Siempre caminaba muy erguido, quizá porque solía estar rodeado por jóvenes más altos que él, y con el paso del tiempo había logrado imitar de algún modo, tal vez de forma inconsciente, los elegantes movimientos de los Guardianes. Ruxus pensó en aquel momento que, cuando las personas corrientes y los miembros de la Guardia empezasen a relacionarse de manera más estrecha, los hijos que nacerían de aquellas uniones serían muy parecidos a Loxinus.

Pero la cuestión era que los Guardianes no tenían hijos, ni siquiera entre ellos. Siempre había dado por hecho que se debía a que dedicaban toda su energía a proteger la Ciudadela y no encontraban tiempo para nada más, aunque quizá hubiese otras razones. Pensó que se lo preguntaría a Loxinus en cuanto tuviese oportunidad.

Volvió a verlo mucho antes de lo que imaginaba, apenas un rato después de haberse despedido de él. Era ya noche cerrada y estaba a punto de desvestirse para meterse en la cama cuando su amigo llamó de nuevo a la puerta con urgencia.

Parecía muy agitado. Llevaba el cabello mojado porque llovía, pero daba la sensación de que no le importaba. Estaba pálido y respiraba con dificultad.

—Ruxus —susurró casi sin aliento—, tengo el libro.

—¿El... libro? —repitió él sin comprender.

Loxinus lo empujó a un lado para entrar y cerró la puerta a su espalda. Ruxus retrocedió un paso sin dejar de mirarlo.

—¿Qué estás haciendo? —le preguntó.

Él sacó algo de debajo de su abrigo. Parecía un cuaderno viejo y ajado, pero Ruxus lo reconoció enseguida y su corazón se detuvo un instante.

—¿Es... nuestro bestiario? ¿Cómo es posible?

—Tienes que llevártelo lejos de aquí —dijo Loxinus sin responder a su pregunta—. Debes arrojarlo al Manantial. Así sellaremos el portal y quizá los monstruos desaparezcan por fin.

Ruxus dejó escapar una carcajada nerviosa.

—No hay manera de librarnos de los monstruos, Loxinus. Llevamos siglos soñando con esa posibilidad, pero hay que ser realistas y...

—Antes no teníamos el bestiario. Ahora sí.

Ruxus lo miró un instante y cogió por fin el cuaderno que le tendía. Lo hojeó, aún sin poder creer que fuese real, y tuvo que parpadear para retener las lágrimas cuando aquellos trazos tan familiares se mostraron ante sus ojos después de tanto tiempo. Los dibujos infantiles, los textos escritos en tres..., no, cuatro caligrafías diferentes...

Sacudió la cabeza y alzó la mirada para clavarla en Loxinus.

—¿De dónde lo has sacado?

—No tengo tiempo de explicártelo ahora. Un metamorfo me pisa los talones y hay que poner a salvo el cuaderno antes de que nos encuentre.

—¿Un... metamorfo? ¿Te refieres a esas criaturas que cambian de aspecto?

—Están en la ciudad, sobre todo en el centro, por donde mis Guardianes apenas patrullan. Ellos y los monstruos invisibles. Por eso debes llevarte el bestiario lejos de la Ciudadela, cuanto más lejos, mejor. Ya he hablado con dos de mis Guardianes, los mejores que tengo. Ellos te acompañarán y...

—Un momento —cortó él—. No voy a ir a ninguna parte. Aquí tengo mi vida y no pienso...

—Lo haría yo, si pudiese. Pero debo defender la Ciudadela. Es lo menos que puedo hacer después de haber destruido el mundo, ¿no te parece? —Sonrió con amargura—. No puedo confiar este cuaderno a nadie más. Tienes que protegerlo con tu vida, ¿entiendes?

La mente de Ruxus era un torbellino de preguntas sin respuesta.

—Pero... ¿y Grixin? —farfulló por fin.

Loxinus vaciló. Y entonces llamaron a la puerta y una voz femenina se oyó desde fuera:

—¿Ruxus? Ábreme, por favor.

Él sintió una oleada de alivio al reconocer a su hermana. Se sujetó el cuaderno al cinto y corrió hacia la puerta. Loxinus trató de detenerlo, pero él no le prestó atención. Abrió a Grixin y se quedó mirándola un momento. Estaba muy desmejorada; tenía el rostro pálido y ojeroso, y había perdido peso. Abrió la boca para decir algo, pero ella lo abrazó súbitamente.

—Te he echado de menos —susurró.

Él le devolvió el abrazo.

—¿Qué te ha pasado, Grixin? —murmuró—. Tienes un aspecto horrible.

Ella no llegó a contestar. De pronto, Ruxus sintió que se la arrancaban de entre los brazos y la separaban de él. Alargó las manos instintivamente, pero ya no llegó a rozarla. Cuando alzó la mirada, vio que Loxinus retenía a su hermana entre sus propios brazos. Inspiró hondo al localizar la hoja de un puñal rozando el cuello de ella.

—¡Soluxin! —gritó, utilizando sin darse cuenta el verdadero nombre de su amigo—. ¿Te has vuelto loco?

—No es lo que parece, Ruxus —respondió él—. Mírala.

Él lo hizo y descubrió que Grixin sujetaba el bestiario con fuerza contra su pecho. Se palpó el cinto, desconcertado, y la miró con incredulidad. Ella se lo había robado y él ni siquiera se había dado cuenta. Loxinus le arrebató el cuaderno de las manos y gritó con voz potente:

—¡A mí, la Guardia!

Le arrojó el bestiario a su amigo y él lo atrapó en el aire, aún sin comprender lo que estaba pasando. Grixin empezó a retorcerse, tratando de escapar. Ruxus se dio cuenta de que Loxinus no quería herirla en el fondo... y ella lo sabía.

—¡Vete! Ve a buscar a mis Guardianes y llevaos el bestiario.

Aterrorizado, Ruxus vio que su hermana cambiaba de aspecto; por un instante fue como si su piel se derritiera y su ropa se difuminara, y de pronto era un Guardián alto y robusto que se lo quitó de encima de un empujón.

Entonces se abrió la puerta y entraron otros dos Guardianes, un hombre y una mujer.

—¡Señor! —exclamó ella alarmada.

Llevaban las armas preparadas y estaban a punto de saltar sobre la criatura cambiante, pero Loxinus gritó:

—¡Llevaos a Ruxus! ¡Escoltadlo lejos de aquí!

El metamorfo le había arrebatado el cuchillo, pero Ruxus ya no fue capaz de ver más. La Guardiana lo empujó fuera mientras su compañero se precipitaba en el interior de la estancia para auxiliar a su líder.

Oyeron gritos a su espalda, pero no se detuvieron. Había tres caballos ensillados en la calle. Ruxus guardó el bestiario en las alforjas de uno de ellos y montó sobre su lomo, apremiado por su escolta.

Momentos después salían al galope de la Ciudadela y se internaban por el camino desafiando a la lluvia, a los monstruos y a la oscuridad.

Ruxus no lo sabía entonces, pero tardaría mucho tiempo en regresar a aquel lugar.

41

—Ruxus... Ruxus, despierta...

El anciano se revolvió bajo la manta, cerrando los ojos con fuerza.

—Soluxin... El cuaderno... —farfulló.

—Ruxus, es solo una pesadilla —repitió la voz.

Él abrió los ojos por fin, parpadeando. Miró a su alrededor, tratando de ubicarse. Se encontraba en un salón decorado con elegancia que, sin embargo, transmitía cierta sensación de soledad y abandono. Pesadas cortinas cubrían las ventanas, aunque la luz del amanecer se filtraba por una de ellas, que estaba entreabierta. Pestañeó de nuevo y enfocó la mirada en la muchacha que lo observaba con preocupación.

—Ah, eres tú —murmuró, entre aliviado y decepcionado.

Axlin sonrió.

—Siento haberte despertado, pero tenemos que ponernos en marcha. Levántate, aséate y come un poco si tienes hambre.

Ruxus gruñó algo y se incorporó, aún frotándose los ojos. La joven lo ayudó a ponerse en pie y, cuando vio que ya estaba lo bastante despejado como para caminar sin ayuda, le dio la espalda y se acercó a la ventana para observar lo que sucedía en el exterior. La casa de Broxnan, como la mayoría de los palacios y las mansiones de la ciudad vieja, estaba construida en la ladera de una colina y quedaba por encima de la explanada y de la avenida principal que desembocaba en ella. Desde su posición podía ver esta última con claridad, y apreció que empezaba a llenarse de gente. Probablemente, los Guardianes habían abierto ya las puertas de la muralla. Descubrió a dos de ellos al pie de la escalera que conducía a la zona residencial donde estaba la casa de Broxnan y comprendió que la Guardia no permitiría que los habitantes de otros barrios circulasen libremente por la ciudad vieja. Imaginó que solo tendrían autorización para recorrer la avenida y asistir a la ceremonia desde la explanada.

Oyó tras ella la voz de Ruxus:

—¿Me has guardado un bollo con mermelada? ¡Dime que no te los has comido todos!

Axlin sonrió y se dio la vuelta para reunirse con sus compañeros, que daban cuenta del desayuno. Rox había acabado ya, al parecer, y examinaba sus armas con gesto impenetrable.

—¿Estáis preparados? —preguntó Axlin.

La Guardiana asintió y alzó la cabeza para clavar en ella su mirada de plata.

—¿Ya es la hora? —quiso saber.

—Todavía es un poco pronto. Está llegando la gente de los ensanches, pero los aristócratas aún no han salido. Tenemos que esperar a que los De Vaxanian abandonen la mansión y presentarnos en la puerta justo después. Con un poco de suerte, y si Dex ha cumplido su parte, Valexa seguirá allí y nos permitirá pasar.

—Bien —asintió Rox. Echó un vistazo a Ruxus y preguntó en voz baja—: ¿No sería mejor que él se quedara aquí?

Pero el anciano la oyó.

—¡No vais a dejarme atrás! —exclamó—. Sé que este sitio está lleno de criaturas que no son lo que parecen. No quiero quedarme solo, sin nadie capaz de reconocerlas.

Rox suspiró con cansancio y Axlin frunció el ceño, inquieta. Ruxus tenía razón, pero solo en parte. La presencia de la Guardiana los alertaría contra otras sombras quizá no tan colaboradoras como su guía, pero si se cruzaban con algún metamorfo, ¿cómo iban a reconocerlo?

Trató de tranquilizarse. Por lo que tenía entendido, la ciudad vieja estaría vigilada por los Guardianes de la División Oro durante la ceremonia.

—Muy bien —dijo—. Terminad de prepararos. No tardaremos mucho en salir.

—Estaremos listos —dijo de repente una voz junto a ella.

Axlin dio un salto en el sitio. Con el corazón desbocado, maldijo al invisible para sus adentros. Estaba segura de que disfrutaba haciendo aquello.

Xein recorría la galería en silencio. Abajo, en el patio, el último grupo de Guardianes Plata aguardaba las instrucciones de su capitán en perfecta formación. Todos los demás habían partido ya en dirección a los sectores que debían patrullar. Se percibía nerviosismo en el aire, pero también emoción. Era el gran día de la División Plata. Si no exterminaban a todos los invisibles durante aquella operación, como mínimo borrarían del mapa a la mayoría de ellos.

De pronto, Xein se preguntó si aquel sería realmente el final para las sombras. Después de todo, la Guardia no había conseguido acabar con los monstruos porque siempre aparecían otros para reemplazar a los que abatían. ¿Sucedería igual con los innombrables?

Bajó las escaleras para reunirse con un grupo de Guardianes de su División que se disponían a abandonar el cuartel para tomar posiciones en la ciudad vieja. Yarlax no estaba entre ellos porque había salido con un grupo anterior.

Los Guardianes salieron al exterior y se encaminaron a paso ligero hacia las puertas de la ciudad vieja. No tardaron en unirse a la riada de personas que, vestidas con sus mejores galas, se dirigían hacia el mismo lugar para asistir a la proclamación del nuevo Jerarca.

Axlin y sus compañeros se aseguraron de que no pasaba nadie por la calle y salieron de la casa de Broxnan. La avenida principal estaba ya llena de gente, pero las familias de la aristocracia seguían sus propios caminos: paseos entre jardines, puentes, travesías y escalinatas que atravesaban el barrio residencial y las conducían directamente hasta la explanada sin que tuvieran que mezclarse con el resto de los ciudadanos. Avanzaban en pequeñas comitivas, engalanados con ropas ostentosas de vivos colores, precedidos por lacayos que les abrían el paso y seguidos por una nube de doncellas, pajes y escoltas. Axlin reconoció los escudos de algunas familias en las libreas de los sirvientes: Brixaen, Zaoxis, Fadaxi. Otros séquitos, igualmente numerosos, mostraban blasones que ella no conocía y que probablemente pertenecían a familias de la nueva aristocracia, la que no descendía de forma directa de los Fundadores. Se preguntó dónde estaría Dex. Como heredero de la casa De Galuxen, sin duda se vería obligado a formar parte de una de aquellas comitivas.

Trataron de alejarse de ellas porque se sentían fuera de lugar. La presencia de Rox podía resultar justificable, pero ni Axlin ni Ruxus llevaban ropa adecuada para la ocasión.

—Quizá deberíamos habernos disfrazado —murmuró la muchacha, lamentando que no se le hubiese ocurrido comentarlo con Dex la noche anterior.

—No será necesario —dijo la sombra—. Bastará con evitarlos. Seguidme.

Para sorpresa de Axlin, el monstruo los guio por las calles y los pasajes del barrio residencial evitando a todas las comitivas con sorprendente maestría, como si se anticipase a sus movimientos. Por fin se detuvo ante una de las mansiones más grandes y antiguas.

—Esa es la casa De Vaxanian —susurró.

—Oh —dijo Ruxus—. También ha cambiado mucho. A Vaxanian no le habría gustado, la verdad. Quizá fue cosa de su nieta Filixa. Tenía unos gustos más bien extravagantes.

Rox hizo ademán de avanzar hacia la puerta, pero Axlin la detuvo.

—Espera. Parece que todavía hay gente dentro.

Se ocultaron tras los matorrales de un pequeño parque delante de la mansión y aguardaron en silencio. Momentos después, las puertas se abrieron y salieron los De Vaxanian. Axlin los observó con atención: detrás de los lacayos que portaban las señas de la familia caminaba un hombre orondo de barba gris, acompañado de una mujer más alta que él vestida con un fastuoso traje de color verde y un complejo peinado que le añadía varios centímetros más de estatura. Iban con ellos una niña de unos cinco años que se mostraba muy incómoda con el vestido de varias capas que llevaba y un chico que no llegaría a los diez, que se esforzaba por caminar erguido como un poste. Tres pasos por detrás, los seguía otro grupo de personas de edades diversas, también muy bien vestidas, que obviamente no eran sirvientes. Axlin dedujo que serían parte de la familia: abuelos, tíos, primos, sobrinos... Había cuatro jóvenes, pero la única muchacha entre ellos tendría unos trece años, y ella sabía que Valexa, la heredera, rondaba los veinte. Le latió el corazón más deprisa.

Esperaron hasta que toda la comitiva hubo desaparecido calle abajo y salieron de su escondite. Cruzaron el espléndido jardín que rodeaba la mansión De Vaxanian, subieron las escalinatas y se detuvieron ante la puerta, sin saber muy bien qué hacer. Rox se adelantó y llamó con decisión.

Momentos después, les abrió un mayordomo que los contempló con genuina sorpresa. Tras un breve instante de duda, carraspeó y preguntó:

—¿Qué se os ofrece, señores?

—Tenemos una cita con Valexa de Vaxanian —respondió Rox con cierta brusquedad.

El sirviente negó con la cabeza.

—La señorita Valexa no puede atenderlos. Está preparándose para la ceremonia de...

—Déjalos pasar —lo interrumpió una voz femenina—. Sabes perfectamente que no voy a asistir a esa farsa.

Dio la sensación de que el mayordomo iba a decir algo, pero lo pensó mejor y se hizo a un lado con cierta reticencia.

Entraron en la mansión. Axlin había imaginado que Valexa sería parecida a Oxania de Xanaril, con su gesto despectivo, sus vestidos ostentosos y sus peinados imposibles. La joven que los esperaba en el atrio, sin embargo, llevaba el cabello negro suelto en cascada sobre la espalda y vestía una túnica de estar por casa cómoda y sencilla. Y además iba descalza.

Vaciló antes de dirigirse a ella por si resultaba que era otra sirvienta al fin y al cabo. Pero el modo en que la joven los miró le dejó claro que pertenecía a la aristocracia.

—Sois los amigos de Dexar, ¿verdad? —preguntó—. Y tú eres la muchacha de la biblioteca —añadió observándola con atención—. Él me ha hablado mucho de ti.

Axlin no supo qué contestar a eso.

—No queremos causar molestias —dijo por fin—. Solo necesitamos...

Dudó un instante. No sabía cómo plantearle su petición sin

que pareciese una historia absurda y delirante. Por fortuna, Rox tomó la palabra:

—Tenemos entendido que existe un... pasaje oculto en esta casa. Nos gustaría examinarlo.

Valexa sonrió.

—Mi familia lleva viviendo aquí muchas generaciones —respondió—. Si existiese algo así en alguna parte, ya lo habríamos encontrado.

—Nosotros sabemos dónde buscar —replicó Rox.

Valexa le sostuvo la mirada. Por fin se encogió de hombros y se dio la vuelta.

—Muy bien. Venid conmigo.

Echó a andar con paso ligero, y sus invitados la siguieron.

—La entrada al pasadizo se encuentra en el salón principal —añadió Rox.

La muchacha asintió, pero no dijo nada. Los condujo hasta una enorme sala abovedada en cuyo centro había una mesa ovalada rodeada por una docena de sillones. De las paredes colgaban cuadros que representaban a los miembros más ilustres del linaje De Vaxanian.

Rox se detuvo en la entrada del salón y miró a su alrededor con expresión atenta. Axlin la vio asentir casi imperceptiblemente y se estremeció al comprender que la sombra le estaba susurrando instrucciones al oído.

Su anfitriona los observaba con los brazos cruzados. La Guardiana avanzó con paso firme hasta la gran chimenea del salón y se inclinó para inspeccionarla.

Axlin se sentía incómoda, así que se limitó a quedarse cerca de Ruxus, que iba de un cuadro a otro, examinándolos con interés.

—Estos son mis antepasados —le explicó Valexa—. Todos ellos hicieron grandes cosas por la Ciudadela, o al menos eso dicen las crónicas —concluyó encogiéndose de hombros.

Él se detuvo y se volvió para mirarla con curiosidad.

—¿De verdad? ¿Y dónde está Vaxanian? No lo he visto en los cuadros.

—El fundador de nuestro linaje vivió hace mucho tiempo —respondió ella—, en la época en la que la Ciudadela no contaba todavía con pintores retratistas.

Ruxus frunció el ceño.

—Ya veo. Es una lástima, sí. Yo podría ayudar con eso, ¿sabes? Si no tuviera tan mala memoria, claro.

Axlin carraspeó, dispuesta a cambiar de tema. Pero entonces Rox anunció:

—Creo que lo tenemos.

Sonó un clic en alguna parte y se oyó un suave rumor, como si algo se deslizara de un lado a otro. Valexa ahogó una exclamación de sorpresa y corrió a reunirse con Rox. Axlin y Ruxus la siguieron, y los cuatro se inclinaron para observar el túnel que comenzaba en el interior de la chimenea y se perdía en la oscuridad.

—Vamos a necesitar una lámpara o dos —comentó Axlin.

Valexa tardó un poco en reaccionar.

—¿Cómo es posible? —preguntó por fin, estupefacta—. ¿Cuánto tiempo hace que está esto aquí? ¿A dónde conduce?

Axlin y Rox cruzaron una mirada. Al parecer, Dex no le había contado toda la verdad.

—Ahora mismo lo averiguaremos —se limitó a contestar la Guardiana.

Valexa les proporcionó dos lámparas de aceite. Lo hizo con la mayor discreción para que ninguno de los sirvientes entrase en el salón mientras el túnel seguía abierto, y Axlin se lo agradeció en silencio.

La joven aristócrata se levantó el borde del vestido e hizo ademán de ir a entrar por el hueco, pero Rox la detuvo.

—No. Iremos nosotros. Puede ser peligroso. Podría haber monstruos.

Ella retrocedió alarmada, pero dirigió una mirada de sospecha a Axlin y a Ruxus.

—¿Ellos sí que pueden entrar?

—Están bajo mi protección y necesito sus conocimientos para orientarme ahí dentro.

Valexa se cruzó de brazos con escepticismo, pero no dijo nada. Rox se agachó para pasar primero, pero se detuvo, cerró los ojos y apoyó la frente contra la repisa.

—¿Te encuentras bien? —preguntó Axlin.

Ella alzó la cabeza, parpadeó un momento y murmuró:

—Sí. Sí, no es nada.

Luego se introdujo en el túnel. Axlin ayudó a entrar a Ruxus, pero antes de seguirlo se volvió para despedirse de su anfitriona.

—Muchas gracias por todo, Valexa. Por favor, no cuentes a nadie lo que hay aquí, al menos hasta que la Guardia lo investigue y podamos asegurarnos de que no es peligroso.

—Me gustaría saber por qué habéis venido a «investigar» precisamente cuando mis padres no están en casa. No creo que se trate de una inspección oficial de la Guardia. Todo resulta sumamente sospechoso, ¿sabéis?

Axlin no respondió. Se limitó a sonreír y a desaparecer por el interior del hueco.

—¡Al menos deberíais...! —empezó Valexa, pero se calló sobresaltada cuando el falso fondo se cerró de golpe.

Con el corazón aún latiéndole con fuerza, la joven examinó los ladrillos de la chimenea. No había llegado a ver dónde se encontraba el resorte oculto que había accionado Rox, y por más que lo buscó no llegó a encontrarlo.

Xein no había tenido problemas para entrar en la ciudad vieja. Las puertas estaban abiertas, custodiadas solo por una pareja de Guardianes de la División Oro que se limitaban a observar a la gente que pasaba para asegurarse de que no eran metamorfos.

Una vez en la avenida principal, preguntó por el camino a la plaza de los Ocho Fundadores y se esforzó por no desviarse.

Se reunió allí con Yarlax, que lo estaba esperando mientras miraba a su alrededor, maravillado.

—¿Has visto esas casas de la colina? —comentó.

—Sí —asintió Xein—. ¿Cuál de ellas será la del Jerarca?

—Ninguna, en realidad. El palacio está al fondo de la explanada, pero ahora mismo la avenida principal está llena de gente y no podremos pasar. Probablemente, habrá alguna manera de llegar hasta allí desde el barrio residencial.

Salieron de la plaza y se encaminaron hacia una calle lateral que trepaba por la falda de la ladera. Estaba vigilada por una pareja de Guardianas que los observaron con curiosidad.

—¿Venís a relevarnos? —preguntó una de ellas.

—No, necesitamos pasar para... patrullar desde arriba —improvisó Yarlax.

Sus dos compañeras intercambiaron una mirada, se encogieron de hombros y los dejaron pasar. Ellos subieron hacia el barrio residencial a paso ligero. No se cruzaron con nadie, porque a aquellas alturas todos los habitantes distinguidos del lugar habían ocupado ya sus posiciones en la tribuna reservada para la aristocracia. La ceremonia no tardaría en comenzar.

Pronto, Xein se dio cuenta de que Yarlax no iba mal encaminado después de todo. Desde allí arriba se divisaba una buena panorámica del corazón de la ciudad vieja, y los dos se detuvieron un momento para contemplar lo que sucedía a sus pies.

Los últimos rezagados se apresuraban a buscar un hueco en la explanada. Al fondo se alzaba la tribuna sobre la que se habían dispuesto los asientos para la aristocracia, y un poco más allá, sobre otro estrado que se elevaba todavía más alto, estaban el Jerarca, su familia y los nuevos Consejeros.

Xein había visto cuadros que representaban las tomas de posesión de los Jerarcas anteriores. Tanto ellos como los Consejeros solían lucir túnicas bellamente adornadas, confeccionadas para la ocasión, y se tocaban con los birretes que correspondían a su rango. Pero aquella ceremonia era diferente porque, salvo el Jerarca saliente y su familia, todas las demás personas que ocupaban el estrado eran Guardianes y vestían el uniforme reglamentario. Los elegantes atuendos de los aristócratas contrastaban con la práctica sencillez del nuevo gobierno y parecían hablar de una época pasada y ya caduca que no tardaría en quedar atrás.

El ritual incluía el juramento de lealtad de los Consejeros y la salutación protocolar por parte de todas las familias de estirpe antigua, que debían desfilar ante el nuevo Jerarca para presentarle sus respetos. Xein se quedó observando a las personas situadas sobre el estrado y se sintió extrañamente orgulloso del porte y la dignidad de los Consejeros recién nombrados, todos ellos Guardianes, como él. El nuevo Jerarca también destacaba en comparación con su padre, que parecía muy pequeño en el interior de su túnica escarlata bordada en oro. Unos pasos más atrás, bajo un dosel que los protegía del sol, se encontraban su esposa, la Jerarquesa, y sus otros tres hijos, rodeados de sirvientes.

—La verdad es que, si Axlin y Rox tenían que entrar en el palacio, este es un buen momento —murmuró Yarlax—. Está todo el mundo aquí.

Xein no respondió. Seguía con la mirada fija en los dos Jerarcas, dándole vueltas al hecho de que eran padre e hijo. Frunció el ceño.

No lo había pensado hasta entonces, pero si Aerix de Kandrax era un Guardián de la División Oro..., su padre tenía que ser sin duda un metamorfo. Y, obviamente, no se trataba del anterior Jerarca; incluso desde aquella distancia, la mirada de Guardián de Xein podía certificar que era un ser humano corriente.

Se estremeció ante las implicaciones de aquel hecho. Sabía que el Jerarca tenía varios hijos, y solo uno de ellos, Aerix, había nacido con los ojos dorados.

Inspiró hondo. Hasta entonces había creído que los innombrables escogían a sus mujeres de forma aleatoria. Pero uno de ellos había logrado infiltrarse en el mismo palacio del Jerarca y se había hecho pasar por él en algún momento para ocupar su lecho y engendrar en su esposa un hijo bastardo...

... que estaba a punto de ser coronado tras un procedimiento sin precedentes en la Ciudadela, donde aquel cargo, por mucho que se repartiese entre los representantes de un puñado de familias selectas, nunca era hereditario.

Sacudió la cabeza. Era una idea inquietante, pero no podía hablar de aquel tema con Yarlax, que desconocía el origen monstruoso de los Guardianes.

No obstante, pensó de pronto, había personas en la Guardia que sí lo sabían.

El corazón se le aceleró.

Los generales lo sabían, pensó. Eran conscientes de que el Jerarca al que iban a coronar no era realmente hijo del soberano anterior, sino de un monstruo innombrable que, casi con total probabilidad, no se había hecho pasar por él por casualidad.

¿Sería ese el plan de los innombrables para hacerse con el poder? ¿Lo sabía la Guardia? ¿Colaboraba con ellos o simplemente miraba hacia otro lado?

—Xein —lo llamó Yarlax—, no podemos quedarnos aquí. Tenemos que encontrar a Axlin y a Rox.

El joven volvió a la realidad y asintió. Tenía la sensación de que estaba asistiendo a algo muy serio, y las turbadoras conclusiones que sacaba de todo aquello le revolvían el estómago. Se preguntó qué podía hacer él al respecto. No podía confiar en sus superiores, porque ignoraba quiénes estaban involucrados en aquella maniobra y cuánto sabían exactamente. Sí tenía claro que lo enviarían a la Última Frontera antes de que comenzara a hacer preguntas; pero allí, después de todo, la vida era mucho más simple: matar monstruos y morir en combate antes o después.

No obstante, pasara lo que pasase, primero tenía que detener a Axlin. Si ni siquiera el palacio del Jerarca estaba libre de criaturas innombrables, era un lugar mucho más peligroso de lo que había imaginado.

—¿Puedes ir un poco más despacio? —preguntó Axlin.

Su voz resonó por las paredes del túnel y calló de inmediato, intimidada. Un poco más allá, Rox vaciló y se detuvo por fin. Axlin ayudó a avanzar a Ruxus, que jadeaba de cansancio, y ambos se reunieron con la Guardiana.

—¿Seguro que estás bien? —insistió la muchacha, inquieta.

Rox se movía con más brusquedad de la habitual y parecía nerviosa, algo que tampoco era propio de ella. Axlin la vio inspirar hondo y asentir.

—Sí. Sí, es solo que... —Vaciló un instante y sacudió la cabeza—. No pasa nada. Sigamos.

El túnel era bastante más estrecho que la galería que los había conducido hasta la ciudad vieja, pero, por fortuna, el trayecto resultó mucho más corto.

—Ya hemos llegado —susurró al fin la sombra.

Al final se encontraron con una escalera empinada que conducía a un nivel superior. Rox alzó la lámpara para echar un vistazo.

—Parece que está despejado —anunció. Se volvió hacia sus compañeros—. Quizá sea mejor que suba yo sola, recupere el bestiario y regrese cuanto antes.

Axlin sabía que era una propuesta sensata, pero se resistía a quedarse atrás.

—¿Cómo vas a saber de qué bestiario se trata si no lo has visto nunca? —hizo notar.

—Tampoco tú —respondió Rox con cierta dureza. Se detuvo y añadió, más calmada—: Lo siento. En realidad, me preocupa Ruxus. No deberíamos haberlo arrastrado hasta aquí.

—Nadie me ha «arrastrado», muchachita —se defendió él—. Tengo dos piernas y aún soy muy capaz de caminar por mí mismo.

—Os recuerdo que el maestro es el único que sabe qué aspecto tiene ese bestiario —susurró la sombra con suavidad.

—¿Tú no serías capaz de identificarlo? —inquirió Rox.

—Sí, pero ¿estás dispuesta a fiarte de mí?

Ella vaciló.

—Muy bien, iremos todos —se rindió por fin.

Dejó la lámpara en el suelo y desenvainó sus dagas curvas. Axlin la detuvo cuando ya trepaba por la escalera.

—Espera, Rox, ¿a dónde vas con eso?

Ella se quedó mirándola sin comprender, como si se encontrase muy lejos de allí.

—¿Qué?

—No tenemos que pelear contra nadie —prosiguió Axlin—. Vamos a entrar en el palacio del Jerarca y debemos ser discretos.

La Guardiana alzó una de las dagas y se quedó observándola con cierta extrañeza. Después sacudió la cabeza y envainó las armas de nuevo. Axlin se mordió la lengua para no preguntarle por tercera vez si se encontraba bien. Tenía la sensación de que empezaba a comportarse de forma extraña, pero probablemente se debía a la falta de sueño.

—Bien, vamos allá —dijo por fin—. A partir de ahora manteneos en silencio, ¿de acuerdo? —añadió mirando fijamente a Ruxus.

El anciano abrió la boca para replicar, pero lo pensó mejor y asintió. Axlin se dio cuenta de que Rox ya estaba en lo alto de la escalera y se apresuró a seguirla.

—Voy a abrir la puerta —anunció entonces el invisible—. Esperad a mi señal.

Se apiñaban todos en un cubículo que parecía no tener salida. Entonces se oyó un ruido similar al que habían percibido en la chimenea de la casa de Valexa y uno de los paneles de la pared se deslizó, revelando un hueco estrecho por el que se colaba una rendija de luz. Rox hizo ademán de ir a cruzar, pero Axlin la detuvo.

—Tenemos que esperar —le recordó.

Aunque ella inclinó la cabeza, conforme, la muchacha la vio apretar los dientes y tensar los músculos. Momentos después, la sombra habló de nuevo:

—Nadie a la vista. Podéis pasar.

Axlin comprobó con inquietud que en esta ocasión también la Guardiana había parecido sobresaltarse al oír la voz del monstruo.

Salieron a un estrecho pasillo de suelos convenientemente alfombrados. La entrada al túnel se cerró sin que Rox tocara nada, y Axlin se dio cuenta de que no conocían el mecanismo para volver a abrirla. Dependerían de la sombra para regresar por donde habían llegado.

Quiso comentarlo con Rox, pero esta ya avanzaba por el corredor a paso ligero. Pareció percatarse de que volvía a dejar atrás a sus compañeros, porque se detuvo en la siguiente esquina para esperarlos.

—¿A dónde vamos? —preguntó Axlin en un susurro cuando la alcanzaron.

—A los aposentos del Jerarca —contestó la sombra—. Allí está su biblioteca personal.

—Me pregunto cómo es posible que el bestiario que escribieron Ruxus y sus amigos hace cientos de años fuese a parar a la biblioteca personal del Jerarca —murmuró Axlin.

—Los metamorfos tienen contactos en todas partes —fue la enigmática respuesta del monstruo.

La joven frunció el ceño, preguntándose qué quería decir exactamente.

42

Los dos Guardianes llevaban un rato recorriendo el barrio alto, pero no habían encontrado a Axlin ni a sus compañeros. Xein no sabía si sentirse aliviado o decepcionado. Por encima de todo, sin embargo, experimentaba una extraña inquietud, como si no acabase de creerse que aquello fuese una falsa alarma.

—Probablemente, no han logrado entrar en la ciudad vieja —comentó Yarlax.

Xein negó con la cabeza.

—Esa era la parte más sencilla. Si no consiguieron cruzar las puertas anoche, lo habrán hecho hoy, aprovechando que están abiertas para los que quieran asistir a la ceremonia. Y en ese caso, ¿por qué no están aquí?

—Tal vez no querían venir sin Rox. Es una proscrita, no puede cruzar las puertas a plena luz del día.

—Axlin habría seguido con el plan de todas maneras, aunque hubiese tenido que prescindir de Rox.

Yarlax reflexionó.

—Quizá se han quedado entre el público —sugirió—. Uno

no tiene todos los días la oportunidad de presenciar la proclamación de un nuevo Jerarca, ¿verdad?

—Hum —murmuró Xein—. No lo sé. Tal vez deberíamos ir al palacio para preguntar.

—¿Preguntar? —se alarmó su compañero—. ¿Te has vuelto loco?

—Somos Guardianes, ¿no? No tiene nada de extraño que nos interesemos por la seguridad del Jerarca.

Enfilaron una calle que conducía a una de las puertas laterales del palacio. Allí había dos centinelas, pero no eran Guardianes, y observaron a los recién llegados con desconfianza.

—Buenos días —saludó Xein—. Nos han enviado para inspeccionar las defensas del palacio.

—No es necesario —replicó uno de los centinelas—. Aquí no tenemos monstruos, así que no necesitamos Guardianes.

Ellos cruzaron una mirada. Era un comentario extraño, puesto que los Guardianes debían estar en todas partes. Aunque las personas corrientes nunca hubiesen oído hablar de los monstruos innombrables, la Guardia tenía la obligación de protegerlas de ellos en cada rincón de la Ciudadela.

—¿No hay Guardianes en el cuerpo de seguridad del Jerarca? —preguntó Yarlax con incredulidad.

—Nunca los ha habido. Este palacio se encuentra en el corazón de la Ciudadela y, por tanto, es el lugar más seguro del mundo.

—El nuevo Jerarca y sus Consejeros son Guardianes —afirmó entonces Xein—. Quizá cambien de idea al respecto.

El centinela fue a responder, pero vaciló y cruzó una mirada con su compañero.

—En ese caso —dijo este—, ya nos lo comunicará él cuando lo crea oportuno. Mientras tanto, Guardianes, marchaos por donde habéis venido. Sin duda seréis más útiles en la muralla exterior.

Yarlax entornó los ojos.

—Os recomiendo que vayáis pensando en cambiar de actitud, ciudadanos —masculló—. No olvidéis que ahora la Guardia gobierna en la ciudad.

El centinela se cruzó de brazos.

—¿Es una amenaza?

—En absoluto —se apresuró a intervenir Xein—. Seguro que todo esto no es más que una confusión. Hoy es un día complicado para todos, ¿verdad? Regresaremos al cuartel para confirmar nuestras instrucciones.

Apartó con suavidad a Yarlax, que se dejó llevar a regañadientes. Antes de marcharse, sin embargo, Xein les preguntó:

—¿Ha venido algún otro Guardián esta mañana a interesarse por la seguridad?

—No, sois los primeros.

Asintió y no dijo nada más.

Se alejaron del palacio, pensativos.

—Me extraña mucho que Axlin y Rox no hayan pasado por aquí —murmuró Xein.

—Quizá me he preocupado sin motivo —reconoció Yarlax—. Cabe la posibilidad de que hayan cambiado de idea. Después de todo, infiltrarse en el palacio del Jerarca para robar un bestiario parecía un mal plan desde el principio.

Xein frunció el ceño.

—No conoces a Axlin. Daría por bueno cualquier plan que incluya bestiarios, por absurdo que parezca.

—Entonces, ¿qué sugieres que hagamos?

Él lo pensó un momento. Miró a su alrededor para evaluar el entorno y dijo:

—Tendremos que separarnos. Yo buscaré un lugar elevado desde donde pueda controlar los accesos al palacio, por si se les ocurre venir de todos modos. Tú intenta encontrarlos en la explanada. Quizá tengas razón y estén allí viendo la ceremonia.

Yarlax lo meditó un momento y asintió. Se alejó calle abajo, y Xein lo vio marchar, preocupado. Le habría gustado tener más detalles sobre el plan de Axlin y Rox para poder hallar la mejor manera de detenerlas, pero era un poco tarde para eso.

Recorrió los alrededores con cautela, manteniéndose lejos de todas las miradas. Saltó el muro de una antigua mansión cercana al palacio y trepó hasta lo alto del edificio de las caballerizas, que estaba situado en la parte posterior. Desde allí, según comprobó satisfecho, tenía una buena visión del palacio del Jerarca, particularmente del patio delantero, protegido por un muro, y de las tres puertas que conducían hasta él. Se ocultó tras una torrecilla para evitar que lo vieran desde abajo y se sentó a esperar.

Axlin y sus compañeros recorrieron en silencio un laberinto de estancias, escaleras y corredores. No se cruzaron con nadie, porque la sombra los ayudaba a esquivar a los pocos sirvientes que se apresuraban por los pasillos. Al pasar junto al comedor principal, oyeron sonidos de voces y piezas de vajilla y comprendieron que se estaba preparando un banquete.

—Eso los mantendrá ocupados durante un buen rato —susurró el monstruo invisible.

Los hizo subir por una pequeña escalera de caracol hasta la siguiente planta, que parecía más tranquila y silenciosa. Avanzaban por un amplio pasillo iluminado por enormes ventanales y flanqueado por una serie de dormitorios cuando, de pronto, se abrió de golpe una de las puertas. Axlin dio un respingo.

—Silencio —ordenó el invisible.

Rox desenvainó una daga, y la joven reprimió una exclamación de alarma.

—¿Qué estás haciendo?

—La sombra —siseó la Guardiana—. ¿Dónde se ha metido?

—Cálmate —susurró Axlin—. Debe de haber entrado en la habitación.

Ruxus ya había cruzado la puerta abierta, de manera que se apresuraron a seguirlo hasta un dormitorio bellamente decorado, presidido por una cama con dosel. Encontraron al anciano examinando con el ceño fruncido un enorme cuadro que ocupaba buena parte de la pared.

Axlin se acercó a él.

—¿Qué sucede?

—¿Quiénes son estas personas? —preguntó Ruxus a su vez.

Ella observó el cuadro. Se trataba de una familia con cuatro hijos de edades comprendidas entre los cinco y los quince años, aproximadamente. Por la forma en que vestían, con ropas de corte exquisito y colores brillantes, adornadas con magníficos bordados, resultaba evidente que pertenecían a la aristocracia. Pero fue la diadema que ceñía la cabeza del padre lo que le dio la pista definitiva sobre su identidad.

—Son el Jerarca y su familia —respondió.

Estudió sus rostros con interés. Uno de los niños, que tenía los ojos dorados, debía de ser Aerix. El cuadro, por tanto, había sido pintado muchos años atrás.

Axlin pensó de pronto que era la primera vez que tenía la oportunidad de observar un retrato del Jerarca o de cualquier miembro de su familia. Tampoco los había visto nunca en persona, de modo que hasta aquel momento incluso había ignorado qué aspecto tenían. Examinó sus rostros con curiosidad. El soberano parecía un hombre serio y reflexivo, y contrastaba con su esposa, que sonreía con calidez. Los niños, tres chicos y una chica, se parecían bastante a ella.

Mientras observaba a Aerix, cayó en la cuenta de que, si era cierto todo lo que le habían contado Xein y la criatura invisible, aquel muchacho no era hijo del Jerarca en realidad. O tal vez el propio Jerarca fuese un metamorfo... Pero en ese caso, dedujo Axlin, todos sus hijos habrían nacido con los ojos dorados.

Se estremeció.

—Tendría que haberlo imaginado —susurró entonces Ruxus.

Ella se volvió para mirarlo. Sus ojos, abiertos como platos, estaban fijos en la pintura y su expresión parecía congelada en una mueca de angustia e incredulidad. Iba a preguntarle al respecto cuando los interrumpió una maldición de Rox:

—¡Por todos los monstruos!

Se volvieron de inmediato, alarmados. La voz de la Guardiana había sonado ahogada y procedía del interior de un pequeño cuarto contiguo. Se apresuraron a seguirla y se encontraron en un vestidor que contenía una gran variedad de ropa femenina. Rox revolvía entre los trajes con desesperación.

—No encuentro a la sombra. ¡La he perdido de vista! ¿Cómo lo ha hecho?

Axlin esperó unos instantes por si recibía la respuesta del monstruo desde algún lugar de la estancia, pero esta no llegó. Tragó saliva mientras la invadía una súbita aprensión. Trató de tranquilizarse.

—No pasa nada, debe de estar en alguna parte —le dijo a Rox, intentando que su voz sonase serena y segura—. ¿Cuándo la has visto por última vez?

—Hace un momento. Entró aquí y después... desapareció...

—Debe de haber utilizado otro pasadizo secreto. Probablemente, nos espera en...

De pronto la puerta se cerró de golpe, sobresaltándolos, y el cuarto se sumió en la oscuridad. Alguien echó la llave por fuera. Axlin comprendió horrorizada que acababan de encerrarlos en el vestidor.

Rox se abalanzó sobre la puerta y trató de abrirla, sin éxito. Se oyó una suave risa al otro lado, y después ya nada más.

Xein estaba empezando a aburrirse. Nadie entraba ni salía del palacio, y más abajo, en la explanada, la ceremonia aún no había terminado. Ni lo haría en las próximas horas, pensó al contemplar la larga fila de aristócratas que aguardaban su turno para presentar sus respetos al nuevo Jerarca. Al parecer Aerix de Kandrax había sugerido prescindir de aquella parte de la ceremonia, pero la idea había causado tal revuelo entre las familias antiguas que se había visto obligado a descartarla. En el cuartel de la Guardia se rumoreaba, sin embargo, que en realidad había optado por la versión larga del acto para que la División Plata tuviese tiempo de realizar la limpieza mientras todo el mundo estaba en la ciudad vieja.

En todo caso, Xein consideraba que aquello estaba durando más de lo necesario. Se había perdido el momento en que el Jerarca saliente ceñía la frente de su hijo con la diadema que señalaba su rango, y que estaba compuesta por cuatro aros de oro que representaban cada una de las murallas de la Ciudadela. Ahora la joya adornaba la cabeza de Aerix de Kandrax, que atendía a los aristócratas mientras su padre, despojado ya del título, aguardaba junto a su familia en un segundo plano.

Un movimiento en la tribuna llamó de pronto su atención. Al parecer, parte del grupo familiar deseaba retirarse ya. Una figura femenina se separó del resto, flanqueada por media docena de sirvientes. A nadie pareció molestarle. Se limitaron a despedirse de ella y a volver a centrarse en la ceremonia.

Xein observó a la comitiva mientras, con discreción, abandonaba la tribuna por el fondo, salía de la explanada y tomaba la calle que conducía al palacio. Cuando estuvieron más cerca se dio cuenta de que la persona a la que escoltaban era una mujer de mediana edad que se cubría el rostro con un velo, y dedujo que se trataba de la madre del nuevo Jerarca. Todo el mundo sabía que estaba delicada de salud, así que no era de extrañar que no hubiese sido capaz de permanecer en el acto hasta el final.

Las puertas se abrieron y los centinelas saludaron a la Jerarquesa, que entró con su cortejo en el patio del palacio. Una nube de sirvientes acudió a recibirla, encabezados por una mujer que se apresuró a ofrecerle su brazo para ayudarla a caminar. La Jerarquesa se apoyó en ella e inclinó la cabeza para escuchar lo que le decía. Xein se preguntó si serían familia, puesto que esa dama trataba con demasiada confianza a la consorte del Jerarca para ser una simple doncella. Pero en ese caso habría asistido a la ceremonia con los demás, en lugar de quedarse en el palacio.

Mientras la observaba con atención, los contornos de la mujer fluctuaron.

Fue algo tan súbito e inesperado que Xein estuvo a punto de caerse del tejado por la sorpresa. Con el corazón disparado, volvió a observar a las dos mujeres caminando muy juntas, aún cogidas del brazo.

La figura de la mujer volvió a ondular bajo la mirada del Guardián.

Ya no cabía duda: se trataba de un metamorfo.

En el palacio del Jerarca, el corazón mismo de la Ciudadela. Un lugar donde, según acababa de descubrir, no había Guardianes.

Se puso en pie de un salto, dispuesto a dar la alarma de inmediato. Pero enseguida comprendió que quizá no tuviese tiempo. ¿Y si Axlin y Rox habían logrado infiltrarse en el palacio después de todo? Si se cruzaban con aquella criatura, ni siquiera la Guardiana sería capaz de identificarla.

Observó el edificio desde su atalaya, buscando alguna manera de entrar. Y localizó una ventana abierta en el primer piso.

Tendría que saltar el muro sin que nadie lo viese, pero para un Guardián eso no suponía ningún problema.

Rox sacudió la puerta con violencia.

—¡Sácanos de aquí! —vociferó—. ¡Abre la puerta, maldito monstruo!

Axlin trató de detenerla sujetándola por el brazo.

—¡Silencio! Si nos oyen...

La Guardiana se la sacó de encima con brusquedad, empujándola hacia atrás, de forma que la muchacha trastabilló y tropezó con Ruxus, que dejó escapar un quejido de protesta. Rox desenvainó las dagas y su filo destelló un momento en la penumbra.

—¿Qué estás haciendo? —susurró Axlin sin aliento.

Rox se quedó muy quieta durante unos largos segundos y luego, por fin, soltó las armas.

—No lo sé —musitó horrorizada—. No sé qué me pasa. Todo me da vueltas y me siento... débil y torpe.

Pareció hundirse de repente. Se dejó caer al suelo con el rostro entre las manos y apoyó la espalda en la puerta. Los ojos de Axlin ya se iban acostumbrando a la escasa luz que se filtraba por la rendija, y apreció que los hombros de su compañera temblaban.

—¿No te encuentras bien? —le preguntó—. Quizá necesites...

—He perdido al monstruo —cortó Rox angustiada—. De pronto he dejado de verlo... Me ha parecido que se esfumaba en el aire un par de veces mientras veníamos, pero creí... creí...

—¿Que se debía al cansancio? —completó Axlin con amabilidad—. Es lo más probable.

Rox sacudió la cabeza.

—No, no. Yo... —inspiró hondo varias veces, tratando de poner en orden sus pensamientos—. No ha sido el cansancio. Estaba alterada por una razón muy concreta. —Alzó la cabeza para mirarla y Axlin tuvo la sensación de que recuperaba poco a poco su entereza habitual—. Creo que la sombra me ha envenenado.

—¿Envenenado? ¿Cómo?

Rox frunció el ceño y bajó la cabeza, pensativa.

—Puede que haya sido el agua. O los bollos con mermelada —musitó, algo avergonzada—. Esta mañana me he comido los dos últimos.

—¿Crees que la sombra ha... intoxicado los bollos?

La Guardiana asintió.

—Tal vez sí. Con veneno aturdidor. Es una sustancia que confunde nuestros sentidos y altera nuestra mirada. Y también...

—¿Te vuelve agresiva?

Calló un momento, pensativa.

—No lo sé —susurró—. No lo sé.

Volvió a ocultar el rostro entre las manos. Axlin se sentó a su lado.

—¿Te ha pasado otras veces? —preguntó—. ¿Te pondrás bien?

Parecía que las preguntas concretas ayudaban a Rox a centrarse.

—Es la primera vez que me ocurre, pero he visto cómo actúa... en otros compañeros. Los efectos son temporales.

Axlin permaneció en silencio mientras reflexionaba intensamente.

—Esperaremos, entonces —dijo por fin—. La sombra nos ha engañado, pero en realidad era algo que suponíamos que haría tarde o temprano. Al menos seguimos vivos, y podremos tratar de salir de aquí en cuanto te recuperes. Lo que no entiendo —añadió, frunciendo el ceño— es por qué el monstruo ha esperado tanto para escapar. Podría haberlo hecho mucho antes. Por ejemplo, cuando huyó del carro durante el control en la muralla. Pero volvió con nosotros por voluntad propia.

—Oh, bueno, es que su intención nunca fue escapar —intervino entonces Ruxus abatido—, sino capturarme a mí.

Axlin iba a replicar, pero se quedó callada cuando recordó de repente cómo había conocido a la sombra.

En aquella aldea, cuando había tratado de secuestrar a Ruxus. Se había deslizado en el interior de la casa donde se alojaban y se lo había llevado a rastras mientras todos dormían.

—Debería haber imaginado que no me dejaría marchar —prosiguió el anciano—. Me persiguió por medio mundo cuando escapé con el bestiario, y cuando logró echarme el guante, juró que no volvería a perderme de vista.

—¿Quieres decir que siempre ha sido... la misma sombra? —dijo Axlin sin aliento.

Él la miró sin comprender.

—¿Qué? Yo no estoy hablando de ninguna sombra.

Axlin abrió la boca para replicar, perpleja, pero no se le ocurrió nada que decir. Ruxus suspiró.

—Ha sido un viaje emocionante, muchachas, pero me temo que se ha acabado, al menos para mí, porque me han devuelto al punto de partida.

—¿Por qué? —preguntó Axlin, muy perdida—. ¿Quién te persigue exactamente, y por qué?

Ruxus sonrió con tristeza.

—Mi hermana. En cuanto al porqué..., me temo que también es una larga historia.

La Jerarquesa avanzó por el atrio repartiendo instrucciones a los sirvientes. Pronto se quedó a solas con su doncella, que la acompañó escaleras arriba en dirección a sus aposentos.

—¿Y bien? —le preguntó—. ¿Qué era eso tan urgente que tenías que decirme?

La doncella bajó la voz antes de responder:

—Una sombra solicita audiencia, señora.

La Jerarquesa suspiró.

—Creí haber dejado claro que todas debían ser eliminadas. Sin excepciones.

—Pide clemencia, señora. Dice que puede entregarte al maestro Ruxus.

Ella se detuvo en mitad de la escalera.

—Explícate.

—Corren rumores que lo sitúan en la Ciudadela, pero nadie ha podido localizarlo hasta ahora. Esta sombra suplica tu perdón a cambio del hombre que buscas.

La Jerarquesa meditó unos instantes.

—Está bien, llévame hasta ella —accedió por fin.

Momentos después entraban en una discreta salita que comunicaba con el dormitorio principal. La doncella cerró la puerta y se transformó en un escolta alto y musculoso. La Jerarquesa avanzó hasta el centro de la habitación.

—Habla, sombra —dijo.

No podía saber dónde se encontraba exactamente, pero eso no le preocupaba. Hacía siglos que tenía tratos con los monstruos invisibles y el hecho de no poder verlos nunca la había intimidado.

—Mi señora —susurró la criatura desde una esquina de la habitación—, he venido desde las Tierras Civilizadas. Fui una de las sombras enviadas a buscar al maestro Ruxus cuando escapó de la Fortaleza. Y lo encontré en una aldea..., pero los Guardianes que lo acompañaban me capturaron.

—¿De veras? ¿Y por qué sigues con vida?

—Los convencí para que regresaran a la Ciudadela, mi señora. Los he traído con engaños hasta ti.

Ella frunció el ceño.

—¿A quiénes?

—Al maestro Ruxus, a la Guardiana que se lo llevó de la Fortaleza y a la muchacha de la biblioteca, la de los bestiarios.

—Esa chica... —siseó la Jerarquesa—. Si no recuerdo mal, también ordené que os libraseis de ella.

—Tuve oportunidades —confesó el invisible—. Pero si las hubiese aprovechado para matarla, jamás habrían confiado en mí lo suficiente como para seguirme hasta aquí. Y sé que querías al maestro vivo.

—Lo quiero vivo. ¿Lo está?

—Sí, señora.

La Jerarquesa no dijo nada, y el metamorfo que montaba guardia en la puerta tampoco movió un músculo. Inquieto, el monstruo invisible preguntó:

—¿Me he ganado tu perdón, señora?

Ella ladeó la cabeza.

—¿Sabes por qué he ordenado una limpieza contra las sombras?

La criatura vaciló un instante antes de contestar:

—Una de ellas te traicionó.

La Jerarquesa asintió.

—Una sombra se dedicó durante años a engendrar Guardianes en una aldea perdida mientras los adoctrinaba en una especie de... culto, por llamarlo de algún modo..., que atentaba gravemente contra mis planes y mis órdenes expresas.

Hablaba con calma, pero su tono de voz habría congelado la garganta de un abrasador. La criatura invisible respondió:

—Pero eso sucedió lejos de aquí, y los rumores dicen...

—No son rumores —cortó ella—. Un metamorfo viajó hasta allí y lo vio con sus propios ojos. Arriesgó su vida para traerme esta información y acabó siendo ejecutado por los Guardianes, así que no te atrevas a dudar de su palabra.

—No, mi señora. Te pido perdón.

—No puedo arriesgarme a que otras sombras desarrollen ocurrencias semejantes —prosiguió la Jerarquesa—. Debéis ser reemplazadas por una nueva generación de criaturas invisibles que no arrastre tanto rencor ni albergue insanos delirios de grandeza.

—No todos somos iguales, señora —se apresuró a aclarar el invisible—. Yo te soy leal. Te he traído al maestro Ruxus.

La Jerarquesa cruzó una mirada con su escolta metamorfo.

—Si eso es cierto, ¿dónde está? —preguntó.

La sombra dudó de nuevo.

—Los he encerrado en el vestidor de la habitación de tu hija, señora —confesó por fin.

Ella entornó los ojos.

—Eso es muy arriesgado. La Guardiana podría derribar la puerta sin problemas.

—Puse unas gotas de mi sangre en su comida. Ahora está intoxicada y los efectos aún le durarán un par de horas más. Puedes comprobar que digo la verdad —insistió el monstruo.

Ella se volvió de nuevo hacia el escolta y asintió. Entonces el metamorfo se transformó en un Guardián de ojos de plata.

La sombra apenas tuvo tiempo de comprender lo que estaba sucediendo. Cuando lo hizo, se quedó inmóvil, atrapada entre el deseo de escapar y la posibilidad de suplicar para salvar su vida. Pero el Guardián blandía una lanza, y la arrojó contra el otro monstruo antes de que tuviese la oportunidad de tomar una decisión.

La Jerarquesa contempló la muerte de la sombra sin pestañear.

—Son todos iguales —murmuró—. No hubo ninguno como el primero.

—Ninguno, en efecto —asintió el Guardián.

—Espero que la nueva generación sea mejor.

—Será obediente, al menos. Todos lo son al principio. También los metamorfos —añadió tras una breve pausa.

Ella le sonrió.

—Ha pasado demasiado tiempo, Cualquiera.

—Demasiado, sí. —Dudó un instante antes de preguntar—: ¿Estás segura de que la sombra mentía?

—No, estoy bastante segura de que decía la verdad. Pero no quiero que ningún innombrable piense ni por un momento que puede tratar de regatear conmigo.

—Comprendo —asintió el metamorfo.

—Líbrate del cuerpo y ve a examinar ese vestidor antes de que vuelva todo el mundo. Si mi hermano está allí encerrado, tráelo aquí. Si no está solo, elimina a sus acompañantes con discreción.

El cambiapiel asintió y se dio la vuelta para marcharse. Había adoptado de nuevo el aspecto de la doncella, y su señora lo detuvo antes de que saliera:

—Ten cuidado. La Guardiana será peligrosa, incluso si es cierto que la sombra la ha intoxicado. Deberás enfrentarte a ella de igual a igual.

—Lo tendré en cuenta.

El monstruo abandonó la estancia y cerró la puerta sin ruido tras él.

La Jerarquesa se quedó a solas, perdida en sus pensamientos.

43

La caravana dejó a las dos niñas en el templo, aunque solo una de ellas era una novicia de la Orden del Manantial.

—Nosotros vamos en dirección a Rocas Verdes, donde dicen que los monstruos no han llegado todavía —dijo el conductor del carro—. Pero ellas insisten en quedarse aquí.

La maestra se quedó mirándolas, dubitativa.

—No pueden quedarse las dos —objetó—. Ojalá estuviese en nuestra mano recoger a todos los niños que andan perdidos en estos días oscuros, pero me temo que ya no tenemos espacio y apenas podemos alimentarlos a todos.

Grixin rodeó el cuello de su amiga con los brazos.

—Pero ¡es mi hermana! Por favor, maestra, te lo ruego: no nos separes.

La mujer estuvo a punto de decir algo, pero finalmente suspiró y asintió.

—Muy bien, veré qué puedo hacer. Vamos, entrad.

Las niñas, cogidas de la mano, la siguieron hasta la cocina, donde su anfitriona les sirvió sendos tazones de gachas. Grixin devoró el suyo, pero su amiga no probó bocado.

—De modo que tienes otro hermano en la Orden, ¿no es así? —preguntó la maestra.

Grixin asintió.

—Sí, señora. Se llama Ruxus. Nos separamos mientras huíamos del Santuario y no he vuelto a saber de él. Ojalá no se lo hayan comido los monstruos —murmuró en voz muy baja.

La expresión de la mujer se suavizó.

—Creo que tenemos un Ruxus entre los muchachos que llegaron con el último grupo. Quizá tengas suerte y se trate de tu hermano. Voy a preguntar.

Cuando se quedaron a solas, Grixin tomó el cuenco de la otra niña y se comió su contenido también. Sabía que no le importaría: nunca comía nada, aunque los adultos decían que eso no era posible.

La niña se llamaba Xarina, y cuando Grixin la conoció, hablaba, comía y bebía como todas las demás. Habían coincidido en uno de los campamentos y habían congeniado enseguida porque tenían la misma edad.

Días más tarde, un monstruo devoró a Xarina mientras dormía. A Grixin la montaron en la caravana que iba hacia el oeste. Aquella misma tarde volvió a ver a su amiga, viva e ilesa en apariencia, acurrucada en el fondo del carro en el que ella viajaba. Pero ya no era la muchacha locuaz que había conocido. Se había vuelto seria y silenciosa, y no se alejaba de ella.

Nadie más se había dado cuenta de lo incongruente que resultaba la mera existencia de aquella chiquilla. Después de todo, había muchos huérfanos y niños perdidos por todas partes. En el caos que siguió a la invasión de los monstruos, muchas familias se separaron y no volvieron a reencontrarse jamás.

Solo Grixin, que había tratado de cerca a la verdadera Xarina, comprendió que aquella niña que tanto se le parecía no podía ser realmente su amiga. Pero no le importaba en realidad, porque le hacía compañía y la consolaba con su presencia.

Cuando terminó de comer, Grixin levantó la cabeza y vio que Xarina la miraba fijamente.

—No te preocupes —le dijo tomándola de la mano—. Yo cuidaré de ti.

La pequeña sonrió. Grixin oteó la puerta para asegurarse de que seguían solas y extrajo un cuaderno de debajo de su ropa. Lo contempló en silencio, casi con reverencia.

Se lo había quitado a Soluxin sin que él se diera cuenta durante los días posteriores a la caída del Santuario. Lo había oído discutir con Ruxus acerca de si debían o no entregarlo a los maestros, y se había sentido aterrorizada ante la posibilidad de que también la culparan a ella de la catástrofe, puesto que había participado en la redacción del contenido del cuaderno. Había pensado devolvérselo a Soluxin en algún momento, cuando estuvieran ya lejos del Santuario, pero después los tres se habían separado y ya no había tenido ocasión de hacerlo.

Lo abrió y pasó las páginas con cuidado.

Todos los monstruos que asolaban el mundo estaban allí. Grandes, violentos, terroríficos, repulsivos. Salían del Manantial y devoraban a la gente, y estaban destruyendo todo cuanto ella conocía. Aunque Ruxus y sus amigos no habían puesto nombre a los horrores que habían descrito en aquel bestiario, Grixin sospechaba que las personas que ahora huían de ellos no tardarían en hacerlo.

Resultaba extraño comparar aquellos dibujos con las criaturas que representaban, mucho más vívidas y reales de lo que jamás había llegado a imaginar. Los primeros días, Soluxin y Ruxus habían hablado del tema cuando creían que ella no los escuchaba. Su hermano se había hundido en la desesperación, convencido de que ellos eran los únicos responsables del desastre, porque todos aquellos monstruos habían nacido de su imaginación. Soluxin, en cambio, decía que era imposible que tres niños hubiesen creado semejante horror ellos solos; que todo aquello debía de existir previamente en alguna otra parte, en un universo atroz y despiadado, y que los había utilizado a los tres como puente para llegar hasta allí.

Grixin sabía que Ruxus quería creer aquella explicación. Deseaba convencerse a sí mismo de que no eran los responsables directos de miles de muertes, de haber sumido al mundo en una era de caos y desesperación, pues no era lo mismo abrir la puerta a los monstruos por accidente que haberlos creado de forma deliberada.

Ella, sin embargo, intuía que la versión de Soluxin era fruto de su incorregible optimismo. Quizá lo ayudase a sobrellevar el peso de la culpa, pero eso no significaba que fuese la verdad.

En cualquier caso, ya estaba hecho, aunque a Grixin aún le costaba asimilarlo. A menudo pensaba que estaba viviendo en el corazón de una pesadilla y que en cualquier momento despertaría.

Pero mientras tanto, y por si acaso, el bestiario era su bien más preciado. Porque hasta entonces era el único que existía. En un mundo repleto de nuevos horrores, ella los conocía todos de antemano, y eso le infundía cierta seguridad, aunque a la hora de la verdad no fuera a salvarle la vida.

Se detuvo en las páginas que ella misma había escrito. Releyó sus propias descripciones de criaturas que en su día Ruxus y sus amigos no habían considerado lo bastante aterradoras como para clasificarlas como «monstruos».

—¿Por qué vosotros sois diferentes? —murmuró.

Una voz inhumana susurró junto a ella:

—Porque tú nos hiciste diferentes, señora.

Grixin no se asustó. La había oído otras veces desde el día de la catástrofe y sabía que estaba allí.

—¿Sois tal como describí en el bestiario? —siguió preguntando.

—Somos como tú quisiste que fuéramos.

Ella se volvió hacia la niña que no era realmente Xarina y le preguntó:

—¿También tú?

Solo obtuvo una sonrisa por respuesta.

—Pensé que serías capaz de hablar —dijo Grixin un tanto decepcionada.

—Lo hará, en cuanto se acostumbre a usar un cuerpo humano —respondió la voz de la criatura invisible.

La muchacha observó a la falsa Xarina con interés.

—¿Puedes cambiar de aspecto a voluntad? ¿Serías capaz de imitar, por ejemplo…, a la maestra que nos ha recibido?

La niña sonrió y se transformó. Grixin la contempló sobrecogida mientras lo hacía. Después la examinó con atención, buscando alguna diferencia con la original. No la encontró.

—¿Puedes… transformarte en mi hermano Ruxus? ¿O en mi madre? —preguntó de repente.

Echaba de menos a sus padres, pero sabía que no volvería a verlos. Le habían dicho que el pueblo donde vivían había sido arrasado por uno de los monstruos gigantescos de Ruxus.

La criatura cambiante negó con la cabeza y se esforzó por contestar con palabras.

—N… n… —logró decir.

—Despacio —la tranquilizó Grixin—. Poco a poco.

Ella sonrió, hizo un par de sonidos extraños con la garganta y volvió a intentarlo:

—Nunca… los he… visto —susurró al fin con voz ronca—. No sé cómo son.

—Oh. —Grixin trató de ocultar su decepción—. No pasa nada. —Alzó la cabeza de pronto porque oyó pasos apresurados en el corredor—. Rápido, tienes que volver a ser Xarina antes de que alguien te vea.

Momentos después entró en la sala el propio Ruxus. Se detuvo en la puerta y contempló a las dos niñas antes de sonreír por primera vez en muchos días.

—¡Grixin! —exclamó, y corrió a estrechar a su hermana entre sus brazos—. Creía que nunca volvería a verte.

Ella le devolvió el abrazo con los ojos húmedos. La criatura invisible permanecía a su lado en silencio; la que cambiaba de rostro fingía ser su mejor amiga..., y el bestiario que las describía volvía a estar cuidadosamente oculto entre su ropa.

Llamó a sus monstruos Nadie y Cualquiera. No tardó en descubrir que eran los primeros de su estirpe que habían salido del Manantial, pero llegarían más. Se preguntó, inquieta, si debería temerlos. Después de todo, eran monstruos.

—Somos monstruos —le susurró Nadie al oído una noche—. No nos importan los humanos. No sentimos remordimientos. Podemos matar y lo haremos, si es lo que deseas.

Ella se estremeció.

—¿Me mataréis a mí?

—A ti no, señora —dijo Cualquiera con la voz de Xarina. Dormía en el mismo lecho que ella porque no había camas para todos, y Grixin pensó en lo fácil que era olvidar que no se trataba de una niña de verdad—. Porque nos has dado vida con tus palabras. No dañaremos a ninguno de los tres maestros. Sabemos quiénes somos y a quiénes nos debemos.

—A Daranix lo mataron los monstruos —le recordó Grixin.

—Esas criaturas no son inteligentes. Fueron creadas para aterrorizar a los humanos, no para pensar. Sus únicos impulsos son el hambre y el odio.

—A nosotros, en cambio, tuviste a bien darnos raciocinio —completó Nadie—. Por eso somos capaces de comprender quién eres.

Grixin pensó que podían estar mintiendo. Pero también comprendió que no tenía otra opción que creer en su palabra. Después de todo, si tratase de pedir ayuda, nadie la creería. Y si pretendiese defenderse ella sola contra aquellas criaturas, no tendría la menor oportunidad.

En los siglos venideros se preguntaría a menudo por qué había ocultado a Ruxus la existencia de aquellos monstruos. Qué fue lo que le llevó a confiar en ellos antes que en su propio hermano.

Solo mucho tiempo después comprendería que lo que la había seducido de Nadie y Cualquiera aquellos primeros días fue la promesa del poder que le ofrecían. En aquellos tiempos de horror y de muerte, cuando Grixin temblaba aterrorizada por las noches aguardando el día en que los monstruos acabarían por devorarla, aquellas criaturas decidieron protegerla porque se sentían en deuda con ella. Con el tiempo, se acostumbró a su presencia y no solo acabó por depender de ellas, sino que también, poco a poco, aprendió que podía usarlas de maneras muy diversas. Primero para sobrevivir, sin más. Después, para encontrar su lugar en el mundo. Más adelante, para moldearlo a su conveniencia.

Y por último, para dominarlo.

Pero entonces era demasiado joven para ser plenamente consciente de ello.

Tiempo después, los monstruos alcanzaron también el templo en el que Grixin y Ruxus vivían. Ella no guardaría muchos recuerdos de aquella huida precipitada por las catacumbas. Se limitó a dejarse arrastrar de un lado para otro como si aún estuviese atrapada en un sueño del que algún día despertaría.

Tuvieron que abandonar el templo y regresar a los caminos. En aquellos días, la gente se desplazaba en largas caravanas que huían hacia ninguna parte en busca de un lugar seguro que ya no existía. Cuando los monstruos las atacaban, obligaban a los viajeros a dispersarse y a escapar en grupos más pequeños. Y así fue como Grixin volvió a perder la pista de Ruxus.

Se vio obligada a unirse a un grupo de desconocidos, pero no tardó en encontrarle ventajas a la nueva situación.

—Ya no hace falta que seas una niña —le dijo a Cualquiera—. Ahora quiero que te conviertas en un hombre grande y fuerte.

El monstruo adoptó la identidad de un viajero alto y musculoso al que habían conocido tiempo atrás. Se hizo pasar por el hermano mayor de Grixin y desde entonces no la dejó ni a sol ni a sombra. Quizá no pudiese protegerla de todos los monstruos, pero sin duda su presencia servía para alejar de ella otro tipo de amenazas.

Cuando Grixin se cansó de los caminos, se instalaron en una aldea habitada por gente que, como ellos, había acabado por aceptar la nueva realidad. Ya no buscaban explicaciones ni soñaban con un lugar a salvo de los monstruos. Habían rodeado el enclave con una empalizada vigilada por centinelas día y noche, y se limitaban a sobrevivir como podían.

Una noche, una repulsiva criatura acuática se llevó a una de las muchachas de la aldea. Nadie pudo hacer nada por salvarla. Con sus gritos de desesperación todavía resonando en sus oídos, Grixin comprendió que ella podía ser la próxima. Se reunió con sus monstruos y les planteó sus inquietudes.

—Tengo miedo —confesó—. No quiero morir.

—Nosotros podemos protegerte de algunos peligros, pero no de todos —respondió Cualquiera.

Grixin reflexionó. Sus monstruos sin duda eran inquietantes y podían resultar amenazadores para cualquier humano, pero no eran rival para algunas de las atrocidades que pululaban por aquel nuevo mundo.

—¿No hay ninguna manera de estar a salvo? —insistió.

—Si la hay, estará en el bestiario —contestó Nadie.

—Lo he leído de principio a fin. Mi hermano y sus amigos no escribieron nada sobre eso.

—Mala cosa.

—¿Qué más puedo hacer?

—Ya habéis cambiado la realidad a través del bestiario —dijo Cualquiera—. Tal vez tú puedas volver a hacerlo.

—¿Quieres decir que, si escribo nuevas cosas en el libro, se harán realidad?

—Es un objeto imbuido de la energía mística del Manantial. Vale la pena intentarlo.

Grixin, sin embargo, tardó un tiempo en decidirse. Primero pensó en inventar algún tipo de criatura particularmente poderosa para que la defendiera. Después se dio cuenta de que ella ya había creado sus propios monstruos, y en el fondo pensaba que nada de lo que pudiese imaginar en adelante sería capaz de superarlos.

—Me gustaría que vosotros me protegieseis —susurró una noche en la oscuridad.

—No tenemos ese poder, señora —repuso Nadie.

—Yo os lo daré —prometió ella.

Por la mañana abrió el bestiario por las páginas que ella había escrito y añadió: «La sangre de estos monstruos repele a los demás. Cualquier cosa o persona que se unte con sangre vertida por seres invisibles o metamórficos estará protegida ante el resto de los monstruos».

—Ahora tendremos que comprobar si funciona —dijo cuando terminó.

Sintió los fríos dedos de Nadie deslizándose sobre su frente, impregnados de una sustancia densa y húmeda. Se palpó la piel y se miró sus propios dedos, pero no vio nada.

—Gracias —murmuró al comprender que el monstruo le había ofrecido su propia sangre antes incluso de que ella se lo pidiera.

Grixin y sus criaturas salieron del enclave cuando nadie miraba. Recorrieron el bosque cercano y su presencia atrajo a monstruos de varios tipos, pero ninguno osó atacarla.

Cuando regresó a la aldea, todos la contemplaron asombrados. Se había aventurado al exterior con la única compañía del hombre que decía ser su hermano mayor. Ninguno de los dos portaba armas y, no obstante, no habían sufrido ningún rasguño.

Hubo murmullos, admiración, incredulidad, recelo.

—Quizá no ha sido buena idea —opinó Cualquiera cuando estuvieron a solas—. Salvo que estés dispuesta a protegerlos a todos, por supuesto.

Ella vaciló.

—No quiero contarles vuestro secreto —dijo—. Además, para marcar una a una a todas estas personas tendría que extraeros mucha sangre, y eso probablemente os mataría.

Se le encogió el corazón ante la simple idea de perder a Nadie y a Cualquiera. Se había acostumbrado hasta tal punto a su presencia que ya no concebía la vida sin ellos.

Y entonces se le ocurrió una idea.

En esta ocasión requirió la colaboración de la criatura cambiante. Recogió una cierta cantidad de su sangre en un cuenco y se dirigió a la entrada del enclave.

Algunas personas la vieron y la observaron con curiosidad. En el tiempo que llevaba allí se había ganado fama de excéntrica, aunque desde su última excursión había quien desconfiaba de ella o incluso la temía.

Los centinelas de la puerta hicieron ademán de impedirle el paso, pero ella les dijo que no tenía intención de alejarse. Cualquiera la alzó sobre sus hombros para ayudarla a alcanzar el marco del portón. Con los ojos de sus vecinos clavados en ella, Grixin vaciló un momento. Ellos no conocían la naturaleza de la sustancia que iba a utilizar para marcar la aldea y ella pensó de pronto que no quería que se hicieran preguntas al respecto. Había elegido la sangre de Cualquiera porque necesitaba ver la señal para comprobar que seguía en su sitio. Las marcas hechas con la sangre de Nadie serían invisibles incluso para ella.

Por fin supo lo que debía hacer. Untó el dedo en la sangre del cuenco y trazó sobre la puerta el símbolo de la Orden del Manantial.

Ningún monstruo volvió a traspasar sus límites desde entonces. Los habitantes de la aldea descubrieron que Grixin había sido novicia de la Orden, y atribuyeron el prodigio al emblema de los sabios que ella había dibujado. La desconfianza se transformó en gratitud y en una admiración que en algunos casos rozaba la reverencia.

Comprendió entonces que el cuaderno que conservaba era mucho más que la llave de la puerta que los monstruos habían cruzado.

Con aquel objeto podía seguir cambiando la realidad.

—¿Podría acabar con todos los monstruos? —les preguntó a sus criaturas—. Si destruyo el cuaderno..., bueno, excepto las páginas que os describen a vosotros..., ¿las demás criaturas desaparecerán sin más?

—Abristeis una puerta que no habéis vuelto a cerrar —respondió Nadie—. Puedes arrojar la llave al fondo del mar si lo deseas, pero eso no impedirá que la puerta continúe abierta.

Para sellar la grieta, le dijeron, tendría que viajar hasta ella. Grixin evocó el horror de aquellos primeros momentos y comprendió que jamás sería capaz de regresar al Santuario del Manantial... o a lo que quedara de él.

Si estaba condenada a vivir en aquel mundo de monstruos, decidió, debía conservar el bestiario. Solo así sería capaz de subsistir.

44

Grixin vivió unos años en aquella aldea. Cuando creció, algunos le comentaron con discreción que tal vez hubiese llegado la hora de que buscase pareja. Y ella se acordó de Soluxin.

Hacía mucho tiempo que no sabía nada de él. Probablemente estaría ya muerto.

Sintió la tentación de pedirle a Cualquiera que adoptase su aspecto, pero el monstruo nunca lo había visto en persona, y por otro lado Grixin lo recordaba como un chico de trece años. Si seguía vivo, sería ya un adulto, y ella solo podía tratar de imaginar su aspecto actual.

Decidió marcharse, así que, junto a sus monstruos, regresó a los caminos.

Viajaron durante un tiempo. Grixin dejaba su marca de protección en todos los carros en los que montaba y en todas las aldeas en las que se instalaba. Sabía que el sol, la lluvia y la intemperie acabarían por borrar todo rastro de la sangre que utilizaba para trazar su símbolo. Años después, los habitantes de los enclaves protegidos volvieron a dibujarlos, pero aunque reprodujeron fielmente el diseño de Grixin, no lograron seguir manteniendo alejados a los monstruos y muchas de aquellas aldeas sucumbieron porque habían olvidado cómo defenderse de ellos.

No todo el mundo la recibía con simpatía, sin embargo. En algunos sitios había personas que desconfiaban de ella, que intuían la presencia de su compañero invisible o que odiaban a la Orden del Manantial y todo lo que representaba.

—Puedo solucionar el problema —se ofreció Nadie la primera vez que alguien amenazó con expulsarla de una caravana. Grixin lo pensó durante un par de días y al final, dado que la animadversión de aquel hombre hacia ella seguía aumentando, le dio a su monstruo permiso para actuar.

Él supo ser discreto. Al día siguiente hallaron el cadáver del viajero con signos de haber sido devorado por escupidores.

No sospecharon de ella, ya que mucha gente moría de esa manera en los caminos.

Aquella primera vez fue la más difícil. Después, Grixin ya no tuvo tantos reparos en enviar a Nadie a deshacerse de las personas a las que consideraba una amenaza. En aquellos días, su único objetivo era sobrevivir a cualquier precio.

Poco después, Nadie y Cualquiera le preguntaron qué deseaba que hiciesen los demás.

—¿Los demás? —repitió ella sin comprender.

Ellos le explicaron que en todo aquel tiempo no habían dejado de nacer nuevas criaturas del Manantial. Hacía ya mucho que nadie veía monstruos gigantescos, porque la cordillera levantada por los maestros de la Orden les impedía el paso. Pero las otras especies seguían invadiendo el mundo, en busca de nuevas víctimas.

—¿Hay más como vosotros? —preguntó Grixin sin aliento.

Recordó entonces que Nadie lo había mencionado cuando ella era niña. Pero no habían vuelto a hablar sobre el tema.

—Y estarán a tu servicio si así lo deseas, señora —dijo Cualquiera.

Grixin se estableció temporalmente en otro enclave, lo puso bajo su protección y mandó a sus monstruos a buscar nuevos compañeros. Cuando regresaron, traían consigo cinco invisibles y tres metamorfos. Ella los envió por las aldeas para buscar a Ruxus y a Soluxin.

Tiempo después, una de las sombras volvió para informar de que había encontrado a su hermano. Grixin le ordenó que lo siguiera y lo protegiera de todo peligro sin que él fuese consciente de su presencia. De modo que desde entonces la criatura invisible lo acompañaría a donde quiera que fuese, marcándolo con su propia sangre mientras dormía para que ningún monstruo pudiese amenazarlo.

Ruxus no lo supo jamás.

Grixin deseaba que estuviese a salvo, pero no quería volver a verlo. Temía que él acabara por descubrir su secreto y tratara de alejarla de su creciente ejército de monstruos. Además, aunque apreciaba a su hermano, era consciente de que no podría protegerla con tanta eficacia como sus propias criaturas.

En cambio, no podía evitar soñar a veces con la posibilidad de que Soluxin volviese a cruzarse en su camino. Pero ninguno de sus enviados regresó para decirle que lo había encontrado.

Con el tiempo volvió a enamorarse. Se casó con un muchacho y tuvieron hijos. Ella los protegía a todos con la sangre invisible de Nadie, y su familia se acostumbró a sus rarezas. Su marido nunca supo de la existencia del monstruo invisible ni sospechó la verdadera naturaleza del que decía ser su cuñado.

Pero murió igualmente, porque Grixin no podía protegerlo de las enfermedades que devoraban a las personas desde dentro.

Cuando sus hijos se hicieron adultos y tuvieron a su vez sus propios hijos, Grixin decidió marcharse. Se había dado cuenta de que ya no envejecía o, en todo caso, lo hacía con demasiada lentitud y sus vecinos habían reparado en ello también.

Al regresar a los caminos, meditó durante largo tiempo acerca de aquel nuevo mundo, tan diferente del que había conocido cuando era niña. Hasta aquel momento se había limitado a sobrevivir, como todos los demás. A ella le había ido mejor gracias a sus conocimientos, al bestiario y a los monstruos que siempre la acompañaban. Pero si estaba destinada a ser tan longeva como sus maestros, debía decidir de qué forma quería vivir los años que le quedaban.

—¿Qué será de vosotros? —les preguntó a sus monstruos una noche—. ¿Envejeceréis y moriréis también? ¿Podéis tener hijos?

—No envejecemos —contestó Nadie—. Y moriremos solo si alguien nos mata.

—Tampoco podemos reproducirnos —añadió Cualquiera—. No fuimos creados para eso. Es el Manantial el que genera más individuos de ambas especies.

Grixin se quedó pensativa. Nunca se había planteado si las criaturas invisibles eran machos o hembras, y estaba claro que los metamorfos podían ser cualquiera de las dos cosas.

—Pero, por ejemplo..., si dos como tú, un hombre y una mujer...

—Podemos actuar exactamente igual que los humanos en todos los sentidos —respondió Cualquiera—. Pero no podemos concebir una nueva vida. No pertenecemos a este mundo en realidad. Vosotros sois los creadores; nosotros, vuestras criaturas.

—Puedo cambiarlo en el bestiario.

—Eso no alterará nuestra condición de criaturas —replicó Nadie—. Carecemos del poder de replicarnos a nosotros mismos. No podemos hacerlo, al menos, sin intervención humana.

Ella frunció el ceño, pensativa. Aquella misma noche escribió en el bestiario: «Aunque los monstruos invisibles y metamorfos no pueden reproducirse en este mundo, porque pertenecen a otro, serán capaces de engendrar descendientes híbridos con la colaboración de mujeres humanas».

—Mujeres —repitió Cualquiera cuando ella se lo explicó—. ¿Por qué razón?

—Porque los bebés híbridos no tendrán los mismos poderes que sus progenitores. Los embriones no serán invisibles ni podrán cambiar de forma. Tienen que gestarse en vientres de mujeres humanas. No en los vuestros.

—Señora —dijo entonces Nadie, que había estado muy callado durante la explicación—, ¿por qué has hecho esto por nosotros?

—Os lo debía. Creé dos nuevas especies y no les di la capacidad de reproducirse por sí mismas. Mi obra no estaba completa hasta hoy. Los hijos que tengáis serán el eslabón entre vosotros y los humanos, entre vuestro mundo y el mío.

Ninguno de los dos preguntó nada más, y Grixin lo agradeció en el fondo, ya que una parte de ella sabía que no estaba pensando solo en ellos al escribir aquel párrafo. Pero la idea le resultaba aún demasiado turbadora como para expresarla en voz alta.

Todavía pasarían varios años antes de que se decidiese a requerir a Cualquiera como compañero. No fue capaz de pedirle que imitara el aspecto de su esposo fallecido, ni tampoco del hombre en el que imaginaba que se habría convertido Soluxin. Aguardó hasta que coincidió durante un viaje con un buhonero que le resultó agradable y atractivo. Apenas cruzaron unas palabras y se separaron en el siguiente cruce de caminos, pero Grixin no necesitaba más. Si no volvían a verse nunca más, de hecho, tanto mejor.

Cualquiera duplicó al hombre en el que ella se había fijado, eligió también un nuevo nombre y, en el siguiente pueblo en el que se instalaron, se presentaron ya como pareja.

El primer hijo que nació de su unión tenía los ojos dorados. Ni Grixin ni Cualquiera supieron de sus capacidades hasta que el niño tuvo edad suficiente para preguntarles por qué su padre «se derretía».

Cuando creció todavía más y desarrolló habilidades extraordinarias como cazador de monstruos, ambos comprendieron que jamás sería un humano como los demás.

—No puedo dar a luz más bebés de ojos dorados —le dijo Grixin a Cualquiera—, o la gente del pueblo acabará por sospechar cuál es tu verdadera naturaleza. Es mejor que les dejemos creer que nuestro hijo es una anomalía.

Él lo aceptó. Muchos años después, en una aldea diferente, Grixin se casó con otro hombre. A Cualquiera no le importó, porque no la amaba en realidad. Al fin y al cabo, no era más que un monstruo.

La idea de fundar la Ciudadela no fue exactamente de Vaxanian. Él era un hombre idealista y animoso, pero también era hijo de su tiempo y jamás podría haber imaginado algo semejante. Fue Grixin, que había conocido las grandes ciudades de los tiempos antiguos, quien implantó aquella semilla en su mente. Ella lo apoyó en todo momento y convenció a la mitad del enclave para que los acompañasen.

Pero su nombre nunca figuró entre los de los Ocho Fundadores porque ella se mantuvo deliberadamente en un segundo plano para no llamar la atención.

Tenía demasiados secretos que ocultar.

Hacía ya tiempo que había descubierto la existencia de otros muchos híbridos de ojos dorados y plateados. Tras un primer instante de desconcierto, no tardó en comprender que, obviamente, las sombras y los cambiapieles no tenían por qué pedirle permiso para utilizar la nueva capacidad que ella les había otorgado. Ellos no sentían deseo por las mujeres humanas en realidad, sino que actuaban por una mera cuestión de supervivencia. Los niños extraordinarios eran su vínculo con un mundo al que no pertenecían, pero en el que se veían obligados a subsistir.

Años después, Grixin descubriría que los hijos híbridos de sus monstruos eran estériles y, por tanto, su estirpe resultaría ser decepcionantemente corta.

—Eso no puedes cambiarlo —le dijo Nadie—. Tienes el poder de modificar a tus propias criaturas, pero nuestros vástagos poseen también sangre humana y no son enteramente tuyos. No te inquietes por eso; nosotros seguiremos engendrando hijos para extender nuestro linaje, aunque ellos no puedan hacerlo.

Grixin, no obstante, sentía la necesidad de tener a sus monstruos más controlados. Era difícil saber lo que hacían si habitaban dispersos en diferentes aldeas; pero no podía reunirlos a todos en el mismo lugar...

... salvo que ese lugar fuera muy grande, como lo habían sido las ciudades antiguas.

El proyecto de Vaxanian tuvo mucho más éxito de lo que había imaginado. No solo atrajo a humanos y a monstruos innombrables, sino que también condujo al mismo Soluxin hasta su puerta, cuando ella ya había dado por sentado que jamás volvería a verlo.

Pero no venía solo.

Ahora se hacía llamar Loxinus, y Grixin constató horrorizada que se dedicaba a entrenar a muchachos híbridos para cazar a las criaturas que los habían engendrado. Sabía de la existencia de los invisibles y los metamorfos, puesto que recordaba muy bien lo que ella había escrito en aquel bestiario. Y sospechaba también cuál era la relación entre aquellos monstruos y los cazadores que se hacían llamar a sí mismos «Guardianes».

Grixin fingió que ella no sabía nada. Le resultó sencillo, porque Soluxin y sus amigos siempre habían hecho todo lo posible por mantenerla al margen y porque, a pesar del tiempo transcurrido, él seguía viendo en ella a la hermana pequeña de Ruxus, la más joven del grupo, la niña incapaz de inventar monstruos aterradores. Se las arregló para mantener a Loxinus y sus Guardianes lejos del corazón de la Ciudadela, donde habitaban sus propios monstruos, convenciéndolo de que resultarían más útiles protegiendo la muralla.

Tiempo después, también Ruxus llegó a la Ciudadela, y Grixin tuvo que extremar las precauciones para que ni él ni Loxinus descubriesen sus secretos. La muerte de Vaxanian le proporcionó la excusa perfecta para encerrarse en sí misma y alejarse todavía más de las únicas personas que conocían la existencia del bestiario y podían interferir en sus planes.

O esa era su intención, al menos, porque Loxinus regresó inesperadamente de uno de sus viajes y fue a visitarla sin avisar.

Grixin nunca llegó a saber cómo sucedió exactamente. Al parecer, él la oyó hablando con Nadie y volvió sobre sus pasos para regresar poco después con un Guardián de ojos plateados. Irrumpieron en su casa y se arrojaron sobre Nadie, y ella no pudo detenerlos.

Loxinus actuó en todo momento creyendo que la estaba salvando de la influencia de un astuto monstruo. Ella debería haberle seguido la corriente, haberse tragado su ira y su dolor y haber fingido que se lo agradecía. Pero Nadie había sido su leal compañero durante demasiado tiempo, y Loxinus pertenecía ya a su pasado.

Discutieron. Grixin, furiosa, trató de echarlo de su casa. Forcejearon, y el bestiario que ella siempre llevaba encima cayó al suelo.

Cualquiera llegó inmediatamente después, pero era demasiado tarde. Cuando Grixin le ordenó que atacara a los intrusos, él se arrojó instintivamente sobre el Guardián, porque Loxinus, después de todo, era uno de los maestros.

Él tuvo tiempo de recoger el bestiario y salir corriendo.

Grixin no se dejó llevar por el pánico. Suponía que Loxinus iría a hablar con Ruxus en primer lugar, de modo que ordenó a uno de los metamorfos que acudiese a la casa de su hermano y recuperase el bestiario. No envió a Cualquiera porque no quería arriesgarse a perderlo a él también.

Un rato más tarde, dos Guardianes se presentaron compungidos ante su puerta. Le explicaron que una criatura que se hacía pasar por ella había atacado a Ruxus y a Loxinus. Su hermano había logrado escapar con vida y había huido de la Ciudadela bajo la protección de la Guardia, pero su líder había muerto durante la refriega.

Ella no quiso creerlo al principio. Estaba segura de que ningún monstruo innombrable sería capaz de alzar la mano contra uno de los maestros, ni siquiera en defensa propia.

Más tarde, Cualquiera le contó que el metamorfo al que había enviado a recuperar el bestiario había matado a Loxinus para evitar que revelase su secreto a nadie más.

—Si hemos de matar a otro maestro para protegerte a ti, lo haremos sin dudar, señora —añadió—. Tú velas por todos nosotros; Loxinus y su Guardia solo desean destruirnos.

Grixin no dijo nada, pero tomó nota.

En ningún momento había deseado que su amistad con Soluxin acabase de aquella manera. Lo había adorado cuando era niña; había soñado con que él se fijaría en ella algún día.

Se esforzó por convencerse a sí misma de que Soluxin había muerto mucho tiempo atrás. El muchacho del que ella se había enamorado ya no existía. El hombre en el que se había convertido, Loxinus, era su enemigo y una amenaza a todo lo que ella había creado.

Muchos años después, no obstante, cuando uno de los Jerarcas de la Ciudadela decidió dedicar una estatua al fundador de la

Guardia, Grixin logró que eligiesen a Cualquiera como modelo. Él se presentó ante el escultor con el aspecto del verdadero Loxinus, pero nadie tenía modo de saberlo, pues todos los que lo conocieron habían muerto mucho tiempo atrás.

Los Guardianes se reorganizaron sin Loxinus; seguían siendo una amenaza para Grixin y sus innombrables, pero al menos ninguno de ellos conocía la verdad acerca de la viuda de Vaxanian y su bestiario.

Ella tampoco deseaba acabar con ellos. Al fin y al cabo, eran los vástagos de sus propios monstruos. Mientras trataba de encontrar la manera de encajarlos en la maquinaria de la naciente Ciudadela, envió a sus criaturas a buscar a Ruxus. Su hermano logró esquivarlas durante años, pero finalmente consiguieron capturarlo y recuperaron el bestiario. Para entonces, Grixin había tenido ya mucho tiempo por delante para decidir qué iba a hacer con él, y había tomado una decisión al respecto.

No quería matarlo. No solo por el parentesco que los unía, sino también porque era el último de su generación. Compartían el mismo pasado, cada vez más lejano, y ella sabía que el día que Ruxus muriese se quedaría completamente sola. Así que lo encerró y lo puso bajo la vigilancia de sus monstruos. Con el tiempo buscaría un lugar apropiado para recluirlo, lo bastante aislado como para que nadie lo encontrase por casualidad.

Por otro lado, él sabía demasiado.

Así que escribió en el bestiario: «La sangre de invisibles y metamorfos tiene también otras propiedades: bastarán unas gotas para provocar somnolencia y pérdida de memoria a las personas que la ingieran de forma regular». Dudó unos instantes y añadió: «Si se le suministra a un Guardián, este empezará a comportarse de forma irracional y perderá su visión especial durante unas horas».

Se preguntó si debía haber hecho que los efectos fuesen permanentes. Después decidió que no. Sus criaturas necesitaban recursos para defenderse, pero los Guardianes necesitaban mantener sus habilidades intactas.

Tenía planes para ellos. Eran planes a largo plazo, pues antes debía acabar de levantar su Ciudadela y reunir a toda la gente que pudiera tras sus murallas. Con el tiempo construiría un lugar seguro para ellos y les devolvería el mundo que sus antepasados habían perdido. Pero, para que eso ocurriera, los humanos debían aprender a confiar en los Guardianes. Debían depender de ellos hasta el extremo de entregarles el poder de forma voluntaria, porque tenían que ser ellos quienes gobernaran el mundo bajo la batuta de Grixin. Hacía ya demasiado tiempo que había comprendido que, por mucho que sus monstruos pareciesen humanos, las personas corrientes jamás confiarían en ellos hasta ese punto. Para ellas, los monstruos siempre serían monstruos.

Y no se equivocaban.

Grixin formó parte de la familia De Vaxanian durante un tiempo y contribuyó a construir los cimientos de la futura política de la Ciudadela. Nunca se separaba de su bestiario, por lo que pasó a la historia como la primera persona que había tratado de catalogar a los monstruos. Pero tampoco permitió que nadie examinara el cuaderno en profundidad. Era cierto que, a excepción de Ruxus, ya no quedaba ninguna persona que pudiese comprender la vital importancia de aquel libro; no obstante, Grixin no deseaba que los habitantes de la Ciudadela descubriesen la existencia de las criaturas innombrables.

Cuando decidió adoptar una nueva identidad, fingió su propia muerte, desapareció y se llevó su bestiario con ella.

Durante los años siguientes, Grixin permaneció entre las sombras, pasando de una identidad a otra, entre la ciudad vieja y el primer ensanche, siempre relacionada con las familias nobles, pero siempre en un segundo plano, moviendo los hilos del poder en la Ciudadela, esperando que llegara el momento apropiado.

Deseaba que la Guardia estuviese a su servicio, pero no iba a permitir que exterminasen a sus criaturas y destruyesen su legado. Los Guardianes eran hijos de monstruos innombrables a los que ella había dado la vida a través de las páginas de su bestiario, así que, en cierto modo, al igual que los invisibles y los metamorfos, el destino de aquellos guerreros híbridos le pertenecía por derecho.

Mientras tanto, Ruxus languidecía en la Fortaleza. Iba perdiendo la memoria y la cordura poco a poco, y Grixin constató con los años que la «medicina» que sus criaturas le suministraban le hacía envejecer más deprisa que a ella. Nunca llegó a comprender por qué.

Pero al menos seguía con vida.

Ella mantuvo el aspecto de una mujer de mediana edad durante mucho tiempo. No obstante, también envejecía, y llegaría un momento en que ya no sería capaz de engendrar más hijos.

Cuando se casó con el ambicioso heredero De Kandrax, ya había decidido que lo convertiría en Jerarca y que sería el último humano corriente que gobernaría en la Ciudadela. También sabía que los niños que diese a luz tras su matrimonio, incluyendo al de Cualquiera, serían probablemente sus últimos hijos. Pero no le importaba. Había vivido mucho tiempo y había tenido suficiente descendencia. Lo que verdaderamente le preocupaba era asegurar el futuro de las criaturas a las que había dado vida a través del bestiario. Y así llegaría el día en que los Guardianes no cazarían innombrables, sino que se aliarían con ellos para gobernar a las personas corrientes, cuyo miedo hacia el resto de los monstruos los llevaría a obedecer ciegamente a sus nuevos señores.

Ese día, Grixin podría mirar a su hermano a los ojos y volver a preguntarle si aún pensaba que sus criaturas no eran monstruos de verdad.

45

—¿Tu hermana? —preguntó Axlin—. Pero no puede ser, ¡tú tienes cientos de años!

—Y ella también —dijo Ruxus avergonzado.

La joven reflexionó un momento.

—¿Es una de los sabios del Manantial? —comprendió—. ¿Cuántos quedan exactamente?

—Solo nosotros dos.

—¿Y qué tiene que ver ella con los monstruos innombrables?

—Pues… fue quien los inventó. Escribió sobre ellos en nuestro bestiario.

La muchacha se quedó mirándolo sin poder creer lo que oía.

—¿Por qué no nos lo habías dicho antes?

El anciano parpadeó con desconcierto.

—¿No lo había hecho?

—No seas dura con él, Axlin —murmuró Rox—. Le destrozaron la memoria en la Fortaleza y le cuesta recordar el pasado.

Se había derrumbado contra la puerta y parecía como si se hubiese quedado sin fuerzas para moverse. Axlin resopló.

—Supongo, entonces, que es ella quien tiene el bestiario, ¿no es así? ¿Y por qué dices que «inventó» a los innombrables? ¿No se suponía que vosotros trajisteis los monstruos desde otro mundo a través del Manantial?

Ruxus sacudió la cabeza.

—No, no... Eso es lo que quisimos creer, pero me temo que no era más que una manera de acallar nuestra conciencia. Todas esas criaturas aterradoras que destruyeron el mundo surgieron de nuestra propia mente. El Manantial solo les dio vida.

Ella se quedó mirándolo un momento, convencida de que bromeaba. Cuando Ruxus le devolvió una mirada compungida, Axlin dejó escapar una carcajada de incredulidad.

—No me lo puedo creer —murmuró—. Cientos de años de muerte y horror..., solo porque unos niños decidieron jugar a imaginar monstruos. ¿No podríais haber escrito un libro sobre... no sé, sobre las flores del campo o las estrellas del cielo?

Ruxus gimió y enterró la cara entre las manos.

—Créeme si te digo que no ha habido un solo día desde entonces que no me haya hecho esa misma pregunta. —Reflexionó un segundo y añadió—: Salvo cuando tomaba la medicina y no recordaba nada, claro.

—No perdamos el tiempo hablando —interrumpió Rox—. Tenemos que salir de aquí.

Trató de levantarse, pero las piernas no la sostenían. Se apoyó contra la pared.

Axlin sacudió la puerta.

—Quizá pueda echarla abajo si golpeo lo bastante fuerte.

—Nos oirán —advirtió Ruxus.

—¿Y qué? Si la sombra ha ido a pedir refuerzos, no tardará en volver. Y entonces no tendremos ninguna oportunidad. Si nos oye alguien del palacio y nos abre..., tendremos que dar muchas explicaciones, pero al menos contaremos con alguna oportunidad para escapar.

Rox lo pensó un instante y asintió.

—Inténtalo —dijo—. Yo te ayudaré en cuanto haya recuperado las fuerzas.

Axlin respiró hondo y cargó contra la puerta. Una, dos, tres veces. Pero esta no cedió.

—Es de madera maciza, se ve —comentó Ruxus—. Buenos materiales. Adecuados para un palacio, por supuesto.

Axlin se frotó el hombro magullado, inspiró profundamente y gritó:

—¡Socorro! ¡Socorro, sacadnos de aquí!

Golpeó la puerta con fuerza. Rox se apartó de la pared y comprobó que ya podía mantenerse en pie, aunque las piernas aún le temblaban un poco.

—¡Ayuda! —volvió a gritar Axlin—. ¡Venid a ayudarnos, estamos encerrados!

La Guardiana se irguió de pronto, atenta. Y la puerta se abrió inesperadamente.

Axlin retrocedió, dispuesta a ofrecer explicaciones, suponía, a la dueña del vestidor. Pero las palabras murieron en sus labios.

Porque al otro lado de la puerta estaba Xein.

Se miraron un momento, sorprendidos.

—Axlin —murmuró él.

Ella dio un respingo y retrocedió, llevándose la mano a la cadera.

—¡Atrás! —exclamó—. ¡Aléjate de mí!

Sacó su daga del cinto y la esgrimió amenazadoramente ante el Guardián.

Él pestañeó.

—¿Qué...? ¿Por qué...? Sé que me fui sin despedirme, pero...

—Eres un metamorfo —cortó ella—. El verdadero Xein está muy lejos de aquí, en el frente oriental y...

Rox carraspeó.

—De hecho, es posible que sí sea él, Axlin. Llegó a la Ciudadela antes que nosotros, al parecer.

La joven se volvió para mirarla, pero no bajó la daga.

—¿Qué? ¿Por qué no me lo habías dicho?

—No me pareció prudente mencionarlo delante de la sombra.

Xein la miró de soslayo.

—Gracias, Rox. Buena guardia.

—Buena guardia, Xein. ¿Cómo nos has encontrado?

—Yarlax me habló de vuestro plan para entrar en el palacio. Estaba fuera vigilando y he visto a un metamorfo acompañando a la Jerarquesa, así que he decidido entrar a buscarlo y... —Frunció el ceño al fijarse mejor en ella—. ¿Qué te ha pasado en el pelo?

Rox se pasó una mano por el cabello con cierto nerviosismo.

—Era un intento de pasar inadvertida —murmuró—. No sé si ha funcionado muy bien.

Axlin había retrocedido hasta pegar la espalda a la pared del vestidor y contemplaba a Xein con los ojos muy abiertos, sin acabar de creer que se tratase realmente de él. Había dado por sentado que había abandonado el grupo definitivamente para regresar a la Última Frontera, y se había hecho a la idea de que jamás volvería a verlo. Pero estaba allí, de nuevo con el cabello corto y su uniforme gris. Inspiró hondo; de pronto le parecía que el vestidor era demasiado pequeño y que él estaba demasiado cerca.

—La Jerarquesa —exclamó entonces Ruxus—. Es Grixin. Ella nos ha traído hasta aquí.

—¿Grixin? —Axlin se esforzó por centrarse y se volvió para mirarlo con los ojos como platos—. ¿Tu hermana es Grixin del

Manantial, la esposa de Vaxanian el Fundador, la autora del primer bestiario? ¿La... madre de Aerix de Kandrax?

—Todo eso, sí, me temo —asintió el anciano muy compungido.

Xein les dirigió una mirada interrogativa.

—Mirad, cada vez entiendo menos, pero sí sé que tenéis que salir de aquí antes de que alguien os encuentre.

Se apartó a un lado para dejarlos pasar. Axlin dudó un momento, y finalmente envainó la daga y salió primero, volviendo la cabeza para no tener que sostenerle la mirada. La Guardiana esperó a que saliera Ruxus y lo siguió con pasos vacilantes. Xein la sostuvo para que no se cayera.

—¡Rox! ¿Qué te pasa?

—La sombra me puso aturdidor en el desayuno —murmuró ella, avergonzada—. Por eso hemos acabado encerrados en el armario, por cierto.

—Casi tenía miedo de preguntar —respondió él con una media sonrisa—. No estás en condiciones de cazar monstruos ahora mismo, así que será mejor que saques a Axlin y a Ruxus de aquí. Yo me encargaré del metamorfo.

—¡No! —exclamó Axlin. Cuando Xein se volvió para mirarla, sorprendido, añadió—: Es decir, Ruxus sí tiene que marcharse, porque es a él a quien quieren los innombrables. Y Rox, porque no se encuentra bien, pero yo...

—Axlin —la interrumpió él—, has entrado en el palacio del Jerarca sin permiso y hay como mínimo dos monstruos innombrables por los alrededores. Os acompañaré fuera y seguiré mi caza. Quiero que os marchéis todos.

Ella negó con la cabeza y lo sujetó por los brazos. En esta ocasión sí lo miró a los ojos cuando le dijo:

—El libro que posee esa mujer es mucho más que un bestiario, Xein. Es el origen de los monstruos. Si lo conseguimos, quizá podamos cambiar el mundo.

—¿Cómo? —preguntó él con escepticismo—. ¿Escribiendo otro libro?

Ella resopló, impaciente. No tenía tiempo de contárselo todo.

—Si tú no vas a acompañarme, iré yo sola.

El Guardián suspiró y se volvió hacia Rox.

—¿Tienes algo que decir? Algo sensato, a ser posible.

Ella negó con la cabeza.

—La sombra nos engañó para traernos hasta aquí, pero no mentía en lo del bestiario, parece —respondió. Reflexionó un momento y añadió—: Si Axlin está dispuesta a ir a buscarlo, será mejor que vayas con ella. Yo llevaré a Ruxus a un lugar seguro.

Xein se frotó los ojos con cansancio.

—Muy bien. No perdamos más el tiempo, entonces. ¿Podréis salir por donde entrasteis?

—Usamos un pasadizo secreto que conocía el monstruo invisible, pero no sé si sabría encontrarlo... —Rox lo miró con curiosidad—. ¿Por dónde has entrado tú?

—Por una ventana abierta. ¿Crees que estás en condiciones de descolgarte por ella y cargando, además, con Ruxus?

—Habrá que intentarlo. No veo otra opción.

El Guardián asintió y le explicó en pocas palabras el camino para llegar hasta la ventana. Axlin le entregó a Rox la llave de la casa de Broxnan y ella le aseguró que los esperarían allí.

No se entretuvieron en despedidas. Tras asegurarse de que no había nadie, salieron al pasillo y se fueron en direcciones distintas.

Axlin se dio cuenta de pronto de que se había quedado a solas con Xein, pero intentó no dejarse distraer.

—Bien —dijo él—. ¿A dónde vamos exactamente?

Ella reflexionó.

—La sombra dijo que el libro estaba en la biblioteca personal del Jerarca, pero creo que mentía. Lo más probable es que lo tenga la Jerarquesa en sus aposentos.

Xein inclinó la cabeza, pensativo.

—No sé cómo vamos a entrar allí. Ella ya ha vuelto de la ceremonia y...

Se calló inmediatamente al ver a una doncella que doblaba la esquina con paso apresurado. La muchacha se detuvo de golpe y se quedó mirándolos con la boca abierta.

Xein reaccionó deprisa.

—¿Dónde están los aposentos de la Jerarquesa? —preguntó.

—¿Qué...? ¿Cómo...?

—Hemos recibido un aviso urgente, ciudadana. Hay un monstruo bajo la cama de la Jerarquesa.

La joven lanzó un grito.

—¡Por los Ocho Fundadores! ¿Un... monstruo? ¿Aquí? Pero ¡eso es imposible!

—Probablemente será una falsa alarma, pero debemos asegurarnos. ¿Nos puedes indicar el camino?

Ella señaló una dirección con un dedo tembloroso.

—Muchas gracias, ciudadana —dijo Xein—. Por favor, asegúrate de que no se acerque nadie por aquí hasta que hayamos acabado. Podría ser peligroso.

La joven asintió, tan impactada que ni siquiera se fijó en la chica que lo acompañaba. Siguiendo las indicaciones de la sirvienta, los dos se apresuraron pasillo abajo hasta que la dejaron atrás.

—¿Un monstruo bajo la cama de la Jerarquesa? —repitió entonces Axlin alzando una ceja.

—No creerías la cantidad de falsas alarmas de ese estilo que atendemos los Guardianes a lo largo del año —respondió él—. Debajo de la cama, dentro del armario... —hizo una pausa—, en las letrinas...

Axlin ahogó una risita.

—Ahórrame los detalles, por favor.

Xein le sonrió y ella tuvo que esforzarse mucho para volver a centrarse.

—¿Cómo lo hacemos? —preguntó él entonces.

Ella se sobresaltó.

—¿El qué?

—Recuperar el bestiario.

—Oh. —Reflexionó unos segundos—. Tengo una idea.

Axlin se ocultó tras las gruesas cortinas que cubrían las ventanas del pasillo y esperó. Apenas unos momentos más tarde, se oyó un estruendo de vajilla y cristales rotos procedente de un pequeño salón al fondo del corredor.

Contuvo el aliento. El estruendo continuó; ahora sonaba como si alguien estuviese arrojando muebles contra la pared.

Y entonces se oyeron pasos sobre la alfombra y Axlin se arriesgó a echar un vistazo.

Pestañeó un instante, perpleja. Xein le había dicho que la Jerarquesa estaba acompañada por un metamorfo que se hacía pasar por doncella. Habían previsto que el monstruo acudiría a comprobar el origen del estruendo. Xein acabaría con él y ella se ocuparía de robarle el libro a la Jerarquesa, aprovechando que se habría quedado sola.

Pero era la propia Grixin quien se apresuraba pasillo abajo, no había lugar a dudas. La mujer que caminaba por el corredor no era una sirvienta. Vestía ropa de gala y llevaba un tocado ceremonial que al parecer no había tenido tiempo de quitarse. Se había retirado el velo de la cara, y Axlin la observó con curiosidad. Había imaginado que sería una anciana como Ruxus, pero aparentaba poco más de cuarenta años. Recordó entonces que había tenido hijos con el Jerarca, algo que no habría podido hacer si hubiese envejecido al mismo ritmo que su hermano.

Cuando Grixin se alejó, la muchacha se deslizó hacia sus aposentos. La Jerarquesa debía de haberse encontrado allí sola o, de lo contrario, habría enviado a otro a ver qué estaba sucediendo.

Se asomó con precaución. La puerta conducía a una salita de estar conectada con el dormitorio. Sonrió al ver que en aquella misma estancia había una estantería con libros. Si tenía suerte, el bestiario que buscaba estaría allí y ella no tendría que ir más lejos.

Entró sin hacer ruido y comenzó a repasar los lomos de los libros. La mayoría estaban bellamente encuadernados, pero Axlin sabía que lo que ella buscaba era un volumen muy antiguo y probablemente no muy grueso. Se detuvo de pronto. ¿Y si Grixin había restaurado el bestiario y lo había protegido con una cubierta más sólida y resistente? Sacudió la cabeza. La sombra había afirmado en su momento que Ruxus reconocería el bestiario, de modo que no podía haber cambiado mucho en aquel tiempo. Pero también podía haberlo dicho para convencerlos de que llevaran al anciano con ellos. Estaba segura de que sería capaz de diferenciar el bestiario de Grixin de todos los demás, no solo por los detalles que Ruxus le había proporcionado, sino también, y sobre todo, porque era el único que hablaba de los invisibles y los metamorfos. Incluso los Guardianes tenían prohibido escribir sobre ellos en sus propios bestiarios.

Se preguntó de repente si no estaría la mano de Grixin detrás de aquello también.

—¿Lo has encontrado? —susurró Xein junto a ella.

Axlin dio un respingo. Sintió la mano del Guardián sobre su hombro, tratando de reconfortarla.

—Soy yo, tranquila.

La chica respiró hondo.

—¿Qué haces aquí? —preguntó en el mismo tono—. ¿Qué ha pasado con la Jerarquesa? ¿Y el metamorfo?

Él frunció el ceño.

—La he dejado buscando a los criados para que arreglen el desastre que he organizado. No me ha visto, y como no tengo localizado al metamorfo no quería dejarte sola.

Ella asintió, más calmada.

—También había una sombra —le recordó—. Sin Rox, ¿cómo vamos a saber dónde está?

—Nos habría venido muy bien poder contar con ella —reconoció Xein—. Quizá deberíamos haber esperado a que se recuperase.

—Sí, bueno, pero había que sacar a Ruxus de aquí. —Los dedos de Axlin seguían examinando la estantería, cogiendo libros, pasando páginas, volviendo a guardarlos—. No sé si me dará tiempo a encontrar el bestiario antes de que vuelva Grixin —murmuró angustiada.

Xein se tensó a su lado.

—Puedo vigilar la puerta, pero ¿qué hago si regresa? No podemos matar a la madre del nuevo Jerarca.

—¡Claro que no! —exclamó ella horrorizada.

—Entonces, ¿qué hacemos?

—Mejor ayúdame a buscar.

—Ni siquiera sé qué aspecto tiene ese libro. ¿Por qué no regresamos otro día con Ruxus?

Axlin se quedó mirándolo un momento, preguntándose si estaba hablando en serio. Él le devolvió una mirada interrogante.

—No tendremos otra oportunidad mejor, Xein.

Él suspiró.

—Lo sé, es que estoy preocupado. No solo por el metamorfo. Si hay una sombra en las inmediaciones, no podré protegerte de ella. —Sacudió la cabeza—. Deberías haberte ido con Rox y Ruxus.

Axlin no dijo nada. Xein se acercó más a ella y se inclinó para hablarle al oído.

—Aún estamos a tiempo, antes de que nos descubran.

La muchacha se volvió hacia él. El Guardián la miraba intensamente.

—Olvidemos este asunto del bestiario y volvamos con ellos, ¿de acuerdo? —sugirió.

Ella abrió la boca, pero no fue capaz de decir nada. Se había quedado perdida en la mirada de sus ojos dorados.

Trató de centrarse. Tragó saliva, porque tenía la boca seca.

—Cuanto más me distraigas, más tiempo tardaremos en encontrar el bestiario —lo riñó, con el corazón desbocado.

Xein dio un paso atrás.

—No pretendía distraerte. —Hizo una pausa y preguntó de pronto—: ¿Y si el libro no está aquí? Si es tan importante, la Jerarquesa lo habrá escondido en algún otro lado. No lo habría dejado tan a la vista, ¿no crees?

Axlin se detuvo un momento, con el ceño fruncido y un libro abierto entre las manos.

—Llevas razón —murmuró por fin, devolviendo el volumen a la estantería. Alzó la cabeza para volver a mirarlo, desolada—. Pero ¿qué vamos a hacer entonces? ¿Cómo lo encontraremos? La sombra dijo que sabía dónde estaba, pero...

Xein hizo un gesto de negación.

—Ha sido una mala idea desde el principio, reconócelo. —La tomó de la mano y tiró suavemente de ella para alejarla de la estantería—. Vámonos cuanto antes. Nos reuniremos con Ruxus y pensaremos qué vamos a hacer a continuación.

Ella asintió y se dejó llevar, aturdida. Pero se detuvo en medio de la sala y hundió el rostro entre las manos.

—No, no, no, Axlin, no te rindas ahora —suplicó Xein.

—Estoy muy cansada —musitó ella.

El Guardián suspiró y la rodeó con los brazos.

—Te llevaré a casa —le prometió—. Ya buscaremos ese bestiario en otra oca...

No pudo terminar de hablar. De repente dejó escapar un jadeo de dolor y sorpresa, abrió mucho los ojos y miró a Axlin sin comprender. Ella lo apartó de un empujón. En la mano derecha blandía una daga con el filo empapado en sangre.

Xein se llevó una mano al pecho, todavía atónito. Trató de avanzar hacia ella, pero tropezó y cayó de rodillas sobre el suelo. Desde allí alzó la cabeza y clavó en ella una mirada llena de incomprensión.

—¿Por... qué? —logró decir.

La joven soltó el puñal de inmediato, horrorizada ante la posibilidad de haberse equivocado.

—No... —musitó.

—Axlin —fue lo último que pronunció él antes de caer de bruces al suelo.

Y ya no se movió. Ella lo miró fijamente, deseando que cambiase de alguna manera, que dejase de reflejar el rostro del joven al que amaba..., cualquier cosa que le confirmase que había tomado la decisión correcta. Pero sus facciones seguían siendo las de Xein, y sus ojos dorados, abiertos como platos, se habían apagado para siempre.

Sintió que la angustia le retorcía el estómago. Se dejó caer de rodillas sobre el suelo y alargó la mano hacia el cuerpo tendido ante ella. Le rozó el cabello y se estremeció. Su tacto era tan real...

«Lo he matado», pensó de pronto, y la realidad la golpeó como una maza. «He matado a Xein.»

Dejó escapar un gemido de terror. Deseó estar siendo víctima del ataque de un malsueño. Sin ser apenas consciente de lo que hacía, le alzó la cabeza y la acomodó sobre su regazo.

—Despierta —musitó—. Por favor, vuelve. Lo siento mucho.

Pero él no respondió.

—No, no, no, no —susurró con los ojos llenos de lágrimas.

La enormidad de lo que había hecho la estaba destrozando

por dentro. Pero no estaba en su mano retroceder en el tiempo, hasta un instante antes de que la vida de Xein se extinguiera para siempre, para corregir el mayor error que había cometido jamás.

—Axlin —dijo una voz horrorizada desde la puerta.

La muchacha alzó la cabeza. Entre un velo de lágrimas logró distinguir una figura familiar que se acercaba a ella a grandes zancadas.

—Te he matado —susurró cuando un segundo Xein se inclinó a su lado—. Te he matado.

Él negó con la cabeza.

—No, no, has matado al metamorfo. Has matado al metamorfo —repitió él, perplejo—. Había imitado mi aspecto. —Se estremeció—. Estaba contigo... y era igual que yo —concluyó con horror y repugnancia.

Una minúscula llama de esperanza prendió en el corazón de Axlin, pero no se atrevió a dejarse seducir por ella. Todavía no.

Retrocedió un poco, observándolo con cautela.

—¿Cómo puedo... cómo puedo saber cuál de los dos es real? —balbuceó—. ¿Cómo voy a estar segura de que no me he equivocado?

Xein se volvió hacia ella y su mirada se suavizó.

—Me conoces desde antes de que ingresara en la Guardia —murmuró—. Desde antes de que cualquiera de los dos pisara la Ciudadela por primera vez.

—Sí —musitó ella.

—Quizá los innombrables lleven tiempo espiándonos, pero lo que vivimos juntos entonces solo lo sabemos nosotros. Y yo no lo he olvidado.

Axlin alzó la cabeza hacia él, interrogante. Los ojos dorados de él estaban cargados de sinceridad. Incluso había en ellos una chispa de ternura. Pero la muchacha no quería hacerse ilusiones. Sacudió la cabeza y luchó por concentrarse.

Inspiró hondo. Xein asintió, animándola a hablar.

—¿Recuerdas cuando me llevaste a ver a los lenguaraces? —preguntó ella por fin.

—Lo recuerdo.

—En el camino de regreso —prosiguió Axlin—, hablamos de la gente a la que dejas atrás. Gente a la que quieres. Te pregunté qué harías si conocieses a una chica especial. Si estarías dispuesto a partir por ella. Y tú respondiste...

Dejó la frase a mitad y se quedó mirándolo, expectante.

Xein le sonrió.

—Que a lo mejor ella estaría dispuesta a quedarse —concluyó.

Axlin no dijo nada.

—Yo nunca se lo he contado a nadie —dijo Xein—. ¿Y tú?

Ella negó con la cabeza. Cuando el Guardián la estrechó con fuerza entre sus brazos, ella enterró el rostro en su pecho y lloró de alivio. Y la garra de hielo que había estado oprimiendo su corazón se deshizo al calor de su abrazo.

46

Sintió que Xein posaba sus labios sobre su cabello y levantó la cabeza para mirarlo. Sus ojos dorados estaban húmedos de emoción y desbordaban tanto afecto que ella se quedó sin aliento.

Pero justo cuando creía que iba a besarla, él desvió la mirada y la apartó suavemente.

—Tenemos que salir de aquí —murmuró—. ¿Has encontrado el libro que buscabas?

Axlin negó con la cabeza y trató de centrarse.

—No, pero el... eso... —se corrigió con un escalofrío, incapaz de mirar el cuerpo del falso Xein— me ha dicho algo que me ha hecho pensar. —Respiró hondo un par de veces mientras ordenaba sus pensamientos y prosiguió—: La sombra dijo que el bestiario estaba en la biblioteca personal del Jerarca y después di por hecho que Grixin lo guardaría en un lugar semejante. Pero si es tan importante... es probable que lo haya escondido en otro sitio, ¿no crees?

Xein suspiró con cansancio.

—Era un plan descabellado de todas formas —susurró.

—Sí, es exactamente lo que dijo el metamorfo.

Él se quedó mirándola.

—¿Cómo has sabido que no era yo? —preguntó con curiosidad.

—Si nos vamos ahora, ¿a dónde iremos? —preguntó ella a su vez.

Él sacudió la cabeza.

—No lo sé. A cualquier lugar donde estés a salvo.

Axlin sonrió.

—Por eso he sabido que no eras tú. Porque él insistía en que lo llevara con Ruxus.

Se estremeció al darse cuenta de que aquello era lo único que había delatado al cambiapiel. En todos los demás aspectos lo había confundido con Xein. ¿Cuánto tiempo había estado observándolos para ser capaz de imitarlo con tanta precisión?

—Vámonos —decidió por fin—. Ya encontraré otra manera de hacerme con ese libro.

Él asintió y se inclinó para recoger el cadáver del metamorfo.

—¿Qué haces? —inquirió Axlin perpleja.

—No podemos dejarlo aquí. —Se incorporó con el cuerpo sobre los hombros—. Sería...

Se calló de pronto porque la puerta se abrió de golpe, sobresaltándolos. Axlin sintió que se le encogía el estómago. Allí, observándolos con una mezcla de ira y horror asomando a sus ojos oscuros, estaba Grixin del Manantial, la Jerarquesa de la Ciudadela.

—¿Qué habéis hecho, desgraciados? —siseó.

Su mirada iba de Xein al rostro sin vida del metamorfo, una y otra vez. Si no hubiese sido porque parecía imposible, Axlin habría jurado que estaba realmente afectada por la muerte del monstruo.

El Guardián carraspeó.

—Mis disculpas, señora —se apresuró a decir—. Hemos venido a atender una alerta relacionada con...

—Ahórrate las mentiras, Xein —replicó ella con rabia—. No me tomes por idiota.

Él se quedó tan sorprendido que no fue capaz de reaccionar. Grixin cerró la puerta de golpe tras ella y le dirigió una mirada envenenada.

—¿Qué estás haciendo aquí? Deberías haber muerto hace tiempo en la Última Frontera. Quizá debí haber mandado a alguien a matarte directamente. —Él no supo qué responder—. Y tú —añadió la Jerarquesa, dirigiéndose a Axlin—, ¿qué has hecho con mi hermano? ¿Dónde lo has escondido?

Xein dirigió una mirada de reojo a la ventana, evaluándola como posible vía de escape. Pero Grixin se dio cuenta.

—¿De verdad pensáis que podéis entrar en mi casa, asesinar a mi compañero más leal... y volver a salir sin más?

De pronto, el joven arrojó el cuerpo del metamorfo contra Grixin, tomó a Axlin de la mano y echó a correr hacia la ventana, arrastrándola casi en volandas. La Jerarquesa cayó de espaldas bajo el peso del cadáver, pero se apresuró a apartarlo y trató de incorporarse.

Las contraventanas se cerraron de repente, aparentemente sin que nadie las tocara. Los dos jóvenes se detuvieron sorprendidos, y entonces él desenfundó su lanza y se volvió hacia todas partes, alerta.

Grixin seguía sentada en el suelo. La cabeza del metamorfo reposaba sobre su regazo, y ella sonreía mientras le acariciaba el cabello. No era una sonrisa agradable.

Axlin trató de abrir las contraventanas, pero no lo consiguió. De improviso sintió que algo tiraba de ella y lanzó un grito de alarma. Xein alargó la mano para agarrarla, pero aquella fuerza invisible la apartó de él y la arrojó con violencia hacia el otro lado de la estancia. Ella chocó contra la pared y cayó al suelo sin aliento.

—¡Axlin! —gritó Xein.

Hizo ademán de correr hacia ella, pero Grixin lo detuvo.

—Quieto, Guardián. Un solo movimiento y tu chica morirá. —Él se detuvo al instante—. Y ahora —prosiguió la Jerarquesa— me vas a decir dónde habéis escondido a mi hermano.

Xein no le prestó atención. La única explicación que encontraba a lo que estaba sucediendo era que hubiese sombras ocultas en la habitación, y su instinto de Guardián lo impelía a solucionar aquel problema en primer lugar. Miró a su alrededor, en tensión, buscando alguna señal de los únicos monstruos que era incapaz de detectar.

Axlin se incorporó como pudo, pero trastabilló y volvió a caer de rodillas. Grixin le dirigió una mirada de desprecio. No se había caído, sin embargo, a causa de su cojera. Estaba segura de haber tropezado con algo, así que fingió que se encontraba demasiado dolorida para volver a levantarse y tanteó disimuladamente a su alrededor.

Sus dedos tocaron un cuerpo frío que sus ojos no podían ver. Inspiró hondo al comprender que se trataba del cadáver de una sombra. ¿Sería la misma que los había guiado hasta allí o se trataría de otro monstruo diferente?

—Tira el arma al suelo —ordenó la Jerarquesa a Xein.

Él dudó un instante, pero al final dejó caer la lanza mientras seguía dirigiendo miradas inquietas a su alrededor.

«¿Y si no hay ninguna otra sombra?», pensó de pronto Axlin. «¿Y si todo lo hace... ella?»

La observó con atención, sobrecogida ante aquella posibilidad. Había leído mucho sobre los sabios del Manantial y tenía entendido que se les atribuían grandes poderes. Ruxus también lo había comentado en alguna ocasión, pero como él no había manifestado ninguna de aquellas habilidades, Axlin había dado por sentado que no las poseía.

Pero, por otro lado, Ruxus había envejecido mucho más que su hermana. ¿Sería por efecto de la «medicina» que ella le había estado suministrando? ¿Habría estado Grixin más expuesta al poder del Manantial que el resto de sus compañeros?

No lo sabía, pero no tenía tiempo de buscar la respuesta a aquellas preguntas. Miró de reojo la daga que había usado para matar al metamorfo y que había quedado olvidada en el suelo. Estaba demasiado lejos y no podía alcanzarla.

—Retrocede, Guardián —estaba ordenando Grixin con voz helada—. Coloca las manos detrás de la cabeza y arrodíllate. —Hizo una pausa y añadió—: O ella morirá.

Xein dirigió a Axlin una mirada cargada de angustia y ella comprendió que realmente creía que la estaba acechando un monstruo invisible.

Que la Jerarquesa tenía poder para hacer cumplir su amenaza.

No obstante, hasta donde ella sabía, la única sombra que había en la habitación estaba muerta.

Podía equivocarse, naturalmente. Pero no tenía nada que perder, pues, con sombras o sin ellas, ambos iban a morir de todos modos en cuanto Grixin se hiciese con las riendas de la situación. Quizá los amenazaría o los torturaría hasta que le revelasen el paradero de Ruxus, pero acabaría matándolos antes o después porque sabían demasiado.

Así que se levantó y echó a correr hacia Grixin mientras gritaba:

—¡Es ella, Xein! ¡No hay ninguna sombra!

Él la miró sin comprender. La Jerarquesa se volvió con brusquedad y de nuevo aquella fuerza invisible la aplastó contra la pared. Axlin se quedó sin aliento un instante, pero en cuanto pudo inspiró hondo y volvió a gritar:

—¡Es Grixin! ¡Ella está haciendo todo esto!

No fue capaz de decir más; sintió que se ahogaba y temió haberse equivocado. Pero la Jerarquesa se había puesto en pie y le dirigía una mirada cargada de odio.

Axlin jadeó. Algo le oprimía salvajemente el pecho, como si una zarpa invisible estuviese estrujándole el corazón. Trató de mirar a Xein, pero se le nubló la vista.

Y entonces el poder que la retenía la soltó, y cayó al suelo con una exclamación ahogada.

Cuando levantó la cabeza, le costó un poco comprender lo que acababa de suceder.

Grixin del Manantial la miraba todavía, pero su gesto era un rictus de dolor, sorpresa e incredulidad. De su pecho brotaba la punta de una lanza cubierta de sangre. Tras ella se alzaba Xein, de pie, todavía en tensión; sus ojos dorados estaban fijos en Grixin, oscurecidos por la expresión de ira y determinación que ensombrecía su rostro.

La mujer alzó una mano temblorosa y Axlin sintió el poder de su voluntad tratando de atraparla de nuevo. Pero era ya muy débil, y logró liberarse de él sin apenas esfuerzo.

Entonces Grixin dejó caer el brazo y se desplomó hacia delante. Con un rápido movimiento, Xein tiró de la lanza hacia él, y la Jerarquesa cayó al suelo de bruces, muerta.

Axlin respiró hondo, aún aterrorizada. Xein parpadeó un momento y la miró, confuso y horrorizado. La cólera del cazador implacable había desaparecido por completo de su expresión.

—¿La he... matado? —logró decir.

Axlin tragó saliva.

—Creo que sí.

Él sacudió la cabeza y dejó caer la lanza como si le quemara.

—No, no, no, no —musitó—. Soy un Guardián, no un asesino. Cazo monstruos. No quería hacerle daño, pero es que... iba a matarte, y yo no podía...

Axlin se lanzó a sus brazos y lo estrechó con fuerza, con los ojos llenos de lágrimas.

—Creo que es posible que hayas cazado al peor monstruo de todos, Xein —murmuró, con el rostro aún oculto en su pecho.

Él la abrazó, temblando.

—Pero... ¿cómo? ¿Por qué? ¿Quién era?

—Grixin era la persona que poseía el bestiario original. Podría haberlo usado para ayudar a la gente, para salvar vidas..., pero prefirió construir un nuevo mundo a la medida de su ambición.

Xein se recompuso por fin y se separó de ella.

—Es posible, pero, aun así..., habría preferido no tener que matarla —murmuró.

Ella sintió una nueva oleada de afecto hacia él. Los ojos se le llenaron de lágrimas otra vez, así que se dio la vuelta para que no la viera llorar. Se inclinó junto al cuerpo de Grixin.

—Al menos... —Le falló la voz y tuvo que carraspear para recuperarla antes de seguir hablando—, al menos tenemos una oportunidad de conseguir el bestiario.

A su espalda, Xein sonrió.

—Pensaba que ibas a decir que al menos te he salvado la vida —comentó—. Por eso sí valía la pena matar y morir —añadió en voz muy baja.

Ella lo oyó y se estremeció, pero no dijo nada. Examinó el cuerpo de la Jerarquesa con manos temblorosas. Todavía llevaba puesto su vestido ceremonial. Se preguntó vagamente si el acto habría terminado ya y qué sucedería cuando el nuevo Jerarca regresara al palacio y encontrase a su madre muerta. Procuró dejar de pensar en ello. Había hallado una faltriquera de seda prendida al cinturón y la abrió conteniendo el aliento.

De su interior extrajo un cuaderno viejo y ajado, tan parecido a su propio primer bestiario que sintió una opresión en el pecho.

Estaba tan nerviosa que estuvo a punto de dejarlo caer. Lo sujetó mejor y lo abrió con delicadeza.

—¿Es lo que buscabas? —preguntó Xein a su lado.

Axlin lo hojeó por encima. Los trazos clareaban ya debido al paso del tiempo, pero los esbozos de las criaturas que aparecían en sus páginas eran inconfundibles.

Seres imposibles nacidos de la fértil imaginación de un grupo de niños.

Monstruos de pesadilla, encarnados en el mundo real por obra de un poder que ninguno de ellos era capaz de comprender.

Respiró hondo, tratando de controlar su emoción.

—Creo que sí.

Él asintió y colocó una mano sobre su hombro.

—Muy bien. Vámonos, antes de que alguien nos encuentre.

Ella se puso en pie, aún temblando. Xein hizo ademán de apartar el cuerpo de la Jerarquesa para llevarse el del metamorfo, pero Axlin lo detuvo.

—Espera. Dejémoslo aquí.

Él la miró sin comprender.

—Pero... ¿y si lo encuentra alguien?

La muchacha se quedó sin aliento ante el abanico de posibilidades que se desplegó de pronto ante ella.

—¿Si lo encuentra alguien? —susurró—. Pensarán que estás muerto. —Alzó la cabeza para mirarlo a los ojos—. Y podrás abandonar la Guardia sin mirar atrás, porque nadie te buscará.

Xein ladeó la cabeza, considerando aquella opción, y ella vio una chispa de esperanza latiendo en sus ojos dorados.

Aquella luz, no obstante, se apagó de inmediato.

—No puedo, Axlin. La misión de la Guardia...

—No es solo por ti —cortó ella—. Necesitamos un asesino.

Xein la miró con horror, y ella se apresuró a añadir:

—No me refiero al metamorfo, sino a la sombra.

Se acercó cojeando al rincón donde sabía que estaba el cadáver del invisible. Xein la siguió intrigado y luego se inclinó a su lado.

—Mira..., toca —dijo la joven—. Esto es un monstruo invisible, ¿verdad? Creo que es el que nos encerró en el vestidor.

Él frunció el ceño.

—¿Está muerto? ¿Quién lo ha matado y... por qué?

Axlin no lo sabía, pero no tenía tiempo de pensar en ello. Con la ayuda del Guardián, dispuso un nuevo escenario en la habitación. Dejó la lanza ensangrentada cerca del cadáver invisible y le puso en la mano el puñal que ella misma había utilizado para matar al metamorfo. Después arrojaron el cuerpo de este último sobre el de la sombra.

—Un monstruo invisible asesinó a la Jerarquesa —relató—. Este joven Guardián trató de defenderla y lo mató, pero murió durante la pelea. —Se volvió para mirar a Xein, inquieta de repente—. ¿Otros Guardianes como tú podrán darse cuenta de que se trata de un cambiapiel?

Él negó con la cabeza.

—Si está muerto, no.

Axlin se percató de que no se sentía cómodo con la idea de dejar allí el cuerpo del metamorfo. Pero no tuvieron tiempo de seguir hablando, porque de súbito oyeron voces en el pasillo.

Xein reaccionó y la arrastró hasta la ventana. En esta ocasión pudo abrir las contraventanas sin problema, pero cuando se asomó fuera, comprobó que había una buena altura.

—No podemos salir por aquí —murmuró Axlin mientras él calculaba las distancias.

—Confía en mí —replicó él.

Se encaramó al alféizar y la ayudó a subir. Ella lo hizo, temerosa de perder el pie.

Y entonces, de pronto, el Guardián la tomó en brazos y saltó.

Axlin ahogó un grito y se aferró a él mientras los dos caían al vacío. En el último momento, Xein dio una voltereta en el aire y ambos aterrizaron sobre la hierba del parterre que rodeaba el palacio. El Guardián rodó por el suelo para absorber el impacto, protegiendo a la joven con su propio cuerpo y, finalmente, la miró con preocupación.

—¿Estás bien?

Axlin comprobó que aún tenía el bestiario bien sujeto contra su pecho.

—Sí —dijo sin aliento.

La enormidad de lo que acababan de hacer todavía la aterrorizaba, pero Xein estaba allí, a su lado, y una parte de ella sentía que por fin todas las piezas encajaban.

Axlin nunca llegó a saber si los Guardianes se creyeron realmente su engaño, pero sí tuvo claro que como mínimo sirvió para confundirlos, porque nadie los persiguió cuando salieron del palacio y se mezclaron con la multitud que regresaba a casa tras la ceremonia.

En la casa de Broxnan, se reunieron con Rox y Ruxus, que habían llegado hasta allí sin novedad. Cuando estaban a punto de marcharse, apareció Dex, muy preocupado. Llevaba puestas todavía sus ropas de gala, y Axlin dudó antes de abrazarlo porque no quería estropeárselas. Pero él la estrechó con fuerza, feliz de volver a verla.

—Axlin, ¿qué ha pasado? Hay mucha actividad en el palacio del Jerarca. Vosotros no tenéis nada que ver, ¿verdad? Valexa me ha dicho que desaparecisteis por un túnel que hay en su casa que ni siquiera ella sabía que existía y... —Se calló de pronto al reparar en el Guardián—. ¿Xein? —preguntó perplejo.

—Es una larga historia y no tenemos tiempo para contártela —le interrumpió Axlin—. Debemos salir de aquí cuanto antes. —No había descartado que Grixin tuviese cómplices que conociesen la existencia del libro y lo echaran en falta—. Iremos al segundo ensanche y nos esconderemos en el almacén hasta que podamos salir de la Ciudadela sin peligro. ¿Te reunirás allí con nosotros?

—En cuanto me sea posible —le prometió él.

No se entretuvieron más porque querían aprovechar la confusión en el palacio y el flujo de gente hacia los ensanches para poder salir de la ciudad vieja sin llamar la atención.

Sorprendentemente, no encontraron problemas para alcanzar su destino. Axlin llegó a la conclusión de que nadie, salvo ellos, estaba al tanto de su incursión, porque ni Grixin, ni el cambiapiel que la acompañaba ni la sombra que los había conducido hasta el palacio podían ya contarlo. La Guardia estaba ocupada, dividida entre la consternación por la muerte de la Jerarquesa y la consumación de la «limpieza» de monstruos invisibles en los ensanches. No se cruzaron con ningún Guardián de la División Plata, de hecho, porque todos se habían dirigido al cuartel general para llevar allí los cuerpos de las sombras que habían abatido. Por esa razón, además, había mucha confusión entre la gente corriente.

Muchos regresaron a sus hogares para descubrir que los Guardianes los habían registrado de arriba abajo. Aquellos que no habían asistido a la proclamación habían sido desalojados de sus casas con amabilidad y firmeza mientras la Guardia las inspeccionaba. Todos tenían ya permiso para volver a ocuparlas, pero seguían sin tener claro si los Guardianes habían encontrado lo que estaban buscando.

Entre aquel registro sin explicación y los rumores que circulaban acerca de algún incidente en el palacio, los habitantes de la Ciudadela empezaban a pensar que la primera jornada oficial de gobierno del nuevo Jerarca no estaba resultando ser lo que habían imaginado. Aquella sensación de descontrol e incertidumbre no era lo que uno hubiese esperado de una ciudad dirigida por la Guardia.

Axlin, Xein, Rox y Ruxus se abrieron paso entre los corrillos de las plazas, por las calles atestadas y a través de las puertas de las murallas sin que nadie los detuviese. Cuando por fin lograron refugiarse en el almacén, no había monstruos acechando en las sombras y, de haberlos habido, los dos Guardianes los habrían detectado.

A la luz de una lámpara de aceite, Axlin y Ruxus se sentaron a examinar el cuaderno.

—Cuánto tiempo sin verlo —musitó el anciano con los ojos húmedos—. ¿Cómo es posible que algo de tan poco valor haya causado tanta muerte y destrucción?

—Si es verdad que este libro generó todos los monstruos que existen —dijo entonces Rox—, ¿por qué no lo destruimos sin más?

Ruxus negó con la cabeza.

—No serviría de nada. Si quemamos el cuaderno, por ejemplo, nadie podría volver a escribir en él, por descontado. No podríamos crear nuevos monstruos, pero tampoco imaginar nuevos remedios para combatirlos. Y además, el Manantial seguiría generando los mismos monstruos.

—¿Cómo lo sabes? —inquirió Axlin con curiosidad.

Él se ruborizó un poco.

—Bueno, hace tiempo, cuando tuve el bestiario en mi poder, arranqué una página y la quemé solo para ver qué sucedía.

—¿Y? —preguntó Xein.

—Era la página referente a los caparazones.

—Oh —murmuró Axlin desanimada—. Entonces no sirvió de nada al parecer, porque sigue habiendo caparazones.

—Exacto —asintió Ruxus—. Y ahora tengo miedo de que, incluso si arrojamos el bestiario al Manantial, los caparazones no lleguen a desaparecer nunca.

—¿Arrojar el bestiario al Manantial? —repitió Rox—. ¿Te refieres a ese lugar que está al otro lado de la Última Frontera, donde hay monstruos colosales? —Sacudió la cabeza—. Es imposible llegar hasta allí. Aunque hayamos recuperado el bestiario, tu plan es irrealizable.

—Sangre de monstruos innombrables —exclamó de pronto Axlin, perpleja.

—¿Cómo dices? —preguntó Xein.

Ella había encontrado las anotaciones de Grixin sobre sombras y metamorfos y las estaba estudiando con interés. Alzó la cabeza para mirar a los demás.

—Sangre de monstruos innombrables —repitió—. La han estado usando para todo. Sirve de protección contra los monstruos comunes. Intoxica a los Guardianes que la ingieren y les hace perder su visión especial. En las personas corrientes causa somnolencia y pérdida de memoria.

Ruxus palideció.

—¿Estás hablando de... mi medicina?

Axlin asintió. Rox y Xein cruzaron una mirada.

—Si reuniésemos un grupo de exploradores... —empezó él—, de Guardianes, por ejemplo..., para cruzar la Última Frontera y buscar el Manantial...

—¿Untados en sangre de metamorfo? —Rox sacudió la cabeza con incredulidad.

—De sombra, mejor —puntualizó el Guardián—. Mancha menos.

Axlin se puso a reír y tuvo que taparse la boca para contener las carcajadas. Había echado de menos el sentido del humor de Xein.

Rox, en cambio, seguía pensativa.

—Tendríamos que comprobar que funciona de verdad. Habría que conseguirla en primer lugar...

—Eso se puede arreglar —dijo Xein con una sonrisa llena de dientes.

En esta ocasión también la Guardiana sonrió.

—Pero ¿cómo podéis estar tan seguros de que los monstruos desaparecerán si arrojáis el libro al Manantial? —preguntó.

—Oh, no, no desaparecerán —puntualizó Ruxus alzando el dedo índice—. El mundo seguirá lleno de monstruos, por supuesto. Sin embargo, el Manantial dejará de crear otros nuevos.

Los Guardianes intercambiaron otra mirada. Axlin dejó caer los hombros, abatida.

—Entonces no hay esperanza... —murmuró.

—Yo, en cambio, firmaría eso ahora mismo —dijo Xein—. Una de las peores cosas de ser Guardián es que sabes que, por muchos monstruos que caces, nunca serán suficientes. Sin embargo, si ese... Manantial... deja de generar todas esas criaturas...

—Algún día, quizá en una generación, en dos o en tres, alguien abatirá al último monstruo en alguna parte —completó Rox—. Y será el último de verdad.

Hubo un breve silencio mientras todos reflexionaban sobre aquella posibilidad.

—Aun así —repuso Xein entonces—, nadie puede garantizar que las cosas sucederán de esa manera, ¿verdad? ¿Cómo habéis llegado a la conclusión de que arrojar el libro al Manantial servirá para algo?

—Oh, bueno, porque así fue como empezó todo —contestó Ruxus—. Uno de mis amigos tuvo la mala idea de arrojar nuestro bestiario al Manantial..., y apenas unos minutos después empezó a vomitar monstruos. —Se frotó los ojos con un estremecimiento—. Oh, estaba seguro de que había logrado olvidar eso. Quizá deba volver a tomar mi medicina...

—No pienso cazar sombras para ti —replicó Rox.

—Tampoco yo lo entiendo —dijo Axlin—. Si volvemos a arrojar el libro al Manantial, ¿no generaremos más monstruos?

—No, no. Soluxin y yo hablamos mucho de ello cuando vivíamos en la Ciudadela. Y yo tuve ocasión de estudiar viejos libros de la Orden mientras estuve encerrado en la Fortaleza. El Manantial es una fuente de energía pura. Bañamos en ella el bestiario y sus creaciones cobraron vida. Ahora necesitamos que el propio Manantial consume su destrucción para cerrar la puerta que dejamos abierta entonces.

—Tendrás que explicárnoslo con más calma —suspiró Xein.

Cuando Ruxus iba a responder, alguien llamó a la puerta. Rox abrió con cautela. Se trataba de Yarlax, que venía con el rostro pálido como el de un escuálido.

—¡Estás aquí! —exclamó al verla, aliviado—. ¿Está Axlin contigo? —Tragó saliva—. Traigo muy malas noticias. Ha pasado algo en el palacio del Jerarca...

—Han asesinado a la Jerarquesa —completó ella.

—¿Te han llegado los rumores? Sí, en efecto, pero eso no es todo. —Sacudió la cabeza con tristeza—. Lo siento mucho. Me dijo que iba a vigilar los accesos, pero no imaginé que tuviese intención de entrar en el palacio y...

—¿Te refieres a Xein? —Rox sonrió—. Entra, tenemos que hablar.

Cerró la puerta tras él, y el Guardián bajó las escaleras, todavía impactado.

—No sé cómo decirte esto porque sé que estabais muy unidos, y en cuanto a Axlin...

Se detuvo de golpe y pestañeó como si hubiese visto un fantasma.

—Hola, Yarlax —saludó Xein.

Él desenvainó la daga instintivamente antes de tener la ocasión de examinarlo con atención. Cuando lo hizo, bajó el arma, anonadado.

—No eres un cambiapiel —murmuró—. Eres real. Estás vivo —concluyó maravillado—. Entonces, el cadáver del palacio...

—Ese sí que era un cambiapiel —aclaró Xein.

Su amigo se estremeció.

—Si uno de esos se hiciera pasar por mí, creo que tendría pesadillas el resto de mi vida.

—Ya hablamos de esto una vez —le recordó él—. Me alegro de que por fin me des la razón.

Yarlax se quedó mirándolo un momento y estalló en carcajadas.

—¡Por todos los monstruos! —gritó—. ¡Sí que eres realmente tú!

Reparó entonces en Axlin y Ruxus. Se volvió de nuevo hacia los dos Guardianes.

—Tenéis que explicarme qué está pasando aquí —les dijo muy serio.

Todos cruzaron una mirada dubitativa.

—Si vamos a llevar esto a término, necesitaremos más gente —advirtió Axlin.

Xein se encogió de hombros.

—Ven, siéntate —le pidió a Yarlax—. Tenemos que hablar, y es una historia muy larga.

Apenas unos instantes después, sin embargo, se abrió la puerta de nuevo y Dex se precipitó escaleras abajo para reunirse con ellos. Se había cambiado de ropa y llevaba prendas cómodas y sencillas que ni siquiera eran propias de la gente de la ciudad vieja. Podría haber pasado perfectamente por un joven del segundo ensanche.

—¡Por fin! —exclamó—. Me ha costado mucho poder escaparme para venir aquí, pero quería asegurarme de que estabais todos bien. Han matado a la Jerarquesa, ¿sabéis? No queda claro quién ha sido. Hablan de un monstruo y de un Guardián que intentó defenderla y que ha muerto también, pero las informaciones son muy confusas.

Axlin se volvió hacia los demás. Rox y Xein intercambiaron otra de aquellas miradas con las que se entendían sin palabras y luego él asintió, animándola a hablar.

—Tenemos muchas cosas que explicarte —dijo Axlin por fin, tomando de las manos a su amigo para sentarlo a su lado—. Probablemente, no nos creerás cuando te las contemos por primera vez, pero presta atención, ¿de acuerdo? Esto es muy importante. Hemos descubierto algo que podría cambiar el rumbo del mundo.

Dex sonrió con escepticismo, pero se sentó junto a ella y declaró:

—Adelante, soy todo oídos. Ya sabes que me encantan las buenas historias.

Hablaron durante toda la noche, estudiaron el bestiario y discutieron los detalles de lo que iban a hacer en el futuro. Por fin, poco antes del amanecer, Rox, Xein, Axlin y Ruxus se despidieron de Dex y Yarlax y se prepararon para la primera parte de su viaje.

Abandonaban la Ciudadela, y probablemente no volverían jamás. Axlin y Dex se abrazaron, emocionados.

—Ven con nosotros —propuso ella—. Trae a Kenxi también.

Pero su amigo negó con la cabeza.

—Soy un chico de ciudad —dijo—. Y ya he visto de cerca lo que hacen los monstruos. La Ciudadela tiene muchas cosas que mejorar, pero sigue siendo el lugar más seguro del mundo. Además, no podría pedirle a Kenxi que se arriesgase a irse de aquí para vivir en una aldea. Si le pasara algo, nunca me lo perdonaría.

Ella asintió. Lo entendía.

Prometieron que seguirían en contacto y se separaron de ellos. En el anillo exterior hallaron a un buhonero que regresaba a los caminos tras la ceremonia, y que se mostró encantado de llevarlos con él a cambio de la protección de los Guardianes.

Nadie los detuvo en la puerta de la muralla. Parecía como si la Ciudadela acabase de despertar de un largo sueño y estuviese desperezándose todavía.

Axlin lo consideró una buena señal.

Epílogo

El Manantial no era como lo habían imaginado. Ruxus lo había descrito como una especie de pozo de suave luz multicolor, pero siglos y siglos generando monstruos, algunos de ellos de tamaño descomunal, lo habían convertido en un inmenso desfiladero de varios kilómetros de largo. Ya no quedaban restos del Santuario que lo había cobijado en tiempos remotos. Si existían ruinas en alguna parte, debían de estar ocultas bajo el exuberante manto de vegetación que lo rodeaba.

Xein y sus compañeros habían trepado hasta el borde del acantilado y ahora contemplaban asombrados el paisaje que se abría a sus pies, incapaces de encontrar palabras para describirlo.

La luz aún brotaba desde el fondo de la grieta. Había formas que se movían en su interior, agitándose entre jirones de brumas iridiscentes. A veces, algunas de aquellas figuras lograban trepar por el borde de la quebrada y llegar hasta lo alto. Xein distinguió un desollador, una lacrimosa y un grupo de escuálidos. Allá, en la lejanía, el suelo retumbó cuando un inmenso rampante se dejó caer sobre el margen del acantilado.

Ninguno de los Guardianes sintió temor, sin embargo. Porque a lo largo de varias semanas de viaje habían atravesado el mundo más allá de la Última Frontera y, contra todo pronóstico, habían sobrevivido.

Xein se volvió para mirar a los demás. Eran ocho, como los Fundadores, pero aquella coincidencia no había sido deliberada.

A cuatro de ellos los había reclutado Yarlax uno a uno en la Ciudadela tras explicarles en privado la misión que tenían por delante, y había reunido a un grupo muy competente: por parte de la División Oro, lo acompañaban Xario, un excelente arquero, y Trix, que poseía una agilidad extraordinaria incluso entre los Guardianes. De la División Plata, traía consigo a Andrex, especialista en rastrear monstruos, y a Lediax, cuyo conocimiento de los bestiarios casi emulaba al de la propia Axlin.

Juntos, los cinco habían partido de la Ciudadela dispuestos a emprender un viaje a lo desconocido. En el enclave de Romixa habían recogido a Rox y a Xein, que los estaban esperando.

Por el camino habían pasado por la Fortaleza, pero la habían hallado vacía. Todos los invisibles y los metamorfos la habían abandonado tiempo atrás, probablemente porque ya no tenían a nadie a quien obedecer.

Ya en el frente oriental se les había unido también Noxian; y así los ocho Guardianes, cinco hombres y tres mujeres, habían cruzado una frontera que ningún ser humano había traspasado en siglos.

Habían dado por sentado que no regresarían todos con vida, y, no obstante, allí estaban los ocho Guardianes, en los confines del Manantial.

Se debía a las capas que los cubrían, salpicadas con sangre de monstruos innombrables. Había sido idea de Axlin; después de todo, a Ruxus le había funcionado.

Y a ellos también. Asombrados, no tardaron en comprobar que cuando las llevaban puestas los monstruos no los atacaban. Incluso huían de ellos cuando trataban de darles caza. En cierta ocasión, una gigantesca criatura conocida como quiebrarrocas se había cruzado en su camino y, aunque podría haberlos aplastado a su paso, se limitó a apartar la pezuña y dejarla caer unos metros más allá.

El viaje a través de aquel mundo salvaje había sido impactante en muchos sentidos, y menos peligroso de lo que habían previsto gracias a la insólita protección con la que contaban.

—Ha llegado el momento —dijo entonces Rox, y Xein volvió a la realidad.

Dirigió una nueva mirada a sus compañeros y sacó de su macuto el bestiario de Grixin.

Antes de entregárselo, Axlin había copiado toda la información relevante en su propio libro: todos los detalles que no conocía acerca de los monstruos, especialmente los innombrables, y todos los trucos que Ruxus había inventado para defenderse de ellos. Xein sabía que habían discutido acerca de la posibilidad de incluir algunos más, de alterar el comportamiento de los monstruos o de crearles nuevas debilidades para que los humanos pudiesen derrotarlos con mayor facilidad. Si aquel cuaderno funcionaba como ellos creían, tenían el poder de hacer todo aquello y mucho más.

Pero temían que cualquier cambio que realizaran se reflejara solo en los nuevos monstruos generados por el Manantial, no en aquellos que ya existían. Y el objetivo del grupo de exploradores era que aquel lugar no vomitase una sola criatura más.

Tampoco sombras ni metamorfos. Xein sabía que el día que se extinguiesen los monstruos innombrables dejarían de nacer nuevos Guardianes. Se preguntó si el mundo estaba preparado para sobrevivir sin ellos. Tarde o temprano tendría que enfrentarse a una época oscura e incierta, durante la cual los últimos Guardianes lucharían contra los últimos monstruos. Era muy probable que los Guardianes se extinguiesen primero.

Las personas corrientes debían aprender a defenderse de los monstruos cuando eso sucediera.

Pero él no estaría allí para verlo.

Yarlax estaba prendiendo una mecha para encender un fuego. Cuando acabó, se la tendió a Xein. Este sostuvo el cabo en llamas unos segundos, inspiró hondo, deseando con toda su alma que aquello funcionase, y acercó el bestiario al fuego.

Las llamas prendieron con facilidad y se reflejaron en los ojos dorados del Guardián, que las contemplaba con expresión indescifrable. Por fin, cuando el libro estaba ya ardiendo, lo arrojó con todas sus fuerzas al fondo del barranco.

El bestiario en llamas cayó al vacío. Las luces lo arroparon amorosamente, como si lo reconociesen como suyo y lo hubiesen añorado durante todo aquel tiempo. Por un momento, el libro se iluminó, envuelto en un arcoíris de fuego, antes de consumirse por completo y desaparecer en una nube de cenizas.

Los ocho Guardianes observaron las entrañas luminiscentes del Manantial conteniendo el aliento.

Pero nada sucedió.

Xein suspiró y se volvió hacia sus compañeros.

—Me temo que os hemos traído hasta aquí para nada... —empezó, pero Noxian lo interrumpió:

—¿Bromeas? ¿No te has dado cuenta de lo que pasa?

Xein se volvió de nuevo hacia el desfiladero, intrigado: los mismos haces de suave luz multicolor se expandían hacia el cielo en lentas oleadas.

Nada parecía haber cambiado, y sin embargo...

—Ya no salen monstruos —dijo Xario.

Xein inspiró hondo. El corazón se le aceleró, pero trató de contener su emoción.

—Esperaremos un rato más para estar seguros.

Fue algo más que un rato. Se quedaron allí toda la tarde, y

después acamparon en el borde del acantilado para pasar la noche e hicieron turnos para no dejar el Manantial sin vigilancia ni un solo segundo.

Al amanecer pudieron confirmar por fin que la grieta ya no generaba monstruos de ningún tipo. Ni colosales, ni comunes, ni innombrables.

El número de criaturas que amenazaban a la humanidad ya no era infinito. La lucha de los Guardianes ya no era una causa perdida.

Se miraron unos a otros, emocionados.

—Ha funcionado —dijo Yarlax, perplejo.

Xein sonrió. Todo aquel plan había sido idea de Axlin y, aunque él también había expresado sus dudas al principio, en el fondo de su corazón sabía que tenía que salir bien.

Se volvió para contemplar el Manantial, sobrecogido. Quizá con el tiempo las personas acabarían con los últimos monstruos colosales y lograrían reconquistar aquella tierra. Pero nada garantizaba que fuesen capaces de hacer un mejor uso de aquella extraordinaria fuente de poder.

No obstante, eso ya no le concernía. Sería un problema que tendrían que resolver las futuras generaciones. La suya, por el momento, había cumplido su parte más que de sobra al otorgar a la humanidad la posibilidad de poder tomar aquella decisión en el futuro.

Para Axlin
Enclave de Romixa, Tierras Civilizadas

Querida amiga:

No sé si algún día llegarás a leer esta carta. No dudo que Loxan tiene experiencia en los caminos y que ha viajado otras veces por las Tierras Civilizadas, pero sigue habiendo muchos monstruos ahí fuera, y cualquier cosa puede pasar. No se me olvida, además, que ahora mismo tu aldea no tiene Guardianes. Eso me tiene bastante preocupado, la verdad. (Oxania dice que en su día hiciste un viaje muy largo desde la región del oeste y que ya sería muy mala suerte que te devorasen los monstruos precisamente ahora. Supongo que tiene razón, pero no puedo evitar sentirme inquieto de todas maneras.)

Siento la digresión. Tiendo a divagar, como sabes. Imagino que no quieres perder el tiempo leyendo cómo sufro por tu seguridad tras las murallas de la Ciudadela. Es comprensible.

Me pediste noticias de lo que sucede por aquí. Intentaré ser concreto.

Desde que os fuisteis, he tenido la sensación de que se han producido cambios en la Guardia. Hubo unas semanas, justo después de la proclamación del nuevo Jerarca, en que todo el mundo parecía confuso, como si hasta entonces hubiesen tenido muy claro qué debían hacer en todo momento y de repente hubiesen perdido la hoja de instrucciones. Pero ahora parece que poco a poco la Ciudadela se va poniendo en marcha de nuevo. El Jerarca ha llegado a un acuerdo con las grandes familias y ha asignado a varios de sus miembros puestos clave en el gobierno, aunque los Consejeros siguen siendo todos Guardianes. No obstante, ha abierto la puerta a que en un futuro pueda cambiar esta circunstancia, y no solo se muestra favorable a admitir de nuevo a los aristócratas, sino incluso a líderes gremiales de los ensanches (esto último no entusiasma especialmente a mi madre, la verdad). Se rumorea que en el fondo a nuestro Jerarca no le gusta la ciudad vieja. Que opina que el lugar de los Guardianes está en las murallas, en los enclaves, en los caminos y en el frente oriental, defendiendo a la humanidad de los monstruos como han hecho siempre. (Es posible que ni su origen aristocrático ni los planes que su madre había trazado para él hayan logrado eliminar la huella que le dejó el adiestramiento de la Guardia, pero esto ya son conjeturas mías.)

En fin, no sé qué será de la Ciudadela, pero sí estoy convencido de que saldremos adelante si seguimos todos unidos en la lucha contra los monstruos.

No he olvidado lo que me encargaste. Desde que os fuisteis no he dejado de prestar atención a los rumores y de hacer preguntas discretas en los lugares adecuados. Y sé que nadie os busca ya. A Xein lo dan por muerto, y de Rox presuponen que desertó hace mucho tiempo y que nunca más volvió. No sé cómo justificó Yarlax el hecho de que se fuera con varios Guardianes a explorar las tierras desconocidas, pero tampoco me consta que lo persigan por ello.

Y, en fin, yo tengo buenas noticias por mi parte: ¡me caso!, pero no con Oxania. Si quieres que te sea sincero, después de todo lo que habéis pasado Xein y tú para estar juntos me sentía un poco mal por anteponer las ambiciones de mi familia a mis verdaderos sentimientos. Así que he vuelto al segundo ensanche con Kenxi. Viviremos oficialmente en la misma casa y así lo hemos hecho constar en el censo. También tenemos planeado inscribirnos en el registro de familias para ofrecer un hogar a uno de los muchos niños huérfanos que llegaron tras la catástrofe de las Tierras Olvidadas.

Pero, por lo pronto, vamos a organizar una pequeña fiesta para celebrar que hemos formalizado nuestra unión. Ojalá pudieses asistir; nos acordamos mucho de ti.

Mis padres no están muy contentos, pero ya me he cansado de discutir con ellos. Después de todo lo que ha pasado en las últimas semanas, tengo la sensación de que todas esas normas eternas e inamovibles no eran tan importantes al fin y al cabo, sobre todo teniendo en cuenta que una sola decisión del Jerarca bastó para sacudir el sistema desde sus cimientos. (Por otro lado, no puedo dejar de pensar que durante siglos estuvimos convencidos de que las grandes familias gobernaban la Ciudadela, cuando en realidad era Grixin quien movía los hilos. Es una historia asombrosa, la verdad, y sigo pensando que podría convertirla en una gran novela de ficción. Lo sé, no te parece buena idea y prefieres que no la escriba. No lo haré, pero quiero que sepas que de todos modos nadie se la creería. Ni siquiera Valexa.)

Oxania tampoco está contenta con nuestra boda. No me malinterpretes; se alegra por nosotros, pero opina que ella y yo teníamos un trato y que ahora tendrá que casarse con un marido de verdad. (¿Debería sentirme ofendido? No lo creo, la verdad. Después de todo, se trata de Oxania.) Además, no me parece que tengamos que preocuparnos por ella. Ya ha dado a luz a una Guardiana (no le he hablado de lo que sucedió realmente con Broxnan, ni lo haré, te lo aseguro; yo, de hecho, prefiero pensar en ello lo menos posible), y su hermano mayor ha encontrado una buena novia y se va a casar por fin. Sinceramente, y por mucho que se queje, no creo que nadie sea capaz de obligarla a contraer matrimonio sin su consentimiento. Y de todas formas, es joven. Aún está a tiempo de volver a enamorarse.

Quizá me estoy excediendo con las novedades. A mí me parecen muy emocionantes, pero vosotros, que lucháis a brazo partido contra los monstruos, seguramente las consideréis menudencias. Aun así, me hace ilusión poder compartirlas contigo. Tengo muchas ganas de recibir noticias tuyas. Quiero saberlo todo: qué pasó con el bestiario, si Xein y los demás regresaron de su expedición, y si Ruxus y tú habéis averiguado más cosas interesantes sobre los monstruos. Te prometo que no usaré lo que me cuentes como material para nuevas historias. Aunque la tentación es difícil de resistir.

Kenxi y yo te enviamos saludos afectuosos desde la Ciudadela. También mandan recuerdos Oxania, Valexa y la maestra Prixia.

Que la Guardia te proteja y los monstruos no te sorprendan en la oscuridad.

Tu amigo,

Dexar de Galuxen

Axlin volvió a releer la carta de Dex, aunque ya casi se la sabía de memoria. Pero Loxan partiría pronto de regreso a la Ciudadela, y ella debía entregarle una respuesta para él.

No obstante, le estaba resultando más difícil de lo que pensaba, porque no podía ofrecerle la información que él le pedía.

Habían pasado varias semanas desde la partida de los Guardianes y todavía no tenía noticias de ellos. Ella y Ruxus se habían integrado en la rutina de la aldea y trataban de no pensar demasiado en los amigos ausentes, esperando sencillamente a que el tiempo transcurriese lo más deprisa posible.

La vida en el enclave no era tan dura como Dex la imaginaba, ya que tenía un frasco de sangre de metamorfo que le había conseguido Xein y había marcado con ella el dintel de la entrada. Pero no había dibujado el símbolo de la Orden del Manantial, porque se trataba de una divisa que Grixin había utilizado a menudo, y Axlin no deseaba parecerse a ella.

Tras mucho pensar, había trazado sobre la puerta un rostro humano de rasgos esquemáticos.

Un rostro humano que sonreía.

—¿Es una manera de burlarte de los monstruos, compañera? —preguntó Loxan cuando lo vio.

—Puedes interpretarlo así —respondió ella—. También puedes verlo como un símbolo de esperanza. Aquí miramos al futuro con optimismo.

Y tenían motivos para hacerlo, pues, aunque el hecho de señalar la aldea con sangre de monstruo pudiese parecer siniestro, en la práctica resultó que funcionaba.

Romixa no daba crédito.

—¿Cómo es posible? —dijo unos días después—. No hemos vuelto a sufrir ataques desde que pintaste esa cara en la puerta. Y tampoco entran pelusas ni malsueños. ¿Es una casualidad?

—No lo creo —respondió ella—. Pienso que funciona de verdad. Pero quizá deberíamos esperar un tiempo, por si acaso, y seguir manteniendo a los centinelas en la empalizada.

Así lo habían hecho. Hasta entonces había resultado innecesario, pero no querían arriesgarse.

Además, Axlin deseaba estar realmente segura porque tenía planes para el futuro. Si aquello funcionaba, volvería a viajar por los caminos, quizá en el carro de Loxan, tal vez acompañando a otro buhonero, y marcaría todos los enclaves que pudiera con sangre de metamorfo. Por descontado, llevaría su bestiario en el zurrón para seguir aprendiendo y compartiendo sus conocimientos con otras personas. Incluso si lograban detener el flujo de monstruos del Manantial, la humanidad tardaría mucho tiempo en librarse de todos los que aún pululaban por el mundo, y ella quería colaborar todo lo que pudiese en la defensa de las aldeas, porque era consciente de que aquella guerra aún no había terminado.

Era todo lo que podía contarle a Dex por el momento. No sabía cuándo regresaría la expedición de los Guardianes, si es que lo hacía alguna vez.

Además, después de lo que él le había dicho en su carta, tampoco tenía el valor de confesarle que Xein y ella no estaban juntos en realidad.

Le había contado al Guardián todo cuanto había aprendido sobre los monstruos, el Manantial, la Guardia y el bestiario que le habían arrebatado a Grixin. Y, entre otras cosas, también le había dicho que los Guardianes eran estériles y que, por tanto, su temor a transmitir la sangre monstruosa no tenía razón de ser. Pero él no había dado ningún paso para reiniciar la relación que habían interrumpido tanto tiempo atrás, y ella no lo había presionado. Como tampoco tenía intención de reintegrarse en la Guardia, al parecer, Axlin solo podía concluir que su amor por ella se había apagado sin más.

Por otro lado, Rox formaba parte del grupo de Guardianes que había partido con Xein y a Axlin no se le escapaba que había un vínculo especial entre ellos. Quizá fuese algún tipo de compenetración propia de Guardianes o tal vez hubiese alguna cosa más. No lo sabía, pero en todo caso se trataba de algo que ella no podía entender.

Tampoco había indagado al respecto. Lo que fuera que hubiese entre Xein y Rox les concernía únicamente a ellos. Suponía que lo averiguaría tarde o temprano, cuando el grupo regresara. Tal vez los dos Guardianes fuesen ya pareja, o quizá él decidiese que quería seguir cumpliendo las normas de la Guardia, a pesar de no pertenecer ya al cuerpo.

Aun así, le llamaba la atención que Dex diese por sentado que ella y Xein estaban juntos. El Guardián se había esforzado mucho por mantenerla a una prudente distancia, y en los últimos tiempos, aunque la había tratado con amabilidad e incluso con cierta ternura, no había vuelto a cruzar el puente que los había unido en el pasado.

Suspiró. Nunca se lo había contado, pero esa era otra de las razones por las que había logrado distinguir a Xein del cambiapiel que se había hecho pasar por él. Era probable que el monstruo, al observarlos mientras estaban juntos, hubiese intuido correctamente que existía un sentimiento entre los dos..., o que había existido tiempo atrás, se corrigió enseguida. Pero después el metamorfo había cometido el error de no mantener las distancias, cuando el verdadero Xein hacía ya mucho tiempo que no se dejaba llevar por sus sentimientos.

Por un instante, mientras ambos se enfrentaban a Grixin, Axlin había creído lo contrario. Sin embargo, el momento había pasado y se había esfumado entre sus dedos como la ilusión de una lacrimosa.

Sacudió la cabeza y volvió a guardar la carta de Dex. Tendría que contestarle en otra ocasión, cuando estuviese más inspirada.

Salió al exterior con un ligero sentimiento de culpabilidad. Llevaba demasiado tiempo centrada en sus propios asuntos y sin duda había trabajo que hacer en alguna otra parte.

Mientras caminaba por la aldea oyó gritos y exclamaciones de alegría.

—¿Qué sucede? —preguntó a un niño que pasó corriendo por su lado.

—¡Ha venido gente! ¡Guardianes!

El corazón de Axlin se detuvo un breve instante. Corrió cojeando hacia la entrada mientras se repetía a sí misma que no debía hacerse ilusiones. Pero cuando vio a los recién llegados, se detuvo de golpe y parpadeó, convencida de que tenía que tratarse de un sueño.

Los contó. Ocho jinetes.

Ocho.

Habían regresado todos.

Rox se adelantó para hablar con Romixa. Parecía feliz de estar de vuelta, y Axlin recordó que se había sentido querida y respetada en aquella pequeña aldea, sin las estrictas normas de la Guardia, lejos de su pasado y libre por fin para decidir su futuro.

Yarlax descabalgó con agilidad a su lado.

—¡Axlin, lo conseguimos! —exclamó—. No te lo vas a creer: ¡arrojamos el libro al Manantial y dejaron de salir monstruos!

—Fue algo un poco más complicado —dijo Lediax sonriendo—, pero sí, se podría resumir así.

—Ya os lo dije —les recordó Ruxus con voz chillona—. Tengo mala memoria, pero mi cabeza funciona mejor de lo que parece.

Axlin sonrió. Había localizado a Xein con el rabillo del ojo, pero aún no se atrevía a mirarlo de frente.

«Contrólate», se reprendió a sí misma. «Si quieres mantener una relación mínimamente cordial con él, estaría bien que dejases de actuar como una niña enamorada.»

«No estoy enamorada», discutió consigo misma.

«Ya, lo que tú digas.»

—Axlin.

Se sobresaltó y alzó la mirada con expresión culpable.

Ante ella estaba Xein, y sus ojos dorados la contemplaban con una intensa emoción contenida.

Tragó saliva y susurró:

—Habéis vuelto todos.

Él sonrió.

—Sí. Las capas funcionan de verdad. ¿Te imaginas todas las vidas que hubiésemos salvado de haberlo sabido antes?

—Bueno, Grixin guardó muy bien el secreto —respondió ella—. Pero las cosas serán diferentes a partir de ahora.

—Podremos organizar más expediciones al otro lado de la frontera —prosiguió Xein—. Cacerías de monstruos colosales, pero también viajes de exploración. Con una de esas capas, cualquier persona corriente podría unirse al grupo. Incluso tú —insinuó.

El corazón de Axlin se aceleró.

—¿Quieres decir...?

—Sé que te encantaría seguir ampliando tu bestiario. Aún tienes que catalogar todos los monstruos colosales, ¿no es así? —añadió, guiñándole un ojo con una sonrisa.

Ella le sonrió a su vez.

—Oh, desde luego, pero también hay que proteger las aldeas. Parece que la marca de la puerta resulta efectiva después de todo, ¿sabes?

Xein asintió, sin apartar su mirada de ella ni un solo momento.

Axlin se dio cuenta de repente de que estaban solos. Todos los demás reían, se saludaban e intercambiaban preguntas, noticias y explicaciones, pero se habían alejado discretamente de ellos dos. Su mirada se cruzó por casualidad con la de Rox. La Guardiana le sonrió, y no era algo que hiciese a menudo. Pero, aunque su sonrisa era alentadora, a Axlin le pareció detectar en sus ojos un cierto poso de melancolía.

—Me alegro mucho —respondió Xein—. Entonces... ¿todo bien por aquí?

Ella volvió a la realidad.

—Sí..., sí. Ruxus está bien de salud y Loxan regresó de la Ciudadela y ha traído una carta de Dex...

Se calló de pronto, porque tenía la sensación de que él no la estaba escuchando. Levantó la cabeza para mirarlo, interrogante.

—¿Xein?

Él se aclaró la garganta.

—Yo... no sé cómo decirte esto... Bueno, en realidad sí lo sé, porque llevo mucho tiempo ensayándolo. Es solo que no sé cómo empezar. —Suspiró—. En mi cabeza sonaba mucho más sencillo.

Axlin se sintió inquieta de repente.

—¿Qué ha pasado? ¿Ha habido algún problema? Habéis regresado todos, ¿no? ¿Ha habido algún herido? Si puedo...

Él la silenció colocando el dedo índice sobre sus labios.

—No es nada de eso. Solo quería..., necesitaba preguntarte —se corrigió—, si tú y yo... —Hizo una nueva pausa. Tragó saliva y finalizó por fin—: Si tú y yo tenemos aún alguna oportunidad.

—¿Tú... y yo? —repitió ella en un susurro.

—Sí, ya sé... que ha pasado mucho tiempo, y que debí habértelo dicho antes, después de que derrotásemos a Grixin, pero temía..., pensaba que quizá no volviese de mi viaje, y no quería hablar contigo de esto antes de irme por si al final...

—Tú y yo —repitió ella, como si no hubiese oído bien.

Xein se revolvió el pelo, azorado. Le había vuelto a crecer, y al parecer no había sentido la necesidad de cortárselo de nuevo.

—Ya sé que suena absurdo, después de todo este tiempo, de todo lo que ha pasado...Y no sé ni cómo empezar a pedirte perdón por alejarte de mi lado. Pero yo todavía te quiero, Axlin. Nunca he dejado de quererte —confesó en voz baja—. Ni siquiera cuando creía que te odiaba.

Los ojos de ella se llenaron de lágrimas.

—No tienes que responderme ahora —se apresuró a añadir él—.Te he hecho esperar mucho y es justo que...

Pero Axlin no lo dejó terminar. Se arrojó a sus brazos y lo besó con ardor, y Xein le devolvió el beso, sin acabar de creer en su buena suerte.

—¿De verdad... quieres estar conmigo? —preguntó por fin, casi sin aliento.

—Sí —susurró ella—. No puedo volver a dejarte marchar.

—No volveré a marcharme —le prometió él con voz ronca—. Solo quiero estar donde tú estés.

La abrazó con fuerza y volvieron a besarse, sonriendo como tontos.

—¡Por todos los monstruos, pareja, vaya si os ha costado! —exclamó Loxan a sus espaldas.

Pero Axlin y Xein no le prestaron atención. Nada ni nadie, humano, monstruo o Guardián, habría podido arrebatarles aquel momento que ya solo les pertenecía a ellos.

La misión de Rox, de Laura Gallego
se terminó de imprimir en el mes de abril de 2019
en los talleres de Diversidad Gráfica S.A. de C.V.
Privada de Av. 11 #4-5 Col. El Vergel, Iztapalapa,
C.P. 09880, Ciudad de México.